dtv
premium

Rosemarie Marschner

Das Mädchen am Klavier

Roman

Deutscher Taschenbuch Verlag

Von Rosemarie Marschner
sind im Deutschen Taschenbuch Verlag erschienen:
Das Bücherzimmer (21099 und dtv großdruck 25311)
Das Jagdhaus (21559)
Zu Ehren des Königs (24759)

MIX
Papier aus verantwortungsvollen Quellen
FSC® C006701
www.fsc.org

Originalausgabe 2013
4. Auflage 2015

Umschlagkonzept: Balk & Brumshagen
Umschlagbild: ›A Song Without Words‹ (1880)
von George Hamilton Barrable
(bridgemanart.com/John Noott Galleries,
Broadway, Worcestershire, UK)
Satz: Greiner & Reichel, Köln
Gesetzt aus der Sabon 10/13˙
Druck und Bindung: CPI – Ebner & Spiegel, Ulm
Gedruckt auf säurefreiem, chlorfrei gebleichtem Papier
Printed in Germany · ISBN 978-3-423-24944-7

Teil Eins

Das Wunderkind

Ein Mann von Ehrgeiz

I

Es war ein lautes Haus. Vom frühen Morgen an schien der Lärm mit jeder Stunde des Tages zuzunehmen und sich gleichzeitig auch zu verändern. Erst hörte man nur das Klappern hinter der geschlossenen Küchentür, wenn der Ofen angeheizt, das Geschirr vom Vorabend gespült und das Frühstück vorbereitet wurde. Friedliche Geräusche noch, bis die Standuhr in der Diele die sechste Stunde schlug. Dann aber war der sanfte Bann der Stille durchbrochen. Oben, im Schlafzimmer der Eheleute, wurden Fenster aufgerissen, Schubladen herausgezogen und zugeworfen, die kleine Tür zum Abtritt zugeknallt und wieder aufgestoßen. Es hörte sich an, als fänden Kämpfe statt. Über allem aber schallte die scharfe Stimme des Hausherrn, der es grundsätzlich unerhört eilig hatte. Lautstark empörte er sich über das wohlige Räkeln, mit dem sich seine junge Frau vom Schlafe befreite, während sich ihr dichtes schwarzes Haar auf dem Kissen ausbreitete wie ein lockender Fächer. Doch ihr Gatte sah nicht den Glanz dieser Locken, und er hörte nicht das leise Seufzen zwischen Schlaf und Wachen. Er trieb sie nur an, zählte ihr auf, was heute noch alles zu geschehen habe, und schrie wütend auf, weil er sich beim Rasieren geschnitten hatte. Natürlich trug seine Frau die Schuld an diesem Missgeschick, denn er hatte den Verdacht, sie nehme das Ausmaß seiner Verpflichtungen nicht genügend ernst.

Auf dem Weg nach unten schlug er einen Haken ins Kinderzimmer. Er beugte sich über das Gitterbett, in dem seine kleine Tochter lag – seine zweite, die erste war mit kaum neun Monaten am Durchbruch der Zähne gestorben. »Auf, auf, ihr Hasen, hört ihr nicht den Jäger blasen?«, drängte er. »Los, Clärchen, der Tag wartet nicht.« Er tätschelte die Wange des Kindes, das mit den dunklen, mandelförmigen Augen seiner Mutter ungerührt zu ihm aufblickte. Als einziger Mensch im Hause ließ es sich durch die Hektik des Vaters nicht aus der Ruhe bringen.

Für einen kurzen Augenblick hielt er inne. Er nahm die weichen Kinderhände zwischen die seinen. Mit den Daumen strich er über die schlafwarmen Finger, die ihm lang und kräftig erschienen, wie er es sich schon vor ihrer Geburt bei seiner Tochter gewünscht hatte. Feste Hämmerchen, die unbarmherzig die Tasten seiner Klaviere malträtieren würden, dass sämtlichen Ohrenzeugen Hören und Sehen verging. »Der Tag wartet nicht«, wiederholte er. »Das Leben wartet nicht.« Damit befreite er sich aus der Welt seiner Träume, stürmte die Treppe hinunter, riss der Haushälterin die Kanne mit dem Zichorienkaffee aus der Hand und goss sich selbst ein, weil ihm bei anderen alles zu langsam ging.

»Gütiger Himmel, Herr Wieck!«, murrte die Haushälterin wie jeden Morgen. »Alles mit der Ruhe!« Worauf er ihr, hastig sein Schmalzbrot hinunterschlingend, erklärte, wenn sie nicht bald etwas mehr Fofo entwickle, werde er sie eigenhändig noch vor Monatsende auf die Straße setzen. Doch Johanna Strobel zuckte bloß die Achseln. Alles nur leere Drohungen. Ins tiefste Mark traf er sie nur, wenn er sie vor Besuchern »unsere Haushaltsschnecke« nannte.

Noch vor acht Uhr standen die ersten Schüler vor der Tür: die ältesten Anfänger zuerst, denn die mussten am Morgen nicht mehr zur Schule. Friedrich Wieck unterrichtete sie in Dreiergrüppchen, wobei er selbst auf einem Schemel stand und dirigierte. »Logier'sches Institut« nannte er seine Musikschule, in der er nach der Methode eines gewissen Bernhard Logier lehrte, der in Kassel als Militärhornist wirkte und den Drill der Heeresausbildung auf die musikalische Erziehung übertragen hatte.

Dafür hatte er einen Spezialapparat entwickelt, ein Metallgestänge, das den Schüler in ideal aufrechter Haltung am Pianoforte fixierte. Für die Hände gab es zwei hölzerne Blöcke, je nach Alter des Schülers in verschiedenen Größen. In diese Blöcke waren Löcher gebohrt, durch die der Schüler seine Finger steckte, die damit ebenfalls in die bestmögliche Haltung gezwungen wurden. Spielereien und nervöses Gezappel waren so nicht möglich.

Während Friedrich Wieck auf seinem Schemel temperamentvoll den Takt schlug, wiederholten die Schüler das immer gleiche, einfache Fünftonmotiv c, d, e, f, g, das erst nach Wochen leicht variiert wurde, bis nach Monaten die Hände und Finger an Kraft gewonnen hatten und den Spielern die erwünschte Körper-, Hand- und Fingerhaltung in Fleisch und Blut übergegangen war. Sie waren nun endlich so weit, dass es ihnen Schmerz bereitet hätte, schlaff in sich zusammenzusinken oder die Handgelenke fallen zu lassen.

Damit waren sie reif für die nächste Phase der Ausbildung, in der es um weitere Kräftigung und Gelenkigkeit der Finger ging. Nun spielte jeder Schüler allein: stundenlang Übungen aus Czernys »Kunst der Fingerfertigkeit« und aus den Cramer'schen Etüden, stundenlang Geläufigkeit, stundenlang Monotonie. Während dieser Lektionen stand der Lehrer nicht mehr auf seinem Schemel, sondern saß in einem Schaukelstuhl, der sich kaum bewegte, wenn der Schüler sich konzentrierte, der jedoch immer schneller und schneller hin und her schwang, wenn der Takt nicht eingehalten wurde oder die ermüdeten Finger danebengriffen. Im schlimmsten Fall kippte der Schaukelstuhl dann fast um. Wenn der Schüler jetzt noch immer nicht erfasst hatte, dass äußerste Disziplin gefordert war, sprang Friedrich Wieck urplötzlich auf, packte den Schüler an den Schultern und schüttelte ihn. Er schrie ihn an, zerriss seine Noten, schleuderte sie zu Boden und trampelte darauf herum. Dadurch etwas beruhigt, griff er in die Rocktasche, holte eine Münze hervor und legte sie dem Schüler auf den Handrücken. Nun galt es, weiterzuspielen, ohne dass die Münze zu Boden fiel. Wer hier nicht lernte, sich zu konzentrieren, würde es nirgendwo lernen.

Manchmal kam es vor, dass ein Schüler nicht in der Lage war, die Strenge seines Lehrers zu ertragen. Dann musste das Lehrverhältnis gelöst werden, was wohl keiner der Beteiligten bedauerte. Um die Einkunftsquelle nicht zu verlieren, übernahm zuweilen Wiecks junge Ehefrau Marianne, selbst eine konzertreife Pianistin, die sensiblen Schüler, die nun von allen anderen glühend beneidet wurden, denn Marianne war schön, freundlich und einfühlsam, und die Stücke, die sie mit ihren Zöglingen einstudierte, stammten von den großen Meistern Mozart, Beethoven und Bach. Diese zu lieben hatte Marianne bei ihrem Vater, dem Kantor Tromlitz in Plauen, gelernt, während der Autodidakt Friedrich Wieck für deren Werke nur ein ärgerliches Schnauben übrig hatte, weil sie seiner Meinung nach in erster Linie aufs Gemüt oder auf den Geist zielten, anstatt die Schüler zur Virtuosität zu führen, was doch wohl das Ziel jedes richtigen Klavierunterrichts war. »Meister sind etwas für Könner«, pflegte er zu sagen, »für Könner, nicht für Mehlwürmer!«

Der Lärm nahm kein Ende. Immer neue Schüler strömten ins Haus. In der Werkstatt im Hinterhof, in der Friedrich Wieck seine eigene Pianoforte-Fabrik eröffnet hatte, hämmerte und bohrte es. Im Laden an der Straße stand die Türglocke kaum still. Kunden versuchten sich an den neuen Flügeln der Firma Wieck und an den Instrumenten, die der umtriebige Inhaber aus Wien importiert hatte. Man kaufte Trillermaschinen und Fingeranspanner, um das Werkzeug Hand zu kräftigen, und wühlte in den Heften und Broschüren, die auf den Tischen an der Straßenseite ausgelegt waren.

Friedrich Wieck war überall. Er eilte hin und her, sprach mit jedem, drängte und bedrängte jeden. Wenn er dabei im Hintergrund die Kasse klingeln hörte, tat es seiner Seele wohl, und er hatte das Gefühl, auf dem richtigen Weg zu sein. Wohlgemerkt: erst auf dem Weg, noch nicht angekommen. Die Welt war so unendlich weit und bot so viele Möglichkeiten! Man musste sie nur ergreifen und sich nach dem Geld, das auf der Straße lag, bücken.

Wenn er an dieser Stelle seiner Gedanken angelangt war, fiel ihm wieder sein kleines Mädchen ein, Clara mit ihren langen, starken Fingerchen. Sie würde das Tor zur ganz großen Welt für ihn aufstoßen. Längst hatte er ihr Leben verplant, doch noch war sie zu jung.

So hastete er weiter hin und her zwischen Übungsraum, Laden und Werkstatt, und am Abend, wenn sich seine Frau vor Müdigkeit kaum noch aufrecht halten konnte, öffnete er die Türen seines Salons für jeden Besucher, der Lust hatte, über Musik zu diskutieren und bei einem Glas Gerstenbier Gleichgesinnte zu treffen. Gäste waren potentielle Kunden. Auch wenn sie vielleicht nichts kauften, würden sie doch seinen Namen weitertragen. Irgendwann sollte jeder in der Stadt Leipzig und darüber hinaus wissen, wer das war: Friedrich Wieck, einst der schwächliche kleine Fritze aus Pretzsch bei Torgau, dessen Eltern zu arm waren, Klavierstunden für ihn zu bezahlen, obwohl er sich doch nichts sehnlicher wünschte, als ein berühmter Musiker zu werden.

Ein offenes Haus. Lärm bis in die späten Nachtstunden. Johanna Strobel war zu müde, um die Teller und Gläser noch aufzuräumen. Der Diener August schwankte, wenn er, die Augen halb geschlossen, den Gästen das Tablett mit den Getränken präsentierte, und Marianne Wieck nickte neben dem Bett der kleinen Clara ein. Sie schreckte erst auf, wenn ihr Gatte, umweht von einer leichten Bierfahne, hereinpolterte und ihr Vorwürfe machte, weil sie seine geschäftlichen Kontakte nicht genügend unterstützte. Er war noch immer hellwach. Auch Marianne schüttelte nun zuweilen ihren Schlaf ab und verteidigte sich. Doch das wollte er nicht hören. Immer lauter wurde es, sodass die Dienstboten trotz ihrer Erschöpfung aufwachten. »Sie streiten schon wieder«, murmelte Johanna Strobel dann in ihr Kissen, und das Küchenmädchen murmelte etwas, das sich wie »alter Ekelsack« anhörte.

Niemand beachtete mehr das kleine Mädchen, so ähnlich seiner schönen Mutter, das mit weit offenen Augen im Bett lag, nicht weinte und nicht schrie, sondern nur zusah, wie Vater und Mutter aufeinander losgingen, dass nicht viel fehlte, und sie hätten einander verprügelt.

Irgendwann waren sie erschöpft und gingen hinaus. Die Tür fiel ins Schloss. Es war wieder dunkel im Zimmer. Das kleine Mädchen starrte zur Decke, starrte ins Nichts. Wären nicht alle mit sich selbst beschäftigt gewesen, hätten sie sich vielleicht gefragt, ob das Kind all den Trubel überhaupt wahrgenommen hatte. Doch sie alle waren zermürbt von dem langen Tag und ließen sich hineinfallen in die Stille, die sich endlich über das Haus legte wie ein warmes Tuch, das sich schon nach wenigen Stunden wieder heben würde für einen neuen Tag der Unrast und des Kampfes um einen geschützten Platz in dieser unsicheren Welt.

2

Als Clara noch nicht ganz zwei Jahre alt war, wurde ihr Bruder Alwin geboren. Damit mischte sich unter die gewohnte Geräuschkulisse nun auch noch das Geschrei eines Säuglings.

»Dieses Kind bringt sein Maul niemals zu«, brummte Friedrich Wieck missvergnügt, als der kleine Alwin wieder einmal die Nacht zum Tage machte und dafür sorgte, dass seine Anwesenheit allseits zur Kenntnis genommen wurde. Tagsüber schlief er meistens, als hätte er begriffen, dass sein helles Organ im üblichen Trubel untergehen würde. Nachts aber, wenn alles still war, erhob er seine Stimme, probierte sie aus, wiederholte einzelne Passagen und verbesserte sie. Es war, als höre er sich selbst zu und erfreue sich an der eigenen Modulationsfähigkeit und der Lautstärke, die den Raum erfüllte, das ganze Haus und sogar noch die Straße, wenn in der sommerlichen Wärme die Fenster geöffnet waren. Ich schreie, also bin ich. Eigentlich war Alwin Wieck ein wahrer Sohn seines Vaters.

»Er hat gesunde Lungen«, murmelte Johanna Strobel erbittert. Der Diener August fügte hinzu: »Verfluchtes Balg!«

Bei Clara war alles anders gewesen, das wusste man erst jetzt zu schätzen. Sie hatte nie geschrien, höchstens gemaunzt wie ein Kätzchen. Geweint hatte sie selten, aber auch nur wenig gelacht. Was indes allen auffiel, war ihre erstaunliche körperliche Geschicklichkeit. In einem Alter, in dem andere Kinder noch auf dem Boden dahinrobbten, zog sie sich bereits an Stühlen und Tischbeinen, ja sogar an der Wand hoch und versuchte die ersten Schrittchen. Niemand wusste genau zu sagen, wann sie begonnen hatte, ohne Hilfe zu laufen. Alle hatten den Eindruck, sie hätte schon immer auf zwei Beinen gestanden, auch als man noch glauben konnte, da käme einem kein Kleinkind entgegen, sondern eine Puppe.

»Sie ist sehr früh entwickelt«, stellte Friedrich Wieck zufrieden fest. Er setzte sich ans Klavier und hob das Kind auf seinen Schoß. Dann schlug er verschiedene Tasten an und wartete auf Claras Reaktion. Er meinte, sein Herz müsse vor Freude zerspringen, als die Kleine die vorgegebene Tonfolge wiederholte. Erst noch mit patschenden Händchen, die auch die Tasten daneben niederdrückten, bald aber mit einem festen, zielsicheren Anschlag. Eines Tages, als Friedrich Wieck ihre Finger führte, übernahm sie sogar seinen Fingersatz. Beim zweiten Mal wieder. Es war kein Zufall gewesen. »Meine kleine Pianistin«, flüsterte Friedrich Wieck und hatte Tränen in den Augen, was bisher noch nie jemand bei ihm beobachtet hatte. »Mein kleines Wunderkind!«

Genau das hatte er sich erträumt, seit ihm klar geworden war, dass er selbst nicht zum Künstler berufen war. Ein langer Weg der Enttäuschungen und der Resignation lag hinter ihm. Er wusste nicht, welcher Geist oder Ungeist ihn schon als Kind dazu getrieben hatte, allein in der Musik sein Heil zu sehen. Sein Vater war Kaufmann gewesen, seine Mutter die Tochter eines Pastors. Man war nicht wohlhabend und wurde in den unruhigen Zeiten, als sich in Frankreich das Volk erhob und der Pulverdampf auch über die Grenze herüberwehte, noch ärmer. Ein eigenes Klavier zu besitzen wäre undenkbar gewesen. Trotzdem fühlte sich der magere kleine Junge zum Pianisten berufen. Vielleicht auch zum Sänger. So lange bettelte er, bis man ihn mit dreizehn bei den Thomanern, dem berühmtesten Chor Europas, vorsingen ließ. Doch schon während der ersten Takte wurde Friedrich Wieck so heiser, dass man ihn kopfschüttelnd unterbrach und nach Hause schickte.

Danach lag er tagelang im Bett, gequält von unerträglichen Nervenschmerzen im Gesicht. Wie ein lästiger Reisegefährte begleiteten sie ihn auch noch durch die ersten Monate seiner Gymnasialzeit in Torgau. Sie verleideten ihm das Leben und den Umgang mit den anderen Schülern und hörten erst auf, als ihm seine verzweifelte Mutter am Ende eines mehrtägigen Besuches mitteilte, sie habe für ihn ein paar Freistunden beim Hofmechanikus Milchmeyer erwirkt. Er habe sich am nächsten Morgen schon vor dem Frühstück bei seinem Lehrer zu melden. Dieser werde sich dann noch zu Bett befinden und werde während der Lektion sein Frühstück einnehmen. Danach habe ihn Friedrich Wieck beim Aufstehen zu unterstützen, was bedeute, dass er den schwergewichtigen Lehrer unter Verwendung einer eigens konstruierten Maschinerie aus dem Bett hieven müsse. Diese schweißtreibende Hilfestellung solle als Honorar gelten.

Nie zuvor war Friedrich Wieck so glücklich gewesen, zumal ihm seine Mutter auch noch einen Klaviерersatz besorgt hatte: ein flaches Instrument, eine Art Clavichord, das auf den Tisch gelegt wurde und auf dem er nun üben konnte, so lange er wollte. Friedrich Wieck sah sich bereits als gefeierten Pianisten in den Metropolen der Welt. Doch dann zog Milchmeyer in eine andere Stadt, und Friedrich Wiecks Pläne zerrannen.

Er wusste nicht mehr, wohin er wollte. Irgendwie war er sich selbst abhanden gekommen. Als trüge er einen fremden Körper durch eine fremde Welt, gehorchte er den Befehlen seiner Familie, die ihm sagte, was von ihm erwartet wurde. Argumente dagegen gab es nicht. Fast täglich von Gesichtsschmerzen geplagt, absolvierte er das Gymnasium und danach das Studium der Theologie, das ihn nicht zu fesseln vermochte.

Eigentlich lebte er nur, wenn er Musik hörte. Dafür war ihm kein Opfer zu groß. Manchmal ernährte er sich wochenlang nur von Brot und Wasser, um sich nur ja kein Konzert in seiner Nähe entgehen zu lassen. Immer noch übte er täglich auf seinem Behelfsklavier. Er studierte Partituren von Haydn und Mozart, von Beethoven und Spohr und bearbeitete sie für Pianoforte. Einsame Stunden, die ihn die Unzulänglichkeit des eigenen Spiels grausam erkennen ließen und ihn zu der Überzeugung führten, dass ein Werk erst dann zum Leben erwacht, wenn der ausführende Künstler das Stadium der Virtuosität erreicht hat.

Doch dafür war es schon zu spät. Zu spät zumindest für den jungen Friedrich Wieck, den man nicht einmal als Pfarrer haben wollte. Sein Examen war schlecht, und seine erste Predigt auf der Kanzel der Dresdner Schlosskirche noch schlechter. Dabei hatte er sich sogar unerwartet wohl gefühlt, als er mit entschlossenen Schritten auf die Kanzel zueilte und seine Tritte im weiten Raum der Kirche widerhallten. Für einen kurzen Moment dachte er, dass dies vielleicht doch seine künftige Welt werden konnte. So legte er sein Konzept entschlossen zur Seite und hielt nicht die Art von Predigt, die man ihn gelehrt hatte, sondern runzelte seine dichten Brauen und wies die Gemeinde mit strengen Worten an, wie sie zu leben habe, um Gott zu gefallen. Der Klang der eigenen Stimme riss ihn fort. Er merkte nicht, dass unten in den Bänken Unruhe aufkam und die Professoren ihm Zeichen machten, aufzuhören. Erst als die Orgel mit Macht einsetzte und ihn übertönte, erwachte er aus seiner pädagogischen Ekstase. Verwirrt hielt er inne, während die Gläubigen so inbrünstig und laut sangen wie schon lange nicht mehr. Friedrich blickte hinunter zu den Professoren, die mit den Augen rollten. Da gab er auf und stieg die Stufen hinab auf den Boden seiner realen Möglichkeiten. Als er die Kirche verließ, hallten seine Schritte nicht mehr. Später sagte er, in dieser Stunde habe er gelernt, dass man seinem Publikum immer nur das bieten dürfe, was es hören wolle.

Er wurde Hofmeister, das heißt Hauslehrer, auf dem Rittergut Zingst in Querfurth an der Salza. Dort steckte er unter neuerlichen Nervenschmerzen die Frechheiten seiner Zöglinge ein. Er ertrug ihr Desinteresse und die Zornesausbrüche des Gutsbesitzers, eines ehemaligen Husarenoffiziers, der seine Freizeit mit galvanischen Versuchen an geköpften Verbrechern belebte und jeden mit der Peitsche bedrohte, der ihm in den Weg kam, wenn er in gestrecktem Galopp über seine Ländereien ritt. Eines Tages ging er so weit, seinen Hofmeister Wieck, »diesen duckmäuserischen Revoluzzer«, mit einer Mistgabel anzugreifen. Als dieser sich wehrte, stürzte er sich auf ihn, bereit, ihn zu erwürgen. Das war das Ende von Friedrich Wiecks neunjähriger Tätigkeit als Pädagoge. Bei Sturm und Hagel verließ er gemeinsam mit Adolph Bargiel, dem zweiten Hauslehrer, das Schloss und begab sich nach Leipzig.

Mit den geringen Ersparnissen, die ihm von seinem Hungerlohn geblieben waren, suchte er nun nach Hilfe gegen seine Gesichtsschmerzen. Jemand erzählte ihm von einem Dr. Hahnemann, der eine neue Heilweise entwickelt habe, die er Homöopathie nenne und von der eigentlich niemand Genaueres wisse. Man höre aber immer wieder von spektakulären Heilerfolgen. Friedrich Wieck, der nach seiner Begegnung mit der Mistgabel vor Nervenschmerzen kaum noch schlafen konnte und eher einem wandelnden Skelett glich als einem Mann von nicht einmal dreißig Jahren, begab sich vertrauensvoll in die Hände des Wunderarztes, der ihm neben der medizinischen Behandlung auch beibrachte, wie man zu leben habe, um gesund zu werden und zu bleiben. »Vor allem«, pflegte er zu sagen, während der Kranke jedes Wort in sich aufsog, »vor allem eines: viel spazieren gehen! Jeden Tag und bei jedem Wetter. Bewegung ist das Fundament unserer Gesundheit. Bewegung an der frischen Luft. So einfach ist das. Das Einfachste ist meistens das Wirksamste.« Friedrich Wieck nickte und schwor, keinen Tag mehr vergehen zu lassen, an dem er sich nicht ausreichend Bewegung verschaffte. Doch der Arzt hob den Zeigefinger. »Und was genauso wichtig ist: Suchen Sie sich eine Beschäftigung, die Ihnen Freude macht. Nicht das, was andere von Ihnen verlangen. Nein, das, was Sie selber wollen!«

Oh, wie genau Friedrich Wieck wusste, was er wollte! Keine Predigten mehr vor Gemeinden, die ihn nicht zu schätzen wussten! Keine Hauslehrertätigkeiten auf entlegenen Adelsgütern mit Schülern, die ihn behandelten wie einen Lakaien, und Lohnherren, die über jedem Gesetz zu stehen glaubten!

Es war, als hätte der Arzt mit seinen Ratschlägen und Leitsätzen dem jungen Mann den Weg zu sich selbst gewiesen. Friedrich Wieck dachte, dass in seinem bisherigen Leben immer nur von Pflichten die Rede gewesen war. Pflichten gegenüber den Eltern, den Lehrern, der Kirche, den Professoren, dem Arbeitgeber, der Obrigkeit. Von einer Pflicht sich selbst gegenüber hatte keiner je gesprochen. Dabei spürte Friedrich Wieck genau, dass es außer diesen anerkannten Autoritäten eine weitere gab, die in ihm selbst begründet lag, die ihm angeboren war, von der Natur oder von Gott geschenkt als ein Auftrag, der erfüllt werden sollte. Wenn nicht, das hatte er inzwischen erfahren, folgte die Strafe ohne Verzögerung: Sein Gesicht zerriss in sich selbst, und in seiner Verzweiflung tat ihm das Herz so weh, dass er sich fragte, ob es nicht besser wäre, seinem Leben ein Ende zu setzen.

Doch nun war er diesem Doktor begegnet, der nicht bloß sein Gesicht zu heilen versuchte, sondern ihn auf den Auftrag hinwies, sich selbst zu erfüllen. »Suchen Sie sich eine Beschäftigung, die Ihnen Freude macht!« Die Betonung lag auf dem Wort »suchen«, dachte Friedrich Wieck. Zum Virtuosen würde er es ja doch nicht mehr bringen. Vielleicht aber zum Komponisten?

Unter Zweifeln und doch mit Hoffnung vertonte er einige Lieder und sandte sie an den Komponisten Carl Maria von Weber. Die Antwort ließ nicht lange auf sich warten. Weber wusste, wie einem Anfänger zumute war, der darauf wartete, sein junges Werk wohlwollend beurteilt zu sehen. »Empfangen Sie meinen

Dank für Ihre schön geführten Gesänge«, antwortete Weber fürsorglich. Er bemühte sich wohl, den jungen Mann nicht zu verletzen. »Ihre Melodien sind zart und innig gedacht und fassen meist glücklich den Dichter auf.«

Friedrich Wieck war erfreut und nachdenklich zugleich. Er las zwischen den Zeilen und begriff das, was da nicht stand. Was in der Beurteilung fehlte, fehlte in Wahrheit ihm.

Eine Rezension in der »Allgemeinen Musikalischen Zeitung« gab ihm den Rest. Seine Melodien seien unnatürlich und schwer zu singen, hieß es da. Außerdem verstoße er gegen den reinen Satz. Seine größte Schwäche aber sei das Verkünsteln und die Verletzung der musikalischen Symmetrie.

Es kostete ihn mehrere schlaflose Nächte, stundenlange Spaziergänge, Schmerzen im Gesicht und zwei honorarintensive Besuche bei Dr. Hahnemann. Danach hatte Friedrich Wieck seine Ruhe gefunden, denn nie zuvor hatte er sich selbst so nüchtern und illusionslos eingeschätzt.

»Ich bin kein Fantasiemensch«, gestand er dem jungen Adolph Bargiel, seinem Leidensgenossen aus Hauslehrertagen, der sein Freund geblieben war, weil sich beide nach Anerkennung als Musiker sehnten. »Vielleicht bin ich in Wahrheit ein Impresario wie Leopold Mozart.«

Bargiel lachte, wie nur ein junger Mensch lachen konnte, der noch an die Zukunft glaubte und daran, dass sein Talent und sein Charme jedes Hindernis überwinden würden. »Dann wirst du aber auch noch einen kleinen Wolfgang Amadeus brauchen.«

Friedrich Wieck zuckte die Achseln. »Wer weiß«, murmelte er. Die Ermutigungen seines Arztes hatten eine Art Gottvertrauen in ihm geweckt. »Als Erstes brauche ich wohl eine gesicherte Existenz. Vielleicht kommt der kleine Wolfgang Amadeus dann von selbst.«

In jenen Jahren wäre Friedrich Wieck niemals auf den Gedanken gekommen, dass sein hervorstechendster Charakterzug und sein größter Vorteil im täglichen Kampf um einen Platz im Licht seine

Beharrlichkeit war. Sie wog mehr als so manches viel größere Talent eines Konkurrenten, den er hinter sich ließ, weil jenem die Zähigkeit fehlte, immer wieder Niederlagen einzustecken und von vorne anzufangen.

Als Friedrich beschlossen hatte, sich von nun an der Musik von ihrer geschäftlichen Seite her zu nähern, ließ er nichts unversucht, in seiner Teilsparte zu reüssieren. »Klinken putzen heißt die Devise«, sagte er achselzuckend zu Adolph Bargiel, dem es inzwischen gelungen war, eine Stelle als Geiger im Leipziger Gewandhausorchester zu ergattern. Friedrich Wieck gönnte es ihm. Sein Entschluss, eine Art musikalischer Geschäftsmann zu werden, gab ihm auch die Kraft, sich einzugestehen, dass ihn Adolph Bargiel an Talent weitaus überragte. »Ein kleines Universalgenie«, nannte sich Adolph Bargiel, dem Bescheidenheit fremd war und der ungern verschwieg, dass er großartig Klavier spielte, mehrere Streichinstrumente beherrschte, schmelzend singen konnte wie ein Italiener und sogar zu komponieren verstand. Dass die Frauen Wachs in seinen Händen waren, genoss er besonders, und Friedrich Wieck dachte nicht einmal daran, ihn darum zu beneiden. Adolph Bargiel war ein Spieler, doch einer von der liebenswürdigen Sorte, wie es schien. Er war der erste Freund, den Friedrich Wieck hatte, und der letzte.

Klinken putzen. In Vorzimmern warten. Buckeln. Immer wieder schildern, was man vorhatte. Angenehm sein. Komplimente machen. Dabei ging es von Anfang an doch nur um Geld. Startkapital.

Seine Mutter zitterte vor Entsetzen, als sie erfuhr, dass ihr Sohn in der Stadt herumging, um Schulden zu machen. Obwohl das Reisen nie ihre Sache gewesen war, zwängte sie sich in eine Postkutsche und fuhr nach Leipzig, um ihren Sohn vor der Hölle zu retten. »Du hast doch erlebt, wie es deinem Vater erging«, beschwor sie ihn und erinnerte ihn daran, dass auch sie einst bessere Tage gesehen hatte, bis ihr Gatte auf die Idee gekommen war, seine Geschäfte »zu erweitern«, wie er es nannte. »Seien wir ehrlich: Er war ein Schuldenmacher. Das hat unsere Existenz zerstört.« Sie schwieg lange, dann legte sie ihre Hand auf Friedrichs Arm und sagte das schlimmste Schimpfwort, das sie kannte: »Ein Fallott, das war er, dein Vater. Ein Fallott! Das willst du doch nicht auch werden, oder? Ich würde es nicht überleben.«

Friedrich Wieck gelobte Wohlverhalten, versprach alles, was sie wollte, und wartete, bis sie wieder abgereist war. Dann putzte er weiter die Klinken der reichen Leipziger Bürger, die nach den Waffengängen des Quälgeists Bonaparte jede Experimentierfreudigkeit verloren hatten. Jeder wollte immer nur Sicherheit. Sicherheit im Staat, Sicherheit in der Familie, Sicherheit bei Geldgeschäften.

Doch Friedrich Wieck gab nicht auf, antichambrierte weiter, buckelte weiter, redete und redete, bis endlich ein ehemaliger Kommilitone namens Streubel, der es inzwischen zum amtierenden Polizeipräsidenten von Leipzig gebracht hatte, der Verlockung nicht widerstehen konnte, sich gegenüber dem armen Schwein von einst als Mann von Welt und Geld zu erweisen. »Tausend Taler«, sagte er in gemessenem Ton und sah dabei doppelt so alt aus, wie er tatsächlich war. »Aber lassen Sie mich meine Großzügigkeit nicht bereuen, lieber Freund.«

Tausend Taler Startkapital! Ein eigener Laden, hieß das, ausgestattet mit allem, was das Herz des Musikfreundes zum Jubeln brachte: Instrumente, Metronome, Trillermaschinen, Fingerspanner und Noten, Berge von Noten. Schließlich machte auch Kleinvieh Mist. Das verkannte Genie war im realen Leben angelangt.

3

Der Herr Polizeipräsident brauchte um sein Geld nicht zu bangen. Noch vor Ablauf der vereinbarten Rückzahlungsfrist betrat Friedrich Wieck in einem neuen schwarzen Anzug und untadelig polierten Schuhen das Kontor im Präsidium und ließ sich melden. Der Sekretär erkannte den demütigen Bittsteller von einst nicht wieder. Er bemerkte nur die gepflegte Kleidung und jene Aura von Erfolg, die auszureichen pflegte, um von seinem Vorgesetzten unverzüglich empfangen zu werden.

»Ich bin Ihnen aufrichtig dankbar, Verehrter, dass Sie mir in meiner vorübergehenden Notlage beigestanden sind«, sagte Friedrich Wieck mit seiner durchdringenden Stimme. Er legte das Kuvert mit dem Geld auf den Tisch – nicht zugeklebt, denn sein Gläubiger sollte auf einen Blick erkennen können, dass alles seine Ordnung hatte. Danach knallte er zwei kolorierte Zeichnungen auf den Tisch, obwohl ihm sein Gegenüber noch nicht einmal einen Platz angeboten hatte. »Meine Musikalien-Leihanstalt«, erklärte er stolz, »und hier die Pianoforte-Fabrik Friedrich Wieck.«

Der Polizeipräsident nickte überrumpelt. Er setzte sich und wies seinen Besucher an, es ihm gleichzutun. »Sehr schön, sehr schön«, murmelte er und griff nach dem Umschlag. Wie Friedrich Wieck es erwartet hatte, warf er verstohlen einen Blick hinein. »Mit den vereinbarten Zinsen, versteht sich!«, versicherte Wieck.

Der Polizeipräsident lächelte erleichtert. Eigentlich hatte er bereut, dass er seinem einstigen Kommilitonen so viel Geld in den Rachen geworfen hatte. Auch seine Frau hatte ihm deswegen Vorwürfe gemacht und prophezeiht, er werde keinen müden Heller davon wiedersehen. Umso erfreulicher war es, alles nun mit Zinsen zurückzubekommen und zugleich als Förderer eines tüchtigen Geschäftsmannes dazustehen. »Passabel, passabel, alter Freund«, murmelte er, während Friedrich Wieck von seiner Musikschule schwärmte und von seinen Reisen nach Wien zu den weltberühmten Klavierfabrikanten Tomaschek, Graf und Stein, die jedes Mal von seinen Verbesserungsvorschlägen profitierten. »Inzwischen baue ich aber auch schon meine eigenen Instrumente«, berichtete er weiter. »Viel solider als bei den anderen Firmen. Eichenholzfurnier in den Böden und durchgängig zweichörig, wenn Sie verstehen, was ich meine.«

Der Herr Polizeipräsident verstand es nicht, aber er kam sich plötzlich gesetzt und tranig vor nebem dem mickrigen kleinen Fritze von einst, den während des Studiums keiner ernst genommen hatte. Damals brauchte man seinen Namen gar nicht zu nennen, sondern nur die Handflächen auf die Wangen zu legen und ein schmerzerfülltes Gesicht zu ziehen – schon brachen alle in Gelächter aus und wussten genau, von wem die Rede war. Und nun saß dieser Mensch da und redete von Reisen nach Wien! Irgendwie, dachte der Polizeipräsident erbittert, war die Welt nicht mehr die gleiche, seit die Franzosen die alte Ordnung erschüttert hatten.

»Jetzt brauchst du deinen Wolfgang Amadeus nicht mehr«, sagte Adolph Bargiel mit wohlwollendem Neid in der Stimme. Seine Stelle im Gewandhausorchester reichte gerade aus, die allernötigsten Lebensbedürfnisse zu befriedigen. Das Zimmerchen, das er sich leisten konnte, lag unter dem Dach. Es war im Sommer zu heiß und im Winter zu kalt. Am Essen musste er sparen, und wenn er abends nach der Vorstellung auf ein Gerstenbier in die Fleischergasse ging, um sich in Poppes Gasthof »Kaffeebaum« mit seinen Orchesterkollegen zu treffen, verzichtete er zum Ausgleich dafür auf das Abendessen. Nur die Gesangsstunden, die er den Damen der Leipziger Gesellschaft erteilte, ersparten ihm ein Dasein in völliger Armut. Angenehmerweise trugen sie auch zur Erfüllung anderer vitaler Bedürfnisse bei.

So kam es, dass sich Adolph Bargiel trotz seiner drangvollen Lebensumstände für ein Glückskind hielt. Irgendwie bekam er ja doch immer alles, was er gerade wollte, und irgendwann würde ein kleines Wunder geschehen, das ihn aus seiner Dachstube herausholte. Noch war er jung, und die Welt lachte ihm entgegen. Niemals hätte er mit Friedrich, der immer häufiger als aufstrebender Unternehmer gerühmt wurde, tauschen mögen. Blitzende schwarze Augen standen gegen einen hungrigen, suchenden Blick unter buschigen Brauen; eine einschmeichelnde Stimme, die seinen Schülerinnen eine Gänsehaut bescherte, gegen ein lautes, schneidendes Organ, das sich überall durchsetzte und von dem der Erste Geiger in Adolph Bargiels Orchester sagte, es brächte jeden Hund zum Jaulen.

Jetzt brauchst du keinen Wolfgang Amadeus mehr ... Friedrich Wieck antwortete nicht, doch die Bemerkung erinnerte ihn an seine Träume, deren Erfüllung er so zielstrebig vorbereitet hatte. Ein Schritt nach dem anderen. Eine gesicherte Existenz, einflussreiche Bekannte, Ansehen in der Gesellschaft. Doch es sollte noch weitergehen. Seine Träume von einer Karriere als Impresario waren noch lange nicht ausgeträumt.

Alle Welt sprach von den Wunderkindern der Musik, den kleinen Mädchen, die der Militärmusiker Logier in seinen Pianistinnenplantagen heranzüchtete. Aus dem wenig wagemutigen Deutschland war er nach England ausgewandert und formte dort die kindlichen Talente, die man ihm anvertraute, jene winzigen Klaviermaschinen, die nach der Ausbildung bei ihm jeden erwachsenen Pianisten erbarmungslos an die Wand spielten. Jeder Musikfreund kannte die Namen Belleville und Moke. *Die* Belleville und *die* Moke, wie bei den angesehensten Künstlerinnen der Bühne.

Zu Beginn waren sie noch so klein, dass sie mit ihren seidenbeschuhten Füßchen das Pedal nicht erreichen konnten. Wie zierliche Elfen sahen sie aus, wenn sie die Bühne betraten, sich mit einem artigen Knicks für den Begrüßungsapplaus bedankten und dann auf den Hocker kletterten oder gar gehoben wurden. Danach schienen sie in sich selbst zu versinken. Sie streckten die Arme aus, wie um zu prüfen, ob deren Länge überhaupt ausreichte, ein Klavier zu bedienen. Doch dann – wenn im Saal erwartungsvolle Stille eingekehrt war, so lange, dass es fast schon weh tat – donnerten sie plötzlich ihre Läufe und Triller in die Tasten, dass der Saal bebte. Das Publikum zuckte zusammen und vergaß fast zu atmen. Ein Bravourstück folgte dem anderen. Danach aber – wenn eine Steigerung schon nicht mehr möglich schien – fingen die kleinen Elfen an zu improvisieren, als hätte sich die Musik ihrer winzigen Körper bemächtigt und sie mit dem Instrument verschmelzen lassen. Untrennbar. Die zarten Menschenwesen mit den Korkenzieherlocken, den riesigen Seidenschleifen im Haar und den unzähligen Spitzenunterröckchen wiegten sich zu den Melodien ihrer eigenen Fantasie. Sie waren selbst zu einem Instrument geworden, das niemals wieder aufhören würde zu erklingen. »Kleine Drehorgeln!«, nannte Adolph Bargiel sie verächtlich, verblüfft, neidvoll. »Drillpuppen!«

Doch Friedrich Wieck war verzaubert. Bei seinen täglichen zwei-, dreistündigen Spaziergängen in der Umgebung von Leipzig stellte er sich vor, wie er ein solches Geschöpf nach seinen eigenen Vorstellungen formen würde. Eine zierliche Puppe Olympia, die alle anderen in den Schatten stellte. Nur wenige Jahre würden ihr und damit auch ihm selbst vergönnt sein, denn sobald die Kindheit zu Ende war, würde auch das Interesse des Publikums ermatten und sich neuen Sensationen zuwenden. Wer hatte sich noch für den Pianisten Wolferl Amadeus interessiert, als er erwachsen und zum Wolfgang geworden war? Auch Friedrich Wiecks kleine Amadea würde zur Frau werden und aufhören, in den Augen der Welt ein Wunder zu sein. Doch in den wenigen Jahren der Kindheit – welche Lust!

Für Friedrich Wieck, der die eigene Jugend versäumt hatte, stellte die Kindheit einen Mythos dar, eine Traumwelt, rein und ohne Makel. Dabei dachte er nicht an jene ausgezehrten kleinen Wesen, die kohleverschmiert in den Bergwerken schufteten oder jeden Morgen übernächtigt zu den Fabriken schlurften, die sie erst am Abend wieder verlassen durften. Nein, diese Kinder hatte Friedrich Wieck nicht vor Augen, wenn er vom Zauberreich der Kindheit schwärmte und von der Reinheit der jungen Seelen.

Marianne

1

Eines Tages stand sie vor seiner Tür. Als er sie sah, war ihm, als stürze das Himmelsgewölbe über ihm zusammen. Die Welt wurde dunkel und das Blut rauschte in seinen Ohren.

»Ich bin die Marianne Tromlitz«, sagte die Besucherin mit lebhafter Stimme und stellte ihr Köfferchen nieder. »Sie wissen schon.«

Er wusste und wusste doch in diesem Augenblick gar nichts mehr. Vor Wochen hatte ein gewisser Kantor Tromlitz aus Plauen brieflich bei ihm angefragt, ob er bereit wäre, die Klavierkünste seiner Tochter zu komplettieren. Eigentlich sei Marianne bereits eine ausgebildete Pianistin und übrigens auch Sängerin, es fehle nur noch ein wenig an der Mechanik. Hände und Finger müssten gekräftigt werden, um dem Fortissimo der jungen Künstlerin den letzten Schliff zu verleihen. Einige Wochen im Logier'schen Institut des Herrn Wieck würden da wohl Wunder wirken. Man ersuche deshalb höflich um Aufnahme der Schülerin für den erforderlichen Zeitraum. Es solle dabei nicht unerwähnt bleiben, dass ihr musikalisches Talent außergewöhnlich sei und sie einer Familie entstamme, die seit Generationen der Musik verbunden war. Vielleicht habe der verehrte Herr Wieck schon von ihrem Großvater gehört, dem allseits gerühmten Musiker Johann Georg Tromlitz, der als Flötist auch in Leipzig aufgetreten sei und dem die Welt die Erfindung der Querflöte mit acht Klappen verdanke.

Natürlich stimmte Friedrich Wieck sofort zu. Er lehnte nie

Schüler ab. Schüler bedeuteten Honorare, und Honorare bedeuteten Kapital, das dazu beitrug, das Unternehmen Friedrich Wieck kontinuierlich zu vergrößern. Inzwischen war Mutter Wieck in Pretzsch längst bewiesen worden, dass ihr Fritze, von dem sie so wenig erwartet hatte, wahrlich kein Fallott war wie sein Vater.

Brieflich einigte man sich über die Höhe des Honorars für den Unterricht und die Beiträge zu Kost und Logis. Da es sich nur um einige Wochen handeln würde, war Friedrich Wieck bereit, die Schülerin in seinem »wie ich versichern darf: wohlgeführten« Haushalt aufzunehmen und auf ausdrücklichen Wunsch ihres Vaters aufmerksam darüber zu wachen, dass nichts geschah, was den Ruf der jungen Dame kompromittieren konnte.

Schon in der ersten Unterrichtsstunde stellte Friedrich Wieck fest, dass er Marianne eigentlich nichts beibringen konnte. Um den Stand ihrer Ausbildung zu ermitteln, forderte er sie auf, ihm einfach irgendetwas vorzuspielen – nach Noten oder aus dem Gedächtnis oder, wenn sie wolle, auch als freie Improvisation.

»Wie Sie wünschen«, antwortete Marianne lächelnd und in einem Tonfall, der ihm schnippisch und unpassend vorkam. Keine seiner anderen Schülerinnen hatte je gewagt, mit ihm zu sprechen, als bestünde eine Beziehung zwischen ihm und ihr, die über das Pädagogische hinausging. Lehrer und Schülerin, das war die Konstellation, und das bedeutete: auf der einen Seite Strenge und auf der anderen Gehorsam. »Wie Sie wünschen« war die falsche Antwort in einer solchen Beziehung, denn es war selbstverständlich, dass ohne Widerspruch oder Zustimmung zu geschehen hatte, was der Lehrer anordnete.

Koketterie!, dachte Friedrich Wieck verärgert. Koketterie, das war die passende Bezeichnung für das Benehmen dieser Kantorstochter, die er in seinem Haus aufgenommen hatte. Man würde vorsichtig sein müssen, um Gerede zu vermeiden. Nur allzu lebhaft erinnerte er sich noch an die Wirkung, die das junge Mädchen bei ihrer ersten Begegnung auf ihn ausgeübt hatte. Nie wieder durfte er sich in ähnlicher Weise aus der Fassung bringen lassen. Marianne Tromlitz hatte für ihn eine Schülerin zu sein wie jede andere. So runzelte er in abweisendem Missmut seine Stirn und bedeutete dem Mädchen ungeduldig, endlich zu beginnen.

Doch dann zuckte er zusammen. So leise, dass er es in seiner Verärgerung erst gar nicht wahrnahm, hatte Marianne zu spielen begonnen. Eine zärtliche kleine Melodie, die er noch nie gehört hatte, die ihn aber so tief anrührte, dass er vergaß, auf den Fingersatz zu achten, auf die Haltung des Körpers, der Arme, der Handgelenke und der Finger, die doch gestärkt werden sollten. Das Blut schoss ihm in den Kopf. Wie Gesang, dachte er. Wie macht sie das nur? Sein alter Lehrer Milchmeyer fiel ihm ein, der manchmal vom »singenden Anschlag« geschwärmt hatte, vom »schönsten Gesangston auf dem Klavier«. Seine Körperfülle hatte es ihm nicht erlaubt, einfach vom Bett aufzustehen und seinem Schüler zu demonstrieren, was er damit meinte. So hatte Friedrich Wieck bisher nie verstanden, was seinen Lehrer so beglückte, nicht einmal in den Konzerten, die er mit so viel Sehnsucht besucht hatte: Sehnsucht, zu lernen; Sehnsucht, sich der Musik hinzugeben, als wäre er selbst ein Teil von ihr. Nun begriff er auf einmal, und es traf ihn wie ein Schlag. Einen Augenblick lang hasste er diese blühende Achtzehnjährige, die nicht einmal ahnte, wie gesegnet sie war.

Marianne spielte weiter. Die Kunden kamen aus dem Laden herbei und schauten durch das Glasfenster in der Tür. Jemand drückte die Klinke nieder, während sich Mariannes Spiel veränderte, lauter wurde, fordernder. Nicht mehr singend, sondern fast schon gewalttätig, kam es Friedrich Wieck vor. Wie ein Mann!, dachte er. Sie spielt wie ein Mann. Welche Leidenschaften verbargen sich in der Seele dieser kleinen Bürgerstochter? Und wie war es möglich, dass sie sich in dieser Weise auszudrücken vermochte? Ganz offenkundig entströmte diese Musik ihrem eigenen Gefühl. Hier war nichts auswendig gelernt oder übernommen. Wie konnte diese Frau es wagen, sich als Schülerin bei ihm vorzustellen? Wie konnte ihr Vater von ihm verlangen, sie zu unterrichten?

Plötzlich spürte er den Schmerz in seinen Wangen wieder. Es kostete ihn Mühe, sich zu beherrschen und sein Gesicht nicht zu bedecken. Er war wieder der unbedeutende Fritze aus Pretzsch, der sich minderwertig fühlte und kaum zu hoffen wagte. Viele Schüler waren in letzter Zeit durch seine Hände gegangen, einige davon recht begabt. Jetzt aber saß da diese kleine Musikgöttin und hatte alles, was er ersehnte und nie bekommen würde.

»Es reicht!«, unterbrach er sie so laut und barsch, dass das Spiel mit einem Missklang abbrach.

Marianne drehte sich um. Ihr war anzusehen, dass sie eine solche Reaktion nicht erwartet hatte. Friedrich Wieck erschrak über sich selbst. Er suchte nach Worten. Da fingen plötzlich die Zuhörer an der Tür zu klatschen an. Von einem Augenblick zum anderen veränderte sich Mariannes Miene. Ein Strahlen huschte über ihr Gesicht und sie nickte zum Dank: bezaubernd, vital und so selbstsicher, dass es Friedrich Wieck weh tat.

»Das war ausgezeichnet«, sagte er, um seine Schroffheit wiedergutzumachen. »Sie sind bereits eine Künstlerin. Doch Ihr Vater hat recht: Etwas mehr Kraft in den Fingern wird Ihr Spiel noch verbessern.«

Marianne erhob sich. »Ich danke Ihnen, Herr Wieck«, sagte sie ohne die Unterwürfigkeit, mit der andere Schüler zu ihm sprachen. »Wie lange werde ich wohl noch brauchen?«

Friedrich Wieck hatte seine äußere Ruhe wiedergefunden. »Nicht allzu lange, würde ich sagen«, murmelte er. »Drei Wochen vielleicht, dann können Sie wieder zu Ihrer Familie zurück und dort weiterüben.« Dabei dachte er, dass diese junge Frau längst reif fürs Podium war, und er beneidete sie darum.

Von nun an wurde ihm jeder Tag zur Qual. Wie beschlossen behandelte er Marianne nicht anders als alle anderen Schüler auch. Ohne Rücksicht auf ihre Vorkenntnisse und ihr Talent zwang er ihren Oberkörper in das Logier'sche Metallgestänge und ihre Finger in die hölzernen Blöcke, die jede Bewegung zehnmal schwerer machten als im freien Spiel. Er schämte sich fast, wenn er sah, wie dieses Kind der Musik in seiner naturgewollten Entfaltung behindert wurde. Es tröstete ihn nur, dass Marianne die Fesseln mit Gleichmut und Humor ertrug. Selbst unter dem Zwang klang ihr Spiel noch immer unbeschwert und frisch, und sogar die tausendmal gehörten Etüden kamen ihm bei ihr neu und verlockend vor.

»Ich glaube, meine Finger sind bereits viel kräftiger«, verkündete Marianne schon nach wenigen Tagen und hielt lächelnd ihre Hände vor Friedrich Wiecks Gesicht, wobei sie ihre Finger vor seinen Augen spielen ließ, als wäre da eine eigene, unsichtbare Klaviatur. Dann setzte sie sich wieder an ihr Übungsinstrument und spielte, was sie liebte und was Friedrich Wieck das Herz zerriss. »Ich verehre Mozart so sehr«, gestand sie, während sie sich in einer Weise hin und her wiegte, die Friedrich Wieck den Atem nahm. Er sah ihren gebeugten Nacken, auf dem sich nachtschwarze Löckchen ringelten, und er dachte, dass es höchste Zeit sei, sie nach Plauen zu ihren Eltern zurückzuschicken. Zugleich konnte er sich sein Haus ohne ihre Gegenwart nicht mehr vorstellen, und er hätte tagelange Schmerzen dafür ertragen, hätte er nur einfach an sie herantreten können, um seine Lippen auf diesen süßen, grausamen Nacken zu pressen.

Seine Spaziergänge wurden immer länger und immer ausschweifender. Manchmal wusste er gar nicht mehr, wo er sich befand. Immer schneller wurden seine Schritte, er lief, rannte, keuchte und merkte nicht einmal, wenn es zu regnen anfing und seine Kleidung Schaden nahm, obwohl er sonst doch immer penibel darauf achtete, sie zu schonen. Kleidung koste Geld, hatte ihm seine Mutter eingeschärft, und sie bestimme den Eindruck, den man auf andere mache. »Wie du kommst gegangen, so wirst du empfangen«, hatte sie gemahnt, und die Sorge um seine Wirkung auf andere war zu einem seiner Lebensgesetze geworden.

Nun aber hielt dieses unglückselige Wesen sein Haus und seine Gedanken besetzt, und er vergaß sich selbst. Wie ein Verrückter hastete er durch die Straßen, immer in Gefahr, von einem Fuhrwerk oder einer Kutsche überfahren zu werden. Wenn er dann den Rand der Stadt erreicht hatte, fing er erst recht an zu rennen. Dabei schimpfte er vor sich hin oder lachte erbittert auf, weil er nicht verstand, was in ihm vorging. Er sagte sich, dass ihn Marianne beunruhigte, weil sie talentierter war als er. Er sagte sich, dass er sie wahrscheinlich beneidete, obwohl der Neid doch eine der sieben Todsünden war, wie ihn seine Mutter gelehrt hatte. Eine Sünde, die dem, der sich ihr auslieferte, ebenso schadete wie dem Opfer. Vielleicht, dachte er, hasste er Marianne sogar, doch er begriff nicht, warum. Ebenso wenig konnte er verstehen, warum er dennoch ständig an sie denken musste und warum er in der Nacht aus dem Bett floh und sich mit dem kalten Wasser aus dem Waschtischkrug ohne Erfolg abkühlte.

»Man könnte glauben, du wärst verliebt in die Kleine«, stellte Adolph Bargiel amüsiert fest, als er den Blick bemerkte, mit dem Friedrich Wieck das junge Mädchen beobachtete. »Kein Wunder, sie ist ja wirklich recht ansehnlich«, und er bildete mit beiden Händen Mariannes Rundungen in der Luft nach.

Friedrich Wieck fuhr auf und wollte ihn zurechtweisen, doch dann versagte ihm die Stimme. Er dachte über Adolph Bargiels Worte nach, während jener ihm erklärte, er habe selbst schon erwogen, bei der »Kleinen«, wie er sie ständig nannte, sein Glück zu versuchen. »Aber eine Kantorstochter, mein Gott!«, sagte er kopfschüttelnd. »Das gibt nur Schwierigkeiten. Diese Mädchen haben nur eines im Kopf: zu heiraten, und das möglichst schnell und einen möglichst reichen Mann. Einer wie ich muss sich da noch gedulden. Jungfrauen sind nichts für arme Schlucker.« Er lachte. »Aber man weiß ja: Ein paar Jahre später wird alles ganz anders aussehen. Kinder sind geboren und kosten Nerven, und der Herr Gemahl ist auch nicht mehr der feurige Liebhaber von einst. Dann ist es kein Wunder, dass die Damen unzufrieden sind und sich fragen, ob das denn wirklich alles gewesen sei. So sucht man nach einem Ersatz, einer Liebhaberei. Man fängt an, Aquarelle zu malen, oder schreibt gefühlvolle Gedichte. Vielleicht erinnert man sich auch daran, dass man in jüngeren Jahren ein

Instrument gelernt hat oder dass einem damals versichert wurde, man habe eine bezaubernde Singstimme.« Er seufzte zufrieden. »Lieber Friedrich, genau jetzt kommt einer wie ich ins Spiel. Und dieses Spiel, alter Freund, ist nicht das schlechteste. Alle Beteiligten profitieren davon. Vielleicht begegne ich in ein paar Jahren sogar unserem hübschen Kantorstöchterchen wieder, wer weiß?«

Friedrich Wieck schüttelte den Kopf. »Du bist widerlich«, murmelte er, obwohl er Adolph Bargiels Einstellung längst kannte. Schon als Hauslehrer hatte Adolph unter den weiblichen Verwandten seiner Zöglinge immer wieder gefunden, was er suchte. An den endlosen Abenden im kalten Schloss hatte er danach seinem Leidensgenossen Friedrich ausführlich davon berichtet. Eigentlich stammte alles Wissen, das Friedrich Wieck über Frauen und ihre Gefühlswelt zu besitzen glaubte, aus diesen nächtlichen Gesprächen, die hauptsächlich Monologe waren, in denen Adolph Bargiel seine erniedrigende Lebenslage vor seinem Freund und vor sich selbst zu beschönigen suchte.

Friedrich Wieck stand auf und trat ans Fenster. Ihm war, als sehe er plötzlich alles klar. »Heiraten!«, sagte er nachdenklich und mehr zu sich selbst als zu Adolph Bargiel. »Warum sollte ich sie nicht heiraten?« All seine Unruhe und die Schmerzen in seinen Wangen waren mit einem Schlag verschwunden. Er brauchte Marianne nicht mehr zu beneiden oder gar zu hassen, denn wenn er sie heiratete, würde sie ihm gehören als seine Ehefrau und die Mutter seiner Kinder. Wann immer ihm danach war, würde er diesen weißen Nacken, der ihn fast in den Wahnsinn trieb, berühren dürfen, ihn küssen dürfen, und niemand konnte es ihm verwehren.

Noch in derselben Stunde schrieb er einen langen Brief an Mariannes Vater, um ihn um die Hand seiner Tochter zu bitten. Er war bestrebt, seinen hohen Respekt vor dem jungen Mädchen darzulegen, dem Adressaten aber gleichzeitig vor Augen zu führen, dass die gewünschte Verbindung auch für die künftige Braut durchaus vorteilhaft war. Als gelte es, einem Käufer ein Instrument schmackhaft zu machen, präsentierte sich Friedrich Wieck als erfolgreicher Geschäftsmann und Unternehmer, als Künstler, Lehrer und als ein Mann von Welt. Dabei steigerte sich seine Aufregung mit jedem Satz, sodass der Brief immer länger wurde, immer umständlicher und verworrener, was wenig dazu beitrug, den Kantor zu beruhigen.

Dieser las nur heraus, dass »dieser Windbeutel von einem Musiklehrer« zu Unrecht vorgegeben hatte, Marianne werde in einen »wohlgeführten Haushalt« aufgenommen und nichts werde geschehen, was ihrem guten Ruf schaden könne. Die Erkenntnis war unerträglich, dass der feine Herr nicht einmal verheiratet war, was doch wohl die Mindestanforderung an einen wohlgeführten Haushalt darstellte. Alle Sünden Babylons kamen dem besorgten Vater in den Sinn, wenn er darüber nachdachte, dass seine schutzlose Tochter diesem Leipziger Don Juan wochenlang hilflos ausgeliefert gewesen war. Dass der auch noch mit seiner Geschäftstüchtigkeit und seinen Erfolgen prahlte, ließ das Allerschlimmste vermuten, denn er betrachtete es anscheinend als eine Gnade, dass einer wie er bereit war, das arme Kind zu heiraten.

So war es kein Wunder, dass der achtbare Mann die nächste Postkutsche bestieg, um die Ehre seiner Tochter zu retten. Er setzte ein großzügiges Trinkgeld ein, um den phlegmatischen Postillion zu größerer Eile anzutreiben, erreichte damit aber nur, dass dieser das Geld in Alkohol umsetzte, was die Fahrt noch zusätzlich verzögerte.

Als man endlich in Leipzig ankam, war es bereits dunkel, und der Nachtwächter schwang seine Schnarre. Die Straßen waren menschenleer und die Haustüren verschlossen. Man legte den Fahrgästen nahe, umgehend das nächste Hotel aufzusuchen, doch der Kantor weigerte sich und verlangte, sofort zum Hause Wieck geführt zu werden. Nach einer neuerlichen Geldspende erklärte sich einer der Nachtwächter bereit, den aufgeregten Reisenden zur Wieck'schen Pianoforte-Fabrik zu geleiten. Nur mit Mühe hinderte er ihn daran, laut rufend an die Tür zu hämmern und damit die Ruhe der Nachbarschaft zu stören. »Ich mache das«, bestimmte er und betätigte behutsam den Türklopfer.

Friedrich Wieck war noch nicht zu Bett gegangen. Er öffnete selbst die Tür.

»Da ist so ein Monsieur aus Plauen«, meldete der Nachtwächter. »Ich muss dabei bleiben, sonst geschieht womöglich ein Unglück.«

Friedrich Wiecks Herz schlug so heftig, dass er kaum sprechen konnte. »Herr Kantor Tromlitz?«, fragte er ungläubig.

Der Kantor drängte sich ins Haus. »Wo ist meine Tochter?« Er schaute sich um, als erwarte er, Zeuge einer spätrömischen Orgie zu werden.

Friedrich Wieck starrte ihn verständnislos an. »Oben«, stotterte er. »Sie schläft bereits. Es ist spät.«

Die weiteren Ereignisse waren für den Besucher so peinlich, dass er sich später sogar seiner Gemahlin gegenüber weigerte, sie im Einzelnen zu schildern. Jedenfalls fand er seine Tochter unschuldig schlafend vor. Allein. Ihre Freude, den Vater wiederzusehen, aber auch ihre Überraschung darüber waren ganz offenkundig echt. Bei der anschließenden Aussprache stellte sich zudem heraus, dass der prospektive Bräutigam wohl doch nicht der hemmungslose Verführer war, für den ihn der Kantor gehalten hatte, sondern eher ein ziemlicher Hasenfuß, der bisher noch nicht einmal gewagt hatte, sich seiner Angebeteten zu erklären. »Ich wollte erst Ihre Zustimmung abwarten, Herr Kantor«, gestand er verlegen, und auf seinen Wangen erschienen rote Flecken.

Erst jetzt wurde den drei Beteiligten bewusst, dass Marianne nicht mehr trug als das Nachthemd, mit dem sie zu Bett gegangen war. Friedrich Wieck wandte hastig den Blick ab und errötete noch mehr – ob vor Scham oder aus uneingestandenem Entzücken hätte nicht einmal er selbst sagen können.

»Geh zu Bett, Kind«, murmelte der Kantor versöhnlich. »Wir sprechen morgen weiter.«

Doch Marianne ließ sich nicht abwimmeln. »Was ist eigentlich los?«, rief sie. »Warum bist plötzlich du hier, Papa?«

Der Kantor wollte auf seinem Befehl beharren, doch Friedrich Wieck unterbrach ihn. Er begriff, dass er als Erstes bei Marianne hätte nachfragen müssen. Sie kannte ihn als geradlinigen, energischen Mann, der in jeder Situation das Heft in der Hand behielt. Zu einem solchen passte es nicht, dass er nicht wagte, seine Gefühle zu erklären und seine Wünsche für eine gemeinsame Zukunft. Wie sollte sie später als Ehefrau auf ihn hören, wenn sie sich daran erinnerte, dass er sich zu Beginn hinter ihrem Vater versteckt hatte?

Noch nie zuvor war Friedrich Wieck entschlossener gewesen. »Mamsell Tromlitz«, sagte er mit seiner schneidenden Stimme, die den Kantor zusammenzucken ließ. »In der kurzen Zeit, die wir uns kennen, habe ich gelernt, Sie zu bewundern. Ihr Talent, Ihre Schönheit und Ihr heiteres Wesen haben mein Herz gewonnen. Mit einem Wort: Ich liebe Sie und bitte Sie, meine Frau zu werden.« Erst jetzt brach ihm der Schweiß aus. Während er auf eine Antwort wartete, fing das Talglicht auf der Kommode zu blaken an. Wenn es nicht bald geputzt wurde, würde es verlöschen, und man würde mitten im Dunkeln stehen.

Friedrich Wieck drehte sich um und suchte nach der Lichtschere. Da sah er, dass sämtliche Dienstboten auf der Treppe standen. Der nächtliche Lärm hatte sie wohl herbeigelockt. Auch sie trugen nur Nachthemden und Schlafmützen. Friedrich Wieck musste plötzlich an Adolph Bargiel denken und an dessen stets bereiten Sinn für Humor. Wahrscheinlich würde er gar nicht aufhören können zu lachen, wenn er von dieser peinlichen Situation erfuhr.

Friedrich Wieck runzelte die Stirn. »Kümmere dich um das Licht, August!«, befahl er dem Diener. »Und ihr anderen: verschwindet zu Bett! Es gibt hier nichts zu gaffen.« Dann erinnerte er sich wieder an seine Frage. »Mamsell Tromlitz«, sagte er, diesmal sanft und verlegen. »Haben Sie verstanden, worum ich Sie bat?« Noch nie war ihm Marianne so bezaubernd und begehrenswert erschienen wie jetzt. Ihr Gesicht verschwand fast unter den unzähligen schwarzen Löckchen, die es umrahmten. »Sie sehen genauso aus, wie Sie Klavier spielen«, sagte Friedrich Wieck gerührt. Es war das liebevollste Kompliment, das ihm zu Gebote stand, doch er fürchtete, sie würde es nicht verstehen.

Zu seiner Erleichterung aber lächelte sie plötzlich. »Ist das wahr, Herr Wieck?«, flüsterte sie. Da wurde ihm das Herz ganz weit vor Glück darüber, dass ihr wohl die gleichen Dinge wichtig und wert waren wie ihm selbst.

2

Drei Wochen danach waren sie verheiratet. Die folgenden Monate waren für beide die glücklichsten ihres Lebens. Zum ersten Mal seit langem stand für Friedrich Wieck die Arbeit nicht an erster Stelle. Er, der sich bisher für Frauen kaum interessiert hatte, konnte auf einmal an nichts anderes denken als an dieses junge Wesen, das auf eine so beglückende Weise das Leben mit ihm teilte.

Wie ein Wunder erschien es ihm, wenn er am Morgen erwachte und Mariannes Haar seine Wange berührte, sanfter als das Gewicht eines Blütenblattes und doch tonnenschwer in der Beglückung, die es bei ihm auslöste. Jedes Mal neu erschien es ihm und unfassbar, wenn er seine Hand auf Mariannes weiche, warme Brust legte und zusah, wie die junge Frau langsam erwachte. Sein Leben lang hatte er gemeint, nichts könnte ihn tiefer ergreifen und überwältigen als die Musik. Nun aber lernte er Gefühle kennen, von deren Existenz er nie etwas geahnt hatte. Zum ersten Mal erfuhr er sich selbst und spürte sich als Teil eines Paares. An Mariannes Körper erkannte er seinen eigenen, und wenn er ihren Atem hörte und ihr leises Stöhnen, war ihm, als hätte er endlich das Geheimnis des Lebens begriffen und damit auch das wahre Mysterium der Kunst. In diesen Augenblicken erschien ihm nichts unmöglich. Wenn er jetzt versuchte, seine

Gefühle in Musik zu setzen, würde ihm ein Werk gelingen, das jeden, der es vernahm, ins tiefste Herz treffen musste.

Er tat alles, um sie zu erfreuen, und erlebte dabei selbst doch die größte Freude. Er ließ sich bei den Musikstunden vertreten und wanderte mit Marianne hinaus aus der Stadt ins Zaubertal. Einmal nahm er sogar ein spitzes Messerchen mit und versuchte, in den Stamm der größten und schönsten Eiche ein Herz mit ihrer beider Intitialen zu ritzen. Dabei störte es ihn kaum, dass sein Vorhaben misslang und Marianne herzlich darüber lachte. Am nächsten Tag gingen sie an die Elster und mieteten einen Stechkahn. Auch hier erwies sich Friedrich Wieck nicht als der Geschickteste, sodass schließlich Marianne die Führung des Bootes übernahm. Doch das machte ihm nichts aus. Er genoss es fast, diese unbedeutenden Misserfolge zu erleben und dabei zu erfahren, dass er trotzdem geliebt wurde.

Immer mehr bezog er Marianne in seine Arbeit ein. Er überließ ihr die Führung des Haushalts, wie es sich bei einer Ehefrau gehörte. Zugleich aber trat er einen Teil seiner Klavierstunden an sie ab, und es freute ihn, wenn sie in den Laden kam und die Kunden bediente. Alle waren von ihr bezaubert, was man bald auch an den Umsätzen merkte. Sogar die abendlichen Bierrunden im Salon veränderten sich. Seit Marianne in unregelmäßigen Abständen dazukam, brachten einige der Gäste immer öfter ihre Damen mit, und außer Bier wurde nun auch Wein angeboten. Der Wieck'sche Salon gewann an Ansehen. Künstler, die nach Leipzig kamen, um hier aufzutreten, sprachen »bei Wieck« vor, um sich im richtigen Kreis bekannt zu machen.

Wie stolz war Friedrich Wieck, als Marianne das Angebot erhielt, im Gewandhaus bei Mozarts »Requiem« mitzuwirken und bald darauf bei Beethovens C-Dur-Messe! Er konnte die Augen nicht von ihr wenden, wenn sie mit den anderen Sängern auf der Bühne stand, nicht die Einzige, aber die Schönste, die Auffallendste mit einer Stimme, die vom Himmel zu kommen schien. Er meinte, alle im Publikum müssten nur sie sehen und hören, und alle müssten ihn beneiden. Gar nicht genug konnte er bekommen von den Komplimenten, die man ihm ihretwegen machte, und als sie ihm sagte, man habe ihr vorgeschlagen, im Gewandhaus auch als Pianistin aufzutreten, klopfte sein Herz so sehr, dass es ihm fast Angst machte. Ihre Erfolge waren auch die seinen.

Friedrich Wiecks Glück schien vollkommen, als sich herausstellte, dass Marianne ein Kind erwartete. Er war sicher, dass dieses Kind ein Mädchen sein würde, sein kleines Wunderkind, seine Amadea, die er zur berühmtesten Pianistin ihrer Zeit erziehen würde. Er sah sich schon mit ihr von einer Großstadt zur anderen reisen, von einem bedeutenden Konzertsaal zum nächsten. Überall würde es Ovationen geben, Blumen würden auf ihn und seine Tochter herabregnen, und die Geschäftskasse würde so laut klingeln, dass er mit dem Geldanlegen kaum nachkam. Friedrich Wieck, der Leopold Mozart seiner Epoche mit seiner genialen Tochter, für die er bereits den passenden Vornamen gefunden hatte! Clara sollte sie heißen, Clara, die Helle, Strahlende. Ein Mädchen, schön wie seine Mutter, doch noch tausendmal begabter. Ein Glückskind der Musik, eine kleine Göttin am Pianoforte. Eine, die alle anderen in den Schatten stellte und für die es immer nur eines gab: Musik, Musik, Musik – weil sie selbst Musik war.

»Und wenn es ein Sohn wird?« Nach all den Wochen bedingungslosen Zuspruchs fing Marianne auf einmal an, sich zu sorgen. Zu wichtig schien Friedrich Wieck das Geschlecht seines ersten Kindes zu nehmen. Dazu kam noch die ständige Übelkeit, von der sie auf einmal gequält wurde und ein Gefühl der Überforderung, weil ihre Tage zu voll waren, weil ständig nach ihr gerufen wurde und weil – das wurde ihr erst jetzt bewusst – ihr Gatte zu viel von ihr erwartete.

Das ungeborene Kind machte sie müde. Sie wäre am Morgen gerne länger liegen geblieben, anstatt zum Klavierunterricht zu eilen. Sie hätte gerne das eine oder andere Kleidungsstück für ihr Kind gestrickt, anstatt im Laden zu stehen und den Kunden genehm zu sein. Sie wäre gern früher schlafen gegangen, statt im Salon die Gäste zu begrüßen. Alles, was sie bisher genossen hatte, wurde ihr auf einmal zur Last. So lächelte sie nicht mehr, wenn Friedrich Wieck nach ihr verlangte. Stattdessen wies sie ihn von sich, erst behutsam, dann immer schroffer, weil er nicht hören wollte. »Lass mich in Ruhe!«, fuhr sie ihn an. »Lass mich endlich in Ruhe!« Dabei sah sie, dass er erst errötete und dann erbleichte und mit den Händen seine Wangen bedeckte. Noch war ihr diese Bewegung bei ihm unbekannt, doch sie spürte, dass sich der Zustand ihrer Ehe veränderte. Trotzdem blieb sie bei ihrer ablehnenden Haltung, und es machte ihr nichts aus, dass sich Friedrich Wieck von ihr zurückzog. Hauptsache, man ließ ihr endlich den Frieden einer Schwangeren, den sie so dringend brauchte.

Das Kind wurde geboren. Es war ein Mädchen. Marianne meinte, nun müsse ihr Gatte endlich zufrieden sein. Er aber sah nur, dass dieses Kind schwächlich war und dass es winzige Händchen mit kraftlosen, kurzen Fingern hatte. Keine Klaviertatzen, wie er es so sehnsüchtig erwartet hatte. »Hier ist deine kleine Clara«, sagte Marianne mit erschöpfter Stimme, aber versöhnlich nach all den schweren Monaten.

Doch Friedrich Wieck schüttelte den Kopf. »Ihr Name soll Adelheid sein«, erklärte er und ging hinaus.

Als Adelheid nach neun Monaten starb, wunderte es ihn kaum. Er hatte in letzter Zeit so viel gearbeitet, dass er die Gegenwart dieses Kindes kaum noch bemerkte. Es war ihm fremd geblieben, und auch Marianne war ihm fremd geworden. Zwar bestand ihre Ehe weiter, denn so war es Pflicht nach den Gesetzen Gottes und des Staates, aber die Liebe war erloschen, irgendwann auf der Strecke geblieben, als ihn seine junge Frau zurückwies, der er sich geöffnet hatte wie noch nie einem Menschen zuvor.

Lass mich in Ruhe … Er ließ sie in Ruhe und verschloss sich bis zu dem Augenblick, als man ihm sein zweites Kind entgegenhielt: wieder ein Mädchen, aber diesmal ein kräftiges, gesundes. Er brauchte nur die Hände zu sehen, die wie zwei selbstständige Lebewesen nebeneinander auf dem Steckkissen lagen. »Klaviertatzen«, murmelte er und errötete vor Freude. »Richtige kleine

Elefantenpfoten!« Und er streichelte diese Hände, die für alle Welt einfach nur die Hände eines Neugeborenen waren, für ihn aber die Symbole der ersehnten Zukunft. »Du wirst sie alle überflügeln, meine süße Clara«, flüsterte er. »Hummel oder Moscheles – man wird sie vergessen, wenn man dich spielen hört.« Er schämte sich nicht, dass Tränen über seine Wangen flossen und auf die Wangen der kleinen Clara tropften, die ihn mit großen dunklen Augen anblickte, als verstünde sie alles.

Alwin wurde geboren und danach Gustav, doch Friedrich Wieck nahm die Knaben kaum zur Kenntnis. »Söhne sind nichts Besonderes«, antwortete er, als ihm Marianne vorwarf, er kümmere sich nicht um die Knaben. »Das Höchste, was man von den Burschen erwarten kann, ist, dass sie anständige Kerle werden.« Dafür aber, so lautete die unausgesprochene Aufforderung an seine Frau, habe die Mutter zu sorgen.

Es war, als hätte Friedrich Wieck nur ein einziges Kind, seine Clara, der er leise Tonleitern vorsang, der er die Klavierhändchen führte und an deren Zimmer er nicht vorbeigehen konnte, ohne wenigstens einen Blick hineinzuwerfen. Danach wandte er sich wieder seinen mannigfachen Tätigkeiten zu, unterrichtete, führte die Musikalienhandlung, tüftelte an der Verbesserung seiner Klaviere herum, organisierte Veranstaltungen und reiste immer wieder nach Wien, um Klaviere auszusuchen und den Herstellern Vorschläge zur Perfektionierung ihrer Instrumente zu unterbreiten.

Wenn er zurückkehrte, brachte er stets ein kleines Geschenk für Clara mit, doch nur für sie, denn nur sie liebte er. Die Frau, die ihn zurückgewiesen hatte, schien für ihn höchstens noch ein Teil seines Hauses zu sein, ein Möbelstück. So stolz er früher auf sie gewesen war, so wenig bedeutete es ihm nun, wenn man ihr Talent und ihre Schönheit rühmte. Es störte ihn sogar, dass sie immer wieder im Gewandhaus Konzerte gab, die vom Publikum mit viel Applaus aufgenommen wurden. »Eine Ehefrau soll das Vermögen ihrer Familie durch Sparsamkeit mehren und nicht damit, dass sie sich zur Schau stellt«, sagte er missmutig. Wären da nicht die Honorare gewesen, die nun tatsächlich zum Familienkapital beitrugen, hätte er Marianne die Konzerte vielleicht sogar verboten. Sie hätte es nicht verhindern können, denn er war das Familienoberhaupt, und was er entschied, hatte zu geschehen.

Doch Marianne war nie eine gewesen, die schwieg und demütig einsteckte. Wenn sie unzufrieden war, sagte sie es, und oft sagte sie es laut. Sehr laut. Und Friedrich Wieck antwortete kein bisschen leiser. »Sie streiten schon wieder«, seufzten die Dienstboten dann und schworen, früher oder später würden sie dieses Haus verlassen und sich einen friedlicheren Posten suchen. Sie alle standen aufseiten Mariannes. Den Hausherrn mochte keiner. DAS nannten ihn seine Schüler, was von »Der Alte Schulmeister« kam. Als Friedrich Wieck davon erfuhr, fürchtete man ein kräftiges Donnerwetter. Doch erstaunlicherweise lachte er und verwendete diesen Spitznamen manchmal sogar selbst. Dann aber wurde wieder gestritten, laut und beleidigend und ohne Rücksicht auf die Kinder. Alwin und Gustav rannten in ihre Zimmer und versteckten sich.

Nur Clara zeigte keine Regung. Sie unterbrach ihr Spiel nicht, wandte nicht einmal den Blick. Es war, als bemerkte sie gar nicht, was geschah. »Nicht mehr streiten!«, rief Alwin manchmal schluchzend, und Gustav flüsterte verzweifelt: »Böser Papa!« Doch von Clara hörte man solche Worte nicht. Lange schwieg man darüber, nur die Dienstboten munkelten, das Mädchen möge ja fürs Klavier begabt sein, wie sein Vater ständig herumtöne, eigentlich aber sehe es aus, als sei es stumm oder vielleicht sogar taub. »Wiecks Clara spricht nicht«, raunte man sich auch im Bekanntenkreis zu. Offen wagte man es nicht zu sagen.

»Sag etwas, Clärchen!«, flüsterte Marianne unter Tränen, wenn ihr Mann nicht da war. »Du bist doch ein gescheites Mädchen! Ganz bestimmt bist du gescheit. Aber warum sprichst du dann nicht?«

Doch Clara schaute ihre Mutter nur ernst an und schwieg.

Manchmal ging sie, wie um eine Antwort zu geben, zum Klavier und klimperte, was sie vom Vater gelernt hatte. Dann weinte Marianne noch mehr, und die Knaben versetzten der Schwester einen Stoß und sagten, sie sei blöde.

Der Einzige, der sich über Claras Schweigen keine Gedanken machte, war ihr Vater. »Das kommt alles noch«, sagte er noch lauter als sonst. »Wunderkinder entwickeln sich nicht wie der Durchschnitt.« Er kniff die Lider zusammen und starrte Marianne fast boshaft an. »In der Kunst spielt eine kleine Unvollkommenheit keine Rolle«, fügte er hinzu und erzählte von dem blinden Wunderkind aus Oranienburg, das als »Dulon, der blinde Flötenspieler« in ganz Europa berühmt geworden war. »Das Publikum liebt die Sensation«, sagte er und wusste genau, dass er Marianne weh tat. »Wenn unsere Clara nicht sprechen lernt …« Er konnte nicht weiterreden, denn Marianne stürzte sich auf ihn und hielt ihm den Mund zu. Dann fing sie an, laut zu schluchzen, während Clara schweigend in der Ecke stand, als hätte sie nichts gehört.

Ein falscher Freund

1

Es roch schon nach Schnee, als Friedrich Wieck ganz unerwartet verkündete, er werde in zwei Tagen nach Wien aufbrechen. Seine Versuche in der Werkstatt hätten Früchte getragen, und es sei nötig, die neuen Verbesserungen in der Klaviertechnik so schnell wie möglich mit den Wiener Instrumentenbauern zu besprechen. Worum es im Einzelnen gehe, brauche Marianne nicht zu interessieren. Sie werde genug zu tun haben, ihn beim Unterricht und im Laden zu vertreten.

Marianne wollte aufbrausen, weil sie sich übergangen fühlte. Doch dann schwieg sie. Ihr wurde bewusst, dass die Mehrarbeit sie nicht erschreckte. Dafür aber würde im Haus endlich Ruhe einkehren. Keine Kommandostimme, die jede Tür durchdrang, kein Streit und keine weinenden Knaben, die sich vor dem Vater fürchteten und sich wie kleine Duckmäuser in eine Ecke drückten, wenn er sie ansprach.

»Und wenn du in den Schnee gerätst?«, wandte Marianne höflich ein, obwohl es ihr eigentlich gleichgültig war.

Friedrich Wieck zuckte die Achseln: »Dann dauert die Reise eben länger.« Er zögerte kurz, dann tätschelte er Mariannes Wange. »Meine tüchtige kleine Frau!«, sagte er, doch es klang nicht zärtlich wie früher, sondern nur wie eine Floskel. Viele Ehemänner im Wieck'schen Bekanntenkreis sprachen so mit ihren Frauen: keineswegs unfreundlich, doch ohne Liebe oder gar Leidenschaft. Der Herr des Hauses ließ sich wohlwollend herab, ganz Ebenbild der staatlichen Obrigkeit, der alles zu gehorchen hatte, deren Strenge dafür aber Ordnung versprach, Versorgung und Schutz vor allem, was die Sicherheit gefährdete. Das Untier Napoleon war endlich auf seiner Insel im fernen Atlantik verreckt, und nur unverbesserliche Unruhestifter schwärmten noch heimlich von den Ideen der Revolution, der der spätere Kaiser wie einem Drachenei entsprungen war. »Meine tüchtige kleine Frau!«, wiederholte Friedrich Wieck und strich über Mariannes Haar. »Schade, dass du dein Haushäubchen nicht tragen willst.«

Mariannes Augen wurden schmal. »Warum sollte ich meine Haare bedecken?«, fuhr sie auf. »Früher gefielen sie dir. Du konntest gar nicht genug davon bekommen, mit ihnen zu spielen und in ihnen herumzuwühlen.«

Friedrich Wieck zog seine Hände zurück, als hätte er in Flammen gegriffen. Er blickte sich zu den Knaben um, die vor dem Fenster standen. »Nimm endlich den Daumen aus dem Mund, Gustav!«, fuhr er das Kind an, das aufschluchzte und aus dem Zimmer flüchtete. Dann wandte er sich wieder zu Marianne um. »Sei bitte nicht geschmacklos, meine Liebe!«, sagte er bedrohlich leise. »Alles hat seine Zeit. Man sollte nicht die Verwirrungen der Jugend gegen die Vernunft der reiferen Jahre ausspielen.«

»Reifere Jahre?« Mariannes Wangen hatten sich gerötet. »Ich bin sechsundzwanzig! Nimm bitte zur Kenntnis, dass ich mich noch jung fühle.« Sie wollte weitersprechen, doch Friedrich Wieck schnitt ihr das Wort ab. »Leider!«, antwortete er in scharfem Ton und ließ sie stehen.

Marianne starrte ihm nach. »Ich hoffe, du versinkst im Schnee und kommst nie mehr zurück«, flüsterte sie. Sie umarmte Alwin, der zu ihr floh und sich an sie schmiegte. Sie wusste, dass Friedrich Wieck ihre Worte nicht gehört hatte, doch es war schon ein Trost, sie auszusprechen.

Als zwei Tage später zu nachtschlafender Zeit das Haustor hinter Friedrich Wieck zufiel, war er bereits vergessen. Es schien, als hätte sich sogar die Luft im Hause von einem Augenblick zum nächsten verändert. Alwin und Gustav, die sonst um diese Zeit noch schliefen, tippelten eilig aus ihrem Zimmer und stellten sich hoffnungsvoll vor das Bett ihrer Mutter, die ihnen lächelnd zunickte. Da jauchzten sie auf und schlüpften zu ihr unter die warme Decke. Schon lange waren sie nicht mehr so fröhlich gewesen. Sie schrien vor Entzücken, als ihre Mutter sie kitzelte und umarmte und sie ihre gescheiten kleinen Buben nannte. Als das Talglicht erloschen war, schliefen sie ein, müde, glücklich und ohne Angst. Keiner von ihnen dachte an Clara, die allein in ihrem Zimmer lag und zur Decke blickte. Nur von ihr hatte sich der Vater verabschiedet, und nur sie dachte noch an ihn. Marianne und die Knaben waren sich selbst genug. Sie kamen nicht einmal auf den Gedanken, sich auf Friedrich Wiecks Seite des Ehebettes auszubreiten, auf dem noch zerknüllt das Federbett lag, so wie er es zurückgelassen hatte. Sogar von den Dingen, die zu ihm gehörten, wurde Abstand gehalten.

Das Leben im Hause veränderte sich. Da Friedrich Wieck nicht zugegen war, entfielen die allabendlichen Empfänge. Es wäre unpassend gewesen, eine bürgerliche Ehefrau in Abwesenheit ihres Gatten nach Sonnenuntergang aufzusuchen. Der Einzige, der hin und wieder am Nachmittag vorbeikam, war Adolph Bargiel. Dann trank er mit Marianne Tee, machte Johanna Strobel anzügliche Komplimente und fragte den Diener August nach seiner Familie auf dem Lande. Er kniff das Dienstmädchen in die Taille und lachte, wenn es geschmeichelt und empört zugleich aufschrie: »Sie sind mir aber einer, Herr Bargiel!« Währenddessen rutschte Adolph Bargiel bereits mit den Knaben das Treppengeländer hinunter oder nahm Clara auf den Schoß und ließ sie vorspielen, was sie von ihrem Vater gelernt hatte.

Es waren ruhige Tage, während draußen der Schnee fiel und die winterliche Stadt sich auf Weihnachten vorbereitete. Johanna Strobel buk die ersten Stollen, die noch Zeit brauchten, um bis zum Fest auszureifen und durch und durch weich zu werden. Johanna war froh, dass sich ihre Herrin für die Küche nicht interessierte, sondern lieber Klavier spielte oder zur Begleitung des Herrn Bargiel sang. Eine so schöne Stimme!, dachte Johanna dann. Wenn auch noch die beiden Knaben in die Lieder einstimmten, schniefte sie sogar kurz auf und war – irgendwie – glücklich. Die Musik hatte wohl doch etwas an sich, auch wenn man es in Gegenwart von Herrn Wieck nicht merkte.

Tonleitern und Etüden griffen nicht an Johanna Strobels Herz. Doch wenn Adolph Bargiel mit schmelzender Stimme »Teure Minka, ich muss scheiden« sang und Johanna dabei anblickte, als wäre genau sie jene wunderschöne Minka, von der der Liebende sich nicht trennen wollte, dann tupfte sie mit dem Saum ihrer Schürze in ihre Augenwinkel und erinnerte sich an einen Kuss vor sehr vielen Jahren. Es war der einzige Liebeskuss ihres Lebens geblieben, denn Johanna war immer vernünftig gewesen. Unzählige Geschichten über Mädchen wie sie, die vom Lande kamen und in der Stadt in Schande gerieten, hatten sie davor bewahrt, etwas zu wagen, und sei es auch nur ein flüchtiges Glück in den Armen eines jungen Mannes, mittellos wie sie selbst und vielleicht sogar guten Willens. Woher aber sollte man wissen, wem man trauen konnte? Da war es besser, Nein zu sagen. Immer wieder Nein, auch wenn es schwerfiel. Doch vermied man damit wenigstens das Schlimmste. Man behielt seinen sicheren Posten im Hause, war halbwegs angesehen auf dem Markt und bei den Lieferanten und blieb nie weinend zurück.

Teure Minka, ich muss scheiden: keine Option für Johanna Strobel. Kein überschwängliches Glück, aber auch keine Verzweiflung in Verlassenheit und Schande. Wenn Johanna Strobel in der Kirche das Bild von den klugen und den törichten Jungfrauen sah, wusste sie immer, wohin sie selbst gehörte. Sie war mit ihrem Öl stets sparsam umgegangen, und da sie das warme Licht nie kennengelernt hatte, vermisste sie es auch nur selten und mit zunehmendem Alter immer weniger.

Da Friedrich Wieck nicht da war, um alle Aufmerksamkeit zu beanspruchen, hatte Marianne nun auch für Clara mehr Zeit. Sie sorgte dafür, dass das Kind jeden Tag Klavier übte, und stellte fest, dass ihre Tochter mit dem Instrument fast verwachsen war.

Während Alwin und Gustav im Hause herumtollten, saß Clara freiwillig am Klavier, und jeden Tag schien sich ihre Geschicklichkeit zu verbessern. »Dein Papa wird sich freuen, wenn er zurückkommt«, sagte Marianne lächelnd. Es kam ihr vor, als ob Claras Augen aufleuchteten. So genau konnte man das jedoch nie wissen. »Sag etwas, Clärchen!«, flehte Marianne dann. »Nur ein einziges Wort!«

Aber Clara schwieg, auch wenn sie bereitwillig mit ihrer Mutter durch die Wohnung ging und sich sagen ließ, wie die einzelnen Gegenstände hießen. Sie hörte den Geschichten zu, die Marianne ihr und den Knaben erzählte, von armen, verlassenen Kindern, von Königstöchtern und Drachen und von schlauen Bauernburschen, die alle Hindernisse überwanden, um die traumschöne Prinzessin zur Frau zu gewinnen. Clara schien von den Erzählungen gefesselt zu sein wie ihre Brüder, doch während jene aufgeregt nachfragten und alles noch genauer wissen wollten, schwieg Clara. Wie immer.

2

Von Friedrich Wieck trafen Nachrichten ein, die seine Familie beunruhigt hätten, wäre sie nur ehrlich um ihn besorgt gewesen. Auf seiner Reise war er tatsächlich von einem frühzeitigen Wintereinbruch überrascht worden. Auf einer Straße entlang der Donau war seine Kutsche im Schneetreiben vom Weg abgekommen und eine Böschung hinabgestürzt. Der Postillion hatte dabei den Tod gefunden, während die Passagiere mit leichten Blessuren ins Freie krochen, gerettet, doch noch nicht in Sicherheit.

Die Nacht war bereits hereingebrochen. Unablässig fiel der Schnee vom Himmel. »Man konnte sich nicht vorstellen, dass dieses Gestöber jemals ein Ende finden würde«, schrieb Friedrich Wieck an Marianne – später, als er alles überstanden hatte und in einem Wiener Hotelfoyer am warmen Ofen saß. »Nur der Gedanke an Dich, meine innigst geliebte Frau, und an unsere guten

Kinder bewahrte mich davor, zu verzweifeln und mich tatenlos meinem Schicksal zu ergeben.«

Marianne wunderte sich nicht über den zärtlichen Ton seines Schreibens. Er entsprach der Konvention ihrer bürgerlichen Welt, die davon ausging, dass Eheleute einander liebten und ehrten. Auch wenn ein Großteil der Eheschließungen mehr von der Vernunft als von schmachtenden Gefühlen veranlasst war, unterstellte man doch, dass sich in der Ehe wie von selbst auch die Liebe einstellen würde. Die Kraft des christlichen Sakraments, die gemeinsame Nachkommenschaft und das tägliche Zusammenleben würden dafür sorgen, dass auch jene zusammenfanden, die einander vor der Trauung noch fremd geblieben waren. Niemand sprach darüber, dass nur allzu oft am Altar der Falsche gewartet hatte. Wie auch immer es drinnen aussah – der Ehrenkodex verlangte, dass das Ideal der Ehe nach außen hin aufrechterhalten wurde. Es wäre schon ein Tabubruch gewesen, in Gesellschaft zu streiten oder auch nur unhöflich zueinander zu sein.

Zur Öffentlichkeit gehörte auch alles, was schriftlich niedergelegt wurde, selbst Briefe und Tagebücher. Sogar ein Mann wie Friedrich Wieck schlug in Briefen einen Ton an, den er im täglichen Leben längst aufgegeben hatte. Er empfand es nicht als Heuchelei, wenn er Marianne seine »innigst geliebte Frau« nannte. Es entsprach allein der Höflichkeit seiner Zeit und seiner Gesellschaftsschicht, in der die Manieren beurteilt wurden und nicht das, was sie verbargen. Aus den gleichen Beweggründen versicherte er Marianne seiner Sehnsucht und des Wunsches, gesund zu ihr zurückzukehren. Diese tiefen Gefühle hätten ihm geholfen, schrieb er, sich durch den Schnee zu kämpfen, bis er zu einem einsamen Gehöft gelangte, wo er Hilfe für sich und seine Reisebegleiter fand, die hilflos an der Unglücksstelle auf ihn warteten.

Meine innigst geliebte Frau. Hätte Friedrich Wieck ein Tagebuch geführt, hätte er sich darin wohl in gleicher Weise über Marianne geäußert. Geschriebenes konnte in fremde Hände gelangen und war somit potentiell öffentlich. Da aber der Schein unter allen Umständen gewahrt werden musste, gab es auch keine Privatheit des Geschriebenen. Wenn die Wirklichkeit von der Konvention abwich, verwandelten sich die Worte auf dem Papier scheinbar zur Lüge. Trotzdem wurden sie nicht so ausgelegt, weil auch der Leser die Regeln kannte und nach ihnen bewertete.

»Mein geliebter Gatte«, schrieb deshalb auch Marianne, als sie Friedrich Wiecks Brief beantwortete. Sie versicherte ihm, wie sehr er von allen vermisst werde, und sie beschwor ihn, so schnell wie möglich zu seinen Lieben zurückzukehren.

»Gut, dass Papa nicht da ist!«, sagte Alwin, als seine Mutter ihr Siegel auf den Brief drückte.

Doch Marianne lächelte nur. »Das sagt man nicht, mein Junge«, mahnte sie milde und bereitete ihren Sohn damit sanft auf das richtige Verhalten vor in der Welt, in der er sich später zurechtfinden sollte und in der das »man« mehr zählte als das »ich«.

Weihnachten ging vorbei und dann Silvester. Ganz Europa lag unter einer dichten Schneedecke. Ein Winter, so streng wie schon lang keiner mehr. Selbst im Hause war es kalt, weil die Kamine schlecht zogen und die Kälte von draußen durch alle Ritzen hereindrang. Die Kinder hielten sich am liebsten in der Küche auf, weil es dort am wärmsten war. Marianne erlaubte sogar, dass die Mahlzeiten am Küchentisch eingenommen wurden. Trotzdem hatten Alwin und Gustav verschnupfte Nasen, und das Dienstmädchen hustete in die Kochtöpfe. Nur Clara schien die Kälte nicht zu stören. Schon nach dem Frühstück lief sie in den Salon und setzte sich ans Klavier. Ihre Finger waren rot gefroren und kühlten sich an den Tasten noch mehr ab, doch Clara schien es nicht zu bemerken.

Erstaunlicherweise funktionierte die Post. Regelmäßig trafen Briefe aus Wien ein. Begeisterte Briefe. Friedrich Wiecks Geschäfte liefen sogar noch erfolgreicher, als er es erhofft hatte. Trotzdem wäre er inzwischen gern nach Leipzig zurückgekehrt.

Die Erinnerung an seinen Unfall ließ ihn jedoch zögern. »Als Familienvater darf ich mich nicht unnötig in Gefahr begeben«, schrieb er. »Bei der ersten Wetterbesserung will ich mich aber auf den Weg machen.« Dann ermahnte er Marianne, die täglichen Spaziergänge trotz der Kälte nur ja nicht zu vernachlässigen. Vor allem für Clara sei es wichtig, stets in guter Verfassung zu sein. »Mens sana in corpore sano«, schärfte er Marianne ein. »Unser kleines Klavierwunder muss stark sein, auch körperlich. Das Blut muss mit Kraft durch den Körper strömen, dann findet auch der Geist seinen Weg.« Marianne schüttelte den Kopf und war zum ersten Mal froh, dass Clara dem Vater ganz gewiss nicht erzählen würde, wie seine Familie während seiner Abwesenheit lieber die Nähe des Ofens gesucht hatte, statt sich den kraftspendenden Nordwind ins Gesicht wehen zu lassen.

Eine Gewohnheit war entstanden, die nach und nach zur Selbstverständlichkeit wurde. Zu Beginn hatte Adolph Bargiel Marianne nur hin und wieder besucht. Inzwischen aber verbrachte er täglich viele Stunden im Hause Wieck. Manchmal kam es ihm fast vor, als wäre dies sein Heim und die Menschen hier seine Familie. In seiner eigenen Stube unter dem Dach fühlte er sich verloren. Er meinte, hier müsse er erfrieren. Jeden Abend hatte er Angst davor, dorthin zurückzukehren.

Wenn er nach Hause ging, trug er in einem Korb ein paar Ziegelsteine mit sich, die Johanna Strobel im Ofen erwärmt hatte, bis man sie kaum noch anfassen konnte. Wenn Adolph Bargiel aufbrach, wickelte Johanna die Ziegel in eine Wolldecke, und er beeilte sich heimzukommen, damit sie unterwegs nicht auskühlten. Sie wärmten sein Bett, während er hoffte, schnell einzuschlafen, damit er nicht spüren musste, wie nach und nach die Kälte wieder an ihm hochkroch.

An den Abenden, an denen er im Orchester spielte, fehlte ihm diese Wärmequelle. Sein Bett war so klamm, dass er manchmal meinte, es wäre feucht wie schmelzendes Eis. An solchen Abenden wurde ihm bewusst, dass er arm war. Ein Bohemien, den die Realität des Winters überfallen hatte. Zitternd und mit klappernden Zähnen lag er dann in seinem Bett. »Mein eisiger Sarg«, murmelte er manchmal und merkte nicht, dass seine Wangen nass von Tränen waren.

Er war einsam. Wenn im Frühling die Menschen wieder ins Freie strebten und die Begegnung miteinander suchten, würde sich bestimmt ein neues kleines Glück ergeben. Ein »Glückchen« hatte er es schon in seinen Jahren als Hauslehrer genannt, als er noch meinte, auf ihn warte auch noch etwas Größeres, das echte Glück eben, nach dem sich alle Menschen sehnten. Eigentlich glaubte er immer noch daran, doch bis es so weit war, musste man sich eben begnügen. Auch ein Glückchen konnte froh machen, die Liebschaft mit einer verheirateten Frau vielleicht oder mit einer Künstlerin aus dem Theater. So schnell fand man zueinander, wenn die Luft lau war und die Bäume blühten!

Vor Marianne ließ er sich nichts anmerken. Von dem Augenblick an, in dem er das Wieck'sche Haus betrat, war er der unbekümmerte Luftikus, den sie kannte, der hochbegabte Musiker und verständnisvolle Freund, der wusste, dass sie mit Friedrich Wieck nicht glücklich war. Trotzdem fragte er sie nie nach ihrer Ehe. Bei aller Verbundenheit hielt er Abstand, wie es sich gegenüber der Frau seines besten Freundes gehörte.

Auch Marianne hielt ihre Grenzen ein, obwohl sie gern über ihren Kummer gesprochen hätte. In der Nacht lag sie oft noch lange wach und fragte sich, an welcher Kreuzung ihres Lebens sie die falsche Richtung eingeschlagen hatte. Eigentlich aber wusste sie es ganz genau. Ich hätte diesen Mann niemals heiraten dürfen!, dachte sie.

Ihr Vater hatte sie gewarnt. Friedrich Wieck sei zu alt für sie, hatte er gesagt. Jede Leichtigkeit sei ihm fremd. Im Grunde sei er genau das Gegenteil von ihr. Wahrscheinlich fühle sie sich geschmeichelt, von ihrem eigenen Lehrer verehrt zu werden. Von einem, den sie als Autorität kennengelernt hatte. Der ihr Anweisungen erteilen durfte und ihr nun auf einmal zu Füßen lag. »Die Leidenschaft gibt sich«, hatte der Kantor gesagt. »Was dann noch bleibt, sind die Gemeinsamkeiten. Aus ihnen entsteht die Liebe. Die eheliche Liebe, wohlgemerkt, die ganz anders ist als das, was du im Augenblick empfindest.«

»Aber wir haben Gemeinsamkeiten!«, hatte Marianne gerufen, temperamentvoll, wie es ihre Art war. »Wir lieben beide die Musik. Könnte es ein wundervolleres Bindeglied geben?«

Doch ihr Vater hatte sich nicht überzeugen lassen. »Vielleicht liebt er die Musik«, gab er zu. »Aber er liebt sie ganz anders als du, glaube mir das.«

3

Als die Sonne höher stieg und der Schnee zu schmelzen begann, kam ein Brief, in dem Friedrich Wieck seine Rückkehr ankündigte. »Meine Aufgaben sind mit Erfolg abgeschlossen«, schrieb er in seiner kräftigen, zackigen Schrift. »Ich habe umfangreiche Bestellungen von Klavieren getätigt. Man wird die Instrumente nach meinen Vorgaben bauen und sie noch in diesem Jahr nach Leipzig liefern. Die Kunden werden begeistert sein. Welch ein hervorragendes Geschäft!« Den genauen Zeitpunkt seiner Ankunft könne er nicht nennen, fuhr er fort. Die Straßen seien teilweise noch vereist und wohl auch durch den Frost beschädigt. »Ihr Lieben könnt aber schon einmal mein Bett frisch beziehen und meine Hausschuhe bereitstellen. Bald werde ich bei Euch sein und das führerlose Schiff wieder auf Kurs bringen.«

Marianne zerknüllte den Brief und warf ihn gegen die Wand. Mit seinen Worten hatte Friedrich Wieck genau jenen Zorn in ihr ausgelöst, den sie seit den Streitigkeiten von früher nur zu gut kannte. »Was gibt es denn auf Kurs zu bringen?«, hätte sie ihm am liebsten zugerufen. »Glaubst du, nur du verstehst etwas von Geschäften und vom Unterricht? Unsere Schüler haben bei mir viel mehr gelernt als jemals bei dir. Sie halten sich genauso gerade, und ihre Finger sind ebenso kräftig. Zusätzlich haben sie aber auch noch ein Gefühl für den Zauber der Musik gewonnen. Der

Unterricht soll doch keine Drillveranstaltung sein, sondern ein tägliches Fest, das ans Herz rührt. Für dich brauchen die Schüler nur kräftig und geschickt zu sein. Bei mir haben sie begonnen, die Musik zu lieben.«

Sie fing an zu weinen: vor Zorn, weil er nicht da war, um ihre Vorwürfe anzuhören, und vor Verzweiflung, weil bald alles wieder seinen alten Gang gehen würde. Ganz selbstverständlich würde Friedrich Wieck wie zuvor der Herr im Hause sein, der erwartete, dass sein Wille Gesetz war, während sie, die überzeugt war, es besser zu wissen und zu können, sich beugen sollte, am liebsten mit einem spitzenbesetzten Haushäubchen auf dem Kopf. Wenn die Schüler Bach spielten, würde ihr Lehrer Tonleitern von ihnen fordern, und wenn sie nach Beethoven verlangten, würde er sie zu Cramer-Etüden verdonnern und zu Czerny-Trillerübungen. »Mozart würde es ihnen verzeihen, dass sie noch keine Virtuosen sind!«, rief Marianne im Geiste ihrem Gatten zu. »Sollen denn nur Meister die Werke von Meistern spielen dürfen?«

Sie lief im Zimmer auf und ab. Erst jetzt wurde ihr bewusst, wie unerträglich es für sie sein würde, das alte Leben wieder aufzunehmen. Sie stieß mit dem Fuß gegen den zerknüllten Brief und stampfte darauf herum. Erst nach einer Weile sank sie erschöpft auf einen Stuhl und weinte leise vor sich hin.

In ihrer Verzweiflung merkte sie nicht, dass sich die Tür geöffnet hatte und Adolph Bargiel eingetreten war. Er zögerte erst, dann kam er näher. Er fragte nicht, warum sie so traurig sei. Er wusste es längst. Ihm war, als hätte er diese Situation bereits erlebt. In den langen Nachtstunden in seiner kalten Kammer hatte er es sich immer wieder vorgestellt: Marianne, die ihr Schicksal beweinte. Marianne, die Trost brauchte, und er, der ihr diesen Trost zu spenden vermochte.

Es darf nicht sein!, hatte er dann gedacht und versucht, die Sehnsuchtsbilder auszulöschen. Friedrich ist mein Freund. Jede andere, nur nicht Marianne!

Doch jetzt saß sie vor ihm, genau so wie in seinen verbotenen

Träumen. Der Unterricht war längst zu Ende. Alwin und Gustav spielten in der warmen Küche, und die Dienstboten waren beschäftigt. Die Welt da draußen, jenseits dieses Zimmers, war plötzlich unerhört fern. Weit weg die Menschen und ihre Konventionen, ihre Tabus und ihre Strafen. Nur Marianne war noch da und er selbst, Adolph Bargiel, der einst so viel erreichen wollte und doch ein armer Schlucker geblieben war. Ein Singvogel in der Welt der Tüchtigen und Bodenständigen. Einer, der die Menschheit nicht voranbrachte. Er zerstörte nichts und baute nichts auf. Weder kaufte noch verkaufte er. Er verwaltete keinen Besitz und keine Schicksale von Menschen. Er sang nur gern und entlockte seinen Instrumenten die bezauberndsten Melodien. Er wusste, was Zärtlichkeit war und wie sehnsuchtsvoll selbst jene nach ihr verlangten, die im Alltag achselzuckend über seine unbedeutende Gegenwart hinweggingen.

»Marianne!«, sagte er leise, obwohl er wusste, dass selbst das schon zu viel war.

Das Geschenk der Sprache

I

Lange Zeit merkte in Leipzig niemand, dass im Hause Wieck die Welt zusammengebrochen war. Man wunderte sich nur, dass die junge Frau des »schrecklich tüchtigen Wieck« Hals über Kopf zu ihren Eltern nach Plauen gereist war. Die kleine Clara hatte sie mitgenommen, während die beiden Knaben zu einer Madame in Pension gegeben wurden – nur vorübergehend, wie es hieß. Marianne Wiecks Mutter sei schwer erkrankt, und die Tochter werde in Plauen noch dringender gebraucht als in Leipzig, erklärte Friedrich Wieck jedem, der es hören wollte. Man schüttelte heimlich den Kopf über dieses Arrangement, hatte aber keinen Grund, es anzuzweifeln. Marianne Wiecks Ruf war ohne Tadel, wurde allgemein festgestellt. Während der langen Abwesenheit ihres Gatten hatte sie in vorbildlicher Weise seine Verpflichtungen übernommen, und als er zurückkehrte, hatte sie ihm ohne Murren wieder Platz gemacht, wie es sich für eine Ehefrau gehörte.

Auch die Dienstboten wussten nichts Nachteiliges zu berichten. Einzig Johanna Strobel verweigerte jeden Kommentar. Nur sie hatte beobachtet, wie am Nachmittag vor Mariannes Abreise das Ehepaar zu seinem üblichen zweistündigen Spaziergang aufgebrochen war. Ganz ruhig wie immer. Als die beiden jedoch zurückkehrten, gab es kein Wort mehr zwischen ihnen.

Marianne packte drei große Koffer und nahm fast alle ihre eigenen Sachen mit sowie auch Claras Übergangs- und Sommerkleidung und ihre Noten. Am meisten aber beunruhigte es die

Haushälterin, dass Marianne in der folgenden Nacht nicht in der ehelichen Kammer schlief, sondern sich zu Clara ins Bett legte. Um vier Uhr morgens stand sie schon wieder auf, zog sich selbst und danach Clara an, gab dem Kind in der Küche noch ein Stück Brot und einen Apfel für das Reisekörbchen und ging dann ins Zimmer der Knaben, die noch schliefen. Johanna Strobel sah von der Türe aus, dass Marianne vor unterdrücktem Schluchzen bebte und dass sie sich kaum vom Anblick ihrer kleinen Söhne losreißen konnte.

»Wollen Sie nicht lieber bei uns bleiben, gnädige Frau?«, drängte Johanna Strobel. »Vielleicht könnte sich jemand anderes um Ihre Frau Mutter kümmern. Die Kinder brauchen Sie doch auch!«

Marianne aber schüttelte nur wortlos den Kopf und verließ den Raum, ohne sich noch einmal umzudrehen.

Vor dem Haus wartete bereits der Diener August mit einem kleinen Leiterwagen, auf den er die Koffer gepackt hatte. Es war noch dunkel und sehr kalt. Erst jetzt schien Clara zu begreifen, dass dies kein Tag war wie jeder andere. Sie versuchte, sich aus dem Griff ihrer Mutter zu befreien und wollte zurück ins Haus. Marianne aber hielt sie fest. »Wir müssen zur Postkutsche, Clärchen«, sagte sie beschwörend. »Es ist schon spät. Komm doch! Keine Sorge, du wirst schon bald wieder hier sein.«

Doch Clara wehrte sich. Fast unter Zwang musste sie weitergezerrt werden und fiel dabei beinahe hin. Erst da öffnete sich noch einmal das Haustor, und Friedrich Wieck trat heraus. »Komm, meine kleine Clara«, sagte er so sanft und zärtlich, wie man es kaum je von ihm gehört hatte. »Du fährst nur auf Besuch zu deinen Großeltern. Wenn der Sommer vorbei ist, kommst du wieder zurück. Deinen fünften Geburtstag feierst du hier bei mir, und danach werden wir uns nie mehr trennen.« Behutsam hob er sie hoch und trug sie auf dem Arm bis zur Poststelle, wo bereits reges Treiben herrschte. Er wartete, bis Mariannes Koffer aufgepackt waren, und steckte dem Kutscher noch ein paar Münzen zu, damit er auf der Reise die beiden Damen mit besonderer Zuvorkommenheit behandelte. Danach blies der Postillion in sein Horn: vier Takte seines Signals, das den Reisenden und den Anwohnern die bevorstehende Abfahrt ankündigte. Das Signal sollte frisch und keck klingen, doch es kam bloß eine Art Gewinsel zustande, dass nur zu hoffen war, der Postillion könne besser lenken als musizieren.

Die Türen wurden geschlossen und die Treppchen hochgeklappt. Dann setzte sich der Postillion aufs Sattelpferd und ließ die Peitsche schnalzen. Langsam und ruckweise setzte sich die Kutsche in Bewegung. Hinter der Scheibe sah Friedrich Wieck das Gesicht seiner Tochter, blass und flehend. Er hob die Hand zum Abschied und senkte sie nicht mehr, bis die Kutsche um die Ecke verschwunden war. Als er zum Haus zurückging, merkte er, dass ihm Clara ihren Reiseapfel in die Manteltasche gesteckt hatte. Er umschloss ihn fest mit seiner Hand und nahm sich vor, ihn aufzubewahren, bis seine Tochter wieder zurück war.

Da die Fahrt nicht vorbestellt war, reisten Marianne und Clara nicht in einer gewöhnlichen Postkutsche, sondern in einer Diligence, einer Riesenkutsche für vierzehn Personen, die viel teurer war. Noch an der Poststelle hatte sich Friedrich Wieck bemüht, für Mutter und Tochter einfache Plätze im Hauptabteil zu buchen, doch dort war nichts mehr frei gewesen. So musste er die besten, aber auch kostspieligsten Plätze vorne im Coupé belegen – ein Luxus, den er Marianne eigentlich nicht gönnte, für Clara aber bereitwillig bezahlte.

Im Coupé rüttelte es weniger, und man hatte größere Bewegungsfreiheit. Trotzdem war die Fahrt immer noch äußerst beschwerlich. Schon in der Stadt rumpelte das Gefährt bedrohlich über die kantigen Pflastersteine. Draußen auf der Landstraße aber wurden die Fahrgäste regelrecht durchgeschüttelt. Die elegante Diligence mit ihrem Postillion in feiner Montur holperte durch Schlaglöcher und Rillen, dass schon nach einer halben Stunde einem Herrn schlecht wurde und eine Dame in Tränen ausbrach und verlangte, umgehend in die Stadt zurückgebracht zu werden. Doch solche Wünsche blieben unerfüllt. Wer sich auf die Reise eingelassen hatte, musste sie bis zum Ende durchstehen.

Allmählich dämmerte der Morgen. Marianne hatte gehofft, sie und Clara könnten während der Fahrt noch ein wenig Schlaf nachholen, doch der nachwinterliche Zustand der Straßen machte dies unmöglich. So legte Marianne ihren Arm um das kleine Mädchen und zog es an sich. Was habe ich euch Kindern nur angetan!, dachte sie. Nie werde ich mir das verzeihen können.

Nun, da sie wusste, welches Unglück ihr Leichtsinn über die ganze Familie gebracht hatte, hätte sie das unselige Ereignis am liebsten ganz aus ihrem Gedächtnis verbannt. Wie trüb das Licht an jenem winterlichen Spätnachmittag gewesen war! Unwirklich und beklemmend. Und wie niedergeschlagen sie sich gefühlt hatte! Eine junge Frau, die begriff, dass sie in eine Falle geraten war. Ein Leben in Wohlstand zwar, um das viele sie beneideten. Doch auch ein Leben, in dem das eigene Talent – von Gott geschenkt und als Verpflichtung auferlegt – erstickt werden sollte. Eine tüchtige kleine Bürgersfrau sollte sie sein und hatte doch schon den Applaus des Publikums kennengelernt und vor allem die grenzenlose Befriedigung, das Höchstmögliche geleistet zu haben. Die eigene Stimme zu hören als einziges Geräusch in einem großen Saal – himmlisch schön wie ein Frühlingshauch in der Luft. Oder am Klavier zu sitzen und mit dem ganzen Körper und der ganzen Seele in die Musik einzutauchen ... Ein Haushäubchen sollte sie tragen, wo der Himmel sie doch mit einer Gabe beschenkt hatte, dass ihr eine kleine Krone gebührt hätte!

Und dann diese Stimme: »Marianne!« Nur das und danach eine Hand, die ihr über den Nacken strich – so sachte, dass man es für eine Sinnestäuschung halten konnte. Marianne. Noch nie hatte sie ihren Namen in dieser Weise vernommen. Wie ein Gebrauchsgegenstand war er bisher gewesen. Wie ein Schild, auf dem sie als Person benannt wurde, damit man sie von anderen unterscheiden konnte. Marianne!, rief man nach ihr. Marianne!, tadelte man sie. Marianne, sagte man im Ablauf des Tages immer wieder gleichmütig zu ihr. Doch jetzt auf einmal so zärtlich und leise: »Marianne!« Nie hatte sie einen schöneren Namen gehört. Nie hatte ihr Herz lauter gepocht. Nie hatte sie sich so ohne jede Vernunft einfach fallen lassen.

»Ehebruch also!«, hatte Friedrich Wieck mit einer nie zuvor gehörten, ruhig-kalten Stimme festgestellt, nachdem ihm Marianne ihren Fehltritt und dessen bevorstehende Folgen gestanden hatte. »Madame Wieck spendet dem verkrachten Künstler Bargiel ein Glückchen!« Er blickte Marianne aus schmalen Augen an. »So nennt unser Möchtegern-Casanova nämlich seine Eroberungen. Glückchen. Im Laufe der Jahre sind es schon ziemlich viele geworden.«

Sie waren in einen Seitenweg eingebogen, um den anderen Spaziergängern kein Schauspiel zu bieten. Zumindest darin waren sie sich einig. Marianne versuchte sich zu rechtfertigen und zu erklären, was keiner Erklärung bedurfte. Doch Friedrich Wieck hörte ihr nicht mehr zu. »Ein falscher Freund!«, sagte er mit seiner neuen Stimme. »Wie konnte ich ihm nur trauen! Ich hätte wissen müssen, dass an diesem Menschen alles falsch ist. Sogar der Name, hast du das gewusst?« Er lachte auf, unfroh, verbittert. »Adolph Bargiel nennt er sich, weil das romantischer klingt als sein wirklicher Name: Anastasius Bargel!« Es hörte sich an, als spucke Friedrich jedes Wort einzeln aus. »Anastasius Bargel! An einem unserer elenden Abende als Hauslehrer unterhielten wir uns darüber, wie entscheidend der richtige Name für die Karriere eines Künstlers sein kann. Wir fragten uns, ob ein Musiker mit dem Namen Bargel überhaupt die Begeisterung des Publikums erwecken könne. Genau das war nämlich der Herzenswunsch unseres begabten Freundes: alle mitzureißen und die Welt zu erobern, vor allem deren weiblichen Teil.«

Marianne packte ihren Gatten am Arm. »Hör bitte auf, Friedrich!«, flehte sie. »Wir müssen reden, ernsthaft reden. Wie sollen wir sonst mit unserem Unglück fertig werden?«

Doch Friedrich Wieck schüttelte sie ab. »Unser Unglück?«, fragte er. »Doch wohl nicht meines. Ich habe weder die Ehe gebrochen noch einen Bastard gezeugt.« In seinen Augen stand nur noch Ablehnung. »Wie wird es sich wohl anfühlen, eine Frau Bargel zu sein? Klingt ein wenig nach Käse, nicht wahr?«

Erst jetzt merkte Marianne, dass ihr Weg sie aus Gewohnheit in die Nähe der Eiche geführt hatte, in deren Rinde sie einst ihre Initialen geritzt hatten.

Friedrich Wieck allerdings schien daran nicht zu denken. »Ich werde mich von dir scheiden lassen«, sagte er, ohne sie anzusehen. »Schon morgen wirst du zu deinen Eltern zurückkehren. Wir werden den Schein wahren und deine Fahrt mit einer Krankheit deiner Mutter begründen. Die Kinder bleiben selbstverständlich bei mir.«

Marianne schrie auf. »Das kannst du nicht von mir verlangen! Es sind meine Kinder. Ich habe sie geboren.« Noch immer hoffte sie, Friedrich Wieck zu einer gütlichen Einigung veranlassen zu können. Sie wusste nur selbst nicht, ob eine solche Einigung überhaupt möglich war.

Friedrich Wieck schwieg lange. »Nun gut«, murmelte er dann. »Man würde es nicht verstehen, wenn du deine kleine Tochter im Stich ließest. Vielleicht ist es leichtsinnig von mir, dir noch in irgendeiner Weise zu vertrauen. Trotzdem werde ich dir das Kind für die Monate bis zu seinem fünften Geburtstag mitgeben. Wenn du nicht mehr da bist, muss der Haushalt neu geordnet werden. Für die Knaben wird es kein Problem sein, eine Weile anderswo zu wohnen. Clara möchte ich das allerdings nicht zumuten.« Er packte Marianne am Arm. »Dass du mir aber gut für sie sorgst!«, befahl er drohend. »Jeden Tag Klavier üben – und nicht zu schnell. Du weißt ja, dass sie immer viel zu flott spielt. Jeden Tag spazieren gehen, wenigstens zwei Stunden, und Mäßigkeit beim Essen. Wenig Süßes und Gebackenes, damit sie nicht verweichlicht.«

Sie machten sich auf den Rückweg. Während der ganzen folgenden Stunde sprachen sie nicht mehr miteinander. Marianne hatte begriffen, dass es zwecklos war, Friedrich Wiecks Verständnis zu erhoffen. In seiner abweisenden Kälte war er ein Fremder für sie. Es wäre ihr fast lieber gewesen, hätte er wie früher heftig mit ihr gestritten. Dafür aber hatte er sich wohl schon zu weit von ihr entfernt. So schnell!, dachte sie. Es ist, als hätte er vergessen, dass wir jahrelang verheiratet waren … Aber hatte sie selbst es nicht auch vergessen?

Auf der Schwelle ihres Hauses blieben sie stehen. »Morgen früh reist ihr ab«, bestimmte Friedrich Wieck. »Um die Scheidung werde ich mich kümmern. Danach kannst du deinen Galan heiraten, wenn er bereit ist, dem Bastard seinen Namen zu geben. Ich denke, er wird davon nicht begeistert sein. Als er noch mein Freund war, hat er mir gestanden, dass er mit einer reichen Heirat rechnet.«

Deutlicher noch als zuvor wurde Marianne bewusst, wie hoffnungslos ihre Lage war. »Ich werde von etwas leben müssen«, sagte sie, beschämt über die eigene Abhängigkeit. »Was ist mit meiner Mitgift? Und mit den Gagen für meine Konzertauftritte? Mit meinen Honoraren? Ich habe doch auch Geld verdient in all den Jahren!« Sie hoffte, er würde Großmut beweisen und sie nicht demütigen.

Doch Friedrich Wieck zuckte die Achseln. »Mach dich nicht lächerlich!«, antwortete er kalt und ließ sie stehen. »Ich werde eure Reise bezahlen und dir Geld für Clara mitgeben. Das muss reichen. Wovon du danach lebst, geht mich nichts mehr an.«

So viel Unglück für so wenig Glück, dachte Marianne, während die Kutsche in den Morgen hineinfuhr. Wie hastig Adolph Bargiel das Haus seines betrogenen Freundes verlassen hatte! Wie nach dem Sündenfall hatte sie sich gefühlt, und er vielleicht auch. Vom Fenster aus hatte sie ihm nachgeblickt, wie er die Straße hinunterlief und in der Abenddämmerung verschwand, als hätte es ihn und ihre schicksalhafte Begegnung nie gegeben.

Nach der Gewohnheit der vergangenen Wochen hätte er am nächsten Nachmittag wiederkommen müssen. Doch er kam nicht. Auch nicht am folgenden Tag oder irgendwann danach. Eigentlich war sie sogar froh darüber gewesen, erleichtert. Als

Friedrich Wieck dann von seiner Reise zurückkehrte, atmete sie schon auf. Niemand würde je erfahren, was geschehen war. Erst nach ein paar Wochen erlangte sie die Gewissheit, dass ihr etwas Unabänderliches zugestoßen war.

Trotz ihrer Bedrängnis war sie nie auf den Gedanken gekommen, Adolph Bargiel einzuweihen. Von Anfang an war sie jedoch entschlossen gewesen, Friedrich Wieck alles zu gestehen. Aber hätte sie denn überhaupt eine andere Wahl gehabt? »Ich muss mit dir reden«, hatte sie begonnen, als sie ihren gewohnten Spazierweg einschlugen. »Ich muss mit dir reden.«

So viel Unglück für so wenig Glück ... Ratternd und rumpelnd fuhr die Kutsche durch eine Landschaft, in der der bevorstehende Frühling noch kaum zu ahnen war. Hin und wieder floh ein Reh in den Wald, und zwischen den Stämmen glosten die Feuer der Kohlenbrenner. Hie und da ein Bauernhof mitten in den Wiesen und Feldern und einmal zwei Wanderburschen, die wortlos und müde dahintrotteten. Als sie die Kutsche bemerkten, brachten sie sich auf dem Straßenrand in Sicherheit und warteten mürrisch, bis der Weg wieder ihnen gehörte.

Clara aß ihr Brot und schlief dann trotz des Rüttelns ein. Auch Marianne döste vor sich hin. Es lässt sich ja doch nichts ändern, dachte sie und vermied den Gedanken an ihre Eltern und an deren Entsetzen, wenn sie die Wahrheit erfahren würden.

2

Wer sein Kind liebt, züchtigt es, lautete das pädagogische Prinzip, das kaum angezweifelt wurde. Auf welche Weise man diese Regel vollstreckte, hing davon ab, aus welcher Gesellschaftsschicht die Erziehenden stammten, welches Verhältnis sie zur körperlichen Gewalt hatten und wie eng der tägliche Umgang mit ihren Kindern war. Hätte man allerdings den Kantor Tromlitz und seine Gattin befragt, so hätten sie freundlich, aber mit Überzeugung erklärt, Erziehung sei zuallererst eine Frage der Liebe und beruhe nicht auf Züchtigung, sondern auf Verantwortungsbewusstsein, Verständnis für die Seele des Kindes und auf zärtlicher, wenn auch konsequenter Fürsorge. Im Hause Tromlitz hatte es Schläge nie gegeben. Auch andere, mildere Strafen waren selten vorgekommen. Dafür wurde viel gelobt oder – als Gegenteil davon – dieses Lob entzogen. Wenn ihre Eltern schwiegen, hatte die kleine Marianne immer gewusst, dass ihr Verhalten oder ihre Leistung kein Lob verdienten und dass man mit ihr nicht zufrieden war.

Auch jetzt schwiegen die Eltern, nachdem ihnen Marianne – gefasst, wenn auch unter Tränen – berichtet hatte, was geschehen war. Sie schonte sich selbst nicht, schilderte aber auch das Verhalten ihres Gatten und die täglichen Auseinandersetzungen.

Ihre Eltern hörten ihr ruhig zu und fragten nicht nach. Erst als Marianne die bevorstehende Scheidung erwähnte und das Kind, dem Friedrich Wieck seinen ehelichen Namen verweigern würde, schlug Mariannes Mutter die Hände vors Gesicht. »Haben wir dich für ein solches Leben erzogen, Marianne?«, flüsterte sie. »Was haben wir nur falsch gemacht?«

Alle Folgen ihres Tuns brachen über Marianne herein und schienen sie unter sich zu begraben: die ersten Zweifel, die in der kleinen Stadt aufkeimen würden. Die ersten Vermutungen, wenn sie länger im Hause ihrer Eltern verweilte, als es beim Besuch einer Tochter üblich war. Zufällige Informationen aus Leipzig, die vom offenkundigen Zerwürfnis des Ehepaares Wieck berichteten. Und dann: die Geburt eines Kindes, von dem der Ehemann nichts wissen wollte, und schließlich die Scheidung, so unerhört in bürgerlichen Kreisen! Eine Schande für alle, die irgendwie damit zu tun hatten. Auch die Eltern Tromlitz würde es treffen. Es würde keine Rolle spielen, dass ihr eigenes Leben stets vorbildlich gewesen war. Dass sie einfach gute Menschen waren, voller Anstand und Nächstenliebe. Dass ihre Tochter eine Ehebrecherin war, eine geschiedene Frau, würde auch auf sie zurückfallen.

Der Kantor fasste sich als Erster. »Die einzige Rettung für dich und dein Kind ist eine Heirat mit diesem Mann«, sagte er. Marianne spürte den Gram, den es ihm bereitete, dass sein Kind womöglich zum zweiten Mal in eine Ehe schlitterte, die dem Vorbild der Eltern nicht einmal nahe kam. »Liebst du ihn?«

Marianne senkte den Kopf.

»Liebt er dich?«

»Ich weiß es nicht.«

Damit war das Gespräch beendet.

Erst ein paar Wochen später teilte ihr der Vater mit, er habe mit »Herrn Bargiel« korrespondiert. Herr Bargiel sei bereit, für die Folgen seines Handelns einzustehen, wie es sich für einen Ehrenmann gehöre. Nach der Scheidung, die sich mindestens über ein Jahr hinziehen werde, werde er um Mariannes Hand anhalten. Nach Leipzig werde sie natürlich nicht zurückkehren können, was bedeutete, dass Herr Bargiel seine Stellung beim Gewandhausorchester aufgeben müsse. Glück im Unglück sei es allerdings, dass der Musikerzieher und Unternehmer Bernhard Logier demnächst auch in Berlin ein eigenes Institut gründen wolle. Er habe Herrn Bargiel im Wieck'schen Institut kennengelernt und ihm die Leitung der Berliner Schule angeboten. Herr Bargiel habe zwar bisher vorgehabt, seine Karriere als Künstler weiterzuverfolgen. Da er aber nun bald für eine Familie sorgen müsse, werde er auf sein Bühnenleben verzichten und den Weg in die bürgerliche Sicherheit einschlagen.

Marianne schwieg. Die ersten Anzeichen der Schwangerschaft konnten nicht mehr weggeleugnet werden. Manchmal war sie so müde, dass sie sich am liebsten gar nicht mehr bewegt hätte. Nicht einmal die Mitteilung ihres Vaters gab ihr ihre Kraft zurück. »Dann bin ich wohl gerettet«, murmelte sie nach einer Weile und war zu schwach, um dem Vater zu danken.

»Wir sind alle gerettet«, antwortete ihre Mutter leise. »Keine wirklich ehrenwerten Menschen mehr, aber man wird uns auf der Straße wenigstens noch grüßen. Es fragt sich nur, ob dein Vater seine Stellung als Kantor behalten darf.«

Für Clara gehörten die Wochen in Plauen zu ihren frühesten Erinnerungen. Alles hier war anders als zu Hause in Leipzig, schon am Morgen, wenn es im Hause immer noch ruhig war, obwohl alle bereits aufgestanden waren. Clara lag in ihrem Bett und meinte, die Großeltern und ihre Mutter schliefen noch. Erst nach einer Weile bekam sie Zweifel. Sie ging zur Tür und öffnete sie. Von unten, aus der Küche, drang leises Geschirrklappern, und aus dem Wohnzimmer hörte man plaudernde Stimmen. Barfuß stieg Clara die Treppe hinab und horchte. Dann trat sie ein.

Wie schön es war, so liebevoll begrüßt zu werden! Nie würde sie vergessen, wie alle sie anlachten und sie sich im Nachthemd dazusetzen durfte. Sie musste an ihren Vater denken, der ihr bei aller Liebe eine solche Nachlässigkeit nie erlaubt hätte. Doch es war wunderbar, sich einfach an die Großmutter zu schmiegen und am Vormittag dann mit der Mutter am Klavier zu sitzen, den Körper ohne die Rüstung aus Gestänge und Bändern, die Finger frei und unbehindert. Oh, wie die Töne da dahinperlten! Das ernste Kind Clara konnte gar nicht mehr aufhören zu lächeln.

Manchmal kam es Clara vor, als ob die Mutter traurig wäre. Früher hätte sie so etwas wohl nicht bemerkt. Zu viel Lärm war immer um sie herum gewesen und über allem die laute Stimme ihres Vaters, der sie allen anderen vorzog. Von Anfang an hatte Clara gespürt, wie wichtig sie ihm war und wie viel er von ihr erwartete. Manchmal, wenn sie einen Fehler machte, hatte sie Angst davor, ihn zu enttäuschen. Dann bemühte sie sich doppelt, bis er wieder Grund hatte, sein Clärchen zu loben. Mit jedem zustimmenden Nicken ihres Vaters blühte sie mehr auf. Er war das Gesetz für sie, größer und wichtiger sogar als der liebe Gott, den sie sich ohnedies genau so vorstellte wie ihren Vater. Sie fühlte sich geborgen bei ihm und wäre nie auf den Gedanken gekommen, dass sie ihn heimlich auch fürchtete. Sein Blick trieb sie ans Klavier und verschloss ihr den Mund.

Der Sommer kam. Statt der langen Spaziergänge half Clara manchmal bei der Arbeit im Garten der Großeltern. Die Großmutter wunderte sich, dass Clara kein Spielzeug mitgebracht hatte. »Hast du denn keine Puppen?«, fragte sie erstaunt. »Kein Schaukelpferd oder wenigstens eine Strickliesel?« Sie schüttelte den Kopf, als Marianne erklärte, Friedrich Wieck halte diese Kinderspiele für Zeitverschwendung. Ein Wunderkind wie Clara habe Wichtigeres zu tun … Da bestand Madame Tromlitz darauf, dass man auf den Dachboden stieg und die Spielsachen hervorholte, die einst Marianne gehört hatten. Die Großmutter zeigte Clara die Puppen und ihre prachtvollen, selbst genähten Kleider, das Puppenhaus, den Kaufmannsladen und das Kasperletheater, das der Kantor selbst gebaut hatte. »Wir können alles hinuntertragen«, lockte die Großmutter. »Such dir aus, Clärchen, womit du beginnen möchtest.« Doch Clara blickte nur ablehnend zu Boden. Sie sehnte sich plötzlich nach ihrem Vater.

»Lass sie, Mutter«, sagte Marianne leise. »Ich glaube, für diese Dinge ist es zu spät.« Sie nahm einen bunten Ball, der in einem roten Netz an einem Haken hing, doch sie versuchte nicht, ihn Clara aufzudrängen.

Ein paar Tage lang war das Lächeln aus Claras Gesicht verschwunden. Dann entspannte sie sich wieder. Nur am Klavier durfte man sie fordern. Alles andere war zu viel für sie. Einzig der bunte Ball fand ihr Interesse. Sie, die sich so gern und so geschickt bewegte, rollte ihn hin und her, warf ihn hoch, ließ ihn von der Wand abprallen und fing ihn auf, wenn ihr Großvater ihn ihr zuwarf. Von da an spielten sie jeden Tag mit dem Ball, und Clara wurde immer geschickter. Ihr Lächeln kehrte zurück. Auf dem Klavier spielte sie immer schneller und lachte, wenn Marianne sie ermahnte. Ihr Lachen war Medizin für die ganze Familie.

Noch immer hatte in Plauen niemand Verdacht geschöpft. Doch wenn erst der Sommer vorbei war, würde Clara zu ihrem Vater zurückmüssen und Mariannes Zustand würde sich nicht mehr verheimlichen lassen – kein Unglück für eine verheiratete Frau. Doch was würde man sagen, wenn sich die Wahrheit herumsprach?

Ein milder Sommer. Claras Gesicht war braun von der Sonne. Manchmal vergaßen Marianne und ihre Eltern fast, in welcher Zwangslage sie sich befanden. Dann saß der Kantor am

Klavier, und alle sangen. Auch Clara lächelte, und ihre Augen leuchteten.

»Sie sieht glücklich aus«, stellte die Großmutter fest. »Wenn sie doch nur sprechen könnte!«

Eigentlich aber hatten sie die Hoffnung aufgegeben. Marianne forderte Clara nicht mehr auf, etwas zu sagen. »Man muss sich in Gottes Hand begeben«, sagte der Kantor einmal – ohne Resignation, nur in dem tiefen Glauben, dass die Wege des Herrn wunderbar waren. Und so begaben sie sich in Gottes Hand, lebten von einem Tag zum anderen und waren gut zueinander.

Eines Tages ernteten sie die Kirschen von dem großen Baum in ihrem Garten. Auch Clara beteiligte sich eifrig. Als sie fertig waren, setzten sie sich an den Tisch unter dem Baum und fingen an, von den Kirschen zu naschen. Marianne machte Clara Ohrringe aus den Früchten, und Clara freute sich, als ihr Großvater sagte, nun sehe sie noch einmal so schön aus.

Doch dann wurde Clara plötzlich ernst. Sie blickte um sich, als nehme sie alles zum ersten Mal wahr. Das Gespräch verstummte. Alle hatten das Gefühl, dass irgendetwas anders war. Sie waren sich des Schweigens bewusst, das mit einem Mal auf ihnen lastete. In den Büschen sang eine Amsel, und die Blätter raschelten im Wind. »Mir war, als ginge ein Engel vorüber!«, sagte die Großmutter später, wenn sie sich erinnerte.

Alle schauten auf Clara, die kaum merklich die Lippen öffnete. Sie atmete tief und schien mit sich selbst zu kämpfen. Dann fing sie auf einmal an zu sprechen, ganz unerwartet, doch mit einer klaren, deutlichen Stimme. »Kirschen sind das Höchste für mich!«, sagte sie, ohne dass es ihr Mühe zu bereiten schien. Eine wohlklingende Mädchenstimme, die genau zu ihr passte. Die drei, die sie liebten, saßen da und hörten zum ersten Mal diese Stimme, die ihnen schon nach dem ersten Satz vertraut war.

Kirschen sind das Höchste für mich. Aus der Überraschung wurde Erleichterung und aus der Erleichterung Freude. Eine unbändige Freude nach der langen Ungewissheit. Was zählte noch das Urteil der Menschen oder ihre Verachtung neben diesem einzigen Satz, der einen kleinen Menschen vollständig werden ließ! Kirschen sind das Höchste für mich … Erst lächelten alle nur, dann lachten sie und umarmten einander. Umarmten Clara, die ebenfalls kaum wusste, wie ihr geschah. Welch ein Erwachen! Welch ein Glück!

Es war noch immer sommerlich warm, als Clara erneut ihr Reisekörbchen um den Hals gehängt bekam, wieder mit einem Apfel und einem Stück Brot, dazu noch mit einem Spitzentaschentuch, das ihre Großmutter eigenhändig umhäkelt hatte. Mutter und Großmutter begleiteten sie. Obwohl sie den gleichen Landstrich durchfuhren wie auf der Hinfahrt, erkannte Clara nichts wieder. Das Land, durch das sie gekommen waren, war von der Härte des Winters gezeichnet gewesen wie von einem Krieg. Jetzt strahlte die Sonne, die abgeernteten Felder leuchteten golden, und auf den Straßen begegnete man vergnügten Wanderern, die den Reisenden zuwinkten.

»Sie war so verstört, als sie zu uns kam«, seufzte die Großmutter, als sie sich von ihrem Gatten verabschiedete. »Und sieh sie dir jetzt an: ein stolzes kleines Mädchen! Oh, wenn wir sie doch behalten könnten!« Ihre Miene verdunkelte sich bei dem Gedanken, dass das Kind nun wieder nach Leipzig zurückkehren würde – in das Haus seines Vaters, der es bei all seiner Liebe womöglich wieder ins Schweigen zurückdrängte.

Weder Marianne noch die Großeltern vermochten herauszufinden, wie Clara über ihre Rückkehr zum Vater dachte. Ein paar Mal hatte die Großmutter gefragt, ob Clara sich denn darauf freue, ihren Papa wiederzusehen. Insgeheim hatte sie gehofft, das Kind würde die Frage verneinen. Dann hätte man vielleicht versuchen können, Friedrich Wieck dazu zu bewegen, auf seine Tochter zu verzichten.

Doch Marianne hatte diese heimlichen Vorstöße immer sofort abgebrochen. »Nie wird er uns Clara überlassen! Sie ist sein Ein und Alles. Bringt mir bitte das Kind nicht durcheinander!«

Und auch Clara hatte jeden weiteren Versuch vereitelt, indem sie ohne Zögern zustimmte: Ja, sie freue sich darauf, ihren Papa wiederzusehen.

Dennoch wollte die Großmutter nicht aufgeben. »Und uns wirst du gar nicht vermissen, meine Kleine?«

»Schon. Aber er ist doch mein Papa!«

Dagegen gab es nichts mehr zu sagen. So saß man nun in einer engen Postkutsche und teilte die stickige Luft mit einem betagten Ehepaar und einer duftenden jungen Dame, die ihr Gesicht hinter einem getupften Schleier verbarg. In Altenburg, auf halber Strecke zwischen Plauen und Leipzig, würde man die Kutsche verlassen. Mutter und Großmutter würden nach Plauen zurückkehren, während Clara mit der Haushälterin Johanna Strobel, die bereits auf sie wartete, nach Leipzig weiterfuhr.

Friedrich Wieck hatte es abgelehnt, das Kind selbst abzuholen. Er sei zu beschäftigt, hatte er an den Kantor, seinen Verhandlungspartner, geschrieben. Wahrscheinlich wollte er aber nur ein Zusammentreffen mit Marianne vermeiden. Marianne fragte sich insgeheim, ob er sie wohl hasste. Vielleicht war es so. Es wäre sein Recht gewesen. Oder vielleicht war sie ihm inzwischen als Person gleichgültig geworden und als seine Gegnerin im bevorstehenden Scheidungsprozess unangenehm. Gegen ihren Willen erinnerte sich Marianne daran, wie geschmeichelt sie gewesen war, als er sie bat, ihn zu heiraten, und wie verliebt und glücklich sie eine kurze, selige Zeit lang gewesen waren.

An der Poststation flossen Tränen. Es zerriss Marianne fast das Herz, als sich Claras Kutsche in Bewegung setzte. »Passen Sie gut auf mein Kind auf!«, rief Marianne der Haushälterin zu.

Johanna Strobel nickte. »Aber ja, gnädige Frau!«, antwortete sie mit ihrer brummigen Stimme. Dabei hätte sie sich gefreut, wenn Marianne wieder nach Leipzig zurückgekehrt und alles wieder so geworden wäre wie zuvor. Sie hätte Marianne gern erzählt, dass man in Leipzig inzwischen die Wahrheit vermutete und dass die meisten mit Marianne sympathisierten. Man hatte ohnehin nie verstanden, wie viel sie sich von ihrem cholerischen Gatten gefallen ließ. Dass ihr dann einer wie der charmante

Bargiel gefährlich wurde, war fast zu verstehen, wenn auch natürlich nicht zu entschuldigen.

Die Fahrt bis Leipzig verlief unter Schweigen. Hin und wieder erteilte Johanna Strobel eine Anweisung, doch nie erwartete sie eine Erwiderung. Sie wusste nicht, dass Clara inzwischen gelernt hatte zu sprechen, und Clara selbst erwähnte es nicht. Mit Johanna Strobel war die alte Welt zurückgekehrt, in der man nicht verlangte, dass Clara Antworten gab.

Dann hatte die Kutsche ihr Ziel erreicht. Geschickt sprang Clara auf den Gehsteig. Schon auf den ersten Blick sah sie ihren Vater, der ihr nach den vielen Wochen erst wie ein Fremder erschien – und doch auch wieder so vertraut, als wäre sie endlich in ihr wahres Leben zurückgekehrt. Als er sie sah, beugte er sich vor und breitete die Arme aus. Da lachte Clara auf, so glücklich wie schon lange nicht mehr. Sie war wieder zu Hause! Sie rannte auf ihren Vater zu und ließ sich einfach auf ihn fallen. »Clara!«, rief er und hob sie hoch. »Mein Clärchen!« Er hatte Tränen in den Augen, aber das musste wohl eine Täuschung sein, dachte Clara, denn jemand, der so stark und mächtig war wie ihr Vater, weinte nicht.

»Ich kann sprechen«, erklärte sie, als er sie wieder abgesetzt hatte. Sie kannte ihn so gut, dass sie keine besondere Reaktion erwartete.

Tatsächlich nickte Friedrich Wieck nur beifällig und tätschelte ihren Kopf. »Das ist gut«, sagte er gleichmütig. »Ich habe nie daran gezweifelt, dass es so kommen würde.« Er lachte plötzlich. »Wenn dich später einmal ein Zeitungsmann fragt, kannst du sagen, du hättest eher Klavier spielen gelernt als sprechen.« Er überlegte kurz. »Hat man in Plauen geprüft, ob du auch eine gute Singstimme hast? Wenn ja, werde ich dir ab jetzt auch Gesangsunterricht erteilen. Vielleicht kannst du dich dann später bei Konzerten selbst begleiten.«

Clara spürte, dass er zufrieden war. Leichtfüßig wie immer ging sie an seiner Seite. Sie war wieder zu Hause. Hierher gehörte sie.

Lehrjahre

1

»Du bist eine Künstlerin, meine kleine Clara«, sagte Friedrich Wieck an Claras fünftem Geburtstag. »Das ist etwas ganz Besonderes. Ein Geschenk Gottes. Du darfst aber nie vergessen, dass auch andere diese Begabung besitzen. Wenn du sie alle überflügeln willst, musst du ständig an dir arbeiten: jeden Tag üben, was ich dir vorgebe; dich mit der Theorie vertraut machen und dich in jedes einzelne Musikstück einfühlen. Drei Jahre haben wir dafür Zeit, dann musst du bereit sein für die Öffentlichkeit. Du musst sie verblüffen und erobern. Du musst sie zu Tränen rühren und erschrecken. Man muss dich lieben und um dich zittern. In der kurzen Zeit auf der Bühne musst du in dein Publikum eindringen und ein Teil von ihm werden, so, dass sich jeder Einzelne für dich verantwortlich fühlt. Du musst ihm Tochter sein und Freundin und doch auch ein unerreichbares Vorbild, dass man stolz darauf ist, dich gehört und gesehen zu haben. Man soll noch lange von dir sprechen und dich nicht vergessen: Clara Wieck, die Virtuosin. Ein Kind noch, aber ein Wunderkind. Die kleine Amadea aus Leipzig, die die Welt erobern wird. Wenn du für die Menschen spielst, werden sie weinen und lachen zugleich. Sie werden klatschen und jubeln, und sie werden dir ihr Herz zu Füßen legen.«

Zu viert saßen sie um den weiß gedeckten Esstisch im Salon – viel zu groß für die kleine Familie, zu der sie zusammengeschrumpft waren: Friedrich Wieck, Clara und die beiden Knaben Alwin und Gustav, die sich von den Worten des Vaters nicht angesprochen fühlten, sondern mit aufgerissenen Augen auf die Pflaumentorte starrten, die Johanna Strobel zur Feier des Tages gebacken hatte. Wenigstens an einem Geburtstag sollten die Kinder Gebackenes essen dürfen, das Friedrich Wieck für so verderblich hielt. »Braune Zähne, schlaffes Fleisch!«, pflegte er verächtlich zu brummen, wenn von süßem Backzeug die Rede war. Trotzdem verzehrte auch er ein Stück von der Torte, und er tadelte seine Kinder nicht, die die silbernen Gabeln aus der Aussteuer ihrer Mutter nicht einmal bemerkten, sondern mit gierigen kleinen Fäusten ihr Tortenstück packten und es in den Mund stopften, als gelte es, dem Hungertod zu entrinnen.

Friedrich Wieck schüttelte den Kopf, als er sah, dass Clara ebenso wenig zurückhaltend war wie ihre Brüder. Er fragte sich, welcher Ernährungsweise und welchen Tischsitten sie wohl in Plauen ausgesetzt gewesen war. »Hast du mich verstanden?«, fragte er und zügelte seinen Ärger.

Clara nickte und erkundigte sich, ob sie noch ein zweites Stück von der Torte essen dürfe.

Alles geschah wie geplant. Korrekt wie ein Buchhalter unterteilte Friedrich Wieck die nächsten drei Jahre in kurze Abschnitte, die er mit exakt aufeinanderfolgendem Lehrstoff füllte, sodass am Ende das Ziel erreicht sein würde und das Wunderkind der Welt präsentiert werden konnte: vollkommen und ohne Makel, keines von den Durchschnittsmädchen, wie sie die Schulbänke drückten und unbekümmert durch die Straßen hüpften, sondern eine kleine Bühnengöttin im Seidenkleid und mit der konzentrierten Miene eines Wesens, das sich seiner Verantwortung bewusst ist.

Die schnellen Fortschritte, die Clara unter seiner Anleitung machte, spornten Friedrich Wieck jeden Tag von Neuem an. Dazu kam die Unruhe, die ihn erfasste, wenn er in der Zeitung vom Auftauchen neuer Wunderkinder las. Er verfolgte jede Nachricht über die Konzerte der kleinen Elfen und atmete auf, wenn wieder einmal berichtet wurde, die eine oder andere sei weinend auf der Bühne zusammengebrochen oder habe sich von einer einfachen Erkältung nicht mehr richtig erholt.

Nur die Robustesten hielten den Maßstäben stand, die sie selbst gesetzt hatten. Die Moke und die Belleville zogen immer noch mit ihren ehrgeizigen Müttern durchs Land und schienen dabei nicht älter zu werden: magere kleine Geschöpfe, deren knospende Brüste in enge Miederchen gepresst wurden und deren kindliche Korkenzieherlocken und plustrige Haarschleifen den Kopf optisch vergrößerten, sodass der Körper noch schmächtiger wirkte und die Proportionen eines Kindes erhalten blieben. Moke, Belleville – alte Tanten!, dachte Friedrich Wieck verächtlich und blickte stolz auf sein Clärchen, das noch lange ein Kind bleiben würde.

Er erschrak allerdings, als in Wien eine neue Klavierprinzessin auftauchte, gerade acht Jahre alt. Man jubelte ihr zu wie den beiden anderen Diven und ehrte sie bereits damit, ihren Vornamen zu unterschlagen. »Die Blahetka« wurde sie genannt, und die Musikpresse prophezeite ihr eine glanzvolle Zukunft. Friedrich Wieck legte die Hände auf die Wangen, um den Schmerz zu unterdrücken, der der Ungeduld entsprang und der Sorge, auf fatale Weise zu spät zu kommen.

Jede Ablenkung sollte vermieden werden. Dass Clara mit sechs Jahren zur Schule gehen sollte, empfand Friedrich Wieck als Einmischung in seine elterlichen Rechte. Er erklärte, er sei viele Jahre als Hauslehrer tätig gewesen und besser als jeder andere in der Lage, sein Kind zu erziehen und zu bilden. Der Schulunterricht beginne früh am Morgen, wenn das Gehirn am wachsten und aufnahmefähigsten sei. Diese Stunden sollten deshalb dem Musikunterricht vorbehalten bleiben und nicht in einer ungelüfteten Schulklasse vergeudet werden. Sein eigener Lehrplan sehe vor, dass Clara am Morgen erst eine Stunde Musikunterricht von ihm erhalten sollte und danach zwei Stunden Klavier übte. Für Schule bleibe da keine Zeit.

Friedrich Wieck diskutierte lange mit dem Leiter des Noack'-

schen Instituts, der nicht weniger von pädagogischem Eifer angetrieben war als Wieck selbst. Ihre Meinungen prallten so unversöhnlich aufeinander, dass die beiden Männer einander schließlich mit hochrotem Kopf gegenüberstanden und nicht aufhören konnten, um die kleine Seele des künftigen Wunderkindes zu ringen. Schließlich erkannte aber doch jeder in der Meinung des anderen eine gewisse Berechtigung. So atmete man tief ein, setzte sich und handelte einen Kompromiss aus: Drei Jahre lang sollte die Schülerin Clara Wieck für täglich drei Stunden – die Hälfte der vorgesehenen Unterrichtszeit – das Noack'sche Institut besuchen. Die weitere Ausbildung sollte dem Vater persönlich überlassen bleiben. »Bis dahin kann sie halbwegs lesen, schreiben und rechnen«, erklärte der Schulleiter. »Wenn Sie wirklich vorhaben, Sie danach durch die Welt zu schleifen, möge das Leben selbst sie weiterbilden.«

Friedrich Wieck erhob sich und nickte. Trotz seiner Widerstände war dieser Mann nach seinem Sinn.

»Man wird es an ihrer Schrift merken«, fügte der Schulleiter in einem Anflug von boshaftem Triumph hinzu, als er Friedrich Wieck zur Tür geleitete. »In unserem Institut legen wir großen Wert auf Kalligraphie. Junge Damen werden auch nach ihrer Schrift beurteilt, nicht nur nach ihrem Klavierspiel.«

Friedrich Wieck trat hinaus auf den Gang. »Das muss sich erst erweisen«, antwortete er und drehte sich nicht mehr um. Während er auf die Treppe zuging, hallten seine Schritte auf dem Steinboden, und er schlug insgeheim mit dem Zeigefinger den Marschtakt dazu.

Lehrjahre. Arbeitsjahre, die eigentlich noch zur Kindheit gehört hätten. Für ein Wunderkind gab es jedoch keine Kindheit. Ein Tag glich dem anderen. Lernen, üben und als Ausgleich stundenlange Spaziergänge. Spielen durften nur die Brüder. Dafür wurden sie aber auch verachtet: nutzlose Esser, die den ganzen Tag in der Schule hockten und sich in der Freizeit mit anderen kleinen nutzlosen Essern auf der Straße herumtrieben. Trotzdem erteilte ihnen ihr Vater regelmäßig Musikunterricht. Einer wie Friedrich Wieck konnte sich nicht vorstellen, dass ein Kind von seinem Blute kein Instrument beherrschte. Eigentlich aber erwartete er nicht viel von den beiden. Beim geringsten Fehler verlor er die Geduld. Dann kam es vor, dass er dem kleinen Nichtsnutz die Geige um die Ohren schlug, bis das Kind weinte und um Gnade flehte. »Ich mache es schon besser, lieber Papa!«, schluchzte es. »Bitte, lass mich dir zeigen, dass ich es kann!«

Doch Friedrich Wieck war überzeugt, dass Alwin und Gustav ohne Talent geboren waren, und da er nichts von ihnen erwartete, lernten sie auch nicht, an sich selbst zu glauben. Sie freuten sich nur, wenn sogar Clara manchmal ein Fehler unterlief oder sie sich nicht genügend konzentrierte.

Auch sie wurde dann vom Vater getadelt, doch mit welch anderen Worten! »Du musst dich zusammennehmen, Clara! Wie willst du die Welt erobern, wenn du dich gehen lässt wie eine gewöhnliche Klavierschülerin? Du bist etwas Besonderes, also hast du auch Besonderes zu leisten.«

Noch ehe er zu Ende gesprochen hatte, hob Clara bereits die Hände und mühte sich so lange, bis die Röte aus dem Gesicht des Vaters verschwand und einem zufriedenen Lächeln Platz machte.

Wenn die Knaben Zeugen eines Versagens ihrer Schwester wurden, freuten sie sich erst darüber wie über einen eigenen Erfolg. Nach den Worten des Vaters aber drückten sie sich enttäuscht aus dem Raum. Obwohl sie noch Kinder waren, von denen es doch hieß, sie seien rein und unschuldig, hatten sie längst erfahren, was Neid bedeutete, Eifersucht, Schadenfreude und ohnmächtige Wut. Als Antwort bekamen sie erneut die Verachtung ihres Vaters zu spüren, der nicht darüber nachdachte, dass er Clara nicht nur Musik lehrte, sondern ihr auch seine eigenen Gefühle und Urteile einpflanzte.

Es war ein kleiner Krieg, der sich zwischen den Kindern abspielte. Wenn sich die Gelegenheit bot, rächten sich Alwin und Gustav an ihrer Schwester. Sie trennten ihre Rocksäume auf, legten ihr Maikäfer unter die Bettdecke oder streuten ihr Salz in die Limonade. Dafür trug sie die Nase hoch, wenn sie ihnen begegnete, und wenn sie bestraft wurden, lächelte sie überlegen.

»Die armen, mutterlosen Buben!«, brummte Johanna Strobel manchmal, wenn sie an ihrem Herrn vorbeiging. »Sie sind doch auch Menschen!«

Woraufhin Friedrich Wieck knurrte, sie solle den Mund halten, sonst könne sie gleich ihr Bündel packen. Er war überzeugt, ein guter Vater zu sein. Streng, aber gerecht. Jedes Kind wurde so behandelt, wie es das verdiente.

Lehrjahre. Nach Claras fünftem Geburtstag legte ihr Vater ein Tagebuch an, in dem die Entwicklung des Wunderkindes Clara Wieck dokumentiert werden sollte. »Ich fange für dich zu schreiben an. Später wirst du die Aufzeichnungen selbst weiterführen«, erklärte er und zeigte Clara das rot gebundene Buch mit dem kostbaren, gold gerahmten Lederrücken. Wohlwollend beobachtete er, wie Clara das Buch staunend in die Hand nahm und die Seiten fächerförmig auseinanderfallen ließ.

»Es geht gar nicht richtig auf«, sagte sie enttäuscht. »Wie soll man da etwas hineinschreiben?«

Da schlug ihr Vater das Buch so gewaltsam auf und öffnete es so weit, dass der Rücken knackte. »So ist es mit allen Dingen«, murmelte er und freute sich über die Mehrdeutigkeit seiner Bemerkung. »Was funktionieren soll, muss zurechtgebogen werden.«

Von da an berichtete er in Claras Namen über alle wichtigen Vorkommnisse ihres Lebens, vor allem aber über den Unterricht, den er ihr erteilte. »Ich lerne sehr schnell«, schrieb er, als spräche Clara selbst, »sodass ich von vierhändigen Stücken meist die linke Partie spielen darf: Czerny, *Sonaten*. Cramer, *Etüden*. C. Field, *Polonäse in Es*.« Bald wurde auch von den ersten Elementen der Theorie berichtet: »Von allen Tonarten finde ich blitzschnell die Unter- und Oberdominanten-Akkorde und moduliere in alle Dur- und Moll-Akkorde durch den verminderten Septimen-Akkord auf dem Leitton der Dominante.«

Am achten Geburtstag vermerkte das Tagebuch, dass Clara vor einigen auserwählten Freunden ihres Vaters Mozarts »Es-Dur-Konzert« gespielt hatte – nach dem Urteil der Zuhörer »mit brillantem Anschlag und singendem Ton, meisterlich schön, wie man es kaum je zu hören bekommt«.

Zu dieser Zeit hatte Clara bereits jene Einseitigkeit erlangt, die für ihren Vater das Kennzeichen eines Virtuosen ausmachte. Das Klavier war der Mittelpunkt ihres Lebens. Die Schule lief nebenher und würde bald beendet sein. Es gab keine Freundin, keine Haustiere, kein Spielzeug und nicht einmal Bücher. Die einzige Abwechslung des Tages bildeten die gesundheitsfördernden Spaziergänge, die an bestimmten Wegmarken durch gymnastische Übungen ergänzt wurden, damit auch wirklich jeder einzelne Muskel des Körpers durchgearbeitet und gekräftigt wurde. Friedrich Wieck hatte die Übungsreihe selbst erdacht und bestand darauf, dass sie bei jedem Spaziergang durchexerziert wurde. Danach gab es für Clara nur wieder den Weg ans Klavier. Geübt hatte sie an jedem Tag schon genug. So setzte sie sich hin und fantasierte mit geschlossenen Augen in die Tasten hinein: eigene Melodien in eigenem Rhythmus, bis ihr Vater ins Tagebuch schrieb, ab nun werde er seiner Clara auch Kompositionsunterricht erteilen. Ihre künstlerische Entwicklung verlange es so.

Er spürte, dass Claras Lehrzeit zu Ende ging. Bald würde sie vor ein größeres Publikum treten können. Obwohl Friedrich Wieck manchmal vor Ungeduld zitterte, war er doch entschlossen, in kleinen Schritten voranzugehen. Zu oft war von Wunderkindern berichtet worden, die einem Blitzschlag gleich die Konzertbühne eroberten und ebenso schnell wieder aus der Öffentlichkeit verschwanden. Friedrich Wieck wusste, dass die Bühne ihre Kinder fraß, wenn sie nicht gefestigt genug waren, um mit den Strapazen der Reisen und der Einsamkeit nach dem Applaus fertig zu werden, vor allem aber mit dem Erfolg selbst, der schwerer zu verkraften war als alles andere. So viele Schmeicheleien, so viel Zuwendung, so viele Geschenke, die Begegnung mit so vielen Menschen, dass kaum einer im Gedächtnis blieb …

Ein Leben wie im Mittelpunkt eines Sturms, der an allem vorbeibrauste, sodass am Ende nur der Sturm selbst zurückblieb oder die Erinnerung an ihn: an den Applaus, der aufstieg und verebbte und zuletzt eine unendliche Stille zurückließ und die Sehnsucht nach seiner Wiederholung, nach dem Rausch, den er auslöste und den manch Süchtiger durch andere Mittel zurückzuholen suchte.

Die Bühne war ein Moloch, das wusste Friedrich Wieck, und er war entschlossen, sein Clärchen zu beschützen. Clara Wieck würde keine Eintagsfliege sein. Clara Wieck würde sein wie keine andere vor ihr und keine danach. Eine wahre Virtuosin. Eine Göttin der Musik. Und er, Friedrich Wieck, war ihr Schöpfer, Vorbild für alle, die jemals die Förderung eines Talents anstreben würden. Der magere kleine Fritze aus Pretzsch griff nach den Sternen.

2

Es war ein glühender Sommertag, fast zu heiß, um noch angenehm zu sein. Da der Vater schon seit mehr als zwei Wochen verreist war, hatte Clara wegen der Hitze den täglichen Spaziergang ausfallen lassen – in den Augen ihres Vaters eine unerhörte Pflichtvergessenheit. Regelmäßige Verrichtungen würden zu Gewohnheiten, pflegte er zu sagen, und Gewohnheiten zu Charaktereigenschaften. Eine Clara Wieck lasse auch bei Hitze nicht von dem ab, was sie als richtig erkannt hatte. Wenn sie es dennoch tue, beweise sie Schwäche, und die Schwachen – das bekam sie mehr als einmal zu hören – erreichten nie, was sie sich vorgenommen hatten.

Ein Glück, dachte Clara und schob ihre Ärmel hoch, dass der Vater nie von ihrem Ungehorsam erfahren würde. Die Dienstboten hielten dicht, und Alwin und Gustav hatten selbst Butter auf dem Kopf. Wenn der Vater nicht in der Stadt war, kamen sie nach der Schule kaum noch nach Hause. Stattdessen trieben sie sich mit ihren Freunden in der Stadt herum.

Am aufregendsten fanden sie wohl den Marktplatz, vor allem zur Zeit der Messe, wenn sich die Buden, Zelte und Stände dicht an dicht drängten und die Planwagen der Händler die Nebenstraßen verstopften. »Weiße Elefanten« nannte man diese Gefährte, die mit ihrer Warenlast aus allen Himmelsrichtungen herbeigeströmt waren. Eine Welt für sich, in der es von Menschen wimmelte, wie man sie sonst kaum zu Gesicht bekam: vollbärtige Russen in hellen Kitteln und Stiefeln; orientalische Kaufleute mit Pluderhosen und roten, topfartigen Kopfbedeckungen; Buchhändler in vornehmen weißen Anzügen und mit schwarzen Stiefeln und Zylindern; dazwischen rotlippige junge Frauen, die aufreizend tanzten oder seltsamen Musikinstrumenten fremdartige Töne entlockten. Alwin und Gustav hatten beobachtet, dass manchmal eine der Frauen auf den Wink eines Zuhörers ihr Spiel unterbrach und dem Fremden in eine Nebenstraße folgte. Wahrscheinlich, so vermuteten die Knaben, war er aber auch kein Fremder für sie, sonst wäre sie ja nicht mit ihm weggegangen.

Jeder schien hier mit jedem vertraut zu sein. Die Bürgerkinder, die diese unbekannte Welt staunend beobachteten, hätten am liebsten von einem Augenblick zum anderen ihr gesichertes Dasein im elterlichen Haushalt verlassen, um in dem fremdartigen Dschungel unterzutauchen und sich für immer darin zu verlieren. Sie sehnten sich nach Abenteuern, obwohl sie nicht einmal wussten, was das bedeutete.

Den Geboten des Vaters zu trotzen war schon ein Abenteuer für sich. Clara hatte ihre Brüder im Verdacht, dass sie seit Tagen die Schule schwänzten, auch wenn zu dieser Jahreszeit der in der Hitze erstarrte Marktplatz nur wenig Anreiz bot. Dafür lockte es die Knaben aber wohl zu den Teichen vor der Stadt, denn wenn sie zum Abendbrot gerade noch rechtzeitig nach Hause kamen, waren ihre Haare immer noch zerzaust und feucht.

Für Clara gab es solche Ausweichmöglichkeiten nicht. Der entfallene Spaziergang hinterließ eine fast beunruhigende Leere. Clara fragte sich, was andere Mädchen mit ihren freien Stunden anfingen. Wahrscheinlich besuchten sie einander, spielten oder lasen in ihren Büchern. Erst jetzt fiel Clara auf, wie wenige Bücher es im Hause ihres Vaters gab. Nur theologische Lexika aus seiner Studienzeit, musikalische Standardwerke und Noten. Dabei verfasste Friedrich Wieck selbst regelmäßig Aufsätze für Musikzeitschriften, und er erwähnte hin und wieder, dass er schon seit längerem an einem Lehrbuch zum Klavierunterricht arbeite. Einmal durfte Clara auch zuhören, als er seinen Abendgästen eine seiner Publikationen vorlas. Es handelte sich um einen bitterbösen Angriff auf den Verfall der Gesangskunst in Europa. Den Zuhörern hatte es wohl gefallen, denn sie applaudierten lebhaft und diskutierten anschließend noch mehrere Stunden. Clara, das Kind, hatte allerdings kaum ein Wort verstanden. Die Pamphlete ihres Vaters waren kein Mittel, sie zum Lesen zu verlocken.

In der Schule erzählte der Lehrer manchmal Märchen als Belohnung für getane Arbeit, was bedeutete: meistens am Nachmittag, wenn Clara bereits nach Hause gegangen war. Zuweilen ließ sich der Lehrer aber schon gegen Mittag von den Bitten seiner Schülerinnen erweichen. Dann hörte auch Clara die aufregenden Geschichten von Prinzessinnen, Hexen und tapferen Handwerksburschen. Sie konnte gar nicht genug davon bekommen. Wenn sie ihrem Vater davon berichtete, murmelte er etwas wie »Papperlapapp« und »Zeitverschwendung«. Clara solle lieber üben oder am Klavier fantasieren. Das würde sie weiterbringen, nicht dieser romantische Schwachsinn, der immer mehr in Mode komme. Damit war das Thema beendet.

Clara sprach nicht mehr davon. Nur manchmal hatte sie das Gefühl, dass ihr etwas fehle – so sehr, dass sie zu weinen begann und nicht mehr aufhören konnte, bis sie eingeschlafen war.

In unregelmäßigen Abständen trafen Briefe ihrer Mutter ein: zu Beginn fast zweimal in der Woche, danach immer seltener. Friedrich Wieck nahm die Schreiben entgegen, öffnete sie und las sie den Kindern am Mittagstisch vor, während sie ungeduldig auf das Essen warteten. Im hastigen Tempo eines Notars, der einen zwanzigseitigen Vertrag durchzuhecheln hat, präsentierte er den Kindern die sehnsüchtigen Worte ihrer Mutter, die im Geröll seiner Sprechweise versickerten. Den Kindern wurde nicht einmal richtig bewusst, dass dies die Nachrichten ihrer Mutter waren, dieses warmherzigen, heiteren Wesens, das zu Beginn ihres jungen Lebens der Mittelpunkt aller Bedürfnisse gewesen war und zugleich auch deren Erfüllung.

»Ich umarme euch voller Liebe«, hieß es noch, da leerte Johanna Strobel schon die Suppenkelle über den Tellern aus, und die Kinder griffen nach ihren Löffeln. Ohne eine weitere Bemerkung faltete Friedrich Wieck das unwillkommene Schreiben wieder zusammen und steckte es in seine Brusttasche. Nach dem Essen warf er es achtlos in die unterste Lade seines Sekretärs, wo schon die vorangegangenen Briefe unordentlich übereinanderlagen. Am liebsten hätte er sie alle verbrannt, doch im Hinblick auf eine – wenn auch unwahrscheinliche – weitere gerichtliche Auseinandersetzung bewahrte er sie noch auf. Man konnte nie wissen. Bei Bargel und seiner Neuen liege so manches im Argen, wie man hörte. Da konnte es nicht schaden, gewappnet zu sein, auch wenn sich nicht einmal Friedrich Wieck vorstellen konnte, dass ihm die Mutter seiner Kinder noch in irgendeiner Weise gefährlich werden konnte.

Als Clara lesen und schreiben gelernt hatte, bat sie einmal, einen eben eingetroffenen Brief der Mutter selbst vorlesen zu dürfen. Langsam und stockend entzifferte sie die unvertraute Handschrift. Trotzdem horchten die Knaben auf. Die Stimme der Schwester erinnerte sie an eine andere Stimme, die sie fast schon vergessen hatten. Eine weibliche Stimme, die die Worte ganz anders betonte als der Vater, der nur unwillig einer Pflicht genügte. Als Clara geendet hatte, nahm ihr Friedrich Wieck den Brief aus der Hand und befahl ihr schroff, das Schreiben noch am selben Nachmittag zu beantworten. Clara, die bisher noch nie einen Brief verfasst hatte, protestierte. Beim nächsten Mal ließ sie wieder ihrem Vater den Vortritt. Erst später, als sie ihre ersten kleinen Erfolge erlebte, berichtete sie ihrer Mutter davon und wartete ungeduldig auf die Antwort, in der die Mutter sie voller Freude und Stolz lobte und beglückwünschte.

Trotzdem war das Band zerrissen. Weder Clara noch ihre Brüder konnten sich mehr vorstellen, wie ihre Mutter ausgesehen hatte. Ein verschwommener Umriss einer Frau in heller Kleidung stand ihnen vor Augen, ein dichtes Gewirr schwarzer Löckchen und ein übermütiges Lachen. Lange, zärtliche Umarmungen und ein weicher Körper voller Wärme. Hin und wieder tauchte auch die Erinnerung an Zornesfalten auf und an lautes Gezänk. Streit mit dem Vater, immer wieder Streit, der ausbrach, ohne dass einer der beiden es eigentlich gewollt hatte. Streit, der Clara stumm gemacht hatte und die Knaben verstörte. Mama … Hatte es sie überhaupt je gegeben? Und warum war sie plötzlich fortgegangen und hatte ihre Kinder im Stich gelassen? »Böse, böse Mama!«, hatte Gustav geklagt, als er begriff, dass alles Warten vergeblich war und der Mittelpunkt seiner kleinen Welt nie mehr zu ihm zurückkehren würde. »Böse, böse Mama!« Sein Vater hatte daraufhin nur genickt und »Ja, so ist es wohl!« vor sich hin gemurmelt.

Ein glühender Sommertag, fast zu heiß, um angenehm zu sein. Clara saß noch immer am Klavier, doch ihre Hände lagen im Schoß: müßig, was ihr Vater missbilligte. »Müßige Hände – zweifelnder Geist!«, lautete sein Urteil. Clara begriff plötzlich, dass er damit recht hatte. Vielleicht war es nicht gut, sich zu viele Gedanken zu machen. Vielleicht war der Mensch wirklich nur auf der Welt, um tätig zu sein. Wenn ihr Tag bis zum Schlafengehen randvoll gefüllt war, kam sie nicht dazu, über sich selbst nachzudenken oder über diese ferne Frau, von der sie wohl geliebt wurde und die offensichtlich nicht aufhören konnte, an sie zu denken.

Trotzdem schrieb sie so gut wie nie über sich selbst. Sie kommentierte bloß und lobte, lobte, lobte. Nur hin und wieder fand sich eine Bemerkung, die darauf schließen ließ, dass auch sie ein eigenes Leben führte. Ein Knabe sei geboren worden, teilte sie mit. Sein Name sei Viktor, und Gott möge ihn beschützen … Doch Gott hatte ihn wohl nicht beschützt, denn nach einigen Monaten erwähnte sie wie nebenbei, der kleine Viktor sei nun bei den Engeln. Danach schrieb sie lange nichts mehr über sich selbst, außer dass sie Klavier- und Gesangsunterricht erteile und dass Berlin eine sehr große Stadt sei, in der sich manch einer sehr einsam fühle. Später erwähnte sie erneut die Geburt eines Kindes. Wieder ein Knabe, den die Engel diesmal im großen Berlin bleiben ließen. Dann wieder ein Kind, so gut wie jedes Jahr eines.

Die drei Kleinen in Leipzig konnten sich eine solche Entwicklung nicht vorstellen. Vor allem war die Mutter so vieler fremder Kinder irgendwie nicht mehr ihre eigene Mutter. Die eigene Mutter hatte in Leipzig gelebt, und sie hatte nur drei Kinder gehabt sowie eines, das ebenfalls die Engel geholt hatten. Vielleicht, so überlegte Clara manchmal, spielten die kleine Adelheid und der kleine Viktor da oben im Himmel miteinander. Sie schauten hinunter auf Leipzig und auf Berlin und wunderten sich wohl, was das für eine seltsame Familie war mit so vielen Kindern von derselben Mutter, die sich um die einen kümmerte und den anderen nur Briefe schrieb.

Clara hörte, dass jemand die Treppe heraufkam. Eine Frau lachte und danach ein Mann. Erst als sich das Lachen wiederholte, erkannte Clara, dass es die Stimme ihres Vaters war. Sie erschrak so sehr, dass sich ihre Kopfhaut anspannte. Sie meinte, die Haare müssten ihr zu Berge stehen. Dann wurde die Tür aufgestoßen. Wie ein ertappter Eindringling stand Friedrich Wieck im Zimmer, während das Lachen auf seinem Gesicht erstarrte. Ein unvertrautes Lachen, das Clara irgendwie unanständig vorkam, obgleich sie nicht hätte erklären können, warum.

In diesem Augenblick war ihr Vater ein Fremder für sie. Sie kannte ihn als Lehrer – aufmerksam und streng. Sie kannte ihn voller Freude und Stolz, wenn ihre Leistung ihn beglückte. Sie kannte ihn im Streit mit Marianne oder voller Abscheu und Verachtung, wenn er von seinem einstigen Freund sprach. Sogar ein wenig betrunken kannte sie ihn, wenn er an den musikalischen Abenden in seinem Salon dem Gerstenbier oder dem Wein zu lebhaft zugesprochen hatte. All das war ihr vertraut und noch vieles mehr, sodass sie sich zum ersten Mal bewusst wurde, wie eng verbunden sie diesem Mann war, ihrem Vater, ihrem Lehrer, ihrem Förderer, der bereit war, sich ihr und ihrer Karriere nicht nur zu widmen, sondern sich ihr regelrecht hinzugeben.

Nun aber stand er in der Tür und war ein ganz anderer. Ein Fremder. Clara wusste nicht, woran es lag, doch auf eine seltsame Weise fühlte sie sich abgestoßen, und sie schämte sich für ihn.

»Clara!« Die Stimme des Vaters zitterte, wie Clara es noch nie zuvor gehört hatte. Sein Gesicht war hochrot und von Schweiß überströmt. An seiner linken Schläfe pochte eine Ader – während der Unterrichtsstunden ein untrügliches Zeichen aufsteigenden Zorns, vor dem die Knaben in die Ecke flüchteten und der Clara zur Höchstleistung trieb. »Clara!«

Clara sprang auf und lehnte sich schutzsuchend mit dem Rücken ans Klavier. »Ich bin heute zu Hause geblieben«, flüsterte sie. »Es war so heiß. Morgen gehe ich bestimmt wieder spazieren.« Sie räusperte sich. »Ich kann auch heute noch gehen, wenn es dir lieber ist. Wirklich, es ist das erste Mal, dass …« Sie unterbrach sich und starrte auf die Person, die plötzlich wie ein Schatten hinter dem Vater aufgetaucht war.

Eine junge Frau, fast noch ein Mädchen. Auch ihr Gesicht war gerötet. Aus ihrem straff zurückgeknoteten mittelblonden Haar hingen ein paar Strähnen, als hätte sie sich zum Mittagsschlaf hingelegt und danach vergessen, sich wieder zu kämmen. Auch sie schien überrascht zu sein, Clara so plötzlich zu sehen, doch sie beruhigte sich schneller als Friedrich Wieck, der immer noch nach Fassung rang. Mit ungläubigem Staunen bemerkte Clara, dass die Fremde dem Vater einen aufmunternden Stoß versetzte, wie um ihn zum Reden zu bewegen. Als er trotzdem schwieg, trat sie entschlossen an seine Seite. »Du bist also die Clara«, sagte sie mit einer lauten, stark dialektgefärbten Stimme. »Ich bin deine neue Mutter.«

Clara war noch nie ohnmächtig geworden, doch jetzt hätte sie sich am liebsten einfach fallen lassen. Sie begriff sofort, was geschehen sein musste. Trotzdem konnte sie es nicht glauben. »Ich brauche keine neue Mutter!«, flüsterte sie, aber es kam ihr vor, als schrie sie es aus vollem Halse. »Ich habe schon eine.«

Clementine

I

Die neue Mutter war eine geborene Clementine Fechner. Wie ihre Vorgängerin stammte sie aus dem klerikalen Bereich. Allerdings war ihr Vater nicht Kantor, sondern Pfarrer. Es beschämte ihn, dass er seine Tochter einem »Geschiedenen« anvertrauen musste, aber bisher hatte sich noch kein einziger Bewerber um die Hand von »Fechners Tinchen« bemüht, obwohl sie als tüchtige Hausfrau galt und von stabiler Gesundheit war. Was ihr jedoch fehlte, war eine Mitgift oder zumindest eine Spur von persönlicher Anziehungskraft, die einen Mann dazu bewegt hätte, darüber hinwegzusehen, dass sie mit leeren Händen in die Ehe kam.

Seit vier Jahren hatte Friedrich Wieck nun schon allein gelebt. Zu Beginn hatte er Marianne nicht vermisst. Zu tief saß noch die Erinnerung an die Demütigung, die sie ihm zugefügt hatte. Er war überzeugt, sie dafür zu hassen. »Ich bin froh, dass ich dich los bin!«, sagte er manchmal mit lauter Stimme und starrte dabei hinüber zu der Frisierkommode, an der sich Marianne jeden Abend ihr schwarzes Haar gebürstet hatte, bis es glänzte wie die chinesische Lackschatulle, in der sie ihren Schmuck aufbewahrte. »Schneewittchen« hatte er sie manchmal genannt, damals in den goldenen Tagen, als sie noch keinen anderen sah als ihn, immer nur ihn, Friedrich Wieck, der unter ihrem Liebesblick nicht mehr der verhungerte Fritze aus Pretzsch war, sondern ein erfolgreicher Unternehmer, ein Künstler und ein Mann, der seine Frau zu lustvollem Stöhnen bringen konnte.

Doch damit war es nun vorbei: seit einem Jahr, seit zwei und seit drei Jahren. Im vierten Jahr beschloss Friedrich Wieck, sich nach einer neuen Frau umzusehen. Dabei wusste er nicht einmal, wie sie aussehen sollte und was er sonst noch von ihr erwartete. Eigentlich kam es ihm nur darauf an, dass sie anders war als Marianne, am besten das genaue Gegenteil. Kein blasses Engelsgesicht unter sündigen Locken; keine Gestalt, die ihm den Atem raubte – in der Nacht an seiner Seite oder auch am Tage, wenn er sich ihrer Gegenwart plötzlich bewusst wurde. Nein, eine ordentliche Hausfrau sollte es sein. Eine, die dafür sorgte, dass Sauberkeit herrschte, dass alles an seinem Platz lag, dass die Hemden weiß und die Lederschuhe schwarz waren. Dass die Bediensteten kuschten und die Lieferanten parierten. Dass die Knaben pünktlich zur Schule gingen, ihre Hausaufgaben erledigten, auf ihren Instrumenten übten und sich manierlich benahmen. Dass Clärchens Kleider gepflegt waren und ihr schönes Haar regelmäßig gewaschen wurde.

Klavierspielen brauchte die neue Frau nicht zu können. Auch an ihrem Gesang war Friedrich Wieck nicht interessiert. Ihre Kleidung sollte sauber und ordentlich sein, modischer Firlefanz war nicht erforderlich. Nur ein Haushäubchen, dachte Friedrich Wieck manchmal fast ein wenig sentimental, ein Haushäubchen, das wäre schön! Ein Haushäubchen und dass sie den Schlüsselbund an der Taille trug. Damit wäre sie vor aller Welt die Frau des Hauses. Seines Hauses. Seine Frau, bei der kein anderer Mann auf dumme Gedanken kam und sie selbst schon gar nicht.

Ein paar beiläufige Bemerkungen hatten genügt, und schon wusste halb Leipzig, dass der wohlhabende Wieck wieder auf dem Markt war. Einige Väter störten sich daran, dass er geschieden war. Doch es gab immer noch genug diplomatische Angebote, denen er nach Art eines umsichtigen Geschäftsmannes nachging. Das Ergebnis war allerdings enttäuschend. Irgendetwas störte ihn immer.

Auch als man ihm Clementine Fechner vorschlug, winkte er zuerst ab. Das Kirchenmilieu, aus dem sie stammte, bereitete ihm Unbehagen. Es erinnerte ihn zu sehr an sein erstes Scheitern.

In einem schwachen Augenblick nahm er dann aber doch die Einladung des Pastors zu einem Gespräch unter Männern an. Wie zufällig tauchte auch die Tochter des Hauses auf. Sie schien interessiert, doch ohne störenden Eifer.

Als Friedrich Wieck in ihr junges, hausbackenes Gesicht blickte und ihre bodenständige Sprechweise hörte, fiel ihm wider Willen Adolph Bargiel ein, den dieses Mädchen wohl zu einer ironischen Bemerkung veranlasst hätte. Ganz bestimmt hätte sie ihm nicht gefallen. Niemals hätte er versucht, sie zu verführen. Doch auch Clementine, dachte Friedrich Wieck, während ihm ihre kurzen Finger nicht unangenehm auffielen, würde einen Filou wie Bargiel energisch von sich weisen. Mit ihrer kräftigen Stimme würde sie ihm erklären, wo der Zimmermann das Loch gemacht hatte und dass ihr Haus und das ihres Gatten ein anständiges Haus sei, in dem man Frauen nicht anstarrte oder Süßholz raspelte, wenn sich der Ehemann auf Reisen befand. Eine richtige kleine Sächsin, dachte er zufrieden. Bodenständig und mit Sinn für Sitte und Ordnung … Sie brauchte nur den Mund aufzumachen, und schon fühlte sich Friedrich Wieck irgendwie daheim und in Sicherheit.

Da Friedrich Wieck ein Mann von Entschlusskraft war und auch die junge Braut vollendete Tatsachen sehen wollte, war man verheiratet, noch ehe irgendjemand außerhalb der Fechner'schen Familie Verdacht schöpfen konnte. Einzig Johanna Strobel durchschaute die neue Situation, als ihr Arbeitgeber – zwei Tage vor der Eheschließung im engsten Kreise – mit einer fremden Person auftauchte und sie im ganzen Haus herumführte. Er schickte Johanna Strobel in ihre Kammer, wobei sie nach alter Gewohnheit die Tür nicht ins Schloss fallen ließ. So hörte sie genau, dass die Besucherin jeden Winkel des Hauses inspizierte, alle Schränke öffnete und sogar das silberne Besteck prüfte, das noch die Initialen ihrer Vorgängerin trug.

»Weißt du, dass deine Haushälterin an der Türe lauscht?«, fragte Clementine so laut, dass auch Johanna Strobel es hören konnte. Da sie daraufhin erschrocken die Tür ins Schloss drückte, entging ihr die Schlussfolgerung, die die Unbekannte aus ihrer Beobachtung zog: »Du solltest sie entlassen. Wenn Dienstboten zu lange in einem Haushalt arbeiten, meinen sie, sie können sich alles erlauben. Wenn es dir recht ist, werde ich an ihrer Stelle unsere Berta mitbringen. Meine Mutter hat sie gründlich ausgebildet. Sie ist jung und kräftig und macht auch bestimmt mehr her als die da. Außerdem ist sie treu ergeben.«

Einen Augenblick lang dachte Friedrich Wieck, dass eigentlich auch Johanna Strobel treu ergeben war. Andererseits aber war sie langsam und zuweilen auch unverschämt. Nie hatte sie ein Hehl daraus gemacht, dass sie Marianne vermisste. Wahrscheinlich konnte man es einer jungen Ehefrau auch nicht zumuten, die Dienstboten ihrer Vorgängerin zu übernehmen. »Das Personal ist Sache der Hausfrau«, sagte er deshalb und tätschelte den rundlichen Arm seiner Braut. »Organisiere dir alles, wie du es möchtest. Hauptsache, der Haushalt funktioniert.« Und davon war er überzeugt. Wahrscheinlich meinte er, Clementine müsse allein schon deshalb tüchtig sein, weil sie in allem anderen so wenig zu bieten hatte.

Trotz ihres behäbigen Äußeren brach die neue Madame Wieck über den Haushalt ihres Gatten herein wie ein Wirbelsturm. Jeden Tag zeigte sich deutlicher, dass sie entschlossen war, alle Spuren ihrer Vorgängerin zu tilgen. Es schien ihr schon beschämend genug, mit einem Geschiedenen verheiratet zu sein – vor allem als Pfarrerstochter, deren Weltbild fest und unverrückbar geformt war, nur weiß und schwarz, ohne Zwischentöne. Sie hätte es nie geduldet, aus dem Mund ihres Gatten eine günstige Bemerkung über seine erste Frau zu hören. Marianne hatte eine Verworfene zu sein, eine Ehebrecherin, eine schlechte Mutter und eine unordentliche Hausfrau. In dieses Bild passte es sogar, dass sie sang und Klavier spielte – eine Künstlerin eben, eine leichtfertige Person, die ihren herzensguten Gatten enttäuscht und betrogen hatte.

Alles, was an Marianne erinnerte, sollte ausgemerzt werden. Sogar die Gravur auf dem Silberzeug, das sie in die Ehe mitgebracht hatte, kam Clementine wie ein persönlicher Angriff vor, umso mehr, als sie selbst ohne Mitgift ins Haus gekommen war. Auch die Bettwäsche, die Tischtücher und Servietten trugen noch die Initialen der verhassten und dennoch quälend beneideten Vorgängerin, der ersten Wahl ihres Gatten. Schon wenige Tage nach der Hochzeit flüsterte ihm Clementine vor dem Einschlafen zu, wie wichtig es für seinen Ruf doch sei, die Gravuren und Stickereien zu ändern, da sie bei jedem Gebrauch an seine Vergangenheit und seine Schmach erinnern würden.

Friedrich Wieck ließ sie gewähren. Die Energie, mit der sie den Haushalt an sich riss, gefiel ihm. Um nichts brauchte er sich mehr zu kümmern, alles war perfekt. Auch die Gäste, die in den vergangenen Jahren fortgeblieben waren, kehrten nach und nach zurück. Es war abzusehen, dass sich der Salon des Hauses Wieck wieder zum Sammelplatz für die Musikfreunde der Stadt entwickeln würde wie auch für alle künstlerisch Interessierten, die es nach Leipzig verschlug.

»Gemütlich ist es bei Ihnen«, erklärte einer der Gäste zufrieden und mit vom Wein gerötetem Gesicht. »Sehr schön, wenn auch irgendwie anders als früher.« Er verbeugte sich galant vor der Hausfrau, die für ständigen Nachschub an Getränken sorgte und ihre Dienstboten offenkundig fest im Griff hatte. Vielleicht erinnerte er sich daran, dass die frühere Dame des Hauses an den Gesprächen im Salon teilgenommen hatte, ein strahlender Mittelpunkt der Gesellschaft, selbst eine Künstlerin von Rang, während sich die neue Madame Wieck vorzugsweise in der Küche aufhielt und nur bei der Verabschiedung zu sprechen war. Dann erblickte man sie auch aus der Nähe und wunderte sich, wie jung ihr Gesicht noch war, prall und glatt und ganz anders als …

Clementine war verletzlicher, als man es ihr ansah. Jede Bemerkung, die sie an Marianne erinnerte, traf sie wie ein Stich ins

Herz. Schon in den ersten Tagen ihrer Ehe fing sie an, dieses Haus zu hassen, das ihre Bedeutung als Ehefrau und Herrin in Frage stellte. Sogleich hielt sie Ausschau nach einem neuen Heim für die Familie. Wieder ließ Friedrich Wieck sie gewähren, und wieder bewies sie ihre Tatkraft und Tüchtigkeit.

Während Friedrich Wieck auf Geschäftsreise unterwegs war, zog man in ein gediegenes Bürgerhaus um: Grimmaische Gasse, Ecke Reichsstraße. Ein geräumiger Salon mit einem besonders großen Tisch für viele Gäste; eine helle Küche mit einem neumodischen Herd, wie sie in Berlin und Dresden gerade in Mode kamen; ein schmuckes Schlafzimmer, mit dem Clementine ihrem Gatten zeigen wollte, dass sie ihn auch als Mann zu schätzen wusste, selbst wenn er zwanzig Jahre älter war als sie und keine Ähnlichkeit mit den Traumrittern ihrer Backfischzeit aufwies. Ein gemeinsames Zimmer für Alwin und Gustav und ein eigener Raum mit verspielten Spitzenvorhängen für Clara.

Der Umzug gestaltete sich für alle, die daran beteiligt waren, beschwerlich, vor allem, weil Clementine es nicht eilig genug haben konnte. Mit einem Bauernfuhrwerk transportierte man die Möbel in das neue Haus, in dem alles leer und sauber war – bereit für die künftigen Bewohner. Sogar die Kinder halfen mit und verteilten die leichteren Gegenstände an ihre vorgesehenen Stellen. Alwin und Gustav genossen ihre Bedeutung. Sie hatten schnell Vertrauen zu ihrer Stiefmutter gefasst, die ihnen manchmal Süßigkeiten zusteckte, vor allem, wenn sie »Mama« zu ihr sagten, wozu Clara nicht bereit war. Sie vermied jede direkte Anrede und verstand immer noch nicht, warum es nötig gewesen war, dass ihr Vater wieder heiratete.

Ein neues Heim, geräumiger und vielleicht auch behaglicher als das alte. Für Clementine Wieck, geborene Fechner sollte es demonstrieren, dass sie patenter war als ihre Vorgängerin, dass sie die Umgebung ihrer Familie ansprechend zu gestalten wusste und dass sie ihren Haushalt und seine Abläufe fest im Griff hatte. So lange hatte sie darauf gewartet, dass endlich einer kam, der bereit war, sein Leben mit ihr zu teilen, und wenn Friedrich Wieck auch nicht ohne Fehl und Tadel war, sollte er seinen Entschluss dennoch nicht bereuen müssen. »Mach ihm das Leben leicht, dann wird es auch dir selbst gut gehen«, hatte ihr die Mutter nach der Trauung ins Ohr geflüstert. Clementine war entschlossen, diesem Rat zu folgen. Sie dankte es ihrem Gatten, dass er ihr großzügig freie Hand ließ, und schwor sich, dass er noch froh sein würde, sie ausgewählt zu haben.

Obwohl es schon fast dunkel war, schritt sie durch die Räume, die nun die ihren waren. Ihr Werk und ihr Eigentum. Sie öffnete die Laden, in denen das Silberzeug glänzte: seit ein paar Tagen mit der Gravur »FW« – Friedrich Wieck, in klaren, schnörkellosen Buchstaben. Nicht mehr »MT« – Marianne Tromlitz, in diesen verschlungenen, gezierten Lettern. Auch die Wäsche in den Schränken war den neuen Gegebenheiten angepasst, dafür hatte Clementine Wieck ebenfalls gesorgt. »FW« … Sie war stolz auf ihre diplomatische Entscheidung, die Schätze des Hauses nach ihrem Gatten zu benennen. Niemand würde ihr je vorwerfen können, sie hätte sich etwas angeeignet, das ihr nicht gehörte. Darauf verzichten wollte sie allerdings auch nicht. Besitz war Besitz, den gab man nicht mehr her, wenn man ihn erst einmal übernommen hatte.

Johanna Strobel hatte Schmalzbrote gerichtet. Die Kinder und die Dienstboten scharten sich um den Küchentisch und ließen es sich schmecken. Auch Berta und Nanni aus dem Fechner'schen Haushalt, die bei der Übersiedlung mitgeholfen hatten, saßen da und machten keine Anstalten, endlich ins Pfarrhaus zurückzukehren.

Johanna Strobel runzelte die Stirn. »Bald ist es finster«, brummte sie mürrisch. »Es wird Zeit für euch.«

Eine unerwartete Stille entstand, die Alwin und Gustav nutzten, um mehr Brote an sich zu reißen, als ihnen zukamen.

Berta und Nanni blickten hinüber zu Clementine, die in der Tür stand, schweigend, obwohl auf einmal alle darauf warteten, dass sie das Schweigen, das plötzlich den Raum fast erdrückte, aufhob. Drüben im Salon schlug die Uhr. Niemand zählte nach. Die Zeit war stehen geblieben.

Johanna Strobel wartete noch eine Weile auf ein Wort der Entscheidung. Der Diener August erhob sich. »Madame!«, drängte er.

Doch Clementine schwieg. Sie wusste, dass sie jetzt nicht schwach werden durfte. Es reichte schon, dass sie sich um die fremden Kinder kümmerte. Für die alte Haushälterin der anderen brauchte sie sich nicht auch noch verantwortlich zu fühlen.

Von den Kindern spürte nur Clara, worum es ging. Sie war blass bis auf die Lippen, während sie zusah, wie Johanna Strobel ihre Schürze ablegte und fein säuberlich über eine Sessellehne hängte. Dann ging sie zur Tür. Clementine Wieck trat zur Seite, um sie vorbeizulassen.

Mit ihren schweren, schlurfenden Schritten stieg Johanna die Treppe hinauf und ging in die Dienstbotenkammer, wo ihr kleiner Pappkoffer noch unausgeräumt neben dem Bett stand. Daneben zwei andere Köfferchen, die vorher noch nicht da gewesen waren.

Clara sprang auf und lief der Haushälterin nach. Während Johanna Strobel nach dem Koffer griff, blickte Clara flehend zu ihr auf. »Hanne!«, wollte sie rufen wie früher, aber auf einmal wusste sie nicht mehr, wie man sprach.

Doch Johanna Strobel verstand sie auch ohne Worte. Sie legte ihre warme, harte Hand auf Claras Wange. »Armes Ding«, brummte sie. Dann wandte sie sich ab und stieg die Treppe wieder hinunter. Clara blieb an ihrer Seite und starrte sie an. Da war etwas noch nicht abgeschlossen, das eigentlich sogar erst noch entschieden werden musste.

Als sie an der Küche vorbeigingen, trat Clementine Wieck auf den Flur. »Es ist schon spät«, sagte sie sachlich. »Natürlich kannst du diese Nacht noch hierbleiben.«

Doch Johanna Strobel schüttelte den Kopf. Dann streckte sie fordernd die Hand aus. »Mein Lohn!«, sagte sie schroff. »Ich habe immer meine Pflicht getan.«

Clara dachte, dass ihre Stiefmutter nun auf den Vater verweisen würde, der ja schon für morgen erwartet wurde. Doch Clementine Wieck hielt das Heft des Haushalts bereits fest in der Hand. Sie brauchte nicht einmal zum Küchenschrank oder zum Sekretär zu gehen, um das Geld zu holen. Sie griff einfach nur in die Tasche ihres weiten Rockes und nahm das Säckchen aus Wildleder heraus, in dem Friedrich Wieck zweimal im Jahr den Lohn zu übergeben pflegte. Wie umsichtig sie doch war! Nur wenig über zwanzig, aber vorausschauend wie eine erfahrene Hausfrau. »Du kannst das Säckchen behalten«, sagte sie mit gleichgültiger Stimme.

Johanna Strobel antwortete nicht. Sie leerte die Münzen in ihre eigene Rocktasche und ließ das Säckchen einfach zu Boden fallen. Danach hob sie ihren Koffer wieder auf. Ohne sich noch einmal umzusehen, trat sie hinaus auf die Straße. Clara wollte ihr nachlaufen, aber ihre Stiefmutter rief sie zurück. »Clara!« – erst mit freundlichem Tadel, dann ungeduldig und ärgerlich. Clara blieb unschlüssig stehen. Sie sah Johanna Strobel nach, die schnell und schneller die Straße hinuntereilte. Keine Haushaltsschnecke mehr, nur eine müde alte Frau, die ihre letzten Kräfte zusammennahm, um ihre Würde zu bewahren. Am Ende der Straße verlor sie sich in der Dämmerung.

Clara ging ins Haus zurück. Sie pflanzte sich vor ihrer Stiefmutter auf und starrte ihr in die Augen. Clementine hielt ihrem Blick stand. Erst nach einer Weile gab sie nach. Sie versetzte Clara einen milden Klaps auf den Arm. »Iss dein Brot, Clara«, sagte sie leichtin. Sie hatte keinen Grund, sich herausfordern zu lassen. Immerhin hatte sie gesiegt. Clementine Wieck, geborene Fechner konnte endlich ihr wahres, von einer fremden Vergangenheit unbehelligtes Leben führen. Wie sie es sich immer gewünscht hatte, war sie die unangefochtene Herrin ihres Hauses. Mit einem aufmüpfigen kleinen Mädchen würde sie auch noch fertig werden.

2

Mit der Rückkehr des Hausherrn wurden die Rollen in der Familie endgültig verteilt. Vergessen die Zeiten, in denen Marianne seine Entscheidungen in Frage gestellt hatte. Keine Widerworte mehr mit lauter Stimme und blitzenden Augen. Keine ermüdenden Streitgespräche, die ihm noch stundenlang die Laune vergällten, weil er allzu häufig zugeben musste, dass die Argumente seiner Frau nicht unbegründet waren. Zweifel meldeten sich, obwohl eigentlich das letzte Wort bereits gesprochen war, denn das letzte Wort war immer noch das Wort des Hausherrn. So verlangte es die Tradition, und wie in einem Spiegel wiederholte sich die Hierarchie der Familie auch im Staat, dessen Bürger sich gegen die Obrigkeit ebenso wenig aufzulehnen hatten wie die Mitglieder einer Familie gegen den Vater. Wohin das Aufbegehren führte, hatte man ja in Frankreich gesehen.

Clementine Wieck war intelligent genug, sich nicht auf lange Diskussionen einzulassen. Bei Angelegenheiten, die ihr gleichgültig waren, schwieg sie ohnedies. Wenn ihr jedoch etwas wirklich gegen den Strich ging, zog sie sich in die kleine Mansarde unter dem Dach zurück, die ihr als Nähkammer diente. Sie setzte sich an den Tisch und stützte den Kopf in beide Hände. Dabei presste sie die Zähne aufeinander, als sollte jeder Widerstand auf der Stelle zermalmt werden. Sie zwang sich zur Ruhe, um die Situation mit kühlem Kopf zu beurteilen und jedes Für und Wider abzuwägen. Sie wusste, dass sie nicht die Klügste war – aber vielleicht die Schlaueste. Schlau genug, die eigene Position richtig einzuschätzen und sich nicht auf Kämpfe einzulassen, die sie nicht gewinnen konnte.

Der bitterste Kampf war der gegen ihre Stieftochter Clara. Erst nach und nach erkannte Clementine, dass sich ihr Gatte zwar als Herr im Hause fühlte, dass ihm aber nichts mehr bedeutete als der Erfolg seiner begabten Tochter. Ihr Ruhm würde auch der seine sein, und nur darauf arbeitete er hin.

In den wenigen Tagen ihrer Brautzeit hatte Friedrich Wieck Clementine versprochen, er werde sie bei seiner nächsten Geschäftsreise nach Dresden mitnehmen – sie beide ganz allein, ein frischvermähltes Paar in einer schönen, fremden Stadt. Für Clementine, die noch nie umworben worden war, schien sich bei dieser Aussicht ein riesiges Tor zu öffnen. Fast liebte sie ihn, als er vom Duft der großen Welt sprach und von den prachtvollen Plätzen, die sie bald kennenlernen würde. Immer wieder dachte Clementine an diese Reise und wartete mit Ungeduld darauf, dass ihr Gatte endlich einen Termin benannte. Sie konnte es kaum fassen, dass er eines Morgens ohne sie aufbrach. Er sei in Eile, erklärte er. Er wolle seine Besprechungen möglichst schnell abschließen und dann gleich wieder nach Leipzig zurückkehren.

»Warum in Eile?«, fragte Clementine entgegen ihrer sonstigen Zurückhaltung. Nie würde sie ihm das Achselzucken verzeihen, mit dem er ihre Frage beantwortete.

»Clara ist jetzt so weit«, antwortete er. »Wenn meine Geschäfte abgeschlossen sind, werde ich mich hauptsächlich um ihre Karriere kümmern. Dann kommen wir ohnedies auch wieder nach Dresden.« Damit umarmte er Clementine beiläufig und verließ das Haus. Das Tor fiel zu, und Clementines Traum war ausgeträumt.

Diesmal saß sie besonders lange an ihrem Nähtisch. Als Berta kam, um zu fragen, ob das Nachtmahl serviert werden dürfe, antwortete Clementine nur, sie habe noch zu tun und werde daher ausnahmsweise nicht zum Essen kommen. »Kümmere du dich darum, dass die Kinder rechtzeitig schlafen gehen!« Als Berta besorgt nachfragte, ob etwas nicht in Ordnung sei, blickte Clementine nicht einmal auf. »Verschwinde endlich!«, fuhr sie die junge Frau an und hörte schon nicht mehr, wie jene beleidigt die Treppe hinunterlief.

Am liebsten hätte Clementine geweint, geschrien, vielleicht sogar getobt. Doch die pastorale Erziehung zur Mäßigung ließ ein solches Verhalten nicht zu. »Mach ihm das Leben leicht, dann wird es auch dir selbst gut gehen«, hatte der Rat der Mutter gelautet, und Clementine wollte, dass es ihr selbst gut ging. Doch was bedeutete das für sie? In welchen Augenblicken konnte sie von sich selbst sagen, dass es ihr gut ging? Und was musste sie tun, um solche Augenblicke immer wieder erleben zu können? Sie dachte an ihre Hochzeit, so einfach und schmucklos, aber immerhin das Ereignis, das für die meisten jungen Bräute den Höhepunkt ihres Lebens darstellte. Geschmückt zu sein, im Mittelpunkt der Aufmerksamkeit zu stehen – Clementine gestand sich ein, dass ihr dies alles in Wahrheit nur wenig bedeutet hatte. Eigentlich war es sogar eine Last für sie gewesen, weil sie wusste, dass das weiße Rüschenkleid und der zarte Schleier nicht zu ihr passten. Clementine Fechner war kein zierliches Mädchen, dessen Anblick Tränen der Rührung hervorlockte. Clementine Fechner war kräftig, energisch, bodenständig. Zugleich war sie unerhört erleichtert, nicht das werden zu müssen, was viele bereits in ihr sahen: eine alte Jungfer, die keiner gewollt hatte und die nie das Zepter eines Haushalts in Händen halten würde.

Das war es, dachte sie, während die Handflächen auf den Tisch klatschten. Einen eigenen Haushalt wollte sie haben; ein schönes, großes Stadthaus, sauber und bestens in Schuss und womöglich sogar an einer Straßenecke; genug Geld zur Verfügung, dass alles Nötige umgehend in die Wege geleitet werden konnte; Dienstboten, die widerspruchslos spurten, und einen Ehemann, der ihr nicht dreinredete.

Ich habe doch alles!, dachte sie und ließ die Handflächen wieder und wieder auf den Tisch klatschen. Ihre Enttäuschung über die ausgefallene Reise kam ihr plötzlich lächerlich und kindisch vor. Wie wäre es gewesen, hätte ihr Mann sie nach Dresden mitgenommen? So vieles hätte organisiert und vorbereitet werden müssen, damit der Haushalt während ihrer Abwesenheit geordnet weiterlief und die Kinder gut versorgt waren! Ein Koffer hätte gepackt werden müssen, der die passende Kleidung für den Aufenthalt in der eleganten Stadt enthielt. Kleidung, die Clementine gar nicht besaß, weil sie bisher nie aus ihrem engen Umfeld herausgekommen war. Wie sollte sie da Schritt halten mit den Zierpuppen in Dresden, die womöglich die Nase über sie rümpften und sie eine Landpomeranze nannten? Würde ihr Mann nicht auf dumme Gedanken kommen, wenn er sie neben den feinen Damen sah, die den ganzen Tag lang nichts anderes zu tun hatten, als sich zu präsentieren? Würde er womöglich Vergleiche anstellen, die nur zu Ungunsten seiner eigenen Gattin ausfallen konnten? Dass er gegen weibliche Reize nicht vollends gefeit war, zeigte immerhin die Wahl seiner ersten Ehefrau.

Wie gut, dass ich nicht mitfahren musste!, dachte Clementine erleichtert und richtete sich auf. Sie hörte, dass der Regen an die Scheiben schlug, und stellte sich vor, wie sie jetzt in einer kalten, schlecht gefederten Postkutsche säße in unangenehmer Nähe zu irgendwelchen Fremden, mit denen sie nichts zu tun haben wollte. Nach der Ankunft würde man in einem Gasthof absteigen oder in einem Hotel – und hatte Friedrich Wieck nicht oft genug berichtet, wie sehr in diesen Häusern die Sauberkeit zu wünschen übrig ließ? Man würde schlechtes Essen hinunterwürgen und sich wegen der überhöhten Preise ärgern. Am nächsten Tag würde Friedrich Wieck seinen Geschäften nachgehen, und sie würde nicht wissen, was sie in der fremden Stadt anfangen sollte. Schöne Gebäude, ein Spaziergang am Fluss, eine Tasse Kakao auf einer Hotelterrasse? Aber es regnete doch, und sie würde sich unter den vielen fremden Menschen nicht wohl fühlen ... Wie gut, dass ihr Dresden erspart geblieben war!

Dresden – und eigentlich auch das lästige Gesellschaftsgetue hier in Leipzig: Schon in den ersten Tagen seiner zweiten Ehe hatte Friedrich Wieck immer wieder vergessen, Clementine zu den Veranstaltungen, die er besuchte, mitzunehmen. Erst wenn er schon an der Tür stand, fragte er zerstreut und ein wenig gehetzt: »Du wolltest doch nicht mitkommen, oder? Es wird bestimmt wieder unerhört langweilig werden. Wenn es nicht wegen des Geschäfts wäre, bliebe ich selbst auch lieber bei dir daheim.« Dann nickte sie gewöhnlich und versicherte, auch sie habe noch viel zu erledigen und sei froh, ihre Arbeit nicht unterbrechen zu müssen.

Meist aber kamen die Gäste zur ihr ins Haus. Dann stand sie in der Küche und dirigierte die Dienstboten. Erst wenn der Abend zu Ende ging, ließ sie sich sehen: ein wenig erhitzt und zerzaust, aber stolz und zufrieden, weil alles wie am Schnürchen gelaufen war. Sie genoss die Komplimente über ihre Tüchtigkeit, vor allem weil sie wollte, dass Friedrich Wieck hörte, wie man sie lobte. Das Herz schlug ihr bis zum Hals, als sie zum ersten Mal merkte, dass er stolz auf sie war. Noch nie zuvor war irgendjemand stolz auf sie gewesen, ihre Eltern nicht und nicht einmal sie selbst. Nun aber fühlte sie sich am richtigen Platz, und wenn die Gäste fort waren und die Lichter im Hause gelöscht, genoss sie mit einem triumphierenden Lächeln in die Dunkelheit hinein, dass ihr Gatte auch in den Stunden der Ehe seine Freude an ihr hatte.

Madamigella Clara Wieck

I

Ein Karussell begann sich zu drehen, schnell und immer schneller, dass die Lichter vorbeiflogen und die Gesichter der Zuschauer zu einem einzigen schmutzigweißen Band verschwammen. Es rauschte und sirrte, als wäre man gar nicht mehr hier, auf der guten, alten Erde, sondern irgendwo, weit entrückt im Universum, das plötzlich widerhallte von Trillern und Läufen und Akkordpassagen, alles unter den Händen eines schwarzäugigen Mädchens, das sich aufgemacht hatte, mit den Sternen zu spielen.

Oktaven und Doppeloktaven, alles mit Bravour. Doppelmordente und Fingerwechsel auf einer Taste, dazwischen zierliches Hüpfen und sanfter Anschlag, um die Seelen zu berühren. Doch noch war ein dauerhaftes Innehalten nicht erwünscht. Alles eilte dahin, immer noch schneller, gleichsam im Rhythmus der neu erfundenen Maschinen und der beunruhigenden Fortbewegung mit der Eisenbahn, die die Welt seit kurzem zusammenrückte und ihr den Atem nahm. Erst wenn das Tempo kaum noch zu ertragen war, verklangen die Töne und wurden plötzlich leise und zart, dass den Zuhörer Sehnsucht überfiel nach etwas, irgendetwas, das ihm fehlte, er begriff nicht einmal, was es war. Ein Kind, das das Leben noch nicht kannte, erweckte es in den Herzen derer, die ihm lauschten, als wäre ihm alle Weisheit der Welt einfach zugeflogen und alle Gefühle des Menschen vererbt – ohne Mühe und ohne den Preis leidvollen Lernens.

Ein kleines Mädchen, das nach den Seelen griff: In Wahrheit

war es vielleicht nur ein gelehriges Werkzeug in der Hand eines einst Erfolglosen, der durchschaut hatte, wie man sich auch ohne besondere Begabung zum Puppenspieler aufschwingen konnte, der die Fäden zog. Friedrich Wieck wusste genau, wie er sein Clärchen zu präsentieren hatte, damit den Zuhörern der Atem stockte und sie überzeugt waren, Zeugen eines außergewöhnlichen musikalischen Ereignisses zu sein. Scheinbar ganz bescheiden führte er seine Tochter ein, behutsam, als ginge es nur darum, einem begabten Kind die Gelegenheit zu bieten, zu zeigen, was es gelernt hatte.

Nicht als Konzertgeberin betrat Clara Wieck zum ersten Mal die traditionsreiche Bühne des Leipziger Gewandhauses. Keine großartige Ankündigung auf den Plakaten, die vordergründig für eine Pianistin aus Graz warben. Friedrich Wieck selbst hatte die Künstlerin vermittelt, die nicht ahnte, dass sie als Kontrastprogramm eingeladen war – eine rundliche, farblose junge Frau, beeinträchtigt von quälendem Lampenfieber, das sie linkisch wirken ließ, wenn sie sich dem Publikum stellte. Dass sie überhaupt engagiert wurde, lag daran, dass sie sich bekanntermaßen nach den ersten Stücken entspannte und in der Folge eine respektable Leistung bot. Dazu aber, schätzte Friedrich Wieck, würde es diesmal schon zu spät für sie sein, denn bereits zuvor, zwischen Panik und Beruhigung, würde er wie mit einem Donnerschlag seine Clara vorschicken, und niemand im Publikum würde mehr auf die angebliche Hauptakteurin achten.

Als die Künstlerin aus ihrer Garderobe kam, meinte sie noch, sie sei die Attraktion des Abends. Natürlich hatte man sie informiert, dass auch die Tochter des Impresarios auftreten würde, ein neunjähriges Mädchen, das schon mehrmals vor geladenen Gästen gespielt habe und heute zusammen mit einer anderen Schülerin aus dem Wieck'schen Institut eine vierhändige Variation über einen Marsch aus »Moses« von Kalkbrenner darbieten werde. Clara Wieck heiße das Kind und werde stimmführend rechts sitzen … Ein typischer Fall von Protektion, dachte die Künstlerin gleichmütig. Es ärgerte sie nur, dass die Kinder gleich nach dem zweiten Stück an der Reihe sein sollten, wenn sich ihre eigene Nervosität noch nicht gelegt haben würde.

Friedrich Wieck hatte richtig kalkuliert. Schon nach der ersten Verneigung des österreichischen Gastes lehnten sich die Damen und Herren im Publikum zurück und richteten sich auf einen durchschnittlichen Abend ein. Als auf der Stirn der Pianistin die ersten Schweißtropfen glänzten, fing man in den hinteren Reihen bereits zu plaudern an. Trotzdem klatschte man höflich. Als sich danach die Wieck'sche Schülerin Emilie Reichold ans Klavier setzte, stellte man schmunzelnd eine gewisse Ähnlichkeit mit der Dame aus Graz fest. Wer Emilie kannte, erteilte den Sitznachbarn amüsiert Auskunft über sie. Eine künstlerische Sternstunde erwartete man nicht.

Nachdem Emilie Platz genommen hatte, entstand eine Pause. Man wartete. Und wartete. Dann trat plötzlich – jetzt schon fast unerwartet – ein Mädchen auf die Bühne. Nach ein paar Schritten blieb es stehen, wie um sich erst einen Überblick zu verschaffen. Niemand wusste, warum, aber auf einmal verstummten die Gespräche. Alle blickten hinauf zu dem Mädchen in seinem weißen Seidenkleid, das mit dem schwarzen Haar kontrastierte. Ein schönes, schlankes Kind, von dem eine seltsame Kraft auszugehen schien, eine Autorität und Konzentration, die einige Zuschauer veranlasste, die eigene, allzu bequeme Sitzhaltung zu korrigieren.

Ernst und gemessen trat Clara vor und versank in einen tiefen Knicks. Das Publikum atmete auf und klatschte. Man war verblüfft, ohne selbst zu verstehen, warum. Clara setzte sich rechts neben ihre Mitspielerin und gab ihr mit einem Kopfnicken das Zeichen zum Beginn. Dann donnerte sie los mit einer Kraft und einem Selbstbewusstsein, die das ängstliche Herantasten der Hauptakteurin des Abends blitzartig vergessen ließen.

Das Publikum war elektrisiert. Alles schien plötzlich in wunderbarer Weise zusammenzupassen: das dunkle, fremdartige Äußere dieses Mädchens, seine Kraft und seine beherrschende Ausstrahlung. Das Stück selbst merkte man sich kaum. Als es zu

Ende war, hoffte man auf eine Zugabe, doch auf den Wink des Impresarios hinter der Bühne knicksten die beiden Pianistinnen nur und traten ab.

Es dauerte lange, bis der Beifall verebbte. Trotzdem erlaubte Friedrich Wieck nicht, dass sich Clara nochmals zeigte. »Sie vermissen dich jetzt schon«, sagte er mit heiserer Stimme. »Gut gemacht, Clärchen! Das hier ist der Anfang von allem.«

Alle sprachen von Clara Wieck. Die »Leipziger Allgemeine Musikalische Zeitung« schwärmte von den »großartigen Musikanlagen« des jungen Talents und lobte zu Friedrich Wiecks Genugtuung auch dessen Verdienste: »Unter der Leitung ihres musikerfahrenen, die Kunst des Pianofortespiels wohl verstehenden und dafür mit Liebe sehr tätigen Vaters dürfen wir für Clara Wieck die größten Hoffnungen hegen.« Sogar das »Journal des Luxus und der Moden« berichtete über den Abend und sah einen neuen Stern am Musikhimmel aufgehen. Besonders hervorgehoben wurden hier die erlesene Garderobe des Mädchens und das schöne schwarze Haar, »im Nacken schlicht geknotet, doch mit dichten Lockenkringeln hinter den Wangen«. Man rechnete damit, dass diese Frisur bald von vielen jungen Damen kopiert werden würde und die komplizierten Korkenzieherlocken und verspielten Haarschleifen von Moke, Belleville, Blahetka und Co. ablösen würde.

Das Karussell drehte sich weiter. Leipzig sollte nur der Anfang sein, ein gelungener Anfang zwar, doch jenseits der Stadtgrenzen wartete die Welt. Dresden, Weimar, womöglich sogar Wien oder ... Friedrich Wieck schwirrte der Kopf. Paris!, dachte er. London. Oder gar New York ... Oder die ganze Welt, die imstande war, Musik zu fühlen und zu begreifen. Ein einziges übermächtiges Drängen war in ihm, eine Ungeduld und eine Lust, wie er sie bisher nicht gekannt hatte. Sein Ziel lag so hoch, dass er es selbst kaum benennen konnte, doch schon der Weg dahin war berauschend.

Und Clara verstand ihn. Sie wusste nicht, was Ehrgeiz war,

aber sie fühlte ihn. Nie würde sie den Augenblick vergessen, als der letzte Ton verklang und die Stille im Saal übermächtig wurde, bis sich die Spannung in einem einzigen, gemeinsamen Aufschrei der Zuhörer löste und in einen Applaus überging, wie ihn Clara bisher noch nicht erlebt hatte. Ihretwegen hatten sie den Atem angehalten, und ihretwegen jubelten sie nun. Sie war die Mitte dieses Moments, seine Königin, seine kleine Göttin. Auch wenn man sich kurze Zeit später vor den Garderoben drängen würde und am nächsten Tag kaum noch an sie dachte: Im Augenblick des Triumphs sammelten sich die Energien aller Anwesenden zu einer einzigen Kraft, die auf sie, Clara Wieck, einströmte und sie überflutete. Nie mehr wollte sie auf dieses Gefühl verzichten. Immer wieder wollte sie es erleben. Oh, wie einig sie sich doch waren, Vater und Tochter!

Dresden folgte. Natürlich Dresden, die Residenzstadt, wo die ansässigen Klavierspielerinnen eifersüchtig darauf hofften, Claras Kutsche möge im Straßengraben zerschellen und ihre zukunftsträchtigen Finger für immer zerquetscht werden. Doch die Wünsche erfüllten sich nicht. Kein Märzregen unterspülte die Straßen, kein verfrühter Blitz setzte das Gefährt in Brand. Als wäre die beschwerliche Reise ein einziges Vergnügen gewesen, trafen Friedrich Wieck und seine Tochter in Dresden ein, warmherzig empfangen von Hofrat Dr. Carus, dem Leibarzt des Königs von Sachsen.

Im Salon des Hofrats Carus traf sich die kunstsinnige Gesellschaft der Stadt. Wer von ihm gefördert wurde, dem öffneten sich die Türen der Adelshäuser und sogar des Hofes. Ein vornehmer, schlanker Herr mit eleganten Bewegungen und einer ruhigen, gewählten Sprechweise. Noch nie war Friedrich Wieck einem solchen Menschen begegnet. Wie gern wäre er gewesen wie er! Doch dazu bedurfte es wohl mehrerer Generationen in einem Milieu, das sich um die alltäglichen Bedürfnisse nicht zu sorgen brauchte. Der Sohn eines kleinen Kaufmanns aus Pretzsch bei Torgau hatte in seiner Jugend ein solches Leben nicht kennengelernt.

»Als ich zur Schule fort war, lebte ich kalt von Brot und Schmalz«, raunte er eines Abends Clara zu, als sie an der langen Tafel des Hofrats speisten, umgeben von satten, herausgeputzten Menschen, die sich bestimmt nicht vorstellen konnten, dass der Vater des anwesenden Wunderkindes einst nur einmal im Jahr seine Lieblingsspeise bekommen hatte: Schöpsenbraten mit Bohnen oder Schoten. Mit diesem Gericht aber konnten für Friedrich Wieck selbst die erlesenen Gaumenfreuden, die von weiß behandschuhten Lakaien unter silbernen Clochen aufgetragen wurden, nicht konkurrieren.

Trotz ihrer Jugend hatte Clara Verständnis für ihren Vater. Die neue, strahlende Welt, in der sie so bereitwillig aufgenommen wurde, war nur zum Teil auch die ihre. Ohne Scheu bewegte sie sich in dieser Gesellschaft, aber sie wusste, dass sie selbst anders war als die behüteten kleinen Adelsmädchen, deren Leben vorgezeichnet war und die um nichts zu kämpfen brauchten. Wenn sie mit ihren Eltern reisten, taten sie es in einer eigenen Kutsche, und sie übernachteten stets bei ihresgleichen und nicht in abgewohnten Hotels oder schmutzigen Gasthöfen. Sie brauchten nicht täglich zu üben, bis sich ihre Fingernägel spalteten, und sie durften in gemäßigter Weise ihren Launen nachgeben und vor Untergebenen Wohlverhalten verweigern, wenn ihnen danach zumute war.

Clara beneidete diese Mädchen nicht. Sie bildeten die Masse, das Übliche, während sie selbst, Clara Wieck aus Leipzig, das Besondere war. Wenn sie am Klavier saß, hörte man ihr zu und ließ sich bereitwillig von ihr verzaubern. Sie bewunderte man, ihre Nähe suchte man. Selbst ein vornehmer Herr wie Hofrat Carus nannte sie »ein feines Mädchen« und lobte die Reinheit und Zartheit ihres Ausdrucks. »Ich kann mich kaum erinnern, jemals Ähnliches gehört zu haben«, sagte er zu Friedrich Wieck, der zum ersten Mal seit langem verlegen errötete.

Mehrmals durfte Clara im Hause Carus auftreten. Sie spielte Weber, Beethoven und Bach. Als ob das alles nicht genug wäre, machte man sich ein Vergnügen daraus, ihr irgendein Thema aufzugeben, über das sie fantasieren sollte. »Eine Komponistin!«, rief man dann verblüfft. »Unglaublich!«, denn eigentlich hieß es doch, Frauen seien zum Komponieren nicht geeignet.

Clara gehorchte der Aufforderung mit einem kaum merklichen Lächeln. Am Klavier zu fantasieren war ein Leichtes für sie. Sie spielte von Sehnsucht, von Liebesleid und von Zorn – was besonders beliebt war, denn kein erwachsener Mann konnte kräftiger in die Tasten hauen als dieses zarte Mädchen, wenn man es nur ließ.

Clara Wieck war das Stadtgespräch in Dresden. Kein Wunder, dass sich bald auch der Hof für sie interessierte. Prinzessin Louise lud sie zum Vorspielen ein, danach sogar der Thronfolger Johann. Man schenkte ihr Ringe von der eigenen Hand, seidene Tüchlein und goldene Busennadeln, obwohl sie doch noch gar keinen Busen hatte. Friedrich Wieck führte genau Buch über jede Gabe. An einem Tag waren es um drei Uhr nachmittags schon sechzehn Präsente. Clara nahm es als selbstverständlich hin, dass sie die meisten Geschenke nicht behalten durfte. Ihr Vater hatte ihr erklärt, dass es sich dabei de facto um Honorare handelte, die nach der Reise zu Geld gemacht werden sollten, um damit weitere Reisen vorzufinanzieren.

Friedrich Wieck nutzte die Zeit in Dresden. Jeder Besucher wurde vorgelassen, jede Einladung akzeptiert. Tout Dresden wollte das Wunderkind bei sich empfangen. Clara spielte in Privatzirkeln und in öffentlichen Konzerten. Wenn sie danach ins Hotel zurückkam, übte sie weiter an neuen Stücken. »Ihr Gedächtnis ist wie ein Schwamm«, prahlte Friedrich Wieck. »Zweimal vom Blatt gespielt, und schon beherrscht sie ein Stück.«

Immer Neues sollte Clara bieten, das Publikum jedes Mal erstaunen. Dabei schien sie immer ein wenig fremdartig, doch auch das trug noch zu ihrer Verklärung bei. »Ein Genie«, seufzte man anerkennend. »Ein Kind noch, aber schon ein Genie.«

Ein einziges Mal zeigte Clara eine Schwäche. Das regnerische Wetter und die Rastlosigkeit bis tief in die Nacht hinein hatten ihr eine Halsentzündung eingetragen. Das Schlucken machte ihr Beschwerden, und sie war heiser und müde. Trotzdem trat sie vor einer großen Gesellschaft auf. Abzusagen wäre undenkbar gewesen. »Danach kannst du dich ausruhen«, versprach ihr Vater. »Nur die paar Stunden noch! Das hält mein kleiner Russe doch durch.«

Sein kleiner Russe: so nannte er sie immer, wenn er wollte, dass sie sich als besonders zäh und ausdauernd erwies. Dem kleinen Russen machte es nichts aus, stundenlang in einer ungefederten Kutsche über steinige Straßen zu rumpeln. Es machte ihm nichts aus, notfalls auf das Essen zu verzichten, obwohl der Magen knurrte und Sterne vor den müden Augen tanzten. Ebenso wurde er auch damit fertig, am Klavier eine Zugabe nach der anderen zu liefern, selbst wenn die Mandeln schmerzten und das Atmen schwerfiel.

Auch diesmal hielt der kleine Russe durch. Clara musizierte, als hätte sie sich vorher stundenlang erholen können. Immer wieder verlangte man Zugaben. Als jemand bemerkte, wie blass sie war, reichte man ihr ein Glas Wasser mit einem tüchtigen Schuss Champagner. Gehorsam leerte sie es in einem Zug. Alle lachten und klatschten. Danach spielte sie weiter. Jemand erwähnte, dass Friedrich Wieck nicht nur ihr Vater und Impresario war, sondern auch ihr Lehrer. Ganz bestimmt, vermutete man, spielten die beiden doch auch manchmal gemeinsam. Vierhändig. Warum nicht auch hier und jetzt? – Beifälliges Klatschen, gegen das kein Widerspruch ankam.

Friedrich Wieck verneigte sich und setzte sich neben seine Tochter. »›Variationen zu vier Händen‹ von Herz«, kündigte er an.

Clara verzog keine Miene. Die Löckchen hinter ihren Wangen waren feucht von kaltem Schweiß, aber ihre Hände gehorchten so wie immer. Kein Fehler unterlief ihr. Nur einmal fröstelte sie, während ihr Vater an der Reihe war. Dann übernahm sie wieder ihren Part – eine kleine Maschine, die ihr Werk pflichtgemäß zu Ende bringt.

Nach dem Schlussakkord klatschten die Gäste und riefen »Bravo!« und »Da Capo!«.

Friedrich Wieck verbeugte sich geschmeichelt. Obwohl er sah, dass es Clara schlecht ging, war er zu einer Zugabe bereit.

Doch da stand Clara auf. Sie war weiß im Gesicht, aber sie nahm sich zusammen, wie sie es gelernt hatte. »Da klatscht ihr nun«, sagte sie mit ihrer erschöpften, heiseren Stimme. »Ihr klatscht, und ich weiß doch, dass ich schlecht gespielt habe.« Dann fing sie an zu weinen.

Friedrich Wieck erhob sich ebenfalls. Er suchte nach Worten. Ein paar Damen eilten aus dem Parkett herbei, um Clara zu trösten. Friedrich Wieck atmete auf, als Clara wieder Schmuckstücke zugesteckt bekam und man sie tröstend »abschmatzte« – wie er es am nächsten Tag in seinem Brief an Clementine formulierte. Da hatten ihn gerade ein paar Damen der Dresdner Gesellschaft aufgesucht und ihn ermahnt, seiner Tochter nicht die Kindheit zu rauben. Er antwortete ihnen, seine Tochter sei glücklich. Mit Puppen und Spielzeug habe sie noch nie etwas im Sinn gehabt. Dabei versuchte er sich in Galanterie, was die Damen immerhin ein wenig beruhigte. Als sie ihn wieder verlassen hatten, setzte er seinen Brief fort. Er werde sich doch nicht von ein paar Frauenzimmern belehren lassen, schrieb er an sein Frauenzimmer daheim, wohl wissend, dass wenigstens sie ihm nicht widersprechen würde.

Am Tag darauf war der kleine Russe wieder gesund. Clara erfüllte ihre Pflichten, als wäre nichts geschehen. Dafür liebte man sie. Banale Erkältungen störten das Idealbild vom romantischen Wunderkind. Wenn sie schon einmal vorkamen, sollten sie sich wenigstens schnell wieder verflüchtigen. Und so war es pflichtgemäß ja auch geschehen. »Keine andere kann ihr das Wasser reichen«, hieß es deshalb wieder. »Clara Wieck – ein kleines sächsisches Wunder! Wir können stolz auf sie sein.« Erneut schmatzte man sie ab, und ein paar größere Mädchen bürsteten ihr Haar und flochten es zu kleinen Zöpfen, die sie zum Knoten schlangen. Clara ließ es geschehen wie eine Prinzessin, und als man sie aufforderte, am Klavier zu fantasieren, tat sie es mit gewohnter Inbrunst.

Im Nachhinein, viel, viel später, erinnerte sich Friedrich Wieck an die Zeit in Dresden. Er kam zu dem Schluss, dass diese Tage wahrscheinlich die glücklichsten seines Lebens gewesen waren.

2

Das Karussell drehte sich weiter. So viele Lichter, die vorbeiflogen, so viele Menschen, die auftauchten und wieder verschwanden! Für wenige Augenblicke, Stunden oder Tage drängten sie sich in Claras Leben, erfüllten es, bestimmten es – und traten dann wieder zurück in die Bedeutungslosigkeit. So kurzlebig waren die meisten Begegnungen, dass Clara sie vergessen hätte, hätte sie nicht hin und wieder in dem Tagebuch geblättert, das ihr Vater für sie führte. Wenn er »ich« schrieb, meinte er nicht sich selbst, sondern seine Tochter, in deren Namen er sich auch seiner pädagogischen Fähigkeiten rühmte.

Einer von denen, die Clara und ihr Vater nie vergessen würden, war Niccolò Paganini, der berühmteste und verschrienste Geigenvirtuose seiner Zeit. Niemand in Leipzig hätte erwartet, diesen Mann jemals auf der Bühne des Gewandhauses zu erleben. Fast hatte man Angst bei diesem Gedanken. Als Friedrich Wieck, der plante, sich ein weiteres Standbein als Konzertagent zu schaffen, zum ersten Mal den Vorschlag machte, sich um einen Auftritt des italienischen Meisters zu bemühen, bekam er nur Einwände zu hören. Niemals würde sich diese Berühmtheit herablassen, in einer Provinzstadt wie Leipzig aufzutreten, und wenn doch, dann würden seine Honorarforderungen so exorbitant sein, dass ein Vertrag daran scheitern musste. Wahrscheinlich aber würde man nicht einmal zu Verhandlungen an ihn herankommen. Bekanntermaßen sei der Mann ein Verrückter, mit dem man nicht reden konnte. Sein Kosmos sei von der geordneten Welt der sächsischen Biedermänner himmelweit entfernt. Nicht umsonst nannte man ihn den »Teufelsgeiger«.

Friedrich Wieck kannte jedes Gerücht und jede Anekdote über

Paganini. Seine Jugend habe er in einem Kerker zugebracht, hieß es, tief unten in einem Kellergewölbe. Jahrelang sei der Gefängniswärter sein einziger Kontakt gewesen. Damit er in der Einsamkeit nicht völlig den Verstand verlöre, gestand man ihm eine Violine zu, die im Halbdunkel der Zelle seine Gefährtin wurde und sein Trost. Ihr vertraute er seine tiefsten Gefühle an: seinen Groll, seinen Zorn, seine Reue, seine Verzweiflung und seine Sehnsucht nach Freiheit und Liebe.

Eine Saite nach der anderen zerfetzte er im Laufe der Gefangenschaft, bis nur noch eine einzige übrig blieb: die G-Saite, deren Gehalt und Möglichkeiten er bis ins Letzte ausschöpfte. Auch später nutzte er sie für viele seiner Kompositionen.

Wenn er in seinen Konzerten an die Rampe trat und durch seine dunkelblaue Brille wie aus toten Augen ins Publikum starrte, ahnte man schon, was nun folgen würde. Ängstlich duckte man sich in die bequemen Plüschsessel und lieferte sich dem Geiger aus, der plötzlich nur noch auf dieser einzigen Saite spielte. Man wusste, dass dies in Erinnerung an seinen Kerker geschah, an das Fegefeuer, das er durchschritten hatte, nur begleitet von seiner Geige. Man spürte die Hölle, die dieser Mann kennengelernt hatte, und man geriet in eine Ekstase, die man bisher nicht gekannt hatte… Wenn der Geiger dann langsam wieder zurückwich und die Töne aus seinem Instrument leiser wurden, sanft und zärtlich, dachte man daran, dass er einst seiner sterbenden Mutter seine Violine vor die Lippen gehalten hatte, damit sie an ihr ihr Leben aushauchte. Paganini, der Teufelsgeiger, der auch den Himmel herbeiflehen konnte. Dem nichts fremd war im Guten wie im Bösen.

Und dieser Mann sollte nun nach Leipzig kommen! Der Tag stand fest. Aus dem besten Hotel der Stadt hatte man die bisherigen Übernachtungsgäste ausquartiert, um Platz zu schaffen für den Teufelsgeiger und seine Entourage. Es war nicht schwer gewesen, die Gäste loszuwerden. Niemand wollte unter einem Dach übernachten mit dieser unberechenbaren italienischen Horde und ihrem Hexenmeister, dem alles zuzutrauen war. Von

Mittag an wartete man nun, kontrollierte – was bisher noch nie vorgekommen war – Fingernägel und Ohren des Personals und roch gegenseitig an der Kleidung, ob auch alles sauber genug sei. Wäre der König persönlich angekündigt worden, wäre die Aufregung nicht größer gewesen.

Die Geduld aller wurde auf eine harte Probe gestellt. Stunde um Stunde verstrich, ohne dass sich etwas ereignete. Man fing an, kleine Scherzchen auszutauschen, denn man hoffte bereits, der eitle Wieck sei mit seinen hochfliegenden Plänen hereingefallen. Wie konnte einer, der vom Lande zugezogen war, auch hoffen, einen Bühnenstern aus dem mondänen Italien herbeizulocken? Bestimmt hatte er einen kräftigen Vorschuss ausgelegt. Der würde jetzt wahrscheinlich verloren sein – perduto! –, und der italienische Gaukler würde sich in sein geniales Fäustchen lachen und seinen Spott treiben über den naiven Sachsen, der gemeint hatte, einen wie ihn kaufen zu können.

Die Herren vom Gewandhaus freuten sich besonders. Sie gönnten dem »Klavierlehrer« seine Niederlage. Waren sie nicht geschlossen gegen dieses Projekt gewesen, wohl wissend, dass es mehrere Nummern zu groß für sie war? Sachsen und Italien, das waren fremde Welten, getrennt durch imaginäre Ozeane, obgleich ja wohl klar war, dass man sich selbst wahrlich nicht zu verstecken brauchte. »Wir haben die seriösen Komponisten, die Dichter und die Philosophen«, erklärte man kühl. »Das wilde Gezappel mögen andere für sich beanspruchen.«

Friedrich Wieck litt schlimmer als ein Hund. Seine Gesichtsfarbe wechselte ständig zwischen Dunkelrot und einer fahlen Blässe, dass man meinen konnte, gleich würde er umsinken. Seine buschigen Augenbrauen, die er jeden Morgen sorgfältig bürstete und mit Wasser zähmte, sträubten sich nun wie unter Strom nach vorne. Er rannte vor dem Hotel, in dem man den illustren Gast erwartete, hin und her, sprang ein paar Stufen hoch und dann wieder hinunter, zerbiss sich die Lippen und versicherte den Herren vom Gewandhaus stets aufs Neue, dass der Vertrag mit dem hochverehrten Künstler wasserdicht und »Maestro Paganini«

trotz aller Verleumdungen ein verlässlicher Geschäftspartner sei, der seine Verpflichtungen gewissenhaft erfüllen werde. Als Antwort erntete er skeptische Blicke, »Ja, ja«-Gemurmel und eine Schadenfreude, die immer deutlicher wurde, je tiefer sich die Sonne nach Westen senkte.

Es dämmerte schon, da änderte sich plötzlich alles: Räder donnerten durch die Straßen, die Räder mehrerer schwarzer Privatkutschen, die wie die Wilde Jagd in das stille Leipzig einbrachen. Die Menschen in den Häusern stürzten an ihre Fenster und öffneten die Haustore. Nicht einmal in den geschäftigen Zeiten der Messe gab es solchen Lärm.

Für Friedrich Wieck waren es die süßesten Töne. Von einem Augenblick zum nächsten fand er seinen Frieden wieder. Er trat auf die Straße hinaus, während sich am Hoteleingang das Direktorium des Gewandhauses formierte und dahinter das blitzsaubere Hotelpersonal Aufstellung nahm. Auf den ersten Blick erkannte Friedrich Wieck, welche der Kutschen die des ersehnten Künstlers sein musste. Zwischen den schnaubenden, tänzelnden Pferden eilte er darauf zu, während sich die Mitglieder der Entourage mit steifen Gelenken ins Freie drängten. Dann öffnete ein livrierter Bedienter auch die Tür der prächtigsten Kutsche. Friedrich Wieck zitterte vor Aufregung. Am liebsten wäre er hineingeklettert, um seinem – seinem ganz persönlichen! – Gast eigenhändig herauszuhelfen. Von draußen sah er im Halbdunkel einen ganz in Schwarz gekleideten Menschen, der sich aus dem Sitz zwängte und dann das Treppchen herunterstieg. Paganini!, dachte Friedrich Wieck. Paganini!

Dann standen sie einander gegenüber: der kleine Sachse und der noch etwas kleinere Italiener. Beide magerer als der Durchschnitt. Beide zerzaust – der eine von der Aufregung, der andere von der langen Reise in dem engen Gefährt.

Paganini! Fast ein wenig lächerlich sah er aus, ungelenk und irgendwie schief. Trotzdem hätte es für Friedrich Wieck keinen beglückenderen Anblick geben können. »Maestro!«, stieß er hervor und verbeugte sich tief.

Paganini verneigte sich ebenfalls und hielt sich dabei den schmerzenden Rücken. »Buona sera, signore!«, sagte er mit einer knarzenden Stimme.

Friedrich Wieck nickte und strahlte. »Ja!«, jubelte er fast. »Ja, Maestro: buona sera!« Das Herz klopfte ihm vor Freude, als er sah, dass die Augenbrauen seines Idols genauso buschig waren und wirr durcheinanderstanden wie seine eigenen.

Wenn »ausverkauft« bedeutet, dass in einem Konzertsaal kein freier Platz mehr zur Verfügung steht, so war das Gewandhaus an den vier Oktoberabenden im Jahr 1829, als Paganini hier gastierte, mehr als ausverkauft. Der Andrang war so ungeheuer, dass man vor der ersten Reihe und an den Seiten zusätzliche Stühle aufstellte. Trotzdem gab es immer noch Anfragen, die nicht befriedigt werden konnten. Man hätte im Saal eine zusätzliche Decke einziehen und sie bestuhlen können, und es wäre immer noch nicht genug Platz gewesen. Aus allen Richtungen strömten Musikfreunde und Neugierige herbei. In ganz Leipzig gab es keine Übernachtungsmöglichkeit mehr, und das Essen in den Gasthöfen war noch schlechter und teurer als sonst.

Die Glücklichen aber, die im Geigenhimmel Einlass gefunden hatten, wurden mehr als belohnt. Der kleine schwarzgekleidete Mann mit dem Leichengesicht entlockte seinem Instrument Töne, so leidenschaftlich und polyphon, dass man meinte, ein ganzes Orchester zu vernehmen. Saiten rissen auf offener Bühne, und das Publikum stöhnte auf. Doch Paganini spielte weiter, warf sein schulterlanges schwarzes Haar zurück, ächzte, war Leidenschaft, nichts als Leidenschaft. Durchlebte alles, was die Hunderte zu seinen Füßen gerne selbst erfahren hätten. War Sehnsucht, Liebe, Erfüllung und Verzweiflung. War sein Geld wert, wie der Kassenmeister des Gewandhauses zufrieden bemerkte.

Der glücklichste von allen aber war Friedrich Wieck. Diese Tage der Ekstase waren sein Werk, sein Meisterstück als Impresario. Ein Leben lang würde er darauf hinweisen können, dass er es gewesen war, der den Violingott nach Leipzig geholt hatte.

Wer mit einem Paganini erfolgreich verhandelt hatte, dem konnte sich kein anderer Künstler mehr verweigern.

Doch Friedrich Wieck wäre nicht er selbst gewesen, wenn er diesen Erfolg nicht sofort für sein zweites Vorhaben genutzt hätte, sein wichtigstes Projekt: die Karriere seines Wunderkindes Clara. Ein Paganini würde wieder abreisen, doch Clara würde ihren Vater nie verlassen. Ihre Erfolge waren stets auch die seinen. Es bekümmerte ihn nur, dass sie in letzter Zeit so schnell wuchs. So trug er ihr auf, sich von nun an bei Fragen nach ihrem Alter immer um ein Jahr jünger zu machen. Zwei Jahre wären ihm lieber gewesen, aber er fürchtete, in Leipzig überführt zu werden.

Gleich am ersten Morgen ließ er sich mit Clara bei Paganini melden. Er wurde sofort vorgelassen und von dem Künstler mit zwei Wangenküssen begrüßt. Aus der Menge der Begleiter, die sich im Raum drängten, schälte sich ein junger Mann und bot seine Dienste als Dolmetscher an. Über ihn liefen von nun an alle Gespräche, was Friedrich Wieck entzückte. Er fühlte sich als ein Mann von Welt.

Schon am Ende der ersten Zusammenkunft bemerkte er an sich selbst, dass er unwillkürlich das R rollte wie der große Meister. Zudem beschloss er, von nun an dem wilden Wuchs seiner Brauen freien Lauf zu lassen. Wieder einmal hatte der Junge aus Pretzsch, dessen Vater es zu nichts gebracht hatte, ein Vorbild gefunden. Es erschien ihm passender, sich an einem Künstler wie Paganini zu orientieren als an einem vornehmen Höfling wie Doktor Carus.

Der Teufelsgeiger, vor dem sich alle gefürchtet hatten, behandelte Clara mit großer Zuvorkommenheit und Liebenswürdigkeit. Er begrüßte sie mit einem Kratzfuß, wie sie ihn bisher noch nie gesehen hatte, und ließ ihr sagen, sie sei so hübsch, dass er in fünf Jahren wiederkommen werde, um sie zu heiraten. Dann stellte er ihr einen kleinen Jungen von etwa vier Jahren vor. Er sei sein Sohn, der ihn auf allen Reisen begleite. Später werde er sein Nachfolger und noch berühmter werden als sein Vater. Der kleine Junge stellte sich auf die Zehenspitzen und küsste Clara auf den Mund. Sie erschrak und wischte sich ab. Da lachte Paganini und erhöhte die Frist von fünf Jahren auf sieben. Danach verlangte er, sie spielen zu hören. Im Nebenzimmer stehe ein Klavier, nichts Besonderes, aber eine wahre Virtuosin könne sogar einem künstlichen Gebiss angenehme Töne entlocken.

Schon beim Anblick des angekündigten Klaviers stellte Clara fest, dass sie mit einem künstlichen Gebiss besser bedient gewesen wäre. Ein Student, der früher hier gewohnt hatte, hatte es zurückgelassen, weil es nichts mehr wert war. Als Friedrich Wieck das klapprige Instrument mit den hängenden schwarzen Tasten sah, schlug er erschrocken vor, das Vorspielen auf einen Besuch im Hause Wieck zu verschieben, wo erstklassige Instrumente zur Verfügung stünden.

Doch der einstige Sträfling winkte ab. Friedrich Wieck wollte beharren, aber Clara setzte sich an das Instrument und kündigte die »Polonaise in Es« an, die sie selbst komponiert hatte. Dann fing sie ohne weitere Verzögerung zu spielen an.

Das einstige Pianoforte mit den schwarzen Tasten war noch schlechter, als sie erwartet hatte. Trotzdem spielte sie weiter. Es kostete sie alle Kraft, die Tasten zu zähmen, aber es gelang ihr. Als sie geendet hatte, blieb es still im Raum. Clara wusste nicht, was sie davon halten sollte, aber sie zweifelte nicht daran, einer wie Paganini würde erkennen, dass sie ihr Bestes gegeben hatte. So stand sie auf und verneigte sich.

Erst jetzt sah sie, dass in Paganinis Augen ein Lächeln funkelte, ein wenig schelmisch, wie sie es nie von ihm erwartet hätte. Dann warf er plötzlich ein Bein und einen Arm zurück und machte einen besonders tiefen Kratzfuß vor ihr, der sie zum Lachen brachte. Als er sich wieder aufgerichtet hatte, ergriff er ihre Hand und küsste sie ehrerbietig. »Madamigella Clara Wieck!«, sagte er mit seiner knarzenden Stimme, die sie unwillkürlich an ihren Vater erinnerte. »Sieben Jahre sind doch zu viel. So lange kann ich unmöglich warten. Ich werde früher zurückkommen müssen.«

Alle lachten nun und klatschten. Friedrich Wieck fragte Paganini, ob er Clara einen Rat geben könne.

Paganini wurde ernst. »Sie werden eine Frau sein, mein liebes Kind«, sagte er fast mitleidig. »Ich spüre, dass Sie starke Empfindungen haben und viel Temperament. Bei Männern schätzt man das. Auch Frauen dürfen auf der Bühne Gefühle zeigen – aber nur musikalisch. Verstehen Sie, was ich meine? Frauen dürfen nicht unruhig wirken. Sie wollen einen Rat? Hier ist er: Bewegen Sie sich nicht zu viel, wenn Sie Klavier spielen! Das Publikum schätzt weibliche Zurückhaltung. Ein Mann soll sich benehmen wie ein Mann, eine Frau wie eine Dame.« Er schüttelte ärgerlich den Kopf. »Verzeihen Sie mir! Ich rede Unsinn. Ich hasse, was ich sage, aber, bei Gott, ich fürchte für Sie, dass es die Wahrheit ist.«

Die nächsten Tage verflogen wie im Fieber. Gegen Mittag pflegte Paganini im Hause Wieck aufzutauchen, unangemeldet und in Begleitung mehrerer Mitglieder seiner Entourage. Alle fühlten sich sofort wie zu Hause, belegten sämtliche Räume, schäkerten mit den Hausmädchen und drängten dem Diener August Wein auf, den er nur unter Protest zu trinken wagte, weil er wusste, dass ihn seine Herrin dafür ausschelten würde.

Doch diesmal reagierte Clementine Wieck milder als sonst. Sie unterdrückte ihren Groll darüber, dass niemand auf den Gedanken gekommen war, sie wenigstens zu einem der Konzerte einzuladen. Sie fand sich plötzlich ausreichend entschädigt durch die Aufmerksamkeit der italienischen Gäste, die zu ihr in die Küche stürmten, sie umarmten und überschwänglich »Mamma Wieck« nannten. Gerne hätte sie eingewandt, dass »Mamma Wieck« noch keine fünfundzwanzig Jahre alt war und damit jünger als die meisten Kavaliere, die sie so titulierten. Doch sie schwieg und ließ sich von all der Verehrung und Zuneigung, mit der man sie überhäufte, fortreißen. Während man sie herzte und ihre blauen Augen rühmte, kam sie zu dem für sie ungewöhnlichen Schluss, dass sogar Italiener vielleicht ihre Qualitäten haben mochten. Jedenfalls, so stellte sie mit Erstaunen fest, war ihr Leben bisher noch nie so lustig gewesen und sie selbst noch nie so … ja: glücklich.

Sie waren alle glücklich, vor allem Clara. Zu jedem der vier Konzerte wurde sie eingeladen, zweimal sogar als besonderer Gast, der hinter dem Künstler auf der Bühne sitzen durfte. Paganini hatte gelernt, sie zu schätzen. Er küsste sie ab, als sie eines Mittags für ihn über Motive aus italienischen Opern fantasierte. Er nannte sie seine Seelenverwandte, »eine richtige kleine Paganinella«.

Friedrich Wieck war entzückt. Kein R drang mehr ungerollt aus seinem Mund, und längst übertraf das Gebüsch seiner Brauen jenes des Maestro. So war es fast ein Trauertag, als sich die Wilde Jagd wieder vor dem Hotel formierte, begleitet von den Direktoren des Gewandhauses und vom untröstlichen Hotelpersonal, das jede Unordnung und Ruhestörung längst verziehen hatte.

Nicht nur Friedrich Wieck kämpfte mit den Tränen, als Clara dem Sohn des Maestro ein Körbchen voll Weintrauben mit auf die Reise gab. Ein letztes Mal ertrug sie den feuchten Kuss des künftigen Virtuosen, und ein letztes Mal in ihrem ganzen Leben lachte sie über Paganinis mittelalterlichen Kratzfuß. Sie fürchtete schon, er würde vergessen, ihr ihr Stammbuch zurückzugeben, für das sie einen Eintrag von ihm erbeten hatte. Doch mit unnachahmlicher Grandezza reichte er es ihr. »Al merito singolare di Madamigella Clara Wieck« stand da, umgeben von unzähligen Noten wie kleine, schwarz gestielte Blumen, die Paganini für sie gezeichnet hatte.

Zuletzt umarmte der Maestro noch Friedrich Wieck und nannte ihn seinen Freund. Clara dachte, dass die beiden in diesem Augenblick wohl die magersten Männer hier in Leipzig waren, verschieden wie Tag und Nacht und doch irgendwie ähnlich.

3

Immer noch schneller drehte sich das Karussell, auf dem das Wunderkind Clara Wieck und ihr geschäftstüchtiger Vater in einem Universum kreisten, das einem Ballsaal glich. Immer weiter schien man sich fortzubewegen, immer tiefer in die Welt hinein, wo es doch in Wahrheit stets nur im Kreis herum ging und man sich um keinen Fußbreit von der Mitte, an die man unsichtbar gekettet war, entfernte. Immer neue Konzertsäle und vergoldete Räume. Immer neue Gesichter, die von den bisherigen nicht mehr zu unterscheiden waren. Tage vergingen so, Wochen und viele Monate. Längst machte der Vater die Tochter um zwei Jahre jünger und atmete erleichtert auf, wenn sie eines ihrer weißen Konzertkleider anzog und der tiefe Ausschnitt enthüllte, dass sie noch ein Kind war.

Ein Kind – und eine kleine Maschine, die längst gelernt hatte, die Stimmung der Zuhörer zu erfassen und zu bedienen. Mozart spielte sie gern, wenn sie allein war, ebenso Beethoven und Schubert. Dem Publikum aber bot sie, wie ihr Vater es anordnete, die Erfolgsstücke der Zeit, die fulminanten Zugnummern der mittleren Talente, die Bravourstücke, die nur einem wahren Virtuosen gelangen: so schnell, so laut und so kräftig, dass den Ohrenzeugen Augen und Mund offen blieben und sie sich neidlos eingestanden, dass sie selbst trotz allen Übens nie in der Lage sein würden, das Klavier in dieser souveränen Weise zu beherrschen.

»Eine wahre Künstlerin«, nickte man anerkennend und runzelte indigniert die Brauen, wenn das Wunderkind einmal vom glatten Weg der Zugnummern abwich. Aus einem inneren Drang heraus spielte Clara am Hofe von Weimar plötzlich Chopins »Variationen opus 2« – ungeplant, aus einer unerklärlichen Sehnsucht geboren. Dabei war ihr, als würde plötzlich die Luft reiner und die Lichter heller. Sie vergaß alles um sich herum, sogar ihren Vater, der mit den Augen rollte und sich achselzuckend beim erstaunten Publikum gleichsam entschuldigte.

Als Clara geendet hatte, waren ihre Wangen rosig wie nach

einem langen Spaziergang, und ihre Augen leuchteten. Sie merkte nicht, wie matt und lustlos der Beifall klang. Nur zögernd tauchte sie aus ihrer Verzauberung auf. Sie sah, dass sich die Herzogin missmutig erhob und, wie von einer plötzlichen Unpässlichkeit ergriffen, den Saal verließ.

»Was fällt dir ein!«, flüsterte Friedrich Wieck seiner Tochter zu. »Los, spiel eine Polonäse und ein paar Scherzi! Oder willst du, dass man uns nie mehr einlädt?«

Der Herzog schien Clara ihren Ausrutscher ins allzu Anspruchsvolle nicht übelzunehmen. Er rückte seinen Sessel an ihre Seite. »Das war sehr modern, mein gutes Kind«, murmelte er und legte kurz seinen Arm um ihre Schultern.

Clara rückte zur Seite. Sie hatte nicht gelernt zu argumentieren, aber irgendwie kam es ihr vor, dass es in Wahrheit genau umgekehrt war und ihre pikanten Bravourstücke eigentlich viel eher Ausdruck einer Mode waren, derer man überdrüssig werden konnte, weil trotz all der Triller und des vielen Beiwerks alles so einfach war, so eingängig und fast schon hohl.

Doch das kleine Genie hatte gelernt, zu gehorchen und vernünftig zu sein. Lächelnd verneigte es sich und ließ »La Violetta« von Herz aufklingen. Fast augenblicklich kehrte die Zufriedenheit in den Saal zurück. Entspannt lehnte man sich in die Kissen. Am Ende klatschte man in gewohnter Lautstärke.

An freundlichen Mienen vorbei verließen Friedrich Wieck und Clara schließlich den Saal. Zum Abschied überreichte ihnen der Hofmarschall vier Louisdor.

Friedrich Wieck atmete auf. Gott sei Dank war das Konzert doch noch ein Erfolg geworden! Im Hotel würde er allerdings noch ein ernstes Wort mit Clara reden müssen.

Nur ein einziges Mal, an einem unerwartet sonnigen Mittag im Oktober, schienen sich die Drehungen des Karussells zu verlangsamen. Wieder stand ein Besuch bevor, einer von inzwischen fast schon hundert. Dennoch behauptete Friedrich Wieck, diesmal würde es etwas ganz Besonderes sein, »wichtiger als bei Hofe und wichtiger auch als bei meinem verehrten Freund Doktor Carus«.

Clara nickte gleichmütig und nahm zur Kenntnis, dass sie vor einem Herrn namens Goethe spielen würde, einem Dichter, der angeblich sehr berühmt war und – wie sie den weiteren Andeutungen ihres Vaters entnahm – uralt.

»Man verehrt ihn in der ganzen gebildeten Welt«, erklärte Friedrich Wieck. »Wenn er dir eine Empfehlung mitgibt, öffnen sich die Türen auch in den Metropolen für dich. Es ist ein Privileg, vor ihm spielen zu dürfen. Übrigens war auch Mendelssohn als Zwölfjähriger bei ihm eingeladen. Das ist zwar schon einige Jahre her, aber es hat dem Jungen sehr genützt.«

In letzter Zeit verglich Friedrich Wieck seine Tochter immer öfter mit den ganz Großen der Konzertbühne. Es reichte ihm nicht mehr, sie unter den Wunderkindern einzureihen. Nach und nach fing er an, in Künstlern wie Mendelssohn, Liszt oder Chopin künftige Rivalen seines Clärchens zu sehen. Da sie nun vor Goethe auftreten würde, erinnerte sich Friedrich Wieck daran, dass der Dichter den jungen Mendelssohn sogar mit Mozart verglichen hatte. In seiner Begeisterung hatte er behauptet, Mendelssohns Spiel verhalte sich zu dem des jungen Mozart »wie die gebildete Konversation eines Erwachsenen zum Geschwätz eines Kindes«.

Clara durchschaute ihren Vater. Sie wusste, dass er es darauf anlegte, auch für sie ein paar einprägsame, zitierfähige Äußerungen herauszuschlagen, die sich gut in den Gazetten machen würden und auf den Plakaten, die für ihre Auftritte warben. Sie lächelte ein wenig über die Berechnungen ihres Vaters, doch sie wusste, dass er damit recht hatte. Der tägliche Kampf um Zuhörer und deren Anerkennung war zu einer Konstante ihres Lebens geworden. Das Wunderkind hatte längst gelernt, wie eine Erwachsene zu denken.

Friedrich Wieck überlegte jedes Detail. Der Dichterfürst habe trotz seiner dreiundachtzig Jahre immer noch ein offenes Auge für weibliche Reize, wurde erzählt. So würde Clara selbstverständlich ihr schönstes Seidenkleid anziehen und dazu ihre hübschen weißen Ballerinenschuhe, die einen so zierlichen Kontrast zu den kräftigen Tritten bildeten, mit denen sie die Pedale malträtierte. Das glänzende schwarze Haar wurde frisch gewaschen, gebürstet und um die Wangen herum mit einem Heizstab in Locken gelegt. Sogar ein wenig Rouge tupfte Friedrich Wieck eigenhändig auf die weißen Wangen seiner Tochter und schärfte ihr ein, viel zu lächeln und dem hohen Herrn direkt in die Augen zu blicken. Wahrscheinlich erinnerte sich Friedrich Wieck daran, wie tief er selbst einst vom Blick ähnlicher schwarzer Augen ergriffen worden war.

Die Auswahl der Stücke, die Clara zum Besten geben sollte, bereitete Friedrich Wieck nur wenig Kopfzerbrechen. Ein etablierter Herr in den Achtzigern, Minister bei Hofe und damit wohl als hoch konservativ einzuschätzen, würde wahrscheinlich Variationen von Chopin oder eine Sonate von Beethoven als zu modern empfinden. Auch eine Mozart-Sonate konnte für die Mittagsstunde vielleicht zu fordernd sein. Nein, der berühmte Dichter sollte sich wohl fühlen, er sollte unterhalten werden und die Virtuosität des Kindes, das sich vor ihm produzierte, schätzen lernen. Also wieder einmal »La Violetta« von Herz. Wieder einmal die »Bravourvariationen opus 20«. Wieder einmal Triviales, virtuos präsentiert.

Ein elegantes kleines Privatkonzert in einem eleganten Rahmen. Die junge Clara Wieck aus Leipzig saß neben der sehr alten Exzellenz von Goethe auf dessen Sofa in Weimar. Die Schwiegertochter des Dichters gesellte sich dazu mit ihren beiden Kindern, die Friedrich Wieck in einem Brief an Clementine als »sehr geistreich aussehend« bezeichnete. Noch immer im seidenen Hausrock empfing der Geheimrat weitere Gäste, bis man Clara schließlich um Beispiele ihrer Kunst ersuchte. Dabei stellte sich heraus, dass der Stuhl vor dem Klavier für die kleine Pianistin zu niedrig war. Friedrich Wieck konnte sich vor Stolz kaum fassen, als der Dichter selbst aus dem Vorzimmer ein voluminöses Kissen herbeiholte und für Clara zurechtlegte. Das waren genau die Geschichten, die man später den Zeitungsleuten erzählen konnte und die die Bedeutung seines Clärchens hervorheben würden.

Clara erfüllte alle Anforderungen ihres Vaters. Sie ließ das Klavier singen und drosch dann wieder in die Tasten, dass Goethe lächelnd feststellte, dieses Mädchen habe mehr Kraft als sechs Knaben zusammen. Danach spielte Clara auf seinen Wunsch vierhändig mit ihrem Vater und zuletzt noch mit dem Weimarer Musikdirektor. Zum Abschluss trug sie ein paar eigene Variationen vor.

Es sei ein ausgesprochen angenehmer Vormittag gewesen, erklärte Goethe, als man sich verabschiedete. Er überreichte Friedrich Wieck ein Widmungsblatt mit den eigenhändig geschriebenen Worten: »Für meisterliche musikalische Unterhaltung verpflichtet – J. W. Goethe.«

Friedrich Wieck errötete vor Freude. Noch entzückter war er, als der Geheimrat zwei Tage später sein Brustbild in Bronze überreichen ließ und eine Gedenkmünze, eingeschlossen in einer Holzkapsel und begleitet von der Dedikation »Der kunstreichen Clara Wieck« – alles erstklassige Referenzen, die sich in Zukunft werbewirksam ausschlachten lassen würden.

Friedrich Wieck lobte Clara, küsste sie und war stolz auf sie. »Jetzt sind wir reif für die Welt!«, erklärte er ohne den Anflug eines Zweifels. Die große Karriere stand bevor. Claras Karriere, aber eigentlich seine eigene.

Paris

1

Sie waren lange nicht mehr zu Hause in Leipzig gewesen. Die Briefe, die ihnen Clementine nachschickte, schienen aus einer fremden Welt zu kommen mit ganz anderen Sorgen und anderen Freuden. Friedrich Wieck war mit Clara in einer Postkutsche nach Kassel unterwegs, als Clementine in Leipzig ihr erstes Kind zur Welt brachte. Da sie keine Gelegenheit gehabt hatte, mit ihrem Gatten den Namen des Neugeborenen zu besprechen, nannte sie es Marie, womit man ja nie fehlgehen konnte.

Ein gesundes blondes Mädchen mit strahlenden blauen Augen. Als Friedrich Wieck die Nachricht erhielt, dachte er, dass ja die meisten Neugeborenen erst einmal blaue Augen hatten. Wenn man allerdings das Aussehen der Eltern bedachte, würden diesem kleinen Mädchen die blauen Augen wohl erhalten bleiben und sicher auch die blonden Haare – ganz anders als bei seinen ersten drei Kindern, die ihrer dunklen Mutter so ähnlich waren und die ihr, so schien es ihm manchmal, immer noch ähnlicher wurden. Er gestand es sich nicht ein, aber manchmal überfiel ihn der verstörende Gedanke, dass er niemals der Vater einer so begabten Tochter geworden wäre, wäre Clara nicht auch ein Kind der ehebrecherischen Marianne gewesen, die das Klavier singen lassen konnte, jubeln, weinen oder gar zürnen, dass man meinte, das Jüngste Gericht stehe bevor.

Die kleine Marie würde wohl keine Künstlerin werden. Dafür aber wahrscheinlich eine tüchtige Hausfrau wie ihre Mutter. Auch überragende Schönheit würde ihr kaum zuteilwerden, denn woher hätte diese kommen sollen bei diesen Eltern? Trotzdem war Friedrich Wieck zufrieden. Er schrieb einen langen, liebevollen Brief an sein »Tinchen«, in dem er versicherte, wenn er erst mit Clara Paris erobert habe, werde er nach Leipzig zurückkehren und ein ruhigeres Leben führen.

Schon während er diese Worte zu Papier brachte, glaubte er sie selbst nicht. Doch er wusste, was sich gehörte und was von einem Familienvater erwartet wurde. Es war ein großes Glück, dass Clementine so anspruchslos war und so verständnisvoll. Dafür liebte er sie sogar ein wenig, und es fiel ihm nicht schwer, ihr zu schreiben, dass er sich nach ihr sehne und dass sie eine wunderbare Frau sei. Niemals hätte er zugegeben, dass er zwar mit dem Verstand genau wusste, wie sie aussah, dass er sich ihr lebendiges Bild und ihre Sprache aber nur mit Mühe in Erinnerung rufen konnte.

Erfurt, Gotha, Arnstadt, Kassel, Frankfurt ... So viele Namen von Städten, die eine nach der anderen wie Kieselsteine auf die Tasten so vieler fremder Klaviere herunterregneten. Ein Steinchen glich dem anderen, eine Stadt der nächsten.

Nichts war vorbereitet, wenn man eintraf. Ein Gasthof musste gesucht werden, in dem man nicht im Dreck erstickte und mit jeder Mahlzeit ausgeraubt wurde. Einen Saal brauchte man mit einem Klavier und ausreichender Bestuhlung. Beim Amt musste man anmelden, dass man plane, ein öffentliches Konzert zu veranstalten. Man brauchte Personal, das die Karten verkaufte und beim Einlass überprüfte. Eine Mietskutsche für die vielen Besorgungen und um die Kleidung vor der Witterung zu schützen. Annoncen mussten aufgegeben werden, Plakate gedruckt und möglichst sichtbar ausgehängt. Besuche bei den Honoratioren mit der Bitte, der kleinen Künstlerin Gelegenheit zum Vorspielen zu geben. Abendliche Hauskonzerte in betulichen Bürgerhäusern – ohne Honorar und als Reklame für den hoffentlich erfolgreichen Auftritt im großen Saal, der das Geld bringen würde, mit dem die Aktionen in der nächsten Stadt bezahlt wurden.

Es war wichtig, bekannt zu werden und immer bekannter. Ruhm nicht nur als Antrieb und Balsam für die Seele, sondern als Lockmittel, das sich selbst multiplizierte. Dazu brauchte man vor allem die Berichte der Presse, durch die immer mehr Menschen wussten, wer das war: das Wunderkind Clara Wieck aus Leipzig.

Friedrich Wieck und seine Tochter reisten nicht, sie hetzten dahin, von Stadt zu Stadt. Lernten keine wirklich kennen. Missachteten alle. »Mainz hat sechsundzwanzigtausend Einwohner und vierzehntausend Soldaten«, berichtete Friedrich Wieck seinem Tinchen zu Hause. »Es ist die hässlichste alte Stadt, die ich kenne. Diese winkeligen Gässchen und dieser Schmutz sind nicht zu beschreiben.«

Von Stadt zu Stadt. Von Poststation zu Poststation. Von Gasthof zu Gasthof. Zwölf Jahre war Clara alt. Wenn sie im festlichen Kerzenlicht ans Klavier trat, konnte man meinen, sie sei eine kleine Prinzessin und der Applaus ihr tägliches Brot. Bestaunt, bewundert, verehrt ... Aber ohne Freunde. Immer nur der Vater. Um Geld zu sparen, mietete er meist ein gemeinsames Zimmer. Er flickte ihre Kleider, polierte ihre Schuhe, wusch ihre Wäsche, flocht ihr Haar. Daheim in Leipzig hätte er das Leben eines wohlhabenden Instrumentenbauers, Kaufmannes und Institutsleiters führen können. Ein Gastgeber, den man schätzte, wenn auch nicht liebte. Jedenfalls aber ein angesehener Bürger.

Stattdessen fuhr er mit Clara durchs Land, putzte Klinken und schmeichelte, selbst wenn er das in Wahrheit verachtete. Er machte sich klein, weil er groß werden wollte. Ja, das war sein Antrieb für alles, was er auf sich nahm! Groß werden wollte er. Groß werden sollte Clara. Dabei zweifelte er keinen Augenblick daran, dass sich seine Träume erfüllen würden. Per aspera ad astra. Er wusste genau: Wer bekannt werden wollte, musste reisen. Reisen durch die vielen deutschen Städte, deren Gesellschaftsklassen nicht zueinanderfanden. Reisen bis dorthin, wo der Ruhm winkte: Paris. Die Stadt, die er sich kaum vorstellen konnte, wo jedoch Claras Stern aufglühen würde und wo man ihr Genie endgültig erkennen und belohnen würde. PARIS – ein anderes Wort für Himmel und Erfüllung.

Hundertzwanzig Meilen, so rechneten sie gemeinsam während der Fahrt in der Kutsche aus, hundertzwanzig Meilen würden sie von Leipzig entfernt sein, wenn sie erst ihr Ziel erreicht hatten. In einem fremden Land würden sie sich dann befinden, mit einer Sprache, die sie beide nicht beherrschten. Clara war noch zu jung, um sich Sorgen zu machen, doch auch Friedrich Wieck war voller Zuversicht und Vorfreude. »Wir werden in Paris nicht allein sein«, erzählte er einer mitreisenden Dame, die zu jedem Wort nur nickte, weil es sie alle Kraft kostete, die Mahlzeit von der letzten Poststation bei sich zu behalten.

Nicht allein – das bedeutete vor allem, dass sie sich auf einen Mann verlassen konnten, dem sie zwar noch nie begegnet waren, der sich aber bereiterklärt hatte, ihnen behilflich zu sein: Eduard Fechner, Clementines älterer Bruder, der vor Jahren seine biederen Eltern und das trauliche Sachsen verlassen hatte, um sich in Paris ein Renommé als Porträtist aufzubauen. Seine Familie hatte ihn zuerst verstoßen, zumal er auch noch eine Französin zur Frau nahm. Dann aber erfuhr man, dass der verlorene Sohn in Paris großes Ansehen erworben hatte. Das aufstrebende Bürgertum der Stadt gierte danach, sich porträtieren zu lassen – sich selbst und auch die Vorfahren, die man bisher wohlweislich unter Verschluss gehalten hatte. Nachträglich avancierte nun der einstige – inzwischen verstorbene – Gastwirt zum Gutsbesitzer und wurde als solcher von Eduard Fechner vor seinen Ländereien verewigt. Die erschöpfte Mutter von vierzehn nicht unbedingt wohlgeratenen Kindern wurde zur eleganten Dame der Gesellschaft stilisiert, um deren gebauschte Seidenröcke sich eine wohlerzogene, gepflegte Kinderschar malerisch versammelte.

Eduard Fechner ging auf alle Wünsche ein. Seine Bilder in goldbraunen Tönen kritisierten nicht. Nicht der Wahrheit waren sie verpflichtet, sondern der Sehnsucht der Dargestellten, etwas Besseres zu sein. Eduard Fechner hatte ein Auge für die guten Eigenschaften seiner Modelle. Er hob hervor, was gefallen konnte, und überging, was Anstoß erregen würde. Seine Bilder machten glücklich, weil sie Selbsttäuschung erlaubten. Manchmal geschah es, dass ein Porträtierter das erworbene Vermögen wieder einbüßte. Dann war es leicht für ihn, »seinen Fechner« zu veräußern. Ganz schnell fand sich ein neuer Käufer, der in dem fremden Vorfahren, den es in der gezeigten Form nie gegeben hatte, Quellen seiner eigenen Existenz zu erkennen glaubte und sich beeilte, das Bild zu kaufen, ehe ein anderer zugriff.

Eduard Fechner hatte es in Paris geschafft, so wie auch Clara Wieck es schaffen würde, davon war ihr Vater überzeugt. Es enttäuschte ihn nur, dass sein Schwager nicht bereit war, die Verwandtschaft aus Leipzig in seinem eigenen Haus aufzunehmen. Es sei eng in Paris, schrieb er von Anfang an. Wohnraum sei teuer. Zwar könne man nicht klagen, doch für zwei zusätzliche Personen sei in seiner Wohnung auf keinen Fall Platz. Selbstverständlich werde er aber in einem guten und nicht zu teuren Hotel vorbestellen. Auch im Übrigen werde er seinem geschätzten Schwager gern mit Rat und Tat zur Seite stehen.

Hundertzwanzig Meilen von zu Hause. Am 15. Februar 1832 kamen Friedrich Wieck und seine Tochter in Paris an – trotz allen Herumreisens und der Gastspiele in vornehmen Häusern immer noch zwei sächsische Provinzler, nun gestrandet in der großen Welt.

Eduard Fechner hatte gute Vorarbeit geleistet. Schon am Tag nach ihrer Ankunft trat Clara im Salon einer Madame Valentin auf, einer zufriedenen Kundin des Porträtisten. Friedrich Wieck war entsetzt, als er erfuhr, dass die Gäste erst nach zehn Uhr eintreffen und das Haus erst um etwa ein Uhr nachts wieder verlassen würden. Claras Auftritt solle den Abend festlich beschließen, teilte man ihm mit. Es war anscheinend wieder einmal an der Zeit, sie seinen »kleinen Russen« zu nennen und an ihren Ehrgeiz zu appellieren. Paris war wohl doch noch viel fremder, als man es vom gemächlichen Sachsen aus erwartet hatte.

Das Schlimmste aber war die Kälte. In den Straßen mit den hohen Häusern pfiff ein schneidender Wind, dass man kaum um sich blicken konnte, sondern nur mit gesenktem Kopf und hochgestelltem Kragen dahineilte. Nicht einmal das »Hôtel de Bergère«, in dem sie logierten, bot eine Zuflucht. Das Foyer war pompös mit riesigen Spiegeln, Ölgemälden und mannshohen Blumengestecken aus verblichener Seide. Trotzdem herrschte auch hier eine polare Kälte, vor der selbst die Zimmer nicht schützten, elegant eingerichtete Räume, denen noch immer anzusehen war, dass man in diesem Land den Luxus liebte. Als jedoch am Morgen das Tageslicht durch die Fenster drang, entdeckte man die Schlieren auf dem Glas, den Staub auf den Möbeln und die verdächtigen Flecken auf dem Samtsofa. Als Clara die Tür zum Abtritt öffnete, fuhr sie mit einem Aufschrei zurück und hielt sich die Nase zu. Man hatte es wohl längst aufgegeben, diesen Raum in Reinigungsabsicht zu betreten.

Auf der Kommode stand neben einem bemalten Lavoir ein Porzellankännchen mit Wasser. Daneben lag eine einzelne Serviette, wohl für beide Gäste gedacht. Friedrich Wieck läutete nach dem Stubenmädchen und versuchte gestenreich zu erklären, dass seine Vorstellung von Körperpflege mehr verlange. Doch das Mädchen verstand ihn nicht und ließ ihn achselzuckend einfach stehen. Am Abend war das zierliche Kännchen wieder ordnungsgemäß gefüllt, doch die Serviette war noch immer dieselbe. Clara lachte darüber, doch Friedrich Wieck dachte an seinen Arzt in Leipzig, der ihn von der Bedeutung der Hygiene überzeugt hatte. Zum ersten Mal seit langem spürte er wieder den Schmerz in seinen Wangen.

Zum Frühstück trank man Kaffee aus riesigen Tassen und aß dazu Butterbrot. Im Raum war es noch immer eiskalt. Das Zimmermädchen, das den Kaffee gebracht hatte, hatte zwar den Kamin angezündet, doch ein Windstoß durch den Schornstein genügte, das Feuer wieder zu löschen. Friedrich Wieck versuchte, sich von innen her zu erwärmen, indem er eine der fünfzig Zigarren rauchte, die er aus Deutschland mitgebracht hatte. Als er gerade zur zweiten greifen wollte, traf sein Schwager ein und riss sogleich entsetzt die Fenster auf. Ja wisse Friedrich denn nicht, dass sich der stinkende Rauch in seinen und Claras Kleidern und Haaren festsetzen würde? »Man raucht hier nicht, lieber Schwager. In den Cafés nicht und auch nicht in den Salons. Die Damen würden euch aus dem Haus werfen, wenn ihr mit Tabakgestank zu ihnen kämt.«

»Aber wo raucht man dann?« Friedrich Wieck verstand die Welt nicht mehr und vor allem nicht dieses Frankreich.

Eduard Fechner würdigte ihn keiner Antwort. Er inspizierte den Kleiderschrank und stellte fest, dass Claras zwei Konzertroben nicht mehr der Mode entsprachen. Auch wenn sie noch ein Kind sei und außerdem wunderbar schlank, könne sie doch nicht einfach ohne Korsett auftreten. Nur mit Korsett komme die verlangte Wespentaille zur Geltung. Auch gewaltige Puffärmel seien in dieser Saison unumgänglich. Außerdem – Eduard Fechner kam hinter vorgehaltener Hand auf das peinliche Korsettproblem zurück – außerdem habe das Korsett die Aufgabe, die weibliche Brust in die Höhe zu drücken. Das werde allgemein als sehr anziehend empfunden und sei deshalb bei einer Künstlerin vor Publikum unbedingt erforderlich.

»Aber sie hat doch noch gar keine weibliche Brust!«, wandte Friedrich Wieck ein.

Doch sein Schwager beharrte auf seiner Forderung. Er habe sich bei vielen seiner Kunden für Clara eingesetzt und mit seinem guten Namen für sie gebürgt. Niemand in Paris habe je von einem Wunderkind namens Clara Wieck gehört. Ohne Protektion habe sie nicht den Schatten einer Chance. Er verlange keine Entschädigung für die vielen Stunden, die er seiner Arbeit ferngeblieben sei, um für Clara zu werben. Er habe aber nun wenigstens das Recht zu verlangen, dass sie ihm Ehre mache.

Friedrich Wieck resignierte. Also doch ein Korsett. Also doch neue Schuhe für ihn, denn mit seinen alten würde man ihm in Paris höchstens ein Almosen zustecken. Also doch ein blauer Frack, wie man ihn heutzutage in Paris trug: mit eng anliegenden schwarzen Hosen, die ihm ein wenig peinlich waren, einem edlen Samtkragen und kleinen gelben Knöpfen. Der Schneider, den Eduard Fechner beauftragte, lieferte innerhalb von zwei Tagen und bestand dann noch auf einem weißen Halstuch und gelben Handschuhen. »Ich sehe aus wie ein Stutzer!«, murrte Friedrich Wieck, als er sich vor dem Spiegel drehte. Trotzdem errötete er erfreut, als er mit Hilfe des Schneiderspiegels seine schmale Rückansicht erblickte und dabei insgeheim feststellte, dass seine Schlankheit doch auch etwas Aristokratisches hatte.

Eduard Fechner hatte ganze Arbeit geleistet. Es gab keinen Abend, an dem Clara nicht zu irgendeiner Soiree eingeladen war, auf der man sie unweigerlich als Pianistin einplante. Sie gewöhnte sich schnell an das lange Aufbleiben und an die veränderte Tageseinteilung, die sich daraus ergab. Die vielen neuen, oft genug sehr seltsamen Menschen, denen sie nun begegnete, amüsierten sie. Zu Anfang trat sie noch in der von ihrem Vater eingeübten, fast puppenhaften Weise auf, eine kleine Olympia, die sich bewegte, als würde sie von einem Räderwerk angetrieben. Bald aber entspannte sie sich, lächelte und knickste anmutig und ließ sich anmerken, dass ihr der entzückte Beifall, mit dem man sie überschüttete, Freude machte.

Das größte Hindernis für einen charmanten Umgang mit dem Publikum, das ihr in den engen Salons auch körperlich nahe kam, waren ihre mangelnden Sprachkenntnisse. Auch ihr Vater litt darunter, dass er des Französischen nicht mächtig war. »Ich komme mir vor wie ein Idiot!«, klagte er seinem Schwager. »Nicht einmal meine Referenzen kann ich abgeben. Man schlägt mir sofort jede Tür vor der Nase zu, weil ich die Fragen, die man mir anscheinend stellt, nicht verstehe und sie demzufolge nicht beantworten kann.«

Auch hier wusste Eduard Fechner Rat. Tüchtigkeit und Energie waren wohl ein Merkmal seiner Familie. Schon am nächsten Morgen, als Friedrich Wieck und Clara noch frierend vor ihren Riesentassen saßen, tauchte eine sehr junge Frau auf, die sich in vorsichtigem Deutsch als »Gabrielle« vorstellte und erklärte, »Monsieur Fechner« habe sie als Sprachlehrerin für »Mademoiselle Clará« engagiert. Das Honorar werde allerdings »Monsieur Wieck« zu entrichten haben, und das bitte täglich sofort am Ende der Unterrrichtszeit. Außerdem stehe sie jederzeit als Dolmetscherin zur Verfügung, wenn »Monsieur Wieck« eine solche benötige.

Friedrich Wieck, dessen Talent es war, das Notwendige zu erkennen, war sofort einverstanden. »Jeden Tag sechs Stunden!«, bestimmte er kategorisch. »Wenn schon, denn schon.« Danach sollte Klavier geübt werden, dann kurz geruht. Zuletzt die jeweilige Abendveranstaltung. »Wir sind nicht zum Faulenzen hier. Wenn ich Zeit habe, werde ich ebenfalls am Unterricht teilnehmen.«

Zum Spazierengehen als körperliche Ertüchtigung kam man nicht mehr. Es wäre dafür auch zu kalt gewesen. Da Friedrich Wieck den französischen Ärzten nicht über den Weg traute, hatte er ständig Angst, Clara könnte sich erkälten. Zum ersten Mal fürchtete er, sie zu überfordern. Erst nach und nach beruhigte er sich wieder und beobachtete mit einem stolzen Lächeln, wie sein kleiner Russe in Mantel und Handschuhen mit Gabrielle im Hotelzimmer saß und jeden Tag besser französisch parlierte.

Eine exzellente Lehrerin und eine begabte Schülerin waren aufeinandergetroffen. Beide hatten gelernt, sich zu konzentrieren. Beide wollten Erfolg. Schon nach ein paar Tagen sprach Clara das Wenige, das sie bisher konnte, ohne Akzent, und Gabrielle sorgte dafür, dass dieses Wenige bald mehr wurde. Viel mehr. Sie bereitete Clara auf die Situationen vor, die sie bei den Soireen antreffen würde, gab ihr Phrasen mit und kleine, alltägliche Ausrufe und Kommentare, die eine Sprachbeherrschung vortäuschten, die noch gar nicht vorhanden war. Mit Nachdruck bestand Gabrielle darauf, dass Clara das Geübte auch anwandte, und verlangte jeden Morgen einen Bericht von den Gesprächen des vergangenen Abends. Danach konnte sie oft kaum fassen, wie schnell Clara alles begriff und wie gut ihr Gedächtnis war. »Wie ein Lappen!«, lobte Gabrielle mit der überkorrekten deutschen Aussprache derer, die sich eine Fremdsprache fast ausschließlich selbst beigebracht haben.

»Wie ein Schwamm!«, verbesserte Clara. »Papa sagt das auch immer.« Dann übten sie weiter. Ein anderer Schüler hätte Gabrielle vielleicht als Einpeitscherin empfunden, doch Clara war von ihrem Vater her nichts anderes gewöhnt.

So kam es, dass das deutsche Wunderkind die ungenierten Fragen der Pariser Salondamen bald verstand, sie auch beantworten konnte und überdies dem Vater als Übersetzerin behilflich war.

»Sie schwatzt wie eine perfekte Französin«, schrieb Friedrich Wieck an sein »geliebtes Tinchen«, das daran wohl nur am Rande interessiert war. »Ich selbst habe noch meine Schwierigkeiten. Un pauvre allemand ne comprend pas un mot à Paris. Du solltest mich sehen auf diesen Abendveranstaltungen: in der einen Hand meinen Hut, in der anderen meine Werkzeugtasche, weil diese vergammelten Flügel während des Spielens immer wieder kaputtgehen. Die Firma Erard hat uns angeboten, für Claras Auftritte eines ihrer (nicht üblen!) Instrumente zur Verfügung zu stellen. Vielleicht werden wir darauf zurückkommen. Vorläufig aber bin ich noch Mechaniker, Impresario, Stopfmadame und Kindermädchen in einem. Um mich verständlich zu machen, rede ich halb deutsch, halb französisch und halb verzweifelt, und ich fürchte, niemand hier nimmt mich für voll. Das aber nur unter uns! Wenn Du anderen von meinen Briefen erzählst, sprich bitte immer nur über unsere gigantischen Erfolge! Ewig Dein, Friedrich Wieck.«

2

Friedrich Wieck hatte sich vorgestellt, Clara würde schon nach wenigen Wochen in den angesehensten Konzertsälen der Stadt auftreten. Sein Schwager hatte ihm erzählt, Felix Mendelssohn sei es auf Anhieb gelungen, sich im altehrwürdigen Conservatoire zu präsentieren. Diese Information erhöhte Friedrich Wiecks Optimismus. Vor einigen Jahren hatte er Mendelssohn in Berlin gehört: Beeindruckend, hatte er gefunden, sehr ausdrucksstark – aber Clara spielte exakter.

Friedrich Wieck spürte, dass ein neuer Zeitgeist dabei war, sich zu etablieren. Nicht mehr virtuos wollte man auf einmal sein, sondern romantisch. Romantisch! Friedrich Wieck hätte das Wort am liebsten ausgespuckt. Es erinnerte ihn an undisziplinierte »Fantasiemenschen« wie den unseligen Bargiel, die es zu nichts brachten und sich trotzdem denen überlegen fühlten, die ehrliche Leistung lieferten. Mendelssohn war ein Könner, das erkannte Friedrich Wieck neidlos an. Trotzdem hatte er bei dessen Spiel den Eindruck gehabt, es käme jenem vor allem auf Inbrunst an, auf Leidenschaft und Gefühl. Dem alten Schulmeister Friedrich Wieck war nicht entgangen, dass sich der junge Mensch da oben auf der Bühne von seinen Emotionen fortreißen ließ und dabei Töne verwischte und vor lauter Selbstvergessenheit nicht mehr so sauber spielte, wie der unbestechliche Lehrer Wieck es von seiner Schülerin Clara verlangte.

Es war ungerecht, dass das Publikum eine perfekte Virtuosin – wie jung sie auch sein mochte – übersah und den neuen Wilden nachschmachtete. Chopin, der so liederlich spielte, dass ihm Friedrich Wieck eine Münze auf den Handrücken gelegt hätte, um ihn zu zähmen, füllte die Säle. Als Komponist war er ein Großer, dachte Friedrich Wieck, doch als Pianist schlampte er. Trotzdem rissen sich die Damen darum, seinen melancholischen Blick aufzufangen, auch wenn er vor aller Augen einer dubiosen Dichterin in Männerkleidern den Vorzug gab.

Die Salons, die den Geschmack bestimmten, wurden von Damen mittleren Alters geführt, und die zogen nun einmal leidenschaftliche junge Männer einem Mädchen vor, dem die Gefühle der Erwachsenen noch fremd waren. Wie hätte bei diesen Richterinnen des Kunstgeschmacks ein virtuoses Kind erfolgreicher sein können als ein hochgewachsener Jüngling wie Franz Liszt mit seinen melancholischen Augen, dem blassen Gesicht und dem dunklen, schulterlangen Haar, das so manche der Damen nur zu gern liebevoll zerzaust hätte?

Und dann auch noch Beethoven, immer wieder Beethoven! Er sei der größte Komponist von allen gewesen, behauptete man. Größer selbst als Mozart oder Bach. Ausgerechnet Beethoven, dessen Feuer Friedrich Wieck erschreckte. Doch Paris vergötterte seine Werke. Dabei war man in Deutschland der Meinung, Paris wäre die Hauptstadt der Virtuosität, deren wichtigste Vertreter – Musiker wie Kalkbrenner, Pixis und sogar Herz – hier lebten. Trotzdem breiteten sich genau in ihrem abgezirkelten Schatten die neuen, wilden Blüten der Tollheit aus, bereit, sie zu überwuchern und zu ersticken.

War diese sogenannte Romantik wirklich nur eine Mode, wie Friedrich Wieck hoffte, oder bedeutete sie das Ende einer Epoche – seiner Epoche, in deren Geist er seine Tochter ausgebildet hatte? Wenn sie spielte, stimmte alles. Die Zuhörer waren verblüfft über die Kraft und Schnelligkeit ihrer Kinderfinger. Hier gab es keine verschwaschenen Akkorde und keine verfehlten Tasten. Hier war alles perfekt.

Wie konnte es da ein entlaufener deutscher Journalist, dessen Namen Friedrich Wieck fast absichtlich vergessen hatte, wagen, vom »unnützen Schall« der Virtuosen zu sprechen, von »Tours de force« oder gar von »klimpernden Maschinen«? Friedrich Wieck hatte ihn aufgesucht und gebeten, in der Augsburger »Allgemeinen Zeitung«, für die er aus Paris berichtete, auch über die Erfolge des Wunderkindes aus Leipzig zu schreiben. Nie würde er die Arroganz vergessen, mit der ihn der junge Mann hinauskomplimentiert hatte – natürlich ohne in den Blättern, für die er arbeitete, auch nur einmal den Namen Clara Wieck zu erwähnen. Nein, es waren nicht nur Sprachprobleme, die Friedrich Wieck zu schaffen machten.

Je länger er sich in Paris aufhielt, umso fremder kam er sich vor. Sein Leben lang war er stolz darauf gewesen, sein Denken und Tun auf das Wesentliche zu konzentrieren: seine Arbeit und Clara zumal. Erst in Paris begann er zu ahnen, dass das Weltgeschehen inzwischen an ihm vorbeigezogen war. Vor eineinhalb Jahren habe es hier eine Revolution gegeben, erwähnte sein Schwager und setzte voraus, dass Friedrich Wieck darüber Bescheid wusste.

Doch Friedrich Wieck gab keinen Kommentar dazu. Er erinnerte sich, in den Zeitungen ein paar diesbezügliche Artikel überflogen zu haben. Auch dass die Franzosen damals ihren König davongejagt und an seiner Stelle einen entfernten Verwandten eingesetzt hatten, fiel ihm wieder ein. Dessen Namen kannte er aber schon nicht mehr, nur den Spitznamen: »Bürgerkönig«. Oder war es gar kein Spitzname, sondern eine Huldigung? Was waren die Hintergründe der Vorgänge in dieser Stadt? Was bewegte die Menschen, in deren Salons er seine Tochter führte, ohne mit jemandem sprechen zu können? Er war ein Fremder hier, das wurde ihm auf einmal bewusst. Allein und verloren stand er auf einem riesigen Platz. Das Treiben der anderen umbrauste ihn, ohne dass er begriff, auf welchen Trommler sie hörten.

Der einzige Ausweg, der ihm einfiel, war die Täuschung. Vom Morgen an bis zum Schlafengehen bemühte er sich um gute Laune, lachte und scherzte mehr als je zuvor in seinem Leben. Niemand sollte ihm anmerken, wie unsicher er war in dieser unverständlichen Welt. Sogar seine Briefe veränderten sich. Immer zuversichtlicher wurden sie und fröhlicher. Nie zuvor hatte er über sich selbst gewitzelt. Nun tat er es mit jedem Satz. Clementine, daheim in Leipzig, am Bettchen ihres neugeborenen Kindes, erkannte ihn kaum wieder.

Clara teilte die Verunsicherung ihres Vaters nicht. Die neu erworbenen Sprachkenntnisse berauschten sie. Es kam ihr vor, als hätte sich mit dem neuen Idiom die Welt, in der sie lebte, verdoppelt. Sogar sie selbst bemerkte, dass sie sich anders verhielt, wenn sie Französisch sprach. Viel freier und ungezwungener. Die Schlacken und Narben ihrer deutschen Kindheit waren vergessen. »Mademoiselle Clará« betonte sich auf der letzten Silbe und hatte nichts mehr zu tun mit dem großäugigen kleinen Mädchen, das sich so lange dem sprachlichen Kontakt verweigert hatte. »Mademoiselle Clará« war nicht die Tochter einer Mutter, die sich aus Leichtsinn oder Verzweiflung das Leben verpfuscht und ihre drei Leipziger Kinder im Stich gelassen hatte. »Mademoiselle Clará« war ein freier Mensch, für den das Alter keine Rolle spielte. Eine Erwachsene im Körper eines Kindes: verantwortlich und verantwortungsbewusst. Diszipliniert und einsatzbereit. Gefeiert und umschmeichelt.

Die Salons, in denen sie auftrat, schüchterten sie nicht ein. Sie kannte kein Lampenfieber und keine Scheu. Nicht einmal vor den klapprigen Instrumenten, die man ihr zumutete, hatte sie Angst. Auch wenn jede zweite Taste ruckelte und zuckelte, vertraute »Mademoiselle Clará« auf die Kraft ihrer Finger. »Deine Klaviertatzen«, murmelte Friedrich Wieck manchmal gerührt, wenn seine Tochter wieder einmal einen alten Drachen von Flügel bezwungen hatte und das anspruchsvolle Publikum zufrieden klatschte und »Bravo!« rief. Dann konnte es geschehen, dass der alte Schulmeister die unbarmherzigen kleinen Werkzeuge an die Lippen führte und die malträtierten Fingerkuppen mit den gespaltenen Nägeln dankbar küsste.

Der Karneval in Paris taumelte seinem Höhepunkt entgegen. Wer auf sich hielt, lud sich Gäste ein, so viele die eigenen Räume nur fassen konnten. Es war ein Gradmesser der gesellschaftlichen Bedeutung, wie viele der Angesprochenen auch wirklich erschienen und wie lange sie blieben. Um sie anzulocken, musste ihnen Unterhaltung geboten werden, Amüsement, Sensationen und die Präsenz anderer Gäste, die für bedeutend gehalten wurden, sodass man sich später rühmen konnte, den Abend mit ihnen verbracht zu haben. Vor allem aber galt es, sich mit Künstlern zu schmücken, die den Anwesenden das Gefühl vermittelten, an deren Genie teilzuhaben und selbst einer Elite anzugehören – auch wenn das auf Wunsch unsignierte Porträt des aristokratisch blickenden Ahnen im Salon der Gastgeber von Eduard Fechner stammte.

Paris hungerte nach Künstlern, die den Soireen ein Gesicht verleihen sollten. Dafür war man bereit, auch Geld auszugeben. Friedrich Wieck fühlte sich zwar gedemütigt, dass die öffentlichen Säle kein Interesse an seiner Tochter zeigten, doch es tröstete ihn wenigstens, dass Clara auch durch Mundpropaganda immer bekannter wurde und sie bald für manche Abende gleich mehrere Einladungen erhielt, von denen er die lukrativste oder die glanzvollste auswählte.

Manche Gastgeber konnten es sich leisten, gleich mehrere Künstler zu engagieren, die im Laufe des Abends – durch längere Pausen voneinander getrennt – auftraten. So traf Clara mit fast allen Berühmtheiten der Stadt zusammen. Im Wirbel der Feste unterhielt man sich so gut wie nie miteinander, doch Clara hatte zum ersten Mal Gelegenheit, anderen Solisten zuzusehen und sich mit ihnen zu vergleichen.

An der Seite ihres Vaters stehend, beobachtete sie den großen Chopin, den Gott am Klavier, der über dreihundert Gäste in das Privathaus eines Bankiers gelockt hatte – ein Stadtpalais nur, kein Schloss, doch die Anwesenheit des jungen Polen ließ alle anderen Soireen verblassen. In drei aneinandergrenzenden Räumen drängte man sich. Nur wenige Zuhörer konnten den Künstler überhaupt sehen. Auch der Flügel ließ zu wünschen übrig. Clara befreite sich von der Hand ihres Vaters und drängte sich nach vorne. Mit eigenen Augen sah sie nun, wie Chopin – nicht anders als sie selbst an so vielen Abenden – gegen die zähen Tasten kämpfte, wie er seine Finger anspannte und dass auch seine Nägel in der Mitte längs gespalten waren.

Am liebsten wäre sie zu ihm gelaufen und hätte ihn umarmt. Schicksalsgefährte, Bruder! Oh, wie sie ihn verstand, als er am Ende seines Vortrags aufsprang, sich hastig verbeugte, das Haar zurückwarf und fast unwillig die Ovationen der Zuhörer entgegennahm. Ein Ärmel seines Fracks war voll Kerzenwachs, das von einem schief hängenden Leuchter heruntergetropft war. Wie bleich er war! Es waren eigene Kompositionen, die er geboten hatte. Man konnte nicht wissen, wie viele der Gäste seine Kunst wirklich verstanden hatten und zu schätzen wussten. Begeistert schienen sie alle, aber das gehörte zum Ritual dieser Abende und zum erwünschten Benehmen in diesen Kreisen. Clara kam es vor, als stünde sie selbst an Chopins Stelle. Sie hätte ihn gerne getröstet, obwohl ihm doch alle zujubelten.

Als sie selbst am Ende des Festes an die Reihe kam, waren schon viele der Gäste gegangen – zu anderen Festen oder nach Hause. An diesem Abend widersetzte sich Clara dem Gebot ihres Vaters. Sie drosch nicht in die Tasten, die Friedrich Wieck in der Zwischenzeit provisorisch repariert hatte, sondern sie fantasierte nur am Klavier: verträumt, ein wenig traurig und in der Seele verletzt, auch wenn sie nicht wusste, warum, oder ob es überhaupt so war. Sie war dankbar und auf eine ungewohnte, stille Weise fast glücklich, als sie spürte, dass die Zuhörer aufhorchten und ihrer Stimmung folgten. Der Applaus war nicht so laut wie sonst, aber ein paar Damen streichelten sie, als sie den Raum verließ. Es kam ihr vor, als ob für kurze Zeit ein Gefühl der Zärtlichkeit den Raum erfüllt hätte, der Liebe und – warum nur? – der Fülle und der Zufriedenheit.

Als sie nach dem Konzert wieder im Hotel waren, wartete Clara darauf, dass ihr Vater sie für ihren Ungehorsam tadeln würde. Doch er schwieg nur, und bevor sie zu Bett ging, küsste er sie auf die Stirn.

3

Man sprach über Clara, auf einmal sogar in den höchsten Kreisen der Stadt. Friedrich Wieck flatterte von einer Ecke seines Hotelzimmers zur anderen und wieder zurück, so aufgeregt und stolz war er, als ein Bote der Prinzessin Vacdemonc eine Einladung zu einer großen Soiree überbrachte. Auf eine Antwort wurde nicht gewartet. Die hohen Herrschaften wussten, dass der kleine Impresario aus Deutschland lieber gestorben wäre, als diese Einladung auszuschlagen.

Als der Abend kam, putzte Friedrich Wieck sein Clärchen mit besonderer Sorgfalt heraus. Eigenhändig flocht er breite, himmelblaue Seidenbänder in ihr schwarzes Haar und betupfte ihre Wangen mit sanftem Rouge. Der Bote der Prinzessin hatte angedeutet, seine Herrin sei bereit, sich für »mehr als außergewöhnliche Kunstausübung« nicht nur materiell erkenntlich zu zeigen. Sie ziehe in Erwägung, die junge Künstlerin auch noch darüber hinaus zu protegieren. »Würde ein Konzert im Hôtel de Ville dem Aufstieg Ihres Schützlings förderlich sein, Monsieur?«, fragte der Bote, der wohl mehr war als nur ein Bote.

Friedrich Wieck wagte nicht, nach seinem Namen zu fragen. Erst durch Gabrielle erfuhr er danach, dass es sich um den persönlichen Sekretär der Prinzessin gehandelt hatte. Noch auf der Fahrt in der Kutsche, die man ihnen geschickt hatte, fragte sich Friedrich Wieck besorgt, ob er sich dem einflussreichen Herrn gegenüber auch ehrerbietig genug verhalten habe. Eine solche Chance durfte nicht durch nachlässiges Benehmen verdorben werden.

Ein Konzert im Hôtel de Ville, dem Gebäude der Stadtverwaltung! Nur eine Person mit den Einflussmöglichkeiten der Prinzessin konnte eine solche Adresse vermitteln. Man musste beten, dass sie mit Claras Auftritt zufrieden war und ihr Angebot wahr machte. Ein öffentliches Konzert im Pariser Hôtel de Ville würde alle Kritiker in der Heimat zum Schweigen bringen. Danach würde Clara auf gleicher Höhe mit den ganz Großen stehen, die jetzt noch vorgaben, sie nicht zu kennen.

Die Gastgeberin erschien erst, als die meisten Gäste bereits im Audienzsaal versammelt waren. Danach verstrich noch einmal eine beträchtliche Zeit, bis alle vorgestellt und begrüßt worden waren. Claras Herz klopfte, und es verschlug ihr den Atem, als der Zeremonienmeister einen Namen rief, den sie schon oft in ihrem Leben gehört hatte, vielleicht auch gefürchtet: »Mademoiselle Camilla Moke!« *Die* Moke, das einstige Wunderkind, von der man zumindest in Leipzig schon lange nicht mehr sprach! So erfolgreich wie sie wollte Friedrich Wieck einst auch seine kleine

Clara sehen, damals, als sie noch stumm im Kinderbett lag, wenn er am Morgen vor der Arbeit zu ihr hineinstürmte.

Die Moke, *die* Belleville, *die* Blahetka … Klein war sie noch immer, dachte Clara, als Camilla Moke die Stufen zu Prinzessin Vacdemonc hinaufstieg und in einen Knicks versank. Sie trug ein Kleid aus rosafarbener Atlasseide, das sie zugleich kindlich und verrucht aussehen ließ. Ihre dunklen Augen waren mit schwarzer Schminke umrandet, und ihr herzförmiger Mund leuchtete blutrot. Es gebe Männer, die verrückt nach Camilla Moke seien, hatte Gabrielle einmal erzählt. Im Sprachunterricht wählte Gabrielle meistens Themen des Pariser Gesellschaftslebens. Sie war überzeugt, dass es nicht ausreichte, eine Sprache an sich zu lernen. Man musste auch die Menschen verstehen, die sich ihrer bedienten, und wissen, was ihnen wichtig war und wovor sie sich fürchteten.

Die Prinzessin – Clara bemerkte sie kaum, so fasziniert war sie von dem einstigen Wunderkind – die Prinzessin sprach ein paar höfliche Worte. Man verstand nicht, was Camilla Moke antwortete, doch dem Tonfall entnahm Clara, dass ihr Französisch akzentfrei war. Gabrielle hatte erzählt, Camilla Moke habe trotz ihrer Jugend bereits mehrere Männer so gut wie ruiniert. Ihr letztes Opfer sei der neunundzwanzigjährige Komponist Hector Berlioz gewesen, den sie betrogen und aus heiterem Himmel verlassen habe. Noch immer leide er so sehr an der unglücklichen Liebe zu ihr, dass er zu seinem Vater nach La-Côte-Saint-André geflüchtet sei, um seine Verzweiflung auszukurieren.

Camilla Moke verschwand in der Menge adeliger Damen und Herren – Prinzen, Minister, Gesandte – sowie einiger reicher Bürger mit ihren Gemahlinnen. Auch eine Reihe verkleideter Karnevalsgestalten hatte sich eingefunden, in Kostümen, die die geheimen Wünsche ihrer Träger verrieten: komische Figuren auf der Flucht aus einem Leben, das Pflichterfüllung einforderte; falsche Würdenträger weltlicher oder geistlicher Macht; laszive Damen mit halb entblößten Brüsten, das Gesicht hinter undurchdringlichen Masken verborgen. Hier hatte sich wohl die Halbwelt unter die große Welt gemischt und wurde achselzuckend geduldet. Clara hatte ein wenig Angst vor diesen Masken, so wie sie sich im Entree vor den dort ausgestellten ausgestopften Tieren unwillkürlich gefürchtet hatte.

Ein Lakai in prächtiger Uniform führte Clara und Friedrich Wieck in einen kleinen Saal, den er als »Künstlerzimmer« bezeichnete. Hier könne sie sich konzentrieren und zurechtmachen, so wie alle anderen Künstler auch. Sobald ihr Auftritt erwünscht sei, werde man sie abholen.

Ein wenig verloren blieben sie zurück. »Man rechnet wohl nicht damit, dass wir uns unter die Gäste mischen«, murmelte Friedrich Wieck beleidigt. Dann gestand er, er habe unter den Anwesenden Paganini entdeckt, der anscheinend als Gast hier sei, nicht als Künstler. »Mein Freund Paganini!«, seufzte Friedrich Wieck bewegt. »Ich möchte unbedingt mit ihm sprechen. Macht es dir etwas aus, für kurze Zeit allein zu bleiben?«

Damit verschwand er, ohne auf eine Antwort zu warten. Der Gedanke trieb ihn um, Paganini vielleicht zu einem gemeinsamen Konzert mit Clara überreden zu können. »Maestro Niccolò Paganini und Demoiselle Clara Wieck« – Friedrich Wieck sah schon die Plakate an den Wänden und die Berichte in den deutschen Zeitungen. Der unverschämte Schreiberling, der Claras Virtuosentum verspottet hatte, würde sich noch wundern. Wie war doch sein Name gewesen? Ach ja: Heine. Oder so ähnlich.

Clara blieb allein zurück. Sie konnte nicht aufhören, an Camilla Moke zu denken, deren Kindheit bestimmt vieles mit Claras eigenen jüngeren Jahren gemeinsam hatte. Ob Camilla Moke noch Konzerte gab? Ob die Musik immer noch im Mittelpunkt ihres Lebens stand? Ob sie es bedauerte, den Bonus der Kindheit verloren zu haben? So viele Männer hatte es anscheinend in ihrem noch jungen Leben bereits gegeben! Clara, die sich manchmal im Geheimen schon ganz erwachsen vorkam, begriff plötzlich, dass jenseits der zwölf, dreizehn, vierzehn Jahre eine ganz andere, neue Welt auf sie wartete, die sie vielleicht bedrohen würde – oder wohlwollend in die Arme schloss.

Die Zukunft. Das Leben ... Plötzlich fielen ihr ihre Brüder ein, Alwin und Gustav, an die sie lange nicht gedacht hatte. Für dumm hatte sie sie immer gehalten, doch diese Dummheit schützte die beiden zugleich und bewahrte sie vor einer Zukunftsangst, die ihre Schwester trotz ihrer jungen Jahre schon kannte. Zu viele Menschen waren ihr bereits begegnet. Zu viele Erfolge hatte sie schon erlebt und zu viele Enttäuschungen. Clara Wieck: das Wunderkind, so wie Camilla Moke einst ein Wunderkind gewesen war.

Camillas schmollendes, verlebtes Gesichtchen erschien Clara plötzlich wie eine Bedrohung. So wie sie wollte sie nicht werden. Zu tief hatten sich die Tugenden und Hemmungen der Provinz bereits in Clara festgesetzt, das Beispiel der eigenen, gescheiterten Mutter immer als Warnung vor Augen. Allein stand Clara da, mitten in dem kleinen Saal, der nur für Künstler bestimmt war, und sie fragte sich, ob denn alles im Leben regelhaft vorbestimmt war oder ob man eine Wahl hatte.

In diesem Augenblick sprang die Türe auf, aufgestoßen mit einem solchen Schwung, dass sie an der rückwärtigen Wand aufschlug. Die Kerzen in den Kronleuchtern und Appliken flackerten. Unwillkürlich trat Clara ein paar Schritte zurück in den Schatten.

Drei junge Männer stürmten herein, Champagnergläser in der Hand. Sie lachten und pufften einander gegenseitig und machten sich übereinander lustig: über die Eigenarten des jeweils anderen, seine Stärken und Schwächen und über die Verschiedenheit der Menschen, von denen sie verehrt wurden. Man redete Französisch, doch Clara verstand trotzdem fast alles. Dabei fiel ihr auf, dass mindestens zwei der jungen Männer mit Akzent sprachen.

Sie erschrak, als sie begriff, wer da vor ihr herumtollte: Ferdinand Hiller, Felix Mendelssohn Bartholdy und Frédéric Chopin – drei der gegenwärtig bekanntesten Komponisten und Interpreten! Nur ein paar Schritte von ihr entfernt schlürften sie ihren Champagner, schwangen sich auf die Fensterbänke und ließen sich wieder heruntergleiten, voller Leben, voller Bewegungsdrang und Übermut. Clara konnte es kaum glauben, als sich Ferdinand Hiller bückte und Felix Mendelssohn einen Bocksprung über seinen Rücken machte. Auch Frédéric Chopin, dessen Melancholie in den Herzen der Damen wahre Verheerungen anrichtete, schloss sich an. Hopp, hopp, hopp! Dazu lachten sie, als hätten sie noch nie voller Konzentration und Pathos an ihren Instrumenten gesessen und sich im Rausch der Musik verloren.

Menschen wie sie selbst, dachte Clara. Bestimmt hätten sie sie erkannt, wenn sie sie nur bemerkt hätten. Es war undenkbar, dass sie nicht wussten, wer Clara Wieck war. Am liebsten wäre sie vorgetreten und hätte sich gezeigt. Hätte sich ihnen zugesellt, weil sie doch in derselben Welt lebten wie sie … Und doch waren sie ihr fremd. Ihre lauten, männlichen Stimmen füllten den Raum, dass es schallte. Ja, sie waren Männer und älter als sie, Clara Wieck, das Wunderkind, wobei die Bedeutung plötzlich auf »Kind« lag. Auf einmal kam es ihr vor, als wäre sie im falschen Körper gefangen.

Wie ungerecht es war! Sie beherrschte ihr Instrument nicht weniger souverän als jene drei. Wenn sie auftrat, tat sie es mit dem gleichen Einsatz. Auch ihr Publikum erfreute sich und applaudierte. Man lud sie in die gleichen Häuser ein, und auch jene nahmen Geld dafür. Pianisten. Künstler. Jene genau wie sie. Kollegen, hätte Friedrich Wieck gesagt. Manchmal sogar Rivalen. Konkurrenten sie alle.

Und doch fühlten sich jene einander verbunden. Sie tranken Champagner miteinander, lachten und scherzten. Das Mädchen Clara Wieck jedoch stand weit außerhalb. Die gleichen Pflichten und doch nicht gleichwertig.

Sie hatte auf einmal keine Lust mehr, sich den dreien zu nähern. Noch immer im Schatten, sah sie zu, wie sie zur Tür eilten, ohne sie zu bemerken. Eigentlich hätten sie sie sehen müssen, so nah liefen sie an ihr vorbei. Doch sie beachteten sie nicht. Da stand ein Kind, das um diese Zeit eigentlich schon ins Bett gehörte. Ein Mädchen nur. Irgendein Mädchen.

Friedrich Wieck hatte Grund zur Freude, doch auch Anlass zur Enttäuschung. Beides ergab sich auf dem Ball. Er war entzückt, als er inmitten der bunten Gästeschar die hagere Gestalt Paganinis entdeckte, das Gesicht bleicher und totenkopfähnlicher als je zuvor, die Brauen noch wilder und die Gesten noch ungebärdiger. Paganini, mein Freund!, dachte Friedrich Wieck und drängte sich durch die zähe Menge. Fast hatte er den Geiger schon erreicht und wollte sich ihm bemerkbar machen, da packte ihn ein junger Mann aus Paganinis Entourage am Arm und hielt ihn zurück.

Friedrich Wieck erkannte ihn sofort. Oft genug hatte jener bei den Gesprächen mit Paganini gedolmetscht. »Giorgio!«, rief Friedrich Wieck erfreut. Doch der junge Mann ging nicht auf seine Freundlichkeit ein. In französischer Sprache wimmelte er Friedrich Wieck ab und rief über den Festlärm hinweg, der Maestro sei nicht zu sprechen.

»Aber ich bin es doch – Friedrich Wieck! Erkennen Sie mich nicht mehr? Sie waren mehrmals bei mir zu Gast. Ich bin ein Freund des Maestro. Friedrich Wieck aus Leipzig … in Deutschland!«

Doch Giorgio drängte ihn ab in die Menge. Friedrich Wieck versuchte weiter, seine Erinnerung wachzurufen. Dann atmete er auf und schöpfte Hoffnung, denn Paganini hatte sich umgedreht und blickte in seine Richtung.

»Maestro!«, rief Friedrich Wieck und winkte heftig. Er sah, dass ihm Paganini eine Sekunde lang ins Gesicht schaute. Doch seine Miene veränderte sich nicht. Gleichmütig wanderten seine Augen weiter. Dann wandte er sich um, und die wogende Menge schwemmte ihn davon. Schon war er nicht mehr zu sehen. Auch der junge Giorgio war auf einmal verschwunden, und neue, fremde Gesichter tauchten für kurze Zeit vor Friedrichs Augen auf und machten sogleich wieder anderen Platz.

Friedrich Wieck stand da und spürte, wie man ihn hin und her schob. Niemand beachtete ihn. Trotzdem schämte er sich plötzlich. Er versuchte, eine Entschuldigung für Paganinis Verhalten zu finden, die auch ihn selbst souveräner erscheinen lassen würde. Vielleicht hatte ihn der Geiger nicht erkannt, weil er aus Eitelkeit seine berühmte blaue Brille nicht tragen wollte. Wenn man sich aber morgen Vormittag bei ihm melden ließ, würde er sein Versehen bestimmt bedauern … Doch dann gestand sich Friedrich Wieck ein, dass sich Paganini wahrscheinlich einfach nicht mehr an ihn erinnerte und dass es eine Freundschaft zwischen ihm und Paganini niemals gegeben hatte. Der Geiger, der ruhelos von Stadt zu Stadt reiste, hatte ihn in der Minute vergessen, in der seine Kutsche aus Leipzig hinausrollte. Niemals würde er Friedrich Wieck gerührt in die Arme schließen und versichern, er freue sich, seinen guten Freund wiederzusehen. Niemals würde es ein gemeinsames Konzert von »Maestro Niccolò Paganini und Demoiselle Clara Wieck« geben. Die kleine Madamigella aus Leipzig hatte den Künstler amüsiert, doch schon in der nächsten Stadt warteten wieder andere Menschen, in deren Küche die Entourage des Meisters aus den Töpfen naschte und die Hausfrau oder Köchin »Mamma« nannte.

Mühsam bahnte sich Friedrich Wieck den Weg zurück zum Künstlerzimmer. Bevor er die Türe öffnete, beschloss er, Clara nichts von seiner Demütigung zu erzählen. Das arme Kind würde noch früh genug erfahren, wie vergesslich das fahrende Volk der Künstler sein konnte. Als er eintrat, sehnte er sich plötzlich nach Clementine, so bieder und hausbacken, doch für sie war er das Wichtigste im Leben.

Ein Auftritt in erlauchtem Kreis – doch im Ablauf nicht anders als alle anderen Abende auch. Clara präsentierte ihre Bravourstücke, und das Publikum staunte über ihre Virtuosität. Der berühmte Kalkbrenner erkannte eines seiner eigenen Stücke wieder und flüsterte seiner jungen, schönen, reichen Gemahlin zu, dieses Kind sei das größte Talent seiner Generation. Madame Kalkbrenner nickte und zuckte zugleich die Achseln. »In Deutschland wird sie untergehen.« Dann wandte sie ihren gelangweilten Blick wieder auf das Wunderkind – wohl wirklich noch ein Kind, wie man bei der Prüfung seines Dekolletés feststellen konnte.

Clara merkte nichts von alldem. Wie immer spielte sie mit vollkommener Konzentration. Für die Dauer eines Konzerts waren alle Kränkungen und Sorgen vergessen. So gehörte es sich für einen Künstler, und genau so hatte sie es von ihrem Vater gelernt. Auch er selbst dachte in diesen Minuten nicht mehr an Paganini und an seine eigene, beschämende Naivität. Er hatte nur Augen für Clara und für ihre Wirkung auf das Publikum, vor allem aber auf die Prinzessin, von deren Zustimmung so viel abhing.

Keiner hätte seine Umgebung strenger beurteilen können als Friedrich Wieck. Keiner hätte schneller seine Schlüsse für späteres Verhalten ziehen können. Die himmelblauen Schleifen machten sich wunderbar im Kerzenlicht, doch das Rouge hätte stärker aufgetragen werden können ... War es richtig gewesen, Clara gleich um zwei Jahre jünger zu erklären? Eigentlich entsprach ihr Aussehen genau ihrem Alter, und wenn sie sich zum Abschied verneigte, sah sie sogar noch ein wenig älter aus, als sie wirklich war. Die langen Reisen und die Anstrengungen der vielen Konzerte gingen auch an ihr nicht spurlos vorüber. Es war an der Zeit, nach Leipzig zurückzukehren und ihr eine Ruhezeit zu gewähren ... In diesem Augenblick fiel ihm wieder Paganini ein, und er spürte plötzlich ein Schluchzen in seiner Kehle, das sich aber unter dem Beifall des Publikums wieder löste.

Die Prinzessin Vacdemonc erhob sich von ihrem thronartigen Sessel. Sie trat auf Clara zu und küsste sie auf die Stirn. Clara strahlte, wie Friedrich Wieck es ihr beigebracht hatte, und knickste tief. Mit einem ungeduldigen Tätscheln gab ihr die Prinzessin zu verstehen, sie solle sich wieder aufrichten.

Friedrich Wieck eilte näher und verbeugte sich vor der Gastgeberin, die ihn aber nicht beachtete, sondern ihrem Sekretär einen Wink gab. Dann rauschte sie davon. Wo sie hinging, öffnete sich vor ihr eine Gasse.

Der Sekretär wandte sich an Friedrich Wieck. »Ihre Tochter wird Anfang April im Hôtel de Ville ein Konzert geben«, sagte er, ohne seinen Gesprächspartner richtig anzusehen. »Melden Sie sich morgen Nachmittag in der Verwaltung. Dort wird man

Ihnen weitere Instruktionen erteilen und über das Honorar sprechen.«

Friedrich Wieck verbeugte sich mehrmals. Er war nicht sicher, ob er alles richtig verstanden hatte. Doch Clara hatte mitgehört und lächelte erleichtert. Auch sie wusste, wie wichtig dieses öffentliche Konzert für ihren Ruf in Deutschland sein würde.

Indessen kratzte Friedrich Wieck seine Französischkenntnisse zusammen. Stotternd versuchte er, sich zu bedanken und zu versichern, seine Tochter werde sich des Vertrauens der Prinzessin würdig erweisen.

Doch der Sekretär hatte keine Geduld. Als wische er ein Insekt beiseite, schob er Friedrich Wieck von sich. Zugleich hielt er ihm einen roten Wildlederbeutel vor die Nase. »Das Honorar für den heutigen Abend, Monsieur«, murmelte er. »Ich denke, Sie können mehr als zufrieden sein.« Dann drehte er sich mit der Bewegung eines Balletttänzers um und blickte suchend über die Menge. Als er die Prinzessin entdeckte, ließ er den Beutel einfach los.

Friedrich Wieck konnte ihn gerade noch rechtzeitig auffangen. Prüfend wog er die Münzen in seiner Hand. »Ganz schön schwer!«, sagte er zu Clara. In diesem Augenblick waren alle Kränkungen und Sorgen vergessen. Ein Konzert im Hôtel de Ville! Ein Tor würde sich öffnen, und Friedrich Wieck wusste, dass seinem Clärchen der Eintritt gelingen würde.

4

Der Frühling kam, milder und sonniger als in den Jahren zuvor. Eigentlich hatte Friedrich Wieck vorgehabt, spätestens Ende März nach Leipzig zurückzukehren. Nun aber stand das große Konzert im Hôtel de Ville bevor. Es würde Clara den endgültigen Durchbruch zu einer europäischen Künstlerin bringen, dessen war Friedrich Wieck sicher. Die Wartezeit gedachte er mit Salonkonzerten gewinnbringend zu überbrücken. Es beunruhigte ihn nur, dass in den letzten Tagen die Einladungen zu wünschen übrig ließen. Die Fastenzeit bremste den Strom der Festivitäten, aber noch mehr die Gerüchte, die man sich hinter vorgehaltener Hand zuflüsterte – erst ganz verstohlen, dann immer offener, auch wenn auf Intervention der Behörden in den Zeitungen noch nicht darüber berichtet wurde: Reisende aus England hätten die Cholera eingeschleppt. Auch in Paris habe es bereits Tote gegeben, allerdings nur unter den Ärmsten der Armen, die ihren Durst direkt aus dem Fluss stillten und deren Körper bereits durch Hunger geschwächt waren.

Noch sorgte man sich wenig. In England war die Seuche milde verlaufen, beruhigte man sich. In ein, zwei Wochen werde alles vorbei sein. Friedrich Wieck erinnerte sich, dass man vor ein paar Monaten auch in Sachsen und Berlin mehrere Fälle von Cholera gemeldet hatte, dass die Krankheit aber bald wieder versiegt war wie ein Rinnsal, das in der Sonne vertrocknet. Mit diesem Argument versuchte er auch seinen Schwager zu besänftigen, der ihm mitteilte, er werde sich noch heute mit seiner gesamten Familie aufs Land begeben.

»Wir werden bei meinen Schwiegereltern wohnen, bis alles vorbei ist«, erklärte Eduard bedrückt. »Ich kann euch nur raten, ebenfalls schnellstens abzureisen. Was ist dir wichtiger, Friedrich, dieses Konzert oder euer Leben?« Damit verabschiedete er sich, ohne auf einer Antwort zu bestehen. »Dein Fanatismus wird euch noch umbringen«, fügte er hinzu und reichte Clara einen Rosenkranz, den ihm seine Frau mitgegeben hatte. »Vielleicht hilft es«, sagte er ein wenig verlegen, Sohn eines protestantischen Pastors, der eigentlich mit Rosenkränzen nichts im Sinn hatte. Aber seine Frau glaubte daran, und man wusste ja nie ... Dann verließ er das Hotel.

Friedrich Wieck und Clara begleiteten Eduard noch bis auf die Straße. »Vielleicht sehen wir einander nie wieder«, sagte er und umarmte Clara. »Hört auf mich, fahrt nach Hause!« Damit machte er sich los und eilte davon. Friedrich Wieck schaute ihm kopfschüttelnd nach. »Schwarzseher!«, brummte er ärgerlich. »Komm, Clara! Üben!«

Das angenehme Wetter lockte sie nach draußen. Nach den frostigen Wintermonaten nahmen sie die Gewohnheit ihrer stundenlangen Spaziergänge wieder auf. Im Eiltempo durchstreiften sie die Straßen und Parks und liefen an der Seine entlang, wo die Trödlerinnen ihre Waren feilboten. Eine ganz neue Stadt erschloss sich ihnen: nicht mehr nur das Paris der Lichter und der eleganten Salons mit ihren ehrgeizigen, lebenshungrigen Gästen, sondern auch die Stadt der unzähligen Armen. Sie sahen den Schmutz überall und rochen den allgegenwärtigen Gestank des Abfalls. Immer wieder begegneten sie aber auch Leichenwagen, auf denen gestapelte Särge zum Kirchhof geschafft wurden, oder Leichen, die nur in verschlissene Tücher gewickelt waren. Die Cholera war wohl doch nicht zum Schweigen bereit.

Noch immer berichteten die Zeitungen nichts von dem, was längst in aller Munde war. Wenn Gabrielle am Nachmittag zum Sprachunterricht erschien, sprudelte sie über von den neuesten Nachrichten. Obwohl die Behörden die Seuche offiziell totschwiegen, hatten sie längst eine Kommission zu deren Bekämpfung eingerichtet. Die erste Maßnahme war, dass der Schmutz auf den Straßen von nun an täglich auf Karren verladen und aufs freie Land vor der Stadt transportiert werden sollte.

Clara erinnerte sich, dass sie bei ihren Spaziergängen immer wieder armselige Schmutzgestalten gesehen hatte, die große Spitzkörbe auf dem Rücken schleppten und mit einem Hakenstock in den Kotwinkeln zwischen den Häusern herumstocherten. Was ihnen bei ihrer Suche brauchbar erschien, warfen sie über die Schulter in ihren Korb und verschacherten es an die Trödelweiber am Seineufer. Die öffentlichen Abfälle waren ihre Lebensgrundlage.

Kein Wunder, dass sie sich durch die neuen Verordnungen bedroht fühlten. Ein althergebrachtes Recht wurde ihnen plötzlich entzogen. So rotteten sie sich zusammen und zerschlugen voller Wut die funkelnagelneuen Reinigungskarren. Gemeinsam mit den Trödlerinnen von den Kais warfen sie die Trümmer in die Seine und bejubelten den großen Sieg ihrer kleinen Revolution.

Eine neue Stimmung machte sich breit in der Stadt der Lichter. Neu und doch so vertraut. »Die Revolte liegt den Franzosen im Blut«, murmelte Friedrich Wieck, als er mit Clara zusah, wie eine Meute aufgebrachter Menschen einen gut gekleideten Mann verfolgte, der ununterbrochen schrie, er sei unschuldig. Clara fragte nach und erfuhr, dass sich inzwischen das Gerücht verbreitet hatte, es gebe gar keine Seuche in Paris. In Wahrheit seien die Toten, die durch die Stadt gekarrt wurden, Opfer von Giftanschlägen der Karlisten, Anhänger des früheren, vertriebenen Königs.

Da genügte es, dass einer schrie, hier sei ein Giftmischer. Ohne Zögern stürzte man sich auf ihn, warf ihn zu Boden und wühlte in seinen Taschen. Tatsächlich fand man in einer Papiertüte ein weißes Pulver. »Es ist Kampfer gegen die Cholera!«, brüllte der Bedrängte in seiner Todesangst. Doch sein Flehen wurde übertönt durch den alten Schreckensruf des schweigenden Verstands: »À la lanterne! À la lanterne!« Nie war man sich einiger als unter diesem Vorzeichen.

Das Gebrüll der Menge und die Schmerzensschreie des Opfers stürzten auf Clara ein, dass sie auf einmal gar nichts mehr hörte. Eine stählerne Stille umgab sie und gab ihr die Kraft, sich aufrecht zu halten. Auch Friedrich Wieck war wie erstarrt. Er hätte Clara gerne von hier fortgebracht, doch ihm fehlte der Wille, sich auch nur zu bewegen. Es schien eine Ewigkeit zu dauern, bis sie wieder zu sich selbst fanden. Dann vernahmen sie erneut den Lärm der Meute, die sich entfernte. Die Schreie des Opfers hatten aufgehört.

Clara drängte sich ganz nah an ihren Vater. »Wann fahren wir nach Hause, Papa?«, flüsterte sie. Ganz leise, doch er verstand es trotzdem. Dann fing sie an zu weinen.

Unbehelligt wandten sie sich ab von diesem Ort des Grauens und gingen langsam ins Hotel zurück. Während des ganzen, schier endlosen Weges barg Clara ihr Gesicht am Arm ihres Vaters.

Die Fastenzeit war zur Hälfte vorüber. Das Volk von Paris feierte das Fest des Demi-carême, an dem sich der tot geglaubte Karneval ein letztes Mal aufraffte, um danach seine närrische Herrschaft für diesmal endgültig aufzugeben. Demi-carême – ein wildes, trotziges Fest als Nachklang des »carne vale«, ein Verleugnen der Sterblichkeit, ein Aufbäumen gegen das unausweichliche Ende. Schnell schaute man weg, wenn ein Leichenwagen vorbeifuhr. Man zog noch einmal die Narrenkleider über und tummelte sich auf den Boulevards, beschienen von einer lieblichen Sonne, die dabei half, zu vergessen, dass man sich selbst betrog. Laute Musik überall und überall auch der Chahut, ein Tanz der Begierde, ohne Scheu und ohne Scham. Trotz aller Warnungen trank man süße Säfte, mit Eis gekühlt, und ließ sich mit Fremden ein. Das grelle Leben zeigte dem matten Tod die lange Nase.

Auch am Abend ging man nicht nach Hause. Die Straßen waren voll von übermütigen Menschen, die wie im Rausch dahintorkelten, als gelte es, noch ein letztes Mal aus dem Kelch des Lebens zu trinken. In den Wirtshäusern sang und tanzte das betrunkene Volk, und auf den Redouten amüsierten sich die Karnevalisten, das verzerrte Gesicht hinter grellen Masken verborgen.

Für Clara gab es an diesem Abend keine einzige Einladung. Wer hätte in all dem Lärm und auf der Jagd nach dem Vergessen einem kleinen Mädchen zuhören wollen, das konzentriert und wohlerzogen am Klavier saß und ein kontrolliertes Temperament demonstrierte, das in den schrillen Ausbrüchen der Todesleugnung untergehen musste?

Während ein warmer Frühlingswind durch die Straßen wehte, speicherten die dicken Mauern des »Hôtel de Bergère« noch immer die Winterkälte. Friedrich Wieck und Clara froren und sie hatten Hunger. Sie bestellten zu essen, doch der Portier teilte ihnen mit, das gesamte Küchenpersonal habe bereits vor Stunden das Hotel verlassen und werde wohl auch nicht mehr zurückkehren. »Ich weiß nicht, ob wir den Hotelbetrieb aufrechterhalten können«, fügte er gleichmütig hinzu. »Es geht das Gerücht, dass immer mehr Menschen an der Cholera sterben. Die Behörden vertuschen es, aber das Volk ist nicht blöde. Wer Verwandte auf dem Lande hat, setzt sich ab. Auch die Reichen verschwinden auf ihre Güter. Am Ende werden nur noch die Ärmsten zurückbleiben und die Rothschilds, denn die haben vor gar nichts Angst.«

Friedrich Wieck hatte nur die Hälfte verstanden. Zum ersten Mal in seinem Leben wusste er nicht, was er tun sollte. Während der vergangenen Tage hatte er seine ganze Hoffnung auf das Konzert im Hôtel de Ville gesetzt. Sollten all seine Mühen und sein finanzieller Einsatz umsonst gewesen sein? Oben im Hotelzimmer stapelten sich die großformatigen Plakate, die er auf eigene Kosten in Auftrag gegeben hatte, weil ihm die Ankündigungen der Konzertverwaltung zu bescheiden und unauffällig erschienen waren. Längst hätten die Plakate abgeholt und in der Stadt ausgehängt werden müssen. Bisher war aber noch niemand erschienen, um diese Arbeit zu übernehmen. Er würde sich wohl selbst darum kümmern müssen. Gleich morgen früh würde er zum Hôtel de Ville gehen und die Verantwortlichen an ihre Pflichten erinnern.

Sie traten in den warmen Abend hinaus. In keinem der Gasthäuser war mehr ein Sitzplatz aufzutreiben. So kauften sie sich ein paar überbackene Käsebrote und aßen auf der Straße. Zu trinken wagten sie nicht. Die Angst vor der Krankheit hatte nun auch sie erfasst.

Vor dem Treppenaufgang zu einem Tanzsaal blieben sie stehen. Die Musik scholl bis auf die Straße heraus. Gesang und Gelächter überall. Sogar auf den Stufen wurde getanzt. Clara fiel ein bunter Harlekin auf, der auf sie zu taumelte und dabei die Arme ausbreitete, als wolle er Clara umarmen. Erst lächelte sie noch, doch dann erschrak sie. Was da auf sie zukam, machte ihr Angst. Trotzdem blieb sie wie angewurzelt stehen. Hilfesuchend blickte sie zu ihrem Vater auf, doch der schaute in die entgegengesetzte Richtung und hatte den Harlekin nicht bemerkt. Der Maskierte torkelte immer näher. Clara kam es vor, als wolle er sich auf sie werfen. Sie versuchte auszuweichen, da stürzte er plötzlich zu Boden, so nah schon, dass sein Kopf Claras Schuhe berührte.

Clara schrie auf und sprang zurück. Auch die Menschen um sie herum erschraken. Einige lachten immer noch. »Ist doch nur ein Betrunkener!«, rief einer.

Der Harlekin rührte sich nicht mehr. Jemand drehte ihn auf den Rücken und zog ihm die Maske vom Gesicht. Ein Aufschrei, dann betroffenes Schweigen. Alle sahen es: Das Gesicht da über dem bunten Kostüm war blauviolett!

»Ein Scherz!«, rief der, der den Harlekin für einen harmlosen Betrunkenen gehalten hatte. »Das ist doch nur Schminke!«

Die anderen aber stoben auseinander. »Die Cholera!«, schrien sie entsetzt. »Voilà le Choléra-morbus!«

Clara wagte nicht, sich zu rühren. Sie spürte noch immer den Druck auf ihrem Fuß, dort, wo der Tote auf sie gestürzt war. Der Tote? Ja, er war tot, daran bestand kein Zweifel. Gestorben in dem Moment, in dem er das Mädchen aus Deutschland berührte.

»Die Cholera!«, flüsterte Clara und blickte zu ihrem Vater hoch.

Am folgenden Tag wurde die Wahrheit offiziell bekannt gemacht. Allein am vergangenen Tag und in der darauffolgenden Nacht seien zweitausend Menschen der Cholera erlegen, berichtete der »Constitutionnel«. Man habe die Leichen sofort zum Père Lachaise transportiert und teilweise noch in den Narrenkleidern begraben. Wer noch lebte, wurde ins Hôtel-Dieu gebracht, das Zentralhospital. Zuletzt sei aber auch das nicht mehr möglich gewesen, weil die bisherigen Patienten in ihrer Angst vor der Seuche die Zugänge blockierten.

Es zeigte sich, dass Paris im Umgang mit Aufruhr und Unruhe geübt war. Von Mittag an patrouillierten Gendarmen mit blanken Säbeln durch die Straßen und hielten jeden an, der verdächtig erschien. Es gab für sie jedoch nicht allzu viel zu tun. Das Volk, das die Straße sonst so sehr liebte, mied sie nun. Wer nicht schnellstens die Stadt verließ, verbarrikadierte sich in der eigenen Wohnung und war nicht einmal mehr für Freunde zu sprechen.

Auch Gabrielle tauchte zur gewohnten Stunde nicht im Hotel auf. Clara wartete ungeduldig. Sie fürchtete, dass auch das junge Mädchen inzwischen der Krankheit erlegen sein könnte. »Wird Gabrielle denn sterben, Papa?«, fragte sie voller Sorge. »Was bedeutet es, dass sie nicht kommt?«

Friedrich Wieck zuckte die Achseln. »Es kann alles bedeuten, Clärchen«, murmelte er resigniert. »Vielleicht geht es ihr gut, und sie hat nur Angst, sich anzustecken. Vielleicht aber …« Er sprach nicht weiter, sondern gebot Clara, ihren Umhang zu holen. Dann machten sie sich auf den Weg zum Hôtel de Ville.

Nach dem unerhörten Getöse des gestrigen Tages war es in der Stadt nun totenstill. Die Passanten bewegten sich ruhig und vorsichtig, als hätten sie Angst, das Gespenst der Krankheit aufzuwecken. Man hörte fast nur noch das Rollen der Kutschenräder und hin und wieder ein Pferdewiehern oder Hundegebell.

Als sie sich dem Hôtel de Ville näherten, vernahmen sie ein Geräusch, das sie anfangs nicht zu deuten wussten. Erst als sie auf den Platz einbogen, erkannten sie, dass es das Gemurmel Hunderter Menschen war, die sich vor dem Gebäude drängten.

Auf Geheiß ihres Vaters fragte Clara nach, was die alle denn hier wollten. Sie erfuhr, dass man sich um Pässe anstelle. Angeblich gebe es über hunderttausend Anträge. »Alles will weg von hier«, seufzte der Mann, den Clara angesprochen hatte.

Unter dem Protest der Wartenden drängte sich Friedrich Wieck nach vorn. »Ich will keinen Pass!«, versicherte er immer wieder besänftigend. »Ich will keinen Pass!« Er hatte endlich begriffen, dass das Konzert seines Wunderkindes nur noch eine Chimäre war.

Trotzdem wollte er die Lage klären. Es gelang ihm, mit Clara bis zum Konzertbüro vorzudringen. Als niemand auf sein Klopfen antwortete, öffnete er einfach die Tür. Am Fenster stand ein junger Mann. Friedrich Wieck begann in mühsamem Französisch, seinen Fall zu schildern. Doch der junge Mann drehte sich nicht einmal um. Friedrich Wieck meinte schon, er hätte ihn gar nicht gehört. Dann aber lachte der Mann plötzlich auf. »Ein Konzert?«, fragte er erbittert. »Sie sind tatsächlich wegen eines Konzerts hier?« Er spuckte auf den Boden. »Vergessen Sie es!«

Friedrich Wieck erkannte, dass jede weitere Bemühung vergeblich war. Er griff nach Claras Hand und zog sie zur Tür. Als sie schon auf den Korridor hinaustreten wollten, hörten sie noch einmal die Stimme des jungen Mannes. »Meine Frau ist heute Nacht gestorben und mein kleiner Sohn auch«, sagte er leise, als könne er es noch immer nicht glauben. »Gesund und tot. Es wird nie mehr Konzerte geben in Paris.«

Sie traten auf den Platz hinaus. Die Menge derer, die sich um Pässe bemühten, hatte sich inzwischen mehr als verdoppelt. Die Sonne schien, und ein warmer Wind streichelte die erhitzten Gesichter der Menschen. Friedrich Wieck fühlte sich müde und leer. Eine Hoffnung war gestorben. Der Mensch war wohl nicht auf der Welt, um glücklich zu sein.

Bedrückt machten sie sich auf den Weg zurück zum Hotel. Immer wieder begegneten ihnen schwarzgekleidete Männer, die sich als Priester ausgaben. Um teures Geld verkauften sie geweihte Rosenkränze gegen die Cholera. An den Kreuzungen boten Händler Leibbinden und Unterjacken aus Flanell an. Flanell sei das einzig wirksame Mittel gegen die Seuche, versicherten sie. Innerhalb weniger Minuten waren die Stände leer gekauft. Als am Abend der »Figaro« in einer Sonderausgabe über die Schreckenslage berichtete, bemerkte er mit der Ironie der Verzweiflung, seit wenigen Stunden hülle sich ganz Paris nun in Flanell. »Sogar Venus würde heutzutage einen Gürtel aus Flanell tragen.«

Als Clara ihrem Vater den Artikel übersetzte, schüttelte er den Kopf. Der Humor der Franzosen war wirklich nicht der seine. Außerdem war ihm im Augenblick nach gar keiner Art von Humor zumute.

Sie packten ihre Koffer und bezahlten die Rechnung. Der Portier erklärte, sie seien bereits die letzten Gäste. Er werde nun den

Eingang abschließen und zu seiner Familie gehen. »Nehmen Sie für den Weg zur Poststation unsere Gepäckkarre mit und lassen Sie sie dann einfach stehen«, empfahl er. »Wenn das Hotel leer ist, werden bald die Plünderer kommen. So war es auch schon beim Juliaufstand. Ich kenne meine Landsleute.« Damit schob er Friedrich Wieck die Karre hin und zog sich in seine Loge zurück. Kein Wort des Abschieds nach den vielen Wochen. Vielleicht lebte man morgen schon gar nicht mehr. Wozu da noch Dienstfertigkeit oder Sympathie vortäuschen? Gäste waren Herren, denen man Gehorsam schuldete. Gehorsam aber zollte ein freier Mann nur, wenn er damit Geld verdienen musste, um zu überleben. Für die aufmüpfigen Kinder der großen Revolution war es eine Frage der Selbstachtung und des Stolzes, sich nicht unnötig zu beugen.

Eine Stadt im Aufbruch. Die Reichen flohen, begleitet von ihren Ärzten und Apothekern, die es selbst auch vorzogen, in einem Landschloss zu überleben. Das Volk, für das es keinen Ausweg gab, murrte, wie es schon so oft gemurrt hatte. Manchmal erfolgreich, aber letzten Endes meistens doch vergeblich.

Als Friedrich Wieck und Clara endlich in ihre Postkutsche kletterten, wagten sie nicht einmal mehr aufzuatmen. Ein stundenlanger Kampf war es gewesen, bis sie sich endlich an eine der Postkutschen herangedrängt hatten, für die es längst keinen Fahrplan mehr gab. Wer Glück hatte, zwängte sich durch die wogende Menschenmenge und bestach den betrunkenen Kutscher so lange, bis er zufrieden war. Friedrich Wieck bezahlte für vier Personen, um zwei enge Plätze zu bekommen. Dann saßen sie einander gegenüber, erschöpft und durchgeschwitzt. Wie ihre Reisegefährten hielten sie sich ein Taschentuch vor Mund und Nase, um nicht doch noch die Krankheit einzuatmen.

Bald setzte sich die Kutsche in Bewegung. Durch die verlassenen Straßen holperte sie mühsam und überladen hinaus aufs freie Land, wo die Abendsonne lange Schatten warf. Niemand sprach. Erst jetzt begann man zu begreifen, dass man gerettet war. Es galt nur noch zu beten, dass man die Krankheit nicht bereits in sich trug.

Langsam brach die Dämmerung herein. Clara spürte, dass sie hungrig war, aber sie wagte nicht, etwas zu verlangen. Der kleine Russe wusste, dass man sich auf langen Reisen zu bescheiden hatte. In vier Tagen würden sie daheim sein. In Sicherheit. Clara dachte an Alwin und Gustav und an ihr eigenes Zimmer. Erst nach einer Weile fiel ihr ein, dass man dank Clementine inzwischen ja umgezogen war und dass Johanna Strobel nicht mehr da sein würde. Dafür aber ein Säugling. Eine Halbschwester, so wie es im fernen Berlin eine ganze Schar Halbgeschwister gab, mit denen man eine Mutter gemeinsam hatte, die man sich nicht mehr vorstellen konnte.

Vier Tage noch, dann waren sie daheim. Paris, die Stadt des Lichts und der Schatten, würde nur noch eine Erinnerung sein. Erst nach und nach würden die unzähligen Erfahrungen dieser Wochen ins Gedächtnis zurückkehren und dem eigenen Denken und Handeln für immer ihren Stempel aufdrücken. Clara Wieck aus Leipzig war nicht mehr die Gleiche wie vor dieser Reise. Irgendwann würde sie vielleicht bewerten können, was sie erlebt hatte. Jetzt aber, in der Kutsche, die sie nach Hause zurückbringen sollte, war sie nur erleichtert, dass es endlich vorbei war.

Sie lehnte sich zurück und blickte sich um. Erst jetzt bemerkte sie, dass ihr Vater sie beobachtete. Sie fühlte sich ertappt und errötete ein wenig.

Er aber lächelte sie an. »Bald sind wir daheim«, murmelte er, als hätte er ihre Gedanken gelesen. »In Leipzig« – und dann, während ihm die müden Augen zufielen, im breitesten Sächsisch, das sie je von ihm gehört hatte: »Läbzsch …«

Teil Zwei

Ein junges Genie

Caprices

1

Wieder einmal hatte Clementine Wieck Grund, sich über die Alleingänge ihres Gatten zu ärgern. Da er mit Clara gerade noch der Pariser Choleraepidemie entronnen war, hatte Clementine gehofft, er werde sein Leben nun etwas ruhiger gestalten und endlich das fürsorglich-souveräne Familienoberhaupt werden, das sie sich immer gewünscht hatte: ein Spiegelbild ihres eigenen Vaters, der ihr von Kindheit an als Ideal erschienen war. Kein Mann, dem sie je begegnete, konnte ihm das Wasser reichen, und Friedrich Wieck bisher am allerwenigsten.

Alle Hausgenossen standen bereit, als Friedrich Wieck und Clara von ihrer langen Reise zurückkehrten: ganz vorne Clementine selbst, dahinter Alwin und Gustav, dann die beiden Klavierlehrer aus dem Logier'schen Institut, der Verkäufer aus dem Musikalienladen, das Hauspersonal und die Instrumentenbauer mit ihren zwei Lehrlingen. Über dem Eingangstor hing blumengeschmückt ein Schild mit der Aufschrift »Willkommen daheim!«, was allerdings nur schwer zu entziffern war, weil die Blütengirlande, die es krönen sollte, von Minute zu Minute mehr der Schwerkraft unterlag.

»Mein liebes Tinchen!«, rief Friedrich Wieck aufgekratzt, als er seine Frau erblickte. Er umarmte sie überschwänglich, aber kurz und eilte dann weiter zu seinen beiden Söhnen, die ihn entsetzt anstarrten, da ihnen eine derart pariserisch-weltmännische Herzlichkeit bei ihrem Vater fremd war.

Auch Clementine war peinlich berührt. Sie fürchtete um ihre

Autorität bei den Dienstboten, wenn sie in ihrer Gegenwart mit Kosenamen angeredet wurde. »Pas devant les domestiques!«, pflegte ihre Mutter, die im Übrigen kein Französisch sprach, ihren Gatten zu ermahnen, wenn seine Stimmung in der Öffentlichkeit heiterer war, als es seiner Frau behagte. Clementine fiel ein, dass ihr Gatte nach seinen Pariser Wochen diesen zarten Hinweis bestimmt verstanden hätte, und sie beschloss, ihm seine Bildung zugutezuhalten und über seinen Fauxpas hinwegzusehen.

Mit einer ausladenden Handbewegung, die mehr einem Davonscheuchen glich, begrüßte Friedrich Wieck auch die übrigen Anwesenden und schickte sie an ihre Arbeitsplätze zurück. Dann eilte er ins Haus und fragte nach seiner Post. Wie immer schien er jeden Winkel des Hauses zu füllen.

Gehorsam folgten ihm alle, während Clara immer noch draußen stand – vor einem Zuhause, das ihr fremd war, mit einer fremden Mutter und Dienstboten, die sie kaum kannte. Wie schön wäre es jetzt gewesen, wäre Johanna Strobel hier gestanden und nicht irgendeine Köchin Berta von Clementines Gnaden! Ganz sicher hätte sie nicht viel geredet, aber sie hätte sie wenigstens Clärchen genannt und sie in ihrer schroffen Art, die Clara zu nehmen wusste, aufmunternd in die Seite gepufft.

Die Girlande über dem Willkommensschild hatte inzwischen ihren Halt endgültig verloren und glitt langsam, fast feierlich auf die Stufen nieder. Clara las die Inschrift, zuckte die Achseln und stieg dann über den Blumenschmuck hinweg ins Haus. Willkommen daheim!, wiederholte sie in Gedanken und fragte sich, wie schon so oft, warum ihr Vater eigentlich noch einmal geheiratet hatte.

In der Diele herrschte Halbdunkel, nur durch die offene Salontür und das Treppenfenster drangen gebündelt die Sonnenstrahlen herein. Friedrich Wieck hatte sich noch nicht an das matte Licht gewöhnt und bemerkte nicht gleich, dass in der Mitte der Treppe eine junge Frau stand, ein Mädchen vom Lande, wie er aus ihrer einfachen Kleidung und ihrem runden roten Gesicht schloss. Irritiert stutzte er und wollte schon fragen, wer sie denn sei, da fiel ihm das weiße, in Spitzen gehüllte Bündel auf, das sie vorsichtig und stolz auf den Armen trug. Gleichzeitig griff Clementine nach seiner Hand. »Deine Tochter«, sagte sie mit vor Ergriffenheit zitternder Stimme. »Unsere kleine Marie.«

In diesem Augenblick fing das Kind, von dem nur die Nase aus den Spitzen hervorschaute, lauthals an zu schreien. Die Amme, denn das musste sie sein, setzte sich in Bewegung und stieg, ein wenig schwerfällig, die Treppe herab. Dann knickste sie unbeholfen und hielt Friedrich Wieck den Säugling zur Ansicht entgegen.

Friedrich Wieck errötete. Nicht einmal sich selbst wagte er einzugestehen, dass er während der letzten Wochen die Existenz dieses Kindes so gut wie vergessen hatte. »Ich bin sprachlos«, sagte er zu Clementine, in deren Augen Tränen glänzten. »Ein so schönes Kind!«

Clementine nickte beglückt und schob die Spitzen zur Seite, damit der Vater seine jüngste Tochter besser sehen konnte. »Nicht wahr, Friedrich?«, flüsterte sie. »Sie ist wirklich schön, das sagen alle. Es heißt, für jede Mutter sei ihr eigenes Kind das schönste von allen, aber unsere Marie ist es wirklich.« Sie nahm der Amme den Säugling ab und reichte ihn weiter an Friedrich Wieck, der linkisch zugriff und sich wunderte, dass ein so kleines Mädchen so fürchterlich schreien konnte. Allerdings war auch Alwin ein Brüller gewesen, doch das sagte Friedrich Wieck lieber nicht zu Clementine, die noch immer vor Freude strahlte. »Was für ein süßes Mädchen!«, paraphrasierte er sein Lob, dann reichte er das Kind an die Amme zurück und begab sich in den Salon, wo sich auf dem Sekretär die Post der vergangenen Wochen türmte. »Ich muss das alles sofort durchsehen«, verkündete er und machte Anstalten, die Türe zu schließen. »Wartet nicht auf mich mit dem Abendessen! Wenn ich fertig bin, erzähle ich euch von Paris. Das mit der Post eilt aber doch sehr. Wer weiß, was dabei ist.« Damit ließ er die Tür ins Schloss fallen.

Clementine und die anderen blieben enttäuscht draußen stehen. Seit zwei Tagen hatte man geputzt, gekocht und gebacken, um dem Hausherrn bei seiner Rückkehr eine Freude zu bereiten. »Hast wenigstens du Hunger?«, fragte Clementine Clara, die heftig nickte. »Ich habe seit einer Woche nichts Richtiges mehr gegessen«, gestand sie.

Clementine seufzte. »Willkommen daheim, Clara«, sagte sie unerwartet sanft. So oft war sie eifersüchtig auf ihre Stieftochter gewesen und hatte sie beneidet. Erst jetzt wurde ihr bewusst, dass auch Claras Leben nicht eitel Sonnenschein war.

Erst als die Kinder und die Dienstboten schon zu Bett gegangen waren, tauchte Friedrich Wieck wieder bei seiner Frau auf. »Ich habe alles durchgesehen«, erklärte er. »Nichts Wichtiges dabei, außer einem: Eine Frau Schumann aus Zwickau, du kennst sie nicht, hat um meinen Rat gebeten. Ihr Sohn Robert möchte sein Jusstudium aufgeben und Musiker werden. Er hat schon früher Unterricht bei mir genommen, als er noch hier in Leipzig studierte. Danach ging er nach Heidelberg, aber dort gefällt es ihm anscheinend auch nicht mehr.« Er ließ sich auf das Sofa fallen. Erst jetzt merkte er, wie müde und zugleich aufgedreht er war. »Ich habe beschlossen, ihn zu fördern. Er ist ziemlich begabt, weißt du. Wenn er sich anstrengt, ist er in drei Jahren bereit für eine Karriere als Pianist.«

Friedrich Wieck schwieg. Ihm fiel ein, dass er den jungen Schumann früher gern mit dem Ehestörer Bargiel verglichen hatte. Beides Fantasiemenschen. Romantiker. Unzuverlässig. Ohne Realitätssinn … Aber begabt. Begabt: das war erst einmal das Wichtigste für einen Impresario wie den ehrgeizigen Wieck aus Leipzig. »Er wird bei uns wohnen«, erklärte er. »Ich habe bereits an seine Mutter geschrieben, dass wir ihm zwei Zimmer zur Verfügung stellen, natürlich gegen Bezahlung, aber das dürfte kein Problem sein. Sein Vater war ein erfolgreicher Verleger.«

Clementine errötete. »Bei uns soll er wohnen?«, fragte sie irritiert. »In unserem Haus? Habe ich denn da gar nichts mitzureden?«

Friedrich Wieck zuckte die Achseln. »Entschuldige, Tinchen«, murmelte er. »Ich wollte dich mit dieser Entscheidung nicht belasten. Außerdem wird dir der junge Schumann bestimmt angenehm sein. Im Allgemeinen mögen ihn die Damen sehr.« Er rückte näher an seine Frau heran. »Es tut gut, wieder daheim zu sein«, raunte er.

Doch Clementine stand entschlossen auf. »Ich bin müde«, erklärte sie schroff. Sie hätte geweint, hätte sie sich nicht mit dem Entschluss getröstet, nie wieder eine Girlande zu flechten, wenn ihr Gemahl von einer langen Reise zurückkam, und nie wieder seinetwegen besseres und mehr Essen zu kochen als an gewöhnlichen Tagen.

Als sie hinausging, fragte er sie, was für Hände die kleine Marie habe.

»Natürlich ganz winzige, zarte!«, antwortete Clementine, ohne sich umzudrehen. »Wie alle kleinen Kinder.«

Da lächelte Friedrich Wieck und dachte an die vielen Wochen mit seinem kleinen Russen. Winzige, zarte Hände? Von wegen! Elefantenpfoten. Löwenpranken. Bärentatzen. So gehörte es sich!

2

Für Clara war Robert Schumann kein Unbekannter. Vor zwei, drei Jahren – ihr Leben war noch zu jung, als dass sie es chronologisiert hätte –, vor einer Ewigkeit also, war eines Abends ein junger Mann vor der Tür gestanden und hatte verlangt, Friedrich Wieck zu sprechen. Er sei Student der Rechtswissenschaft, hatte er in weltmännischem Ton erklärt. In Wahrheit aber gehöre seine ganze Liebe der Kunst, namentlich der Literatur und vor allem der Musik.

»Können Sie sich den Unterricht bei mir überhaupt leisten?«, lautete Friedrich Wiecks erste Frage. Ein kurzes Zögern hätte genügt, und er hätte den Bewerber abgewiesen. Schulgeld musste pünktlich bezahlt werden. Stundungen gab es nicht. Auch Friedrich Wieck selbst war nie etwas geschenkt worden, und wer den besten Lehrer wollte – Friedrich Wieck eben –, der hatte dafür Bares auf den Tisch zu legen.

Eine halbe Stunde später kannte Friedrich Wieck die gesamte finanzielle Situation seines künftigen Schülers und seiner Familie. Keine reichen Leute, doch durchaus wohlhabend. Der Vater August war Zeitungsherausgeber und Verlagsbuchhändler in Zwickau gewesen und schon verstorben, als Robert noch das Gymnasium besuchte. Die Mutter, Christiane, und der Vormund wünschten sich Robert nun als angesehenen Juristen mit einem guten und vor allem festen Einkommen – als einen braven Bürger eben, der er selbst partout nicht sein wollte.

Stattdessen betrachtete er sich als einen geborenen Künstler, was eigentlich ausgereicht hätte, dass Friedrich Wieck ihn ablehnte. Von Fantasiemenschen hatte er genug. Dennoch spürte er in den beschwörenden Worten des jungen Mannes etwas, das ihm vertraut war: eine Sehnsucht nach mehr als dem Üblichen, eine leidenschaftliche Hingabe an die Musik und – darin unterschieden sie sich – den Drang einzutauchen in eine Welt der Träume, für die es keinen pragmatischen Ersatz gab.

Schon mit fünf Jahren habe er auf dem Klavier über die Lieblingslieder seiner Mutter fantasiert, berichtete Robert Schumann, und mit sieben habe die ganze Familie Tränen über ihn gelacht, weil er es verstanden habe, mit ein paar hingeworfenen Tonfolgen jeden, den er kannte, zu parodieren. Dies habe das Interesse des Organisten von Sankt Marien in Zwickau erweckt, Johann Gottfried Kuntsch, der sich nach gründlicher Prüfung bereiterklärte, ihm Klavierunterricht zu erteilen. Mit zwölf Jahren habe Robert bereits aus eigenem Antrieb den 150. Psalm vertont, »eine richtige, ausgeschriebene Komposition für Gesang, Klavier und Orchester«, wie er selbst erklärte.

Er wollte noch weiter erzählen, doch Friedrich Wieck unterbrach ihn. Es gefiel ihm, dass der junge Mann mit offensichtlichem Respekt und Zuneigung von seinem einstigen Lehrer sprach. Deshalb wies er mit dem Kinn aufs Klavier. »Spielen Sie!«, gebot er kurz angebunden.

Robert Schumann setzte sich. »Was wollen Sie hören, Herr Wieck?«, fragte er und knetete sich die Hände.

Friedrich Wieck überlegte kurz. »Parodieren Sie mich!«, verfügte er dann.

Robert Schumann errötete. Sein weltmännisches Gebaren fiel von ihm ab. »Das kann ich nicht, Herr Wieck«, wandte er ein.

»Aber das konnten Sie angeblich doch schon mit sieben. Spielen Sie!«

Robert Schumann zögerte noch immer. Dann beugte er sich plötzlich mit einer heftigen Bewegung übers Klavier, die Brauen bedrohlich gerunzelt. Aus der Stille heraus explodierte eine Folge schroffer Akkorde, die sogar den Zuhörer unwillkürlich zusammenzucken ließen. Danach eine kurze Stille, aus der gleichsam als Antwort eines eingeschüchterten Schülers ein paar verzagte Töne auftauchten: Tonleiterübungen ganz rechts auf der Tastatur, hohe, schüchterne Versuche, um nicht vor Angst zu erstarren. Der erste Finger, der dritte, der vierte, dann wieder der erste. Ganz kurz angeschlagen, atemlos, ängstlich ... Doch noch ehe die zaghafte Tonfolge wiederholt wurde, wieder das erste Motiv: krachende Wieck'sche Akkorde, noch strenger und unerbittlicher als beim ersten Mal, mit gesträubtem Fell gleichsam und mit zornrotem Gesicht ...

Friedrich Wieck hob ungeduldig die Hand. »Es genügt!«, unterbrach er gereizt und versuchte, sich eine plötzliche Verlegenheit nicht anmerken zu lassen. »Jetzt spielen Sie einfach, was Sie wollen.«

Robert Schumann verneigte sich dankend. »Eine kleine Komposition«, kündigte er an. »Meine eigene Vertonung einer Ballade von Goethe, ›Der Fischer‹.«

In den folgenden Minuten erkannte Friedrich Wieck, dass er diesen Schüler nicht ablehnen durfte, auch wenn sein Spiel noch Welten von Claras Präzision entfernt war. Trotzdem wollte er ihn nicht zu sehr ermutigen. Tadel führte weiter, doch Lob verwöhnte nur. »Klingt ziemlich nach Schubert«, brummte er, als Robert Schumann die Hände von den Tasten hob und ihn fragend anblickte. »Dazu muss ich sagen, dass ich Schubert nicht besonders schätze.«

Robert Schumann ließ sich nicht beirren. »Ich schon«, sagte er leise. »Sein Tod hat mich tief getroffen.«

Friedrich Wieck zögerte. Ein Schüler, der gleich bei der ersten Begegnung widersprach, war in diesem Hause nicht vorgesehen. Doch begabt war er, unbestritten. Und: sollte er sich als aufmüpfig erweisen, konnte man sich immer noch von ihm trennen. »Drei Taler die Stunde, und das täglich«, kürzte Friedrich Wieck deshalb die Verhandlung ab. »Das ist mein Tarif. Außerdem müssen Sie Unterricht bei Weinlich nehmen. Sie haben sicher schon von ihm gehört. Trockene, kalte Theorie. Er wird Ihnen aufgeben, alle Tage einige Stunden drei- und vierstimmige Sätze auf der Schiefertafel zu erarbeiten. Mit musikalischen Karikaturen hat das nichts zu tun, doch ohne diese Übungen werden Sie nie ein erstklassiger Musiker werden.« Er lächelte selbstzufrieden. »Meine kleine Tochter Clara mag Ihnen als leuchtendes Beispiel dienen. Von ihr können Sie viel lernen.«

Der junge Mann ging auf diese Bemerkung nicht ein. Als überzeugter Burschenschafter hielt er nicht viel von Frauen, die sich mit Männern messen wollten – schon gar nicht, wenn sie sich noch im Kindesalter befanden. Er war überzeugt, dass auf dem Gebiet der Kunst niemand – und erst recht nicht ein Mädchen – es mit ihm aufnehmen konnte. Er brauchte kein Vorbild in Gestalt eines hochgezüchteten Wunderkindes. Damit er seinen Weg gehen konnte, kam es nur darauf an, in nächster Zeit Mutter und Vormund davon zu überzeugen, dass die Rechtswissenschaft seinem Talent widersprach und dass nur die Musik sein Leben war.

Eine goldene Laufbahn wünschte er sich als größter Pianist, den es je gegeben hatte. Ein Paganini des Konzertflügels – darunter machte es der junge Schumann nicht, der schon bei den kindlichen Kriegsspielen mit seinen gleichaltrigen Freunden immer die Rolle des Napoleon übernommen hatte. Alexander, Cäsar – das waren die ersten Vorbilder, und danach immer die berühmtesten auf jedem Gebiet, die Dichter der Romantik vor allem: Lord

Byron, Walter Scott, Edward Young, Hölderlin, Novalis, E. T. A. Hoffmann und Jean Paul, der ganz besonders. In seinem Stil füllte der Gymnasiast Robert Schumann jede Nacht Seite um Seite, bis ihm seine Mutter die Lampe wegnahm, weil sie um sein Augenlicht fürchtete. Die verehrten Dichter wurden aber bald noch übertroffen von seinen Göttern der Musik: Mozart, Bach, Schubert, Beethoven. Oh, wie bewunderte er sie und wünschte sich zugleich, sie einst zu überflügeln!

Ein ganz Großer wollte er sein. Ein gewöhnliches Leben, wie die meisten Menschen es führten, erschien ihm wie ein halber Tod, ein Spießer zu werden, die Hölle. Hätte ihn seine Mutter besser gekannt, hätte sie erst gar nicht versucht, einen Juristen aus ihm zu machen. So zwang sie ihn unter Tränen, erst in Leipzig ein Rechtsstudium zu beginnen, das er dann im wärmeren, schwüleren Heidelberg fortsetzte. In langen Briefen berichtete er ihr jede Woche von seinen studentischen Erfolgen, doch in Wahrheit sah er die Universität nur selten von innen und dann meistens auch nur bei philosophischen Vorträgen, die mit seinem eigentlichen Studium nichts zu tun hatten. Er las, schrieb, komponierte, übte und führte im Übrigen ein recht luxuriöses Leben, das er sich in Wahrheit gar nicht leisten konnte. Nach einem ersten Konzert als Klaviervirtuose im »Museum« einer Studentenvereinigung wurde ihm klar, wie sehr er sich nach dem Applaus des Publikums sehnte. Das Ende seiner juristischen Laufbahn war gekommen.

Ein romantischer junger Mann mit einem Selbstbewusstsein, das sich noch immer an den Idolen der Kindheit erhitzte – zum Scheitern verurteilt, wäre da nicht der Realitätssinn gewesen, den er bei seinem Vater erlebt hatte. Wie oft hatte man ihm vorgehalten, dass August Schumann es aus eigener Kraft vom mittellosen Buchhandelsgehilfen zum angesehenen Buchverleger und Herausgeber des »Erzgebirgischen Boten« gebracht hatte! Ein Mann, der keine Minute seines Lebens vergeudete, doch über all der Rastlosigkeit vergaß, sich seiner Frau und seinen Kindern zuzuwenden. Einzig seiner Tochter Emilie fühlte er sich verbunden. In ihren Augen entdeckte er die gleiche Schwermut, die ihn selbst bedrückte, die gleichen Nachtgedanken, die er mit seinem Tatendrang zu ersticken versuchte. Als sie sich mit siebenundzwanzig Jahren das Leben nahm, fühlte er sich, als wäre er selbst gestorben. Ohne ein Wort der Klage kehrte er an seinen Schreibtisch zurück und arbeitete besessen weiter wie zuvor. Zu Ehren seiner toten Tochter übersetzte er die Werke Byrons, den sie geliebt hatte, ins Deutsche. Danach war sein Lebenswerk beendet. Er legte die Feder beiseite und gab sich auf. Mit erst dreiundfünfzig Jahren starb er an Tuberkulose.

Sein Sohn Robert ging damals noch aufs Gymnasium. Was ihm blieb, war die Bibliothek seines Vaters, die ihresgleichen suchte, und ein unauslöschliches Vorbild an Fleiß. Selbst in seinen scheinbar nachlässigsten und erfolglosesten Universitätsjahren war er unermüdlich tätig – wenn auch nicht für sein eigentliches Studium. Als er es abbrach, war er realistisch genug zu wissen, dass eine Laufbahn als Pianist und Komponist beim musikalischen Handwerk beginnen musste: Harmonielehre, Generalbass, Kontrapunkt und tägliches Üben, Üben, Üben. Stundenlang Czerny anstelle von Mozart und Schubert. Wieck'sche Foltermethoden: Oh, wie Robert Schumann sie kannte aus der Zeit, als er in Leipzig sein Paragraphenstudium begonnen hatte, obwohl er in Wirklichkeit nur an der Musik interessiert war.

Damals hatte es an seiner Eitelkeit gekratzt, dass ihn die kleine Tochter seines Lehrers in allem, was mit Klavierspiel zu tun hatte, übertraf. Allen anderen Schülern des Logier'schen Instituts konnte er mit Verachtung begegnen. Wochenlang mussten sie üben, bis sie ein Musikstück halbwegs auswendig wiedergeben konnten, während er es sich schon nach den ersten paar Malen merkte. Wäre Clara nicht gewesen, hätte er sich ohne jeden Selbstzweifel für ein Genie gehalten. Ihr Talent aber brachte ihn immer wieder schmerzhaft auf den Boden zurück. Ein zartes Mädchen, dessen Finger kräftiger waren als die seinen und – vor allem – dessen schwarzhaariges Köpfchen die Töne mindestens so schnell und sicher speicherte wie er selbst. Als Erwachsener mochte er einem Kind überlegen sein. Wenn sie aber nebeneinander am Klavier saßen, waren sie nicht nur gleichberechtigt, nein, dann übertraf das kleine Mädchen Clara den künftigen König der Konzertsäle bei weitem.

Mehrere Jahre waren seither vergangen. Heidelberg und die trockene Jurisprudenz lagen hinter Robert Schumann, als hätte es sie nie gegeben. Um sich zu vervollkommnen, kehrte er nun ins Wieck'sche Institut nach Leipzig zurück, um danach die Mendelssohns, Liszts und Chopins das Fürchten zu lehren – selbst wenn er jetzt noch in den Augen der Welt ein verkrachter Student war, der vom Erbe seines Vaters lebte, als gebe es keine Zukunft, für die vorgesorgt werden musste. Einer, der daran glaubte, dass sein Talent Kapital genug war, um ihn bis ins hohe Alter zu ernähren. Doch Bedenken daran äußerten nur die anderen. Robert Schumann selbst war überzeugt, dass ihn nichts mehr aufhalten konnte, da man ihn endlich seinen vom Schicksal vorbestimmten Weg gehen ließ. Die Welt gehörte ihm und er selbst der Welt, wie es einem Genie zukam.

3

Wie mit einem Paukenschlag brach der neue Hausgast in das Leben der Familie ein. Von dem Augenblick an, in dem er mit Hilfe des Türklopfers Einlass begehrte, schien er damit zu rechnen, dass sich fortan alles um ihn drehen würde. Dabei verhielt er sich keineswegs aufdringlich oder unhöflich. Seine Stimme klang sanft und war so leise, dass man oftmals sogar Mühe hatte, ihn zu verstehen. Gerade dadurch aber erreichte er, dass man ihm zuhörte.

Nachdem man über eine Stunde vergeblich auf den Gast gewartet hatte, hatte die Familie das Abendessen gerade beendet. Jetzt stand er in der Tür, hoch gewachsen, im eleganten Gehrock, die dunklen, welligen Haare vom Wind leicht zerzaust. Langsam trat er ein. Mit einer beiläufigen Handbewegung wies er den Diener August auf das Gepäck hin. Dann wandte er sich an Clementine. Er verneigte sich tief und reichte ihr eine Schachtel mit Pralinen, die mit einer breiten rosafarbenen Seidenschleife geschmückt war. »Madame«, sagte er in ehrerbietigem Ton. »Ich danke Ihnen für Ihre Gastfreundschaft und hoffe, Ihnen niemals zur Last zu fallen.«

Clementine errötete und nahm das Präsent entgegen. Sie suchte nach Worten, doch Friedrich Wieck kam ihr zuvor. »Von wegen Gastfreundschaft, mein lieber Schumann«, sagte er mit seiner lauten Stimme, die in scharfem Kontrast zum Raunen des jungen Mannes stand. »Zahlender Gast würde ich es eher nennen – und das mit allen Verpflichtungen, aber auch kleinen Vergünstigungen, die dieses Arrangement mit sich bringt. Zahlender Gast und Schüler. So sieht es aus. Wir wollen uns doch keine falschen Vorstellungen machen.« Damit ergriff er Robert Schumanns Hand und schüttelte sie einmal kräftig von oben nach unten. »August, bring das Gepäck hinauf! Berta, sieh nach, ob in der Küche noch etwas zu essen da ist!«

Robert Schumann verbeugte sich erneut. »Vielen Dank, Herr Wieck«, antwortete er höflich. »Aber ich will keine Umstände machen. Ich habe keinen Hunger.« Er wandte sich um und griff nach einem Weidenkörbchen, das er auf einem der Koffer abgestellt hatte. »Für dich, Clara«, murmelte er und hielt es Clara, die sich im Hintergrund gehalten hatte, entgegen.

Clara trat vor und griff nach dem Geschenk. »Kirschen!«, rief sie erfreut. »Das haben Sie sich gemerkt, Herr Schumann?« Ohne zu zögern, steckte sie sich eine der Kirschen in den Mund. Dabei blickte sie Robert Schumann schelmisch und ohne Scheu direkt in die Augen – ein kleines Mädchen, das den Damen der Pariser Gesellschaft abgeguckt hatte, wie man sich einem Kavalier gegenüber verhielt.

Clementine, ganz verantwortungsbewusste Stiefmutter, runzelte die Stirn. »Willst du uns nicht auch etwas von deinem Geschenk anbieten, Clara?«, fragte sie mit pädagogischer Strenge.

Doch Clara schüttelte den Kopf. »Das tust du ja auch nicht mit deinen Bonbons, Mutter, oder?«, antwortete sie in unschuldigem Ton.

Der Diener August griff nach den beiden größten Koffern und machte sich ächzend auf den Weg nach oben, gefolgt von einem Träger, der Robert Schumann von der Poststation herbegleitet hatte. Zum Erstaunen der Wieck'schen Familie holte er danach noch weitere Gepäckstücke von seinem Schubkarren.

»Das ist ja wie bei einer Primadonna!«, knurrte Friedrich Wieck missmutig.

Doch Robert Schumann beruhigte ihn. »Das ist praktisch mein gesamter Hausstand, Herr Wieck. Ich habe nichts in Heidelberg zurückgelassen.« Er lächelte. »Für mich beginnt heute sozusagen ein neues Leben. Endlich das wahre!« Er sprach so leise, dass man kaum verstand, was er sagte.

Als alles Gepäck nach oben geschafft war, steckte Robert Schumann dem Träger ein Trinkgeld zu. Die Münze war größer, als Friedrich Wieck, der genau aufgepasst hatte, es billigen konnte. Zu allem Überfluss trat nun auch August an Robert Schumann heran, Begehrlichkeit in den Augen und die rechte Hand auffordernd geöffnet.

Doch Friedrich Wieck stieß ihn beiseite. »Was bildest du dir ein!«, wies er ihn scharf zurecht. »Wir sind hier nicht im Grandhotel.«

Tatsächlich schien Robert Schumann an ein Leben wie im Grandhotel gewöhnt zu sein. Er erkundigte sich nach einer Waschfrau, nach einem Zeitungsboten, nach einem Schneider, einem Schuster und – jetzt trat Friedrich Wieck wirklich die Zornesröte ins Gesicht – nach einem Stiefelwichser.

»Alles hier im Hause!«, knurrte Friedrich Wieck. »Damit wir uns recht verstehen, Herr Schumann: Sie sind als Schüler hier und nicht als gräflicher Sommerfrischler. Ich fühle mich Ihrer Frau Mutter verpflichtet, von der das Geld kommt, das Sie ausgeben. Solange Sie in meinem Hause leben, soll es sparsam und bürgerlich zugehen. Wenn Sie einmal ein berühmter Pianist sind, können Sie es halten, wie Sie wollen.«

Alwin und Gustav zuckten erschrocken zusammen. Diesen Ton kannten sie. Sie wunderten sich, dass Robert Schumann in keiner Weise eingeschüchtert wirkte.

»Sie haben vollkommen recht, Herr Wieck«, antwortete er verbindlich. »Nichts könnte mir lieber sein als eine vernünftige Lebensführung.« Dann bat er um den Haustorschlüssel: »Falls es ausnahmsweise einmal später werden sollte.«

Clementine, vorausblickend wie immer, trug das Verlangte bereits in ihrer Rocktasche.

»Morgen früh werden wir einen genauen Ausbildungsplan erarbeiten«, kündigte Friedrich Wieck an. »Pünktlich um acht, gleich nach dem Frühstück.« Er wollte Robert Schumann noch zu einem Gespräch in den Salon einladen, doch der junge Mann erklärte, er habe nun doch Hunger. Da er aber den Haushaltsablauf um diese Zeit nicht mehr stören wolle, werde er in Poppes Gasthaus gehen, in den »Kaffeebaum«, den er schon früher sehr gemütlich gefunden habe. Ohne einen Kommentar abzuwarten, verbeugte er sich und verließ das Haus.

Die Wieck'sche Familie samt Dienstboten starrte ihm nach, wie er auf die Straße hinausging, ohne Eile und ohne sich umzudrehen.

»Ich weiß nicht, ob wir mit dem gemeinsam alt werden«, brummte Friedrich Wieck. »Aber er hat Talent. Man muss es mit ihm versuchen.«

Ohne weitere Verzögerung begab man sich in die Schlafzimmer. Clara setzte sich aufs Bett und aß ihr Kirschenkörbchen auf einmal leer. Sie dachte, dass der neue Hausgast hübscher war als Franz Liszt und beinahe so hübsch wie Felix Mendelssohn. Als sie fast schon eingeschlafen war, lächelte sie bei dem Gedanken an ihren strengen Vater, der bestimmt nie vermuten würde, dass sein kleiner Russe Vergleiche zwischen jungen Männern anstellte. Noch immer behauptete Friedrich Weck in der Öffentlichkeit, sein Wunderkind sei erst zehneinhalb, obwohl Clara inzwischen bereits zwölf Jahre alt war. Fast schon erwachsen … Aber Robert Schumann, dachte Clara zwischen Wachen und Schlaf, war bestimmt schon zwanzig oder sogar noch ein wenig mehr. Ein älterer Herr nahezu, aber das waren Liszt und Mendelssohn ja auch. Trotzdem waren sie im Künstlerzimmer herumgesprungen und hatten sich gegenseitig geschubst wie die Schuljungen … Ein Körbchen mit Kirschen. Clementine würde bestimmt mit einer Magenverstimmung drohen, weil Clara alle auf einmal gegessen hatte. Süße rote Kirschen: Robert Schumann hatte sich wirklich noch daran erinnert, dass Clara Kirschen liebte!

Der Tag begann früh im Hause Wieck. Mit dem Frühstück hielt man sich nicht lange auf: eine Tasse Milchkaffee – natürlich nur Zichorie – und ein Schmalzbrot, das musste genügen. Danach ging jeder Einzelne an seine Arbeit. Für Clara bedeutete das: ans Klavier, um zu üben, neues Repertoire zu erarbeiten oder zu komponieren.

Obwohl die Pariser Reise für Clara und ihren Vater eine Enttäuschung gewesen war, verstand Friedrich Wieck es dennoch, sie vor der heimatlichen Öffentlichkeit zu einem überwältigenden Erfolg umzumünzen. Propaganda, das hatte er von seinem falschen Freund Paganini gelernt, Propaganda wog tausendmal schwerer als jede Wahrheit. Zu seinem eigenen Vorteil war ein Künstler vor allem dem äußeren Anschein verpflichtet. Wen interessierte es schon in Leipzig oder Berlin, dass die Klaviere in der vielgerühmten Stadt der Lichter elende Klappermühlen gewesen waren und dass die vornehmen Damen der großen Gesellschaft während der Konzerte lieber über ihre Rivalinnen geklatscht hatten, anstatt zuzuhören, wenn ein hoch begabtes Kind sein Herzblut verströmte? Wer wollte schon wissen, dass man vor Kälte fast gestorben war und dass man froh sein konnte, dem Todesgriff der Cholera entgangen zu sein?

Was interessierte, war der Glanz, den die Stadt der Könige und Kokotten noch immer ausstrahlte; die Eleganz, die man auch für sich selbst erhaschen wollte; der Geist, um den man die Franzosen beneidete; das schnelle, treffende Wort aus dem spöttischen Mund jener Menschen, deren Frivolität man zu verachten vorgab, vor denen man sich aber dennoch heimlich als dummer, braver Stoffel fühlte: zu gehorsam, zu ängstlich und zu behäbig.

Man suchte das Vorbild und fürchtete es zugleich, weil man sich auf einmal selbst in einem Spiegel sah, in dem die Seiten nicht verkehrt waren, sondern plötzlich alles so erschien, wie es wirklich war und das zu sehen weh tat. Im Unvertrauten lernte man sich selbst kennen. Zu gut kennen, um sich dabei wohl zu fühlen. Trotzdem wandte man den Blick nicht ab, wollte selbstquälerisch sogar noch genauer hinschauen, als gebe es eine Hoffnung, dass man sich nur getäuscht hätte. Oh, wie neugierig war man auf das Fremde, wie willig, es anzuerkennen, obwohl man es zum eigenen Schutz doch insgeheim verabscheute!

Vom Tag ihrer Rückkehr an hatte Friedrich Wieck den Neugierigen gegeben, wonach sie verlangten. In seinen Berichten war Claras Aufenthalt in Paris eine einzige Kette von Triumphen gewesen. Die ganze Stadt sei seinem Wunderkind zu Füßen gelegen, erzählte er. In den vornehmsten Salons habe man sich um sie gerissen. An der Seite der berühmtesten Meister sei sie aufgetreten. Dabei habe sich gezeigt, dass sie einen Vergleich mit der künstlerischen Kraft eines Paganini nicht zu scheuen brauche, auch nicht mit der Seelentiefe eines Frédéric Chopin oder der Leidenschaft eines Franz Liszt. Am selben Flügel habe sie gesessen wie Felix Mendelssohn, und dessen begeistertes Publikum habe auch sie ins Herz geschlossen.

Wie in einem Taumel habe man sich befunden, und man wäre noch lange nicht nach Leipzig zurückgekehrt, wäre das wundervolle Paris nicht Opfer der Cholera geworden, sodass man schließlich abreisen musste, um das eigene Leben zu retten. »Heiße Tränen haben wir vergossen, als wir die Stadt zurückließen!«, versicherte Friedrich Wieck und glaubte bereits selbst jedes Wort, das er sagte. »Heiße Tränen, meine Herren! Was für ein Wunder in dieser großen Stadt: Ein junger Mensch hat sich selbst gefunden. Eine Künstlerin, ein Kind noch – und doch schon so vollkommen!«

Der Erfolg schien Friedrich Wieck recht zu geben. Nicht nur

die Musikzeitschriften berichteten ausführlich über Claras Aufenthalt in Paris. Fast jeder Leser, auch der, der sich nur am Rande für Musik interessierte, kannte nun die Lithografie, die Eduard Fechner fast nebenbei eines Morgens in dem Pariser Hotelzimmer skizziert hatte und die Friedrich Wieck der Presse großzügig zur Veröffentlichung überließ: ein schönes, sehr junges Mädchen, das dem Betrachter aufmerksam entgegenblickte und dabei kaum merklich lächelte, den Kopf ein wenig schräg geneigt, wie der erfahrene Zeichner es empfohlen hatte.

Friedrich Wieck frohlockte, als die Berichte über Claras Triumphe erschienen und er ihr Bild so oft vervielfältigt sah. Besonders lieb war ihm ein Aufsatz des Kritikers Lyser im Almanach »Cäcilia«. Immer wieder las er daraus vor, obwohl er den gesamten Text längst auswendig konnte. Der Autor hatte wohl Fechners Lithografie vor Augen, als er Clara beschrieb: »Das feine, hübsche Gesichtchen mit den etwas fremdartigen Augen, der freundliche Mund mit dem sentimentalen Zug …«, schwärmte er. »Das alles erregte in mir ein ganz eigentümliches Gefühl. Es ist, als wisse das Kind eine lange, aus Lust und Schmerz gewobene Geschichte zu erzählen, und dennoch – was weiß sie? – Musik.«

Ein paar Wochen lang schien alle Welt über Clara und ihre Triumphe in Paris zu diskutieren. Dann versiegten die Berichte nach und nach und machten anderen Neuigkeiten Platz. Trotzdem hielten die Einladungen zu Konzerten an. Friedrich Wieck wählte sorgfältig nur die besten aus. Selbst ihn hatten die Pariser Wochen viel Kraft gekostet, und er spürte, dass sich auch Clara von den Strapazen noch nicht ganz erholt hatte.

Er beobachtete sie genau und machte sich ständig über sie Gedanken. Immer deutlicher wurde ihm bewusst, dass seine Tochter bald kein Kind mehr sein würde. Zu übersehen war auch nicht, dass immer mehr junge Männer nach den Konzerten ein Gespräch mit ihr suchten und dass Clara nicht ungern darauf einging. Manchmal nahm sie dabei sogar einen charmanten französischen Akzent an – einen Hauch nur, doch in Gegenwart ihres Vaters oder ihrer Stiefmutter hatte sie noch nie in dieser Weise gesprochen. Nein, Friedrich Wieck konnte es nicht länger leugnen, sein Clärchen wurde langsam erwachsen: kein richtiges Kind mehr, wenn auch noch lange keine Frau. Ohne Zweifel aber ein junges Mädchen, das sich in seiner neuen Rolle ganz offenkundig wohl fühlte.

Friedrich Wieck konnte vor Sorge kaum noch schlafen. Seine Clara, sein Wunderkind! Was sollte aus ihr werden, wenn der Trumpf der Kindlichkeit nicht mehr stach? Erwachsene Pianistinnen gab es mehr als genug. Was konnte getan werden, dass sich Clara Wieck von den anderen unterschied? Würde es genügen, dass sie geläufiger spielte als die übrigen? Dass sie mehr Temperament zeigte, mehr Innigkeit und mehr Charme? Dass sie hübscher aussah als die meisten und zu jedem Opfer bereit war?

Doch sie alle drängten zum Licht, das wusste Friedrich Wieck. Jede wollte die Beste sein. Zum ersten Mal spürte er Verzagtheit in sich aufsteigen, Zweifel, Angst und die quälenden Vorboten der Mutlosigkeit, wusste man doch, wie es so vielen anderen ergangen war, die als Wunderkinder begonnen hatten: Sie endeten als enttäuschte Frauen, als Gemahlinnen und Schmuckstücke ungeliebter Männer oder als unzufriedene Klavierlehrerinnen, die ihren mittelmäßig begabten Schülern von ihrer großen Zeit vorschwärmten und damit bald nur noch ein Gähnen ernteten oder sogar ein Tippen an die Stirn, sobald sie sich wegdrehten.

Seinem Clärchen würde dieses Schicksal erspart werden, das schwor sich Friedrich Wieck, wenn mit der Morgenröte seine Zuversicht zurückkehrte und seine Nervenschmerzen in den Wangen nachließen. Es musste ihm gelingen, Clara aus der Masse ihrer Konkurrentinnen herauszuheben und das Licht auf sie zu richten, sodass sie sich schon auf den ersten Blick von allen anderen abhob, eindrucksvoller war als sie, eine bedeutendere Künstlerin und ein Wunder auch noch als Frau.

Wie mitreißend sie nach ihren Konzerten als Zugabe zu fantasieren verstand, das Klavier als Stimme ihres Herzens und ihres Verstandes! Behauptete man nicht immer, Frauen seien nicht imstande zu komponieren? Aber was sonst als Kompositionen waren Claras Ergüsse, wenn sie sich vor aller Augen und Ohren ihren Gefühlen auslieferte? Wenn sie sich verströmte und ihr Publikum mit sich riss, dass es das Gleiche fühlte wie sie …

Clara Wieck, nicht mehr nur eine reproduzierende Künstlerin, sondern auch eine eigenständige Komponistin! Sie konnte es, daran zweifelte ihr Vater keinen Augenblick. Die Fundamente waren längst gelegt, die Theorie gelernt. Das Opus 1 der Clara Wieck war seit langem verfasst und veröffentlicht. Sogar Paganini, der Treulose, war von ihrer »Polonaise« beeindruckt gewesen, und die Noten dafür wurden gerne gekauft. Es gab keinen Grund, warum auf das Opus 1 nicht bald ein zweites Werk folgen sollte, ein drittes und noch mehr. Claras Talent würde es hergeben, und den Willen zur Arbeit würde er, Friedrich Wieck, schon in ihr wecken. Früh genug hatte er dafür gesorgt, dass sich Clara mit ihrer Rolle als Künstlerin völlig eins fühlte. Er hatte sie gelehrt, egoistisch zu sein, auf zeitraubende Freundschaften und nutzloses Wissen zu verzichten, nicht dem Gemüt den Vorrang einzuräumen, sondern dem Talent und damit dem Erfolg. Ja, Clara musste eine Komponistin werden, die ihre eigenen Werke präsentierte! Eine autarke Künstlerin, wo bisher nur Männer dieses Privileg für sich beansprucht hatten.

»Caprices« nannte Clara ihr neues Werk, ihr Opus 2, das Friedrich Wieck ohne Verzögerung unter dem Titel »Caprices en forme de Valse« gleich bei zwei Musikverlagen unterbrachte: bei Hofmeister in Leipzig und bei Stöpel in Paris – was er stets ganz besonders hervorhob, konnte es doch als weiterer Beweis für Claras Ansehen in Paris dienen. Doch an dem zweifelte ohnedies niemand mehr.

»Hab immer Chopin im Ohr, wenn du komponierst!«, hatte er Clara eingeschärft. »Nach Chopin sind alle verrückt. Bis du deinen eigenen Weg gefunden hast, möge er dir als Vorbild dienen. Es ist keine Schande, sich als junge Künstlerin an einem Muster zu orientieren. Kein Komponist hat die Musik neu erfunden. Alle stehen auf den Schultern anderer, die vor ihnen da waren.«

Nach den vielen Jahren des Fantasierens und der theoretischen Übungen an der Schiefertafel war Clara die Arbeit an den »Caprices« leicht gefallen. Sie schrieb, was zu spielen ihr Freude machte: temperamentvolle Akkord- und Oktavsprünge, eindrucksvolles Übergreifen der Hände – alles brillant und nur für Könner geeignet, alles ein wenig großspurig und dann doch wieder sanft und zärtlich. Das Werk eines jungen Menschen, der bereits vieles gesehen und erlebt hatte, so manches aber noch nicht verstand oder zu Ende dachte. Viel Zierrat, viel Bravour, aber zugleich schon ein Versprechen auf mehr, wenn die Musik vielleicht einmal kein Leckerbissen mehr war – hier ein Stück Süßes, da etwas Pikantes –, sondern ein Abbild der Wahrheit, der eigenen Wahrheit dessen, der sie empfand und niederschrieb: Claras Wahrheit, wenn es ihr gelang, die eigene Kunst zu vertiefen und sie vom Kunsthandwerk wegzuführen dorthin, wo Licht und Dunkel zusammentrafen und sich in der Freude und im Schmerz vermischten.

»Caprices« – Clara spielte sie für sich selbst an jenem Morgen, als der junge Robert Schumann ein Stockwerk tiefer mit ihrem Vater darüber verhandelte, wie seine Ausbildung zum Pianisten aufgebaut werden sollte. Die Wände waren dünn im Hause Wieck. Wenn Clara eine Pause machte, hörte sie ihren Vater reden, laut und schneidend wie immer. Man mochte glauben, er spreche mit sich selbst, denn eine Antwort war nicht zu vernehmen. Clara lächelte bei dem Gedanken, wie leise sich der neue Hausgast zu äußern pflegte. Aber so waren sie wohl, die Romantiker, dachte sie. Immer empfindsam und viel zu verträumt. »Die Herren Schwärmerer«, pflegte Clementine sie zu nennen, und sie hielt nicht viel von ihnen.

Dann aber fing der Herr Schwärmerer an zu spielen. Friedrich Wieck hatte ihm wohl ausgerechnet die Noten der »Caprices« vorgelegt. Robert Schumann spielte vom Blatt, von Anfang an fehlerlos und ohne jemals zu zögern.

Clara nahm die Hände von ihrer Tastatur und hörte zu. Es

kam ihr vor, als vernehme sie eine Komposition, die ihr gänzlich unbekannt war. Jedenfalls nicht ihre eigene Interpretation, sondern seine, Robert Schumanns. Jede Note kannte sie, jede Pause und jede Nuance. Alles war von ihr selbst, ihr Werk, und doch auf einmal etwas ganz anderes. Nichts hätte ihr die Verschiedenheit zwischen sich selbst und dem jungen Mann da unten im Salon deutlicher zu Bewusstsein bringen können.

Sie war unzufrieden mit dem, was sie hörte. Nichts war falsch, alles perfekt wie auf dem Papier, und doch fehlte etwas, das für Clara selbstverständlich war. Energie vielleicht? Kraft? Sie wusste es nicht.

Doch dann schrak sie zusammen. Wie der Stoß einer Posaune schallte plötzlich die Stimme ihres Vaters durchs Haus, laut, so laut, dass sie durch jede Türe drang. »Clara!«, brüllte er ungeduldig. »Komm herunter!«

Sie saßen nebeneinander am Klavier, Friedrich Wieck und Robert Schumann. Robert Schumann war blass. Auf seinen Nasenflügeln glänzten Schweißtropfen. Als Clara eintrat, machte er ihr Platz.

»Spiel deine ›Caprices‹, Clara!«, befahl Friedrich Wieck.

Clara gehorchte, ohne nachzufragen. Sie wusste, worauf es ihrem Vater ankam. Als sie geendet hatte, blickte Friedrich Wieck seinen neuen Schüler herausfordernd an. »Nun?«, fragte er aggressiv. »Was haben Sie zu sagen, Herr Schumann?«

Robert Schumann war noch blasser geworden. »Wie ein Husar«, murmelte er. »Ihre Tochter spielt wie ein Husar.«

Friedrich Wieck nickte besänftigt. »Genau so«, stimmte er zu. »Und Sie spielen wie ein Häschen: sanft und gemütvoll. Ich weiß, dass Sie in Heidelberg viel mit Professor Thibault musiziert haben. Ich kenne den Herrn persönlich. Ein reizender Mensch, aber nur Jurist, kein Berufsmusiker. Ich war mehrmals in seinem kultivierten Haus eingeladen und bekam bei seinen Konzerten jedes Mal fast eine Nervenkrise. Viel Cembalo, wunderbare Chöre von Händel. Und alles langsam! Sehr langsam, weil sich der Herr Professor der Rechte bei schnellem Tempo verspielt hätte. Ein leidenschaftlicher Musikliebhaber, der beim Spielen Tränen vergießen kann – aber ein Dilettant. Kein Virtuose, kein unumschränkter Herrscher über sein Instrument, sondern einer, der das Tempo seinem Können anpassen muss.« Friedrich Wieck starrte Robert Schumann wütend an, als wäre dies alles seine Schuld. »Sogar der Chor sang nur noch langsam. In diesem Hause gab es bloß ein einziges Tempo: Largo! Immer nur largo – und so spielen Sie auch. So leben Sie sogar. Sie reden largo und Sie bewegen sich largo. Wahrscheinlich schlafen Sie sogar largo.« Mit einem Knall schlug er den Klavierdeckel zu. »Und genau das werde ich Ihnen austreiben, das schwöre ich Ihnen. Ab heute heißt es forte, werter Herr! Fortissimo. Auch Sie werden noch lernen, wie ein Husar zu spielen, sonst können Sie gleich zusammenpacken und sich einen anderen Lehrer suchen.«

Clara kannte die Ansichten ihres Vaters genau. Sie war damit aufgewachsen und hatte jeden Tag danach gelebt. In Fleisch und Blut war es ihr übergegangen, dass der Mensch frische Luft brauchte, um zu funktionieren. Frische Luft und Bewegung in Sonne und Wind. Zwei bis drei Stunden am Tag draußen, bei jedem Wetter. Und nicht nur gehen, schnell gehen, sondern zwischendurch immer wieder Dehnübungen und kontrolliertes Atmen. Wer das beherzigte, konnte sich auf seinen Körper verlassen. Seine Muskeln waren kräftig und sein Kopf frei. Bewegung machte beweglich.

Friedrich Wieck bekam Zustände, wenn er sah, wie zögernd und bedächtig der neue Schüler seinen Körper gebrauchte. Ohne Eile erhob er sich, ohne Eile schritt er dahin. Schritt? Eigentlich schlurfte er nur, fand Friedrich Wieck. Manchmal stolperte er sogar, weil er in seiner Antriebslosigkeit die Zehenspitzen nach unten richtete statt nach oben. Er hatte wohl nie gelernt, frei auszuschreiten, frei zu atmen und aus voller Lunge zu reden. Ein richtiger Romantiker!, dachte Friedrich Wieck verächtlich und sagte es wohl auch zuweilen. Gefühl statt Energie. Grübelei statt Tatkraft.

Doch Robert Schumann war bereit, sich auf das Experiment Friedrich Wieck einzulassen. Irgendetwas zog ihn hin zu diesem eigensinnigen Mann, der das genaue Gegenteil von ihm selbst zu sein schien. Roberts eigener Vater, August Schumann, war gewesen wie er selbst. Bei allem Geschäftssinn ein Schöngeist und Schwärmer. Auch er hatte wohl zu wenig geatmet, bis er zuletzt an der Atemlosigkeit sogar gestorben war.

So sagte Robert Schumann Ja zu den Vorgaben seines neuen Lehrers und versprach, von nun an jeden Tag mindestens zwei Stunden durch die Gegend zu wandern, schnell, ganz schnell. So schnell, wie es seine Hilfslehrerin Clara bestimmen würde. Dass sie noch klein war und er ziemlich groß, würde für ihn von Vorteil sein, hoffte er.

Von nun an machten sie sich jeden Mittag sofort nach dem Essen auf den Weg. Das Glas Wein, an das sich Robert Schumann zum Hauptgang gewöhnt hatte, fiel mangels Angebot ebenso aus wie ein süßer Nachtisch zum Schließen des Magens. Eigentlich war Robert Schumann nach Beendigung der Mahlzeit immer noch genau so hungrig wie am Anfang, während Friedrich Wieck bereits die flache Hand auf den Magen legte und schnaubte, als hätte er sich überessen.

Bei ihrem ersten Spaziergang regnete es in Strömen, beim zweiten brannte die Sonne. Robert Schumann fing an, dieses Kind zu hassen, das so leichtfüßig einherschritt und immer wieder die Arme ausbreitete, um durchzuatmen. Er imitierte ihre Übungen und war froh, wenn niemand in der Nähe war, der ihn beobachten konnte. Fast gegen seinen Willen lernte er nun die Wiesen und Wälder, die Felder, Dörfer und Weiler kennen, die die Stadt umgaben, Leipzig, das er bei seinem ersten Aufenthalt »die steinerne Stadt« genannt hatte, weil er niemals die Gelegenheit ergriffen hatte, es genauer kennenzulernen. Nun gewöhnte er sich daran, an einem einzigen Nachmittag bis Connewitz und zurück zu marschieren und manchmal auch noch darüber hinaus.

»Schön ist es hier, nicht wahr?«, lächelte ihm Clara zu, als sie einen kleinen Teich erreicht hatten, über dem die Libellen kreisten. In einem Anflug von Nachsicht setzte sie sich auf einen morschen Baumstamm. Erleichtert folgte Robert Schumann ihrem Beispiel. Mit geheimnisvoller Miene griff Clara in ihre Rocktasche und holte einen Apfel hervor. »Wollen Sie abbeißen, Herr Schumann?«, fragte sie und hielt ihm die Frucht hin. Er nickte dankend. Gemeinsam verzehrten sie den Apfel, bis nur noch der Stängel übrig war. Robert Schumann konnte sich nicht erinnern, jemals etwas Köstlicheres genossen zu haben.

Von nun an legten sie jedes Mal kleine Pausen ein, um etwas zu naschen oder sich zu unterhalten. Clara erzählte von ihren Reisen und von den vielen Menschen, denen sie begegnet war. Robert Schumann konnte kaum glauben, dass sie im Hause des großen Goethe zu Gast gewesen war und dass dieser ihr eigenhändig ein Kissen gebracht hatte, weil der Klavierstuhl für sie zu niedrig war. »Inzwischen ist er gestorben«, murmelte Robert Schumann. »Das muss zu der Zeit gewesen sein, als du in Paris warst. Ich beneide dich, dass du diesen Mann kennenlernen durftest.« Dann erzählte er von sich selbst, von den vielen Büchern, die er studiert und die ihn geformt hatten. »Jean Paul!«, sagte er begeistert. »Du musst alles lesen, was er geschrieben hat. Nach meinem Abitur bin ich mit meinem besten Freund, Rosen heißt er, nach Bayreuth gereist, wo Jean Paul bis zu seinem Tode wohnte. Wir haben seine Witwe besucht und mit ihr um ihn geweint.«

Clara hob erstaunt den Kopf. »Sie haben um ihn geweint?«, fragte sie befremdet. »Aber Sie wussten doch bereits vorher, dass er tot war!« Dann schwieg sie. So waren sie wohl, diese Fantasiemenschen, dachte sie. Trotzdem rührte sie die Begeisterung des jungen Mannes. Sie begriff plötzlich, dass er sich im Hause Wieck wie in einer fremden Welt fühlen musste. Vielleicht zum ersten Mal in ihrem Leben empfand sie Mitleid, und sie hatte das Gefühl, Robert Schumann beschützen zu müssen.

Von da an schritt sie weniger schnell aus als bisher. Immer wieder passte sie ihren Schritt dem seinen an. Trotzdem merkte sie, dass sich sein körperlicher Zustand gebessert hatte. Schon nach ein paar Wochen war er viel drahtiger als früher. Er geriet nicht mehr so leicht außer Atem, und wenn sie ihn zu Liegestützen antrieb, plumpste er nicht mehr erschöpft zu Boden, sondern hielt tapfer durch und lachte sogar, wenn ihm der Schweiß auf der Stirn stand.

Auch Friedrich Wieck wurde immer zufriedener. Ein oder zwei Mal ließ er sich sogar zu einer Art Lob hinreißen, auch wenn er gleich darauf wieder betonte, sein Schüler habe noch einen weiten Weg vor sich, bis seine Finger endlich so kräftig waren, wie es eine Karriere als Pianist erforderte.

Obwohl sie sich dessen nicht bewusst waren, war es eine schöne Zeit für sie alle. Längst verliefen die Gesundheitsmärsche nicht mehr schweigend, sondern man redete ununterbrochen. Robert Schumann wunderte sich, wie wenig Schulbildung Clara besaß. Er erklärte ihr den Unterschied zwischen Gänsen und Enten und belehrte sie, dass ihre Lieblingsspeise Pfannkuchen nicht mit einem F begann. Dafür suchte sie die schönsten Wege für ihn aus und passte auf, dass er über keine Wurzel stolperte. Immer wieder zupfte sie ihn am Rock, um ihn zu warnen. Einmal fiel sie dabei selbst hin, aber sie lachte nur, als Robert Schumann ihr aufhalf und ihr den Staub aus dem Kleid klopfte.

Eine schöne Zeit. Der Sommer verging, und es wurde Herbst. Manchmal wanderten sie durch den Nebel, oder es war schon dämmerig, wenn sie zurückkehrten. Robert Schumann traute seinen Ohren kaum, als er Clara eines Nachmittags plötzlich flüstern hörte: »Oh, wie glücklich bin ich! Wie glücklich!« In diesem Augenblick spürte er, dass auch er selbst glücklich war.

Doppelgänger

I

Es schien eine verkehrte Welt zu sein: Robert Schumann mit seinen zweiundzwanzig Jahren führte das Leben eines Studenten, den die Öffentlichkeit ignorierte, während die dreizehnjährige Clara Wieck bereits als fertige Künstlerin verehrt wurde. Robert Schumann machte Fingerübungen, konstruierte jeden Tag stundenlang an der Schiefertafel vierstimmige Sätze und studierte unter Friedrich Wiecks Aufsicht Czernys eben veröffentlichte »Systematische Anleitung zum Fantasieren auf dem Pianoforte«. Unbeachtet saß er hinter der Bühne des Gewandhauses und hörte zu, wie Clara mit Chopin-Variationen, Bravourstücken von Herz und einem Konzert von Pixis Begeisterungsstürme hervorrief, für die sie sich mit ihrer neuen, in Paris gelernten Leichtigkeit bedankte. Robert Schumann im Dunkel, Clara Wieck im hellen Licht. Ohne seinen Glauben daran, dass eine große Zukunft auf ihn wartete, hätte er es wohl nicht ertragen. Wie sie da draußen saß und aller Augen auf sie gerichtet waren, konnte er nicht anders, als sie beneiden.

»Dieses kleine Mädchen ist ein Stachel in meinem Fleisch«, gestand er seinem Freund Glock, mit dem er manchen Abend im »Kaffeebaum« verbrachte.

Glock verstand ihn. Auch er hatte bereits mehrere Umwege hinter sich. Die Theologie hatte er aufgegeben, um sich mit der Medizin zu beschäftigen, und schon wieder kamen ihm Zweifel. »Wir vergeuden alle unser Leben«, murmelte er undeutlich.

Doch Robert Schumann schüttelte den Kopf. »Dieses Mädchen nicht«, antwortete er und trank sein Glas auf einen Zug leer. »Clara nicht.«

Trotzdem klatschte er laut, als sich Clara im Gewandhaus verneigte. Noch in derselben Nacht verfasste er eine Rezension, die er schon vor dem Frühstück an den »Kometen« schickte. Eine Woche später konnte Clara es lesen: »Der Ton der Belleville«, hatte er geschrieben, »schmeichelt dem Ohr. Der der Clara senkt sich ins Herz. Jene ist dichtend, diese das Gedicht.«

Claras Wangen röteten sich vor Freude, und Friedrich Wieck nickte zufrieden. Man zog an einem Strang. So gehörte es sich.

Trotzdem war Robert Schumann eigentümlich still, als er am Nachmittag mit Clara ins Freie marschierte. »Ich schäme mich, dass du schon so viel weiter bist als ich«, gestand er plötzlich und blieb stehen. Eine unerwartet strahlende Herbstsonne brannte auf die abgeernteten Felder herab. Robert Schumann wischte sich den Schweiß von der Stirn. Wie immer machte ihm die Hitze zu schaffen, während Clara sie nicht einmal zu bemerken schien.

»Ich bin weiter als Sie, weil ich meine Kindheit übersprungen habe«, sagte sie leise und wurde sich dieser Tatsache zum ersten Mal bewusst.

Robert Schumann zuckte die Achseln. »Ist die Kindheit denn so viel wert?«, fragte er. »Glaub mir, Clara, du kannst deinem Vater dankbar sein, dass er dich vor ihr bewahrt hat.«

Clara überlegte kurz, dann lächelte sie und ging weiter. »Möglich«, sagte sie leichthin. »Was weiß man schon.«

Danach wandten sie sich wieder ihren gewohnten Themen zu. Nach einem kurzen Hin und Her erzählte er ihr, dass er schon bei seinem ersten Leipziger Aufenthalt das romantische Konzept des inneren Doppelgängers übernommen hatte. »Jeder von uns ist nicht nur eine einzige Person, sondern mindestens zwei«, erklärte er Clara, der als erste Antwort darauf einfiel, dass Clementine jetzt bestimmt sagen würde, der junge Schumann sei doch wirklich ein ganz arger Schwärmerer.

»Es ist aber wirklich so«, beharrte Robert Schumann. »Auch

mein eigener Charakter teilt sich in zwei Hälften. Ich habe ihnen sogar Namen gegeben.«

Clara horchte auf. »Welche denn?«, fragte sie und lachte.

Er zierte sich ein wenig. Auf einmal war es ihm peinlich, dem jungen Mädchen so viel Persönliches anzuvertrauen. Doch Clara insistierte so lange, bis er nachgab. »Eusebius und Florestan«, gestand er. »Eusebius, der Milde, und Florestan, der Wilde. Beide Charaktere sind in mir und beide bekämpfen sich immer wieder. Wahrscheinlich werde ich erst Frieden finden, wenn sich die beiden versöhnt haben.« Mit leiser, undeutlicher Stimme, als wollte er eigentlich gar nicht verstanden werden, zitierte er sich selbst:

»Florestan, den Wilden, Eusebius, den Milden,
Tränen und Flammen, nimm sie zusammen
In mir beide, den Schmerz und die Freude.«

Er wartete auf eine Antwort. Doch Clara schwieg. Eine Weile gingen sie wortlos dahin. »Für deine Doppelgängerin habe ich auch einen Namen erfunden«, sagte er dann plötzlich.

Clara blieb stehen. »Ist das wahr?«, rief sie erfreut. »Welchen denn?« Nichts hätte ihr mehr schmeicheln können.

»Zilia«, sagte er und lachte nun ebenfalls, wenn auch ein wenig verlegen.

Clara ließ den Klang des Namens nachwirken. »Zilia«, wiederholte sie. »Zilia, das ist schön!« Auch sie war nun verlegen.

Während des gesamten Weges sprachen sie nicht mehr miteinander. Erst als sie die Grimmaische Gasse bereits erreicht hatten, sagte Robert Schumann, um den Bann zu brechen, mit gespielt tiefer Stimme: »Dein Vater hat auch einen Doppelgängernamen. Er heißt Meister Raro.«

»Meister Raro?« Clara prustete los. »Das trifft es! Eusebius und Florestan, Clara und Zilia und als Herrscher über allem Meister Raro, der immer nur ein Einziger ist. Man könnte eine Oper über uns schreiben.«

Im Haus trennten sie sich. Clara ging in die Küche, um etwas zu trinken, und Robert Schumann stieg hinauf zu seinen zwei Zimmern. Als er schon fast oben angelangt war, rief ihn Clara zurück. »Haben Sie sonst noch für jemanden einen Namen erfunden?«, erkundigte sie sich.

Er blieb zögernd stehen. »Vielleicht«, sagte er heiser, ohne sich umzudrehen.

»Was heißt das: vielleicht? Haben Sie, oder haben Sie nicht?«

Er ging weiter. »Ich weiß es nicht mehr«, antwortete er und ließ die Tür hinter sich zufallen.

Clara stand noch immer im Flur. Sie war sicher, dass er etwas vor ihr verheimlichte. Eigentlich wäre Zilia, die Neugierige, Kapriziöse, gern die Einzige in seinem Fantasiereich gewesen, und sie war ein wenig eifersüchtig. Doch Clara, die Vernünftige, ließ sich durch solche Kindereien nicht die Laune verderben. Clara kannte den Wert der Realität und wusste, was sie wollte und was von ihr verlangt wurde.

Wochen später, als sie mit ihrem Vater zu einem Konzertauftritt nach Zwickau reiste, erzählte sie ihm in der Langeweile der Postkutschenfahrt von Robert Schumanns Doppelgängertheorie.

Friedrich Wieck war davon nicht begeistert. »Doppelgänger bringen Unglück, sagt man. Sie zerreißen die Seelen«, knurrte er. »Obwohl ich sagen muss: Das Ganze ist in Wahrheit doch nur romantischer Unsinn. Der feine Herr sollte lieber üben, statt seine Zeit mit solchen Hirngespinsten zu vergeuden.«

»Für dich hat er sich auch einen Namen ausgedacht, Papa.«

Friedrich Wiecks Brauen sträubten sich, obwohl er sie seit seiner Pariser Paganini-Enttäuschung jeden Morgen mit einem Tupfer Schmalz zu zähmen suchte. »Welchen?«, fragte er so missmutig, dass Clara schon bereute, davon angefangen zu haben. »Meister Raro«, sagte sie dann aber doch. »Klingt gut, nicht wahr?«

Friedrich Wieck erstarrte. »Meister Raro, so, so!«, brummte er. »Sehr schmeichelhaft. Mein begabter Schüler hält es also auch noch mit den Davidsbündlern! Es ist wohl an der Zeit, dass er sich eine andere Bleibe sucht.«

Clara erschrak. »Davidsbündler?«, fragte sie. »Was ist das, Papa?« Sie hatte plötzlich Angst und wusste nicht, wovor. Während ihres ganzen Lebens hatte sie nur den Obrigkeitsstaat gekannt, der jeder eigenen Meinung und jeder Gruppenbildung mit Misstrauen und Strenge begegnete. Einem Bund anzugehören bedeutete fast schon Aufruhr, und Aufruhr war ein Verbrechen.

Doch Friedrich Wieck zuckte nur die Achseln. »Spinner sind das«, erklärte er. »Junge Kerle, die nichts Besseres zu tun haben, als in Wirtshäusern herumzuhocken und über Politik zu stänkern. Meister Raro – so nennen sie einen geldgierigen Spießer.«

Clara legte ihre Hand auf seinen Arm. »Das muss ein Irrtum sein, Papa!«, versicherte sie. »Du weißt doch, wie sehr Herr Schumann dich verehrt. Dein Lob geht ihm über alles. Du bist wie ein Vater für ihn.«

Friedrich Wieck entzog sich ihrer Berührung. »Mag sein«, murmelte er. »Aber nicht alle respektieren ihren Vater, wie sie es sollten.« Als er sah, wie bestürzt Clara war, seufzte er versöhnlich. »Also eines, Clärchen: Du wirst in deinem Leben noch so manchem begegnen, der dir Unsinn erzählt. Es würde mich beruhigen, wenn ich wüsste, dass du auf so etwas nicht hereinfällst.«

Clara war froh, dass sich sein Zorn gelegt hatte. »Ich verspreche es dir, Papa«, sagte sie gehorsam und versuchte, nicht an Zilia zu denken, die vielleicht nicht ganz genau wusste, ob ihr Vater auch wirklich immer recht hatte.

2

Claras Tage waren so angefüllt mit Tätigkeiten, dass sie sich am Abend oft kaum noch erinnern konnte, womit sie sich beschäftigt hatte. Zu ihren üblichen Verpflichtungen hatte Friedrich Wieck ihr aufgetragen, mit der Komposition eines Klavierkonzerts zu beginnen, das alle Zweifler am weiblichen Kompositionstalent zum Schweigen bringen und die Zukunft des Wunderkinds Clara sichern sollte. »Es muss brillant werden, Clärchen«, hatte er verlangt und ihr die Wange getätschelt. »Es muss diesen Weiberfeinden den Wind aus den Segeln nehmen.«

Sogar einen Titel für das neue Werk hatte er bereits gefunden und ihn in Zierbuchstaben eigenhändig auf den Umschlag der Mappe geschrieben, die nur einen Packen leerer Notenblätter enthielt – eine klare Aufforderung, die den meisten Musikern Angst eingejagt hätte. Clara aber bewunderte die schöne Schrift und ließ die Blätter spielerisch durch ihre Finger gleiten. »Eine Menge Papier«, sagte sie lächelnd. »Ob mir so viel einfallen wird?«

Doch Friedrich Wieck zuckte nur die Achseln. »Du kannst sogar noch viel mehr haben«, versprach er ungerührt. »Zeig es ihnen, Clara! Zeig ihnen, dass auch Frauen komponieren können.« Dabei kam es ihm wohl nicht darauf an, das Talent von Frauen im Allgemeinen zu beweisen, sondern nur das Genie dieser einen kleinen Frau, seiner Tochter, seiner künstlerischen Schöpfung und – das musste er sich auch einmal eingestehen – seines kleinen Goldesels. Das durfte er aber auch erwarten nach all den Opfern, die er für sie gebracht hatte.

Eigentlich hatte er in den letzten Jahren nur für sie gelebt. Seine übrigen Kinder und Clementine, die inzwischen wieder guter Hoffnung war, spielten in seinem Leben nach wie vor eine untergeordnete Rolle. Materiell waren sie bestens versorgt, doch interessiert war er allein an Clara. Deshalb fand er es auch nur recht und billig, dass sie seine Anweisungen fast ohne Widerspruch stets befolgte. Irgendwie hatte sie gelernt, auf seine Weise zu denken und seine Entscheidungen manchmal sogar vorwegzunehmen. Man hätte nicht einmal sagen können, dass er sie dafür liebte, denn eigentlich betrachtete er sie als einen Teil von sich selbst. Er war für sie da und sie für ihn. So einfach war das, und es bedeutete auch, dass alles, was sie mit dem Spiel ihrer Hände verdiente, sein Eigentum war. Er war der Vater. Er war der Verantwortliche. Ohne ihn wäre das Geld, das hereinkam, nie verdient worden.

So musste es auch genügen, dass er Clara nährte, kleidete und vor allem weiterhin förderte. Der Reingewinn, der inzwischen heraussprang, gebührte ihm allein. Er war der Preis für seine Sorge und seine Hingabe. So war es nur gerecht, dass er ihn in seine eigenen Geschäfte steckte, die er Claras wegen so oft vernachlässigen musste. Für Clara gab es stattdessen schöne Kleider und ein bescheidenes Taschengeld, damit sie sich auf den Reisen hin und wieder eine Tasse Schokolade leisten konnte, Bücher, die sie inzwischen für sich entdeckt hatte, oder edles Briefpapier – auch für die Korrespondenz mit ihrer verkommenen Mutter.

Auf Claras Namen zurückgelegt wurde nichts. Aber man plante ja auch nicht, sich zu trennen. Auch Mariannes Vermögen hatte Friedrich Wieck nach der Scheidung für sich behalten: ihre Mitgift und ihre gesamten Honorare als Künstlerin. Dazu fühlte er sich berechtigt. Marianne hätte ihn ja nicht betrügen müssen. Indem sie die Ehe brach, gab sie sich in gewisser Weise auch als verheiratete Frau selbst auf und damit alles, was ihr zur Zeit der Ehe gehört hatte.

Doch Clara betrog ihn nicht. Clara war nicht sein Feind. Sie war, wie er immer wieder im gemeinsamen Tagebuch betonte, seine »innigst geliebte Tochter«. Das bewies sie jetzt von Neuem, als sie über die Notenmappe strich und mit ergriffener Stimme den Titel las, den er für ihr neues Werk festgelegt hatte, ihr größtes bisher.

»Premier Concert pour le Piano-Forte avec accompagnement d'Orchestre ou de Quintour«, las Clara und hatte plötzlich Tränen in den Augen.

»Der erste Satz müsste Allegro maestoso sein«, riet Friedrich Wieck. »Aber das entscheidest du natürlich selbst.« Das Herz wurde ihm weit in dem Bewusstsein, dass er sich auf Clara verlassen konnte.

Währenddessen verstärkte sich in Robert Schumann das Gefühl, auf der Stelle zu treten. Keiner seiner Jugendträume hatte sich erfüllt. Was war aus dem künftigen Alexander, Cäsar oder

Napoleon geworden? Was aus dem Dichter, der seine Leser in Tränen ertränkte? Was aus dem Nachfolger Mozarts, Bachs, Beethovens oder Schuberts?

Noch immer war er ein erfolgloser Student, dem seine Mutter jeden Monat aus dem Erbe des Vaters eine lächerliche Summe zukommen ließ, die kaum ausreichte, seine anspruchsvollen Bedürfnisse zu befriedigen. Anstatt von einem ergriffenen Publikum gefeiert zu werden, vergeudete er seine Abende im »Kaffeebaum« mit anderen Versagern, die die Welt verbessern wollten und nicht einmal das eigene Leben in den Griff bekamen. Er aß zu viel und trank zu viel von dem neuen bayrischen Bier, das schwerer und berauschender war als das gewohnte Gerstengetränk. »Knill« ging er dann nach Hause – was bedeutete, dass seine Stimme noch undeutlicher klang und er seine Schritte noch unsicherer voreinandersetzte. Knill – in Studentenkreisen lächelte man nachsichtig darüber, als wäre es beinahe eine Leistung, wo es in Robert Schumanns Augen doch die schlimmste Schwäche war: sich zu betäuben, anstatt zu kämpfen. Sich einen ganzen Abend lang aufzugeben, obwohl es doch des ständigen Einsatzes bedurft hätte. Trotzdem trieb ihn seine Unzufriedenheit jeden Abend von Neuem in die Kneipe. Am nächsten Morgen verachtete er sich dann wieder selbst. »Bier – Champagner – knill – Knillität – große Knillität – Katzenjammer!«, schrieb er in sein Tagebuch und nahm sich vor, ab sofort müsse alles anders werden.

Mit neidischem Blick beobachtete er jene Gleichaltrigen, die es schon weiter gebracht hatten als er. Ehemalige Kommilitonen, die inzwischen ihr Studium abgeschlossen hatten und in schwarzen Anzügen früh am Morgen in die Kontore eilten, Aktenmappen unter dem Arm und eine Aura von Wichtigkeit verströmend, die vielleicht nicht ihrer wirklichen Bedeutung entsprach, dem müßigen Beobachter mit seinen unzureichenden Klavierfingern aber dennoch ein Gefühl des Ungenügens einflößten, einer diffusen Reue, des Neids und gleichzeitig einer schützenden Verachtung. »Ich habe alles falsch gemacht«, vertraute er seinem Tagebuch an und schilderte in selbstquälerischen Stichworten seine Reaktion auf den Anblick der Erfolgreichen: »Aus Überdruss betrunken – schwer knill – große Sehnsucht, mich ins Wasser zu stürzen.«

Vor allem das Beispiel Claras entmutigte Robert Schumann immer wieder. Wenn er hörte, dass sie zu spielen anfing, zog es ihn in ihre Nähe. Durch die geschlossene Tür hindurch lauschte er ihrem Spiel. »Meisterlich und schön«, nannte er es in seinem Tagebuch. Das Herz tat ihm dabei weh, weil er fürchtete, als Pianist niemals mit ihr konkurrieren zu können. Er grollte seinen Eltern, die ihn als Kind nur auf die bei Bildungsbürgern übliche Weise gefördert hatten, für die ein Drill à la Wieck aber undenkbar gewesen wäre. Kunst sollte das Leben bereichern und verschönen – zur Lebenssicherung diente sie nicht.

In letzter Zeit hatte er das Gefühl, noch langsamer vorwärtszukommen als bisher. Friedrich Wieck beklagte immer noch die Schwäche seiner Finger, vor allem an der rechten Innenhand. Immer wieder verwies er auf Claras Beispiel.

Clara selbst lobte Robert Schumann fast ständig. Als sie einmal dabei war, Bach'sche Fugen zu üben, forderte sie ihn auf, sich zu ihr zu setzen. Er tat es bereitwillig und fühlte sich wie im Himmel, als er vierhändig mit ihr spielte und sie einander gleichwertig zu sein schienen. »Abends riss ich mit Clara sechs Bachische Fugen ab«, notierte er selig in sein Tagebuch. »Vierhändig und a vista prima. Grandios!«

Am nächsten Morgen hörte er, dass sie das gleiche spielte wie mit ihm. Lächelnd trat er an die geschlossene Tür, doch dann wurde er blass. Die Kraft in Claras Spiel packte ihn wie ein körperlicher Schmerz. Noch gestern hatte sie ihn mit ihrer Vitalität angesteckt, und er hatte gemeint, mehr ginge nicht. Nun, da sie allein am Klavier saß, schien sie plötzlich noch viel energischer aus sich herauszugehen und die Komposition noch hundertmal intensiver auszuleben als mit ihm gemeinsam. Der Schweiß brach ihm aus bei dem Gedanken, dass sie sich womöglich seinetwegen zurückgehalten hatte, so wie er sie beim Spaziergang manchmal verdächtigte, sie drossle das eigene Tempo, um ihn nicht zu sehr anzustrengen oder gar zu demütigen.

Er zerbrach sich den Kopf, wie er seine Schwäche überwinden könnte. Dabei zweifelte er keineswegs am eigenen Talent. Noch immer war er überzeugt, mit den Allergrößten Schritt halten zu können und später im Gedächtnis der Menschheit an ihrer Seite zu stehen. Das einzige Hindernis auf diesem Weg schien ihm die fatale Schwäche der eigenen Hände zu sein. Immer wieder hörte er Klavierspieler über Schwierigkeiten mit dem Ringfinger klagen. Er selbst aber fühlte sich vor allem vom Zeigefinger der rechten Hand im Stich gelassen, der ihm manchmal wie ein kleiner Feind erschien, der ihn bremste und um sein glanzvolles Schicksal betrog. »Ich kriege dich schon noch!«, zischte er seinen heimlichen Gegner an, doch er wusste nicht, wie er das anstellen sollte. »Üben, üben, üben!«, gebot Friedrich Wieck, doch Robert Schumann fürchtete immer öfter, dass kein Üben der Welt ausreichen würde.

Eusebius, der Milde, nahm sich Meister Raros Befehl zu Herzen und übte jeden Tag so lange, bis er daran verzweifelte. Kein Lehrer hätte ihn strenger beurteilen können, als er selbst es tat. »Ich kann es nicht. Ich kann es nicht«, flüsterte Eusebius, bis sich seine Augen mit Tränen füllten. Damit aber gewann Florestan, der Wilde, die Oberhand. Er schrie Eusebius' leise Klage wütend heraus: »Ich kann es nicht! Ich kann es nicht!« Dabei hämmerte er mit den Fäusten in die Tasten, dass der ganze Missklang seiner Seele durchs Haus schallte und der Diener August kopfschüttelnd »Er spinnt schon wieder« vor sich hin murmelte.

Nein, üben reichte nicht aus, das begriff Robert Schumann. In der grauen Stille des Morgens, wenn die Erkenntnis die Selbsttäuschung besiegte, dachte er, dass er sich der Natur unterwerfen sollte, indem er seinen Plan einer Pianistenkarriere aufgab und sich dem zuwandte, wofür er anscheinend geboren war: dem Schreiben und vor allem dem Komponieren. Beides fiel ihm leicht – womöglich allzu leicht, sodass er es zu wenig schätzte. Kunst musste weh tun, so verlangten es seine romantischen Helden. Jeder Schaffensprozess war eine Art Geburt und deshalb per se mit Schmerzen verbunden.

Ein neuerlicher Wechsel? Als Jurist gescheitert und nun auch als Pianist? Was unterschied ihn denn noch von seinem Kameraden Glock mit seinem unsteten und doch ungelebten Leben, das ihn frühzeitig altern ließ? Glock war einer, der schon zu oft aufgegeben hatte – Robert Schumann wollte lieber sterben, als so zu werden wie er.

War es Eusebius, der Versöhnliche, Konstruktive, der Robert Schumann auf den Gedanken brachte, der alles entschied? Oder war es Florestan, der Kämpfer, der alles riskierte und sogar die eigene Zerstörung in Kauf nahm? Auf jeden Fall musste ein Weg gefunden werden, den rechten Zeigefinger zu disziplinieren, wenn nötig, mit Gewalt. Da ihn das Üben nicht mehr weiterbrachte, musste zu anderen Mitteln gegriffen werden.

Nächtelang, damit niemand etwas davon bemerkte, bastelte Robert Schumann von nun an an einer Vorrichtung, die die Logier'sche Haltungskontrolle bei weitem übertraf. Seine »Cigarrenmechanik« nannte er das Gerät, das den widerspenstigen Finger so aggressiv trainieren sollte, dass der Widerstand der Klaviertasten danach keine Rolle mehr spielte.

Alle Finger der rechten Hand wurden festgeklemmt. Nur der Zeigefinger blieb frei beweglich. Ihn steckte Robert Schumann in die Schlinge einer Aufhängevorrichtung, deren starken Widerstand er – als drücke er eine Taste nieder – überwinden musste. Diese Übung kostete den Finger alle Kraft. Trotzdem wiederholte sie Robert Schumann, solange es ging. Während ihm schon der Schweiß auf der Stirn stand, stellte er den Widerstand immer noch stärker ein.

Am nächsten Morgen schmerzte ihn der Finger – eine Art Muskelkater, wie Robert Schumann achselzuckend entschied. Sein Herz klopfte vor Triumph, als Friedrich Wieck während des Unterrichts knurrend feststellte, irgendwie käme ihm heute das Spiel seines Schülers kräftiger vor, weniger angestrengt. Das Üben habe also doch Früchte getragen. »Ich war schon nahe daran, Ihnen zu raten, sich aufs Komponieren zu verlegen«, sagte

Friedrich Wieck. »Ich habe bereits mit unserem Theaterkapellmeister Dorn gesprochen, er solle mit Ihnen einige Defizite in der Kompositionslehre aufarbeiten.« Er schüttelte den Kopf. »Aber heute hatte Ihr Spiel etwas ganz Besonderes. Sanft und wütend. Milde und wild. So fesselt man ein Publikum.«

Robert Schumann atmete auf. Vielleicht würden seine beiden Seelen doch noch zusammenfinden und die Doppelgänger sich zu einer einzigen, glücklichen Person vereinen. Was dafür zu tun war, wusste er ja nun. Am Abend, gleich nach dem Essen, würde er nicht wie üblich in den »Kaffeebaum« gehen, sondern hinauf in sein Zimmer zu seiner Cigarrenmechanik. Von nun an würde er jeden Tag ein wenig stärker sein und ein wenig sicherer, bis er sein Ziel erreicht hatte. Robert Schumann, der größte Pianist, den die Welt je erlebt hatte. Das kleine Mädchen Clara würde ihn nicht mehr wiedererkennen und sich fragen, wie sie es je wagen konnte, sich ihm überlegen zu fühlen.

Florestan

1

Clara, die aufmerksame Tochter ihres nüchternen Vaters, merkte, dass es mit Robert Schumann abwärtsging. Auf einer schrägen Ebene bewegte er sich, an deren Ende ein Abgrund auf ihn wartete – noch nicht erkennbar, aber dennoch vorhanden, und jeder Schritt führte geradewegs darauf zu.

Mit der Cigarrenmechanik hatte es begonnen. Quälende Übungen jeden Tag. Der rechte Zeigefinger als Feind und Opfer. Schließlich nur noch als Opfer. Sehnen, Muskel und Nerven gezerrt, entzündet wohl sogar. »Es tut so weh!«, gestand Robert Schumann Clara, ihr als Einziger. Vor Friedrich Wieck versuchte er seine Qual zu verbergen. Noch immer hoffte er, mit ein wenig Ruhe und Bädern in warmem Wasser würde sich die Reizung schon beruhigen.

»Ich habe wohl zu viel des Guten getan«, murmelte er. Er atmete auf, als er erfuhr, dass Friedrich Wieck für mehrere Wochen auf Reisen gehen würde. »Klaviergeschäfte« nannte man das im Haus in der Grimmaischen Gasse. Eigentlich waren alle recht zufrieden mit der Ruhepause, die Friedrich Wiecks Abwesenheit mit sich bringen würde. Zwar war auch Clementine fordernd und streng, doch die letzten Wochen ihrer Schwangerschaft machten sie müde und verdrießlich. Auch sie sehnte sich nach Ruhe. Dazu kam noch die Angst vor der Geburt, die sie manches übersehen ließ, was ihr früher nicht entgangen wäre.

Jeden Morgen, gleich nach dem Aufwachen, setzte sich Robert Schumann ans Klavier. Noch immer hoffte er, heute, an diesem neuen Tag, hätte sich seine gequälte Hand wieder erholt und er könnte spielen wie früher. Ja, wie früher. Schon damit wäre er jetzt zufrieden gewesen. Doch bereits nach den ersten Anschlägen zuckte er zurück. Stöhnte auf, kämpfte mit der Verzweiflung. Es half nicht mehr, die Hand ruhigzustellen. Der Schmerz blieb.

»Eine Handlähmung«, konstatierte sein Freund Glock, dem Robert Schumann trotz des unabgeschlossenen Studiums mehr vertraute als den etablierten Ärzten. »Das einzige Mittel dagegen ist absolute Ruhe.«

Robert Schumanns Stimme brach. »Wie lange?«, fragte er und bekam als Antwort nur ein Achselzucken.

Eine Woche verging und noch eine weitere. Friedrich Wieck berichtete in ausführlichen, euphorischen Briefen von seinen Geschäftsabschlüssen und beauftragte Clementine, für die Lieferung der verkauften Klaviere zu sorgen. Trotz ihrer Schwäche gehorchte sie, seufzend, die Hüften vorgeschoben und ihren Rücken ständig mit beiden Händen umfassend.

Clara war froh, dass ihr Vater nichts von Robert Schumanns Leiden erfuhr. Auch sie hoffte immer noch, eines Morgens würde ein Wunder geschehen und Robert Schumann würde sich zu ihr ans Klavier setzen und mit ihr voller Temperament vierhändig ein paar »Bachische Fugen abreißen«. Dann würde es endlich wieder so sein wie früher, als alle noch daran glaubten, das junge Genie aus Zwickau werde in spätestens drei Jahren die Konzertbühnen erobern und die bisherigen Könige des Klaviers das Fürchten lernen.

Doch die Schmerzen wurden schlimmer. Glock verordnete nun »Tierbäder«, bei denen Robert Schumann seine Hand in die Eingeweide frisch geschlachteter Tiere halten sollte. Ihn ekelte davor so sehr, dass er die Behandlung immer wieder unterbrechen musste und danach mehrere Tage kein Essen bei sich behalten konnte.

Damit war seine Kraft aufgebraucht: die Kraft, um für die Heilung zu kämpfen, und vielleicht auch die Kraft, um weiterzuleben. Immer öfter dachte er an seine Schwester, die sich einfach das Leben genommen hatte. Ohne Klage und ohne Vorankündigung. Schwermütig war sie schon immer gewesen. Als dann aber noch dazu ein Hautleiden nicht abklingen wollte, war es ihr zu viel geworden. Zu viel, so wie jetzt ihm. Er schmetterte die Cigarrenmechanik gegen die Tischkante und trampelte auf den Trümmern herum. Dann zog er seinen Rock an und ging in den »Kaffeebaum«. Eine Runde für alle, danach für ihn selbst einen Humpen Bier und dann noch einen. Zuletzt Champagner, schließlich hatte man etwas zu feiern. Was? »Dass ich überhaupt noch lebe«, schluchzte er betrunken. »Obwohl das eigentlich kein Grund zum Feiern ist.«

Im Wieck'schen Hause wurde unterdessen ein Kind geboren. Ein Knabe. Clementine, erschöpft, aber voller Stolz auf die eigene Leistung, beschloss, dass das Kind nach ihr selbst »Clemens« heißen sollte. Auf ihren Gatten wollte sie keine Rücksicht mehr nehmen. Wo war er in den letzten Wochen gewesen, als sie ihn gebraucht hätte? Wie konnte er es wagen, ihr auch noch die Klavierlieferungen aufzuhalsen?

Dann sah sie das Kind an, das gebadet und müde neben ihr schlief. Was für ein schöner Knabe!, dachte sie. Schon Marie war hübscher gewesen als alle anderen Kinder, die Clementine je gesehen hatte. Doch Clemens übertraf seine ältere Schwester noch bei weitem. Kein Kind konnte schöner sein als er.

Während Clementine schlief und auch alle anderen, lehnte ein Nachtwächter den betrunkenen Robert Schumann ans Tor des Wieck'schen Hauses. Durch kräftiges Hämmern machte sich der Mann bemerkbar, dann ging er weiter. Es war spät und er verachtete Trunkenbolde. An der nächsten Ecke drehte er sich noch einmal um. In der Dunkelheit sah er niemanden mehr vor dem Eingang stehen. Er bemerkte nicht, dass sein Schützling zu Boden geglitten und dort eingeschlafen war. Erst am Morgen wurde er von August gefunden und stolperte verwirrt zu seiner Wohnung hinauf, wo er sofort weiterschlief und dabei immer wieder aufschluchzte.

Von diesem Tag an war Robert Schumann ein anderer. Eusebius gab es nicht mehr. Florestan, der Wilde, hatte die Herrschaft übernommen. Er hörte auf, sich um die Pflege seiner Hand zu kümmern. Er schwänzte den Kompositionsunterricht, bis ihm sein Lehrer Dorn ausrichten ließ, er brauche überhaupt nicht mehr zu kommen. Zu den Mahlzeiten erschien er ebenfalls nicht und er grüßte kaum, wenn er einem der Hausbewohner begegnete. Sogar Clara ging er aus dem Weg, was ihr anfangs leidtat, dann aber gleichgültig wurde. In der zielstrebigen Schule ihres Vaters hatte sie früh genug gelernt, sich durch die Launen anderer nicht von der eigenen Arbeit abhalten zu lassen. Ein paarmal fragte sie ihn noch, ob er Lust habe, mit ihr nach Connewitz zu wandern, doch dann gab sie es auf und ließ sich von August erzählen, was der »feine Herr Musikstudent« so alles treibe.

Schon mehrmals habe man Robert Schumann im Goldhahngässchen gesehen, das ja bekanntermaßen der Standplatz der Leipziger Huren sei, berichtete August. Weiters treffe er sich regelmäßig mit einer gewissen Christel, einer Kellnerin, mit der er es angeblich schon bei seinem ersten Aufenthalt in Leipzig heftig habe krachen lassen. Eine flotte Person, nicht unsympathisch, wie es hieß, und ziemlich verliebt in den feinen jungen Herrn. Es gebe Gerüchte, dass man ihrem Gesundheitszustand nicht voll vertrauen könne, »wenn du weißt, Clara, was ich meine. Aber du warst ja in Paris, da hast du bestimmt alles Mögliche aufgeschnappt.« August hielt erschrocken inne. Er fürchtete plötzlich, zu viel geredet zu haben. »Deinen Eltern darfst du natürlich nichts von dem sagen, was ich dir erzählt habe«, drängte er besorgt. Madame Wieck würde ihn womöglich aus dem Haus werfen, wenn sie erfuhr, mit welch unpassenden Einzelheiten er ihre Stieftochter belästigte, und Herr Wieck – Gott im Himmel! – würde ihm bestimmt sogar die Hucke vollhauen. Sein Goldstück war dem Herrn Papa heilig, dabei war die Kleine doch offenkundig recht interessiert an den Tatsachen des wahren Lebens. Man schleppte ein unschuldiges Kind eben nicht ungestraft zu den verdorbenen Franzmännern.

So schwieg er nun und wollte sich fortmachen. Doch Clara beharrte auf weiteren Einzelheiten, wollte immer noch mehr wissen und drohte ihm zuletzt sogar, sie werde ihrem Vater alles erzählen, wenn August nicht völlig offen mit ihr spreche.

August merkte, dass er diesem Kind nicht gewachsen war. Zudem tat es ihm wohl, diesen Menschen schlechtzumachen, dem das Schicksal so viel in die Wiege gelegt hatte und der so wenig damit anzufangen wusste. »Den großen Herren spielen!«, fuhr August nicht ohne Bereitwilligkeit fort. »Hält wildfremde Menschen frei und macht Saufgelage mit gewissen Individuen« – eigentlich sagte er »Individien« – »die sich ›Sonnenjünglinge‹ schimpfen. ›Attische Nächte‹ nennen sie das, was sie da treiben. Unsereiner hat von so etwas ja keine Ahnung. Auf jeden Fall besaufen sie sich und liegen dann wild durcheinander herum. Sie starren in den Mond und sagen Gedichte auf. Angeblich flennen sie dabei sogar, die Herren Romantiker. Es muss widerlich sein. Ich verstehe nicht, dass ihn Madame Wieck nicht längst hinausgeworfen hat.«

Doch Madame Wieck war zu beschäftigt, um sich über die häufige Abwesenheit ihres Hausgastes Gedanken zu machen. Wie die kleine Marie war auch der schöne Clemens ein Schreikind, was Clementine nicht mehr so leicht verkraftete wie beim ersten Mal. Sogar seiner Amme zitterten manchmal die Hände, und sie konnte es kaum erwarten, dieses unruhige Haus wieder zu verlassen, dessen Herr nie anwesend war und dessen Hausdiener den Mieter anscheinend hasste wie den Teufel. Aber so waren sie, die Stadtleute. Viel Geld, aber keine eindeutige Ordnung wie daheim auf dem Bauernhof, wo jeder genau wusste, wo sein Platz war.

Auch Clara kümmerte sich nur noch wenig um Robert Schumann. Sie kam mit ihrer Arbeit gut voran und konnte es kaum erwarten, sie ihrem Vater zu präsentieren. Der erste Satz ihres Klavierkonzerts – Allegro maestoso, wie Friedrich Wieck vorgeschlagen hatte – erinnerte im Stil tatsächlich ein wenig an Chopin, was allerdings kein Nachteil sein würde. Chopin verkörperte wie nur wenige den Stil der Zeit, der das Gefühl der Zuhörer anrührte, weil sie sich darin wiederfanden.

Im Gegensatz zum Klavierpart klang die Orchestrierung noch recht schulmäßig. Jahrelang hatte Clara die starren Prinzipien der Kompositionslehre an der Schiefertafel geübt. Selbst im Schlaf hätte sie eine beliebige Zahl von Variationsmöglichkeiten aufschreiben können. Alles richtig und streng nach den Regeln. Was ihr noch fehlte, war das Gespür für den Zusammenklang. Manchmal vermisste sogar sie bei den melodieführenden Stimmen ein harmonisches Eigenleben, das mehr beinhaltete als nur die drei Grundtonarten und ihre nächsten Verwandten.

So viel hatte sie gelernt in ihrer Kindheit! Alles, was sie studiert hatte, stand in ihrem Kopf bereit, auch zum Vergleich mit dem eigenen Werk. Kaum ein Lehrer mochte mehr beanstanden als Friedrich Wieck. Kritik war selbstverständlich für Clara, nichts Lästiges, sondern etwas, das zur Arbeit gehörte. Auch Selbstkritik hatte sie längst gelernt. Immer wieder spielte sie ihren ersten Satz und horchte dabei in sich hinein, als wäre dies eine fremde Komposition, die erst begriffen werden musste. Dabei wurden ihr die Schwächen des eigenen Werks immer deutlicher bewusst. Ständig fügte sie Verbesserungen ein und war doch nie ganz zufrieden.

Wie gerne hätte sie sich mit ihrem Vater ausgetauscht! Von Tag zu Tag fehlte er ihr mehr. Wenn er auf Reisen war, kam es ihr vor, als wäre er aus ihrem Leben verschwunden – wie nun auch Robert Schumann, der während der beiden letzten Abende nicht ausgegangen war, wie sie sehr wohl bemerkt hatte. Ob er sich endlich beruhigt hatte? Womöglich war seine Hand inzwischen schon geheilt.

Mit einem Mal hatte sie Sehnsucht danach, mit ihm zu plaudern – so wie früher, als er ihr Märchen vorlas und ihr von Jean Paul vorschwärmte. Früher, als er an ihrer Seite durch die Wälder stolperte und sich widerwillig zu den Wieck'schen Atemübungen überreden ließ. Erst jetzt wurde ihr bewusst, wie glücklich sie damals gewesen war. Damals – so lange war das doch gar nicht her. Und er war ja nicht wirklich fort. Noch immer lebte er hier im Hause. Clara konnte sich plötzlich vorstellen, wie unglücklich sie selbst wäre, hätte einer ihrer Finger seine Kraft verloren. Ein Pianist mit neun Fingern – so etwas gab es nicht und konnte es niemals geben. Kein Wunder, dass der Ärmste sich betrank und mit dem Schicksal haderte.

Er tat ihr auf einmal unendlich leid. Sie spürte ihn neben sich am Klavier, mit ihr gemeinsam vierhändig spielend, zehn Finger plus neun. Doch was bedeutete das schon, wenn man bedachte, dass immer noch ein großer Komponist aus ihm werden konnte! So groß, wie er es sich wünschte. Ein neuer Bach oder Beethoven … nein, ein Robert Schumann eben. Sein Talent, das war er, mochten die Missgünstigen und Neider ihn auch mit den Huren im Goldhahngässchen in Verbindung bringen oder mit attischen Nächten, die sich Clara sowieso nicht vorstellen konnte.

So raffte sie ihre weiten Röcke zusammen und lief die Treppe hinauf zu seinem Zimmer. Clara und Zilia wollten Eusebius und Florestan endlich wiedersehen.

2

Leise klopfte sie an. Als keine Antwort erfolgte, etwas lauter. Angestrengt lauschte sie, doch alles, was sie vernahm, war das Klappern von Geschirr unten in der Küche und das Gebrüll des schönsten Säuglings der Welt, den seine Amme auf Clementines Befehl am äußersten Rand des Gartens in den Armen wiegte – verzweifelt und fast schon gewaltbereit.

»Herr Schumann!«, rief Clara mit unterdrückter Stimme. »Machen Sie auf! Ich weiß, dass Sie da sind.« Sie wartete. Eigentlich rechnete sie damit, dass sich schon im nächsten Augenblick die Tür öffnen und Robert Schumann lächelnd vor ihr stehen würde. »Ich bin gesund, meine liebe Clara«, würde er sagen. »Mein Finger tut nicht mehr weh. Dem Himmel sei Dank!« Dann würde er sie zu sich ins Zimmer ziehen. Sie würden gemeinsam lachen und sich freuen, weil das Unglück von ihm gewichen war. Sie würden sich ans Klavier setzen und abwechselnd fantasieren, wie nur sie beide es konnten. Ein Gespräch in Tönen, das sie enger verband als jedes Wort.

Doch die Tür blieb geschlossen. Einmal, als der kleine Clemens eine kurze Pause einlegte, kam es Clara vor, als hätte drinnen im Zimmer jemand gestöhnt. Ihr Herz fing an zu klopfen. Auf einmal hatte sie Angst. Erst jetzt wurde ihr bewusst, dass sie Robert Schumann schon länger nicht gesehen hatte. Zwei ganze Tage nicht oder gar schon drei?

Entschlossen drückte sie die Klinke nieder. Die Tür war nicht zugesperrt.

Im Zimmer war es dunkel. Die Luft war so verbraucht, dass Clara meinte, sie müsse ersticken. Dann hörte sie es wieder, dieses kraftlose Stöhnen. Sie hatte plötzlich das Gefühl, an etwas Verbotenem teilzuhaben, das vor Clementine und den anderen verborgen werden musste. So schloss sie schnell die Tür hinter sich zu, zog die Vorhänge zurück und öffnete die Fenster. Licht und Luft kamen ihr entgegen. Ihr war, als trete sie aus einem Grab hinaus in die Welt. Sogar das Kindergeschrei aus dem Garten ließ sie aufatmen.

Sie wagte nicht, sich umzudrehen. Dann tat sie es doch.

Robert Schumann lag auf seinem Bett, wie zum Ausgehen angezogen, nur seine Schuhe abgestreift am Ende des Bettes. Sein Gesicht war dunkelrot und glänzte vor Schweiß. Wieder stöhnte er.

»Herr Schumann!« Clara lief zu ihm und kniete neben dem Bett nieder. »Was ist denn mit Ihnen?« Sie sah, dass er vor Fieber zitterte.

»Hol den Glock!«, flüsterte er. »Schnell! Weißt du, wo er wohnt?«

Clara stand auf. »Aber ich kann Sie so doch nicht allein lassen!«, erwiderte sie entsetzt. »Soll ich nicht lieber die Mutter rufen?«

»Nein!« Es sollte wohl ein Schrei sein, aber es wurde nur ein

Krächzen. »Bring mir den Glock! Nur ihn. Sonst zu niemandem ein Wort.«

Da nickte sie gehorsam und ließ ihn allein.

Sie wusste nicht, wie schnell sie gelaufen war. Sie merkte nur, dass sie kaum noch Luft bekam, als sie endlich das Haus erreicht hatte, in dem Robert Schumanns Freund wohnte. Obwohl Mittag schon vorüber war, war er noch nicht aufgestanden. Er begriff erst gar nicht, was sie sagte, und schickte sie dann hinaus, damit er sich anziehen konnte. Danach rannten sie gemeinsam durch die engen Gassen. Es war nicht weit, aber Clara kam es vor, als nehme der Weg kein Ende. In abgerissenen Sätzen berichtete sie, wie sie Robert Schumann vorgefunden hatte.

Sie hatten Glück. Niemand bemerkte sie, als sie das Wieck'sche Haus betraten und die Treppe hinaufhasteten. Oben im Zimmer lag Robert Schumann noch genau so da wie vorher.

»Glock, alter Kamerad!«, flüsterte er. »Da bist du ja endlich.«

Clara wunderte sich, wie der verbummelte Student von einem Augenblick zum anderen das Gebaren eines Arztes annahm. Obwohl er noch immer außer Atem war, schien er plötzlich ganz ruhig zu werden. »Hol Wasser!«, befahl er Clara und wies mit dem Kinn zur Kanne auf dem Waschtisch hin. Zugleich legte er seine Hand auf Roberts Stirn und fühlte danach seinen Puls.

Clara gehorchte. Als sie zurückkam, hatte Glock dem Kranken die Schuhe wieder angezogen und das Gesicht getrocknet. Er goss Wasser in einen Becher. Gierig trank Robert Schumann und wollte mehr.

»Ich weiß noch nicht, was er hat«, sagte Glock zu Clara und trocknete sich die Hände ab. »Im günstigsten Fall ist es eine Grippe. Aber selbst dann sollte er hier nicht bleiben. Ihr habt einen Säugling und eine Wöchnerin im Haus. Die dürfen sich nicht anstecken. Wir bringen ihn zu mir.«

Robert Schumann stöhnte auf. »Ich kann nicht aufstehen!«, protestierte er. »Lasst mich nur einfach hier liegen. Morgen geht es mir bestimmt schon wieder besser.«

»Oder du bist tot«, antwortete Glock kühl. Ächzend hob er

ihn hoch und stützte ihn. »Reiß dich zusammen, Robert«, sagte er mit sanfter Stimme. »Die paar Schritte nur, und bald bist du wieder gesund.« Gemeinsam mit Clara schleppte er Robert Schumann die Treppe hinunter. Immer wieder knickte der Kranke ein. Trotzdem gelang es ihnen, unbemerkt bis zum Haustor zu kommen.

»Ich gehe mit«, erklärte Clara entschlossen.

Doch Glock schob sie weg. »Ganz Leipzig würde darüber reden, wenn man uns drei so sähe«, schnauzte er sie an. »Wenn ich ihn schleppe, denkt man sich nicht viel dabei. Es ist nicht das erste Mal, dass man ihn auf wackeligen Beinen sieht.« Damit stieg er die Stufen hinab. Robert Schumann hing an seiner Schulter und murmelte etwas, das Clara nicht verstand.

»Das ist das Fieber«, sagte Glock, ohne sich umzudrehen. Dann bog er in die nächste Gasse ein. Niemand kam ihnen entgegen. Es war Mittag, da aß man als anständiger Bürger und ruhte sich aus.

Unsicher und verwirrt stieg Clara hinauf in Robert Schumanns Zimmer und machte Ordnung. Sie wusste nicht, was sie tun sollte und ob es wirklich besser war, niemandem von der Erkrankung des Hausgastes zu erzählen.

Am folgenden Morgen erschien Glock mit zwei Freunden aus dem »Kaffeebaum«. Er bat um ein Gespräch mit Madame Wieck, das allerdings sehr kurz ausfiel, weil sich Clementine von den Strapazen der Geburt noch nicht vollständig erholt hatte. Alles machte ihr Mühe. Am Morgen fand sie, die sonst immer die Erste gewesen war, kaum aus dem Bett. Manchmal weinte sie aus nichtigem Anlass, vor allem aber beim Anblick des kleinen Clemens. »Du armes Kind«, hörte die Amme sie einmal sagen. »So schön bist du, das schönste Kind von allen. Und trotzdem ...« Dann schluchzte sie auf und wandte sich ab. Nicht nur der Amme fiel auf, dass Clementine das Kind niemals hochnahm und es nie streichelte oder küsste. »Sie ist nicht mehr sie selbst«, hieß es in der Küche, und keiner der Dienstboten hätte sagen können, ob das nun auf die Dauer gut war oder schlecht. Jedenfalls war es höchste Zeit, dass der Hausherr endlich von seiner Reise zurückkam, damit in der Grimmaischen Gasse wieder Ordnung einkehrte und nicht einer Wöchnerin allein alle Verantwortung aufgebürdet wurde.

»Was wollen Sie?«, fragte Clementine, ohne Glocks Gruß zu erwidern.

Der Student verbeugte sich ehrerbietig. »Mein Freund Robert Schumann hat sich eine schwere Erkältung zugezogen«, erklärte er. »Um die Bewohner dieses Hauses nicht zu gefährden, habe ich ihn bei mir aufgenommen.«

Clementine nickte müde. »Ausgezeichnet«, anwortete sie zerstreut und wandte sich zum Gehen.

Doch Glock hielt sie zurück. »Man weiß nicht, wie lange die Genesung dauern wird«, fuhr er fort. »Herr Schumann hat deshalb beschlossen, vorläufig ganz in meine Wohnung zu übersiedeln. Es ist genug Platz da für uns beide.« Er hielt Clementine einen Briefumschlag hin. »Ich habe den Auftrag, Ihnen die Miete für die beiden nächsten Monate zu übergeben, damit Sie durch seinen Entschluss keinen Schaden erleiden.«

Clementine griff zu. »Für zwei Monate?«, fragte sie nach. Einen Moment lang leuchteten ihre Augen auf. Friedrich Wieck würde sagen, sie habe gut verhandelt. »Sehr großzügig, der Herr Student!«, konnte sie sich trotzdem nicht verkneifen zu sagen. »Mir soll es recht sein. Aber geben Sie ihm den Rat, seine Finanzen nur ja ordentlich zusammenzuhalten. Noch lebt er auf Kosten seiner verehrten Frau Mutter.« Sie steckte den Umschlag in ihre Rocktasche.

Glock wies mit der Hand nach oben. »Dürfen wir jetzt Herrn Schumanns Sachen abholen?«, erkundigte er sich.

Clementine nickte. »Nur zu«, murmelte sie. Dann traten ihr plötzlich Tränen in die Augen, obwohl sie Robert Schumann doch nie besonders gut leiden konnte. »Ich wünsche Ihrem Freund baldige Besserung. Sagen Sie ihm, er ist hier stets willkommen. Sie wissen ja von unseren geselligen musikalischen

Abenden, wenn mein Gatte zu Hause ist.« Ihre Stimme zitterte. »Und richten Sie ihm bitte aus, dass ich ihm für seine Rücksichtnahme danke.«

Die beiden Helfer liefen die Treppe hoch, doch Glock blieb zögernd stehen. »Wie Sie wissen, bin ich Student der Medizin«, sagte er verlegen. »Auch ohne die letzten Prüfungen weiß man da so manches.«

Clementine starrte ihn ungeduldig an. Im oberen Stockwerk eröffnete der Säugling soeben ein neuerliches Schreikonzert.

»Johanniskraut«, sagte Glock in bescheidenem Ton. »Es hellt die Stimmung auf, Madame, wenn Sie wissen, was ich meine.« Damit folgte er seinen Freunden.

Gemeinsam schleppten sie Robert Schumanns Habe hinaus auf einen Leiterwagen.

Auch Clara sah nun dabei zu. Der Gedanke kam ihr in den Sinn, dass dieser Auszug das Spiegelbild der Ankunft Robert Schumanns darstellte. Ob wohl jedes wichtige Ereignis im Leben seinen Gegenpol aufweisen konnte? Oder entsprang die Vorstellung von Doppelgängern nur einer Sehnsucht nach Symmetrie? Dies zumal in einer Zeit, in der alles geordnet und reguliert zu sein hatte. Immer sollte sich die Waage in Harmonie befinden. Senkte sie sich zu sehr nach der einen Seite, musste schnell ein Gegengewicht einspringen. Kein geduldiger Eusebius, der sich nach Erfolg sehnte und ihn durch ehrsame Anstrengung erringen wollte, ohne einen zornigen Florestan, der den Knoten gewaltsam durchtrennte. Keine Ankunft ohne einen späteren Abschied. Keine Gesundheit ohne eine darauffolgende Krankheit. Ja, gesund und voller Hoffnung war Robert Schumann in dieses Haus gekommen. Krank hatte er es verlassen … Und die Hoffnung? Wo war sie geblieben? Kirschen hatte er ihr gebracht, weil er sich daran erinnerte, wie gerne sie sie aß. Was sollte sie ihm schenken, nun, da es ihm so schlecht ging?

»Darf ich einmal zu Besuch kommen?«, fragte sie schüchtern, als Glock das letzte Gepäckstück verstaute.

Glock zögerte. »Später, Fräulein Clara«, sagte er dann. »Ich gebe Ihnen Bescheid, wenn das Schlimmste überstanden ist.« Dann machten sich die drei auf den kurzen Weg.

Clara blickte ihnen nach. »Fräulein« hatte er sie genannt. Es war nicht das erste Mal, dass jemand sie so ansprach, aber das erste Mal, dass es ohne ein Augenzwinkern geschah.

Während der nächsten Tage wartete Clara auf eine Nachricht von Robert Schumann, zumindest auf eine kurze Erklärung seines Freundes Glock, ob es dem Kranken bereits besser gehe oder ob man immer noch um ihn bangen müsse. Doch niemand meldete sich. Die einzigen Neuigkeiten erfuhr Clara vom Diener August, der ihr hinter vorgehaltener Hand zuraunte, der feine Herr Musikstudent sei wohl in Teufels Küche geraten. Von einer gewöhnlichen Erkältung könne jedenfalls keine Rede sein. Zudem habe man den halben Doktor Glock beobachtet, wie er im Hinterzimmer der Apotheke Quecksilber einkaufte. Wofür man das aber brauche, wisse ja wohl jeder.

»Ich nicht«, antwortete Clara trotzig. »Wofür denn?«

Doch August ging auf diese Frage nicht ein. »Was besonders auffällig ist«, fuhr er triumphierend fort, »die hübsche Christel ist ebenfalls von der Bildfläche verschwunden, und angeblich geht der Glock seither auch bei ihr täglich ein und aus.« Er nickte bedeutungsschwer. »Was sagt dir das, Clara? Du warst doch in Paris. Da ist so etwas ja wohl gang und gäbe.« Damit eilte er davon, um seinen Worten Gelegenheit zum Nachklingen zu ermöglichen.

Clara setzte sich ans Klavier, ihr Zufluchtsort, ihre wahre Heimat. Sie wünschte, sie hätte jemanden gehabt, mit dem sie über all das Unverständliche sprechen konnte, das sie bewegte und verwirrte. Ihr Vater hätte kein Verständnis für ihr Interesse an Robert Schumanns Problemen und Clementine auch nicht. Eigentlich war Robert Schumann selbst der Einzige, mit dem Clara darüber zu sprechen gewagt hätte. Doch um ihn ging es ja. Er war es, der Unruhe in ihr Leben gebracht hatte, dieses ungewohnte Mitgefühl, das ihr Vater nie billigen würde.

Doch kannte sie Robert Schumann überhaupt? Wenn sie sich über Musik unterhielten, redeten sie die gleiche Sprache. Darüber hinaus aber war seine Welt ganz verschieden von ihrer eigenen. Männer, die ihre Abende bei bayrischem Bier verbrachten und folgenlos über Politik räsonierten, bestenfalls noch über Kunst oder Frauen … Zumindest das Letzte konnte Clara auch nur vermuten. Was war das für eine Welt, in der Robert Schumann lebte, wenn er sich nicht in ihrer Gegenwart aufhielt? Die Welt eines jungen Mannes jedenfalls. Die Welt eines Erwachsenen, so wie Claras Welt immer noch die eines Kindes war. Eines Kindes, das viel erlebt und gesehen hatte, das aber dennoch stets behütet worden war. Doch wovor? Was wurde anders, wenn man erwachsen war?

Nach zwei Wochen kündigte Friedrich Wieck seine Rückkehr an. »Alles wie immer!«, bestimmte Clementine energisch. Seit ein paar Tagen fühlte sie sich wieder besser. Sie weinte nicht mehr und bemerkte es wieder, wenn einer der Dienstboten seine Pflichten vernachlässigte. »Keine Extravaganzen, wenn Herr Wieck zurückkommt«, fügte sie hinzu. »Keine Blumengirlanden und kein Rinderbraten. Ganz einfach ein ordentliches Haus, in dem alles läuft, wie es sich gehört.«

Die Dienstboten seufzten, weil die gemütlichen Zeiten nun wohl zu Ende waren. Sogar der kleine Clemens bequemte sich dazu, in der Nacht zu schlafen und sein Schreien einzustellen, wenn sich die Amme augenrollend über ihn beugte und ihm mit dem Zeigefinger drohte. Nur er konnte hören, was sie ihm zuzischte, und obwohl er die Worte nicht verstand, spürte er doch, dass es besser war, sich zurückzunehmen.

Man konnte aufatmen. Wenn Friedrich Wieck nach Hause kam, würde er eine junge Mutter vorfinden, die mit sich selbst im Reinen war, einen wohlgeratenen Säugling und eine Amme, deren Hände nicht mehr zitterten und zuckten. Auch die übrigen Mitglieder des Haushalts würden bereitstehen, seine Wünsche zu erfüllen und ihm nicht zu missfallen. Wie es im Inneren jedes Einzelnen aussah, interessierte ihn ja doch nicht. Nur sein Clärchen wollte er glücklich sehen oder zumindest froh und einsatzbereit.

Doch Clara war nicht glücklich. Je näher die Heimkehr ihres Vaters rückte, umso sehnsüchtiger wünschte sie sich, endlich Klarheit über Robert Schumann zu erlangen. Immer mehr begriff sie, dass sie ihn bisher als ihren Vertrauten betrachtet hatte. Als solchen wollte sie ihn nicht verlieren.

So beschloss sie, nicht länger zu warten, sondern ihn einfach aufzusuchen. Dabei erinnerte sie sich daran, wie sehr sie sich über seine Kirschen gefreut hatte. Aber Kirschen waren ja wohl kein Mitbringsel für einen Mann. Nach langem Überlegen kaufte sie schließlich im Kurzwarenladen auf dem Marktplatz eine Schachtel mit französischen Hemdknöpfchen, die sie in feines Seidenpapier einpackte und mit einer ihrer breiten Haarschleifen zuband – himmelblau, das hatte er einmal als besonders hübsch bezeichnet. Danach rief sie Clementine zu, sie gehe jetzt spazieren, und verließ das Haus. Zwei Stunden mindestens würde sie haben, um mit Robert Schumann zu sprechen. Zwei Stunden oder ein wenig mehr – so lange wie ihre Gesundheitsspaziergänge dauerten und damit ihre Freiheit.

3

Als Clara auf das hohe, schmalbrüstige Haus zuschritt, in dem Glock wohnte, sah sie ihn aus dem Tor kommen. Sie blieb stehen und drückte sich an die Wand, damit er sie nicht bemerkte. Bestimmt würde er sie hindern wollen, Robert Schumann zu besuchen. Doch Clara war entschlossen, sich nicht aufhalten zu lassen. Eilig lief er an ihr vorbei und murmelte dabei etwas vor sich hin – ein magerer, übernächtigt aussehender Mann an der äußersten Grenze seiner Jugendjahre.

Selbst ein halbes Kind wie Clara konnte erkennen, dass dieser Mensch es schwer haben musste, sich die Achtung anderer zu erwerben. Als Theologe war er bereits gescheitert. Wer würde sich nun einem Arzt anvertrauen, dem der Misserfolg schon auf die Stirn geschrieben stand? Trotzdem hatte sich Robert Schumann auf ihn verlassen, und auch Clara selbst hatte das Gefühl gehabt, der Kranke sei bei ihm gut aufgehoben. »Wie du kommst gegangen, so wirst du empfangen«, pflegte Friedrich Wieck zu dozieren, wenn sich Clara für ein Konzert zurechtmachte. Alles musste perfekt sein und dem entsprechen, was das Publikum von einem aufgehenden Bühnenstern erwartete. In gleicher Weise hatte auch ein Arzt auszusehen wie ein Arzt und nicht wie einer, der sich bei nächster Gelegenheit Geld ausleihen wollte. Clara lächelte bei dem Gedanken, dass der Student Glock, den niemand mit seinem Vornamen Christian anredete, einen Berater wie Friedrich Wieck gebraucht hätte, um als der behandelt zu werden, der er in seinem Inneren vielleicht war.

Sie stieg die enge Treppe zum dritten Stockwerk hinauf. Auf jedem Treppenabsatz öffnete ein winziges Fenster den Blick hinunter auf die Gasse. Doch man musste sich schon vorbeugen, um ganz nach unten zu sehen. Wenn man nur einfach hinausschaute, war da nur das gegenüberliegende Haus, genau so düster und hässlich wie das, in dem man sich selbst befand – und so nah, dass man meinte, es mit ausgestrecktem Arm berühren zu können.

Obwohl Mittag längst vorbei war, hingen die Gerüche der Mittagsmahlzeit noch im Treppenhaus. Wahrscheinlich würden sie sich auch bis zum Abend nicht verflüchtigt haben, und danach noch immer nicht. Wo Menschen so eng beieinander lebten, roch es nach ihnen, nicht viel anders als in den Käfigen, die Clara vor ein paar Wochen mit ihrer Familie besucht hatte, als eine Menagerie in Leipzig gastierte. Auch Robert Schumann war dabei gewesen und hatte Clara ausgelacht, weil sie sich vor dem Panther fürchtete.

Bevor sie eintrat, blickte sie noch einmal hinunter auf die Gasse – ein ungewohntes Gefühl aus dieser Höhe. Sie erinnerte sich, dass Robert Schumann einmal gestanden hatte, er habe Angst davor, in die Tiefe zu schauen.

Ohne anzuklopfen, drückte sie die Klinke nieder und ging hinein. Sie fand sich in einem düsteren kleinen Wohnraum, kaum möbliert, doch erstaunlicherweise penibel aufgeräumt und sauber. Die Tür an der gegenüberliegenden Wand stand einen Spalt offen. »Herr Schumann!«, rief Clara und trat ein. Doch gleich hielt sie erschrocken inne. Das Bild vor ihren Augen prägte sich ihr ein, als hätte sie es gemalt gesehen. Eine Genreszene, die sie nicht erwartet hatte und die sie deshalb verblüffte und beinahe ängstigte.

Sie sah Robert Schumann in seinem rotseidenen Hausrock an einer Art Küchentisch sitzen, der mit mehreren Papierstößen bedeckt war. Seine Noten wahrscheinlich, die Glock mitgenommen hatte. An dem winzigen Fenster aber, das in den Hof blicken mochte, stand eine junge Frau in einer weißen Leinenbluse und einem schwarzen Rock, das lockige blonde Haar hochgesteckt und ein wenig wirr. In einer unerwartet eleganten Haltung lehnte sie mit der Schulter am Fensterrahmen und schaute nach draußen. Dabei hielt sie in einer Hand ein Glas mit einem goldgelben Getränk. Mit ihrer unbewussten Lässigkeit hätte sie sich ebensogut in einem Pariser Salon befinden können, wo die Damen der großen Welt und der Halbwelt ihren Champagner balancierten und dabei gelangweilt und überlegen Konversation betrieben.

All dies erfasste Clara mit einem einzigen Blick. Zugleich sah sie auch, wie blass Robert Schumann war, als hätte er eine tödliche Krankheit überstanden. Aber so war es ja wohl auch. Am meisten erschreckte Clara jedoch, dass die junge Frau nicht weniger leidend aussah. Ein hübsches, zartes Gesicht, doch blass und mit tiefen Ringen unter den Augen.

»Guten Tag«, sagte Clara leise, weil ihr nichts Besseres einfiel. Am liebsten wäre sie davongelaufen. Sie wagte es nur nicht.

Niemand antwortete. Die junge Frau stellte ihr Glas auf einen der Notenstapel und murmelte, sie habe keine Zeit mehr. Im Hinausgehen streifte sie Claras Schulter. »Entschuldigung!«, sagte Clara, aber sie blickte in Richtung Robert Schumanns.

Robert Schumann stand auf und wies auf seinen Stuhl. »Willst du Platz nehmen, Clara?«, fragte er förmlich.

Clara sah, dass es außer dem Bett keine zweite Sitzgelegenheit gab. Sie schüttelte den Kopf und setzte sich trotzdem.

Robert Schumann blieb unschlüssig mitten im Raum stehen. Die Zimmerdecke war so niedrig, dass er sie mit seinem Kopf fast berührte. »Du hättest nicht kommen sollen«, sagte er. Seine Stimme klang noch undeutlicher als sonst. Friedrich Wieck würde ihm bestimmt zu neuerlichen strammen Spaziergängen raten, damit wieder etwas Zack in seine Muskeln und seine Lunge kam.

»Ich gehe schon wieder«, versicherte Clara. Dabei blickte sie neugierig auf die Mappen, die vor ihr lagen. »Abaelard« stand auf einem weißen Umschlagblatt. »Abaelard – was ist das?«, fragte Clara unwillkürlich und machte Anstalten, die Mappe zu öffnen.

Doch Robert Schumann wollte sie daran hindern. Als er sich nach den Papieren streckte, zuckte er jedoch zusammen. Mit einem leisen Stöhnen krümmte er sich nach vorn, beherrschte sich aber gleich und richtete sich wieder auf.

»Haben Sie Schmerzen?«, fragteClara.

»Ein wenig.« Nun trat er ans Fenster und lehnte sich gegen das Fensterbrett. Im Zimmer wurde es noch finsterer.

»Was ist das – Abaelard?«, insistierte Clara.

Er gab nach. »Ich möchte eine Oper schreiben«, gestand er widerwillig. »Es ist aber alles erst in Planung. Ich habe ja auch kein Klavier hier.«

»Dann müssen Sie eben wieder zu uns zurückkommen.«

Er schüttelte den Kopf. »Das werde ich nicht, Clara. Ich brauche keinen Klavierunterricht mehr. Es hat ja doch keinen Sinn. Meine Hand ist nutzlos. Mir bleibt nur noch das Komponieren.«

Clara legte die Hände auf die Mappe. »Was ist das – Abaelard?«, wiederholte sie ihre Frage.

Er zögerte. »Eine Liebesgeschichte aus dem Mittelalter«, murmelte er dann. »Ein junger Mann liebt seine Schülerin. Als ihre Familie davon erfährt, bestraft sie ihn.«

»Wie denn?«

Robert Schumann errötete. »Ein andermal! Jetzt solltest du gehen. Ich werde mich bei euch melden, wenn ich wieder ganz gesund bin.«

»Wie bestrafen sie ihn?«

Von einem Augenblick zum anderen wurde Robert Schumann wieder so blass wie zuvor. »Das ist nichts für dich, Clara!«, erklärte er abweisend.

»Warum nicht?«

»Es ist – grausam.«

»Viele Opern sind grausam. Mein Vater hat nichts dagegen, wenn ich mir das ansehe und anhöre. Es ist Kunst. Und vor allem auch Musik. Einem Künstler sollte kein Gefühl fremd sein, zumindest theoretisch nicht, sagt mein Vater.« Sie wunderte sich selbst, dass sie von Friedrich Wieck auf einmal als ihrem Vater sprach und nicht wie sonst als ihrem Papa.

Als Robert Schumann keine Antwort gab, stand sie auf und ging zur Tür. »War das eben Christel?«, fragte sie dann plötzlich.

Robert Schumann fuhr auf. »Woher weißt du das?«

»August hat erzählt, Sie hätten eine Freundin, die Christel heißt.«

Robert Schumann war wieder rot geworden. »Ja, das war Christel«, gab er zu. Dann runzelte er die Stirn und stieß hastig hervor: »Die Strafe, der sie Abaelard unterwerfen – willst du es immer noch wissen?«

»Ja, natürlich.«

»Er wird entmannt. Wenn du nicht weißt, was das bedeutet, kannst du ja August fragen.«

Noch nie hatte ihn Clara so zornig gesehen. Ihr wurde bewusst, dass er sie bisher immer nachsichtig und freundlich behandelt hatte wie ein Kind, das man beschützen will. In diesem Augenblick aber hatte er den gleichen Ausdruck im Gesicht wie Friedrich Wieck, wenn Alwin nicht Geige geübt hatte. Wenn Friedrich Wieck den Knaben daraufhin schlug oder seine Geige zu Boden schmetterte, flehte Alwin inständig um Verzeihung und gab sich selbst die Schuld an der Wut des Vaters.

Zum ersten Mal verstand Clara die Zerknirschung ihres Bruders. Auch sie bereute nun ihre Hartnäckigkeit und machte sich selbst für Robert Schumanns Zorn verantwortlich. Zugleich spürte sie, wie unglücklich er war, und er tat ihr leid. »Werden Sie bald wieder gesund, Herr Schumann«, sagte sie leise. »Und besuchen Sie uns. Vielleicht fällt Ihnen dann ein anderes Thema für Ihre Oper ein.« Sie merkte, dass auch sie nun errötete. »Sie haben recht, ich weiß wirklich nicht genau, wie das geht mit dieser Strafe. Aber ich glaube nicht, dass es das Richtige für Ihre erste Oper ist. Mein Vater würde Ihnen bestimmt abraten.« Plötzlich wurde ihr bewusst, dass sie immer noch die Schachtel mit den Hemdknöpfchen in der Hand hielt. Auch Robert Schumann hatte das Mitbringsel bemerkt. Clara zögerte unschlüssig. Dann legte sie die Schachtel hastig auf den Tisch, unmittelbar neben das halbleere Glas, das Christel dort abgestellt hatte.

Die beiden Gegenstände schienen aus zwei gegensätzlichen Welten zu stammen. Clara schämte sich fast, so kindlich und brav nahm sich die zartblaue Seidenschleife auf ihrem Geschenk aus. Wie in jenem Pariser Künstlerzimmer, als keiner sie beachtete, hatte sie das Gefühl, in eine Welt einzudringen, in die sie nicht gehörte. Zumindest noch nicht. Die Kindheit habe sie übersprungen, hatte sie selbst einmal festgestellt. Und doch merkte sie, dass sie immer wieder von ihr eingeholt wurde. Am Klavier trug sie die Verantwortung einer Erwachsenen. Bei ihren Konzerten zollte man ihr den Respekt einer vollwertigen Künstlerin. Doch wenn es nicht auf Clara Wieck, die Pianistin, ankam, sondern auf Clara Wieck, den Menschen, das junge Mädchen, dann wies man sie auf einmal zurück und vertröstete sie unausgesprochen auf eine spätere Zeit, einen späteren Lebenszustand, den sie nach ihrer eigenen Meinung bereits erreicht hatte.

Robert Schumann hatte sich wieder beruhigt. »Ich danke dir, Clara«, sagte er verlegen.

Clara spürte, dass er nun wieder der Gleiche war wie früher, ganz früher, als sie ihn durch die Wälder und über die Wiesen geführt hatte und dabei glücklich gewesen war. So glücklich! Und er auch.

»Darf ich es aufmachen?«, fragte Robert Schumann und griff nach dem Päckchen. Dabei stieß er Christels Glas um. Das fremde, erwachsene Getränk ergoss sich über den Entwurf von Abaelard und hinterließ auch auf Claras weißem Seidenpapier einen hässlichen Fleck. Robert Schumann entschuldigte sich zerknirscht. Sie wisse ja, wie ungeschickt er immer sei.

Doch Clara hielt es auf einmal nicht mehr aus in diesem engen, niedrigen Zimmer, so ärmlich und bei aller räumlichen Nähe so weit entfernt von Clementines gepflegtem Haus in der Grimmaischen Gasse. Ohne ein weiteres Wort oder einen Gruß floh sie hinaus und sprang die Treppen hinunter – so hastig, dass sie mehrmals stolperte. Als sie auf die Gasse hinausstürmte, sah sie, dass Christel, ein paar Schritte von ihr entfernt, das Haustor beobachtete. Als sie Clara erblickte, eilte sie davon.

Mila

1

Es war schön, älter zu werden. Clara kam es vor, als ernte sie nun die Saat ihrer Kindheit. Dabei war ihr bewusst, dass sie ihr Können und ihren Erfolg zum großen Teil ihrem Vater verdankte. Das hätte sie auch nie vergessen können, denn er erinnerte sie mehrmals täglich daran. »Ohne Talent geht es nicht«, dozierte er immer wieder, auch bei seinen musikalischen Abenden in der Grimmaischen Gasse. »Doch vergessen wir nicht, liebe Freunde: Talente bedürfen der Förderung, sonst verkümmern sie oder werden womöglich nicht einmal bemerkt.« Danach wies er jedes Mal auf sein Logier'sches Institut hin und erläuterte seine Methoden, deren strahlendstes Aushängeschild seine eigene Tochter sei – »in diesen jungen Jahren eine der Größten, meine Herren, eine der Größten, und das nicht nur als Pianistin, sondern auch auf dem Gebiet der Komposition!«

Keiner der Anwesenden hätte gewagt, diese Behauptungen zu relativieren. Nur Clara selbst errötete ein wenig. Dass ihr Vater sie als Komponistin so sehr rühmte, schien ihre wahren Erfolge als Pianistin zu beeinträchtigen. »Ein Wunder am Klavier«, hatte ein Kritiker sie genannt, und sie nahm das Lob gerne an. Dabei wusste sie aber, dass sie als Komponistin noch viel zu lernen hatte. Trotzdem hatte sie das Gefühl, auf Wolken zu schweben, als der angesehene Verleger Hofmeister an Friedrich Wieck schrieb, es werde ihm eine Ehre sein, »das ›Premier Concert pour le Piano-Forte‹ des verehrten Fräulein Tochter zu veröffentlichen«.

Mit Genugtuung informierte sich Friedrich Wieck über die

finanzielle Seite des Projekts: einen Taler vier Groschen würde allein die Klavierstimme im Laden kosten, Klavier- plus Quintettstimmen zwei Taler sowie Klavier- und Orchesterstimmen gemeinsam drei Taler acht Groschen. Schon am Tag des Erscheinens dekorierte Friedrich Wieck eigenhändig eine ganze Auslage mit den Noten des »Concert«, geschmückt mit der Lithografie, die Clementines Bruder in Paris angefertigt hatte, und mit einigen besonders schmeichelhaften Plakaten ihrer Konzerte.

Es war eine gute Zeit für Clara. Sie fühlte sich anerkannt, und sie glaubte daran, dass ihr Aufstieg nun immer so weitergehen würde. Jeden Tag ein Schritt weiter nach oben, wohin auch immer das führen mochte. Wie bisher übte sie täglich, komponierte nach den Vorgaben ihres Vaters und nahm Unterricht in Englisch, Französisch, Instrumentation und Gesang. Das ständige Lernen war ihr in Fleisch und Blut übergegangen. Es vermittelte ihr ein Gefühl der Pflichterfüllung und der Vervollkommnung. Heute bin ich in Ordnung, hieß das, und morgen werde ich sogar noch besser sein ... Der unscheinbare Fritze aus Pretzsch hatte das Erbe seines Aufstiegwillens erfolgreich weitergegeben.

Mit Robert Schumann traf Clara nur noch selten zusammen. Durch August erfuhr sie regelmäßig von seinen wechselnden Wohnungen, seinen Freunden, mit denen er zusammenlebte, von den jungen Frauen, die er nacheinander oder auch gleichzeitig umwarb und wieder vergaß, von den älteren, verheirateten Damen, die sich durch seine Aufmerksamkeiten geschmeichelt fühlten, und von den Davidsbündlern, mit denen er sich im »Kaffeebaum« traf und mit denen er wie in alten Zeiten gegen die Spießbürger wetterte, gegen die Philister und das Virtuosentum.

Manchmal kam er auch zu Friedrich Wiecks musikalischen Abenden. Dann präsentierte er seine neuesten Werke und stellte sie zur Diskussion. Einmal überreichte er Clara die Noten seiner »Toccata«, die sie gleich in den nächsten Tagen einstudierte und in ihr Konzertprogramm aufnahm.

Noch immer betrachteten sie sich als Freunde, doch sie gingen nicht mehr miteinander spazieren. Bei aller Nähe blieben sie vorsichtig. Hin und wieder tauschten sie Themenvariationen aus, was bedeutete, dass er eines ihrer Themen variierte und sie eines der seinen. Doch sie blickten zur Seite, wenn sie zu nahe nebeneinander saßen. Wie ein Schatten lag die Erinnerung an jene Mittagsstunde über ihnen, als die Krankheit ihn mit einem unsichtbaren Band an seine fremde Besucherin fesselte, von der Clara nur den Namen kannte und den Beruf, der ihrem eigenen Lebenskreis so fern lag.

Trotzdem war Clara froh, dass Friedrich Wieck immer seltener gegen Robert Schumann stichelte. Erste Erfolge des ehemaligen Schülers ließen seine Kritik verstummen. Es beeindruckte ihn, dass Robert Schumann mit einem »Verein von Künstlern und Kunstfreunden« die »Neue Leipziger Zeitschrift für Musik« gegründet hatte, und es schmeichelte ihm, dass ihn Robert Schumann sogar um eigene Beiträge bat.

Leider merkten alle Beteiligten bald, dass ihre Vorstellungen von den Zielen der Zeitschrift nur schwer zu vereinbaren waren. Fast ein Jahr lang gab es ständig Streit und Beleidigungen. Friedrich Wieck war schon entschlossen, seine Mitarbeit aufzukündigen, da übernahm Robert Schumann in einer Nacht- und Nebelaktion die alleinige Leitung der Zeitschrift, indem er eine versuchte Intrige des bisherigen Verlegers Hartmann ins Leere laufen ließ.

»Endlich hat er sich gefangen! Er ist ein Mann geworden«, sagte Friedrich Wieck zu Clementine, während er sein morgendliches Schmalzbrot hinunterschlang und die in Hast geleerte Kaffeetasse auf den Tisch knallte. »Dreihundertfünfzig Taler hat es ihn angeblich gekostet – natürlich Geld aus Zwickau von der großzügigen Frau Mama. Diesmal aber nicht übel angelegt, wenn er nur durchhält. Nun ja, immerhin ist er der Sohn seines Vaters. Ein prima Verleger seinerzeit, trotz allen romantischen Gefasels, das er sich als Autor geleistet hat.«

»Jetzt soll manches besser werden!«, verkündete auch Robert Schumann in ungewohnt deutlicher Diktion, und er zitierte ein Motto seines geliebten Jean Paul: »Der Mensch braucht bei den besten Flügeln für den Äther doch auch ein paar derbe Stiefel für das Pflaster.«

Ja, Robert Schumann war es leid, von seinen früheren Kommilitonen als verkrachtes Genie belächelt zu werden, und er wusste, dass ihn bei aller Kreativität, die er als Komponist entwickelte, die Früchte seiner Kunst noch lange nicht angemessen ernähren würden. Angemessen, das bedeutete, dass er seinen bisherigen Lebensstil als Sohn eines Großbürgers aufrechterhalten wollte, ohne das vom Vater ererbte Kapital direkt angreifen zu müssen. Nur die Zinsen daraus sollten, gemeinsam mit den eigenen Einkünften, für sein Auskommen sorgen sowie später auch für den Unterhalt einer Familie, nach der er sich heimlich sehnte, wenn er nach einer durchzechten Nacht erwachte oder wenn ihm nach der ersten Begeisterung seine neueste Angebetete auch nicht mehr so vollkommen erschien wie noch vor der Erfüllung.

Es gab nicht viele deutschsprachige musikalische Zeitschriften – bisher eigentlich nur eine einzige von Rang: die »Allgemeine musikalische Zeitung«, vor der die Künstler zitterten, weil von der Kritik auf den erlauchten Seiten ihr Ansehen abhing. Auch über Claras Konzerte hatte die »Allgemeine« mehrmals berichtet. Zu Friedrich Wiecks Missbehagen ließen sich die Rezensenten aber vor allem über Claras Jugend aus, über ihre Fingerschnelligkeit und darüber, dass »das Fräulein sämtliche Werke auswendig spielte«. Auf Claras Interpretation wurde kaum eingegangen, was ausreichte, dass Friedrich Wieck die Zeitschrift für schlecht und oberflächlich hielt. »Alles staubtrocken. Fade Werk- und Konzertbesprechungen, nach denen sich keiner etwas vorstellen kann!«, schimpfte er, und seine geschmalzten Augenbrauen sträubten sich in paganinesker Weise. »Wenn man mich fragt, ist die ›Allgemeine‹ meistens nicht einmal das Papier wert, auf dem sie gedruckt ist.«

Doch nun gab es eine Konkurrenz für den bisherigen Marktführer: Robert Schumanns neue Zeitschrift, geleitet von dem jungen Künstler selbst, der in der Lage war, musikästhetische Aufsätze zu verfassen, die auch literarisch bestehen konnten und den Ehrgeiz hatten, die Kunst zu ihrer ursprünglichen Reinheit zurückzuführen. Ein Idealist, der sich mit Chopin und Berlioz solidarisch erklärte, die »einen Damm gegen die Mittelmäßigkeit aufwerfen« wollten. Ein Theoretiker und Praktiker zugleich, der sich politisch am jungdeutschen Vorbild Börnes orientierte wie auch an den Schriften Heinrich Heines – was Friedrich Wieck allerdings weniger behagte. Nie würde er vergessen, wie arrogant ihn der junge Korrespondent in Paris abgewimmelt hatte. Kein Wort über Claras Erfolge war aus seiner Feder geflossen. Virtuosität zählte nicht für ihn, anscheinend wohl nur Lässigkeit und schmerzbereite Ironie.

Trotzdem trennte sich Friedrich Wieck nicht von der neuen Zeitschrift. Gleichmütig wartete er ab und lieferte hin und wieder einen Beitrag, den Robert Schumann dann stets an gut sichtbarer Stelle positionierte. Hauptsächlich aber reihte Friedrich Wieck die »Neue Leipziger Zeitschrift für Musik« und die Verbindungen, die sie bot, in das ausgedehnte Geflecht seiner eigenen Geschäftsbeziehungen ein – all dies zum Nutzen seiner lukrativen Transaktionen, die sich vom Klavierhandel bis hin zu Claras Konzerten erstreckten.

An Clara selbst ging der Wirbel um Robert Schumanns Aktivitäten am Anfang vorbei. Zwar hörte sie davon, wenn sie sich bei den Musikabenden ihres Vaters sehen ließ, doch nahm sie daran kaum Anteil. Erst nach und nach begann sie – ein wenig verwundert und gelangweilt – die neue Zeitschrift zu durchblättern. Dabei wunderte sie sich keineswegs über die streitbaren Auslassungen ihres Vaters, deren Inhalt für sie nicht neu war. Interessiert hielt sie nur inne, wenn über konkrete Aufführungen berichtet wurde, deren Protagonisten ihr bekannt waren – dem Namen nach oder gar persönlich. Dann verschlang sie jedes Wort und bemühte sich unbewusst, auch aus der leisesten Kritik zu lernen und Nutzen für sich selbst zu ziehen.

»Das ist eine Zeitschrift für Erwachsene«, murmelte Friedrich Wieck, wenn er sie lesen sah. »Mach dir den Kopf nicht schwer damit, Clärchen. Dafür bist du noch zu jung.«

»Aber du sagst doch immer, ein Künstler darf alles lesen!« Tatsächlich hatte es im Hause Wieck nie Leseverbote gegeben, allerdings für Clara auch kaum literarische Anregungen. Die hatte sie von Robert Schumann empfangen, als er noch die beiden Zimmer im oberen Stockwerk bewohnte und Clara von seinen geliebten, verehrten Romantikern vorschwärmte. Längst gab sie für Bücher einen beträchtlichen Teil des Taschengeldes aus, das ihr der Vater gewährte – im Gegensatz zu Alwin und Gustav, die leer ausgingen. Dabei richtete sie sich immer noch nach den Empfehlungen Robert Schumanns.

Erst nach und nach und voller Zögern fing sie an, Robert Schumanns theoretische Abhandlungen in der »Neuen Leipziger«, wie die Eingeweihten seine Zeitschrift inzwischen nannten, zu studieren. Dabei merkte sie, dass sie nicht gelernt hatte, abstrakt zu denken. Drei Jahre Grundschule, und das sogar nur halbtägig, waren wohl doch zu wenig gewesen. Es kam ihr fast wie eine Behinderung vor, zumindest jedoch wie ein Mangel. Immer öfter setzte sie sich ans Fenster, als könnte das Tageslicht auch ihre Gedanken erhellen, und quälte sich durch Robert Schumanns musikwissenschaftliche Essays, nicht ahnend, dass sogar so mancher Gelehrte den Stil des jungen Musikers für kompliziert und anstrengend hielt.

Die Schwierigkeiten, die ihr das Lesen von Robert Schumanns Texten bereitete, kratzten an Claras Selbstbewusstsein. Bisher hatte es sie stolz gemacht, dass sie ihn beim Klavierspiel übertraf. Nun fühlte sie sich auf einmal unterlegen und dumm. Sogar für ihre Handschrift schämte sie sich: winzige, krakelige Buchstabenkombinationen auf unregelmäßig wellenförmigen Zeilen. Einmal traf es sie fast wie ein Schlag, als sie eine eigene Briefseite neben einem Schreiben liegen sah, das Clementine verfasst hatte. »Mein Brief sieht aus, als wäre ein ängstliches Küken über die Seite getrippelt«, klagte sie. »Wie machst du es, dass bei dir alles so schwungvoll und gleichmäßig aussieht?«

Clementine zuckte die Achseln. »Das lernt man in der Schule, Clara«, murmelte sie mit einem leicht boshaften Unterton. »Man kann eben nicht auf die Schule verzichten und gleichzeitig alles können, was dort eingeübt wird.« Sie lächelte ein wenig schief. »Entweder eine gute Schülerin oder eine berühmte Künstlerin. Du kannst nicht alles haben.« Gern hätte Clementine noch hinzugefügt, dass auch Claras Orthographie zu wünschen übrig ließ. Doch sie sah, wie niedergeschlagen ihre Stieftochter bereits war, und so schwieg sie.

2

Vor der Schule hatte Friedrich Wieck seine Tochter noch bewahrt, den Forderungen der Kirche aber konnte er sie nicht entziehen. Vierzehn Jahre war Clara jetzt geworden – höchste Zeit, so mahnte Clementine, dass sie am Konfirmandenunterricht teilnahm, um ein vollwertiges Mitglied der Kirche zu werden.

Als Clementine das Thema zum ersten Mal ansprach, schnitt ihr Friedrich Wieck kurzerhand das Wort ab und vertagte jede Diskussion. Clementine aber, plötzlich ganz Pfarrerstochter, gab nicht nach. Sogar ihr Vater fand sich überraschend in der Grimmaischen Gasse ein, um seinem pflichtvergessenen Schwiegersohn ins Gewissen zu reden. »Du bist doch von Haus aus selbst Theologe«, gab er zu bedenken. »Ich kann nicht begreifen, dass du die religiöse Erziehung deiner Tochter so leicht nimmst.«

Von nun an fing Clementine jeden Tag von Neuem mit dem Thema an, inzwischen mit der Autorität einer schon wieder werdenden Mutter – das dritte Kind bereits, obwohl der wunderschöne Clemens sein Schreien immer noch nicht völlig eingestellt hatte. Manchmal meinte Clementine, er wolle sie dafür bestrafen, dass sie es während seiner ersten Lebenswochen nicht fertig gebracht hatte, ihn zu lieben. Nie hatte sie mit jemandem über diese Unterlassung gesprochen, doch alle Hausbewohner wussten davon und hätten Clemens am liebsten zu irgendeiner Amme aufs Land geschickt, um endlich von seinem Gebrüll befreit zu sein.

»Im Herbst«, versuchte Friedrich Wieck, inzwischen Zeit zu gewinnen. »Noch passender wäre nach Weihnachten oder im Frühjahr, ja, im Frühjahr!« Der Gedanke, dass irgendein geistliches Haupt auf sein Clärchen Einfluss nehmen könnte, war ihm unerträglich. Er, Friedrich Wieck, war ihr Vater und ihr Lehrer. Er allein.

Doch diesmal setzte er sich nicht durch. Einen Tag nach ihrem vierzehnten Geburtstag wartete Clara mit einer Hand voll gleichaltriger Mädchen vor dem Pfarrhaus darauf, dass sich das schwere Holztor öffnete und der Herr Pfarrer seine Schäflein zu sich hereinwinkte.

Alle hier schienen einander zu kennen, wahrscheinlich aus der Schule. Sie begrüßten einander überschwänglich, scherzten und lachten, flüsterten einander Geheimnisse ins Ohr und bohrten mit den Schuhspitzen ungeduldig kleine Löcher in den Kies des Vorplatzes. Keine von ihnen schien Clara zu bemerken, obwohl alle sie aus den Augenwinkeln beobachteten und einander Bemerkungen über sie zuraunten.

Clara bewahrte Ruhe. Vor so vielen Menschen war sie schon aufgetreten, immer im Mittelpunkt, immer begutachtet – manchmal auch mit Neid und Abneigung. Wie sollte sie sich da vor der Begegnung mit ein paar Schulmädchen fürchten? Sie wunderte sich selbst, wie gleichmütig sie war. Keine Unruhe, keine Angst vor dem Neuen. Clara Wieck, der kleine Russe, der alles aushielt. Ein Panzer war ihr gewachsen in den vierzehn Jahren, die doppelt zählten auf dem langen Weg vom stummen kleinen Mädchen, das von den Streitigkeiten der Eltern umbraust wurde, bis hin zur strahlenden Konzertprinzessin, die sich im Kerzenschein lächelnd verneigte und spürte, dass man sie – zumindest in diesem Augenblick – liebte.

Obwohl sie hier geboren und aufgewachsen war, war sie unter diesen Kindern eine Fremde. Das spürte sie, aber es machte ihr nichts aus. Vielleicht erwarteten die anderen Mädchen von ihr, dass sie auf sie zuging und sie einfach ansprach. Doch Clara zögerte. In keinem der kindlichen Gesichter fand sie eine Gemeinsamkeit mit sich selbst. Aber auch untereinander waren sie verschieden. Kinder aus reichem Haus, das merkte man gleich, und Kinder, die ganz sicher wussten, was Not bedeutete. Bürgerkinder, Kinder von Dienstboten und Handwerkern. Kinder aus allen Schichten der Bevölkerung, vereint im Schoß der Kirche, des gemeinsamen Glaubens oder auch nur der Tradition. Sie alle fühlten sich berechtigt, hier zu sein und das Wissen zu empfangen, auf dem die Kultur ihres Landes aufbaute.

Auf mystische Weise bildeten sie nun doch eine Einheit: junge Leipziger Mädchen, fest verwurzelt in ihrer Heimatstadt mit ihrer singenden Sprachmelodie und ihrem bodenständigen Wissen davon, was sich gehörte und was nicht. Keiner von ihnen war im todesbedrohten Pariser Karneval ein Clown sterbend vor die Füße gestürzt. Keine von ihnen hatte man in den Himmel gehoben und eine Stunde danach in einem unbeheizten Hotelzimmer fast dem Erfrieren preisgegeben. Keine von ihnen hatte Fingernägel, die gespalten waren vom beständigen Kampf gegen elende Klaviertasten, die sich kaum bewegen ließen. Keiner von ihnen drückte der Vater fordernd eine Mappe mit leeren Notenblättern in die Hand. Keine hätte sich in das Zimmer eines jungen, übelbeleumdeten Komponisten gewagt, und wahrscheinlich keine – lieber nicht daran denken! – war von der Mutter verlassen worden.

Mit steifen Fingern umklammerte Clara die ungewohnte Schulmappe, in die ihr Clementine das Werkzeug der braven Konfirmandinnen gepackt hatte: eine Bibel, ein Gesangbuch, eine Federschachtel, ein sorgfältig eingebundenes Schulheft und einen Notizblock. Erst während des Unterrichts würde Clara merken, dass auch ein kleines Stück Schokolade dabei war, in Seidenpapier eingewickelt – eine Delikatesse, mit der Clementine normalerweise nur geizig umging, weil sie selbst der Versuchung des Süßen nur schwer widerstehen konnte und sich in mancher einsamen Nacht mit dem verführerischen Naschwerk tröstete, das sie eigentlich für Familienmomente oder Belohnungen gehortet hatte.

Schon längst hatte die Turmuhr dreimal geschlagen, doch der Herr Pfarrer ließ noch immer auf sich warten. Ohne hochzublicken, spazierte Clara ein paar Schritte auf und ab. Erst nach einer Weile bemerkte sie, dass unter einer der Linden des Vorplatzes ein junges Mädchen stand: größer als die anderen und vielleicht auch ein wenig älter. Auf den ersten Blick erfasste Clara, dass dieses Mädchen hier fremd war. Wie Clara selbst war sie allein und kannte offensichtlich niemanden. Dennoch ließ auch sie sich keine Unsicherheit anmerken. Wie Clara trug sie eine Schulmappe unter dem Arm, in die man ihr wohl das Gleiche eingepackt hatte wie allen anderen auch.

Clara zögerte. Fast atmete sie auf, als sich ihre Blicke mit denen des fremden Mädchens kreuzten. Es kam ihr vor, als wäre ihr die andere längst bekannt. Robert Schumanns Theorien von Doppelgängern, Lebensmenschen, Seelenverwandten und unzertrennlichen Freundespaaren fielen ihr ein. Immer handelte es sich dabei um Männer, wohl auch weil die Dichter, die davon berichteten, selbst Männer waren. Trotzdem spürte Clara, dass ihr da ein Mensch gegenüberstand, der ihr ähnlich war. Nie hatte sie sich nach einer Freundin gesehnt. Plötzlich aber konnte sie sich vorstellen, mit diesem Mädchen, von dem sie nichts wusste, Freundschaft zu schließen.

Das fremde Mädchen sah sie an und lächelte plötzlich – freundlich und ganz unbefangen, ohne Vorsicht oder Schüchternheit. Claras Herz fing an zu klopfen und sie lächelte zurück. Ohne nachzudenken, ging sie auf das Mädchen zu und auch die andere kam ihr entgegen. »Ich heiße Clara Wieck«, stellte sich Clara vor, als sie einander gegenüberstanden. »Emilie List«, antwortete das Mädchen. »Mila nennen sie mich in der Familie.«

Clara streckte ihr die Hand hin. »Mila – das ist ein schöner Name«, sagte sie. Gleichzeitig wurde ihr bewusst, dass Mila keine Reaktion auf Claras Namen gezeigt hatte. Sie musste wohl von weit her kommen, dass sie noch nie von ihr gehört hatte. Doch das war gut so. Ohne etwas voneinander zu wissen, würden sie Freundinnen werden, davon war Clara überzeugt.

Als der Pfarrer seine Schäflein endlich zu sich rief, war Clara nicht mehr allein. Sie hatte eine Freundin, die sich neben ihr auf die Schulbank setzte und die von nun an zu ihr gehörte – inmitten all der anderen, einander so Wohlbekannten, die sich mit der weitgereisten Clara Wieck nicht wohl fühlten.

Welch eine Freude! Zum ersten Mal gab es in Claras Leben einen Menschen, der sich für sie interessierte. Nicht für ihre Fortschritte und Erfolge als Künstlerin, sondern für das, was sie sich im Geheimen wünschte, wovon sie träumte oder wovor sie Angst hatte. Eine Freundin eben, ungefähr im gleichen Alter wie sie selbst und ebenfalls in der Welt weit herumgekommen.

Sechs Jahre hatte Mila mit ihrer Familie in Amerika gelebt und sie erzählte Clara mit der gleichen Begeisterung davon, mit der jene von ihren Konzertreisen sprach. Indem sie einander von ihrer aufregenden Vergangenheit berichteten, schienen sich ihre jeweils eigenen Erinnerungen zu ordnen. Sie wurden überprüft und bewertet, und auf einmal wurde alles verständlicher, beherrschbarer und manchmal auch komischer, sodass man plötzlich über etwas lachen konnte, das man vorher nur für schrecklich und beängstigend gehalten hatte. Zugleich gewannen die Erlebnisse durch ihr Wiederaufleben an Bedeutung. Den Erzählenden wurde bewusst, dass sie trotz ihrer jungen Jahre schon ein interessantes Leben hinter sich hatten.

Erst seit wenigen Wochen lebte Milas Familie in Leipzig – wie sich herausstellte, nur einen Katzensprung von der Grimmaischen Gasse entfernt. Milas Vater, Friedrich List, war Nationalökonom, worunter sich allerdings nicht einmal seine eigenen Kinder etwas Konkretes vorstellen konnten. Trotzdem wussten sie genau, womit er sich beschäftigte, denn der Gegenstand seiner Arbeit war zugleich auch das beherrschende Gesprächsthema im Hause List. Schon in Amerika war das erste englische Wort, das die drei Töchter und der Sohn gelernt hatten, »railway« gewesen. Seither kam es ihnen vor, als gebe es auf der Welt nichts Wichtigeres und Dringlicheres als eben die Eisenbahn. Sie möglichst bald weltweit einzuführen, hatte sich Friedrich List zur Lebensaufgabe gemacht. Durch sein mitreißendes Wesen hatte er erreicht, dass man ihn zum Konsul der Vereinigten Staaten für das Großherzogtum Baden ernannte – ein Titel, der ihm sowohl gesellschaftliche als auch politische Türen öffnete und ihn bekannt machte.

Auch Friedrich Wieck beeilte sich, den Neuankömmling zu seinen musikalischen Abenden einzuladen, »selbstverständlich auch die Frau Gemahlin«. Eigentlich aber interessierte er sich nur für den Konsul, der ihm mit seinem Enthusiasmus für den technischen Fortschritt aus der Seele sprach: Nicht nur ein Waren-, sondern auch ein Kulturbeförderungsmittel sei die Eisenbahn, erklärte Friedrich List mit der Inbrunst eines Menschen, der von der eigenen Mission durchdrungen ist. Durch das Tempo, mit der die Eisenbahn die Kontinente durchquere, würden auch Talente schneller und weitreichender bekannt gemacht, und Kunstprodukte würden mühelos verbreitet ebenso wie auch Methoden, Kenntnisse und Geschicklichkeiten.

Friedrich Wiecks musikbeflissene Gäste hörten mit leisem Missvergnügen zu, nach und nach unzufrieden, weil sie gern selbst zu Wort gekommen wären. Es stellte sich jedoch heraus, dass nicht nur der Konsul von dem neuen Beförderungsmittel überzeugt war, sondern auch der Gastgeber Friedrich Wieck, der sofort die Vorteile für seinen eigenen Lebensablauf erkannte. Statt mit der klapprigen, lahmen Postkutsche würde man in absehbarer Zukunft mit der Eisenbahn in Windes-, nein, Sturmeseile von Stadt zu Stadt brausen können. Ein Leben von einer Station zur anderen, von einem Punkt zum anderen. Den Weg dazwischen, der ja doch nur aufhielt, konnte man künftig so gut wie vergessen. Als das Wort von der Erhöhung der Produktivität fiel, nahm Friedrich Wieck es sofort mit Genugtuung in sein persönliches Vokabular auf.

Die Fortschritte der neuen Epoche, deren Anbrechen er fühlte, erregten ihn und bestätigten ihn in seinen eigenen Einschätzungen. Hatte er nicht immer schon erklärt, die Zukunft werde ein

Kind der Technik sein? Nicht gefühlvolles Sinnieren und tränenreiches Pathos würden den Rhythmus der Zukunft bestimmen, sondern das Stampfen der Maschinen und das Schlagen der Hämmer. Mochten die Romantiker noch so sehr auftrumpfen – in Wahrheit waren sie längst passé. Dass es sie überhaupt gab, war bereits ein Irrweg des Denkens gewesen.

Das Virtuosentum habe sich überlebt, behaupteten sie. Wohlan, was war dann aber mit ihnen selbst? Die Eisenbahn, die in übermenschlichem Tempo durch die Landschaft stampfte, brauchte keine gemütskranken Jünglinge, die den Mond anschluchzten, keine attischen Nächte à la Robert Schumann, keine Doppelgänger, Traumgestalten oder ätherische Jungfrauen, die statt Blut Rosentau in den Adern hatten und von jedem Lufthauch umgeblasen wurden. Er, Friedrich Wieck, dem sie vorwarfen, der Stil, den er propagierte, sei verstaubt, war in Wahrheit der Mensch der Moderne, der die Technik mit der Musik versöhnte und die klassischen Künste der Vergangenheit mit dem Herzschlag der Zukunft. Sein Clärchen würde es allen beweisen, als Komponistin wie auch als Ausführende am Klavier. Avantgarde würde sie sein, Friedrich Wiecks anbetungswürdige kleine Dampflokomotive. Ihre Musik würde den Puls der Zeit aufgreifen, bis man es endlich in ganz Europa verstand und womöglich sogar in Amerika ... O ja, die Bekanntschaft mit dem Konsul hatte Friedrich Wiecks planerischen Horizont bereits über den Atlantik hinaus erweitert und den Vorbildern seines Lebens ein weiteres hinzugefügt.

Clara profitierte von der Bewunderung ihres Vaters für den weltmännischen Konsul. Zum ersten Mal hatte Friedrich Wieck nichts dagegen, dass sie sich mit jemandem anfreundete. Er sah es gern, wenn sich Clara und Mila gegenseitig besuchten, miteinander spazieren gingen oder mit verteilten Rollen englische Bücher lasen. Solange Clara ihre Übungsstunden einhielt und auch dem Komponieren die von ihm festgesetzten Zeiten widmete, mochte sie ruhig ihre Freundschaft mit dieser Familie pflegen, deren Lebensstil Friedrich Wieck, so behauptete er wenigstens, am liebsten selbst übernommen hätte, wäre er nur finanziell komfortabel abgesichert gewesen.

Die Familie des Konsuls bestand aus sechs Personen: außer den Eltern noch ihre Töchter Mila, Lina und Elise, die von allen nur Lieschen genannt wurde, und der kleine Sohn Oskar – so unkompliziert und freundlich, dass ihn Clara mit Handkuss gegen ihre beiden eigenen Brüder eingetauscht hätte.

Das Leben in der Fremde hatte die Familie zusammengeschweißt. Mit ungläubigem Staunen beobachtete Clara, wie vertraut die List-Kinder mit ihren Eltern umgingen, vor allem mit der Mutter – so ganz anders als Clementine, die selbst nur vierzehn Jahre älter war als ihre Stieftochter. Madame List, die »Frau Konsul«, wie sie in Leipzig sofort tituliert wurde, war im passenden Alter für eine Tochter, die bald erwachsen sein würde. Wenn sie ihre Meinung äußerte, tat sie es nicht nur mit der Autorität ihrer Stellung, sondern auch mit dem Gewicht ihrer Erfahrung als einer gewiss noch jugendlichen, aber nicht mehr wirklich jungen Frau.

Mit einem wehen Gefühl hörte ihr Clara zu und fragte sich, ob ihre eigene Mutter wohl genau so mit ihr sprechen würde. Was hätte sie dafür gegeben, mit einer Mutter wie Madame List zu leben! Dieser Gedanke war umso schmerzlicher, weil es diese Mutter wirklich gab. Immer öfter sehnte sich Clara danach, Marianne wiederzusehen, von ihr umarmt zu werden, wie Madame List ihre Kinder umarmte, und auf die Stirn geküsst zu werden, wenn sie fortging.

»Mutter« pflegte Clara Clementine zu nennen. So hatte es Friedrich Wieck von Anfang an verlangt. Während der ersten Monate hatte sich Clara noch geweigert, während Alwin und Gustav sofort einverstanden gewesen waren. Dann aber hatte sich diese Anrede so eingebürgert, dass sich auch Clara daran gewöhnte. Irgendwie musste die neue Frau ja angesprochen werden. Inzwischen dachte Clara schon nicht mehr darüber nach. Erst als ihr auffiel, dass die List-Kinder ihre Mutter »Mama«

nannten – mit Betonung auf der zweiten Silbe –, erinnerte sie sich, dass sie selbst damals, in der Kindheit, immer »Mama« gesagt hatte. Mama auf der ersten Silbe, was ihr plötzlich so vertraut vorkam, dass sie mitten auf dem Leipziger Marktplatz, wo ihr dieser Gedanke gekommen war, zu weinen anfing und in eine Hauseinfahrt floh, um ihre Tränen zu verbergen.

Die Mutter in Leipzig: Friedrich Wiecks »Tinchen« – gewiss keine schlechte Frau. Eigentlich war sie manchmal sogar ganz annehmbar, fand Clara. Zumindest für eine Stiefmutter. Es mochte schlimmere geben ... Doch wie wäre es, mit der richtigen Mutter zu leben, wie es den List-Kindern vergönnt war? Marianne. Jetzt die Frau eines anderen Mannes, Adolph Bargiel, der so schön singen konnte und die Kinder seines Freundes zum Lachen brachte, als jener fort war. Wahrscheinlich nicht nur die Kinder. Clara hatte inzwischen genug gesehen und gehört, um zu wissen, worum es ging. Ein falscher Freund, ein Dieb im Hause, der den Kindern, mit denen er spielte, die Mutter stahl. Marianne, so schön, so begabt, so liebevoll. Marianne. Mama ...

Es war, als hätte sich eine Tür geöffnet, die in den neun Jahren seit Mariannes Weggang verschlossen gewesen war, vielleicht sogar zugemauert. Marianne war fort für immer. Sie war in Berlin bei ihrer neuen Familie – damit hatten sich ihre Leipziger Kinder abgefunden. Auch Clara, vor allem weil ihr Leben so voll war mit Reisen, Lernen und allem, was mit ihrer Musik zusammenhing.

Nur nachts, wenn die Stille über der Stadt lag, war ihr manchmal, als griffe eine große, dunkle Hand nach ihrem Herzen und nach ihrer Kehle. Einen Augenblick lang glaubte sie dann zu ersticken. Sie rang nach Luft und setzte sich schnell auf. Während sie mit aufgerissenen Augen ins Dunkel starrte, hatte sie das Gefühl eines ungeheuren Verlustes, als hätte man ihr das Herz herausgerissen. Sie konnte kaum glauben, dass sie noch lebte, aber es tat weh, so weh! Bilder tauchten vor ihren Augen auf, die nicht trösteten, sondern den Schmerz nur noch erhöhten: Marianne, die ihr im Garten der Großeltern Kirschen an die

Ohren hängte und ihr lächelnd zuflüsterte, nun sei sie sogar noch schöner als zuvor. Marianne, die sie anflehte, endlich zu sprechen. Marianne, die sie auf den Schoß nahm und mit ihr gemeinsam auf dem Klavier klimperte. Marianne vor der Poststation, wo sie ihr kleines Mädchen wie ein Paket an Johanna Strobel übergab. Übergab für immer. Verloren und verlassen hatte sie dagestanden und zum Abschied die Hand gehoben, während der sanfte Spätsommerwind – daran erinnerte sich Clara noch ganz genau – ihre schwarzen Locken hob.

Einmal hatte Clara Alwin gefragt, ob er noch manchmal an Mama denke. Er aber hatte sie nur unwillig angesehen und »Blöde Kuh!« gemurmelt. Auch Gustav äußerte sich nie. Er war damals aber vielleicht noch zu klein gewesen. Trotzdem war es seltsam, dass Alwin in der Nacht nach Claras Frage von einem schweren Albtraum überfallen wurde. Schreiend wachte er auf und erkannte zuerst nicht einmal den eigenen Vater, der herbeigelaufen kam, um ihn zu beruhigen.

»Du hast sicher von Drachen geträumt und von Wölfen, nicht wahr?«, sagte Clementine besänftigend und streichelte Alwins Kopf. »Viele Kinder tun das. Aber mach dir nichts draus, das vergeht schon wieder. Du bist ein starker Junge. Böse Tiere können dir nichts anhaben.«

Alwin hatte genickt. Einige Monate später träumte er wieder. Diesmal war Clara als Erste bei ihm. Sie umarmte ihn. »Sch, Alwin!«, flüsterte sie. »Wieder diese bösen Tiere, nicht wahr? Glaub mir, das kenne ich auch.« Nie würde sie vergessen, wie ihr Bruder sie damals angesehen hatte: dankbar, traurig und einsam. Ja, einsam, so hatte Marianne ihre Kinder zurückgelassen.

Mit diesem Ereignis aber waren die Träume zu Ende. Nie wieder kehrten sie zurück, weder zu Clara noch zu Alwin. Nur das Gefühl, dass etwas verloren gegangen war und seither fehlte, tauchte immer wieder auf wie ein kalter Lufthauch, der vorbeistrich und einen Augenblick lang das Blut gefrieren ließ.

»Ich möchte meine Mutter so gerne wiedersehen«, gestand Clara ihrer Freundin Mila. Sie blickte auf den Durchgang zum

Damenzimmer, wo Madame List saß, wie so oft mit dem Stickrahmen in der Hand und stets bereit, den Blick zu heben und ihren Kindern zuzulächeln oder ihre Fragen zu beantworten.

»Das verstehe ich«, antwortete Mila leise. Eigentlich, dachte Clara, verstand Mila immer alles, worüber man auch sprechen mochte. Endlich wusste Clara, was es bedeutete, eine Freundin zu haben.

Der Winter kam, dann der Frühling. Zu Sommerbeginn gingen die Mädchen in der Thomaskirche zur Konfirmation. Zwischen Altar und Gemeinde saßen sie in ihren neuen, dunklen Kleidern, streng frisiert und züchtig wie kleine Nonnen. Sie beantworteten die Fragen des Pfarrers, um nachzuweisen, dass sie in diesem vergangenen Jahr alles gelernt hatten, was ein evangelisches Christenkind wissen musste. Es wurde gebetet und gesungen. Danach ging man nach Hause, um gemeinsam zu essen und die Geschenke auszupacken, viele Geschenke, denn dies war ein Tag der Freude.

Vor dem Nachtisch erhob sich Friedrich Wieck und sagte, er wolle nun beileibe keine Rede halten. Worte seien Schall und Rauch, und außerdem könnten die jungen Herren – strenger Blick auf Alwin und Gustav – es schon nicht mehr erwarten, sich den Bauch mit Süßkram vollzuschlagen. Um seinen Überlegungen zu Claras Konfirmation jedoch Dauer zu verleihen, habe er seine bescheidene väterliche Predigt in Claras Tagebuch, das ja irgendwie auch das seine sei, niedergeschrieben. Clara könne nachher alles in Ruhe lesen und darüber nachdenken.

Damit reichte er Clara ihr Tagebuch und küsste sie auf die Stirn.

Als das Essen vorbei war und alle den Raum verlassen hatten, blieben Vater und Tochter allein am Tisch zurück. Aus der Küche klang das Klappern von Geschirr herüber und das Geschnatter und Lachen der Dienstboten. Oben, im Kinderzimmer, brüllte der kleine Clemens.

»Willst du vielleicht jetzt lesen, was ich für dich aufgeschrieben habe?«, fragte Friedrich Wieck, so sanft wie sonst nur ganz selten.

Clara nickte und öffnete das Buch. Sie reichte es ihrem Vater, doch er wies es zurück. »Lies du es«, sagte er. »Lies es mir vor!«

Clara räusperte sich. »Meine Tochter«, las sie dann und lächelte ihrem Vater kurz zu. »Meine Tochter, Du sollst nun selbstständig werden, das ist von der höchsten Bedeutung. Ich habe Dir und Deiner Ausbildung fast zehn Jahre meines Lebens gewidmet; bedenke, welche Verpflichtungen Du hast. Bilde den Sinn für ein nobles und uneigennütziges Wirken, für Wohltun und für wahre Humanität immer wieder und bei jeder Gelegenheit und halte die Ausübung der Tugend für die wahre Religion. Lass Dich, wenn Du bitter verkannt und verleumdet und beneidet wirst, nicht irre machen in Deinen Grundsätzen. Ach, es ist ein schwerer Kampf und doch besteht darin die wahre Tugend. – Ich bleibe Dir Dein ratender und helfender Freund. Friedrich Wieck.«

Es war still im Zimmer. Auch Clemens war wohl eingeschlafen.

»Mein großes Mädchen!«, sagte Friedrich Wieck versonnen. »Mein kleiner Russe.«

Da lächelte Clara. Sie schlang die Arme um den Hals ihres Vaters und legte ihre Wange an die seine.

Blick ins Paradies

1

Es kam Clara fast schon wie eine Gesetzmäßigkeit vor: Immer wenn Friedrich Wieck eine seiner wochenlangen Geschäftsreisen unternahm, war Clementine gerade guter Hoffnung, und Clara und Robert Schumann kamen einander wieder näher. Die Dienstboten behaupteten bereits, die ausgedehnten »Klavierreisen« des Herrn seien umgekehrt Fluchten vor dem unsteten Verhalten, das Clementine in den letzten Wochen vor den Geburten entwickelte. Was allerdings Robert Schumann betraf, so lege es dieser offenkundig darauf an, von der Abwesenheit des strengen Vaters zu profitieren. Da auch die Stiefmutter durch ihren Zustand abgelenkt sei, habe der »feine Herr«, wie ihn der Diener August titulierte, freie Bahn bei dem dummen jungen Ding, das nicht merke, was für einem Filou es da auf den Leim gehe.

Dabei hätte Friedrich Wieck seine Reisepläne diesmal fast schon aufgeben müssen, weil der Andrang von Schülern am Logier'schen Institut ständig zunahm, sodass auf die Anwesenheit des Leiters kaum noch verzichtet werden konnte. Friedrich Wieck meisterte den Engpass jedoch, indem er zwei zusätzliche Lehrkräfte einstellte, die er persönlich auf seine Methode einschwor und in einer kurzen, aber intensiven Ausbildung derart drillte und bedrohte, dass er sicher sein konnte, keiner von ihnen würde es wagen, im Unterricht eigene Wege einzuschlagen. Zusätzlich sorgte er dafür, dass ihm während seiner Reise die Lehrer abwechselnd von allen Vorkommnissen berichten würden. Dafür wollte er ihnen einen Plan mit seiner genauen Reiseroute zurücklassen, in dem sämtliche Geschäftspartner mit ihren Adressen verzeichnet waren. So würden ihn bei seiner jeweiligen Ankunft immer schon die Rapporte von zu Hause erwarten.

Die Lehrer stöhnten über die ständige Überwachung aus der Ferne und die zusätzliche Arbeit durch die Berichte. Friedrich Wieck aber war zufrieden und nahm geschmeichelt die Komplimente seines neuen Freundes Konsul List entgegen, der die Wieck'schen Führungsmethoden »fast schon amerikanisch, aber jedenfalls sehr, sehr fortschrittlich« nannte.

Bis es so weit war, musste jedoch noch eine zusätzliche Verzögerung hingenommen werden: Ein neuer Hausgast hatte sich angekündigt und sollte die beiden Räume beziehen, die früher Robert Schumann bewohnt hatte. »Es ist eine Anfrage, die ich nicht ablehnen möchte«, sagte Friedrich Wieck zu Clementine, die ohnedies schon kaum noch ein Wort mit ihm sprach. »Kost und Logis, dazu noch täglich ein mehrstündiger Unterricht in Klavier und Gesang. Womöglich auch noch Kompositionsstunden! Dafür kann man die eigenen Reisepläne schon für ein paar Wochen zurückstellen, um persönliche Unterrichtskonzepte zu erarbeiten und einzuleiten.«

Der neue Hausgast war eine junge Frau, eine steinreiche Erbin, wie in Leipzig sogleich – fast schon lüstern – kolportiert wurde: Ernestine von Fricken, Tochter eines Freiherrn aus Böhmen. Eine hoch begabte Pianistin sei sie, hatte ihr Vater versichert, als er zum ersten Mal mit Friedrich Wieck in brieflichen Kontakt getreten war. Eigentlich sei ihre Ausbildung bereits abgeschlossen. Es gehe nur noch darum, ihre Hände zu kräftigen und dem strahlenden Brillanten den letzten künstlerischen Schliff zu verleihen.

Als Friedrich Wieck diese Worte las, hielt er kurz inne. Ein Déjà-vu überkam ihn. Doch er ließ nicht zu, dass die Erinnerung an einen ganz ähnlichen Brief vor vielen, sehr vielen Jahren an die Oberfläche seiner Gedanken drang. Hoch begabte Pianistin? Ausbildung eigentlich bereits abgeschlossen? Nur noch die Hände kräftigen? Nun, ein Vater, der seine Tochter liebte, mochte vieles denken und sagen. Ihm, Friedrich Wieck als Lehrer, oblag es, das Talent und den Ausbildungsstand der jungen Künstlerin einzuschätzen und für die nötige Weiterbildung zu sorgen. Schluss. Punkt.

Dann traf sie ein. Durch ein zusätzliches Trinkgeld, über dessen Höhe sich Friedrich Wieck so seine Gedanken machte, hatte sie erreicht, dass die Postkutsche unmittelbar vor dem Eingang des Wieck'schen Hauses anhielt. Der Kutscher – er war noch jung und offensichtlich nicht einmal betrunken – sprang ab und öffnete unerwartet galant die Tür des Gefährts. Zuerst zeigte sich nur eine raschelnde Masse von weißen Spitzenunterröcken und mitten darin zwei zierliche rote Stiefelchen, die auf den Gehweg herunterhüpften, als hätten sie ein eigenes Leben.

»Ernestine von Fricken!«, stellte sich das dazugehörige Mädchen vor und eilte mit ausgestreckten Armen auf Friedrich Wieck zu, der am Eingang wartete. »Sie wissen schon.«

Wieder erschrak Friedrich Wieck. Er wich zurück. Einen Augenblick lang fürchtete er, das junge Mädchen wolle ihn umarmen. Doch rechtzeitig blieb es stehen und pustete sich eine goldblonde Locke aus der erhitzten Stirn. »Sie können sich nicht vorstellen, Herr Wieck, wie stickig es da drinnen war.« Nun griff sie tatsächlich nach Friedrich Wiecks Hand und schüttelte sie temperamentvoll. »Wie bin ich froh, endlich hier zu sein! Ich möchte alles lernen, was Sie mir beibringen können. Mein Vater wünschte eigentlich, dass ich zu Hummel nach Weimar gehe, aber ich wollte immer nur zu Ihnen. Es ist kaum zu fassen, was Sie aus Ihrer eigenen Tochter gemacht haben. So wie sie, so will ich auch werden.« Sie lachte. »Gut, dass die Honorarforderungen von Hummel so unverschämt hoch waren! Papa war ganz wütend und sagte, er lasse sich von einem aufgeblasenen Klavierlehrer doch nicht das Fell über die Ohren ziehen.«

Friedrich Wieck runzelte die Stirn. Clara, die die letzten Worte des Mädchens gehört hatte, fürchtete schon ein Zerwürfnis, bevor der Unterricht überhaupt begonnen hatte. So begrüßte sie eilig die neue Schülerin, von der sie bereits wusste, dass sie achtzehn Jahre alt war.

»Du musst Clara sein!«, rief Ernestine. Auch sie hatte sich informiert. »Ich weiß, dass du fünfzehn bist. Ganz sicher werden wir Freundinnen. Ich darf dich doch noch duzen, oder? Ich habe auch nichts dagegen, wenn du es mir gegenüber ebenfalls tust. Wir in Böhmen sind offene, herzliche Menschen. Das Zeremoniell überlassen wir lieber den feinen Herrschaften in Wien.« Sie blickte zum Himmel, der sich inzwischen verdunkelt hatte. Am Horizont tauchten ein paar schwarze Wolken auf. »April!«, rief Ernestine fröhlich, als geschehe das alles nur ihr zu Ehren. »Mein allerliebster Monat. Nie langweilig. Immer etwas Neues.«

Von nun an veränderte sich das Leben in der Grimmaischen Gasse. Wie ein Kugelblitz zischte Ernestine durch die Räume, schreckte alle auf und feuerte sie an, scherzte und lachte, kritisierte und lobte. »Die ist ja noch schlimmer als der Herr!«, beklagte sich der Diener August und weigerte sich, Ernestines Anweisungen auszuführen. Sie sei schließlich nur ein Hausgast hier und nicht die Herrin. Wenn sie sich bedienen lassen wolle, solle sie doch eine Zofe einstellen. Er habe jedenfalls nicht die Absicht, seinen Ruf als Mann aufs Spiel zu setzen, indem er sich von ihr zum Kurzwarenladen beordern ließ, um Spitzen für ihren Morgenmantel zu besorgen, oder in die Konditorei, um Kuchen einzukaufen, weil ihr die Kost im Hause Wieck zu karg erschien. »Man sollte sie dorthin zurückschicken, woher sie gekommen ist«, murrte er. »Habt ihr übrigens gewusst, dass der Ort, aus dem sie kommt, Asch heißt?« Und er berichtete genüsslich, dass er mit einem Kutscher aus Böhmen gesprochen habe, der selbst aus eben jenem Asch stammte und ihm erzählte, man nenne die betreffende junge Dame dort die »Fricken-Tini« und rechne damit, sie werde einen vermögenden, ortsansässigen Gutsbesitzer heiraten, wenn sie sich erst in Leipzig die Finger verbrannt habe und sich ihr angebliches Künstlertalent als Luftblase erwies. Ein bisschen Klaviergeklimper reiche doch nicht aus, um die Welt zu erobern! Außerdem habe es in Asch noch nie jemanden gegeben, der es bis zum Künstler gebracht hatte. Warum also ausgerechnet die Fricken-Tini, das verrückte Huhn, das man nicht einmal zu Hause ernst nahm?

Auch die anderen Dienstboten versagten Ernestine ihren Respekt. Friedrich Wieck allerdings gestand sich schon nach den ersten Unterrichtsstunden widerwillig ein, dass da eine talentierte Musikerin vor ihm am Klavier saß, womöglich sogar – wie ihr stolzer Vater es ausgedrückt hatte – ein regelrechter Brillant. Sobald Ernestine ihre Hände auf die Tasten legte, schien sie ein anderer Mensch zu werden. Kein nervöses Gezappel mehr, keine überbordende Heiterkeit. Dafür aber ganz unerwartet ein tiefes Gefühl für Tragik und Schmerz, für Sehnsucht und die Qualen des Verzichts.

»Wie dieses Mädchen Chopin spielt, ist schon ganz ungewöhnlich«, gestand Friedrich Wieck Clementine, als sie in der Nacht neben ihm im Bett lag, ohne mit ihm sprechen zu wollen. Der Gedanke an das neue Kind in ihrem Körper verschloss ihr den Mund. Was interessierte es sie da, ob der bunte Vogel aus dem Böhmerland die Erwartungen seines Lehrers erfüllte oder nicht? Clementine merkte nicht, dass ihr Ehemann lange nicht einschlafen konnte, weil er sich fragte, ob eine Pianistin mit dem Äußeren und der Wesensart Ernestines überhaupt eine Chance hatte, die Achtung oder gar Verehrung des Publikums zu gewinnen. So laut, so bunt, so schrill – und so ganz anders als seine Clara mit ihrem ernsten, konzentrierten Auftreten. Wenn sie sich nach ihrem Spiel verneigte, waren die Zuschauer allein schon über ein Lächeln entzückt oder über ein leises Flattern ihrer Hände, das man als ein verstohlenes Winken auslegen konnte. Ernestine von Fricken hingegen würde ihrem Publikum zuwinken, ihm womöglich sogar Kusshände zuwerfen oder im Überschwang den einen oder anderen buchstäblich ans Herz drücken.

Distanz!, dachte Friedrich Wieck in der Tiefe der Nacht. Ein Künstler musste Distanz halten. Er musste den Anschein erwecken, er sei nicht von dieser Welt. Ein besonderes Wesen sei er, das man ansehen durfte, aber nicht berühren.

An Ernestine jedoch, dachte er weiter, war alles von dieser

Welt. Ihre Fröhlichkeit, ihre laute Stimme, ihr rosiges Gesicht, ihre zerzausten Locken und vor allem ihr üppiger Körper, den Friedrich Wieck in Anbetracht ihres Dekolletés für überernährt hielt. Dabei hätte ihn der Anblick der schmalen Taille darüber belehren können, dass von überernährt keine Rede sein konnte, sondern dass er hier ein Exemplar besonders ausgeprägter Weiblichkeit vor sich hatte. Seine Hoffnung, die Proportionen dieses Körpers durch die obligaten Spaziergänge disziplinieren zu können, würde sich jedenfalls als Illusion erweisen.

Trotzdem folgte Ernestine gehorsam den Anweisungen ihres Lehrers, den sie bewunderte und fast schon liebte. Regelmäßig begleitete sie Clara auf ihren täglichen Spaziergängen. Da sie es gewohnt war, Aufmerksamkeit zu erregen, wunderte sie sich nicht, dass sich bald auch ein anderer – inzwischen ehemaliger – Schüler Friedrich Wiecks hinzugesellte. »Der Herr Schumann«, fragte Ernestine seither jeden Tag hoffnungsvoll, wenn sie sich mit Clara auf den Weg machte, »glaubst du, er begleitet uns heute wieder?«

Er tat es, und er tat es bald schon jeden Nachmittag. Gleich nach dem Essen trat er, ohne den Torklopfer zu betätigen, ins Haus und pochte an die Esszimmertür, selbstsicher und sorglos, denn Friedrich Wieck hatte inzwischen seine Klavierreise angetreten. Der Übungsplan für Ernestine war ausgearbeitet und zeitlich genau festgelegt. Friedrich Wiecks persönliche Anwesenheit war vorläufig nicht erforderlich. Die Übungsstunden konnte auch einer der angestellten Lehrer überwachen. Den Feinschliff würde dann der Herr Direktor übernehmen, wenn er wieder da war.

Niemand vermisste ihn. Von einer Minute zur nächsten wurden im Hause sämtliche Ansprüche und vor allem das Tempo aller Verrichtungen zurückgeschraubt. Man atmete auf. Wer imstande war, das Leben zu genießen, tat dies auch.

Vor allem Ernestine, die sich doch eigentlich so innig gewünscht hatte, bei Friedrich Wieck zu studieren, freute sich nun über seine Abwesenheit. Sie wusste nicht genau, wie ihr Lehrer zu Robert Schumann stand, doch sie hatte das Gefühl, Friedrich Wieck würde es nicht billigen, wenn sie sich zu eng an seinen ehemaligen Schüler anschloss. Es kam ihr vor, als hege ihr Lehrer eine gewisse Abneigung gegen den jungen Mann. Außerdem hatten die Wiecks ihrem Vater versprochen, seine lebenslustige Tochter wie einen Augapfel zu hüten. »Der Ruf einer jungen Dame ist ihr höchstes Gut«, hatte ihr Vater eindringlich angemahnt. »Ich hoffe, ich kann mich auf Sie verlassen.« Natürlich hatte man ihm alles versprochen und natürlich war auch Ernestine selbst guten Willens. Mit einem jungen Mann wie Robert Schumann hatte sie allerdings nicht gerechnet.

So ging man also spazieren: zu dritt und bei jedem Wetter. Robert Schumann ließ sich sogar überreden, die Freiübungen, zu denen ihn Clara einst gezwungen hatte, zu demonstrieren. Besonders seine Liegestütze trugen zur allgemeinen Erheiterung, auch der der zufälligen Passanten bei.

Erst nach einiger Zeit stellte Clara mit Befremden fest, dass sich Robert Schumann Ernestine gegenüber anders verhielt als zu ihr selbst. Immer öfter fiel ihr auf, dass die beiden Blicke tauschten, die für Claras Geschmack zu lange währten, dass Ernestine errötete und die Augen senkte, obwohl für ein solches Benehmen kein Anlass bestand, und dass sie miteinander flüsterten, wenn sich Clara ein paar Schritte entfernte. Besonders störte es sie, dass Robert Schumann plötzlich auch ihr selbst gegenüber ein verändertes Verhalten an den Tag legte. Er machte Scherze, über die sie nur den Kopf schütteln konnte, und benahm sich wie ein bräsiger alter Onkel, so kam es ihr vor.

»Ich bin kein dusseliges Kind, Herr Schumann!«, fuhr sie ihn ärgerlich an, als er wieder einmal den reifen Erwachsenen spielte und zu allem Überfluss dabei auch noch Ernestine zuzwinkerte. »Das könnten Sie inzwischen wissen.« Sie blieb stehen und verschränkte die Arme vor der Brust. »Wenn ich Ihnen zu kindisch bin, können Sie beide gerne auch allein spazieren gehen. Für meine Begriffe bewegen Sie sich ohnedies viel zu lahm. Ein frisches Kind wie ich würde auch ein weitaus schnelleres Tempo schaffen.« Ihre Stimme klang fest und energisch. In Wirklichkeit aber spürte Clara, wie sich ihre Kehle zusammenzog und Tränen sich in ihre Augen drängten. Wie damals in Paris, als sich die jungen Komponisten so köstlich amüsierten, fühlte sie sich ausgeschlossen und zurückgestoßen.

Sie dachte an Mila, ihre einzige Freundin und Altersgenossin, die zur Zeit – wie so oft – mit ihren Eltern verreist war. Mit Mila befand sie sich auf einer Ebene. Auf Augenhöhe, wie man sagte. Doch auch Robert Schumann hatte sie bisher für einen Freund gehalten und selbst Ernestine benahm sich ungezwungen und freundlich, wenn sie mit ihr allein war. Waren die beiden jedoch zusammen, schienen sie plötzlich eine Einheit zu bilden, an der Claras Freundlichkeiten zerschellten wie ein morsches Segelschiff an einem Felsen im Meer – ein Bild, das Clara aus einer der romantischen Erzählungen übernommen hatte, von denen Robert Schumann schwärmte.

Erschrocken warben Ernestine und Robert Schumann von nun an um Claras Freundschaft. Unaufgefordert erzählte Ernestine von dem Bräutigam, den der Vater für sie ausgesucht hatte – »nicht mehr jung, aber sehr vermögend und sehr angesehen«. Dabei wurde ihr Gesicht ungewohnt ernst. Eines Tages brach sie sogar in Tränen aus und stampfte mit ihren rot beschuhten Füßchen auf den Boden. »Nie, niemals werde ich diesen Menschen heiraten! Eher sterbe ich.« Dabei legte sie die Hände auf die Brust und gestand, der Gedanke an diese Heirat verursache ihr buchstäblich Schmerzen. »Du kannst dir nicht vorstellen, Clara, wie weh das manchmal tut.« Clara nickte und hielt ihre Hände an die Wangen. »Ich kenne das«, stimmte sie zu.

Auch Robert Schumann bemühte sich wieder um Clara, mehr als je zuvor. »Der Schweinekerl!«, sagte August über ihn. »Einerseits die Millionenbraut und andererseits unsere Clara! Bei einer wird es schon klappen, denkt er wohl. Seine Zeitung soll ja nicht besonders viel einbringen.« Dann berichtete er, dass der feine Herr auch noch andere Fische an der Angel habe. »Die Madame Voigt«, sagte er und spuckte symbolisch aus. »Die schöne Henriette, große Dame der Gesellschaft, aber kann die Augen nicht von ihm lassen. Dann noch seine alte Christel, die ihm die Krankheit angehängt hat. Soll vor kurzem eine Tochter bekommen haben, von wem auch immer. Ganz zu schweigen von diversen Kuchenverkäuferinnen und Blumenmädchen. Dass er außerdem mit dem Schuncke zusammenlebt, kommt mir auch nicht ganz koscher vor.« Nein, beim Hauspersonal in der Grimmaischen Gasse hatte Robert Schumann nicht den besten Stand.

2

Anders als bei den beiden ersten Geburten kehrte Friedrich Wieck diesmal rechtzeitig von seiner Klavierreise zurück. Als er eintraf, hatte sich Clementine gerade zu einem kurzen Mittagsschlaf hingelegt – eine neue Angewohnheit, die bisher für sie undenkbar gewesen wäre. Diesmal aber fühlte sie sich so müde und zerschlagen, dass sie am liebsten überhaupt nicht mehr aufgestanden wäre. Auf die beiden anderen Geburten hatte sie sich – bei aller natürlichen Angst und Sorge – gefreut. Diesmal aber war sie überzeugt, dass das neue Kind zwar vielleicht noch schöner als seine beiden Vorgänger sein würde, dafür aber vielleicht noch viel lauter und anstrengender. Täglich fragte sich Clementine, wie sie ein solches Schreikind wie den kleinen Clemens hatte gebären können, und sie hatte Angst vor dem, was mit dem neuen Kind auf sie zukommen würde. Am meisten aber fürchtete sie sich vor dem Augenblick, wenn ihr die Hebamme das Neugeborene in den Arm legen würde und sie selbst dabei wieder nichts anderes empfand als Leere, Erschöpfung und Überdruss.

Ich bin ein Monstrum!, dachte sie. Ich bin keine richtige Mutter. Richtige Mütter lieben ihre Kinder vom ersten Augenblick an, und der Tag der Geburt gehört zu den glücklichsten in ihrem Leben. Doch für solche Gedanken war jetzt keine Zeit. So schnell es ging, stand sie auf, deckte das Bett zu und eilte zu ihrem Gatten, der sie mit ausgebreiteten Armen erwartete.

»Tinchen!«, rief Friedrich Wieck in zärtlichem Ton, als sie ihm gegenüberstand und sich die zerzausten Haare zurückstrich. »Schön wie eine Blume! Die Mutterschaft steht dir gut.«

Clementine ließ sich umarmen und murmelte einen Willkommensgruß. Wie jedes Mal, wenn ihr Ehemann längere Zeit fort gewesen war, wunderte sie sich, wie laut und durchdringend seine Stimme klang – selbst jetzt, wo er sich doch um Sanftheit bemühte. Sie fragte sich, ob er sich heimlich ein Beispiel an seinem Freund Konsul List nahm, der in Leipzig manchmal fast schon Kopfschütteln hervorrief, so fürsorglich und liebevoll ging er mit seiner Familie um.

Da man den Hausherrn erst gegen Abend erwartet hatte, war noch kein Essen vorbereitet. Überrumpelt und beleidigt servierte die Köchin Berta die Reste des Mittagessens. Doch die befürchtete Zurechtweisung blieb aus. Genussvoll ließ sich Friedrich Wieck das karge Mahl schmecken. Er versicherte sogar, nirgendwo auf der Welt schmecke es so gut wie zu Hause. Die einträglichen Geschäftsabschlüsse, die ihm gelungen waren und von denen er kauend berichtete, hatten ihn offensichtlich milde gestimmt.

Sogar ein paar kleine Geschenke hatte er mitgebracht: für Clementine und für Clara jeweils ein schwarzsamtenes Abendtäschchen in Beutelform, das oben mit einem goldenen Band zugezogen werden konnte. »Ein Pompadour«, belehrte Friedrich Wieck die beiden Beschenkten. »Benannt nach dieser Person, na, ihr wisst schon. Aber elegant, nicht wahr? Davon verstehen sie etwas, die Französinnen.« Dann griff er noch einmal in seine Tasche und holte für Alwin und Gustav je ein Paket Spielkarten hervor. »Geige üben ist zwar wichtiger«, stellte er pädagogisch fest. »Aber hin und wieder, nun ja …«

Die beiden Knaben nahmen ihre Geschenke entgegen und vergaßen vor lauter Verblüffung sogar, sich zu bedanken.

Erst jetzt fiel Friedrich Wiecks Blick auf Ernestine, die hinzugekommen war und damit rechnete, ebenfalls bedacht zu werden. Für einen kurzen Moment kam Peinlichkeit auf. Dann fasste sich

Friedrich Wieck. »Ihnen, Mamsell, habe ich nichts mitgebracht. Ich rechne damit, dass im Gegenteil Sie mich beschenken werden, indem Sie dem Klavier Töne entlocken, von denen ein Klavierlehrer nur träumen kann.«

Ernestine errötete erfreut und machte einen Knicks, während sich Clementine wunderte, wie weltmännisch ihr Gatte klang, wenn er von seinen Geschäftsreisen zurückkam. Fast schon wie ein Diplomat. Wie lange dieser Schliff allerdings anhielt, musste sich erst noch erweisen.

Zwei Stunden später zeigte sich, dass die Welt tatsächlich nur ein paar Atemzüge lang innegehalten hatte und sich nun wie gewohnt weiterdrehte: Die Lehrer im Logier'schen Institut wurden niedergemäht, weil ihre Berichte nicht ausführlich genug gewesen waren. Ernestine schluchzte, weil sie hören musste, sie habe nicht ausreichend geübt und sei wohl auch nicht sehr fleißig spazieren gegangen, denn ihre Körperhaltung lasse zu wünschen übrig. Alwin und Gustav bekamen ihre Geigennoten um die Ohren, und das Personal wurde pauschal aufgefordert, sich gefälligst mehr anzustrengen. Nur die Kleinsten, Marie und Clemens, wurden getätschelt und auf die Stirn geküsst, und Clementine wurde wieder zum Schlafen geschickt.

Erst jetzt war Claras Stunde gekommen. »Nun, Clärchen?«, fragte Friedrich Wieck und atmete hörbar auf. »Was hast du für mich einstudiert?«

Clara kam es vor, als wäre durch die Rückkehr des Vaters ihre Welt wieder in Ordnung gekommen. Ernestine nahm wieder ihre Rolle als ehrgeizige Schülerin auf und übte fast den ganzen Tag. Allerdings bat sie, Friedrich Wieck möge ihr die täglichen Spaziergänge erlassen. Die regelmäßige Belastung sei zu viel für ihre zarte Konstitution und verursache ihr Schmerzen in der Brust.

Friedrich Wiecks erste Reaktion war ein heftiges Stirnrunzeln. Nach einem verstohlenen, unwilligen Blick auf den bedrohten Körperteil kam er jedoch zu dem Schluss, dass er für ein diesbezügliches Urteil nicht kompetent war. »Dann denken Sie wenigstens immer daran, sich kerzengerade zu halten!«, bestimmte er mürrisch. »Und vor allem: tief atmen! Atem ist Leben.«

Atem ist Leben, das dachte auch Clara, wenn sie von nun an wieder allein in die Natur hinausmarschierte: doppelt, nein, dreimal so schnell wie noch vor wenigen Tagen. Zwar gab es nun nichts mehr zu lachen, aber sie brauchte auch nicht mehr das Gefühl zu haben, man nehme sie nicht für voll. Entschlossen zwang sie sich, nicht an Robert Schumann zu denken, von dem sie sich noch immer missachtet fühlte. Dennoch: als er eines Nachmittags plötzlich hinter der großen Eiche hervortrat, wo er auf sie gewartet hatte, hüpfte ihr Herz vor Freude und aller Groll war vergessen.

Von nun an schloss er sich ihr immer wieder an – nicht für den ganzen Spaziergang, wohl aber für die letzte Stunde. Wie früher, als es noch keine Ernestine gab, sprachen sie über Musik und über ihre Wünsche an die Zukunft. Wieder nannte er sie seine Seelenverwandte und vereinbarte mit ihr ein telepathisches Experiment, von dessen Erfolg er überzeugt war: In der Nacht, um Punkt elf Uhr, wenn der Mond schon aufgegangen war, sollten sie sich beide ans Klavier setzen und das Adagio aus Chopins »Variationen« spielen. Dabei sollten sie in höchster Intensität aneinander denken und sich vorstellen, dass sich ihre Doppelgänger in ebendiesem Moment am Thomaspförtchen trafen. »Vielleicht gibt uns das Schicksal dann sogar ein Zeichen, und an deinem und an meinen Klavier zerspringt im selben Augenblick eine Saite«, fügte Robert Schumann lächelnd hinzu.

Auch Clara lächelte. Der Gedanke gefiel ihr, obwohl sie ihn gleichzeitig für vollkommen verrückt hielt. Der Herr Schwärmerer!, dachte sie nachsichtig, versprach aber, am Abend ganz gewiss zur Stelle zu sein: am Klavier und am Thomaspförtchen, Clara und Zilia, Robert und Eusebius – oder gar der wilde Florestan?

Nie hätte sie am folgenden Nachmittag zu gestehen gewagt, dass sie am Klavier eingenickt und erst gegen Mitternacht wieder aufgewacht war. Robert Schumann aber lächelte beglückt und berichtete, er habe ihre Seele gespürt. Von Ernestine war keine Rede mehr, obgleich August berichtete, die beiden träfen sich heimlich im Haus der Madame Voigt und angeblich sogar in Robert Schumanns eigener Wohnung.

Clara hörte Augusts Bericht an und zuckte die Achseln. Eigentlich wollte sie gar nicht Bescheid wissen. Sie war zufrieden. So wie es war, war es schön. Sogar zu den Treffen der Davidsbündler nahm Robert Schumann sie nun hin und wieder mit, obwohl bisher noch nie ein weibliches Wesen bei diesen Zusammenkünften zugelassen war. »Eine Komponistin«, begründete Robert Schumann die Übertretung der Regeln. »Eine Künstlerin. Für dich soll keine Tür verschlossen bleiben.«

Clara war glücklich. Sie saß im Hinterzimmer des »Kaffeebaum« und trank mit Robert Schumanns Freunden bayrisches Bier. Sie hörte zu und war es zufrieden, dass man sie kaum beachtete. Es war schon viel, dass man sie nicht ausschloss. Sie stand nicht mehr im Schatten, während sich die Erwachsenen amüsierten. Sie durfte zumindest dabei sein.

So fing sie an, systematisch die Bücher zu lesen, von denen jene sprachen, die Schwärmerer, die die Freiheit wollten und ihre Fantasie mit Gespenstergeschichten knebelten. Eine Welt der Dunkelheit beschworen sie herauf, voller geheimnisvoller Kräfte und unterdrückter Leidenschaften. Ein wenig märchenhaft, dachte Clara. Vielleicht sogar ein wenig kindisch, wenn man es mit Friedrich Wiecks realistischem Blick betrachtete, den sich Clara längst angeeignet hatte. Aber doch auch irgendwie schön und poetisch, selbst wenn die telepathischen Experimente, die Robert Schumann so sehr fesselten, nicht funktionierten.

Es war deshalb bestimmt keine Lüge, sondern eher ein Freundschaftsbeweis, wenn Clara ohne Erröten flunkerte, ein geheimnisvoller Schwindel habe sie erfasst, als ihre Doppelgängerin am Thomaspförtchen stand und auch sie selbst, Clara, sich plötzlich an jener Stelle befand. »Ich meinte, Clara und Zilia wären eins geworden«, versicherte sie Robert Schumann und glaubte es fast schon selbst. Er aber hatte Tränen in den Augen und drückte ergriffen ihre Hände. Wessen Hände wohl? Claras? Zilias? Oder die Hände einer Fantasiegestalt, die er sich ausgedacht hatte, weil er glaubte, sie würde seinem Leben die ersehnte Erfüllung bringen?

3

In einer regnerischen Sommernacht gebar Clementine ihr drittes Kind, wie das erste wieder ein Mädchen. Sie war erleichtert, denn sie wusste, dass ihr Gatte Töchter vorzog. Es war eine leichte Geburt. Sogar die Hebamme wunderte sich darüber und meinte ein wenig verdrießlich, wenn alle Kinder so reibungslos zur Welt kämen, könne sie ihren Beruf an den Nagel hängen. »Ein schönes Kind!«, erklärte sie dann, wie nach jeder Geburt. Mütter und vor allem Väter erwarteten dieses Lob, selbst wenn der Hebamme manchmal eher die Bemerkung auf der Zunge lag, »es« würde sich schon noch auswachsen, oder es sei eben für das arme Würmchen ein schwerer Kampf gewesen, sich aus dem schützenden Mutterschoß zu befreien. Kein Wunder, dass es danach etwas ramponiert aussehe. Das neue kleine Mädchen im Hause Wieck war allerdings wirklich ein recht hübsches Kind, dachte die Hebamme. Hübscher jedenfalls als der kleine Brüller, um dessen Schönheit seine Mutter seinerzeit so viel Aufhebens gemacht hatte.

Ein schönes Kind? Im Zwielicht des aufkommenden grauen Morgens betrachtete Clementine das zarte Gesichtchen neben sich auf dem Kissen. Um es noch besser sehen zu können, stützte sie sich auf den Ellbogen. So winzig!, dachte sie und erinnerte sich zugleich daran, dass sie nach den früheren Geburten zu schwach gewesen war, um sich aufzurichten. So winzig. Aber irgendwie schon richtig ausgeprägt. Das Gesicht eines kleinen Menschen eben. Nicht eigentlich schön, aber genau richtig. Ein Menschlein, wie es sich gehörte. Keine Fremdheit stand zwischen Mutter und Säugling. Keine Illusion vom schönsten Kind der Welt – Selbstbetrug, der wohl dazu gedient hatte, über das Fehlen dessen hinwegzutäuschen, was Clementine von sich selbst verlangt hatte: unvergleichliche Freude und überwältigende Mutterliebe.

Was sie jetzt empfand, war etwas ganz anderes, das sie gar nicht benennen konnte. Jedenfalls war es ein gutes Gefühl, ein wohliges Gefühl, eine Mischung aus Dankbarkeit und Zufriedenheit. Dankbarkeit, nicht nur weil das Kind nun da war und offenkundig alles mit ihm stimmte, sondern auch dafür, dass die Schmerzen erträglich gewesen waren, dass die Geburt nicht zu lang gedauert hatte und sie selbst sich wohl bald erholt haben würde. Dankbarkeit auch, dass ihr Ehemann diesmal neben ihrem Bett saß und ihre Hand hielt. Dankbarkeit, dass er so ruhig war und so sanft wie sonst nie, außer vielleicht Clara gegenüber.

»Wenn es dir recht ist, könnten wir sie Cäcilia nennen«, schlug er vor. Seine Stimme war leise und zitterte.

»Cäcilia«, wiederholte Clementine. »Das ist ein schöner Name. Die Patronin der Kirchenmusik, nicht wahr?«

Er nickte kaum merklich.

Clementine begriff, dass ihm dieser Name viel bedeutete.

In diesem Moment öffnete die Kleine die Augen. Sie blickte in die graue Morgenwelt und dann auf ihre Eltern, die sich vorbeugten, um dem neuen Menschenwesen ihre Gesichter zu zeigen. Ernst und forschend schaute das Kind sie an, als hätte es aus einer anderen Welt ein geheimes Wissen mitgebracht, das ihm half, alles zu verstehen.

»Cäcilia!«, flüsterte Friedrich Wieck heiser, und auf einmal wusste Clementine, was jene meinten, die sagten, man könne fast sterben vor lauter Seligkeit.

An den folgenden Tagen regierte das Glück in der Grimmaischen Gasse. »Es ist so schön alles«, sagte sogar Alwin eines Abends zu Clara. Dann schwieg er verwirrt, weil er sich selbst nicht wiedererkannte.

Am Morgen, beim Frühstück, saß die Familie beisammen und sogar Friedrich Wieck trank seinen Kaffee im Sitzen. Clementine thronte den ganzen Vormittag lang rotbäckig im Bett und empfing wie eine Königin ihre Gratulanten. Überall standen Blumen und im Logier'schen Institut spielte man Mozart. Die rundliche Amme aus Connewitz gestand, sie habe noch nie einen angenehmeren Posten gehabt, und ein Konkurrent aus Wien, der die Klavierfabrik besichtigte, rieb sich die Hände, weil er sicher war, Friedrich Wieck, der alte Fuchs, habe seinen Biss verloren und sei ab jetzt wohl nicht mehr gefährlich.

Man war glücklich auf eine kindliche, gläubige Art. Man fühlte sich sicher und geborgen und meinte, so würde es nun immer weitergehen. Sogar Clemens hatte aufgehört zu schreien. Still lag er abends in seinem Bettchen, wenn Clementine zu ihm hereinkam und ihn auf die Stirn küsste. Dann lächelte er ein wenig, schloss die Augen und schlief gleich ein. Clementine dachte, dass seine Amme wohl recht gehabt hatte, als sie meinte, er schreie nur, um seine Lungen zu kräftigen. »Vielleicht will er einmal eine Stimme bekommen wie sein Vater«, hatte die Amme augenzwinkernd hinzugefügt. Nun aber, dachte Clementine, war seine Lunge wohl kräftig genug und die Hausbewohner durften nachts in Ruhe schlafen – vor allem Cäcilia, die ein wahrer Sonnenschein war und nur Freude um sich verbreitete.

Ja, man war glücklich und hielt sich für unverwundbar. Niemand rechnete damit, dass Cäcilias Amme eines Morgens einen Schrei ausstoßen würde, der das Haus zum Einsturz zu bringen schien. Ein anhaltender, durchdringender Schrei, der die goldenen Tage im Hause Wieck beendete. Als er verklungen war und sich die Hausbewohner erschrocken in der Tür drängten, stand der Mund der Amme immer noch offen, als könnte sie ihn nie wieder schließen. Den Blick abgewandt, wies sie mit ausgestrecktem Arm auf das Bett in der Ecke, in dem der kleine Clemens lag. Da begriffen alle gleichzeitig, dass er nie wieder schreien würde und dass seine Lungen wohl doch nicht kräftig genug gewesen waren oder vielleicht auch sein Kinderherz nicht.

»Was ist mit Clemens?«, fragte seine ältere Schwester.

Clara zog sie an sich. Sie erinnerte sich an die Briefe, die ihre

Mutter aus Berlin geschickt hatte. Vom kleinen Viktor hatte sie da berichtet, der nun bei den Engeln sei, genauso wie das Schwesterchen Adelheid, das noch vor Clara geboren worden war. »Ja, weißt du, Mariechen«, antwortete Clara zögernd. »Ich glaube, unser lieber Clemens ist jetzt ein Engel.« Schon während sie es sagte, hätte sie am liebsten laut geweint. Doch um Maries willen zwang sie sich zur Ruhe.

Marie blickte sie zweifelnd an. Dann trat sie ans Bett ihres Bruders und streichelte sein Haar. »Darum schreit er auch nicht mehr«, stellte sie sachlich fest. »Nicht wahr, Clara, Engel schreien nicht?«

»Kinder sind kein Besitz«, sagte Clementines Mutter, als sie am Abend vor dem weißen Bettchen stand und auf das weiße Gesichtchen und die gefalteten weißen Hände hinunterblickte. »Nicht einmal ein Geschenk. Sie sind nur geliehen. Wenn der Herrgott sie zurückholt, dürfen wir nicht hadern.« Dann senkte sie schnell den Kopf, damit man nicht von ihrem Gesicht ablesen konnte, wie heftig sie selbst ihn anklagte, weil er dieser Familie ein paar Tage lang das Paradies gezeigt hatte und dann das Tor wieder zufallen ließ.

Geisterballett

I

Es dauerte lange, bis das Entsetzen und der Schmerz, die über das Haus in der Grimmaischen Gasse hereingebrochen waren, ihre Macht einbüßten. Zu groß war die Hilflosigkeit gewesen, als sie sich alle um das kleine Bett scharten und begreifen mussten, dass nicht sie selbst es waren, die über die menschliche Existenz entschieden. Gesundheit oder Krankheit, Leben oder Tod – man mochte hoffen und planen, doch was wirklich geschah, darauf hatte man nur geringen Einfluss. Man musste es hinnehmen, jeder auf seine Art.

Friedrich Wieck war der Erste, der wieder zur Tagesordnung überging. »Das Leben schreitet weiter«, sagte er in entschuldigendem Ton zu Clementine, die schweigend zusah, wie er schon bald wieder hin und her hastete, als hätte es jenen weißen Kindersarg nicht gegeben, auf den die Erdbrocken niederfielen und der zur Besinnung mahnte. »Die Geschäftswelt ist hart«, fuhr Friedrich Wieck fort, weil ihm Clementines Schweigen keine Absolution erteilte. »Die Konkurrenz wartet nur darauf, mich zu verdrängen. Wenn ich nicht ständig an die Qualität meiner Klaviere erinnere, werden sie vergessen.« Er schwieg kurz. »Das Gleiche gilt auch für Clara«, murmelte er dann. »Man muss sie präsentieren. Sie kann noch so gut sein, ein Genie am Pianoforte: Wenn sie sich nicht ständig zeigt, kräht bald kein Hahn mehr nach ihr.«

Clementine presste die Lippen zusammen. »Du willst also wieder auf Reisen gehen«, stellte sie fest. Eigentlich wunderte sie sich nicht darüber. Sie hatte nur gehofftt, ihr Gatte würde ein wenig länger bei den Seinen bleiben. Auch wenn er nicht der zärtliche Vater war, der alle um sich scharte, vermittelte er doch durch seine bloße Anwesenheit im Haus ein Gefühl der Sicherheit. »Wann willst du fahren?«, fragte Clementine und wandte sich ab.

Friedrich Wieck schüttelte den Kopf und trat auf sie zu. »Natürlich jetzt noch nicht, Tinchen!«, versicherte er und wollte sie umarmen.

Doch Clementine wich zurück. »Wie auch immer!«, murmelte sie abweisend. Dann ging sie aus dem Raum und hinüber ins Kinderzimmer, um nachzusehen, ob Marie und Cäcilia noch atmeten.

Auch Clara war bedrückt und weinte oft, wenn sie allein war. Wie eine Welle brach die Trauer immer wieder über sie herein, einer Erinnerung gleich, die sich nach und nach selbstständig machte, sodass Clara nun manchmal leise aufschluchzte, ohne dabei überhaupt an Clemens zu denken. Es war nur noch der Schmerz an sich, der in ihr weiterlebte, und vielleicht sogar die Angst, auch selbst ausgeliefert zu sein.

»Du bist eine Künstlerin, Clara«, sagte ihr Vater einmal zu ihr, als er bemerkte, dass sie Tränen in den Augen hatte. »Wenn du leidest, wird es deine Kunst verfeinern. Nur wer leidet, kann verstehen, und nur wer versteht, kann auch andere mit sich reißen.« Dann ließ er sie allein, um im Logier'schen Institut nach dem Rechten zu sehen. Es war wohl wirklich noch zu früh, Clara schon wieder den Strapazen einer Tournee auszusetzen. Zwei, drei Wochen noch, dachte er bedauernd. Zwei, drei Wochen, dann werden die Tränen versiegt sein und der kleine Russe ist wieder stark genug, die Welt zu erobern.

In der Zwischenzeit ging Clara ihrer Routine nach und schrieb darüber hinaus jede Woche mehrere lange Briefe an Mila, die noch immer nicht von ihrer Reise zurückgekehrt war. Zurzeit hielt sich die ganze List-Familie in Paris auf, wo der Konsul die Werbetrommel für den Bau von Eisenbahnen rührte. »Chemin de fer« war nun wohl das meistgebrauchte Wort in der Familie.

Clara fürchtete bereits, Mila würde nie mehr nach Leipzig zurückkehren.

Der Gedanke, Mila vielleicht zu verlieren, trug noch das seine zu Claras Kummer bei. »Komm bald wieder, liebste Freundin!«, schrieb sie in ihrer krakeligen, kindlichen Schrift, für die sie sich schämte. »Vergiss nicht: Ich bleibe auf immer Deine stolze, eitle, bescheidene, kindische, treue, treue, ewig treue Clara.« Dabei hoffte sie, dass womöglich schon morgen wieder ein Brief aus Paris eintreffen würde, ebenso ausführlich und ebenso vertraulich wie Claras Schriftstücke aus Leipzig. Oh, wie sehnte sie sich danach, die Freundin endlich wiederzusehen, in endlosen Gesprächen mit ihr die eigene, schwierige Welt verstehen zu lernen und Ordnung im Durcheinander der vielen unverstandenen und beunruhigenden Gefühle zu schaffen! Was bedeutete da schon, dachte sie, die Seelenverwandtschaft mit einem Erwachsenen, der sie bei aller Telepathie und Doppelgängerei ja doch nie verstehen würde!

Jeder im Hause schien mit sich selbst beschäftigt zu sein. Da Friedrich Wieck es nirgendwo länger als fünf Minuten aushielt, versenkte sich Clara immer tiefer in ihr eigenes Schaffen. Wenn sie eines der kurzen Stücke, die ihr am meisten lagen, fertiggestellt hatte, war sie zunächst immer davon begeistert. Bald aber fing sie an zu zweifeln. Immer öfter kehrte sie ans Klavier zurück, spielte alles noch einmal und stellte alles in Frage.

Noch vor Ernestines Ankunft hatte Clara Robert Schumann ihr »Romance varié pour le Piano« gewidmet, sieben Variationen, die ihr als Pianistin alle Möglichkeiten boten, das Publikum mit ihrer Virtuosität zu beeindrucken. Das Herz klopfte ihr vor Genugtuung, wenn sie mit einem überwältigenden Kadenzgedonner ihren Vortrag abschloss. Kein Wunder, dass sie meinte, auch Robert Schumann müsse davon beeindruckt sein.

Welche Enttäuschung daher, als er auf ihre Widmung nur mit unverbindlichen Schmeicheleien antwortete, hinter denen sie sogar Sarkasmus zu entdecken glaubte. Eine »helle Sonne«

nannte er sie. Ihr Werk sei so bedeutend, dass ihm selbst nur die Rolle des Mondes bleibe. Im Vergleich zu ihr sei er eine »niedrige Ulme«, die vom »edleren Weinstock« – also Clara – aufgezogen werde. Zu allem Überfluss überreichte er ihr einige Tage später einen »kleinen musikalischen Gedanken«, seine »Impromptus«, in denen er Claras Werk »geistreich bearbeitete«.

Ein Geschenk an Clara sollten die »Impromptus« sein, in Wahrheit aber – so empfand es Clara – wies er sie damit nur in ihre Schranken. Der erwachsene Komponist zeigte der Anfängerin ihre Grenzen. Zu allem Überfluss widmete er sein Werk nicht einmal ihr, sondern Friedrich Wieck, der es verächtlich in die Lade warf, in der schon die Briefe seiner ersten Gemahlin vermoderten.

Lange zerbrach sich Clara den Kopf über Robert Schumanns Beweggründe. Da er sie jedoch stets mit großer Liebenswürdigkeit behandelte, kam sie zu dem Schluss, er habe ganz sicher nur als Freund gehandelt und ihrem Werk Ehre erweisen wollen, indem er es bearbeitete. Trotzdem kränkte es sie zutiefst, als ihre »Romance varié« in der »Allgemeinen Musikalischen Zeitung« nur ganz nebenbei erwähnt wurde, während man Robert Schumanns »Impromptus« über den grünen Klee lobte. Als dann der österreichische Dramatiker Franz Grillparzer auch noch die »heimliche Tücke und den leisen Schalk« des Komponisten rühmte, hämmerte Clara mit geballten Fäusten auf die Tasten, da dies ja wohl ihre eigene heimliche Tücke und ihr eigener leiser Schalk gewesen waren. »Nehmt mich doch ernst!«, flüsterte sie verbittert. »Ich bin Clara Wieck, nicht irgendein Winzling von Doppelgänger, den man missachten darf.«

Zum ersten Mal kam ihr der Gedanke, dass ihr Vater vielleicht recht gehabt hatte, als er sie warnte, Doppelgänger brächten nur Unglück. Jedenfalls, so beschloss sie, wollte sie auf keinen Fall ein verkleinerter weiblicher Doppelgänger des männlichen Genies Robert Schumann sein. Robert Schumann – ihr lieber Freund? Konnte es eine wahre Freundschaft geben zwischen zwei Künstlern, die sich ehrgeizig in ähnlichen Bahnen bewegten?

Sie wollte geachtet werden. Geachtet nicht nur von ihrem Vater und vom Publikum in den Provinzstädten, sondern auch von den Kritikern der Großstadtpresse und von den verwöhnten Musikkennern der Metropolen. Paris, Wien, London, Berlin – das war die Welt, in der sie sich bewegen wollte. Bach, Beethoven und Schubert sollten ihre Meister sein, Chopin, Liszt und Mendelssohn ihre Konkurrenten.

Noch aber betrachtete man sie als das hübsche Wunderkind, das allmählich zum jungen Mädchen heranreifte. Noch galt sie als ein Versprechen an die Zukunft. Doch die Zukunft war bereits in ihr, das fühlte sie. Früher als die anderen hatte sie begonnen, früher wollte sie am Ziel sein – so wie er, der das Gleiche ersehnte wie sie selbst: Robert Schumann. Ihr Freund? Ihr heimlicher Doppelgänger? Ihr Schicksal – glückbringend oder gefährlich?

Jeden Tag verbrachte Robert Schumann viele Stunden mit seinen Kompositionen, die immer vollkommener wurden, immer eigenständiger, dachte Clara. Seine »Papillons« mit ihren Anspielungen auf die fliehende Zeit und die Flüchtigkeit aller Träume hatten sie so begeistert, dass sie sich heimlich wünschte, sie wären von ihr selbst. Sogleich hatte sie sie einstudiert und in ihr Repertoire aufgenommen. Es kam ihr vor, als habe Robert Schumann als Komponist zu sich selbst gefunden, und obgleich sie wohl mehr arbeitete als jedes andere Mädchen in Leipzig, nahm sie sich dennoch vor, es Robert Schumann gleichzutun und ebenso tätig zu sein wie er.

Als sie ihm davon erzählte, lächelte er und erklärte, genau so müsse eine wahre Künstlerfreundschaft beschaffen sein: dass man sich gegenseitig anregte und beflügelte. »Gemeinsam zu den Sternen!«, sagte er und schenkte ihr eine Orangenblüte, die sie sich ins Haar steckte und noch am selben Abend zwischen zwei Löschblättern presste, um sie für immer zu bewahren. Sie war froh, dass er endlich einmal nichts von Doppelgängern gesagt hatte.

Manchmal dachte Clara, ihr Vater habe recht gehabt, als er sagte, wenn sie leide, würde dies ihre Kunst verfeinern. Dass das Leiden ihr Schmerzen bereitete, störte ihn ebenso wenig, wie es ihn bekümmert hatte, dass Clara als Kind nicht sprach. Klavier spielen konnte man, auch ohne zu reden, und die Menschen ergreifen, ohne selbst glücklich zu sein. Wahrscheinlich würde es das Publikum sogar noch stärker faszinieren, wenn eine Virtuosin am Klavier saß, die stumm war und sich nur in Tönen mitteilen konnte. Ein Wunderkind, das sich nach seinem Auftritt als kleine Plaudertasche erwies, war dem geheimnislosen Alltag zu nahe, näher jedenfalls als eine blasse Schönheit, die nicht diskutierte, sondern wie ein Wesen aus einer idealen Welt sanft und schweigend vorbeischwebte.

Clara war bewusst, dass sie nicht glücklich war. Zwischen dem Reich der Kindheit und dem unbekannten Land der Zukunft schwankte sie hin und her, fühlte sich einmal hier zugehörig, dann wieder dort und war überall fremd. Der Tod des kleinen Clemens hatte diese Unsicherheit verstärkt. Vor allem aber war es der heimliche Spott, mit dem Robert Schumann ihre »Romance varié« bedacht hatte, der sie sich selbst in Frage stellen ließ. War sie denn überhaupt in der Lage, ein Werk zu schaffen, das nicht nur in den unkritischen Bürgerhäusern der Provinz anerkannt wurde, sondern auch von jenen, auf deren Urteil es ihr ankam? Und: was würde ihr Vater dazu sagen, wenn sie von seinen Vorgaben abwich? Das abfällige Wort vom »Trillerpüppchen« fiel ihr ein, das einmal ein Kritiker den Wunderkindern der Salons entgegengeschleudert hatte. Nicht von Clara war da die Rede gewesen, aber dennoch hatte sie sich angegriffen gefühlt. Trillerpüppchen – genau das war es, was sie nicht sein wollte. Nicht mehr sein wollte?

In dieser Stimmung, als sie den Tod des kleinen Bruders beweinte und sich zugleich von Robert Schumann und jenen anderen, die sich im Besitz der Wahrheit wähnten, missachtet fühlte, begann sie die Arbeit zu ihrem nächsten Werk, ihr Opus 5, mit dem sie neue Wege beschreiten wollte.

Ihre bisherigen Kompositionen waren fast ohne Mühe entstanden, ein hinreißendes Dahinperlen, der Fülle ihres Talents entsprungen und mit dem einzigen Zweck, zu verblüffen und zu gefallen. Diesmal aber sollte es anders werden. In ihre tiefste Seele wollte sie hineinhören, wie Robert Schumann ihr geraten hatte. Was fühle ich? Was treibt mich an? Wohin will ich? Wohin gehöre ich überhaupt?

So viel Unruhe war in ihr, so viel unterdrückter Zorn über eine Ungerechtigkeit, die sich nur spüren, aber nicht fassen ließ. Dazu noch ein heimlicher Spott, mit dem sie sich über die eigenen Zweifel lustig machte. Bei aller Verunsicherung war ihr doch bewusst, dass sie in ihrem jungen Leben schon viel mehr erreicht hatte als fast jede andere Gleichaltrige. Warum aber genügte es ihr nicht? Warum freute sie sich nicht einfach über den Beifall, der ihr entgegenschwoll, und über die Leichtigkeit, mit der sie aufnahm und schuf, wo sich andere mühten und quälten? War dies der Unterschied zwischen Talent und Genie, dass das Genie nie satt wurde? War es vielleicht das, was sie mit Robert Schumann gemeinsam hatte und was sie zu ihm hinzog über alle Distanz von Alter und Charakter hinweg? War sie wie er dazu verdammt, niemals zufrieden zu sein und immer nur für kurze Zeit glücklich?

Opus 5: »Quatre Pièces Caractéristiques«. Mit »Le Sabbat« begann es, einem furiosen Hexensabbat, witzig und zornig zugleich; erst ganz laut, dann wieder drohend leise und beunruhigend; beißende Dissonanzen und chromatisch absteigende Apoggiaturen. Keine zu Herzen gehende Lieblichkeit mehr wie in der »Romance varié«, nicht mehr das Werk eines Wunderkindes, sondern der trotzige Aufschrei einer Seele, die auf der Suche ist und fürchtet, niemals bei sich selbst anzukommen.

Danach dann die quirlige »Caprice à la Boléro« und die »Romance«, ein sanftes Schweben zwischen H-Dur und h-Moll, zwischen freudiger Hoffnung und ängstlicher Sehnsucht, verträumt und versponnen – so viel Gefühl auf einmal und so wenig Interesse daran, die eigene Virtuosität zu beweisen!

Als Abschluss »Le Ballet des Revenants«, das Geisterballett, angeregt durch die Lektüre der romantischen Dichter und doch ganz und gar Claras eigenes Werk. Schemenhafte Spukgestalten erschienen da und gaben Rätsel auf, zeigten sich, huschten davon und kehrten zurück, trieben ihren Scherz und verloren sich dann im leise verklingenden Schluss.

Zum ersten Mal hatte Clara das Gefühl, nichts mehr ändern zu wollen, nichts ändern zu können und auch nichts ändern zu dürfen. Das »Geisterballett« – das war sie und so fühlte sie. Als es fertig war, konnte sie endlich aufatmen.

Zugleich aber dachte sie an ihren Vater. Er würde sofort verstehen, was diese Musik zu bedeuten hatte. Seine Clara war nicht mehr sein fügsames Mädchen, das er schieben konnte, wohin er wollte. Sein kleiner Russe – das mochte sie vielleicht noch sein: robust und stark im Ertragen. Doch ihr Wesen hatte sich verändert, hatte die Schale des angelernten Denkens durchbrochen und war vielleicht nahe daran, sich selbst zu finden.

Wie in einem Rausch brachte Clara ihre Kompositionen zu Papier. Während die Familie verstummt war in der Trauer um den kleinen Knaben, den sie alle so schwer ertragen hatten, als er noch lebte, saß Clara allein in ihrem Zimmer und spielte und schrieb, setzte fest und änderte.

Die »Quatre Pièces« reichten ihr nicht. Als die Noten dazu fein säuberlich in einer hellblauen Mappe lagen, zusammengebunden mit einem dunkelblauen Band, begann Clara schon mit ihrem Opus 6, den »Soirées Musicales«. Eine bunte Mischung: Toccatina, Notturno, Mazurka, Ballade, Mazurka, Polonaise – alles viel spielerischer als die »Quatre Pièces«, als wäre Clara in den letzten Wochen um eine halbe Welt weitergeschritten. Von Tag zu Tag fühlte sie sich freier. Eine Last war von ihrer Seele gewichen. Aus Papas Clärchen war Clara Wieck geworden.

2

Während im Haus in der Grimmaischen Gasse eine schmerzgedämpfte Stille herrschte, fiel Außenstehenden immer häufiger auf, dass es eine Person im Haushalt gab, deren Verhalten von dem aller anderen abwich. Es war Ernestine von Fricken, von der man, da sie nicht verwandt war, nicht verlangen konnte, dass sie wie die anderen schwarze Kleidung trug und bei Begegnungen auf der Straße pietätvoll die Augenwinkel betupfte, um zu demonstrieren, dass noch immer Tränen vergossen wurden, wo das Schicksal zugeschlagen hatte. Trotzdem hätte man erwarten können, dass sich Ernestine den Umständen anpasste und zumindest versuchte, ihr Temperament zu zügeln.

Doch nichts dergleichen geschah. Unempfänglich für die Stimmung in ihrer Umgebung sprang Ernestine die Treppen hinauf und hinunter, umschlang Alwin und Gustav, um mit ihnen zu tanzen, trällerte Lieder, die ein ehrbares Mädchen nicht einmal kennen sollte, und kleidete sich selbst bei Regenwetter, als befände sie sich irgendwo im Süden Europas, wo die Nichtstuer und Geldverschwender zusammentrafen und mit ihrer Lebensweise jeden Anstand verhöhnten. Rot war die Farbe, die Ernestine bevorzugte, rot ihre Kleidung und rot sogar ihre Backen, wenn sie in ständiger Eile durch Leipzigs Straßen fegte, als wäre jede Minute verloren, die sie an ihrem Ziel zu spät ankam.

Leipzig wäre nicht Leipzig gewesen, hätte es sich nicht bald herumgesprochen, wohin es Ernestine trieb: in das elegante Haus der Henriette Voigt, Bürgersgattin, doch auch eine begabte Musikerin und Herzensfreundin von Robert Schumann, der sich – welch ein Zufall! – immer gerade dann bei ihr aufhielt, wenn auch das junge Fräulein aus Asch auftauchte.

In der Öffentlichkeit wagten die beiden nicht, sich gemeinsam zu zeigen. Zu sehr fürchtete man Friedrich Wiecks strenges Regiment. Seine Meinung über Ernestines Begabung war hoch, doch ihr Verhalten in letzter Zeit hatte bereits sein Misstrauen erregt. Hätte er erfahren, dass sie sich insgeheim mit seinem ehemaligen

Schüler traf, hätte er sie wahrscheinlich mit der nächsten Postkutsche in ihr böhmisches Dorf zurückgeschickt.

Doch er brauchte es gar nicht erst zu erfahren. Durch die unerforschlichen Kanäle persönlicher Verbindungen war auf Gut Fricken bereits die Nachricht eingetroffen, die junge Dame bilde sich in Leipzig nicht nur auf musikalischem Gebiet weiter. Sogar der Name Schumann fand sich in einem scheinbar wohlwollend klingenden Brief, in dem die Schreiberin ihn als allseits bekannten Herzensbrecher rühmte. Da dies keine Eigenschaft war, die dem Vater einer jungen Tochter angenehm in den Ohren klang, forderte der Freiherr umgehend bei Friedrich Wieck genauere Informationen an. Seine Besorgnis war jedoch so groß, dass er Friedrich Wiecks Antwort gar nicht mehr abwartete, sondern sich umgehend mit einem Tross von Sekretären und Bediensteten nach Leipzig aufmachte.

Im »Hôtel de Pologne« stieg er ab und begab sich ohne Verzögerung in die Grimmaische Gasse. Die erste Begegnung mit dem Lehrer seiner Tochter glich dem Zusammenprall zweier Büffel, wie man es auf idealisierten Zeichnungen und Aquarellen bestaunen konnte, seit Europa das Leben der amerikanischen Rothäute als wunderbar natürlich und romantisch rühmte. Sogar an Lautstärke waren die beiden einander gleichwertig, wenn auch in der Tonhöhe verschieden. Jedenfalls zitterten die Familienmitglieder und die Diener um Friedrich Wiecks Leben.

Auf dem Höhepunkt der Auseinandersetzung kehrte Ernestine mit noch röteren Backen als sonst von ihrem Treffen mit dem Herrn Schwärmerer zurück. Sogar Friedrich Wieck verschlug es die Sprache, als er zusehen musste, mit welcher Bodenständigkeit die böhmische Aristokratie ihr Erziehungsrecht ausübte. An ihren ohnedies schon zerzausten Locken schleifte der Freiherr die lautstark protestierende Tochter durch den Raum und schleuderte sie zuletzt in Friedrich Wiecks Ohrensessel.

Danach beruhigte man sich. Jeder hatte Gelegenheit, seine Argumente kundzutun. Ernestine versicherte unter Tränen, Robert Schumann sei der anständigste und liebevollste Mensch, den die Welt je erblickt habe, und seine Absichten seien nichts als ehrenhaft. Nie – »nein wirklich, Papa, niemals!« – sei er ihr in irgendeiner Weise zu nahe getreten. »Ein Ehrenmann, lieber Papa! Wirklich!«

Auch Friedrich Wieck, der sich schuldig fühlte, weil er zu wenig auf den Umgang seiner Schülerin geachtet hatte, versicherte, Robert Schumann sei »ein hoch begabter, bis ins Tiefste geistig ausgebildeter Tonsetzer und Schriftsteller, nobel und schwärmerisch« – was den aufgeregten Freiherrn allerdings nur wenig besänftigte. Erst als Friedrich Wieck hinzufügte, der junge Mann habe von seinem verstorbenen Vater ein »gewisses Vermögen« geerbt, nahm Herr von Fricken auf dem Sofa Platz und verlangte, genauere Einzelheiten zu hören.

Friedrich Wieck tat sein Bestes. Schließlich beauftragte man August, den jungen Mann eilends herbeizuschaffen.

Friedrich Wieck atmete auf, als Robert Schumann eintraf. Da er sich noch immer im Hause Voigt aufgehalten hatte und nicht bei den Davidsbündlern im »Kaffeebaum«, war sein Äußeres so comme il faut, wie es von einem jungen Mann, der zum ersten Mal mit seinem möglichen Schwiegervater zusammentrifft, erwartet wurde.

Es dauerte bis lange nach Mitternacht, dann war alles geklärt: Gleich am nächsten Morgen sollte Robert Schumann seine Mutter in Zwickau informieren, dass er beabsichtige, sich zu verloben, und dass er mit seiner zukünftigen Braut und deren Vater auf dem Weg nach Böhmen sei.

»Wir werden sie nicht vermissen«, schrieb Friedrich Wieck am nächsten Abend in Claras Tagebuch. »Die Sonne brannte zu scharf auf sie, das heißt, Herr Schumann.« Damit legte er die Feder beiseite und atmete auf, weil das leidige Kapitel Robert Schumann nun endlich abgeschlossen und sein Clärchen nicht mehr in Gefahr war.

Obwohl nun alles geordnet schien, gewannen die Gerüchte, die sich mit der Affäre Schumann – Fricken befassten, an Schärfe.

Seltsamerweise ging es niemals darum, dass Ernestine aus adeligem Hause stammte, während Robert Schumann nur ein Bürgerssohn war. Sogar Madame Schumann in Zwickau wunderte sich, wie liberal der Vater ihrer künftigen Schwiegertochter gesonnen war. Gerührt zerdrückte sie ein paar Tränen, weil ihr lieber Robert offenbar das Herz seiner Schwiegerfamilie gewonnen hatte. Seit er als Verleger den Lebensweg seines Vaters fortsetzte, fand auch seine Mutter nichts mehr an ihm zu tadeln – außer vielleicht, dass er noch immer ein wenig zu leichtsinnig mit seinem Geld umging und ständig in Gefahr schwebte, sein »Capital« angreifen zu müssen. Aber das würde sich nun ja ändern. Ernestines Spitznamen »Millionenbraut« fand Madame Schumann zwar despektierlich, in seiner Bedeutung allerdings sehr beruhigend. »Meinen Segen habt ihr beiden«, schrieb sie deshalb in einem Brief, den sie bereits an das Gut Fricken adressierte, »von ganzem Herzen und mit ganzer Seele«.

Als sie diesen Brief verfasste, waren der Freiherr und Robert Schumann noch die besten Freunde. Während der Fahrt nach Asch vollendete Robert Schumann seine »Symphonischen Etüden« und widmete sie dem künftigen Schwiegervater. Herr von Fricken, selbst ein begabter Flötenspieler, nahm das Werk gerührt entgegen und kurz danach ein weiteres, das Schumann bereits in Leipzig komponiert hatte: den Zyklus »Carnaval«, in dem die Tonfolge A-S-C-H in jeder einzelnen Nummer wiederkehrte – als Anspielung auf den Heimatort Ernestines. Daneben wies die Tonfolge auf den eigenen Namen des Komponisten hin: SCHumAnn. Ein romantisches und augenzwinkerndes Zeichen der Liebe und Verbundenheit sollte das Werk sein, und Herr von Fricken wusste es zu schätzen.

Ernestine strahlte vor Glück, dass sich ihr Geliebter und ihr Vater so gut verstanden, und auch der Freiherr äußerte sich zufrieden darüber, dass Robert Schumann ganz offenkundig kein Mitgiftjäger sei, wie man zuerst befürchtet habe.

Robert Schumann lächelte milde und versicherte, Geld sei für ihn kein Heiratsgrund. Nur auf die Liebe komme es an.

Gleich nachdem man auf Gut Fricken eingetroffen war, tauschte man die Ringe, die man unterwegs erworben hatte. »Ich bin eine Braut!«, strahlte Ernestine und umarmte Robert Schumann so leidenschaftlich, dass er sich verlegen räusperte und sie sanft von sich schob.

Am späten Abend, als die Feier zu Ende war und die Gäste das Haus verlassen hatten, berief Herr von Fricken seinen künftigen Schwiegersohn zu einem Gespräch »unter Männern«. Robert Schumann nahm ihm gegenüber am Kamin Platz. Vielleicht dachte er an seinen Vater, der immer nur in seine eigene Welt eingesponnen gelebt hatte und außer seiner Tochter kaum jemanden an sich heranließ. Robert Schumann, das Kind, und Robert Schumann, der Heranwachsende, hatten sich immer nach einem Vater gesehnt. Für kurze Zeit schien Friedrich Wieck ihn ersetzen zu können. Doch er hatte seinen Schüler nach dessen Handverletzung unbarmherzig verstoßen – so empfand es wenigstens Robert Schumann. Nun aber sollte er endlich bekommen, wonach er sich sehnte. »Mein lieber Schwiegersohn«, redete ihn Herr von Fricken an, und Robert Schumann hörte es gern.

Was darauf folgte, war jedoch weniger nach seinem Geschmack. Niemand im Hause wusste genau, worum es in der Auseinandersetzung ging, die plötzlich ausbrach. Trotzdem konnten es sich die Gutsbewohner wahrscheinlich denken, und ihre Vermutungen und Behauptungen nahmen sofort ihren Weg nach Leipzig und sogar nach Zwickau.

Tatsache war, dass Robert Schumann in dieser Nacht mit dem Familiengeheimnis derer von Fricken konfrontiert wurde, nämlich dass Ernestine keine leibliche Tochter des Freiherrn war, sondern das uneheliche Kind seiner Schwägerin und eines verkommenen Subjekts namens Lindauer, der sich umgehend aus dem Staub machte, als er erfuhr, was er angerichtet hatte.

Herr von Fricken hatte das Kind gleich nach der Geburt ins Haus genommen und als sein eigenes erklärt – unehelich, aber eben doch das Kind des Gutsherrn. Erst vor kurzem hatte er beschlossen, Ernestine auch offiziell zu adoptieren, dies allerdings ohne Erbberechtigung. »Der Name muss genügen, lieber Schwiegersohn«, hatte er zu Robert Schumann gesagt, der unter ganz anderen Voraussetzungen hierhergereist war. Als dann in seiner Rocktasche auch noch ein anonymes Schreiben knisterte, in dem behauptet wurde, Ernestine sei nicht nur nicht das Kind des Freiherrn, sondern sei für kurze Zeit sogar seine Geliebte gewesen, gab es für Robert Schumann kein Halten mehr. Die roten Backen und das feurige Temperament des jungen Mädchens hatten ihren Reiz eingebüßt. Lieber jetzt als Schuft gelten als ein Leben lang mit einer Frau ausharren, die seinen idealistischen Vorstellungen von einer ehrbaren Gemahlin widersprachen und die noch dazu ohne jedes Vermögen vor den Altar treten würde.

So kam es, dass Robert Schumann mit hochrotem Kopf das Gutshaus verließ, während sich Ernestine weinend an ihn klammerte, um ihn zurückzuhalten. Herr von Fricken stand gestikulierend auf dem Treppenabsatz und drohte mit einer Klage wegen Bruch des Eheversprechens, woraufhin Robert Schumann so laut, wie ihn noch nie jemand gehört hatte, konterte, das solle man ruhig versuchen. Dann werde aber alle Welt erfahren, wie gemein er getäuscht worden sei. »Auch ich werde sofort einen Rechtsbeistand einschalten!«, kündigte er mit überkippender Stimme an. Dann stürmte er – unter der Last seines gesamten Gepäcks – zur Poststation, wo er noch mehrere Stunden warten musste, bis er endlich den Schauplatz seiner Enttäuschung verlassen konnte.

Auf schnellstem Wege reiste er zu seiner Mutter nach Zwickau, um ihre Absolution und ihren Trost einzuholen.

Währenddessen erreichten die skandalösen Nachrichten auch schon Leipzig und wurden dort freudig begrüßt – allerdings nicht von Friedrich Wieck. »Das sieht ihm ähnlich!«, murrte er, enttäuscht, dass der Herzensbrecher nun womöglich doch wieder in Claras Nähe auftauchen würde. »Er sollte sich fragen, warum immer er es ist, der Pech im Leben hat.«

3

Clara jedoch atmete auf. Eigentlich hatte sie sich gar nicht vorstellen können, Robert Schumann für immer aus ihrem Leben zu verlieren. Während er noch in der Kutsche nach Böhmen saß, erinnerte sich Clara bereits mit Sehnsucht an die vielen Spaziergänge mit ihm, an die Briefe, die sie gewechselt hatten, und auch an sein Lachen und sein welliges braunes Haar. Nun, da er fort war und für immer verloren schien, merkte sie erst, wie sehr er ein Teil ihres Lebens geworden war. Auch wenn seine versteckte Kritik sie geschmerzt hatte, so hatte er sie doch meistens für voll genommen – zumindest in dem Maße, wie ein Mann seiner Erziehung ein weibliches Wesen überhaupt für voll nehmen konnte. Von »lieblicher Mädchenklugheit« hatte er in seiner Zeitschrift über sie geschrieben und seine Telepathie-Spielchen hatten immer nur ihr gegolten und keiner anderen. Eusebius verehrte Zilia, auch wenn Florestan Frauen bloß als verkleinerte Doppelgänger von Männern ansehen wollte. Doch vielleicht, so dachte Clara, brachte die böhmische Enttäuschung Florestan für immer zum Schweigen und Eusebius kehrte zu seiner kleinen Herzensfreundin zurück und merkte endlich, dass sie inzwischen schon fast erwachsen geworden war, als Mädchen und auch als Künstlerin.

Friedrich Wieck beobachtete voller Misstrauen Claras nachdenkliches Schweigen und ihre verträumten Blicke. Da inzwischen erzählt wurde, Robert Schumann werde bald nach Leipzig zurückkommen, um sich wieder intensiv seiner Zeitschrift und seinen Kompositionen zu widmen, wuchs Friedrich Wiecks Unruhe von Stunde zu Stunde. Immer wieder blieb er vor der Tür stehen, hinter der Clara am Klavier saß. Bisher hatte er nicht darauf geachtet, was sie spielte, doch nun merkte er, dass ihm die Kompositionen unbekannt waren. Fremdartige Stücke im Stil der Romantik. Schumann? Liszt? Oder Mendelssohn?

Ohne anzuklopfen, trat er ein. »Von wem ist das?«, fragte er barsch.

Clara hörte nicht auf zu spielen. »Von mir, Papa«, antwortete sie ein wenig schnippisch. »Es heißt ›Geisterballett‹.«

Friedrich Wieck ließ sich in den Sessel am Fenster fallen. »Das ist ja schlimmer, als ich dachte!«, murmelte er.

Doch Clara hörte ihn nicht. Voller Hingabe spielte sie ihm ihre »Quatre Pièces Caractéristiques« und ihre »Soirées Musicales« vor, überzeugt, dass er stolz auf sie sein würde. Dabei bemerkte sie nicht, in welche Verwirrung sie ihn stürzte. Von der Seite her starrte er sie an wie eine Fremde. Dieses junge Mädchen hier am Klavier war nicht sein Clärchen mit seinen virtuosen Fingersätzen, seinem Kadenzgedonner und seinen gefälligen Melodien. Dies hier war schon fast eine junge Frau, der es nicht mehr nur darauf ankam, zu bezaubern, sondern die hinter ihrem Werk bescheiden zurücktrat.

Friedrich Wieck mochte die Romantiker nicht. Trotzdem war er in der Lage zu unterscheiden, was gut war und was schlecht. Was ihm seine Tochter hier zumutete, war trotz seiner Abneigung gegen den betreffenden Stil gut, das erkannte er sofort. Seine Gedanken drehten sich. Eigentlich hätte er am liebsten das Manuskript zerrissen, das unter der Kraft des Spiels auf dem Notenständer bebte. Am liebsten hätte er die Zeit zurückgedreht und sein kleines Püppchen wiedergehabt, dem ein Dichterfürst das Kissen zurechtgeschüttelt hatte.

Trotzdem erkannte er sofort, dass auch die neuen Kompositionen Kapital bringen konnten. Vielleicht schadete es gar nicht, wenn Clara als modern galt. Möglicherweise wurde sie dafür sogar von der Kritik gelobt. Es kam allerdings darauf an, bei den Konzerten Claras kompositorische Entgleisungen in Grenzen zu halten, um das Publikum nicht zu verprellen. Solange sie dem Publikum bei den Konzerten gab, was es wollte, konnte sie ihm durchaus auch ein paar Gespenstergeschichten unterjubeln – allerdings immer nur in homöopathischen Dosen, wie Friedrich Wieck sie aus eigener Erfahrung auch in der Medizin schätzte.

Während Clara ihre »Mazurka« spielte und kurz zu ihm herüberlächelte, fiel ihm wieder ein, dass Robert Schumann bald aus

Zwickau zurückkehren würde. Als ein von der Liebe Enttäuschter würde er bestimmt die Herzen der Damen in den Salons rühren. Auf Claras Herz aber, das schwor sich Friedrich Wieck, würde der Filou keinen Zugriff bekommen. »Sehr schön, liebes Kind«, sagte er, als Clara zu spielen aufgehört hatte und ihn fragend anblickte. »Wirklich gut!«

Clara sprang auf und umarmte ihn. »Ist das wahr, Papa?«, rief sie beglückt und küsste ihn auf die Wange. »Du bist wirklich zufrieden mit mir?«

Ihr Ungestüm bestärkte Friedrich Wieck in seinem Entschluss. »Ich werde mich sofort um eine Veröffentlichung bemühen«, erklärte er sachlich. »Und nächsten Montag reisen wir ab. Es wird Zeit, dass meine kleine Pianistin wieder vor ihr Publikum tritt.«

Da jubelte Clara auf, während Friedrich Wieck überlegte, wie man die neuen Stücke bei den Konzerten möglichst im Hintergrund halten konnte und wie lange man wohl wegbleiben musste, damit bei der Rückkehr das Mitleid mit dem getäuschten Bräutigam erloschen war. Bis dahin hatten die eigenen Erfolge hoffentlich in Clara wieder jenen Egoismus erweckt, den ein Künstler brauchte, um nach ganz oben zu gelangen.

Teil Drei

Triumph der Jugend

Allegro furioso

I

Fünf Monate Konzerttournee. Fünf Monate unterwegs in kaum gefederten Postkutschen. Fünf Monate in schmutzigen Gasthöfen und verstaubten Hotels. Fünf Monate schlechtes Essen und am Morgen eine einzige Kanne kalten Wassers zum Waschen. Fünf Monate gemeinsam in einem Zimmer mit dem Vater. Fünf Monate ohne eine Minute für sich selbst. Fünf Monate, in denen man gegen die Gereiztheit ankämpfte, die der allzu großen Nähe entsprang. Fünf Monate ununterbrochen »kleiner Russe« spielen, weil man nur so den strahlenden Anschein der Konzertprinzessin aufrechterhalten konnte. Fünf Monate Selbstbeherrschung und Disziplin.

Wieder bluteten die Fingerkuppen und spalteten sich die Nägel. Wieder kämpfte man gegen die »Instrumentennot«, wenn die Mechanik klemmte und die Tasten nicht repetierten; wenn die Saiten während des Vortrags rissen und die Instrumente in der feuchtwarmen Luft der überfüllten Säle schon nach kurzer Zeit verstimmt waren.

Wieder spielte man in engen Salons und kleinen Zirkeln für einen Schluck Wasser oder ein Körbchen mit Blumen, während die Damen mittleren Alters Tee tranken oder heiße Schokolade und die älteren strickten oder in unterdrücktem Flüsterton miteinander plauderten. Im Nebenraum saßen am Spieltisch die Herren, die für Musik nicht ganz so viel übrig hatten, und waren sich nicht immer einig. Trotzdem stand die Tür zum Salon offen und das junge Klaviergenie gab sein Bestes, denn es galt, das

Publikum für die Aufführungen in den großen Sälen anzuwerben. Dort wurde dann das Geld verdient, das Friedrich Wieck in seiner feuersicheren Schatulle verschloss, und dorthin kamen auch die Herren von der Presse, die erbarmungslosen Richter, deren Wohlwollen man brauchte, um nicht in die Bedeutungslosigkeit zurückzusinken. Hier hörte man zu und hier war man auch entschlossen zu applaudieren, großzügig und temperamentvoll, weil man im biedermeierlichen Alltag ohnedies allzu vielen Einschränkungen unterworfen war. Deswegen liebte man ja auch den wilden Paganini, für den es keine Schranken gab, und den exzentrischen Liszt, der an einem einzigen Abend zwei Klaviere verschliss. Wenn er das eine zuschanden gespielt hatte, zog er eigenhändig das zweite zu sich heran und wütete weiter, während das Publikum raste.

Auch das junge Mädchen mit dem blassen Gesicht und dem glänzenden blauschwarzen Haar war in der Lage, das Publikum von den Stühlen zu reißen. So viel Kraft in so jungen Händen! So viel Erregung und dann wieder so viel Seele! Welche Befreiung, sich dieser Kunst auch selbst auszuliefern! Zu jubeln und zu klatschen und mit anzusehen, wie die Kleine sich freute. Es war leicht, ihre Freude zu teilen und sich in ihrem Lächeln zu spiegeln. Dafür hatte man bezahlt. Dafür hatte man sich zurechtgemacht und in die zugige Winternacht hinausbegeben, anstatt es sich am Ofen gemütlich zu machen. Allegro furioso – so fühlte man sich. »Pariser Beifall!«, schrieb Friedrich Wieck in Claras Tagebuch. »Jede schöne Stelle, jede Koketterie, jedes einfache Thema wurde beklatscht, bepocht und bebravot.«

Fünf Monate Konzerttournee: Halle, Magdeburg, Braunschweig, Hannover, Bremen, Hamburg und Berlin. So viele Städte, von denen man nur wenig sah. So viele verschiedene Räumlichkeiten. So viele Instrumente, an denen man sich quälte. So viele Menschen, denen man zulächelte und mit denen man sprach, ohne sich ihr Gesicht oder gar ihren Namen merken zu wollen. Man würde sie ja doch gleich wieder vergessen. Wie die Masken eines Karnevalsumzugs glitten sie vorbei, drängten sich für einen Augenblick nach vorn und waren dann für immer verschwunden.

Fünf Monate Mühe, in denen trotz aller Abwechslung ein Tag dem anderen zu gleichen schien. Trotzdem spürte man, dass es aufwärtsging. Von Mal zu Mal war es leichter, die Säle zu füllen. Schon in Magdeburg drängten sich sechshundert Menschen zum Konzert, und in jeder weiteren Stadt wurden es mehr. Während man zu Beginn der Tournee noch ergebenst bei den Honoratioren anfragen musste, ob ein kleines Hauskonzert eventuell erwünscht sei, trafen bald gleich nach der Ankunft im Hotel die ersten Einladungen ein, und andere Künstler erkundigten sich, ob sie sich der Aufführung anschließen dürften. Auch die Herren von der Presse mussten nicht mehr untertänigst gebeten werden, über die Konzerte zu berichten, sondern sie erschienen ganz von selbst, erkennbar an den Ehrenkarten, die lässig aus ihrer Rocktasche hervorlugten, an den Notizblöcken, mit denen sie ganz beiläufig wedelten, und vor allem an den Respektsbezeugungen, die ihnen den Weg in die vorderste Reihe bahnten.

Clara wusste, wie wichtig gute Kritiken für ihr Fortkommen waren. Höflich knickste sie, wenn nach der Vorstellung einer der einflussreichen Herren mit ihr zu sprechen wünschte. Dann stand sie Rede und Antwort – zurückhaltend, doch ohne sich jemals unterwürfig oder kokett zu geben. »Wir sind keine Speichellecker«, hatte ihr Friedrich Wieck schon vor Jahren eingeschärft.

»Es ist gut für uns, wenn sie lobend über uns berichten. Das heißt aber nicht, dass wir vor ihnen kriechen müssen. Sie sind austauschbar, wir nicht.« Dabei erinnerte er sich daran, wie wenig sich sein immer noch heimliches Vorbild Paganini um die Presse bemüht hatte. Dennoch lag sie ihm zu Füßen, weil sie wusste, dass das Publikum auf seiner Seite stand. Das Publikum – was bedeutete: die Leser, die die Zeitschriften kauften. »Das Publikum muss dich lieben, Clärchen«, stellte Friedrich Wieck immer wieder fest. »Für das Publikum musst du alles tun. Du musst ihm bieten, was es hören möchte, und du darfst es nicht enttäuschen. Niemals darfst du zu spät kommen oder gar ein Konzert ausfallen lassen, und niemals, niemals! darfst du es wagen, schlecht zu spielen. Schlamperei ist Betrug. Man zahlt, um die beste Clara Wieck zu hören, die es gibt. Achte dein Publikum, dann wird es dich achten!«

Seine Worte trugen Früchte, auch wenn er selbst vor niemandem seinen Rücken beugte. Kein öffentliches Konzert, an dem die kräftigen Mädchenhände nicht ein deutliches Plus erwirtschaftet hätten. Kein Konzert aber auch, nach dem die Zuhörer nicht zufrieden nach Hause gegangen wären. Sie hatten schöne Musik gehört, Musik von der Art, an die sie gewöhnt waren. Dazu auch »etwas anderes«, »etwas Romantisches«, was ihnen zwar nicht ganz so gut gefiel, was sie aber trotzdem willig über sich ergehen ließen, weil es bewies, dass sie nicht von gestern waren, sondern mit der Zeit gingen.

Aus der Zeitung wusste man, dass dieses junge Ding nicht nur Klavier spielen konnte, sondern auch selbst komponierte. Ein weibliches Wesen, das komponierte! Im avantgardistischen Stil komponierte! Berichtete nicht sogar die angesehene Musikzeitschrift »Cäcilia«, dass international geschätzte Künstler wie Louis Spohr und Frédéric Chopin die neuesten Kompositionen der jungen Wieck hoch gelobt hatten und sie in eine Reihe stellten mit den Werken des berühmten Mendelssohn und des nach und nach akzeptierten Robert Schumann? Ja, ein Abend mit Clara Wieck war schon etwas Besonderes: Man hatte seinen Musikgenuss und konnte sich zugleich als fortschrittlicher Kunstkenner fühlen. »Bravo, Clara!«, rief man und klatschte enthusiastisch, und die, die schon einmal in Italien gewesen waren, riefen »Brava! Bravissima!«

2

Kein Tag verging, an dem sich Friedrich Wieck nicht Sorgen machte, was wohl geschehen würde, wenn er mit Clara nach Leipzig zurückkehrte und sich der unselige Robert Schumann wieder an sie heranmachte. Zu lebhaft war Friedrich Wieck noch in Erinnerung, wie Claras Augen geleuchtet hatten, wenn das verkrachte Genie von seinem Idol Jean Paul schwärmte.

Damals war Clara noch ein Kind gewesen, was sie vor den wirklich gefährlichen Verirrungen bewahrte. Inzwischen aber hätte man blind sein müssen, um zu übersehen, dass dieses Kind kein Kind mehr war. In Paris hatte man sie noch in ein Korsett gepresst, um Rundungen vorzutäuschen, die es nicht gab. Nun aber war kein Korsett mehr nötig. Nicht einmal ihr Vater konnte leugnen, dass seine Tochter genau so aussah, wie man es sich von einer jungen Frau nur wünschen konnte. Schlank und anmutig war sie durch ihre regelmäßigen Spaziergänge, und doch rundlich an den richtigen Stellen, dazu gesund und kräftig – sonst hätte sie ihr Pensum gar nicht erfüllen können –, aber doch zart und geschmeidig wie einst ihre Mutter.

Zum ersten Mal seit langem gestattete sich Friedrich Wieck, an Marianne zu denken. Gegen seinen Willen fiel ihm ihr biegsamer Nacken ein, umkräuselt von schwarzen Löckchen, die sich nicht einfangen und bändigen ließen. Marianne, die ihn betrogen hatte. In Berlin lebte sie nun mit dem falschen Freund Bargiel, den das Schicksal schwer bestraft hatte. Durch einen Händler, der in Berlin seine Klaviere vertrieb, erfuhr Friedrich Wieck in unregelmäßigen Abständen, wie es den beiden großen Feinden seines Lebens erging. Den Briefen, die Marianne an ihre Leipziger Kinder schrieb, waren Einzelheiten über ihre Lebensumstände ja nicht zu entnehmen.

Niemals beklagte sie sich. Dabei hätte sie allen Grund gehabt, mit dem Schicksal zu hadern. Anno 30, als die Cholera Berlin für mehrere Monate heimsuchte, hatte Adolph Bargiel sein Logier'sches Institut schließen müssen. Als der Spuk vorbei war, versuchte er einen neuen Anfang, doch die Schüler blieben fort. Vielleicht hätte er es mit Geduld trotzdem geschafft, doch dann schmetterte ihn das Schicksal endgültig zu Boden. »Ein Schlag hat ihn gestreift«, so formulierte es der Klavierhändler. »Er spricht nur noch ganz undeutlich, und die eine Gesichtshälfte hängt schlaff herab. Er schlurft dahin wie ein alter Mann, und das ist er ja nun wohl auch: ein gebrochener, alter Mann.«

Friedrich Wieck konnte es sich nicht vorstellen. Der beste Freund seiner Jugend, eigentlich der einzige Freund, den er je gehabt hatte: Adolph Bargiel, dem die Frauen nicht widerstehen konnten. Die Welt hatte er erobern wollen, als Künstler und als Mensch. Keine Grenzen schien es zu geben für seinen Charme, sein Lächeln und seine wunderbare Stimme. Kein Wunder eigentlich, dass auch Marianne auf ihn hereingefallen war. Sie auf ihn oder er auf sie? Eigentlich wusste Friedrich Wieck nicht, wem von beiden er die Hauptschuld an dem Betrug zuweisen sollte.

Er selbst spielte bei diesen Überlegungen keine Rolle. Nie wäre er auf den Gedanken gekommen, dass all das Unglück vielleicht ausgeblieben wäre, hätte er sich besser um seine junge Frau gekümmert. Er hatte doch – so fand er – immer nur seine Pflicht getan und für seine Familie aufopfernd gesorgt. Clementine betrog ihn schließlich auch nicht, obwohl er auch sie monatelang allein ließ! Dass sie ebenfalls, wie einst Marianne, unzufrieden sein könnte, kam ihm nicht in den Sinn.

Marianne. Nachdem die Krankheit ihren Mann gebrochen hatte, musste sie, Marianne Bargiel, geschiedene Wieck, geborene Tromlitz, die Führung der Familie übernehmen. Sie versuchte sogar, nun ihrerseits das Logier'sche Institut zu betreiben. Doch vergeblich. Niemand traute einer Frau zu, einer derartigen Aufgabe gerecht zu werden. Kein Schüler meldete sich an. Niemand lieh ihr das Geld, mit dem sie die Durststrecke vielleicht überstanden hätte.

So blieb ihr als letzte Rettung nur noch eine Zeitungsannonce, in der sie ihre Dienste als »höchstausgebildete Musiklehrerin allerersten Ranges« anbot. Klavier und Gesang, das unterrichtete sie von nun an Tag für Tag und rettete damit ihre Familie vor dem Verhungern. Keine überdurchschnittlich begabten oder zumindest besonders motivierten Schüler wie im Logier'schen Institut kletterten nun die steilen Stufen zur Bargiel'schen Wohnung hinauf, sondern Kinder, die noch nicht einmal zur Schule gingen;

etwas ältere, die zum Üben gezwungen werden mussten; und ein paar junge Mädchen, denen es darauf ankam, bei Familienfesten zu glänzen und mit ihrer Musikalität mögliche Verehrer auf sich aufmerksam zu machen.

Das Honorar war dürftig, doch Marianne fürchtete, ihre Schüler zu verlieren, wenn sie mehr verlangte. Nur der Unterricht von ein paar Bürgerskindern aus der höheren Schicht schlug einigermaßen zu Buche. Dafür musste Marianne diese Schüler aber auch zu Hause aufsuchen, was einen Zeitverlust bedeutete und außerdem Schuhwerk verschliss. Ja, auch solche Überlegungen spielten eine Rolle für Marianne, die in ihrem früheren Leben im Leipziger Gewandhaus konzertiert hatte und vielleicht die Welt hätte erobern können, wäre sie nicht zwei Männern begegnet, die ihr kein Glück brachten.

Essensgerüche im Treppenhaus, Lärm aus den anderen Wohnungen und Nachbarn, die sich ihrerseits über das ständige Geklimper und Gejaule beklagten. Dazu vier Kinder, denen die Stadtluft und das billige Essen nicht gut taten, und vor allem ein Ehemann, der sich bedienen ließ wie ein Pascha und trotzdem immer nur jammerte. Er wisse, dass er ihr im Weg sei, erklärte er täglich. Solle sie ihn ruhig im Armenhaus abliefern, dann könne sie sich wieder einen jungen Hengst anlachen, wie er einmal einer gewesen sei. Jeden Mann, der in ihrer Nähe auftauchte, beobachtete er mit Misstrauen und voller Angst, verlassen zu werden. Einmal zeigte er ihr eine Liste mit den Namen der Frauen, die er in seiner Jugend verführt hatte. Ja, so einer war er damals gewesen, und das war aus ihm geworden!

In der folgenden Nacht konnte ihn Marianne gerade noch von der Fensterbank herunterreißen, auf die er geklettert war, um sich auf den Gehsteig hinabzustürzen. Als er danach weinend auf dem Bett lag, schoss ihr der Gedanke durch den Kopf, dass es vielleicht für alle besser gewesen wäre, hätte sie nicht eingegriffen.

Jedes Mal, wenn Friedrich Wieck nach Berlin kam, dachte er immer wieder an Marianne. Er kannte ihre Adresse und mietete sich wie zufällig in einem Hotel in der Nähe ein. Mehrmals ging er an dem Gebäude vorbei, in dem sie wohnte: ein ehemaliges Bürgerhaus, das aus der Ferne fast elegant wirkte. Erst wenn man davor stand, bemerkte man den bröckelnden Putz und die Sprünge in den Fensterscheiben. Auch auf dieser Tournee würde er wieder nach Berlin kommen, diesmal mit Clara, die schon oft davon gesprochen hatte, ihre Mutter besuchen zu wollen. Friedrich Wieck wusste, dass sich Clara nach Marianne sehnte. Clementine war nie ein Muttterersatz gewesen.

Es war eine Schwäche der menschlichen Natur, dachte Friedrich Wieck, dass man immer wieder Personen an sich heranließ, die nicht gut für einen waren. Auch beim Umgang mit anderen – wie beim Aufbau einer Karriere – sollte der Egoismus an erster Stelle stehen. Sympathie und Liebe waren nichts als Launen, denen man nicht nachgeben sollte. So verhielt es sich mit Marianne, und so war es auch bei Robert Schumann. Friedrich Wieck und Clara Wieck sollten klug sein wie die Schlangen und keinen in ihr Leben lassen, der ihnen schaden konnte.

»Darf ich Mama besuchen, wenn wir in Berlin sind?«, fragte Clara wieder einmal, und Friedrich Wieck antwortete ihr, diesmal werde dafür wahrscheinlich keine Zeit sein. Berlin werde den Höhepunkt der Tournee darstellen. »Glaube mir, Clärchen, du wirst es genießen!«

»Und Mama?«

»Beim nächsten Mal vielleicht.«

Es kam zu keinem Besuch bei Marianne. Friedrich Wieck sorgte dafür, dass Clara keinen Augenblick Ruhe fand. Auch in Berlin folgte ein Konzert auf das andere, eine private Einladung auf die nächste, und immer stand Clara im Mittelpunkt. Alle Welt schien sich für sie zu interessieren. Sie war nicht mehr das Wunderkind, das man von ferne bestaunte, sondern auf einmal eine gut aussehende junge Frau, mit der man ins Gespräch kommen konnte, die Komplimenten nicht abgeneigt war und sich nicht ungern auf amüsante kleine Wortgefechte einließ.

Friedrich Wieck sah es mit Genugtuung. Eine Clara, die sich des Lebens freute, war daheim in Leipzig vielleicht immun gegen die melancholischen Blicke eines gewissen Herrn Schwärmerers. Ein junges Mädchen, das die Leichtigkeit des Großstadtlebens schätzen gelernt hatte, würde sich kaum noch geehrt fühlen, wenn es von ein paar provinziellen Brauseköpfen eingeladen wurde, deren Davidsbund nach dem Urteil von Friedrich Wieck ja doch nicht mehr war als ein Künstlerstammtisch, eine gesellige Runde, die sich selbst wichtiger nahm, als sie war; die sich mit fantastischen Bündnisnamen schmückte und glaubte, eine bedeutende Künstlerbruderschaft zu sein, eine »verborgene Gesellschaft«, wie es sie inzwischen ja wohl in vielen größeren Städten gab, wo sich Romantiker zusammenfanden und davon träumten, etwas Besonderes zu sein.

Auch Friedrich Wieck selbst hatte mehrmals an den Treffen der Davidsbündler teilgenommen. Inzwischen aber war er dessen müde geworden. Außerdem befand er sich ja fast ständig auf Reisen. Dazu kam noch, dass er keine Lust hatte, Robert Schumann zu treffen, der so gut wie jeden Abend im »Kaffeebaum« verbrachte – immer am Ende des Tisches sitzend, damit er genug Platz hatte, den Kopf auf den Arm zu stützen. Dabei fielen ihm die Haare in die Stirn, als wollte er sich vor der Welt verstecken – oder die Welt vor sich.

Unter den Davidsbündlern gab es einen gewissen Carl Banck, einen Liederkomponisten, der auch für Robert Schumanns Zeitschrift Kritiken verfasste. Mausgraue Kritiken, wie Robert Schumann zuweilen beklagte: immer ein wenig zu verständnisvoll und zu nachsichtig. »Wir sind keine Pantoffelzeitung wie die ›Allgemeine‹«, rügte Robert Schumann in ungewohnt strengem Ton. »Es besteht kein Grund für uns, ein paar genialitätsfreche Nichtskönner zu ermutigen. Schlechte Musik bleibt schlechte Musik. Wer, wenn nicht wir, soll gegen das gemachte Pathos und den affektierten Tiefsinn der Virtuosen vorgehen oder gegen die zur Ware verkommene Musik der Dutzendtalente und Vielschreiber, deren Werk sich nach der Bezahlung richtet?«

Danach folgte eine lange Rede gegen die deutsch-italienische Schule mit ihren triolenbegleiteten Melodien. »Ausländische Götzen!«, urteilte Robert Schumann erbost. Nicht einmal seine italienische Bildungsreise nach dem Abitur hatte ihn für die Musik des Südens gewinnen können. Nur selten mochte es einen Studenten gegeben haben, den die Reise in die wärmeren Gefilde so kalt gelassen hatte wie ihn. »Ausländische Götzen!«, wiederholte er, und Carl Banck, der eine heimliche Zuneigung für die italienische Oper hatte, wagte nichts zu entgegnen.

Mausgraue Kritiken – und irgendwie auch als Person ein wenig mausgrau: So wirkte Carl Banck. Ein Mensch der Mitte: mittelgroß, mittelschlank, mittelhübsch, das mittelblonde Haar nur mehr mitteldicht, obwohl er nur ein Jahr älter war als Robert Schumann. Die Stimme mittellaut und das Talent mittelmäßig. Eigentlich ein angenehmer Zeitgenosse, mit dem sich auskommen ließ. Bei jeder Auseinandersetzung konnte er beide Seiten verstehen und an jedem Menschen entdeckte er auf jeden Fall auch etwas Gutes. Dazu war er tüchtig und einsatzbereit. Dass er selten einen Grund fand zu widersprechen, machte ihn zum idealen Umgang für einen dominierenden Mann wie Friedrich Wieck.

Schon bei den Treffen der Davidsbündler war Friedrich Wieck auf Carl Banck aufmerksam geworden. Als sich dann noch herausstellte, dass Carl Bancks Familie in Magdeburg lebte und mit einem beträchtlichen Vermögen ausgestattet war, bezog Friedrich Wieck den jungen Mann immer häufiger in seine eigenen Geschäfte ein. Er veranlasste, dass Bancks Familie in Magdeburg Vorarbeit für Claras Konzerte leistete, und bot ihm schließlich an, ihn und Clara auf der gesamten Tournee zu begleiten. Er sei doch ein fähiger Mensch mit einem fabelhaften Organisationstalent, schmeichelte er ihm. Könnte er sich da nicht vielleicht sogar für das Metier eines Impresarios erwärmen? Er, Friedrich Wieck, habe ein Auge für die Talente der Menschen und er habe von der ersten Begegnung an gewusst, dass Carl Banck für das Musikgeschäft geboren sei.

Carl Banck hatte längst begriffen, dass seine Begabung für eine Karriere als Komponist nicht ausreichte. Er überlegte bereits, ob er seiner Familie die Zweifel an sich selbst gestehen und womöglich sogar ins väterliche Unternehmen zurückkehren sollte. Friedrich Wiecks Angebot kam ihm deshalb gerade recht. »Ich bin begeistert, Herr Wieck«, gestand er und dachte dabei heimlich auch an die hübsche Clara, mit der zu reisen ebenfalls seinen Reiz haben würde.

So fuhr er nun fünf Monate lang gemeinsam mit Clara und ihrem Vater von Stadt zu Stadt, machte »Konzertbesorgungen«, verhandelte mit Druckern und Billetteuren, versuchte die Saalmieten herunterzuhandeln und auch die Honorare der mitwirkenden Musiker.

Friedrich Wieck war überrascht, wie schnell sich der junge Mann in das für ihn noch fremde Metier hineinfand. Friedrich Wieck bedauerte fast, dass er nicht schon früher auf die Idee gekommen war, den unangenehmen Kleinkram, auf den aber nicht verzichtet werden konnte, zu delegieren. Ehrlicherweise musste er sich eingestehen, dass er hauptsächlich die Kosten für einen Angestellten gescheut hatte. Außerdem war Carl Banck eine Ausnahme und ein Glücksfall: begierig, etwas zu lernen, und zugleich von Haus aus vermögend genug, zumindest vorübergehend auf ein Einkommen zu verzichten. Dass er ganz offenkundig in Clara verliebt war, spielte dabei bestimmt auch eine Rolle. Für die zwei Stunden täglich, die ihn Friedrich Wieck mit ihr auf Gesundheitsspaziergang schickte, wäre Carl Banck wahrscheinlich zu jedem Opfer bereit gewesen.

Auch Clara fand es angenehm, nicht immer nur allein durch fremde Städte und Parks zu eilen und dabei auch noch das Befremden der Passanten zu ertragen, die sich die seltsamen Bewegungen nicht erklären konnten, die die vornehm gekleidete junge Dame ausführte: Atem- und Dehnübungen, die ihr inzwischen in Fleisch und Blut übergegangen waren und die ihr fehlten, wenn sich dafür keine Zeit oder Gelegenheit ergab.

Im Unterschied zu Robert Schumann, dem die Spaziergänge

immer eine Last gewesen waren, fand Carl Banck schnell selbst daran Gefallen. Er war schlank und drahtig und hielt ohne Mühe mit Clara Schritt. Manchmal überholte er sie sogar und geriet dabei nicht einmal außer Atem. Es dauerte nicht lange, und sie verfielen fast gleichzeitig vom Gehen in den Laufschritt. Sie lachten vor Vergnügen, während ihnen die Spaziergänger kopfschüttelnd nachstarrten. Nebeneinander trabten sie dahin und waren sogar noch in der Lage, ein Gespräch zu führen: nicht über Doppelgänger oder Jean Pauls »Unsichtbare Loge«, sondern über das Alltagsleben, das sie ja auch auf der Tournee noch führten, über die Menschen, die ihnen aufgefallen waren, und allerlei amüsante Begebenheiten, die sie erst wirklich genossen, weil sie miteinander darüber sprechen konnten.

Friedrich Wieck beobachtete die zunehmende Vertraulichkeit zwischen den beiden jungen Menschen. Kinder!, dachte er und machte sich keine Sorgen. Carl Banck schien ihm nicht wichtig genug, um für Clara eine Gefahr darzustellen. Hauptsache, sie wurde von den Gedanken an Robert Schumann abgelenkt, der für Friedrich Wieck fast zur fixen Idee geworden war.

Einmal, auf einer der endlosen Fahrten in der Postkutsche, fragte er sich selbst, warum er sich eigentlich so sehr vor Robert Schumann fürchtete. Als Erstes fiel ihm dabei der Leumund seines ehemaligen Schülers ein, der wahrhaft nicht dem entsprach, was sich ein Vater für seine unschuldige Tochter wünschte: Mit allzu vielen Frauen brachte man den jungen Mann in Verbindung, Frauen aus allen Gesellschaftskreisen, von einer vornehmen Dame wie Henriette Voigt bis hin (»hinunter« dachte Friedrich Wieck eigentlich) zu jener Christel, über die Friedrich Wieck am meisten besorgt war. Zu beängstigend waren die Gerüchte über deren geheimnisvolle Krankheit, die manchem von Friedrich Wiecks Gesprächspartnern gar nicht so geheimnisvoll erschien. Friedrich Wieck wollte nicht einmal darüber nachdenken, wie weit auch Robert Schumann davon betroffen gewesen war.

Dazu kamen noch die vielen jungen Freunde, die Robert Schumann um sich scharte. Die Sonnenjünglinge, über die man in Leipzig hinter vorgehaltener Hand flüsterte. Vielleicht, dachte Friedrich Wieck, handelte es sich dabei nur um Gerüchte und böswillige Erfindungen. Trotzdem ... Dazu dann noch das bayrische Bier und der Champagner! Die Knillität ...

Friedrich Wieck selbst war mäßig beim Essen und Trinken. Schon seine Mutter hatte kein Verständnis für die Sünde der Völlerei gehabt. In diesem Denken war er aufgewachsen, und er fühlte sich wohl dabei. Es hatte ihn abgestoßen, als er einmal Robert Schumann nachts im Hause begegnete und dieser eben vom »Kaffeebaum« zurückkehrte, das Gesicht gerötet, die Augen glasig und die Lippen auf eine törichte Weise gespitzt, als wolle er gleich zu pfeifen anfangen.

Robert Schumann. Zu Anfang hatte Friedrich Wieck viel von ihm gehalten: ein großes musikalisches Talent, womöglich sogar ein Genie. Damals wäre es für Friedrich Wieck denkbar gewesen, den jungen Pianisten Robert Schumann nach drei Jahren intensiver Ausbildung als Impresario zu begleiten. Für einen Komponisten Schumann hatte Friedrich Wieck jedoch keine Verwendung, noch dazu, da der Kompositionsstil des aufsteigenden Genies in keiner Weise seinem eigenen Geschmack entsprach. »Trop sérieux«, sagte man in Leipzig, »zu ernsthaft«, und das war vernichtend.

Unter diesen Bedingungen fragte es sich, ob Robert Schumann jemals in der Lage sein würde, sich selbst zu ernähren. Sein Glück war, dass er von seinem Vater jenes »Capital« geerbt hatte, dessen Zinsen ihn nun über Wasser hielten. Friedrich Wieck war jedoch überzeugt, dass Robert Schumann früher oder später auch auf das Capital selbst zurückgreifen würde, bis es so stark geschrumpft war, dass ihn höchstens noch eine reiche Heirat vor dem Ruin bewahren konnte.

Dass Clara in eine solche Lebensplanung einbezogen wurde, würde Friedrich Wieck zu verhindern wissen, das schwor er sich. Schwor es sich mehr als alles andere. Wenn Clara jemals heiratete – was durchaus nicht sein musste –, dann einen Mann, der ihr den Lebensstandard bieten konnte, den sie gewohnt war und der ihr erlaubte, ein Leben lang als Künstlerin tätig zu sein. Dafür hatte ihr Vater sie erzogen. Das brauchte sie, um sie selbst zu sein. Das – und keinen Ehemann, der in ihr den verkleinerten Doppelgänger seiner selbst sah und der stets die Nummer eins sein wollte, wo ihr Vater doch alles getan hatte, sie selbst zur immerwährenden Nummer eins zu erziehen.

Eine lange Tournee. Fünf Monate. Ohne die ständige Ablenkung durch Carl Banck hätte Clara vielleicht wieder angefangen, von Robert Schumann zu träumen. Irgendwann einmal, dachte Friedrich Wieck, irgendwann in ihrer Kindheit musste ihr das Schicksal eine Prägung aufgedrückt haben, die sie in Robert Schumann das ganz Besondere sehen ließ, den idealen Mann vielleicht sogar. Dieses Seelenmal musste gelöscht werden. Gelöscht durch unzählige andere Eindrücke, erfreuliche Erlebnisse, Erfolge und schließlich durch die Erkenntnis, dass der Kindheit die Weisheit gefehlt hatte und die Einsicht in das, was nützlich war.

Fünf Monate Tournee. Im April 1835 kehrte Clara nach Leipzig zurück, müde von den vielen Eindrücken, die täglich auf sie eingestürmt waren, ein wenig überdreht und nervös, aber eigentlich auch glücklich. Ja, glücklich: weil die Tournee erfolgreich gewesen war und vor allem weil sie sich endlich erwachsen fühlte. Erwachsen und jung zugleich. So jung und so stark. Manchmal wachte sie schon am Morgen mit einem Lächeln auf und spürte eine ungeheure Kraft in sich. Die Welt gehört mir!, dachte sie und sprang aus dem Bett, weil sie es so eilig hatte, sie wusste selbst nicht, warum.

Man hatte sie bewundert und verehrt. Man hatte ihr Komplimente gemacht und ihr zu verstehen gegeben, dass sie ein schönes Mädchen war, begehrenswert – nicht nur als Künstlerin. Welche Grenzen konnte es da für sie noch geben? Obwohl die Koffer kaum ausgepackt waren, redete Friedrich Wieck bereits wieder von Konzerten in Wien, womöglich sogar am kaiserlichen Hof wie einst der kleine Mozart. Doch Clara war nicht mehr klein. Sie war fünfzehn Jahre alt, bald sechzehn. Intensiv gelebte Jahre, die doppelt zählten, in mancher Hinsicht vielleicht sogar dreifach. Der Applaus der vergangenen Monate hatte sie selbstbewusst gemacht. Sie hatte keine Angst mehr, sich dem Vergleich mit den ganz Großen zu stellen. Mendelssohn, Liszt, Chopin – von jetzt an würde keiner mehr an ihr vorbeigehen, ohne sie zu bemerken. Clara Wieck war ein Name, den sie inzwischen alle kannten.

So wunderte sie sich kaum, dass ihr Frédéric Chopin auf einer Durchreise einen Besuch abstattete und sogar eine Stunde lang auf sie wartete, weil sie gerade nicht zu Hause war. Als sie heimkam, sah sie mit Verwunderung eine elegante schwarze Kutsche vor dem Haus stehen.

Clementine stürzte ihr aufgeregt entgegen. Ein ausländischer Herr warte im Salon auf sie und behaupte, sein Name sei Chopin. Irgendwie glaube sie ihm nicht ganz. »Er sieht sehr vornehm aus«, sagte sie achselzuckend. »Aber dass er der berühmte Chopin sein soll …«

Clara zögerte kurz, dann raffte sie ihre Röcke zusammen und lief ins Haus, die Augen glänzend und die Wangen von ihrem Spaziergang gerötet. Als sie in den Salon trat, stand Chopin am Fenster und blickte hinaus. Er wandte sich langsam um und kam Clara entgegen. Galant küsste er ihr die Hand und versicherte ihr, sie sei so anmutig, wie er erwartet habe.

Als Erstes fiel ihr an ihm auf, dass er kleiner war als sie selbst. Sie trat einen Schritt zurück, um es ihn nicht spüren zu lassen. Er aber durchschaute sie und lächelte. Erst jetzt fing ihr Herz zu klopfen an. Frédéric Chopin, allein mit ihr in dem einfachen Salon ihres Elternhauses! Friedrich Wieck wurde erst am Abend zurückerwartet, und Clementine hätte nie gewagt, sich zu ihnen zu gesellen. Clara dachte erleichtert, wie gut es war, dass sie während der Tournee eine französische Komödie gelesen hatte. Nach dieser Übung fiel es ihr leicht, sich auf die bevorzugte Sprache ihres Gastes einzustellen.

Auch Frédéric Chopin schien sich wohl zu fühlen. Er regte an, zur »internationalen Sprache der Musik« überzugehen, woraufhin ihm Clara aus ihren jüngsten Werken vorspielte und zuletzt – welch ein Mut und welch ein Vertrauen, dass er sie verstehen würde! – ihr noch unveröffentlichtes »Konzert für Klavier und Orchester in a-Moll«, an dem sie mit vielen Unterbrechungen bereits seit drei Jahren arbeitete. Ihre erste Orchesterarbeit! Manchmal war sie daran fast verzweifelt, sodass sie immer wieder schwor, sich nie wieder auf eine solche Komposition einzulassen. Doch nun war sie fertiggestellt, und Chopin hörte aufmerksam zu, den Kopf gesenkt, als bete er. Nachdem der letzte Ton verklungen war, schwieg er lange. Clara wartete, wie auf das Urteil eines Richters. Die Stille im Raum raubte ihr den Atem.

Dann hob Chopin den Kopf und sah sie an. Langsam nickte er ihr zu und lächelte. Kein Applaus von tausend Händen hätte ihr Herz schneller schlagen lassen. Zögernd erwiderte sie dieses Lächeln, dann schüttelte sie fast ungläubig den Kopf und lachte, als hätte man ihr die Welt geschenkt. Sie dachte, sie müsste sterben vor lauter Glück. Eigentlich hätte sie in diesem Augenblick mindestens noch ihre Doppelgängerin gebraucht, denn so voller Freude konnte ein einzelner Mensch gar nicht sein.

Chopin wurde ernst. »Ich beneide Sie, Mademoiselle«, gestand er.

Clara wusste nicht, was er meinte. »Um dieses Konzert?«, fragte sie ungläubig. »Das kann doch nicht sein. Sie, Monsieur, unser aller Vorbild!«

Chopin schüttelte den Kopf. »Nicht um das Konzert, Mademoiselle. Ich beneide Sie darum, dass Sie sich so freuen können. Freude ohne Traurigkeit – das ist etwas ganz Besonderes. Ein Geschenk Gottes vielleicht sogar.«

»Sind Sie denn traurig, wenn Sie sich freuen, Monsieur?«

»Ein wenig vielleicht«, murmelte er.

Clara drehte sich verlegen zum Klavier und legte schutzsuchend die Hände auf die Tasten. Sie war es nicht gewohnt, dass ein Mensch ihr sein Herz öffnete. Gerade war sie noch ein Kind gewesen, das man in vielem nicht ernst nahm. Sogar bei Robert Schumann, der am meisten von allen auf sie eingegangen war, hatte sie immer wieder das Gefühl gehabt, es gefalle ihm, sie mit seinem geübten Denken zu verblüffen. Hatte er ihr je gezeigt, was ihn wirklich bewegte?

Ohne es sich vorgenommen zu haben, stimmte sie plötzlich Schumanns »Sonate in fis-Moll« an, die er ihr ein paar Tage zuvor aus Zwickau zugeschickt hatte. »Ich habe immer noch große Schwierigkeiten mit diesem Stück«, gestand sie, und Chopin verstand, was sie meinte.

Die Anspannung der vergangenen Minuten hatte sich gelöst. Clara fühlte sich ruhig und zufrieden, und Chopin freute sich, als sie ihm erzählte, Robert Schumann habe in seiner Zeitung einen langen Artikel über ihn veröffentlicht. Besonders gut gefiel ihm der Titel: »Hut ab, ihr Herren, ein Genie!«

Danach wandten sie sich wieder der Sonate zu. Gemeinsam spielten sie vom Blatt und diskutierten sachlich das unveröffentlichte Werk – zwei Kollegen, hätte Friedrich Wieck vielleicht stolz gesagt. Doch es war gut, dass er nicht zugegen war.

Draußen dämmerte es schon, als Frédéric Chopin das Haus in der Grimmaischen Gasse verließ, unter dem Arm die Noten von Claras Kompositionen. Ein größeres Lob hätte er ihr nicht spenden können, als sie darum zu bitten. »Ihr Werk, Mademoiselle«, hatte er gesagt, als sie ihm die Blätter überreichte, »Ihre Seele, nicht wahr?«

Clara nickte. »So ist es, Monsieur«, antwortete sie leise. »Darin liegt meine Seele.«

Sie begleitete ihn hinaus. Am liebsten hätte sie ihn gar nicht fortgelassen. Auch er schien zufrieden mit dem gemeinsamen Nachmittag. Clara wusste, dass sie nie seinen letzten Blick auf sie vergessen würde, freundlich, fast liebevoll. Er weiß, wie ich lebe und was ich empfinde, dachte sie. Nur einer wie er kann mich wirklich verstehen … Sie weinte fast, als er in seine Kutsche stieg, so schmal und zerbrechlich in seinem engen schwarzen Anzug, und doch, welch seelische Kraft war in ihm! Eine Kraft, stark genug, ihn zu verzehren. Erst als die Kutsche um die Ecke verschwunden war, fiel Clara ein, dass sie ihrem Gast nicht einmal eine Erfrischung angeboten hatte.

Fünfzehn Jahre, bald sechzehn. Auf vieles, was für andere selbstverständlich war, hatte Clara verzichtet. Doch nun winkte der Lohn: ein Nachmittag wie dieser und vielleicht bald noch andere, ähnliche Begegnungen, die sie so glücklich machten, dass es wehtat. So viele Stunden hatte sie während der Tournee mit Carl Banck verbracht, aber wenn er ihr aus den Augen war, war er ihr auch aus dem Sinn. Die Begegnung des heutigen Nachmittags aber würde sie niemals vergessen, das wusste sie. So wenige Stunden und doch: so schwer wogen sie und so viel Beglückung und Stolz hatten sie ihr geschenkt!

Sie hatte noch immer Tränen in den Augen, als ihr Vater nach Hause kam und sich die Haare raufte, weil er den »unglaublichen Besuch« versäumt hatte. »Ich muss mit ihm sprechen!«, rief er außer sich und machte Anstalten, mit wehenden Rockschößen zum »Hôtel de Pologne« zu eilen, weil er meinte, Frédéric Chopin sei dort abgestiegen.

Clara hatte Mühe, ihn davon zu überzeugen, dass ihr Gast bereits wieder abgereist war. »Dann hat er also nur deinetwegen einen Abstecher nach Leipzig gemacht«, murmelte Friedrich Wieck ungläubig. »Und so viele Stunden hat er sich für dich Zeit genommen!«

Clara nickte. »Ich habe ihm auch meine Noten gegeben«, sagte sie leise.

»Hast du sie ihm angeboten, oder hat er sie verlangt?«

»Ich hätte nicht gewagt, sie ihm aufzudrängen.«

Friedrich Wieck wurde erst rot und dann ganz blass. »Du meinst, er wollte sie – einfach so?«

Clara unterdrückte ein Lachen, das zur Hälfte ein Schluchzen war. »Ja, Papa, der große Meister Frédéric Chopin hat Demoiselle Clara Wieck gebeten, ihm die Noten ihrer Werke zu schenken!«

Friedrich Wieck antwortete nicht mehr. Er legte die Hände auf seine schmerzenden Wangen. Wie ein einsames, ratloses Kind stand er da und starrte seine Tochter an, sein Geschöpf, das Werk seiner Erziehung. Es konnte doch nicht sein, dass sie über ihn hinausgewachsen war!

3

Ein Kind des Glücks, so nannten viele, die ihn kannten, den jungen Felix Mendelssohn Bartholdy, der im August 1835 in Leipzig eintraf, um die begehrte Position als Direktor des Gewandhausorchesters zu übernehmen. Zu diesem Zeitpunkt war er erst sechsundzwanzig Jahre alt. Wer aber seine Werke aufzählte, seine Ämter oder die Veranstaltungen, die er auf den Weg gebracht hatte, hätte meinen können, von einem alten Menschen mit einem ausgefüllten Leben zu berichten. Er war Musikdirektor in Düsseldorf gewesen und hatte das »Niederrheinische Musikfest« begründet. Mehrere Symphonien hatte er bereits komponiert, Vokalwerke, Kammermusik, einige Solokonzerte und überdies jene »Lieder ohne Worte« für Klavier, die er gleichsam als neue Gattung gemeinsam mit seiner Schwester Fanny ersonnen hatte.

Felix Mendelssohn stammte aus einer bedeutenden Berliner Bankiersfamilie, die erst vor einigen Jahren vom Judentum zum Protestantismus übergetreten war. Von Anfang an wurden Felix und seine Geschwister von den besten Lehrern unterrichtet und von der Mutter liebevoll, aber konsequent angehalten, ihre Zeit nicht zu vergeuden. Gern erzählte Felix Mendelssohn später davon, dass ihm als Kind nie erlaubt war, einfach nur faul zu sein. »Felix, tust du nichts?«, war ein Satz seiner Mutter, den er nie vergaß, zu oft hatte er ihn gehört. Der zweite Ausspruch, dessen Erinnerung ihn rührte, war: »Ach, Felixchen, wie steht es wieder einmal mit deiner Lockenpracht?« Woraufhin erwartet wurde, dass er sich eilends kämmte.

Der Klavierlehrer seiner Mutter war einer der letzten Schüler Johann Sebastian Bachs gewesen – Grundlage für die große

Bachverehrung im Hause Mendelssohn, auch wenn sich der öffentliche Geschmack inzwischen von Bach abgewendet hatte. Welche Freude daher für die Familie, als es Felix gelang, die »Matthäuspassion« erfolgreich aufzuführen und dem Vergessen zu entreißen!

Einen »himmlischen, kostbaren Knaben« hatte ihn Goethe genannt, als ihm der zwölfjährige Felix in seinem Haus am Weimarer Frauenplan vorspielte. Etwas von diesem Kind, diesem heiteren Liebling der Götter, bewahrte Felix Mendelssohn sein Leben lang, als befürchte er, nicht allzu lange auf dieser Welt zu bleiben, und zögere deshalb, das Kind in sich freizugeben.

Ein junger Mann mit einem gesegneten Leben: Die Frage der Mutter »Felix, tust du nichts?« trug wahrlich reiche Früchte. Auch der Musikkenner Friedrich Wieck in der Grimmaischen Gasse konnte zufrieden nicken und urteilen: »Ein Gewinn für uns alle!«, obwohl nicht alles, was Mendelssohn komponierte, Friedrich Wiecks konservativem Geschmack entsprach.

Von Anfang an erlebte Clara mit, wie Felix Mendelssohn das musikalische und gesellschaftliche Leben in Leipzig beflügelte. Es schien, als gewinne er die Herzen aller: Die Verantwortlichen des Gewandhauses rechneten es ihm hoch an, dass er bereits mehrere Wochen vor seinem eigentlichen Amtsantritt anreiste, um sich frühzeitig einzuarbeiten und sich allgemein bekannt zu machen. Die Honoratioren rühmten sein höfliches, korrektes Auftreten und die dazugehörigen Damen seinen jugendlichen Charme. Die Mitglieder des Orchesters merkten allerdings schon bei den ersten, informellen Proben, dass der hübsche Bursche, den man noch am Vorabend über den Tanzboden wirbeln sah, bei der Arbeit ganz andere, ernste Töne anschlug, keinen falschen Akkord überhörte und keine Unaufmerksamkeit durchgehen ließ.

Bald schon sprach es sich herum, dass der »Herr Musikdirektor Dr. Mendelssohn« nach seinen unterhaltsamen Abenden allein in sein Haus zurückkehrte und dort noch ein paar einsame Stunden lang für absolut niemanden zu sprechen war. Er sei dabei, ein erhabenes Kirchenwerk zu komponieren, sickerte durch, ein Oratorium, das auf der Apostelgeschichte basierte: »Paulus«, über die Selbstfindung eines Menschen. Die Mappen mit den Noten dafür seien schon ganz dick, erzählte nach einer üppigen Trinkgeldgabe das Stubenmädchen des Hauses. Die Neugierigen schlossen daraus, dass der Komponist sein Werk dann wohl bald beendet haben würde.

Eine geheimnisvolle Aura schien dieses Werk zu umgeben, über das Felix Mendelssohn niemals sprach. Manchmal wagte der eine oder andere, ihn danach zu fragen, doch die Antwort war jedes Mal kühl und abweisend, als hätte Felix Mendelssohn Angst, das unfertige Werk durch Gerede und Erklärungen zu banalisieren. In solchen Augenblicken wirkte er auf die allzu Neugierigen unzugänglich und arrogant. Auch wer ihm zu sehr schmeichelte, konnte sich eine Abweisung einhandeln – ein wenig ärgerlich und ein wenig ironisch zugleich. Das waren die Situationen, in denen sich die Betroffenen zum eigenen Trost daran erinnerten, dass Felix Mendelssohn jüdischer Abstammung war.

Auch Clara lernte ihn bald persönlich kennen. Schon in seiner ersten Leipziger Woche besuchte er einen der musikalischen Abende ihres Vaters. Um dem Gast eine Freude zu bereiten, spielte ihm Clara sein eigenes »h-Moll-Capriccio« vor – ohne Noten und unter Einsatz ihres ganzen Temperaments. Mitten im Spiel blickte sie kurz zu ihm hinüber. Selbst in diesem Bruchteil einer Sekunde konnte sie erkennen, dass er begeistert war. Aus den Augenwinkeln beobachtete sie, dass er aufstand und zu ihr an den Flügel trat. Seine Hände schlugen den Takt. Das regte sie zu noch größerem Eifer an, und sie spielte das Stück noch wilder und lebhafter als sonst, sodass alle Anwesenden davon mitgerissen wurden.

Nach dem letzten Ton war es erst ganz still. Dann klatschten alle, liefen zu ihr hin und gratulierten ihr.

»Das ist meine Tochter!«, erklärte Friedrich Wieck voller Stolz. »Meine Clara.«

Es kam Clara vor, als hätten sich Felix Mendelssohns Wangen

gerötet. »Sie haben gespielt wie ein Teufelchen, Mademoiselle!«, sagte er entzückt. »In letzter Zeit habe ich mich von diesem Stück ein wenig abgewandt. Ich hatte es wohl selbst schon zu oft gespielt. Unter Ihren Händen aber ist es wie neu für mich geworden. Sie haben es mir zurückgeschenkt. Ich liebe es wieder.« Er lächelte Clara so herzlich an, dass es ihr vorkam, die Liebeserklärung gelte nicht nur dem Werk, sondern auch ihr selbst. Sie lächelte zurück und wusste nicht mehr, was sie sagen sollte.

Ein Schweigen entstand. Alle Anwesenden warteten darauf, dass es irgendwie endete. Da holte sich Felix Mendelssohn einen Stuhl ans Klavier, setzte sich und zog Clara am Arm neben sich. Leise und sanft begann er zu improvisieren. Dann hielt er kurz inne und wartete auf Claras Antwort. Abwechselnd spielten sie nun und dazwischen immer wieder gemeinsam. Nach dem schüchternen, zarten Beginn immer lauter und fröhlicher. Sogar ein frivoler kleiner Walzer drängte sich in die Fülle der Töne. Dabei blickte Felix Mendelssohn seiner Partnerin immer wieder in die Augen, lächelte und berührte sie in der Bewegung des Spiels von der Seite her scherzhaft mit dem Arm oder dem Knie.

Es war die reine Lebensfreude. Nichts Plumpes oder Verruchtes. Ein junger Mann zeigte einem jungen Mädchen, dass es ihm gefiel, einfach nur gefiel. Das hieß nicht: Ich will dich. Auch nicht: Ich liebe dich. Es hieß nur: Das Leben ist wunderbar, du Schöne! Freuen wir uns! Seien wir glücklich: du und ich und alle in diesem Zimmer, meinetwegen sogar in dieser Stadt, in diesem Land und überall dort, wo Menschen sind, die sich freuen möchten, ohne zu viel voneinander zu fordern oder einander zu bedrängen!

»Es war eine Sternstunde, Maestro!«, schwärmte Friedrich Wieck, nachdem Clara das gemeinsame Spiel mit einem ihrer berühmten Kadenzgedonner beendet hatte. Danach erhob sie sich und bedankte sich gemeinsam mit Felix Mendelssohn für den Applaus. Sie war so aufgeregt, dass sie kaum atmen konnte. Felix Mendelssohn merkte es und legte den Arm um ihre Schultern. Er zog sie kurz zu sich heran und küsste sie auf die Wange. Ein

Kinderschmatz!, dachte Clara. Es ist, als hätte ich einen geliebten Bruder ... Mehr wagte sie nicht zu hoffen und mehr wollte sie vielleicht auch gar nicht.

Sie fühlte sich wie in einem Traum. All der Lärm um sie herum klang fern. Ja, das Leben war schön, und es war schön, so jung zu sein, alles noch vor sich liegen zu haben und sich nicht vorstellen zu können, nicht immer nur glücklich zu sein.

In dieser Sekunde fiel ihr Blick auf Robert Schumann, mitten unter den anderen Gästen. Sein Gesicht war so blass wie damals, als er krank gewesen war. Als Einziger lächelte er nicht. Er starrte sie nur an, wie sie da mit Felix Mendelssohn stand, so jung, so hübsch und so unbeschwert. Alle hier waren unbeschwert und klatschten. Nur dieser eine nicht.

Am 13. September 1835 feierte Clara ihren sechzehnten Geburtstag. »Der Tag, an dem du kein Kind mehr bist«, kündigte Clementine mit schicksalsschwerer Miene an. »Jetzt beginnt auch für dich der Ernst des Lebens.« Als ob Clara nicht schon längst gelernt hätte, um ihre Stellung in der Welt zu kämpfen!

»Von jetzt an müssen alle ›Sie‹ zu dir sagen«, stellte Alwin neidvoll fest, woraufhin Friedrich Wieck die Stirn runzelte und ergänzend hinzufügte, das gelte vor allem für einen gewissen Herrn Schwärmerer, der sich nun endlich damit abfinden müsse, dass Demoiselle Wieck eine junge Dame sei, der mit Respekt und Distanz begegnet werden müsse.

»Respekt und Distanz?«, lachte Clara. Sie erinnerte sich daran, wie sie selbst ohne jeden Respekt Robert Schumann durch die Parks von Leipzig und über die Landstraßen der Umgebung gejagt und zu schweißtreibenden Turnübungen gezwungen hatte. Trotz seiner Beziehung zu Ernestine und der versteckt spürbaren Entfremdung in letzter Zeit war er immer noch ein Freund für sie. Sie konnte sich nicht vorstellen, dass er sie jemals anders anreden würde als mit ihrem Vornamen und mit »Du«. Trotzdem würde er auf diese Vertraulichkeit nun wohl verzichten müssen. Es ging nicht an, dass von zwei Erwachsenen einer den anderen duzte und jener Sie zu ihm sagte. Es wäre eine Lösung gewesen, hätte auch Clara Robert Schumann geduzt, doch das war gesellschaftlich unmöglich. Es gehörte sich einfach nicht, das sah sie ein.

Wenn Clara in späteren Jahren an ihren sechzehnten Geburtstag zurückdachte, war sie überzeugt, dass dies der glücklichste Tag ihres ganzen Lebens gewesen war. Ein Tag vollkommener Freude, an dem sie sich geliebt und bewundert fühlte, geborgen unter Menschen, die zu ihr gehörten. Alle Selbstzweifel schienen verflogen. Sie glaubte an sich und an die eigene Kraft, und sie glaubte daran, dass ihr das Schicksal, das über allem waltete, wohlgesonnen war. Vor Schwierigkeiten hatte sie nie Angst gehabt. Jetzt aber vertraute sie mehr als je zuvor darauf, dass sie meistern konnte, was immer ihr auferlegt wurde. Stark und unbesiegbar fühlte sie sich, als sie an ihrem Geburtstagsmorgen kurz vor sieben Uhr vor dem Spiegel stand und die birnenförmigen Perlenohrringe anlegte, die sie sonst nur zu ihren Konzerten trug.

Die ganze Familie hatte sich schön gemacht. Sogar Alwin und Gustav trugen noch die gerillten Spuren ihrer Kämme im feuchten Haar, und Friedrich Wieck roch nach einem Herrenparfum, das er während seines Parisaufenthalts gekauft hatte und nur zu den allerfestlichsten Anlässen auf seine empfindlichen Wangen tätschelte. Wie jedes Mal stellte er auch an diesem Morgen fest, dass die teure Lotion inzwischen leider schon viel von ihrer Duftkraft eingebüßt hatte. »Ich werde wohl wieder einmal nach Paris reisen müssen«, neckte er Clementine, die missmutig entgegnete, dekadente Duftwässer gebe es inzwischen auch in Deutschland.

Sogar die kleinen Mädchen Marie und Cäcilia hatte man schön herausgeputzt und ihnen rosaseidene Schleifchen ins Haar gebunden, und auf dem Tisch im Salon stand ein großer Blumenstrauß – gekauft, nicht bloß aus dem Garten, was Clementine eigentlich für übertrieben erachtete.

Als Clara von ihrem Zimmer die Treppe hinunterstieg, kam ihr August entgegen und zwinkerte ihr komplizenhaft zu. »Wenn du von jetzt an nach Paris fährst, wird es noch viel lustiger als früher«, kündigte er an. »Da wirst du noch allerhand lernen können von den Herrn Franzosen.«

Clara fand sein Grinsen schmutzig, aber daran war sie bei ihm schon gewöhnt. So war er eben, und sie kannte ihn nicht anders. Trotzdem verlangsamte sie ihren Schritt, blieb aber nicht stehen. »Duz mich nicht, August!«, sagte sie schnippisch. »Ab heute bin ich Mamsell Clara für dich.«

Doch August ließ sich nicht aufhalten, sondern lief weiter die Treppe hinauf. »Niemals!«, schnaubte er und machte, ohne sich nach Clara umzudrehen, eine wegwerfende Handbewegung. »Eher beiße ich mir die Zunge ab.«

Auch Clara drehte sich nicht um. »Tu das nur, dann wird der Welt so manche Unverschämtheit erspart bleiben!« Trotzdem musste sie lachen. Sie dachte, dass Clementines biederer Haushalt ohne August viel weniger amüsant wäre. Ein Wunder nur, dass ihr Vater und Clementine die Anzeichen von Augusts dunkler Seite noch nie bemerkt hatten.

Als Clara in den Salon trat, war bereits die ganze Familie versammelt. Auf dem Tisch brannte eine Kerze und auf dem Sofa häuften sich viele Päckchen. Clara konnte es kaum erwarten, ihre Geschenke anzusehen.

In diesem Augenblick klopfte es ans Haustor. Kurze Zeit später trat ein junges Mädchen ein und blieb schüchtern auf der Schwelle stehen. Clara erkannte es sofort als Robert Schumanns Haushälterin. Das Mädchen knickste verlegen. »Ich soll ausrichten, das ist für Mamsell Wieck.« Es hielt Clara einen gläsernen Teller hin, auf dem ein bunter Blumenkranz lag. »Ergebenste Wünsche zum Geburtstag, soll ich sagen«, fügte es hinzu und knickste noch einmal.

Clara übernahm den Teller. Erst jetzt bemerkte sie, dass sich in dem Kranz ein Henkelkörbchen aus Porzellan befand und wiederum darin eine goldene Taschenuhr. Dem beigefügten Billett entnahm Clara, dass das Porzellankörbchen ein Geschenk von Robert Schumann war und dass die Uhr gemeinsam von ihm und der »Tafelrunde« der Davidsbündler kam.

»Ich fühle mich wie Ali Baba in der Schatzhöhle!«, lachte Clara. So viele Geschenke! Zwei Mousselinetücher, eines für fein und eines für den Alltag, zwei Umschlagtücher, Hausschuhe für den Winter, ein Taschenkalender, ein Buch mit Balladen und Romanzen als Anregung zum Komponieren, von Friedrich Wieck die Sammlung der Novellen von Schefer und von Robert Schumann das Gesamtwerk von Bulwer.

Clara strahlte. »Am Abend muss ich gleich an Mila schreiben!«, rief sie. »Sie wird nicht glauben, was ich alles geschenkt bekommen habe.« Dass Emilie List noch immer nicht aus Paris zurückgekehrt war, war der einzige Wermutstropfen in der Vollkommenheit dieses Tages.

Nach dem Frühstück tauchten auch die Uhrengeber auf und mit ihnen Felix Mendelssohn. Man spielte abwechselnd Klavier und sang. Dann unternahm man auf Friedrich Wiecks dringenden Vorschlag einen kurzen Spaziergang, um nicht ganz auf die Segnungen der frischen Luft verzichten zu müssen. Im »Kleinen Kuchengarten« traf man Bekannte, die ebenfalls gratulierten. Ganz Leipzig schien zu wissen, dass Clara Geburtstag hatte. Sogar mit Champagner stieß man auf den großen Tag an. Dann ging es zurück in die Grimmaische Gasse zum Mittagessen. Clara errötete vor Entzücken, als sich Felix Mendelssohn den Platz neben ihr eroberte. Sie wagte kaum, ihn anzusehen, wie er da so nahe neben ihr saß. Um den Hals trug sie an einem schwarzen Samtband ihre neue Taschenuhr. Sie erschien ihr wie ein Symbol der sonnigen Zukunft, die vor ihr lag.

Nach Tisch brachte ihr Felix Mendelssohn ein Ständchen dar, und auch sie selbst spielte vor. Zuletzt erhob sie sich und sprach: »Meine Herren, ich kann nicht umhin, Ihnen meinen verbindlichsten Dank für das schöne Geschenk zu spenden.« Mehr wagte sie nicht zu sagen. Es war nicht üblich, dass Damen Reden hielten. Aber für Künstlerinnen galten ja wohl nicht so strenge Regeln. Hauptsache, es hörte sich vornehm und gebildet an.

Ein zweites Mal ging man spazieren. Danach trafen noch andere Gratulanten ein, und es wurde sogar getanzt. Als Friedrich Wieck einen dritten Spaziergang empfahl, löste sich die Gesellschaft vorsichtshalber auf. Noch lange stand man jedoch plaudernd vor dem Ausgang und wollte sich kaum voneinander trennen.

Als Felix Mendelssohn an der Reihe war, sich von Clara zu verabschieden, zog er aus der Tasche seines Rocks einen Zettel hervor. »Ich habe noch etwas für das liebe Geburtstagskind«, sagte er und lächelte. »Als ich etwa in Ihrem Alter war, machte ich mir viele Gedanken über meine Kompositionen und darüber, was andere wohl über sie denken würden. Halb im Ernst, halb im Spaß verfasste ich ein kleines Gedicht über dieses Dilemma, das auch Sie ganz bestimmt kennen.«

Clara nickte. »Und ob ich das kenne!«, stimmte sie zu und sah dabei unwillkürlich zu Robert Schumann hinüber, der heute heiterer gewesen war als sonst. Claras Freude über sein Geschenk hatte auch ihn glücklich gemacht.

Clara nahm das Gedicht entgegen und bat Felix Mendelssohn, es doch gleich selbst vorzulesen. Das wollte er aber nicht, sondern schlug vor, sie solle es irgendwann später in Ruhe studieren und vielleicht ein wenig darüber nachdenken. »In manchem sind wir uns alle sehr ähnlich«, fügte er hinzu. »Da tut es gut, zu wissen, dass manche Schwierigkeiten für alle gelten.«

»Diesen Geburtstag werde ich nie vergessen«, sagte Clara leise, als sie mit Friedrich Wieck vor dem Haustor stand und den Gästen nachblickte, die scherzend und lachend nach Hause gingen, angeregt vom Champagner und von den fröhlichen Stunden, die man gemeinsam verbracht hatte.

»Lass uns das Gedicht lesen!«, schlug Friedrich Wieck vor. Sie gingen zurück in den Salon, der noch immer von der Unbeschwertheit des vergangenen Tages erfüllt schien. Sie setzten sich nebeneinander auf das Sofa und Clara faltete den Zettel auseinander.

»Lass hören!«, forderte Friedrich Wieck sie auf.

Clara nickte und begann zu lesen.

»Schreibt der Komponiste ernst,
schläfert er uns ein;
schreibt der Komponiste froh,
ist er zu gemein.

Schreibt der Komponiste lang,
ist es zum Erbarmen;
schreibt ein Komponiste kurz,
kann man nicht erwarmen.

Schreibt ein Komponiste klar,
ist's ein armer Tropf;
schreibt ein Komponiste tief,
rappelt's ihm im Kopf.

Schreib er also, wie er will,
keinem steht es an,
darum schreib ein Komponist,
wie er will und kann!«

Unwillkürlich lächelten sie beide. »Das sieht ihm ähnlich«, murmelte Friedrich Wieck und legte den Arm um Claras Schultern. »Ich muss oft über ihn nachdenken«, gestand er.

Clara lachte. »Das tun viele«, antwortete sie. »Vor allem die Damen.«

Doch ihr Vater ging nicht auf ihren scherzhaften Ton ein. »Ich habe mir mein Leben lang ein Vorbild gewünscht«, sagte er leise. Zum ersten Mal, dachte Clara, klang seine Stimme nicht schrill und durchdringend, sondern fast hilflos und verzagt. »In der Schule und während des Studiums trug man uns auf, Christus solle unser Vorbild sein.« Er schüttelte den Kopf. »Damals wäre ich gern Musiker geworden. Man ist ja ein gläubiger Mensch, aber die Nachfolge Christi hätte mich da bestimmt nicht weitergebracht. Außerdem suchte ich ja nicht nach einem spirituellen Vorbild, sondern nach einem handfesten Muster.«

Clara rückte näher an ihn heran. Nachsichtig dachte sie, dass er wahrscheinlich zu viel vom Geburtstagschampagner abbekommen hatte. Trotzdem tat es ihr wohl, dass er sich ernsthaft mit ihr unterhielt.

»Immer wieder habe ich mir Vorbilder gesucht«, fuhr Friedrich Wieck fort. »Einmal diesen, dann jenen, wie es gerade in meine Lebenssituation passte. Wenn ich es mir heute überlege, hat mich dabei immer nur ein einziger Gesichtspunkt fasziniert: das Ansehen, das die Betreffenden genossen – für das, was sie taten, und für das, was sie darstellten.« Seine Stimme war noch leiser geworden. Clara hatte das Gefühl, dass er eigentlich nicht mehr zu ihr sprach, sondern zu sich selbst.

»Ansehen, Respekt, Hochachtung, vielleicht sogar Bewunderung oder Liebe – alle, die mir auffielen, zeichneten sich vor allem durch das aus, was sie vollbrachten: wie sie die Gebildeten ihrer Stadt um sich scharten, wie sie für eine neue Idee eintraten, wie sie mit ihrem Geigenspiel Hunderte Menschen eroberten …« Er wandte sein Gesicht Clara zu und klopfte gleichzeitig auf Felix Mendelssohns kleines Manuskript. »Nur dieser da ist eine Ausnahme. Er kann eigentlich kein Vorbild für andere sein. In seiner Arbeit natürlich schon. Die respektieren alle. Davon abgesehen aber ist etwas um ihn, das sich nicht erarbeiten und erlernen lässt. Ein Charme, eine Magie vielleicht sogar. Käme er in eine ganz fremde Runde, in der niemand von seinen Verdiensten weiß, würde man ihn trotzdem sofort achten und mit Sympathie empfangen.«

Clara schwieg. Die Standuhr schlug eins, und oben, im ersten Stock, hustete erst ein Kind und dann auch das zweite.

»Wie schön wäre es, sich nicht dauernd bemühen und um Ansehen kämpfen zu müssen!«, redete Friedrich Wieck weiter. »Manchmal bin ich es so leid! Aber wenn wir aufgeben, werden wir vergessen. Das gilt für alle von uns. Auch für dich sechzehnjähriges Geburtstagskind, das meint, die Welt läge ihm zu Füßen. Es gilt übrigens auch für den großen Herrn Schwärmerer und Fantasiemenschen, der dich heute wieder einmal mit den

Augen verschlungen hat. Auch ihm fällt die Liebe der Welt nicht zu, so sehr er es sich auch wünschen mag.« Er zog Clara noch näher an sich heran. »Vergiss es nie, mein Clärchen: Du bist eine große Künstlerin. Aber auch dich wird man fallen lassen und missachten, wenn du dich nicht ständig nach vorne drängst und morgen noch besser bist als heute.« Er flüsterte nun fast. »Gib dich niemals auf, mein Mädchen! Opfere dich nie für etwas, das außerhalb deiner eigenen Welt liegt! Wenn du es tust, verlierst du erst dein Ansehen und dann dich selbst.«

Clara streichelte seine Wange. »Sei nicht so ernst, Papa!«, sagte sie leise. »Das ist doch ein Freudentag heute.«

Friedrich Wieck nickte. »Sechzehn Jahre!«, murmelte er. »Da kann man sich wirklich noch freuen. Hast du übrigens nachgerechnet, wie alt ich gerade bin? Fünfzig Jahre! Ein halbes Jahrhundert.« Er lächelte plötzlich. »Da darf man schon ein wenig nachdenklich werden, nicht wahr?« Er wartete auf keine Antwort. »Jetzt aber ab ins Bett, Clara! Um sieben gibt es das Frühstück, und wir wollen doch nicht nachlässig werden, oder?«

Oben, in ihrem Zimmer, als sie sich ausgezogen und ihr Haar gelöst hatte, erinnerte sich Clara daran, dass sie eigentlich noch einen Brief an ihre Freundin schreiben wollte, um ihr von den vielen Geschenken zu berichten, die nun fein säuberlich geordnet auf dem kleinen Sofa vor dem Fenster lagen. Doch eigentlich war sie schon zu müde für einen Brief.

So viel war geschehen an diesem Tag und so viel gesagt worden. Sechzehn Jahre. Erwachsen. Ein Grund zur Freude, nicht zum Philosophieren. Mit fünfzig Jahren mochte das ja anders sein. Vielleicht konnte einer wie ihr Vater gar nicht mehr verstehen, dass es keinen Grund zur Beunruhigung gab und dass sein kleiner Russe sehr wohl wusste, wie er zu entscheiden hatte, um im weiteren Leben glücklicher zu werden als jemals ein anderer Mensch. Fast ein wenig Mitleid und Herablassung empfand Clara für ihren alten Vater, während sie sich von der sorglosen Arroganz der Jugend in den Schlaf wiegen ließ und die Erinnerungsbilder des Tages vor ihren geschlossenen Augen tanzten.

Liebeswirren

I

Ein Leben voller Tätigkeit, voller Begegnungen, Gespräche und Diskussionen. So viele Augen, die zu ihr emporblickten, wenn sie in die Tasten griff und zuweilen das Gefühl hatte, sich zu verströmen! Mit jedem Mal mehr genoss sie ihre Konzerte, das unterschwellige Summen und Brausen im Saal, bevor die Stille eintrat, die sie, Clara Wieck, durchbrechen und füllen sollte. Alles schaute auf sie und lauschte ihrer Musik. Manchmal kam es ihr vor, als ob sie mit den Klängen eins würde, sich in ihnen auflöste und über ihre körperliche Existenz hinweg emporgetragen würde. Aus der Höhe blickte sie herab auf das fremde junge Mädchen, das am Klavier saß und sich selbst vergaß. Im Dunkel fühlte sie sich dann und zugleich im hellsten Licht, doch niemals hätte sie gewagt, über diesen Zustand zu sprechen. Sie war sicher, dass kaum jemand sie verstehen würde.

Ein großer Abend sollte es werden im Saal des Leipziger Gewandhauses. Wer in der Stadt die Musik liebte oder zumindest als kultiviert gelten wollte, hatte sich um Karten bemüht. Kein Platz war leer geblieben, und die da waren, fühlten sich wacher als sonst, neugierig und bereit, sich auf das Abenteuer der folgenden Stunden einzulassen. Ein »Extrakonzert« hatte der neue Musikdirektor versprochen, und wenn er das sagte, würde es wohl so sein. Immerhin hatte man sich in ihm einen ganz Großen in die Stadt geholt, und heute sollte er zeigen, was er bieten konnte.

Wie es das angekündigte Werk verlangte, warteten auf der Bühne drei Konzertflügel. Ein Wagnis mochte es schon sein, ausgerechnet Johann Sebastian Bach aus der Versenkung zu holen, doch es hatte sich bereits herumgesprochen, dass der große Alte dem genialen Jungen besonders am Herzen lag. Darum hatte sich Mendelssohn wohl auch entschlossen, selbst an einem der Klaviere Platz zu nehmen. Ein schöner Mann, wie die Damen feststellten und insgeheim – mit unterschiedlichen Schlussfolgerungen – auch einige Herren. Am zweiten Klavier saß der Pianist Louis Rakemann, der mehreren Anwesenden als Davidsbündler Walt bekannt war. Besonders anregend wurde es empfunden, dass auch die junge Wieck-Tochter an dem Konzert teilnahm. Die Dritte im Bunde, sozusagen. Kein Kind mehr, wie manche feststellten, die ihr in letzter Zeit nicht begegnet waren, auch wenn man sie oft genug beobachten konnte, wie sie durch die Parks rannte, als wäre der Leibhaftige hinter ihr her – bestimmt eine Idee ihres Vater, den man ja als Gesundheitsapostel kannte.

Es war das erste Mal, dass ein Werk von Bach im Gewandhaus erklang. Mancher mochte die Ungerechtigkeit begreifen, dass die Mode seiner Generation über die göttliche Genialität einfach hinweggefegt war. Nun aber traten ausgerechnet drei der jungen Berühmtheiten an, das fast schon vergessene Werk zu neuem Leben zu erwecken. Sérieux würde es wohl sein, aber hoffentlich nicht trop sérieux.

Da Felix Mendelssohn ein Mann der Bühne war, der seine Pappenheimer kannte, gab es danach sein »Capriccio«, gespielt von der hübschen Clara Wieck – wie ein Teufelchen natürlich –, und danach deren eigenes Klavierkonzert, das man für »begabt« einschätzte, wenn auch mit gewissen Einschränkungen, weil die Komponistin ein Kind der eigenen Stadt war und es doch nicht sein konnte, dass ein Mädchen aus der Grimmaischen Gasse Weltformat besaß.

Es war ein erhebender Abend, darüber herrschte Einigkeit. Ein wenig verwirrend zwar und nicht so gemütlich, wie man es gewohnt war. Doch irgendwie hatte man als Kunstfreund durch den neuen Musikdirektor wohl ein höheres Niveau erreicht. Im Grunde konnte man zufrieden sein und stolz auf sich selbst und die eigene Stadt, auf die andere Städte bald mit Neid blicken würden.

Auch die Presse lieferte ausführliche Berichte über das Extrakonzert, vor allem die »Neue Zeitschrift für Musik« Robert Schumanns, der in poetischen »Schwärmbriefen« seiner Begeisterung keine Fesseln anlegte. Ganz offen nannte er die Solisten des Tripelkonzerts mit ihren Davidsbündlernamen: Clara als Zilia, Mendelssohn als Felix Meritis, den verdient Glücklichen, Rakemann als Walt und sich selbst, den Kritiker, als Eusebius: »Lacht nur nicht beim Konzert für drei Klaviere vom alten Sebastian, das Zilia mit Meritis und dem sanften Walt gespielt ... Da wird einem recht klar, welcher Lump man ist.« Vielleicht erinnerte er sich in diesem Augenblick schmerzlich an die Zeit, in der er selbst auch noch in der Lage gewesen wäre, an einem solchen Konzert teilzunehmen.

Clara aber freute sich, als sie diese Zeilen las, vor allem, weil sie hoffte, dass ihr Vater dem Rezensenten danach wieder mit mehr Wohlwollen begegnen würde.

Manchmal dachte Clara, die Welt um sie herum habe sich in letzter Zeit grundlegend verändert. Dabei hätte sie nicht sagen können, was eigentlich anders geworden war. Wie ein fleißiges kleines Uhrwerk lief der Alltag in Clementines straff geführtem Haushalt ab. Jeden Morgen zur gleichen Minute stand man auf, nahm stets das gleiche frugale Frühstück zu sich und ging dann den jeweiligen Pflichten nach, die sich tageweise kaum voneinander unterschieden. Selbst auf Reisen stellte sich eine unverrückbare Routine ein, zu der die seligen Augenblicke des Erfolgs ebenso gehörten wie der Ärger über widrige Umstände und einsichtslose Behörden, die mit ihrer Einmischung und Verzögerung kostbare Zeit stahlen und Unruhe auslösten, die an den Nerven zehrte und die künstlerische Empfindung beeinträchtigte.

Was ebenfalls fast immer gleich blieb, waren die täglichen Spaziergänge, aus denen Clara ihre Kraft bezog, auf denen sie ihre Gedanken ordnete und den Ereignissen ihres Lebens den gebührenden Platz zuwies. Auf manchen Stationen ihrer Tourneen kam es vor, dass alles ungewiss erschien und Friedrich Wieck sich nur noch in aggressivem Streitton äußerte. Auch Clara, um die es ja ging, konnte sich dann der Hektik nicht entziehen. Danach klopfte ihr Herz vor Ärger und ihre Hände zitterten. Das war der Augenblick, in dem sie sich auf den Weg durch die fremden Straßen machte. Von Anfang an merkte sie sich unbewusst den einen oder anderen Bezugspunkt, um wieder zurückzufinden. Darüber hinaus aber überließ sie sich ganz dem Rhythmus ihrer schnellen Schritte. Immer tiefer atmete sie dann, immer gleichmäßiger. Sie blickte keinem Entgegenkommenden ins Gesicht, sondern bezog sich nur auf sich selbst. Sie fühlte die Wärme der Sonne auf ihrem Nacken, den Wind in ihrem Haar oder die versprühten Tropfen, die trotz des Regenschirms ihre Wangen benetzten. Für den Zauber einer Landschaft oder die Schönheit und Harmonie von Gebäuden und Gärten interessierte sie sich kaum. Ihr Blick auf die Welt war der, den ihr Vater sie gelehrt hatte.

Lange Runden schlug sie ein, doch immer fand sie mühelos zurück, gewohnt, sich im Freien zu bewegen und in einer unbekannten Umgebung. »Meine kleine Brieftaube!«, sagte Friedrich Wieck, als es ihm wieder einmal gelungen war, alle Schwierigkeiten aus dem Weg zu räumen und er sich fast schon sorgte, weil Clara noch immer nicht zurück war. »Man könnte dich in Russland aussetzen oder irgendwo mitten in Frankreich: Du würdest trotzdem immer wieder nach Hause finden.«

»Meine Taube« oder manchmal auch »mein Kätzchen« – wenn alles lief, wie er es wollte, konnte Friedrich Wieck ein zärtlicher Vater sein, allerdings nur für Clara. Seine anderen Kinder blieben ihm fremd.

In jenem Herbst, als Clara erwachsen geworden war, zog es sie noch mehr als bisher ins Freie. Diesmal aber ging es weniger darum, in frischer Luft neue Kraft zu gewinnen, als um ganz zufällige Begegnungen mit einem gewissen Herrn Schwärmerer oder Fantasiemenschen, dem »somnambulen Schumann«, wie Friedrich Wieck ihn neuerdings nannte, weil ihm diese Bezeichnung seine Abneigung und sein Missfallen noch deutlicher auszudrücken schien. Maulfaul sei er und in Gesellschaft unergiebig, stellte Friedrich Wieck weiters fest. Am liebsten wäre es ihm gewesen, wäre der junge Mann ganz aus seinem und vor allem aus Claras Leben verschwunden. Dennoch musste Friedrich Wieck eingestehen, dass sich Robert Schumanns Stellung inzwischen so weit gefestigt hatte, dass er aus dem Leipziger Kultur- und Gesellschaftsleben nicht mehr wegzudenken war. Seine Zeitschrift florierte und seine Kompositionen wurden gerühmt. Auch Clara wurde in Kennerkreisen immer wieder gebeten, den »Carnaval« zu spielen, die »Papillons«, die »Toccata« oder die »Impromptus«. Scheinbar über Nacht war Robert Schumann zu einer festen Größe des Musiklebens geworden, obwohl er so schweigsam war und ihm die sonnige Leichtigkeit seines Freundes Mendelssohn fehlte.

Friedrich Wieck ahnte nicht, dass sein vernünftiges Clärchen seit ihrem berühmten sechzehnten Geburtstag die nachmittäglichen Spaziergänge noch viel mehr genoss als bisher. Unerwartet wie der Schurke einer finsteren englischen Tragödie war Robert Schumann am Tage nach dem Fest aus dem Schatten jener Eiche getreten, in deren Rinde Friedrich Wieck einst vergebens versucht hatte, die Initialen seiner vergänglichen Liebe zu verewigen.

»Guten Tag, liebe Clara!«, grüßte Robert Schumann und schwang seinen Hut. Von »Mamsell« oder »gnädiges Fräulein« keine Rede. »Clara« und »Sie« – so war es von nun an, und Clara blieb bei »Herr Schumann«. Was sich veränderte, war allerdings der Tonfall, in dem sie miteinander redeten. Immer leiser und vertraulicher, auch wenn weit und breit kein neugieriger Spaziergänger zu entdecken war. »Liebe Clara«, dann »meine liebe Clara« und zuletzt ganz leise: »Clärchen, mein liebes Clärchen!«

Auch Clara ließ sich nicht lumpen und ging freigebig mit ihren Blicken und sanften Worten um. Von Tag zu Tag schmelzender und leiser, sodass Robert Schumann immer näher an sie herantreten musste, um ihre Worte zu verstehen.

Auch er selbst nahm seine Stimme immer mehr zurück. Da er

ohnedies schon sehr undeutlich zu artikulieren pflegte, verstand Clara manchmal überhaupt nicht mehr, was er sagte. Trotzdem fragte sie nicht nach, denn der Sinn der verschwommenen Rede war eindeutig.

»Ich liebe Sie, Clara!«, gestand er eines Nachmittags, während seine eleganten Schuhe im Schlamm eines herbstlichen Platzregens versanken. Doch beide merkten nicht einmal, dass ihnen der Regen übers Gesicht floss. Unwillkürlich musste Clara an die Spaziergänge mit Ernestine von Fricken denken, bei denen – das durchschaute Clara inzwischen – Robert Schumann der vermeintlichen Millionenbraut heftig den Hof gemacht hatte. Trotzdem war der Klang seiner Stimme damals ganz anders gewesen: weniger ernsthaft, jede Bemerkung eher wie ein Scherz. Ein junger Mann versuchte, eine Freundin mit seiner Ironie aus der Reserve zu locken, sie mit jedem Wort und jedem Blick gleichsam anzuheizen. Ernestine war mehr als bereitwillig darauf eingegangen und hatte noch das Ihre beigetragen, die Stimmung weiter anzufachen.

Mit Clara redete Robert Schumann ganz anders. Manchmal hatte sie sogar den Verdacht, er sehe hinter ihr immer die Respektsperson ihres Vaters stehen und wage sich deshalb nicht ganz aus der Reserve. Unwillkürlich erinnerte sie sich an die vielen Tage der letzten großen Tournee, als sie immer wieder mit Carl Banck, dem angeblich so Mausgrauen, allein gewesen war. Mehr als einmal hatte der gar nicht so schüchterne junge Mann nach ihrer Hand gefasst und sie nur unter Protest wieder losgelassen. Clara war überzeugt, dass er noch viel weiter gegangen wäre, hätte sie es ihm nur erlaubt. Auf seinen Respekt für ihren Vater schien *er* in solchen Augenblicken keine Rücksicht zu nehmen.

Eines Tages geschah es dann aber doch, dass Robert Schumann nach ihrer Hand griff, die sie ihm gerne überließ. Am nächsten Tag zögerte er schon nicht mehr. Am dritten beugte er sich vor und küsste ihren Handrücken und am vierten drehte er ihre Hand um und presste seine Lippen auf die weiche Innenseite, immer näher an das Gelenk heran, wo die Adern durch die zarte Haut schimmerten.

Clara spürte, wie ihr das Blut zu Kopfe schoss. Einen Augenblick lang war sie sich selbst fast fremd. Robert Schumanns Gesicht war dem ihren ganz nah, als er ihre Hand wieder losließ und Clara plötzlich anlächelte. Ihr war, als sehe sie ihn zum ersten Mal, und zum ersten Mal bemerkte sie, dass sich beim Lächeln in seinen Wangen kleine Grübchen bildeten wie bei einem Kind. Sie erinnerte sich, wie die Mädchen im Konfirmandenunterricht vom hinreißenden Aussehen des einen oder anderen jungen Mannes geschwärmt hatten und gar nicht aufhören konnten, die sensiblen Hände, das edle Profil oder die dichten Wimpern des Angebeteten zu rühmen. Clara und Mila hatten sich über eine solche Begeisterung erhaben gefühlt, jetzt aber hätte Clara plötzlich sehr gerne eine Freundin zur Seite gehabt, um ihr gegenüber Robert Schumanns Grübchen zu preisen. »Wie jung du bist!«, murmelte Robert Schumann, als hätte er ihre Gedanken erraten.

Von da an wagten sie sich jeden Tag ein wenig weiter vor, als gebe es ein Gesetz, das den Liebenden befahl, ständig voranzuschreiten, auch wenn sie sich das Ziel, dem sie zustrebten, noch nicht einzugestehen wagten.

Kalt und nass war der November in jenem Jahr 1835, als die deutschen Lande nach den Befreiungskriegen von der napoleonischen Fremdherrschaft nun schon zwei Jahrzehnte lang wieder in Ruhe lebten, einer Zwangsruhe allerdings, in der es immer noch klug war, den Behörden nicht aufzufallen, mit eigenem Vermögen nicht zu protzen und sich von jedem Gespräch fernzuhalten, in dem es um Freiheit ging. Biedermeierlich brav lebte man, höflich und vorsichtig. So hatte man die schweren Zeiten überlebt, und man wusste, dass es immer noch gefährlich war, aus dem allgemeinen Trott auszuscheren. Das System des Fürsten Metternich in Wien konnte mit Leichtigkeit dafür sorgen, dass der allzu Eigensinnige Gelegenheit bekam, in einer Festung ungestört über seinen Freiheitsdrang nachzusinnen. Wenn man unzufrieden war, sollte man diese Gefühle tunlichst im eigenen Herzen schweigend bewahren. Nur die Dichter wagten von der Freiheit zu singen, nach der sie sich sehnten:

»Die Gedanken sind frei, wer kann sie erraten?
Sie fliegen vorbei wie nächtliche Schatten.
Kein Mensch kann sie wissen, kein Kerker einschließen.
Es bleibet dabei: Die Gedanken sind frei.«

Auch Clara Wieck und Robert Schumann waren Kinder ihrer Zeit. Da sie wussten, dass Friedrich Wieck gegen ihre Verbindung sein würde, vermieden sie die Konfrontation, sondern trafen sich immer nur heimlich. Wenn Robert Schumann zu Friedrich Wiecks musikalischen Abenden kam, benahm er sich Clara gegenüber nicht anders als jeder andere Gast. Nur manchmal warfen sie einander verstohlene Blicke zu. Niemals aber hätten sie gewagt, ihre Hände einander berühren zu lassen oder die Klangfarbe ihrer Stimme zu verändern, wenn sie sich an den geliebten Menschen wandten.

Nur auf ihren Spaziergängen waren sie frei. Doch immer öfter wünschten sie sich mehr. Sie sprachen nicht darüber, sondern versicherten einander ständig, so, wie es sei, sei es wunderbar. Trotzdem spürte Clara, dass sich ihre Empfindungen veränderten. Wenn sie sich dem gemeinsamen Treffpunkt an der großen Eiche näherte, klopfte schon ihr Herz und das Blut schoss ihr in die Wangen. Sie konnte kaum erwarten, dass Robert Schumann vor sie hintrat und sie umarmte. Trotzdem wagten sie nicht einmal, einander zu küssen, obwohl sie in Wahrheit fast ständig daran dachten. Wenn Clara zu Hause am Klavier fantasierte, hätte jeder, der es hörte, begreifen müssen, wie es um sie stand. Doch Friedrich Wieck war selten daheim, und für Clementine klang ein Musikstück wie das andere.

Gegen Ende des Monats, als der novemberliche Dauerregen in winterlichen Frost überging, bat Friedrich Wieck wieder einmal zu einem seiner Abende. Auch Robert Schumann war eingeladen, notgedrungen, denn er gehörte inzwischen zum inneren Kreis der Leipziger Musikszene. Wie immer war er auch an diesem Abend zurückhaltend und still. Eigentlich drehte sich alles um Felix Mendelssohn, der voller Begeisterung erzählte, er habe sich unsterblich verliebt. Zwar sei ihm dieser Zustand nicht unbekannt, doch diesmal sei alles anders. »Ich lernte sie in Frankfurt kennen, und einen Tag später musste ich abreisen«, erzählte er betrübt. »Mir war, als koste es meinen Hals. Sie ist so leicht, so klar, so natürlich.« Er wolle heiraten, fuhr er fort. So schnell wie möglich. »Wozu warten, wenn man sich doch liebt?«

Von der einen Seite des Raumes zur anderen sahen Clara und Robert Schumann einander an. Wozu warten, wenn man sich doch liebt?

Auch Friedrich Wieck versank für eine Weile in Gedanken. In letzter Zeit hatte er heimlich darüber nachgedacht, dass einer wie Felix Mendelssohn wahrlich ein prächtiger Schwiegersohn wäre. Reich, sehr reich sogar, dazu liebenswürdig, gebildet und vor allem ein großer Musiker. Dass er getaufter Jude war, konnte man bei diesen Vorzügen übergehen. Man war schließlich ein moderner Mensch, der die Welt kannte. Zu schade, dass man versäumt hatte, zu fördern, was wünschenswert gewesen wäre! »Darf man nach dem Namen der jungen Dame fragen?«, erkundigte er sich schließlich, um sich seine Enttäuschung nicht anmerken zu lassen.

Felix Mendelssohn lächelte. »Cécile«, antwortete er. Aus seinem Mund klang es wie Musik. »Cécile Jeanrenaud.« Dann ließ er am Klavier seiner Leidenschaft und Zärtlichkeit freien Lauf, und alle Anwesenden fühlten mit ihm und sehnten sich nach der Erfüllung seiner Liebe.

Es war schon spät, als man auseinanderging. Friedrich Wieck kämpfte noch immer mit seiner Enttäuschung und verabschiedete sich bereits im Salon, während Clara die Gäste zum Haustor geleitete. Robert Schumann ging noch langsamer als sonst und ließ allen anderen den Vortritt, sodass er zuletzt mit Clara allein auf der Schwelle zurückblieb.

Nur einen Schritt brauchte es, um wieder ins Haus zurückzutreten und das Tor leise anzulehnen. Dann standen sie einander gegenüber. Die Kerze in Claras Hand flackerte in beider Atem. Sie starrten einander in die Augen. Clara spürte, dass sie zitterte. Robert Schumann streckte die Arme nach ihr aus und zog sie näher zu sich heran. Als sich sein Gesicht dem ihren näherte, schloss sie erst die Augen und öffnete sie dann gleich wieder, weil sie seinen Blick nicht verlieren wollte.

»Als Du mir den ersten Kuss gabst, da glaubt' ich mich einer Ohnmacht nahe«, schrieb Clara ein paar Tage später von einer kurzen Konzertreise an Robert Schumann. »Vor meinen Augen wurde es schwarz, das Licht, das Dir leuchten sollte, hielt ich kaum.«

2

Es kam Clara vor, als wäre sie neu geboren, nein, als wäre sie überhaupt erst jetzt geboren worden und wäre bisher nur halb im Schlaf durch die Welt gegangen, ohne deren göttliche Schönheit zu bemerken. Als hätte man einen Schleier von ihren Augen weggezogen, so schien es ihr. Auf einmal war es Frühling mitten im nebligen November und im trüben Dezember. Die winterlichen Bäume, die ihre kahlen Äste wie inbrünstige Arme zum Himmel streckten, rührten ihr Herz und versprachen eine Zukunft voller duftender Blüten. Die blassen Gesichter der Passanten erweckten ihre Sympathie, weil es nicht mehr lang dauern würde, dass sich die kalten Wangen in der Frühlingssonne röteten. Kinder, die sie bisher kaum bemerkt hatte, brachten sie zum Lachen, und die Gebrechen der Alten erweckten ihr Mitleid und den Wunsch, behilflich zu sein.

Zum Egoismus hatte ihr Vater sie erzogen, dazu, immer zuerst an sich selbst und an die eigenen Pflichten zu denken und sich niemals vom Streben nach dem eigenen Vorteil ablenken zu lassen. Nun aber ließ sich Clara ablenken. Sie dachte nicht mehr nur an sich, sondern vor allem an diesen seltsamen jungen Mann, den sie schon so lange kannte und der dennoch auf einmal ein ganz anderer für sie war.

Alles an ihm gefiel ihr. Seine kleinsten Scherze brachten sie zum Lachen, und sie bedauerte, dass sie sie nicht weitererzählen konnte. Sie wollte gar nicht aufhören, sein Gesicht zu betrachten und es zu streicheln. Wenn sie seinen Namen flüsterte, war ihr, als gäbe es auf der ganzen Welt keinen schöneren. Danach konnte sie sich ausschütten vor Lachen, als er ihr erzählte, sein Vater habe eigentlich bestimmt, ihn »Medardus« zu nennen, weil dies der Kalenderheilige seines Geburtstags war. Seine Mutter habe Tage gebraucht, ihren Gatten von seinem Vorhaben abzubringen. Erst als sie drohte, ihre Familie für immer zu verlassen und das arme Kind irgendwo auf der Welt in Sicherheit vor diesem Namen zu bringen, habe August Schumann nachgegeben. Trotzdem sei ihm der Name Robert immer suspekt geblieben: zu hübsch für seinen Geschmack, zu gefällig.

Clara lachte erst, dann wurde sie ernst. »Es ist wahr«, stimmte sie zärtlich zu. »Hübsch und gefällig: Man muss diesen Namen einfach lieben.«

»Du liebst ihn, weil du mich liebst.«

»Ich liebe alles, was mit dir zu tun hat.«

Es gab keine Zweifel aneinander und keine Zweifel an der gemeinsamen Liebe. Alles war, wie es sein sollte. Dass Friedrich Wieck gegen diese Verbindung sein würde, schien kein unüberwindliches Hindernis zu sein. Wenn er erst begriffen hatte, dass Robert und Clara ein Liebespaar waren wie jene unsterblichen Paare der Geschichte und der Literatur, würde er einsehen, dass er kein Recht hatte, Nein zu sagen, wo der Himmel selbst sein Ja erklärt hatte.

Noch nie hatte Clara so schön gespielt und noch nie hatte Robert Schumann so viel komponiert. Die langen Stunden des Tages, in denen sie einander nicht sehen konnten, waren erfüllt von den Gedanken aneinander und von dem Wunsch, ihrem außerordentlichen, unfassbaren Gefühl eine ewige Gestalt zu verleihen.

Immer selbstverständlicher wurde es ihnen, dass sie einander täglich trafen, und immer unvorsichtiger wurden sie dabei. Als Clara eines Dezembertags über den Markt eilte, wo heiße Schokolade angeboten wurde und dampfende Krapfen, überzogen mit einer dicken Schicht von Puderzucker, vergaß sie alle Vorsicht und überredete Robert Schumann, sich mit ihr mitten in das lebhafte Marktgetümmel zu stürzen, in die weihnachtlich gestimmte Menschenmenge, die keine Sorgen zu kennen schien und keine bedrückenden Heimlichkeiten.

Wie wundervoll war es, für zwei berauschende Stunden alle Vorsicht zu vergessen, endlich einmal nicht die behütete Pianistin zu sein, die von ihrem Weg nach oben nicht abgebracht werden durfte, und nicht der junge Komponist, der die Welt erobern wollte und sich doch wie ein verängstigtes Kind davor fürchtete, dem eigenen Anspruch nicht genügen zu können. Clara Wieck und Robert Schumann, Clara und Robert, Clärchen und »mein Liebster«!

Für kurze Zeit weinten sie fast vor Glück und vor Liebe, lachten dann wieder und hielten sich an den Händen – trotz der Kälte ohne Handschuhe, weil sie die Wärme des anderen spüren wollten und seine Nähe, die ihnen den Atem nahm. »So wie jetzt müsste es immer sein«, flüsterte Clara, und Robert Schumann verstand jedes Wort, trotz des Stimmengewirrs um sie herum, trotz der Flöten, Trommeln und Schellen und trotz des weihnachtlichen Glockengebimmels. »Niemals werden wir einander verlassen!«, schwor er, und Clara dachte nur an ihn und nicht an ihren Vater, der von alldem nichts wusste.

Bald wusste er es aber doch. Nie erfuhr Clara, ob jemand sie verraten hatte oder ob ihr Vater sie schon längst verdächtigte und deshalb gar beschatten ließ. Auf jeden Fall sah sie am Morgen nach dem Besuch des Weihnachtsmarktes von ihrem Fenster aus, dass Robert Schumann die Straße heraufkam. Sie öffnete das Fenster und rief flüsternd seinen Namen, doch Robert Schumann war zu sehr in Gedanken und hörte sie nicht. Ohne anzuklopfen, verschwand er im Haus. Das Tor musste wohl nur angelehnt gewesen sein, wie es manchmal vorkam, wenn ein Geschäftspartner erwartet wurde.

Clara lief aus ihrem Zimmer und beugte sich über das Treppengeländer. Noch immer meinte sie, ihr Liebster sei gekommen, um sie zu besuchen, auch wenn ihr dies eigentlich unwahrscheinlich erschien, hatten sie doch beschlossen, ihre Liebe vorläufig noch geheim zu halten.

Sie hörte, dass Robert Schumann in den Salon trat, in dem um diese frühe Stunde Friedrich Wieck seine Korrespondenz zu erledigen pflegte. Erst jetzt bekam Clara Angst. Hundert wirre Gedanken schossen ihr durch den Kopf. Was wollten die beiden voneinander? Hatte Friedrich Wieck den jungen Mann herbestellt, oder hatte jener um eine Unterredung gebeten? Und worum ging es überhaupt? Um einen Artikel in Robert Schumanns Zeitschrift vielleicht, um ein Konzert oder – oh, wie sie sich plötzlich sorgte! – um sie selbst und um ihre Liebe, die, wie sie nur zu gut wusste, von Anfang an in Gefahr gewesen war? Wenn diese Liebe aber der Grund für das Zusammentreffen war, warum redete man dann hinter ihrem Rücken über sie? Warum rief man sie nicht dazu und fragte sie nach ihrer Meinung?

Ganz still war es im Haus. Nicht einmal die kleinen Mädchen hörte man. Clara überlegte schon, ob sie nicht einfach in den Salon hinuntergehen sollte, als wüsste sie gar nicht, dass ihr Vater Besuch hatte.

Dann aber unterbrach plötzlich ein Knall die Stille. Clara kannte dieses Geräusch: Wenn Friedrich Wieck seine Söhne unterrichtete und mit ihrer Leistung unzufrieden war, pflegte er sein Kontobuch hochzuheben – hoch über seinen Kopf, wie ein Zyklop, der einen Felsbrocken aufhebt, um die Eindringlinge auf seiner Insel zu zerschmettern. Alwin und Gustav hielten in solchen Augenblicken den Atem an, um sich auf das Donnern vorzubereiten, wenn das schwere Buch auf dem Schreibtisch aufschlug, als gelte es, die ganze Welt zu zermalmen.

Auch jetzt vernahm Clara das wohlbekannte Getöse, zugleich

aber auch einen Aufschrei, der nur der Beginn einer langen Schimpfkanonade war, deren Inhalt Clara aber nicht verstand. Trotzdem konnte sie sich vorstellen, wie ihr Vater zornrot vor seinem Gast stand und ihn anbrüllte. »Nie, niemals!«, glaubte sie zu hören. »Zu jung!« und »Karriere!«, »Anmaßung!« und »Eher erschieße ich sie!« – »Sie«, Herr Schumann?, fragte sie sich, oder »sie«, meine Tochter?

Sie horchte, ob Robert Schumann die Angriffe erwiderte oder sich zumindest verteidigte. Doch nichts war zu vernehmen. Liebe und Mitleid überwältigten Clara. Ihr Geliebter da unten – wie sollte er, der nie die Stimme erhob, einem Mann wie Friedrich Wieck standhalten, dem das Kämpfen im Blut lag, dessen Leben eigentlich ein einziger Kampf gewesen war? Nichts war ihm geschenkt worden. Um alles hatte er sich bemühen müssen. Sich immer wieder demütigen oder zuschlagen müssen, um seine Interessen zu verteidigen. Auch jetzt kämpfte er, das spürte Clara, und ihr Zorn legte sich. Er tat es für sie, dessen war sie sicher. Er meinte es gut, auch wenn er sich aufführte wie ein Berserker. Alle beide meinten es wohl gut. Auch Robert, ihr lieber, armer Robert, der sie so glücklich machte. Keiner von beiden wollte ihr schaden. Was sollte sie nur tun, damit sie sich einigten?

Schlagartig trat Stille ein. Man hörte nur noch Robert Schumanns Schritte, als er die Stufen hinunterrannte und die Tür hinter sich zuwarf. Vom Fenster aus sah ihn Clara davonrennen, als würde er gehetzt. Einmal stolperte er und stürzte beinahe. Erst jetzt fing Clara an zu weinen.

3

Wenn Friedrich Wieck von der Wichtigkeit einer Sache überzeugt war, duldete er keinen Aufschub. Während der folgenden Stunden wurden seine und Claras Koffer gepackt, sämtliche Wintersachen vor allem, woraus zu schließen war, dass man für längere Zeit fortbleiben würde. Allerdings ging es diesmal nicht um eine Tournee, obwohl gelegentliche Konzerte immer denkbar waren.

»Meine Clara braucht eine Pause, in der sie sich weiterbilden kann«, erklärte Friedrich Wieck in sanftem Ton. Niemand hätte sich vorstellen können, dass dieser liebevolle Vater noch vor wenigen Stunden einen jungen Mann mit dem Tode bedroht hatte. »Kein Künstler kann immer nur geben«, fuhr er fort. »Hin und wieder muss auch seine Seele ausruhen und muss er sein Werkzeug schärfen.« Was bedeutete, dass Clara in Dresden bei Chordirektor Mieksch Gesangsunterricht erhalten sollte und beim Hofkapellmeister Reißiger musiktheoretische Unterweisungen. Nicht zum ersten Mal, und so hatte sie auch nicht das Gefühl, auf dem Weg ins Unbekannte zu sein.

»Alles wird gut, mein Clärchen«, versicherte Friedrich Wieck, als sie in der Kutsche saßen und dichte Schneeflocken den engen Innenraum verdunkelten. Auch das Dienstmädchen Nanni reiste diesmal mit ihnen, um Clara als Zofe zu dienen. Es schickte sich nicht, dass sich ein Vater um Garderobe und Wäsche einer erwachsenen Tochter kümmerte. »Alles wird gut«, wiederholte er.

Clara antwortete nicht. Seit ihr der Vater mitgeteilt hatte, dass sie Leipzig verlassen müsse, hatte sie kein Wort mehr gesprochen. Sie hatte nicht einmal versucht, Robert Schumann eine Nachricht zu hinterlassen. Er würde auch so erfahren, wohin man sie gebracht hatte. Eigentlich aber wollte sie auch mit ihm nicht sprechen. Vor vielen Jahren, als kleines Kind, hatten ihr die Streitigkeiten der Eltern den Mund verschlossen. Sie hatte geschwiegen, bis der Sturm vorbei war. Auch jetzt wollte sie nicht reden. Jedoch nicht aus Trotz nahm sie sich vor, zu schweigen. Fast schien es, als könnte sie einfach nicht anders.

So wenig sich Friedrich Wieck einst Sorgen um Claras Schweigen gemacht hatte, so wenig sorgte er sich auch jetzt. Wenn es erst darauf ankam, würde sie schon wieder reden. Hauptsache, sie traf sich nicht mehr mit diesem Galan, der ihre Karriere zerstören würde. »Er möchte, dass du ihn heiratest«, sagte Friedrich Wieck ins Dunkel der Kutsche hinein. Er erwartete keine Antwort. Ein wenig fühlte er sich wie in einem Beichtstuhl, obgleich er als Protestant einen solchen noch nie betreten hatte. »Dann würdest du ans Haus gebunden sein und womöglich jedes Jahr ein Kind bekommen«, fuhr er fort. »Clara Wieck steht der Himmel offen. Clara Schumann bliebe nur ein trauliches Häuschen und ein Ehemann, der vom Capital lebt.« Er legte den Arm um Claras Schultern und atmete auf, weil sie nicht zurückwich. »Ich schenke dir die Welt, meine Clara«, versprach er. »Wir haben noch so viel vor: Breslau, Berlin, Wien, Paris! Und dann, wer weiß …« Er verlor sich in seinen Träumen.

Nanni war eingeschlafen und schnarchte leise. Die Reisevorbereitungen hatten sie erschöpft, vor allem auch, weil ihr Clementine in keiner Weise geholfen hatte. Clementine hasste den Gedanken, dass ihr Gatte schon wieder eigene Wege ging. Nicht dass sie ihn besonders vermisst hätte, wenn er nicht da war, aber ein Mann gehörte zu seiner Familie, und das waren nun einmal seine Frau und seine Kinder, nicht eine einzige Tochter, die ihn vollends beanspruchte.

»Clara ist unsere Einkommensquelle«, hatte Friedrich Wieck einmal zu Clementine gesagt, als er auf einem seiner gastlichen Abende zu viel bayrisches Bier getrunken hatte. »Ihre Konzerte spielen ein Vielfaches von dem ein, was die Klavierproduktion oder das Institut jemals bringen könnten.«

»Soll ich dafür auch noch dankbar sein?«, hatte Clementine verärgert gefragt.

»Ja«, war die Antwort gewesen. »Ja, das verlange ich von dir.«

In Dresden stiegen sie im Hotel »Stadt Frankfurt« ab, in der Moritzstraße. Zwei aneinandergrenzende Zimmer, in dem einen Friedrich Wieck, im anderen Clara und Nanni. Friedrich Wieck bestimmte, dass die Tür zwischen den Räumen nur angelehnt sein durfte. Es beeinträchtigte seine Stimmung, dass sich die Reisekosten durch Nanni erhöht hatten. Das Cotelett mit Erdäpfeln koste zehn Groschen, schrieb er an Clementine, die sich dafür herzlich wenig interessierte, aber immerhin mit Genugtuung feststellte, dass fast jeden Tag ein Brief von ihm kam. Als entfernter Ehemann war er bedeutend aufmerksamer denn als anwesender. »Das Frühstück hier im Hotel ist so teuer, dass man am liebsten gleich wieder abreisen möchte«, fügte er hinzu. »Gestern habe ich Nanni zum Bäcker geschickt um ein paar trockene Semmeln. Aber Clara zog einen solchen Schmollmund, dass wir dann doch wieder im Hotel frühstückten. Eine derartige Fettlebe werden wir nicht lange durchhalten können, ohne dass Clara ein paar Konzerte gibt.«

Wider Erwarten tat Clara der Aufenthalt in Dresden gut. Um sie aus der Reserve zu locken, machte Friedrich Wieck sie mit einer jungen Dame bekannt, die im gesellschaftlichen Leben der Stadt eine gewisse Rolle spielte: Sophie Kaskell, die neunzehnjährige Tochter eines jüdischen Hofbankiers, eine ausgezeichnete Pianistin, was die Freundschaft mit Clara erleichtern würde. Was Friedrich Wieck nicht wusste, war, dass Sophie die Kompositionen Robert Schumanns verehrte. Ihre erste Frage, als sie mit Clara allein war, lautete daher: »Ist Ihnen eigentlich der Komponist Robert Schumann einmal begegnet?«

Clara, die bisher mit gerunzelter Stirn schweigend vor ihrer Teetasse gesessen hatte, fuhr hoch. Erst war sie misstrauisch, aber dann spürte sie, dass die Frage ohne Hintergedanken gestellt worden war. »Ja, das ist er«, antwortete sie leise und hatte plötzlich Tränen in den Augen. Dann erzählte sie Sophie, die durch ihre Frage gleichsam von einem Moment zum anderen ihre Vertraute geworden war, von ihrer Liebe zu Robert Schumann und von den Hindernissen, denen diese Liebe ausgesetzt war.

Sophie Kaskell war entzückt. Von einer derart romantischen Liebesgeschichte hatte sie noch nie gehört. Dabei fühlte sie sich als Fachfrau für Romanzen, schrieb sie doch seit mehreren Jahren unter dem Pseudonym »Tante Aurelie« herzerwärmende Liebesromane für die örtliche Presse. Dazu führte sie selbst eine bittersüße Beziehung als Braut eines fast fünfzigjährigen Grafen, dessen Familie über diese Verbindung ebenso entsetzt war wie Sophies Eltern. Doch damit wurde Sophie ohne Mühe fertig. Sie liebte Verwirrungen, Duelle, Sehnsüchte, Verzweiflung, gewaltsame Trennungen und tränenreiche Wiederbegegnungen – das gesamte romantische Inventar eben, das die Herzen der jungen Mädchen ihrer Epoche höher schlagen ließ und an dem sie sich berauschten, weil ihrem eigenen Leben durch die Vorsicht der Eltern tragische Erschütterungen zumeist erspart blieben.

Sofort beschloss man, einander zu duzen und nichts, absolut nichts voreinander zu verheimlichen. Emilie List im fernen Paris hatte eine gewichtige Konkurrentin bekommen.

»Du musst gleich an ihn schreiben!«, bestimmte Sophie und wusste auch schon Rat, wie die Korrespondenz der beiden Liebenden organisatorisch geregelt werden sollte. »Poste restante!«, erklärte Sophie. »Du kannst natürlich an ihn direkt schreiben, aber er antwortet postlagernd an irgendeinen Fantasienamen, den du ihm vorher nennst. Ich werde den Brief dann vom Amt für dich abholen. Manchmal vielleicht auch deine Zofe, wenn du ihr trauen kannst. Hauptsache, niemand auf der Post kennt dich selbst – für den Fall, dass dein Vater irgendwelche Nachforschungen anstellen sollte.« Sie schüttelte den Kopf, zugleich begeistert und erschüttert. »Was für eine entsetzliche Tragödie! Romeo und Julia, Hero und Leander ... Ich kann dir nicht sagen, wie ich dich beneide.«

Durch Sophies Freundschaft gewann Clara schneller als erwartet ihre Sprache zurück. Friedrich Wieck stellte mit Genugtuung fest, dass sein Clärchen schon nach wenigen Dresdner Tagen wieder »ganz die Alte« war, wie er es nannte. Er ahnte nicht, dass die roten Backen und das heimliche Strahlen durch die Briefe genau jenes Herrn Schwärmerers und Fantasiemenschen ausgelöst wurden, vor dem das verblendete Kind eigentlich bewahrt werden sollte.

Lange Briefe gingen zwischen Dresden und Leipzig hin und her. Im Übrigen genoss Clara mit Sophies Unterstützung die Vorzüge der großen Stadt. Sie nahm Unterricht, ging zu Einladungen und in die Oper und gab Privatkonzerte, die ihren Ruhm mehrten und ihr Freude bereiteten. Friedrich Wieck hatte bereits wieder seine Schatulle aktiviert, in der er die kostbaren Geschenke einschloss, die Clara nach ihren Auftritten überreicht wurden. In Leipzig würde man sie zu Geld machen und dieses dann dem Capital hinzufügen. Sie schon in Dresden zu verkaufen wäre zu riskant gewesen. Immerhin bestand die Gefahr, dass einer der Geber seinem Geschenk dann wiederbegegnete und sich düpiert fühlte, weil Clara es nicht behalten hatte.

Der Februar war kalt und schneereich. Trotzdem musste sich Friedrich Wieck für ein paar Tage nach Leipzig begeben, um eine Lieferung von mehreren Klavieren zu organisieren. Die Tage in Dresden waren geschäftlich erfolgreich gewesen, und mit der Lieferung der Instrumente wollte er nicht bis zum Frühjahr warten. Von winterlichen Stürmen und schneeverwehten Straßen hatte sich Friedrich Wieck ohnedies noch nie von etwas abhalten lassen.

So stieg er am finstersten Morgen dieses Februars in die Postkutsche nach Leipzig, während ebendort Robert Schumann dem Postillion sein Köfferchen reichte, um sich danach in der Kutsche zwischen zwei beleibte Herren zu zwängen, die ihm für die nächsten Stunden kaum Platz zum Atmen ließen.

Fast regungslos saß er eingeklemmt zwischen den beiden Reisegefährten, die sich schlafend an ihn lehnten und ihn zumindest vor dem Frieren bewahrten. Er selbst fand keine Ruhe. Zu vieles war in letzter Zeit geschehen. Als Claras erste Briefe aus Dresden eintrafen und ihm bewiesen, dass sie nicht bereit war, ihn aufzugeben, meinte er schon, nun wäre ihm das Schicksal endlich wieder besser gesonnen. Vor vier Tagen aber hatte ihn aus Zwickau die Nachricht vom Tode seiner Mutter erreicht. Er solle schnell kommen, hieß es, sonst würde er das Begräbnis versäumen. In der zweiten Februarwoche sei die Testamentseröffnung geplant. Man wisse zwar, dass der Straßenverkehr derzeit durch Eis und Schnee stark beeinträchtigt sei, aber ein tragisches Ereignis wie dieses verlange, dass man auch solche Unbequemlichkeiten auf sich nehme.

Robert Schumann war nie ein Mensch gewesen, der sich mit Strapazen abfinden konnte. Er weinte um seine Mutter, doch der Gedanke an die winterliche Reise nach Zwickau war ihm ein Graus. Zwar ließ er sich gleich nach der Benachrichtigung vom Dienstmädchen seiner derzeitigen Vermieterin einen Koffer packen, doch verschob er die Abreise von einem Tag zum anderen, immer in der Hoffnung, am nächsten Morgen würde es aufhören zu schneien und das Eis würde wie durch ein Wunder ruckzuck aufgetaut sein.

Als sich nach einer halben Woche noch immer nichts geändert hatte, blieb ihm nichts anderes übrig, als sich in sein Geschick zu fügen. Er beschloss aber, wenn er schon einmal unterwegs war, doch lieber vorher noch Clara in Dresden zu besuchen. Die Trauer über den Tod seiner Mutter hatte die Sehnsucht nach seiner fernen Liebsten erhöht. Als er dann noch erfuhr, dass Friedrich Wieck geschäftlich nach Leipzig kommen würde und Clara somit unbeobachtet in Dresden zurückblieb, gab es für ihn kein Halten mehr.

Für das Begräbnis war es ohnedies zu spät, und auch die ersten Tage danach in der Familie würden fast unerträglich für ihn sein. Fast glaubte er, den erstickenden Rauch der Kerzen zu atmen, das leise Schluchzen seiner Geschwister zu hören und die versteckte Bosheit zu spüren, wenn sie über die bevorstehende Testamentseröffnung sprachen, die ein jeder mit vielen Hoffnungen verband und zugleich auch mit der bohrenden Sorge, zu kurz zu kommen. Nein, ein Sterbehaus war nichts für einen sensiblen Romantiker wie Robert Schumann, der schon jedem Krankenbesuch aus dem Weg ging, auch wenn ihm die Rolle eines Wohltäters, den alle verehrten, durchaus angenehm gewesen wäre. Der wahre Geruch von Siechtum und Tod war jedoch zu viel für ihn. Er hätte es nicht einmal ausgehalten, in der Nähe eines Hospitals zu wohnen. Als man ihm einst in Heidelberg eine Wohnung in Sichtweite einer Irrenanstalt angeboten hatte, war er wortlos geflohen.

Friedrich Wieck war es nicht gewohnt, Risiken einzugehen und den Gang der Dinge dem Zufall zu überlassen. So hatte er dafür gesorgt, dass Clara während seiner Abwesenheit ununterbrochen beschäftigt war und unter Beobachtung stand. Zusätzlich hatte er Nanni aufgetragen, Clara ebenfalls nicht aus den Augen zu lassen und ihm später genau über jeden eventuellen Schritt vom Wege zu berichten. Er war überzeugt, das junge Mädchen genügend eingeschüchtert zu haben, und rechnete nicht damit, dass Nanni nicht im Traum daran dachte, die fast gleichaltrige Clara an den alten Wüterich zu verraten. Von ihr würde Friedrich Wieck nichts erfahren, dessen konnte Clara sicher sein, als Robert Schumann eines Morgens um neun Uhr vor der Türe stand und sie wie ein Ertrinkender in die Arme riss.

»Vier himmlische Stunden«, notierte er danach in sein Tagebuch, während Clara in dem ihren vorsichtshalber über anstrengende Übungen am Klavier berichtete.

Das Mittagessen bei einer befreundeten Familie Becker, das Friedrich Wieck für Clara vorgeplant hatte, konnte nicht übergangen werden, doch schon nachmittags um vier lief Clara ihrem Robert auf der Brühl'schen Terrasse entgegen und umarmte ihn mitten unter den vielen Menschen, die trotz der Kälte und des schneidenden Windes unterwegs waren.

Für die Freiheit des Abends stand Sophie Kaskell bereit und setzte sich mit dichtem Gesichtsschleier und Claras Federboa auf deren Platz im Theater. Sollte sich Friedrich Wieck später erkundigen, würde man ihm fast schon unter Eid versichern, Clara gesehen zu haben: züchtig gekleidet und unansprechbar, wie es sich für eine anständige junge Dame gehörte, die ausnahmsweise einmal abends allein ausging, weil sie eine Künstlerin war und sich als solche über aktuelle kulturelle Ereignisse informieren musste.

Drei Tage in Dresden! Glückliche Tage, in denen sie einander näher kennenlernten als in den vielen Jahren davor. Beschämt offenbarte Robert Schumann seinen Abscheu vor Krankheit und Tod. Er gestand Clara sogar, dass ihm seine Reise zu Ernestines

Familie auch deshalb besonders gelegen gekommen war, weil sein Mitbewohner und Freund Schuncke damals schwer erkrankte. »Es war die Lunge«, erzählte Robert Schumann und senkte den Kopf. »Ich wusste, dass er vielleicht sterben würde, und ließ ihn trotzdem allein. Hätte sich Henriette Voigt nicht um ihn gekümmert, hätte er überhaupt niemanden gehabt.« Er schwieg lange, weil er nicht zu sagen wagte, dass sich Henriette bei der Pflege des Sterbenden angesteckt hatte, auch sie nun krank für immer. »Ich möchte so gerne ein guter Mensch sein«, murmelte er, und Clara verstand, dass er meinte, dafür sei er wohl zu schwach.

Sie streichelte ihm übers Haar. In diesen Tagen liebte sie ihn so sehr, dass sie ihm jede Unterlassung und jede Schandtat vergeben hätte. Sie sah nur sein Gesicht, das ihr vertraut war, hörte seine leise, unsichere Stimme und alles, was er sagte, schien ihr verzeihlich. Sie war sicher, dass er sich ihr ohne Rückhalt offenbart hatte. Kein Geheimnis sei ihm geblieben, versicherte er. Niemandem auf der Welt könne sie so bedingungslos vertrauen wie ihm.

»Und dieses Mädchen?«, fragte Clara und kam sich dabei gemein und grausam vor. »Diese Christel?« Wie blass sie gewesen war, als sie in Glocks ärmlichem Zimmer gestanden war, ein Glas mit einem goldgelben Getränk in der Hand und trotz ihrer einfachen Kleidung irgendwie lässig und elegant!

Robert Schumann schwieg so lange, dass Clara schon meinte, er wolle ihr nicht antworten. »Eine Jugendsünde«, sagte er dann, und seine Stimme war so heiser, dass man ihn kaum verstehen konnte. »Eine Jugendsünde.« Da nickte Clara. Die Antwort genügte ihr. Eigentlich hätte ihr jede Antwort genügt, so sehr liebte sie ihn in diesen Tagen.

4

Nach drei Tagen reiste Robert Schumann ab. Es war noch dunkel, als ihn Clara zur Poststation begleitete. Schon auf dem Weg dorthin fing es an zu schneien, so heftig, dass die Flocken innerhalb weniger Minuten wie ein dichtes Netz alles bedeckten. Man konnte kaum sprechen, weil sie sich auch über Mund und Nase legten und den Atem behinderten.

Clara blieb stehen. »Ist es nicht zu gefährlich, bei diesem Wetter zu reisen?«, wandte sie ein. Dann aber setzte sie ihren Weg fort, weil Robert Schumann wortlos den Arm um ihre Schultern legte und sie weiterschob.

Der Warteraum der Poststation war voller Menschen. Manche hielten sich anscheinend schon seit Stunden hier auf. Übernächtigt lungerten sie auf den Bänken, das Gepäck zwischen den Knien. Manche schliefen, den Kopf irgendwo angelehnt und ohne Rücksicht auf den Anblick, den sie boten. Als Clara und Robert eintraten, brachten sie eine kalte Bö in den Raum mit und eine Wolke von dichtem Schneegestöber. »Tür zu!«, rief jemand aufgebracht und die beiden gehorchten erschrocken.

Nach der Kälte draußen kam es ihnen hier drinnen fast unerträglich warm vor. In einer Ecke glühte ein Eisenofen, und die vielen Menschen trugen das Ihre dazu bei, dass Clara meinte, ersticken zu müssen.

Man sagte ihnen, die Abfahrt des Postschlittens werde sich wohl noch um mindestens zwei Stunden verzögern. Wegen der Sichtbeschränkung müsse man darauf warten, dass es hell wurde und zu schneien aufhörte.

Robert Schumann wollte nicht, dass Clara bei ihm blieb, doch sie bestand darauf. Sie fanden einen schmalen Eckplatz, der noch frei war. Dorthin setzten sie sich, ganz eng aneinandergedrückt und ohne ihre Umgebung wahrzunehmen. Als sich Clara später erinnern wollte, wer auf der anderen Seite neben ihr gesessen war, wusste sie es nicht.

Lange schwiegen sie. Dann fing Robert Schumann plötzlich an zu reden, leise, um nur von Clara verstanden zu werden, doch hastig und voller Sorge, nicht alles vorbringen zu können, was ihm am Herzen lag und was plötzlich aus ihm herausströmte, als würde er sonst ersticken. Wenn er wieder in Leipzig sei, wolle er mit ihrem Vater sprechen, kündigte er an. »Vorher werde ich alle meine äußeren Angelegenheiten regeln. Das Erbe meiner Mutter wird mir dabei zugutekommen.« Er barg sein Gesicht an Claras Schulter und redete weiter, immer weiter, wie es sonst wahrlich nicht seine Art war. »Ich werde deinen Vater um seinen Segen bitten«, flüsterte er. »Keine Angst, Clärchen, er kann seine Hand nicht von mir zurückziehen. Auch wenn er jetzt meint, ich würde dir schaden, so hat es doch eine Zeit gegeben, in der er für mich wie ein Vater war. Er muss sich wieder daran erinnern und er muss verstehen, dass uns das Schicksal füreinander bestimmt hat.« Er nahm Claras Gesicht zwischen seine beiden Hände. »Daran glaubst du doch auch, oder nicht?«

Clara nickte. Es kam ihr vor, als wäre eine Last von ihr abgefallen. Robert Schumanns Überzeugung schenkte auch ihr Sicherheit. Sie lehnten sich aneinander und schlossen die Augen. Sie wussten nicht, wie lange sie so gesessen waren, doch dann wurde plötzlich die Tür aufgestoßen und der Postillion trampelte herein. »Aufstehen, Herrschaften!«, rief er und verbreitete eine Wolke von Schnapsgeruch. »Der Morgen ist angebrochen und die Pferde warten. Es geht los. Wir fahren ab.«

Alle sprangen auf und eilten mit unsicheren Schritten hinaus in den stahlgrauen Morgen. Der Postillion verstaute das Gepäck, und die Passagiere stiegen ein. »Bleib da, Robert!«, flehte Clara. »Geh nicht fort!« In der beißenden Kälte des Morgens ging ihr der Glaube an die Zukunft schnell wieder verloren.

Sie umarmten einander, dann stieg auch Robert Schumann ein und zwängte sich auf den letzten Platz neben der Tür. »Alles wird gut!«, versuchte er, Clara ein letztes Mal zu beruhigen. Clara erinnerte sich daran, dass auch ihr Vater vor kurzem diesen Satz zu ihr gesagt hatte. War damals wirklich alles gut geworden, und meinte Friedrich Wieck das Gleiche wie Robert Schumann, wenn er etwas für gut hielt?

Der Postillion warf die Türe zu und kletterte auf den Kutschbock. Er führte sein Horn an die Lippen und gab das Zeichen zur Abfahrt. Clara glaubte, noch nie eine so jämmerliche Folge von Tönen gehört zu haben. Danach schnalzte der Postillion mit der Peitsche und der Schlitten setzte sich in Bewegung. Clara versuchte, noch einen Blick auf Robert Schumann zu erhaschen, doch binnen weniger Sekunden waren die Fenster von innen so stark angelaufen, dass nichts mehr zu erkennen war.

Langsam quälten sich die Pferde im Neuschnee voran. Man konnte sich nicht vorstellen, wie sie die lange Strecke zurücklegen sollten, die noch vor ihnen lag.

Clara weinte, als sie durch die verlassenen Straßen zum Hotel zurückging. Sie musste läuten, um eingelassen zu werden. Als sie die Tür zu ihrem Zimmer aufschloss, war ihr Gesicht noch immer von Tränen überströmt.

Sie wunderte sich, dass auf dem Schreibtisch eine Lampe brannte. Erst auf den zweiten Blick begriff sie, wer sie angezündet hatte: Am Schreibtisch saß ihr Vater und starrte ihr düster entgegen. Vor ihm lag eine aufgeschlagene Zeitung, der »Dresdner Anzeiger«, wie Clara unwillkürlich bemerkte.

Langsam stand Friedrich Wieck auf und kam auf sie zu. Wie es sonst nur ihre Brüder taten, wenn sie sich vor seinen Schlägen fürchteten, hob nun auch Clara zum ersten Mal im Leben einen angewinkelten Arm vor ihr Gesicht. Noch immer hatte Friedrich Wieck kein Wort gesagt. Jetzt aber packte er Clara am Arm und drückte dabei so fest zu, dass sie aufschrie. Er führte, nein, er stieß sie zum Tisch. Dort ließ er sie los und wies mit dem Zeigefinger auf eine Stelle in der Zeitung. »Lies!«, zischte er Clara an, die den Kopf abwandte. Zögernd beugte sie sich vor, um im Halbdunkel die Notiz zu entziffern. »Angekommene Fremde«, lautete die Überschrift. Darunter eine kurze Namensliste. Clara meinte, sie müsse umsinken, als sie gleich den ersten Namen las. »Hr. Musikgelehrt. Schumann a. Zwickau« stand da. Sonst nichts. Doch das genügte schon.

Anderthalb Jahre lang trafen sie einander nicht wieder. Clara wusste nicht, was in dem Brief stand, den ihr Vater noch am selben Vormittag an Robert Schumann schrieb, aber sie konnte es sich ungefähr denken. Zu deutlich waren seine Worte gewesen, mit denen er sie von dem unerwünschten Schwiegersohn abzubringen suchte. Nie hätte sie gedacht, dass ihm dies gelingen würde, doch dann stürzten seine Anschuldigungen mit solcher Wucht auf sie ein, dass sie sich nicht mehr vorstellen konnte, wer dieser Mensch eigentlich war, den er ihr schilderte.

Friedrich Wieck nahm keine Rücksicht darauf, dass er zu einem jungen Mädchen sprach, das bisher noch nie mit den Verwirrungen der Menschen in Konflikt geraten war. Was wusste sie schon von den nächtlichen Begegnungen im Goldgässchen, in das sich eine anständige Frau nie gewagt hätte? Was wusste sie von heimlichen Affären, die darin gipfelten, dass einem nichtsahnenden Ehemann ein Kuckuckskind untergeschoben wurde? Was wusste sie von den exaltierten Treffen der Sonnenjünglinge, den Liedern, die sie sangen, und den Tränen, die sie vergossen? So viel Romantik – aber manchmal doch auch nur »das Eine«, das nicht einmal Friedrich Wieck zu erklären wagte und das deshalb Clara als der Gipfelpunkt aller Laster erschien.

»Das Eine«, was immer es war, konnte doch nichts zu tun haben mit einem behutsamen, fast schon ängstlichen Menschen wie Robert Schumann, so sanft und so schüchtern, dass sogar Claras stürmische Zuneigung manchmal zu viel für ihn gewesen war! So temperamentvoll, wie sie ihre Kadenzen ins Klavier donnerte, so leidenschaftlich war sie in diesen Dresdner Tagen manchmal auch in ihren Umarmungen gewesen. Wenn Robert Schumann nicht da war, sehnte sie sich nach ihm, und wenn er zu ihr kam, stürzte sie sich in seine Arme wie in ein wogendes Meer.

Er aber hatte sich zurückgehalten, sie besänftigt und daran erinnert, dass sie für ihn die Reinheit in Person war. Ein wunderschönes junges Mädchen, das er anbeten wollte und verehren. Unbefleckt wie eine kleine Nonne sollte sie mit ihm vor den Altar treten. Eine Heilige, auch wenn ihm ihre Leidenschaft schmeichelte. »Wir müssen uns beherrschen«, hatte er zu ihr gesagt, als sie ihn vorsichtig daran erinnerte, dass ihr Vater fern war und dass Nanni gewiss nichts verraten würde. »Ich muss fort, obwohl es mir das Herz zerreißt«, hatte er geantwortet und war mitten in der Nacht zurückgegangen ins »Kleine Rauchhaus« in der Nähe des Altmarkts, wo er logierte.

Manchmal war sie sogar ärgerlich auf ihn gewesen, enttäuscht über seine Zurückhaltung. Von Kindheit an hatte sie manches von dem mitbekommen, was sich unter Erwachsenen abspielte, und sie wünschte sich, nicht nur angebetet zu werden, sondern auch leidenschaftlich begehrt. An Camilla Moke erinnerte sie sich, einst ein Wunderkind wie sie selbst, der man wilde Affären nachsagte und für die der Komponist Berlioz sein Leben hinwerfen wollte. Wie würde eine wie sie sich verhalten, wenn sie einem Mann wie Robert Schumann begegnete, der von Reinheit sprach und von Verzicht? Und wie – mein Gott, wie? – passte in dieses Bild der schamlose Hurenbock, von dem ihr Vater sprach? Ja, genau dieses Wort hatte er benutzt, und Clara schämte sich, es aus seinem Munde zu hören. Wie passten dazu die Sonnenjünglinge und »das Eine«? Immer nur »das Eine«, das für Clara das Schlimmste von allem war, weil sie sich nichts darunter vorstellen konnte.

Anderthalb Jahre trafen sie einander nicht wieder. »Ach Mila, ich bin ein gepanzertes Mädchen!«, antwortete Clara ihrer Freundin Emilie in Paris, als diese in ihren Briefen immer wieder fragte, wie sie es denn ertragen könne, geliebt zu haben und danach einfach ihr früheres Leben wieder aufzunehmen. Ein Leben unterwegs, ein Konzert nach dem anderen, zwanzig große Auftritte allein in Breslau, wo man sie bravourös nannte, brillant, mitreißender sogar noch als der große Paganini. Fünf Komponisten der Stadt taten sich zusammen, um Clara zu ehren, und produzierten eine »Hommage à Clara Wieck«, die im Handumdrehen gedruckt wurde.

Erfolge en suite. Friedrich Wieck konnte zufrieden sein mit seiner jungen Pianistin. Er kaufte ihr schöne Kleider, damit man sie noch mehr bewunderte, und er lud sogar den mausgrauen Carl Banck ein, sie für ein paar Wochen auf der Tournee zu begleiten.

Gesangsunterricht sollte er Clara erteilen, denn zu singen, das wusste Friedrich Wieck, verjagte trübe Stimmungen.

Carl Banck kam nur zu gern und er nahm auch sofort seine amourösen Versuche wieder auf. Früher hatte Clara die Hand weggezogen, wenn er nach ihr griff. Jetzt erlaubte sie ihm sogar, sie zu küssen. Erst die Hand und ein paar Mal auch den Mund. Wem sollte sie noch treu sein, wenn der Wahrheit entsprach, was ihr Vater über Robert Schumann erzählt hatte? Den Menschen, den sie geliebt hatte, hatte es demnach ja eigentlich nie gegeben.

Nein, es war nicht so, dass Clara immer nur um ihre verlorene Liebe getrauert hätte. Allein schon der Erfolg beim Publikum schenkte ihr glückliche Augenblicke, und auch mit Carl Banck lebte sie auf, wenn sie durch die Parks der fremden Städte liefen, erhitzt und außer Atem, zwei junge Menschen, denen es Freude machte, sich an der frischen Luft zu bewegen. Erst als Carl Banck unbedingt von ihr hören wollte, dass sie ihn liebe, stieß sie ihn von sich und verlangte von ihrem Vater, dass er ihn wieder fortschickte.

Carl Banck, der sich zu Recht ausgenutzt fühlte, reiste nicht ab, ohne Clara drastisch darüber aufzuklären, wie der Mann, an dem sie anscheinend immer noch hing, auf die Zurückweisung durch ihren Vater reagiert hatte. Kein Abend sei vergangen, an dem er nicht betrunken nach Hause zurückkehrte. Danach habe er bis zum Morgengrauen wie ein Wahnsinniger Klavier gespielt, dass die ganze Nachbarschaft aus dem Schlaf gerissen wurde. Er habe jeden beleidigt, der sich beschwerte, habe mit der flachen Hand alle Gegenstände von Tisch und Schränken gefegt und sich erst beruhigt, als ihm Frau Devrient, seine Wirtin, drohte, ihn hinauszuwerfen.

»Und jetzt?«, fragte Clara leise. »Wie geht es ihm jetzt?«

Carl Banck zuckte die Achseln. »Jetzt arbeitet er anscheinend wieder. Wie besessen, sagt man. Das Beste, was er tun kann. Alles an diesem Menschen ist exzessiv. Ich verstehe nicht, wie Sie Ihr Herz an einen derart Verrückten hängen können.«

Ein Hurenbock. Ein Säufer. Einer, der »das Eine« tat ... Und nun auch noch ein Verrückter. Jeder behauptete etwas anderes über Robert Schumann, und schlimm war alles. Hätte man Clara gefragt, dachte sie und hatte plötzlich Tränen in den Augen, hätte man sie gefragt, so hätte sie gesagt, sie habe ihn als einen liebevollen Menschen kennengelernt, der ihr und ihren Brüdern einst Märchen erzählt habe, der fürsorglich und zärtlich zu ihr war. Ein gütiger, nobler und vornehmer junger Mann, der es nur leider allzu schwer hatte, seine Träume zu verwirklichen.

Eusebius und Florestan. Sie hatte ihn nur als Eusebius kennengelernt, den freundlichen, sanften, und nach Eusebius sehnte sie sich. Immer noch. An ihn dachte sie, wenn sie ein neues Stück einstudierte und sich vorstellte, was er wohl von ihr erwarten würde. Ihn hatte sie auch vor Augen, als sie mitten auf der Tournee an einer neuen Komposition arbeitete, die sie vorerst »Bellini-Variationen« nannte – ein anspruchsvolles Bravourstück im Genre der Bearbeitung von italienischen Opernmelodien.

Sie wusste, dass Robert Schumann nichts für italienische Opern übrighatte. Trotzdem meinte sie, sie könnte ihn mit ihrer Auslegung vielleicht beeinflussen. Als sie damit fertig war, fühlte sie sich stolz und zufrieden, als habe sie einen ganz neuen künstlerischen Weg beschritten. Nach mehreren Tagen aber kamen ihr Zweifel und sie fragte sich, ob das neue Werk nicht vielleicht gar einen Rückschritt darstellte oder ob sie andererseits womöglich schon allzu sehr vom Geschmack Robert Schumanns beeinflusst war und sich angewöhnt hatte, Musik auf seine Weise wahrzunehmen.

Anderthalb Jahre trafen sie einander nicht wieder. Nur einmal sah sie ihn von fern, als sie mit ihrem Vater und Nanni für einen kurzen Zwischenaufenthalt nach Leipzig kam. Nach ihrem Spaziergang wollte sie im »Kleinen Kuchengarten« eine Schokolade trinken. Als sie eintrat, sah sie Robert Schumann an einem Tisch sitzen. Er war in Begleitung eines jungen Mannes, der ihr flüchtig als Enkel des großen Goethe bekannt war. Beim Anblick ihres einstigen Liebsten erschrak sie so sehr, dass sie auf der Stelle stehen blieb und ihn entsetzt anstarrte.

Auch er bemerkte sie sofort. Mitten im Wort verstummte er. Er wurde so blass, wie Clara ihn noch nie gesehen hatte. Ihr war, als befände sie sich mit ihm ganz allein auf der Welt. Die vielen Besucher des Cafés waren nicht mehr vorhanden. Sie hörte keine Gespräche und kein Lachen, keine leise Musik und kein Klirren von Besteck.

Langsam erhob sich Robert Schumann und machte Anstalten, auf sie zuzugehen. Erst jetzt kam sie wieder zu sich. Sie drehte sich um und flüchtete ins Freie. Sie lief und lief und war sicher, dass er ihr nicht folgen würde.

Zwei Wochen später legte ihr Friedrich Wieck einen Zeitungsartikel aufs Klavier. In seiner »Neuen Zeitschrift für Musik« hatte Robert Schumann einen erfundenen Bericht über einen angeblichen »Kunsthistorischen Ball« veröffentlicht. Schonungsloser Erzähler war er selbst als wilder Florestan. Als Hauptdarsteller traten in karikierter Form Friedrich Wieck als geldgieriger alter Patron und Carl Banck als lächerlicher Schalträger auf. Vor allem aber gab es da unverkennbar auch Clara als ein widersprüchliches Doppelwesen, zusammengesetzt aus Beda, einer bezaubernden, zarten Malerin, und Ambrosia, einer liebeshungrigen Riesin.

Auf jenem Kunsthistorischen Ball trafen sie alle aufeinander und Florestan erlitt aus Liebe zu Beda »Schmerzen wie Champagner«, während ihn Ambrosia gegen seinen Willen schamlos bedrängte. Er wies sie zurück und war sich keiner Verfehlung bewusst, als ihn der alte Patron auf einer Treppe abfing und unflätig beleidigte. Zu überrascht war Florestan, um sich zu verteidigen. Beschämt schwieg er. »Dass ich ihm etwas Dumpfes antwortete, wäre zu erwarten gewesen«, schrieb Florestan-Robert. »Dass ich aber Bedas wegen wie ein Lamm vor ihm stand und nichts sagte, beim Himmel, verzeihe ich mir nie.«

»Sieh dir das an!«, sagte Friedrich Wieck. »Dann weißt du, wes Geistes Kind dieser Mensch ist und wie er über uns denkt.«

Clara las die Geschichte wieder und immer wieder. War es

möglich, dass Robert Schumann in ihr dieses Doppelwesen Beda/Ambrosia sah? Er, der selbst so viele widersprüchliche Eigenschaften in sich trug, dass ein einziger Doppelgänger für ihn eigentlich gar nicht ausreichte! Und: wie gekränkt musste er sein, dass er einen solchen Aufsatz geschrieben und sogar veröffentlicht hatte!

Viele Stunden verstrichen. Immer wieder weinte Clara, ohne es zu merken. Dies war nun wirklich das Ende, dachte sie. Solange Robert Schumann die Angriffe ihres Vaters geduldig ertragen hatte, hatte es vielleicht noch Hoffnung gegeben. Nun aber hatte er zurückgeschlagen. Auf seine Art. Subtil und unerwartet kalt und schneidend. Wie sollte nach so viel Hohn und Verachtung noch eine Versöhnung möglich sein?

Die Liebenden des Altertums wurden getrennt durch das nächtliche Meer, dachte Clara. So vieles trennte nun auch sie, Clara Wieck, und Robert Schumann. Viel mehr sogar noch als nur kalte Wogen. Eisiger Hass war zurückgeblieben, wo einst so viel Zärtlichkeit und Bewunderung gewesen waren. Leander, durch List getäuscht, war ertrunken. Was würde mit Robert Schumann geschehen und was mit ihr selbst, die beide doch so guten Willens gewesen waren? »Lieber, lieber Robert!«, hatte sie ihm oft zugeflüstert, und sie konnte es nicht vergessen. Wie durfte er es ihr da antun, ihr als Beda eine Doppelgängerin wie Ambrosia zur Seite zu stellen?

Der Schwimmer im nächtlichen Meer

I

Clara Wieck, das gepanzerte Mädchen. Die ständigen Reisen und Konzerte zehrten an ihrer Kraft. Dass sie trotzdem ihre Aufgaben scheinbar mühelos bewältigte und, anstatt vor Müdigkeit und Überdruss zusammenzubrechen, blühend aussah und heiter durch die fremden Städte spazierte, lag wohl daran, dass sie alles, was mit ihren Auftritten nicht direkt zusammenhing, ihrem Vater überließ.

»Er hält dich wie eine Sklavin«, hatte Robert Schumann einmal gesagt – in Dresden, als das Paradies so nahe schien. Etwa zur gleichen Zeit bezeichnete sich Friedrich Wieck seinerseits als den Lohnsklaven seiner Tochter. Er lächelte dabei, doch jeder konnte sehen, dass er in der Tat nur für Clara lebte. Sie brauchte bloß zu den Konzerten zu fahren und dort ihr Bestes zu geben. Er übernahm die aufreibenden Tourneeplanungen und die Sisyphusarbeit an Ort und Stelle. Wenn Clara seine Sklavin war, so war tatsächlich zugleich er ihr Sklave. Einer wäre ohne den anderen nicht denkbar gewesen. Sie brauchten einander, damit das Publikum vor Ergriffenheit aufstöhnen konnte. Eine künstlerische Symbiose, in der der eine vom anderen profitierte und ihn gleichzeitig aussog. Sie tauschten ihre Kraft hin und her. Gemeinsam waren sie stark, und für einen Dritten war kein Platz.

Robert Schumann, einst der heimliche Dritte, abgewiesen und stehen gelassen, schien sich mit seinem Schicksal abgefunden zu haben. Die perfide kleine Rache des »Kunsthistorischen Balles« hatte ihn wohl darüber hinweggetröstet, dass er im realen Leben nicht in der Lage gewesen war, den Streit mit Friedrich Wieck zu gewinnen. Auf einmal aber ging es ihm gut. Er trank nicht mehr, und alle Welt redete von den »Davidsbündlertänzen«, die er komponiert hatte. Eusebius und Florestan vereinten sich hier zu einer Ganzheit, als hätte Robert Schumann endlich zu sich selbst gefunden, traumverloren und doch real wie in seinem Lied »Schöne Fremde«:

»Es redet trunken die Ferne,
wie von künftigem großem Glück.«

Clara kaufte die Noten und spielte sie heimlich, wenn Friedrich Wieck außer Haus war. Danach auch Robert Schumanns »Phantasiestücke« mit dem Nocturno über Hero und Leander, die Sehnsuchtsvollen, die Robert Schumann, als er noch Claras »lieber, lieber Robert« gewesen war, manchmal mit ihrer eigenen Liebesgeschichte verglichen hatte. Der Schwimmer im nächtlichen Meer, unterwegs zu seiner Geliebten und danach wieder von ihr fort ... Zuletzt der Tod in den Wellen. Robert Schumann hatte Clara erzählt, dass ihn selbst oft der Traum quäle, er kämpfe mit den Wellen und finde in ihnen den Tod.

Seine Werke brachten ihn Clara innerlich wieder näher. Zugleich aber gab sie ihn für sich verloren. In Leipzig war es ein offenes Geheimnis, dass er sich um eine andere Frau bemühte: Robena Laidlaw, Pianistin wie Clara und im gleichen Alter wie sie. Eine geborene Engländerin, doch in Königsberg aufgewachsen. Mit ihrer ehrgeizigen Mutter reiste sie von Stadt zu Stadt, auf der Jagd nach dem ganz großen Ruhm und ständig in Eile, denn die Jugend war kurz und was jetzt nicht errungen wurde, blieb für immer unerreichbar.

Manche Kritiker verglichen Robena mit Clara, allerdings sei Robenas Spiel nicht so virtuos und kräftig, dafür aber zart und elegisch mit einem fremdartigen, undeutschen Reiz. Robena trat oft mit Werken von Robert Schumann auf, was Friedrich Wieck zu der verächtlichen Bemerkung veranlasste, »unser somnambuler Freund« hänge sich wohl gerne an Pianistinnen, die seine Werke berühmt machten.

Clara gab darauf keine Antwort. Von Felix Mendelssohn hatte sie erfahren, dass sich Robert Schumann nach der Ehe sehne. »Was wollen Sie, Clara«, sagte Felix Mendelssohn und lächelte. »Er ist siebenundzwanzig Jahre alt. Zeit, sich zu binden.« Felix Mendelssohn liebte die Institution der Ehe, hatte er doch selbst gerade geheiratet: seine »ausländische Rose« Cécile Jeanrenaud, auf deren bevorstehende Ankunft die Leipziger Gesellschaft bereits ungeduldig wartete.

Einen Augenblick lang dachte Clara, wie es wohl wäre, Felix Mendelssohn anzuvertrauen, dass es eine Zeit gegeben hatte, in der sie und Robert Schumann einander liebten. Dann aber schwieg sie. Sie hatten ihre Liebe geheim gehalten, als sie noch brannte wie ein süßes Feuer. Warum sollte sie jetzt darüber sprechen, da alles vorbei war? »Es redet trunken die Ferne, wie von künftigem großem Glück …« Vielleicht hatte Robert Schumann sein Glück bereits gefunden, das künftige, große, und dachte nur noch mit Widerwillen an die Zeiten zurück, als ihn sein einst verehrter Lehrer missachtete und demütigte.

Unentwegt ratterten die Räder der Postkutschen durch das Land. Clara hatte sich so sehr an ihre Mobilität gewöhnt, dass sie nachts manchmal aufwachte und erschrak, weil sich um sie herum nichts bewegte. Ständig wechselten die Orte, an denen sie sich aufhielt, und ständig traf sie mit neuen Menschen zusammen – flüchtige Begegnungen, die mit einem bedauernden »Adieu, bis zum nächsten Mal!« endeten und schon vergessen waren, wenn das Gepäck aufgeladen wurde.

Trotzdem ergaben sich manchmal längere Gespräche oder Freundschaften auf Zeit, in denen Wildfremden auf einmal mehr anvertraut wurde als den ältesten Bekannten. Reisegefährten etwa, mit denen man auf einen Anschluss wartete und die für ein paar angenehme Momente daran erinnerten, dass es viele, ganz unterschiedliche Möglichkeiten gab, Beziehungen zu knüpfen.

Das Mädchen Clara, das sich als Kind so lange nicht preisgegeben hatte, hatte längst das Schweigen gebrochen und plauderte gerne auch mit Fremden. Es hatte seinen eigenen Wert erkannt und fürchtete keine Zurückweisung. Die Liebe mochte man Clara genommen haben, aus der Welt zurückziehen wollte sie sich deswegen aber nicht.

Sie erlebte, dass man sie nun ganz anders behandelte als früher. Noch vor kurzem war sie durch ihr Kindsein beschützt worden. Wenn ihr Kritik entgegenschlug, ging es meist um ihren Status als Wunderkind oder um ihre kaum fassbare Virtuosität, der man ein gewisses Maß an Automatismus und innerer Kälte unterstellte. Erst wenn sie dann am Klavier zu fantasieren anfing, brachte sie ihre Kritiker zum Schweigen.

Nun, da sie in den Augen der Welt erwachsen war, wehte ihr plötzlich ein ganz anderer Wind entgegen. Sogar in Robert Schumanns »Neuer Zeitschrift für Musik« erschien die Rezension eines gewissen Carl Ferdinand Becker über Claras eben in Druck erschienenes Klavierkonzert. Eigentlich seien Frauen in keiner Weise geeignet zu komponieren, schrieb der wackere Kritiker, seiner Männlichkeit stolz bewusst. Es widerstrebe ihm daher, sich mit dem Werk einer »Dame« überhaupt auseinanderzusetzen: »Mit Frauen kämpfe ich nicht. Nur wo Waffen sind, greife ich an.«

Friedrich Wieck tobte und gab Robert Schumann die Schuld an allem. Clara selbst sagte nichts dazu, aber sie dachte, dass es auf dieser Welt wohl doch nur einen einzigen Menschen gab, auf den sie sich ohne Einschränkung verlassen konnte.

Ganz unerwartet trat sie an ihren Vater heran und umarmte ihn.

»Mein lieber Papa!«, flüsterte sie, wie sie einst »Mein lieber, lieber Robert!« geflüstert hatte.

Friedrich Wieck war erst peinlich berührt. So nahe hatten sie auf all ihren Reisen beieinandergelebt, dass ihm innerhalb dieser Enge ein gewisser körperlicher Abstand immer als gesund und notwendig erschienen war. Umarmungen kamen nur selten vor. In diesem Augenblick aber ahnte er, was in Clara vorging, und für einen flüchtigen Moment umschlossen seine Arme die Tochter. Dann aber ließ er sie gleich wieder los. »Wir wussten doch schon immer, was wir von diesem Herrn zu halten haben«, knurrte er, und es bestand kein Zweifel daran, welcher Herr gemeint war.

Friedrich Wieck konnte mit Kritik nur schwer umgehen. Vor allem die ironisch-spielerischen Rezensionen der Großstadtpresse machten ihm zu schaffen. Was er wollte, waren Lob und die Schilderung des Beifalls, den Clara auslöste. Allein schon Vergleiche mit anderen Pianisten erweckten sein Misstrauen. Dabei genoss es die Berliner Presse, von Anfang an eine Rivalität zwischen Clara und anderen Künstlern, die sich in der Stadt aufhielten, zu beschwören. Mit großer Süffisanz stellte man fest, der derzeit beliebte Theodor Döhler, Hofpianist des Herzogs von Lucca, könne mit Claras Temperament nicht mithalten. »Für Döhler ist das allgemeine Publikum sehr eingenommen«, stand zu lesen. »Doch sagt man bereits in den Caféhäusern, Clara sei der Mann und Döhler die Frau.« Womit von einer Minute zur nächsten eine Rivalität aufgebaut wurde, die nie bestanden hatte, doch nun die Feuilletons für einige Zeit fütterte und das Publikum zur Stellungnahme fast schon zwang.

Berlin. Acht große Konzerte gab Clara hier: neben den üblichen Bravourvariationen auch Stücke von Mendelssohn und Chopin, eine Fuge von Bach und diesmal sogar Beethovens »Sonate in f-Moll«, die sie auf Verlangen vollständig und natürlich auswendig spielte. Friedrich Wieck hatte erkannt, dass er in einer Metropole wie Berlin Claras Programm anderen künstlerischen und intellektuellen Ansprüchen unterwerfen musste als in den verträumten kleinen Städten der Provinz.

Trotz aller Erfolge brachte ihn die Arbeit in der Großstadt an den Rand seiner Belastbarkeit. In einem Staat wie Preußen tätig zu sein bedeutete, sich einer Kontrolle auszuliefern, die die Grenzen zur Schikane bereits überschritten hatte. »Mein liebes

Tinchen«, schrieb er an seine Frau und sehnte sich plötzlich nach ihr. »Die Schwierigkeiten mit Polizei und Zensur sind hier unendlich. Jede Anzeige, jede kleine Abänderung muss fünf Mal geschrieben werden und das Vidi durch die Zensur durch vier Behörden machen, ehe es in die Zeitung darf. Dazu gehören jeden Tag wenigstens zwei Stunden Zeit und unendliche Lokalkenntnisse der Bureaus und Behörden, die einen in der Gewalt haben und alles behindern können, wie sie nur wollen.«

Manchmal dachte er, seine Arbeit als Impresario sei in letzter Zeit irgendwie unangenehmer als früher und die Bosheit in der Welt habe ganz gewiss zugenommen. Zugleich erhöhten sich seine eigene Empfindlichkeit und seine Aggressivität. Immer wieder ließ er sich hinreißen, auf Kritiker loszugehen und ihnen Vorhaltungen zu machen. »Diesem Rellstab habe ich heute die Meinung gesagt«, erzählte er dann zufrieden. In den nächsten Tagen musste er allerdings erkennen, dass er Clara mit seinem Vorgehen keinen Gefallen getan hatte.

Berlin. Clara fühlte sich wohl hier, auch wenn ihre Augen wieder einmal vom Kerzenlicht entzündet und ihre Fingernägel gespalten waren. Die Finger selbst aber taten ihr nicht weh und eilten wie bisher über die Tasten, als wären sie allein dafür geschaffen.

»Triumph, Triumph!«, schrieb Friedrich Wieck nach Leipzig. »Das Publikum hat dem Rellstab den Mund gestopft. Man kann direkt sehen, wie er vor Angst trippelt.« Friedrich Wieck genoss es, seine Gegner einzuschüchtern. »Es war an der Zeit, dass wir nach Berlin gingen, um mit einem Schlag in Europa groß dazustehen.«

2

»Berlin, Hinter der Evangelischen Kirche Nro. 2« lautete die Adresse, die Clara mit Tinte auf ihrer Handfläche notiert hatte. Als ob sie diese Gedächtnishilfe wirklich gebraucht hätte!

Sie wusste selbst nicht, wie oft sie diese Adresse bereits niedergeschrieben hatte, um die Briefe, zu denen sie gehörte, danach säuberlich zusammenzufalten, die Ränder mit dem Daumennagel festzufalzen und schließlich das erwärmte Siegelwachs daraufzuträufeln und mit dem Stempel zu kennzeichnen. Immer war ihr Vater dabei neben ihr gestanden und hatte ihr zum Schluss den Stempel wieder abgenommen. Mochte seine Tochter ihre Briefe nach Berlin auch allein verfassen, so bestand er doch darauf, jeden von ihnen zu lesen und zu überwachen, dass nichts hinzugefügt wurde, das ihm nicht bekannt war. »Berlin, Hinter der Evangelischen Kirche Nro. 2« – und darüber der Name der Adressatin: »Frau Marianne Bargiel, Pianistin und Klavierpädagogin«.

Es hatte lange gedauert, bis Friedrich Wieck endlich erlaubt hatte, dass Clara ihre Mutter besuchte. Dreizehn Jahre waren vergangen, seit Marianne ihre Tochter auf der Altenburger Poststation an Johanna Strobel übergeben hatte. Trotzdem konnte sich Clara noch gut daran erinnern. Es war kein trauriger Tag für sie gewesen, obwohl sie sah, wie ihre Mutter mit den Tränen kämpfte. Sie werde nun zu ihrem Papa zurückgebracht werden, hatte man Clara versprochen, und das genügte, dass sie sich freute und ihre Mutter und die Großeltern ohne Bedauern zurückließ.

Erst im Laufe der Jahre war die Sehnsucht erwacht, jene schöne junge Frau mit den dichten schwarzen Locken wiederzusehen. An ein blasses Gesicht erinnerte sich Clara noch und an dunkle Augen wie ihre eigenen und auch die Augen Alwins und Gustavs. Lange Briefe voller Liebe kamen aus Berlin und so viele Fragen, die kaum beantwortet wurden, denn Clara, der die Korrespondenz aufgetragen war, wusste bald nicht mehr, was sie schreiben sollte. Immer ferner rückte die weiß gekleidete Gestalt, immer unwirklicher erschien alles, was sie berichtete. Die »Berliner Mutter« nannten Alwin und Gustav die ferne Frau, an die sie sich nicht erinnern konnten. Ihre wahre Mutter war Clementine, die »Mama«, der sie vertrauten, obwohl sie zu Beginn ihrer Ehe fast noch ein Kind gewesen war.

Clara hatte Clementine nie »Mama« genannt, immer nur »Mutter«, weil ihr diese Anrede sachlicher erschien. Die beiden hatten nie zueinander gefunden, denn für Clara zählte immer nur ihr Vater.

Mehrmals hatte es in all den Jahren Zeiten gegeben, in denen sich Clara danach sehnte, sich ihrer wirklichen Mutter anzuvertrauen. Bestimmt kannte sie das Leben und wusste Rat, wie man entscheiden sollte. »Was denkst du über Robert Schumann?«, hätte Clara gern gefragt und immer wieder: »Was soll ich tun, Mama? Was, um Gottes willen, soll ich tun?«

Einige Male war sie mit ihrem Vater in Berlin gewesen, und immer hatten sie im vornehmen »Hôtel de Russie« logiert – eigentlich viel zu teuer, fand Friedrich Wieck, doch er war überzeugt, »wer im ›Hôtel de Russie‹ wohnt, ist in Berlin gleich zehn Prozent mehr wert.«

Clara wusste inzwischen, dass die evangelische Kirche nur einen kurzen Fußweg vom Hotel entfernt war. Doch Friedrich Wieck erklärte immer, man habe keine Zeit. Außerdem wünsche Frau Bargiel keine Besuche. »Sie hat ein neues Leben, einen neuen Ehemann und neue Kinder. Sie will, dass man sie in Ruhe lässt.«

»Aber warum dann ihre Briefe? Sie schreibt doch, dass sie ihre Kinder sehen möchte.«

Darauf wusste Friedrich Wieck keine Antwort. »Eineinhalb Stunden«, entschied er schließlich widerwillig. »Von elf bis halb eins. Dann hole ich dich ab, und ich möchte keine Diskussionen. Um halb eins ist Schluss, was auch immer die Dame einwendet.«

Ein dreigeschossiges Stadthaus, vor langer Zeit für eine einzelne Familie geplant, nun aber aufgeteilt in mehrere Wohnungen für Mieter, die einst wohl bessere Zeiten gesehen hatten. Keine Armutsbehausung, doch eine Wohnstätte, die schon auf den ersten Blick von Rückschritt zeugte. Noch hielt der Stuck über den Fenstern, doch der übrige Außenputz bröckelte bereits, und niemand schien vorzuhaben, den gepflegten Eindruck von einst wiederherzustellen. Noch sah man Stores und Gardinen hinter den Scheiben, doch die Stoffe waren vergilbt und mürbe. Die hier lebten, kämpften sichtlich darum, ihren gesellschaftlichen Abstieg aufzuhalten oder zumindest zu verbergen.

Das Haustor war unverschlossen. Clara trat ein und suchte im Halbdunkel nach Hinweisen auf die Bewohner. Erst im zweiten Stockwerk fand sie den Namen, der im Hause ihres Vaters so verpönt war. »Bargiel« stand da in selbst gravierter Zierschrift auf einer kleinen Holzplatte. Clara dachte an das fein ziselierte Messingschild am Haustor der Grimmaischen Gasse Nr. 36, das jede Woche poliert wurde und den Wohlstand und die Bedeutung der Bewohner demonstrierte.

Auch die jetzige Frau Bargiel war einst Herrin eines Leipziger Stadthauses gewesen, jung noch, aber schon hoch angesehen, weil es ihr Gatte zu etwas gebracht hatte. Nun stieg sie wohl täglich die ausgetretenen Mietshausstufen in den zweiten Stock hinauf, an der Hand vielleicht ein Kind oder gar mehrere, Claras Halbgeschwister, von denen sie nicht einmal genau wusste, wie viele es derzeit waren.

»Bargiel«. Im übrigen Haus war es still, doch aus der Wohnung drang gedämpftes Klaviergeklimper. Ein Kinderlied unter den ungelenken Fingern eines Anfängers. Keine zwei Töne folgten unmittelbar aufeinander. Ganz plötzlich wurde Clara von Furcht ergriffen vor der Begegnung, die nun bevorstand. Sie erwartete eine hübsche junge Mutter, obwohl inzwischen doch so viele Jahre vergangen waren. Lächelnd und zärtlich würde sie ihr Kind empfangen, das ihr – wie in Leipzig viele versicherten – so ähnlich sah. »Meine kleine Clara!«, würde sie flüstern, obwohl ihr Kind doch schon mitten im Leben stand und ihm mehr abverlangt wurde als den meisten Erwachsenen. »Meine kleine Clara!«, und Clara würde sich an sie schmiegen und sie »Mama« nennen. Mama: Clara konnte sich schon nicht mehr erinnern, dieses Wort jemals ausgesprochen zu haben.

Der kleine Klavierstümper traktierte noch immer sein Instrument. »Hänschen klein …« Wenn er doch nur endlich in seine weite Welt hineinginge und den Platz frei machte, der einer ganz anderen zukam! »Hänschen klein …« Clara war überzeugt, dass es nie eine Zeit gegeben hatte, in der sie so ungeschickt auf die Tasten eingehackt hätte.

Kurz entschlossen klopfte sie an. Leise zuerst, dann lauter und schließlich kräftig und ungeduldig, weil sie nicht glauben konnte, dass man sie überhörte.

»Hänschen klein« verstummte. Drinnen in der Wohnung wurde eine Tür geöffnet und dann auch die Tür, an der Clara wartete.

Es war ihre Mutter. Clara war sicher, dass sie es sein musste, obwohl die vielen Jahre der Trennung das einst so klare Erinnerungsbild verwischt hatten und anstelle der jugendlichen Schönheit von einst nun eine Frau mittleren Alters vor ihr stand.

»Ja, bitte?«, fragte Marianne und blickte forschend in Claras Gesicht. »Was kann ich für Sie tun?«

Clara antwortete nicht. Es tat ihr weh, dass ihre Mutter sie nicht erkannte. »Ich bin es«, sagte sie leise.

Marianne starrte sie an. »Clara?«, flüsterte sie ungläubig.

Clara nickte. »Darf ich hereinkommen?«

Marianne erschrak. »Entschuldige bitte! Natürlich darfst du hereinkommen.« Sie trat zur Seite und ließ Clara ein.

Eine winzige Diele mit drei Türen, unbeleuchtet und unbeheizt. Nur aus dem Raum, in dem wohl das Klavier stand, drang ein schmaler Lichtstreifen.

»Frau Bargiel!«, rief plötzlich eine ungeduldige Frauenstimme. »Wo bleiben Sie denn? Soviel ich weiß, haben wir hier Musikunterricht.«

Marianne zuckte zusammen und eilte in den Raum. »Verzeihen Sie bitte, meine Liebe!«, sagte sie hastig. »Ich habe unerwartet Besuch bekommen.«

»Wir haben noch fünf Minuten. Bezahlt ist bezahlt.«

»Selbstverständlich.«

Clara folgte ihr. Sie konnte nicht glauben, dass sich ihre stolze, energische Mutter so kleinlaut und unterwürfig verhielt.

Auf einem hohen Hocker vor dem Klavier thronte ein kleiner Junge und starrte ihr mürrisch entgegen. Daneben saß eine bieder aussehende Frau, wahrscheinlich seine Mutter. Als sie Clara sah, stand sie langsam auf. »Ihr Besuch, ja?«, fragte sie und musterte Clara mit einem Ausdruck neidvoller Abneigung.

»Eine Verwandte von auswärts«, erklärte Marianne.

»Eine Verwandte, soso. Ich fürchte, unter diesen Umständen kann das heute kein ordentlicher Unterricht mehr werden.«

Marianne zuckte bedauernd die Achseln. »Es tut mir leid. Ich werde dafür beim nächsten Mal auf mein Honorar verzichten, wenn es Ihnen recht ist.«

Hänschen kleins Mutter spitzte die Lippen. »Na dann«, murmelte sie. »Aber ich habe meine Zeit nicht gestohlen. Nächste Woche sollte alles wieder seine Ordnung haben.«

Marianne brachte die beiden zur Tür. Mit Unbehagen bemerkte Clara, dass Marianne dem mürrischen Kind sogar noch zulächelte und ihm die Mütze über die Ohren zog. Dann kam sie zurück. Clara sah, dass sie Tränen in den Augen hatte. »Verzeih mir, Clara!«, sagte sie. »Aber wir brauchen diese Leute.«

Clara starrte sie an. »Eine Verwandte von auswärts also«, murmelte sie gekränkt.

Marianne wischte sich eine Träne von der Wange. »Niemand hier weiß, dass ich schon einmal verheiratet war«, erklärte sie. »Niemals würden sie einer geschiedenen Frau ihre Kinder anvertrauen.« Sie lächelte bitter. »Und wenn doch, so würden sie das Honorar mindestens um die Hälfte kürzen.«

Clara begann zu ahnen, unter welchen Bedingungen ihre Mutter lebte. »Mama!«, sagte sie nun doch, leise und wie zur Probe. »Mama!«

Erst jetzt schluchzte Marianne auf und schloss sie in die Arme.

Es war ein Gefühl, das Clara bisher nicht gekannt hatte. Viele Menschen umarmten sie, doch das hier war ihre Mutter! Erst jetzt entschloss sich Clara, ihre Handschuhe auszuziehen und Hut und Mantel abzulegen.

»Ich weiß, wie erfolgreich du bist«, sagte Marianne, während sie Claras Sachen auf einen Sessel legte und dabei unwillkürlich über den feinen Stoff des Mantels strich. »Ich bin so stolz auf dich! Dein Talent, das hast du von mir. So wie du, so hätte ich auch werden können.« Bei allem Stolz klang es bitter und fast ein wenig vorwurfsvoll. »Aus der Zeitung weiß ich, dass sich dein Vater immer als großer Pädagoge feiern lässt. Er sollte einsehen, dass er seine Triumphe nur deinem Talent verdankt. Ich hoffe auch, er kassiert deine Honorare nicht allein für sich. Sei bloß vorsichtig! Ich weiß, wovon ich rede.«

Clara runzelte die Stirn.

Marianne merkte, dass sie zu weit gegangen war. »Deine Brüder«, wechselte sie hastig das Thema, »mein Alwin und der kleine Gustav, wie geht es ihnen?«

Clara zuckte die Achseln. »Gut, glaube ich«, antwortete sie. »Ich bin ja so selten zu Hause. Alles läuft immer gut in Leipzig.«

»Sie müssen schon groß sein.«

»Ungefähr so wie ich.«

Marianne lächelte. »Große Kinder«, sagte sie nachdenklich. »Das ist gut. Das habt ihr ebenfalls von mir. Sind sie auch so dunkel?«

»Dunkle Haare, dunkle Augen.«

»Ganz anders als ihr Vater. Wie sehen denn die Kinder aus seiner zweiten Ehe aus?«

»Rotblond und helle Augen.«

Marianne war zufrieden. »So ist es recht. Man soll erkennen, welche von den Wieck-Kindern von mir sind. Meine Kinder. Man sieht es doch auch an dir sofort.« Sie zog Clara neben sich auf ein kleines Sofa am Fenster. »Wie lange hast du Zeit?«, fragte sie.

»Eineinhalb Stunden.«

»Nur? Das sieht deinem Vater ähnlich. Wo logiert ihr denn?«

»Im ›Hôtel de Russie‹.«

»Nicht übel. Unsereiner würde nicht einmal wagen, dort durchs Portal zu treten.«

Immer deutlicher merkte Clara, wie unzufrieden ihre Mutter war. Doch wie das Haus, in dem sie wohnte, versuchte sie, den Anschein von einst aufrechtzuerhalten. Sie war adrett gekleidet, ein einfacher dunkler Rock und eine weiße Bluse mit einem Spitzenkragen. Über dem obersten Knopf eine kleine Brosche. Eine Gemme mit einem Mädchenkopf. Ob man sie früher einmal selbst so dargestellt hatte, die hübsche Kantorstochter mit dem großen Musiktalent?

»Sogar im Gewandhaus bin ich aufgetreten«, sagte sie leise, als hätte sie Claras Gedanken erraten. Dann erzählte sie von der Krankheit ihres Mannes, die alle Hoffnung auf eine angenehme Zukunft zerstört hatte. Ohne Liebe redete Marianne und ohne Mitleid. Bei jedem Satz spürte Clara, wie heftig ihre Mutter mit dem Schicksal haderte.

Immer wieder entstanden Gesprächspausen. Als Friedrich Wieck die Besuchszeit auf neunzig Minuten begrenzt hatte, hatte Clara gemeint, das wäre viel zu wenig. Stundenlang würde sie mit ihrer Mutter sprechen wollen, hatte sie gedacht, tagelang sogar, nach den vielen Jahren, die sie einander nicht gesehen hatten. Nun aber kam es ihr vor, als wäre die Uhr auf dem niedrigen Bücherbord stehen geblieben. Auch das Feuer in dem kleinen Eisenofen war erloschen, und es wurde immer kälter.

»Ich möchte dich so vieles fragen«, gestand Marianne. »Aber es ist so schwer, aufeinander zuzugehen, wenn man so lange getrennt war.«

Clara nickte. »Spielst du noch regelmäßig Klavier?«, erkundigte sie sich. »Ich meine, richtig, nicht nur als Lehrerin.«

Marianne senkte den Kopf. »Jeden Tag«, sagte sie leise. »Diese Sehnsucht nach Musik hört niemals auf.«

Clara verstand, was sie meinte. Vielleicht konnten sie einander doch noch näherkommen.

In diesem Augenblick klopfte es an der Tür, laut und fordernd.

Marianne zuckte zusammen. »Das muss dein Vater sein«, sagte sie mit harter Stimme, die Clara wieder an die Auseinandersetzungen erinnerte, deren Zeugin sie in ihrer Kindheit geworden war.

Marianne erhob sich und ging mit entschlossenen Schritten zur Tür. Ihre Absätze knallten auf dem Holzboden.

Draußen stand Friedrich Wieck. Er nahm seinen Hut ab. »Guten Tag, Madame«, sagte er förmlich und ohne Marianne ins Gesicht zu blicken. »Ich bin gekommen, meine Tochter abzuholen.«

»Sie ist auch meine Tochter. Eineinhalb Stunden sind zu wenig nach dreizehn Jahren.«

Friedrich Wieck zog Clara am Arm zu sich. »Wir wollen uns verabschieden, Clara.«

Clara umarmte ihre Mutter. »Ich kenne dein Repertoire, Clara«, sagte Marianne und strich ihr ein Löckchen hinter die Ohren. »Zu viele Bravourstücke. Du brauchst nicht mehr zu beweisen, wie virtuos du bist. Du musst Mozart spielen und Schubert. Das ist Musik vom Himmel. Damit eroberst du die Herzen.«

Friedrich Wieck setzte seinen Hut wieder auf. »Wir gehen, Clara!«, gebot er und stieg die Treppe hinunter. Clara folgte ihm, den Blick zurück auf ihre Mutter gerichtet, die vor der Tür stand und ihnen nachschaute. Fast gleichzeitig hoben sie beide den Arm, um einander zuzuwinken. Mama!, dachte Clara, aber sie sagte nichts.

Auf dem Gehsteig vor dem Haus begegnete ihnen ein weißhaariger alter Mann, dessen eine Wange gelähmt herunterhing. An jeder Hand hielt er ein Kind. Als er Friedrich Wieck bemerkte, blieb er stehen und starrte ihn an. Friedrich Wieck erwiderte ungerührt seinen Blick und eilte dann weiter. Der alte Mann schaute ihm nach. Clara kam es vor, als wären soeben zwei Menschen aus gegensätzlichen Welten aufeinandergetroffen. Noch nie war ihr bewusst geworden, wie straff und energisch sich ihr Vater hielt und wie elegant er gekleidet war: ein erfolgreicher Impresario eben, weltgewandt und selbstsicher. Der andere, der ihm nachschaute, wirkte ungepflegt und schlaff. Erst jetzt fiel Clara auf, dass er trotz der Winterkälte nicht einmal richtige Schuhe trug, sondern nur Hauspantoffel. Seine beiden Kinder, dachte Clara, waren allerdings besonders hübsch. Dunkle Haare, dunkle Augen … Sie sah ihnen nach, wie sie ins Haus hüpften. Erst als die Türe zugefallen war, erschrak Clara und begriff, wem sie da begegnet war.

Nach dem Wiedersehen mit Marianne kam Friedrich Wieck nicht mehr zur Ruhe. Jeden Morgen wachte er schlecht gelaunt auf, und diese Stimmung änderte sich auch bis zum späten Abend nicht. Das Personal im »Hôtel de Russie« stob auseinander, wenn er auftauchte, und einige von Claras kleineren Konzerten wurden von der Presse nicht besprochen, weil kein Kritiker mit Friedrich Wieck zusammentreffen wollte. »Altes Ekel!«, beklagte sich Claras Zofe Nanni sogar ihr gegenüber, und Clara tadelte sie deswegen nicht.

Clara gegenüber war er freundlich und ruhig, immer aber ein wenig wie ein Kranker, der sich zusammennimmt, um mit seinem Leiden niemandem zur Last zu fallen. Einmal überraschte sie ihn, wie er am Fenster stand und plötzlich leise aufschluchzte. Als er sie bemerkte, täuschte er einen Hustenanfall vor und gab sich unnatürlich heiter.

Vom Personal in Leipzig hatte Clara schon als Kind aufgeschnappt, dass ihr Vater und Marianne einander zu Anfang sehr geliebt hatten. Clara fiel es schwer, sich die Leidenschaft vorzustellen, von der August mit lüsternem Grinsen berichtete. Sie kannte ihre Eltern immer nur als Feinde mit Hass im Blick und in der Stimme. Wie war es möglich, dass sich der Zorn aufeinander nicht einmal in dreizehn Jahren beruhigt hatte? Jeder von ihnen hatte doch inzwischen sein eigenes Leben, und keiner hatte es leicht, auch wenn Friedrich Wieck nun in den feinsten Hotels abstieg und seit neuestem sogar einen Siegelring am kleinen Finger trug.

Sie dachte an Robert Schumann, der sie doch auch geliebt hatte, so wie sie ihn. Auch sie waren vom Schicksal getrennt worden, doch es schien Clara unvorstellbar, dass jemals eine so tiefe Abneigung zwischen ihnen herrschen könnte wie zwischen ihren Eltern. Dann aber fiel ihr der »Kunsthistorische Ball« ein und sie fing an zu weinen.

»Es wird Zeit, dass wir nach Leipzig zurückkehren«, sagte Friedrich Wieck eines Morgens. »Wir haben hier erreicht, was wir wollten. Mehr ist nicht möglich.« Er lächelte und tätschelte

Claras Wange. »Wir sind beide ein wenig müde. Während der Sommermonate kannst du dich erholen und dich mit den neuesten Liszt-Stücken auseinandersetzen. Vielleicht ist auch für dich etwas dabei.« Er setzte sich an den Schreibtisch und zündete sich eine Zigarre an. »Wenn wir zurückkommen, wird sich in unserem Haus eine kleine Veränderung ergeben haben.« Er tändelte mit der Zigarre herum, während Clara beunruhigt abwartete.

Dann brach es plötzlich aus ihm hervor: Von ihrer Geburt an hätten Alwin und Gustav ihm größte Sorge bereitet. Aufsässig und ungezogen seien sie immer gewesen, in der Schule mittelmäßig und in der Musik auch nichts Besonderes. Dabei halte sich Alwin für einen großartigen Geiger und bilde sich ein, es ließe sich bestimmt ein Orchester finden, das ihn aufnehmen wolle … »Wenn du dich nur ein wenig für mich einsetzen würdest, Papa, dann wäre es viel leichter für mich. Clara hilfst du doch auch!‹« Friedrich Wieck schlug auf den Tisch. »Stell dir vor, das wagte er mir ins Gesicht zu sagen, dieser Nichtsnutz! Dabei habe ich ihn sogar bei Konzertmeister David studieren lassen. Doch von einem Engagement ist noch immer keine Rede.«

Clara schüttelte den Kopf. »Aber Papa!«, rief sie. »Alwin ist doch erst sechzehn, und er spielt wirklich gut. Bestimmt wird er noch seinen Weg gehen.«

»Und wo warst du mit sechzehn Jahren?« Achtlos ließ Friedrich Wieck die Zigarre auf dem Schreibtisch liegen. Er sprang auf. »Einerlei: Ich habe mit dem Instrumentenmacher Schmidt in Pressburg korrespondiert. Er ist bereit, Alwin als Lehrling aufzunehmen. Zu Michaeli kann er dort anfangen.«

Clara zitterte. »Als Lehrling?«, rief sie entsetzt. »Aber er möchte Künstler werden! Dafür müsstest doch gerade du Verständnis haben.«

Friedrich Wieck blickte sie kalt an, als sähe er hinter ihr ihre Mutter. »Wenn er es wirklich will, wird er sich auch ohne mich durchsetzen«, antwortete er. »Mir hat auch keiner geholfen.«

»Und Gustav?«, fragte Clara leise.

Friedrich Wieck nickte zufrieden. »Den habe ich in Wien untergebracht. Beim Klavierbauer Tomaschek, du weißt schon. Nächste Woche reist er ab. Clementine hat ihn ordentlich eingekleidet und ausgestattet. Er kann bei einem Wiener Kaufmann mitfahren. In Österreich wird er lernen, was das heißt: Arbeit und Anstand. Lausbubenstreiche gibt es beim großen Metternich nicht. Wer da nicht spurt, landet im Gefängnis.«

Clara schwieg. Durch ihre ständigen Reisen hatte sie nie viel mit ihren Brüdern zu tun gehabt. Bei ihrem letzten Besuch war ihr jedoch aufgefallen, dass sie inzwischen hübsche Burschen geworden waren. Dunkle Haare, dunkle Augen – wie ihre Mutter und wie Clara selbst. »Wann wirst du *mich* fortschicken, Papa?«, fragte sie.

Einen Augenblick lang schien Friedrich Wiecks Gesichtsausdruck weicher zu werden, milder. Dann aber schüttelte er den Kopf. »Rede keinen Unsinn, Clara!«, wies er sie zurecht.

Doch Clara wollte nicht aufgeben. »Weißt du, Papa: Früher habe ich Alwin manchmal Klavierunterricht gegeben. Er ist wirklich ein guter Musiker!«

Friedrich Wieck griff nach der Zigarre und nahm einen Zug. Doch sie war erloschen. Enttäuscht warf er sie auf den Tisch zurück. »Das ist er nicht. Du bist eine gute Musikerin. Du warst es von Anfang an.« Er öffnete die Tür, um Clara hinauszulassen. »Mit einem Wort, wenn wir zurückkommen, sind die beiden Kerle fort. Finde dich damit ab. Du wusstest doch auch selbst nie etwas mit ihnen anzufangen.«

Clara spürte, wie plötzlich Zorn in ihr aufstieg. »Magst du sie nicht, weil sie Mama so ähnlich sehen?«, rief sie. Doch da hatte er ihr die Türe schon vor der Nase zugeschlagen. Clara wusste nicht einmal, ob er ihre Worte überhaupt gehört hatte.

3

Der Schwimmer im nächtlichen Meer erreichte sein Ziel. Er befreite sich aus den Wellen und schloss seine Geliebte in die Arme. Nach achtzehn Monaten der Trennung schöpfte der einst so »liebe, liebe Robert« wieder Hoffnung. Die sonnigen Tage eines begnadeten Sommers erhellten sein Gemüt und befreiten ihn von der Niedergeschlagenheit der eineinhalb Jahre. Endlich fühlte er sich wieder frei und ungezwungen. Robena Laidlaw, die ihn ja doch nicht geliebt hatte, war mit ihrer Mutter nach Russland gereist, nicht ohne zu erklären, dass er anfange, ihr lästig zu fallen. Sie meinte wohl, ihn damit am Boden zu zerstören. In Wahrheit aber war er erleichtert, sie los zu sein und seine ganze Schaffenskraft auf den Abschluss seiner fis-Moll-Sonate zu lenken.

Noch nie zuvor hatte er ein Werk so oft überarbeitet, doch auch noch nie hatte er so lange um eine Frau geworben wie um Clara. »Klaviersonate in fis-Moll, op. 11, Clara zugeeignet von Florestan und Eusebius«, schrieb er auf den Umschlag. Endlich zweifelte er nicht mehr daran, die Widmungsträgerin würde verstehen, dass dieses Werk ein einziger Herzensschrei nach ihrer Liebe war. Wie könnte sie den Worten des Sterbenden an die ferne Geliebte widerstehen: »Denk ich dein, du süßes Leben …« Sie musste begreifen, dass es für sie nur einen Einzigen gab auf der Welt, denn so wie er würde nie ein anderer sie lieben. Zilia und Eusebius – ein einziges Wesen in zwei Körpern, Mann und Frau, die zusammengehörten, mochten die Widerstände, die sich ihnen entgegenstellten, auch noch so unüberwindbar erscheinen.

Es hatte ihn ergriffen wie ein Rausch. Noch zwei weitere Sonaten entstanden, obwohl er früher doch gemeint hatte, die Sonatenform gehöre eigentlich einer bereits vergangenen musikalischen Epoche an. Nun aber schien sie ihm die einzige Ausdrucksmöglichkeit für die Gefühle zu sein, die ihn bewegten: Liebe, Hoffnung und nach langem auch wieder Vertrauen in die Zukunft.

Seine ständig wiederkehrenden Träume vom Tod in den Wellen

hörten auf. Jede Nacht schlief er tief und fest. Seine Züge strafften sich. Er schritt frei voran, und wenn er sprach, konnte ihn jeder verstehen. Erst jetzt ahnte er, dass er krank gewesen war. Doch nun war sein Gemüt gesundet und er wartete nur noch darauf, dass das Mädchen seines Herzens endlich nach Leipzig zurückkehrte.

»Ich habe nicht bemerkt, dass du sie liebst«, sagte Felix Mendelssohn erstaunt, als er die Widmung der Sonate las.

Robert Schumann lächelte. »Wie sehr, das wusste ich früher auch noch nicht.«

»Und trotzdem der ›Kunsthistorische Ball‹?«, fragte Felix Mendelssohn zweifelnd.

Doch Robert Schumann zuckte die Achseln. »Das ist Vergangenheit. Clara wird mir verzeihen.«

Robert Schumann hatte einen Sinn für die Dramaturgie der Liebe. Diesmal wollte er Clara für immer erobern, diesmal wollte er nichts falsch machen. Seit er als Student zum ersten Mal nach Leipzig gekommen war, hatte er darum gekämpft, dass ihn der große Friedrich Wieck anerkannte. Eine Art zweiter Vater sollte er für ihn werden, dem einsamen jungen Anfänger seinen Rat schenken und seine Achtung. Noch immer bewahrte sich Robert Schumann diese Sehnsucht, aber er war nicht mehr bereit, dafür jede Demütigung auf sich zu nehmen. Wenn ihn Friedrich Wieck partout nicht anerkennen wollte, musste es wohl genügen, allein Clara für sich zu gewinnen.

Deutlicher als jeder andere hatte Robert Schumann erkannt, wie stark sie war. Noch war sie ein halbes Kind, das sich ein Leben ohne den Schutz des Vaters nicht vorstellen konnte. Bald aber würde die ständige Bevormundung ihren Widerstand hervorrufen und sie in die Opposition treiben.

Robert Schumann fand, dass Friedrich Wieck zu weit ging. Am liebsten hätte er seine Tochter in einen unsichtbaren Käfig gesperrt und alle von ihr ferngehalten, die seine väterlichen und geschäftlichen Interessen gefährdeten. Wenn Clara aber erst durchschaute, dass es ihrem Vater um seinen eigenen Vorteil ging und nicht um ihr Glück, würde sie sich von ihm abwenden, dessen war sich Robert Schumann sicher.

Ebenso überzeugt war er davon, dass die Verbindung mit ihm selbst Claras Lebensglück garantieren würde. Zwei Tage lang sprach er kein Wort mit seinem Freund Glock, weil dieser zu ihm gesagt hatte, eigentlich seien seine Beweggründe denen des »Alten« ziemlich ähnlich: »Beide wollt ihr sie unbedingt für euch haben und meint, das wäre das Beste auch für sie. Habt ihr jemals daran gedacht, dass diese junge Frau zu ihrem Glück vielleicht etwas ganz anderes braucht? Etwas, das ihr beide ihr nicht geben könnt?« Dann hatte er mit den Schultern gezuckt. »Womöglich weiß nicht einmal sie selbst, was für sie das Beste ist. Irgendwie merken wir alle das ja immer erst, wenn es bereits zu spät ist.«

Doch Robert Schumann war nicht bereit, sich seinen neuen Elan durch Grübeleien zu verderben. Optimistisch ließ er sich ein Porträt von Clara rahmen und hängte es in seinem Musikzimmer neben den Bildern von Bach und Beethoven und einer Lithografie seines verstorbenen Freundes Schuncke auf.

»Weiß Clara, dass ihr Bild hier hängt?«, fragte Felix Mendelssohn, als er Robert Schumann in seiner Wohnung im Hinterhaus des »Roten Kollegs« besuchte, von dessen Fenster aus man auf die üppigen Bäume und Büsche der Promenade blicken konnte, die das alte Leipzig umgürtete.

»Noch nicht«, antwortete Robert Schumann unbekümmert. »Doch bald wird sie es selbst sehen.« Gerade vor zwei Stunden hatte er das endgültige Manuskript seiner fis-Moll-Sonate bei Clara abgeben lassen. Sie hatte es persönlich entgegengenommen und ihren »höflichen Dank« ausrichten lassen. Robert Schumann zweifelte nicht daran, dass sie ihm bald auch persönlich antworten würde.

Doch die Tage verstrichen und Clara meldete sich nicht. Zum ersten Mal seit Monaten ging Robert Schumann wieder in den »Kaffeebaum«, um sich zu betrinken. Zu seinem Glück tauchte aber rechtzeitig Felix Mendelssohn auf und begleitete ihn bis nach Hause. »Man wird sich wohl etwas einfallen lassen müssen«, sagte er nachdenklich, als er Robert Schumann ins Haus schob.

Am nächsten Tag schon verabredete Felix Mendelssohn mit Friedrich Wieck, dass Clara in einem Sonderkonzert im Börsensaal ihre »Variationen op. 8« vortragen solle. »Unser Leipziger Publikum wünscht sich mit Ungeduld, das neue Werk Ihrer verehrten Tochter kennenzulernen. Sie sind sicher auch meiner Meinung, dass dazu die ›Sinfonischen Etüden‹ unseres Freundes Schumann wunderbar passen. Ich kenne übrigens keinen Pianisten, der dieses Werk hinreißender spielen könnte als Ihre Tochter.«

Es gab nur wenige Menschen, denen Friedrich Wieck ungern widersprach. Felix Mendelssohn war einer von ihnen. So kam es, dass Clara ihre Sommertage damit verbrachte, drei von Robert Schumanns »Sinfonischen Etüden« einzustudieren.

Als Robert Schumann davon erfuhr, konnte er sich vor Freude kaum fassen. »Wenn sie es spielt, ist alles gewonnen!«, rief er, wieder allein in seinem Zimmer. »Das Publikum wird gegen die Wände rennen vor Entzücken!« Unwillkürlich blickte er in den Spiegel. Sein eigenes Gesicht schaute ihm entgegen, lachend und voller Vorfreude. Ich bin glücklich!, sagte er sich. Noch sind meine Wünsche nicht erfüllt, aber ich werde mein Ziel erreichen … Wieder lachte er und sein Spiegelbild lachte zurück. Der Doppelgänger da drinnen hatte nichts Gefährliches mehr an sich. Der Spiegel zeigte nur noch, was ihm entgegenschaute. »Guten Morgen, Eusebius!«, grüßte Robert Schumann und summte die Melodie »Es redet trunken die Ferne, wie von künftigem großem Glück!«.

Clara liebte Matineen. Kein Kerzenrauch stach in ihre Augen. Dafür strahlte das heitere Vormittagslicht durch die hohen Fenster, die während des Sommers manchmal noch bis kurz vor dem Konzert geöffnet waren. Ausgeschlafen und frisch strömte das Publikum dann herein, viel entspannter als am Abend, wo man oft nur aus gesellschaftlicher Verpflichtung ausging, weil zu diesem oder jenem Anlass eben alle kamen, die dazugehörten oder dies zumindest anstrebten.

Seit Felix Mendelssohn das Musikleben der Stadt lenkte, wurden öfter als bisher Matineen veranstaltet, weil er immer wieder Sonderkonzerte einschob, in denen er die Anwesenheit eines Künstlers nutzte, der vielleicht nur auf der Durchreise war, dem Charme des jungen Musikdirektors aber nicht widerstehen konnte. Leipzig gewann als Kulturstadt immer mehr an Bedeutung. Man konnte sich kaum noch vorstellen, wie das Leben ohne Felix Mendelssohn gewesen war, der als Erster hier mit Taktstock dirigierte.

»Anfang 11 Uhr, Ende gegen 1 Uhr«, stand auf dem »Programm der musikalischen Morgenunterhaltung« am Sonntag, dem 13. August 1837.

Seit sich Clara auf das Konzert vorbereitete, versuchte sie, nicht daran zu denken, was dieser Vormittag für sie bedeuten konnte. Ganz sicher würde sie Robert Schumann wiedersehen und wahrscheinlich sogar mit ihm gemeinsam den Beifall des Publikums entgegennehmen. Dabei hatte sie sich noch immer nicht persönlich für die Zueignung seiner fis-Moll-Sonate bedankt. Sie wusste selbst nicht, warum sie, die doch immer so tüchtig und direkt war, ihre Antwort so lange hinauszögerte. Manchmal dachte sie, sie fürchte sich vielleicht insgeheim davor, dass ihre nächste Begegnung mit Robert Schumann ihr bisheriges Leben beenden würde. Ein neues Kapitel begann dann vielleicht, das schwieriger zu bewältigen war als alles, was sich davor ereignet hatte. Solange Robert Schumann auf Abstand blieb, war das Leben einfach und friedlich. Danach würde er womöglich verlangen, dass sie Farbe bekannte und Trennungen vollzog, die nicht nur ihr selbst Schmerz bereiteten.

Erst einmal aber galt es, die Konvention einzuhalten, die einer Künstlerin befahl, dem Komponisten ihrer Darbietung ein freundliches Billett zu senden, in dem sie erklärte, dass sie sich darauf freue, sein Werk interpretieren zu dürfen und ihn bei diesem Anlass persönlich zu begrüßen … Eine Nachricht ohne

Bedeutung. Höflichkeit, nicht mehr. Und doch wusste sie, dass der Adressat jedes Wort auf die Goldwaage legen, Hintersinn in jedem Satz vermuten würde. »Ich kann es nicht erwarten, dich wiederzusehen!«, würde er aus den höflichen Formeln herauslesen. Eigentlich aber, dachte Clara, hatte er recht mit seiner Auslegung, denn je näher der 13. August rückte, umso unruhiger wurde auch sie und es war kein Lampenfieber, das ihr den Schlaf raubte.

4

Wenn je zwei Menschen ineinander verliebt waren und zum Weinen glücklich, so waren es Clara Wieck und Robert Schumann in jenen wenigen Sommertagen Mitte August 1837. Jeder einzelne Tag zählte und wog schwerer als all die Jahre davor.

Mit jener heiteren Matinee begann es, zusammengestellt von Felix Mendelssohn persönlich, der sein Publikum oft genug wie ein strenger Lehrer forderte, es heute aber für seine bereitwillige Aufgeschlossenheit belohnen und einfach nur erfreuen wollte.

Clara fungierte als Konzertgeberin und größte Attraktion, doch auch ein Kammersänger sollte mit zwei Liedern auftreten. Danach erwartete man als Augenschmaus ein ganz besonders hübsches Mädchen – Marie Wolf, eine stadtbekannte Schönheit mit einer angenehmen Sprechstimme. Sie würde ein Gedicht vortragen. Dazu kamen noch ein Quartett mit vier Männerstimmen und romantische Lieder, dargeboten von Mitgliedern des Stadttheaters. Eine bunte Mischung, wie sie dem Publikum eigentlich am liebsten war. Mit wenigen Ausnahmen hätte man – zumindest hier in Leipzig – auf Felix Mendelssohns ehrgeizige Projekte auch gerne verzichtet und sich lieber immer nur auf die schönen Melodien beschränkt, mit denen man aufgewachsen war und die einem vertraut waren. Dass er heute mit einem schelmischen Lächeln auf die heimlichen Sehnsüchte seines Publikums einging, rechnete man ihm hoch an.

Die Auftritte der anderen Künstler verschafften Clara die Gelegenheit, in den Saal hineinzublicken. Erst fürchtete sie schon, Robert Schumann wäre nicht gekommen, doch dann entdeckte sie ihn ganz außen in der ersten Reihe, von wo er ihr beim Spielen geradeaus ins Gesicht schauen konnte. Auch sie selbst brauchte den Kopf nicht zu drehen, um ihn zu sehen, und immer wieder trafen sich ihre Blicke.

Als das Konzert zu Ende war und die Künstlerinnen unter Blumen versanken, unterhielt sich Friedrich Wieck noch lange mit den Zuhörern und berichtete stolz von Claras Triumphen in Berlin. Clara selbst aber eilte in ihre Garderobe und hoffte, Robert Schumann würde bald zu ihr kommen. Sie schärfte Nanni ein, niemand anderen als nur ihn vorzulassen. Allen übrigen Besuchern solle sie sagen, Fräulein Wieck halte sich noch immer unten im Saal auf.

Dann stand er tatsächlich in der Tür und ließ sie langsam hinter sich zufallen! Noch nie war Clara ein Gesicht so vertraut erschienen. Alle Kränkungen der Vergangenheit waren vergessen: die Demütigungen durch Friedrich Wieck, die versteckten Beleidigungen im »Kunsthistorischen Ball«, die bösen Gerüchte über »das Eine«, Robena Laidlaw und Carl Banck. Nichts mehr von alldem. Nur die Gegenwart zählte, in der sie einander wiedererkannten und gleichzeitig in die Arme stürzten. Clara war wieder »Clärchen« und Robert Schumann der »liebe, liebe Robert«.

Am folgenden Tag, dem Namenstag des heiligen Eusebius, wartete Robert Schumann wie früher an ihrem alten Platz unter der Eiche. »Herzen und Kosen« schrieb er danach in sein »Lebensbuch«, dahinter drei Rufzeichen. Clara, die ihr Tagebuch noch immer gemeinsam mit ihrem Vater führte, kennzeichnete das Datum überhaupt nicht. Noch war ihre Liebe ein Geheimnis, und auch ohne darüber zu schreiben, würde sie nie vergessen, dass Robert Schumann sie an diesem Nachmittag gefragt hatte, ob sie seine Frau werden wolle. Eineinhalb Jahre der Prüfung seien genug. Da ihre Liebe diese Probe überstanden habe, dürfe ihr Vater seine Zustimmung nicht länger verweigern.

»An deinem Geburtstag in vier Wochen werde ich um deine Hand anhalten.« Robert Schumann lächelte und wieder war Clara entzückt wie ein Schulmädchen über die Grübchen in seinen Wangen. »Der Tag des heiligen Eusebius«, fuhr Robert Schumann fort, »wollen wir ihn nicht zu unserem Verlobungstag erklären?«

Natürlich sagte sie Ja. Wie sie da in der hellen Nachmittagssonne standen und die Blätter der alten Eiche im sanften Windhauch leise raschelten, erschien alles einfach und richtig. Waren sie einander nicht unerhört ähnlich? Sie eine Musikerin, er ein Musiker. Ein Leben lang würde einer den anderen verstehen. Sie würden einander inspirieren und fördern. »Eine Künstlerehe!«, schwärmte Robert Schumann. »Kann es eine idealere Verbindung zwischen zwei Menschen geben?«

Am Abend dann, als jeder bei sich zu Hause war und sie dennoch immer nur aneinander dachten, verfasste Robert Schumann einen langen Brief an Clara, die er nun zum ersten Mal seine »junge Braut« nannte. »Wir wollen uns nur recht lieb und treu bleiben«, schrieb er und stellte sich ein trauliches Häuschen am Rande seiner Heimatstadt Zwickau vor. »Ein Engelleben soll es werden. Du wirst mich leise führen, wo ich es bedarf. Du wirst mir sagen, wo ich gefehlt und auch wo ich etwas Schönes geleistet habe. Genau so will ich es auch Dir gegenüber halten. Du sollst Bach in mir und ich Bellini in Dir lieben. Wir werden oft vierhändig spielen. Abends phantasiere ich Dir in der Dämmerung vor und Du wirst dazu manchmal leise singen. Dann fällst Du mir selig ans Herz und sagst: So schön habe ich es mir nicht gedacht.«

Noch am selben Abend klopfte er in der Grimmaischen Gasse ans Küchenfenster und steckte Nanni den Brief zu, während oben im Salon Friedrich Wieck seiner Tochter erläuterte, wie er die bevorstehende Tournee nach Wien gestalten wollte. »Dresden, Prag, Wien und dann vielleicht Norddeutschland, danach Paris, Sankt Petersburg und womöglich anschließend gleich London. Man muss das Eisen schmieden, solange es heiß ist. Du befindest dich in der besten Zeit deines Lebens. Das muss genutzt werden.« Er lachte, weil ihm, was sonst eigentlich nie vorkam, ein Witz einfiel. »Wie der Mann auf der Bahre so schön sagte: Ausruhen können wir uns später.«

Clara hörte ihm zu, wie sie Robert Schumann zuzuhören pflegte. Alles, was die beiden sagten, gefiel ihr und entsprach ihren Träumen. Wie die beiden Welten, in denen sie auf einmal gleichzeitig lebte, zueinanderpassen sollten, darüber dachte sie nicht nach. Irgendwie würde es schon gehen. Auch andere Künstlerinnen waren verheiratet. Die Liebe würde ihr und Robert Schumann helfen, mit allen Widrigkeiten fertig zu werden.

So trafen sie sich weiterhin jeden Nachmittag und tauschten dabei die Briefe, die sie einander während der Trennungsstunden geschrieben hatten. Alles immer noch heimlich, doch an Claras achtzehntem Geburtstag würde man sich endlich auch vor dem Vater und vor der Welt zueinander bekennen. So planten sie es.

Der Schwimmer erreichte das nächtliche Ufer und stieg an Land. Am frühen Morgen ihres achtzehnten Geburtstags, am 13. September 1837, überreichte Clara ihrem Vater den Brief, in dem Robert Schumann um ihre Hand anhielt. Nicht Leidenschaft bewege ihn zu diesem Schritt, eröffnete er das Schreiben, sondern allein seine Verehrung für das edle Mädchen selbst.

Mit ängstlichen Augen beobachtete Clara die Miene ihres Vaters, während er den Brief las. »Papa!«, drängte sie dann. »Was sagst du dazu?«

Er blickte sie kurz an, dann faltete er den Brief nachlässig wieder zusammen, erhob sich und ging zu seinem Schreibtisch. Dort zog er die unterste Lade auf und warf den Brief mit angeekelter Miene hinein zu Mariannes unzähligen Schreiben, die sich seit dreizehn Jahren dort angesammelt hatten und dalagen wie ein Haufen vergeudeter Liebe.

Claras Augen füllten sich mit Tränen. »Das kannst du nicht tun, Papa!«, flüsterte sie. »Wir haben alle deine Bedingungen erfüllt. Achtzehn Monate haben wir gewartet. Da musst du ihn wenigstens anhören.«

Friedrich Wieck setzte sich wieder an den Tisch. Er nahm einen Schluck aus der Kaffeetasse und schreckte zurück, weil er sich verbrüht hatte. Dann biss er in sein morgendliches Schmalzbrot. »Nur zu!«, murmelte er kauend. »Bring ihn her, deinen Romeo. Oder ist er zu feige und schickt nur dich vor?«

»Er wartet draußen.«

Friedrich Wieck machte eine einladende Geste. »Her mit ihm!«, sagte er und lehnte sich zurück.

Clara holte ihren heimlichen Verlobten herein und verließ dann selbst wieder den Raum. Sie versuchte, an der Tür zu lauschen, doch sie hörte nichts außer ein, zwei Mal ein lautes Lachen ihres Vaters, das sie nicht einschätzen konnte.

Es dauerte lange, bis sich die Tür wieder öffnete. Clara hatte Angst, doch immer noch meinte sie, ein Wunder hätte sich ereignet und ihr Vater riefe sie zu sich und legte ihre Hand in die ihres Verlobten. »Meinen Segen habt ihr«, würde er dann vielleicht sagen und ihnen für ihr gemeinsames Leben alles Glück dieser Welt wünschen.

Als Erstes sah sie Robert Schumanns Gesicht, blass, auf der Stirn Schweißtropfen. Hinter ihm erblickte sie ihren Vater, der am Tisch saß und seinen Kaffee trank. Die Tür fiel zu. Es war nicht nötig nachzufragen, ob Friedrich Wieck mit der Heirat einverstanden sei. Langsam und erschöpft nahm Clara Robert Schumann in die Arme. Wie hatte sie nur etwas anderes erwarten können als dieses Verhalten ihres Vaters?

»Wir dürfen nicht verzweifeln«, flüsterte sie. »Wir gehören zusammen. In drei Jahren bin ich volljährig, danach darf ich selbstständig über mein Leben entscheiden. Dann packe ich einfach mein Bündel und komme zu dir.«

Er barg sein Gesicht an ihrer Schulter. »In drei Jahren?«, murmelte er. »Jetzt solltest du das tun. Jetzt, auf der Stelle.« Energische Worte, doch seine Stimme klang müde und kraftlos. Er war in eine Schlacht gezogen und besiegt worden. »Diese Kälte!«, klagte er. »Dieser böse Wille, diese Verwirrtheit, diese Widersprüche! Er hat mich vernichtet. Er hat mir sein Messer ins Herz gestoßen. So viel habe ich ihm schon verziehen, doch dafür gibt es keine Entschuldigung mehr.« Clara spürte, dass er weinte. »Ich dachte immer, er wäre ein edler Mensch«, fuhr Robert Schumann fort. »Ein wenig hatte ich sogar Verständnis für ihn. Ich dachte, er hielte dich für zu jung zum Heiraten und hätte Angst, eine frühe Ehe könnte deine Karriere zerstören und dein Talent vergeuden.« Er machte sich los, packte Clara an den Schultern und starrte ihr ins Gesicht. »Aber nein! Nein! So denkt dieser Mann nicht. Das Einzige, was ihn interessiert, ist Geld. Geld und immer nur Geld. Seine Tochter ist ihm nur wichtig, so lange sich mit ihr Profit machen lässt. Glaube mir, er wirft dich dem Erstbesten zu, der genug Geld und Titel hat.« Er lachte unfroh. »Von einem solchen wird sich Meister Raro dann einfach ausbezahlen lassen. Ein tüchtiges Sümmchen – und er verschachert seine begabte Tochter wie ein wohlgestimmtes Klavier aus seiner Produktion. Abfindung nennt man das. Aber einer wie er kann sich so etwas leisten, und darum kommt einer wie ich als Schwiegersohn für ihn auch nicht in Frage.«

Clara schüttelte den Kopf. »So etwas darfst du nicht sagen, Robert!«, flehte sie. »Damit tust du ihm unrecht.«

»Er sagt, du seist an einen großzügigen Lebensstil gewöhnt«, fuhr Robert Schumann verbittert fort. »Er sagt, ich sei nicht in der Lage, dich zu ernähren. Er sagt, ich wolle mich nur an dich hängen, um mich von dir durchfüttern zu lassen. Noch nie im Leben bin ich so beleidigt worden!«

Clara hielt ihn fest und streichelte sein Haar. Selbst in dieser verzweifelten Stimmung fiel ihr auf, wie weich und lockig es war. Oh, wie sie diesen Menschen liebte! »Was sollen wir tun, Robert?«, fragte sie. »Wie soll es weitergehen?«

Er schüttelte den Kopf. »Am liebsten würde ich davonlaufen«, gestand er. »Weit weg, am liebsten ans Ende der Welt, wo mich keiner kennt und ich diesem Mann nie mehr begegnen muss.«

Doch Clara beharrte auf ihrer Frage. »Wie soll es weitergehen?«

Er fasste sich ein wenig. »Wenn du es noch willst, können wir uns vorläufig genau so treffen wie bisher. Heimlich, obwohl wir jedes Recht hätten, uns zueinander zu bekennen.«

»Und wie lange soll das so gehen?«

»Erst einmal bis zu eurer Tournee. Dresden, Prag und natürlich Wien. Dort wirst du bestimmt viel Geld für ihn verdienen.« Wieder lachte er. »In einem Punkt war er übrigens äußerst großzügig: Er hat erlaubt, dass wir während der Tournee miteinander korrespondieren.«

Clara atmete auf. Vielleicht war doch nicht alles verloren. Schon oft hatte sie erlebt, dass ihr Vater brüllte wie ein Löwe und zuletzt doch nachgab. »Wir dürfen den Mut nicht verlieren, Robert«, sagte sie sanft. »Am Schluss werden wir uns durchsetzen.«

Robert Schumann löste sich aus ihrer Umarmung. »Das haben bestimmt auch vor uns schon viele gehofft«, sagte er mit einer Stimme, die plötzlich kalt und sachlich klang. »Ich frage mich, was aus ihnen allen geworden ist.«

Souvenir de Vienne

I

Sie hatte Paris gesehen, Berlin und Prag. Fast meinte sie schon, viel wirklich Neues könne ihr nicht mehr begegnen. So sehr jede Metropole Europas davon durchdrungen war, einzigartig zu sein, so ähnlich waren sie alle in Claras Augen. Vielleicht lag es daran, dass ihr Vater nie Wert darauf gelegt hatte, seine Tochter mit der Vergangenheit der Welt, in der sie lebte, vertraut zu machen. Hin und wieder rollte vor ihre Füße wie ein farbiger Ball der Name eines Menschen, der in den Lauf der Geschichte eingegriffen hatte und deshalb unvergessen blieb. Ein Mann wie Napoleon war ihr ein Begriff. Doch er und all die anderen, die es längst nicht mehr gab, standen für Clara in keinem Zusammenhang zueinander. Die Vergangenheit war für sie keine Kette von Entwicklungen und Geschehnissen, sondern ein einziger dunkler Raum, undurchschaubar und unheimlich, und da sie nicht wusste, auf welchen historischen Fundamenten die Städte ruhten, die sie besuchte, war sie auch nicht in der Lage, Unterschiede und Besonderheiten zu erkennen, einzuordnen oder gar zu schätzen.

Das änderte sich nur wenig, als sie – erst auf Robert Schumanns Anregung hin und bald darauf auch auf eigenen Wunsch – anfing zu lesen, von Jahr zu Jahr immer begieriger. Doch es waren fast nur Gedichte, Romane oder Erzählungen aus ihrer eigenen Zeit, die sich zwar gern auch mit der Vergangenheit befassten, aber meist nur aus einer subjektiv-schwärmerischen Sicht heraus. Überwältigenden Gefühlen begegnete Clara da, doch kaum realen Tatsachen, die eine ferne, untergegangene Epoche in den Ablauf der Zeit eingegliedert hätten.

Vor unzähligen berühmten Gebäuden war Clara bereits gestanden, ohne zu wissen, wer sie gebaut hatte und warum, welche Erinnerungen auf ihnen lasteten oder sie heiligten oder welchem Zweck sie zurzeit dienten. Wie durch ein Panoptikum skurriler Monumente war sie bisher gelaufen, sah nur das Äußere und konnte ihm keinen richtigen Sinn beimessen. Sie wusste nicht einmal, welche Fragen sie hätte stellen können. Die Jahre, die sie allein oder mit ihrem Vater am Klavier zugebracht hatte, hatten einen Teil ihrer Wahrnehmung ausgeblendet.

Nur bei allem, was die Musik betraf, war sie wach. Wacher als wach sogar. Hier spürte sie jede Nuance, jede Schwingung und jedes Gefühl, das sich dahinter verbarg. Schon als Kind war sie in der Lage gewesen, Kompositionen zu beurteilen und fallweise sogar mit gutem Gewissen und voller Überzeugung zu verurteilen.

Einseitigkeit hatte sich ihr Vater für sie gewünscht, um sie davor zu bewahren, sich zu verzetteln. Auf einer Insel der Musik sollte sie leben – ein Diktat, dem sie sich willig unterwarf, bis sie merkte, dass die äußere Welt immer wieder in ihre geistige Abgeschiedenheit eindrang und sie mit unerwünschten Ablenkungen und Anforderungen bedrohte. Mochte Clara auch von Musik durchdrungen sein, so gab es dennoch andere, die mit ihr in Konkurrenz traten und nicht nur ihr Instrument beherrschten, sondern auch von Wissen geprägt waren, von Bildung und einer Unzahl von Kenntnissen, mit denen sie in ihren Gesprächen faszinierten und oft auch amüsierten. Im Umgang mit Robert Schumann, aber vor allem mit weniger Nahestehenden wie Felix Mendelssohn oder beinahe Fremden wie Frédéric Chopin spürte Clara eine Weite des Denkens, von der man sie bisher ferngehalten hatte, und sie fragte sich, ob dieser Mangel womöglich auch ihre Musik beeinträchtigen konnte.

Paris, Berlin, Prag. Noch überfielen sie ihre Zweifel nur hin und wieder wie kleine Blitze am nächtlichen Himmel, die ein

Gewitter erst ankündigten. Dann aber kam sie nach Wien und der Himmel war auf einmal hell erleuchtet.

Bepackt mit einer Fülle von Eindrücken und einander widerstrebenden Empfindungen näherte sich Clara mit ihrem Vater und der Zofe Nanni am 27. November 1837 der Kaiserstadt Wien. Während der ganzen Fahrt hatte Friedrich Wieck von dem »brillanten succès« in Prag geschwärmt, von den manchmal über sechshundert Zuhörern, den unzähligen Blumenbuketts, die Claras Hotelzimmer geradezu überschwemmten, und von den schmachtenden Verehrern, die schworen, ihretwegen nach Leipzig zu ziehen, um ihrem Idol immer nahe zu sein. Wie eine Kapazität wurde Clara behandelt und ständig nach ihrem Urteil befragt, das sie unbekümmert abgab, sodass sie häufig die Lacher auf ihrer Seite hatte und Friedrich Wieck vor Zufriedenheit fast schnurrte.

»Demoiselle Wieck!«, rief man ihr zu. »Es heißt, Sie wüssten Gluck nicht zu schätzen. Ist Ihnen bekannt, dass viele andere ihn als den besten Komponisten der Welt betrachten?«

Friedrich Wieck wollte den Zeitungsmann abwimmeln, um Clara eine Verlegenheit zu ersparen. Doch Clara lachte nur. »Wenn ich einmal eine alte Jungfer bin, werde ich vielleicht auch über Gluck schmachten«, rief sie dem Fragesteller über die Schulter hinweg zu, während sie bereits weitereilte. »Jetzt aber will ich nicht einseitig sein und allem Schönen in der Kunst leben.«

Die Worte gingen ihr leicht von den Lippen und spendeten den Feuilletons willig Nahrung. Wenn Clara aber mit ihrem Vater und Nanni allein war, schwieg sie. Während die Postkutsche durch die spätherbstliche Hügellandschaft rollte, immer näher an das unbekannte Wien heran, waren Claras Gedanken bei Robert Schumann, dessen nächster Brief sie in der Kaiserstadt erwarten würde. Er sehne sich nach ihr, hatte er ihr nach Prag geschrieben. Immer mehr spüre er, wie sehr er sie brauche. Ohne sie verliere er seinen Halt – woraus sie schloss, dass er nun wieder seine Abende im »Kaffeebaum« verbrachte und womöglich auch mit »attischen Nächten« im Kreise von Sonnenjünglingen, obwohl er sich doch nichts mehr wünschte als diesen Versuchungen für immer zu entrinnen. »Im Traum erscheint mir manchmal meine Mutter«, hatte er Clara einmal gestanden. »Nichts fürchte ich mehr als ihre Verachtung über den Tod hinaus.«

Durch helle Wälder und lauschige Dörfer mit zahlreichen kleinen Schänken näherten sie sich der Stadt. Clara wunderte sich nicht über die ärmlichen Vorstädte, bevölkert von Menschen mit novemberlich grauen Gesichtern. Da der Winter die Saison des gesellschaftlichen Stadtlebens und somit auch der Konzerte war, kannte sie die meisten Städte nur zu dieser Jahreszeit. Den Sommer verlebte sie dann zu Hause in Leipzig, das in ihrer Vorstellung immer mit geöffneten Fenstern verbunden war, durch die ein milder Lufthauch strich und die Gardinen leise bewegte.

Da man plante, mehrere Monate in Wien zu bleiben, hatte Friedrich Wieck ein kleines Haus mit zwei dazugehörigen Dienstboten gemietet. Das war bequemer und billiger als der Aufenthalt in einem Hotel. Als angesehener Künstlerin wäre für Clara nur das beste Haus am Platze in Frage gekommen, mit Preisen, die die Hälfte ihrer Gagen verschlungen hätten. Wobei man außerdem noch nicht einmal mit Sicherheit wusste, wie groß das Interesse des kapriziösen Wiener Publikums für das Fräulein aus Sachsen sein würde und ob demzufolge die Einkünfte in dem Maße sprudelten, wie Friedrich Wieck es sich erhoffte.

Doch der große Impresario hatte sich umsonst gesorgt. Clara war noch gar nicht angekommen, da stilisierte sie die Wiener Presse bereits zur gefährlichen Konkurrenz für den beliebten Pianisten Thalberg, und ihre Koffer waren noch nicht ausgepackt, da hatte man schon zum Wettstreit geblasen. Die Thalberg-Anhänger formierten sich und legten fest, bei welchen Veranstaltungen sie die kleine Sächsin auszischen würden – keine geheime Kabale, sondern ein offener Kampf, von dem alle schon vorher wussten und den alle genossen.

Vom »Clara-Krieg« sprach man, noch ehe Clara ihre Reisemüdigkeit abgeschüttelt hatte und ehe sich der verwöhnte Thalberg damit abfand, dass man ihn ausgerechnet mit einer Frau in den Wettstreit schickte und dann auch noch mit einer, die zehn Jahre jünger war als er. »Lasst's mich doch mit diesem Menscherl in Ruh'!«, wiegelte er gereizt ab und fragte sich nicht einmal, warum der ausgerufene Krieg nicht nach ihm benannt war. Nur zögernd und widerwillig nahm er das für ihn so absurde Duell zur Kenntnis, doch da musste er bereits erkennen, dass er es so gut wie verloren hatte.

Clara erfuhr gleich nach ihrer Ankunft von dem Künstlerkrieg, der ihr bevorstand, doch sie machte sich nur wenig Sorgen. »Für morgen hat sich meine Gegenpartei vorgenommen, mich auszuzischen«, schrieb sie an Robert Schumann, der sich eingestand, dass er selbst einer solchen Belastung nicht gewachsen wäre. »Sollen sie nur!«, fuhr Clara fort. »Du weißt ja, lieber Robert, ich bin ein gepanzertes Mädchen.«

Ein gepanzertes Mädchen, Papas kleiner Russe: Clara Wieck war keine romantische Elfe, die sich von jedem Windstoß umwerfen ließ. Sie war nicht das liebliche, unschuldige Schäferkind, als das der Dichter Grillparzer sie rühmte. Nein, sie war stark und kämpferisch und trotz aller Schumann'schen Kritik wusste sie, wie viel sie der strengen Erziehung ihres Vaters zu verdanken hatte.

Ein hübscher kleiner Salon, im biedermeierlichen Stil eingerichtet: Man konnte sich wohl fühlen in dem vorübergehenden Zuhause, das Friedrich Wieck für sich und seine Tochter in Wien angemietet hatte. Fast wie daheim in Leipzig konnte man sich hier in seine eigenen vier Wände zurückziehen und den Druck von draußen vergessen. »My home is my castle«, hätte der Engländer John Bull gesagt, der britische Verwandte des ehrsamen Herrn Biedermeier. Ein Haus wie eine warme, weiche Wolldecke. Alles so sauber, dass Clementine Wieck ganz sicher festgestellt hätte, hier könne man vom Fußboden essen. Die Tapeten und edlen Stoffe der Sitzbezüge, Vorhänge und Tischtücher in freundlichen Farben. Nirgendwo auch nur die geringste Demonstration von Macht und Stand. Bescheiden wollte man sich zeigen, denn alles andere hätte bei den strengen Behörden Misstrauen erregt. Klein, aber fein, so wünschte man sich sein Heim. Gut bürgerlich, nicht aristokratisch. Wir kennen unsere Stellung, hieß das. Wir sind gute Bürger, Stützen des Staates. Wir maßen uns nichts an, doch wir halten auf Qualität: in unserer Lebensweise und in den Gegenständen, mit denen wir uns umgeben … Man achtete auf schlichte, aber vornehme Kleidung und feine Manieren und vermied alles, was gewöhnlich und aufdringlich war. Man blieb im eigenen Kreis und heiratete möglichst weder hinauf noch hinunter. Beides war irgendwie nicht comme il faut. Zur inneren Erbauung liebte man die Künste, besonders die Musik, und in diesem Zusammenhang erlaubte man sich zuweilen so etwas wie Ekstase.

»Hier werden wir siegen!«, schwor Friedrich Wieck, der trotz der winterlichen Kälte das Fenster weit geöffnet hatte und auf die nächtliche, menschenleere Straße hinunterblickte. »Jetzt kommt der Lohn für all die Mühe.« Es klang wie eine Prophezeiung. »Wenn uns erst Wien zu Füßen liegt, folgt bald darauf die ganze Welt.«

Er hatte allen Grund für seine Zuversicht. Das erste Konzert im Saal des Musikvereins hatte die Zuhörer in Enthusiasmus versetzt. Beim zweiten Konzert, drei Tage vor Weihnachten, war bereits die Kaiserin erschienen. Achtzehn Mal wurde Clara an die Rampe gerufen und der Beifall glich im wahrsten Sinne des Wortes einem Donner. Ganz Wien sprach von Clara Wieck. Wer auf sich hielt, musste sie gehört haben. Am Tag nach Heiligdreikönig folgte das dritte Konzert und brachte die endgültige Entscheidung. »Claras vollständiger Sieg über Thalberg«, verkündete die Presse, und nach dem vierten Konzert drei Wochen später: »Der größte Triumph! Sieg über die Feinde!«

»Ja, wir haben gesiegt!«, konnte Friedrich Wieck nun an Clementine schreiben. »Das war ein Gedränge! Achthundert Menschen! Meine acht Billettabnehmer haben taktweise Ohrfeigen und Prügel verteilt: falsche Billetts, nachgemachte, ohne Billett sich eindrängen wollen usw. Der Kampf an den Kassen wird immer heftiger. Man schlägt sich um die Karten. Stell dir vor, Tinchen: Sogar die Polizei muss immer wieder gerufen werden.«

Ja, man hatte gesiegt. Sogar eine Torte à la Wieck wurde erfunden, eine »zart hingehauchte Mehlspeise«, wie man schrieb, »die sich von selbst den Schlund hinunterspielt«. Mit Claras Namen verkaufte sich alles. Auch die Eintrittspreise wurden immer höher. Friedrich Wieck ging nie zu Bett, ohne vorher seine Abrechnung zu erledigen. Danach konnte er vor Herzklopfen kaum noch einschlafen. Die Investitionen in seine Tochter hatten sich wahrlich gelohnt. Jetzt war nur noch wichtig, nicht nachzulassen im täglichen Bemühen. »Man muss das Eisen schmieden, solange es heiß ist!«, hörte ihn Clara einmal nachts in seinem Schlafzimmer rufen. Dabei war er gar nicht wach. Doch die Aufregung über den Triumph, den er als den seinen betrachtete, verfolgte ihn bis in den Schlaf – angetrieben von der Sorge, irgendeine furchtbare Katastrophe könnte sich ereignen, die ihn mit seiner Tochter aus dem Paradies vertrieb.

Insgesamt siebzehn Konzerte gab Clara in Wien. Doch auch die Tage zwischen diesen Ereignissen waren angefüllt mit Arbeit und Verpflichtungen. »Clara wird zu sehr missbraucht und muss zu viel spielen«, schrieb Friedrich Wieck ins gemeinsame Tagebuch. Trotzdem tat er nichts, um diese Überlastung zu verhindern. Jeder Besucher von Rang wurde vorgelassen, keine Einladung bei den führenden aristokratischen Familien abgelehnt.

Da die meisten Wiener Musikliebhaber sich nicht nur auf den Besuch eines von Claras Konzerten beschränkten, musste Abwechslung geschaffen werden, indem Clara für jede Aufführung mehrere neue Stücke einstudierte. Von keinem anderen Künstler wurde erwartet, dass er alles auswendig spielte, doch das »Pianowunder Clara Wieck« hatte sein Publikum von Anfang an verwöhnt. Zu Beginn galt es noch als Sensation, dass sie nicht nur ihre eigenen Stücke ohne Noten spielte, sondern auch die Werke anderer Komponisten. Schnell aber wurde diese Leistung eine

Selbstverständlichkeit, und es wäre als Rückschritt betrachtet worden, hätte sie sich plötzlich auf Noten gestützt.

Zu allem Überfluss gierte man noch nach neuen Werken und forderte Clara ständig zum Komponieren auf. Clara seufzte und gehorchte. An den wenigen Abenden, die sie zu Hause verbringen konnte, schrieb sie ein ungarisches Rondo und das »Souvenir de Vienne«, ein Impromptu, das die Kaiserhymne von Joseph Haydn abwechslungsreich variierte. Die Wiener waren entzückt über diese Aufmerksamkeit. Eine ganze Stadt war in ein achtzehnjähriges Mädchen verliebt. Man schloss Clara in die Arme und drückte sie und wäre nie auf den Gedanken gekommen, dass man sie dabei fast erdrückte.

2

Der kleine Russe funktionierte. Er tat seine Pflicht und ließ sich dafür umschwärmen. Wo Clara auftauchte, drängte sich augenblicklich eine Schar junger Männer um sie, ihre »Courmacher«, wie Friedrich Wieck sie bezeichnete. Der Anklang, den sie bei den Herren fand, schmeichelte ihm und beunruhigte ihn zugleich. Doch trotz seiner begrenzten Kenntnis des weiblichen Seelenlebens mutmaßte er, dass es einem achtzehnjährigen Mädchen recht angenehm war, ein wenig verhätschelt zu werden. Außerdem hatte sich bisher noch keiner der Verehrer aus der fröhlichen Runde hervorgetan und Claras Gemüt in Gefahr gebracht. Friedrich Wieck wusste nicht recht, ob es letzten Endes gut war oder schlecht, aber seine Tochter liebte anscheinend »das Somnambule«. Ein Glück, dass der Herrscher in diesem Reich der Fantasie derzeit so fern war, dass man sich als pflichtbewusster Vater nicht zu sorgen brauchte. Bisher jedenfalls, so meinte Friedrich Wieck, hatten weder Clara noch Robert Schumann von seiner vorschnellen Erlaubnis Gebrauch gemacht, miteinander zu korrespondieren, während Clara auf Tournee war.

In misstrauischen Momenten erinnerte sich Friedrich Wieck

allerdings daran, dass ihn sein Clärchen in Dresden schmählich getäuscht hatte, um sich mit ihrem Galan zu treffen. Doch damals hatte der Vater sie allein zurückgelassen. Hier in Wien aber stand sie fast ständig unter seiner Aufsicht, und auch Nanni würde kein zweites Mal wagen, ihn zu hintergehen. Trotzdem sollte eine Korrespondenz zwischen Wien und Leipzig nach Kräften erschwert werden. Ihre Bleistifte musste er Clara lassen, denn die brauchte sie für ihre Notizen. Auch ihre Schreibfedern rührte er nicht an. Die Tinte aber konfiszierte er. Wenn er abends allein aus dem Haus ging, kontrollierte er danach den Inhalt des Tintenfasses und überlegte sogar, ob er Claras Papiervorrat abzählen sollte. »Ich vertraue dir, mein liebes Kind«, sagte er einmal zu ihr, obwohl ihm bewusst war, dass dies der Wahrheit in keiner Weise entsprach.

Was Friedrich Wieck nicht wusste, war, dass die verdächtige Korrespondenz inzwischen bereits reibungslos ablief, wenn auch begleitet von einer ständigen Angst vor Entdeckung. Claras Briefe wurden von Nanni beim Postamt abgegeben, wobei Nanni versuchte, sich möglichst unkenntlich zu machen, damit man sich im Entdeckungsfall nicht an sie erinnerte. Robert Schumann verschickte seine Briefe postlagernd mit chiffrierten Adressen. Auch er fürchtete, Friedrich Wieck könnte bei den Postämtern nachforschen.

»Welche Tyrannei!«, schrieb er an Clara, in deren hingekritzelten Nachrichten immer wieder die Bemerkung auftauchte, sie müsse in ihrer Kammer und mit Bleistift schreiben. »Jede Minute erwarte ich Vater, darum dieses fürchterliche Gekrakel.« Ein andermal stand da: »Nimm mir nicht übel, dass ich so schlecht geschrieben habe, doch stell dir vor, dass ich stehe und das Briefblatt auf der Kommode liegt. Bei jedem Eintunken ins Tintenfass laufe ich in die andere Stube.« Clara konnte es selbst kaum glauben: Vor tausend Menschen trat sie strahlend hin und spielte ohne Angst auf dem Klavier wie ein Engel. Vor ihrem Vater aber, an dessen Liebe sie nicht zweifelte, zitterte sie und verleugnete ihren Stolz.

Die Briefe, die Clara mit ihrem heimlichen Verlobten tauschte, waren die andere Seite ihrer glanzvollen Welt – die im Schatten liegende, vom Vater unerwünschte, versteckte Seite, zu der sie jedes Mal voller Sehnsucht zurückkehrte und die sie plötzlich alles andere vergessen ließ. Das Leben mit ihrem Vater war die Gegenwart: fordernd, anstrengend und berauschend. Stattdessen versprach ihr Robert Schumann die Zukunft: ein eheliches Leben voller Zärtlichkeit und Hingabe, vielleicht in einem kleinen Häuschen am Rande seiner Heimatstadt Zwickau: »Das wird ein rechtes Dichter- und Blütenleben«, schwärmte er. »Wie die Engel wollen wir zusammen spielen und dichten und den Menschen Freude bringen.«

In seinen Briefen öffnete er ihr sein Herz. Sie lernte seine Ängste kennen und seine quälende Melancholie. Fast körperlich glaubte sie zu spüren, wie er sich an sie klammerte, um nicht in ein unabsehbares Nichts zu stürzen. »Du weißt kaum, wer ich bin«, klagte er. »Manchmal könnte ich aufschreien vor lauter Schmerz.« Clara las es und dachte an die Spaziergänge, die sie als Kind mit ihm gemacht hatte. Damals hatte sie ihn gewarnt, damit er nicht stürzte, und dann war sie selbst hingefallen. Ja, er brauchte sie wirklich – aber brauchte sie ihn?

Auch sie vertraute sich ihm an, doch bei ihr ging es nicht um Schwermut und Lebensangst. Sie erzählte von ihren Konzerten und ihren Zweifeln bei der Auswahl der Werke. Immer wagemutiger sei sie geworden, berichtete sie. Erst habe sie vor allem die üblichen Bravourstücke gespielt und Chopin, den die Wiener liebten. Danach aber bald ihr eigenes Klavierkonzert und eine Fuge von Bach, was für Wien eine Sensation gewesen sei. Immer wieder habe man sie ermuntert, ihre eigenen »Variationen« zu spielen und anschließend sogar Beethovens »Appassionata«. »Seither darf ich mir alles erlauben«, jubelte sie. »Liszt war ohnedies kein Problem, aber jetzt habe ich erreicht, dass sie sogar Mendelssohn schätzen. Vorher kannten ihn die meisten nicht einmal.«

Ob sie denn auch einmal eines seiner Werke gespielt habe?,

fragte Robert Schumann in seinem Antwortbrief vorsichtig und scheinbar nebenbei. Aber ja, antwortete sie ihm. Mehrmals sogar. Vor allem den »Carnaval«. Allerdings immer nur im privaten Kreis. Das Werk gehe ihr aber für eine öffentliche Präsentation zu nahe. Sie finde es enthüllend und habe Angst, man könne ihr dabei in die Seele blicken. »So viel Leidenschaft, mein lieber Robert!«, schrieb sie. »Ich will nicht, dass man uns durchschaut.«

Da schwieg er beschämt und wechselte im nächsten Brief das Thema. Ernestine von Fricken, seine einstige Verlobte, habe ihn besucht und sich für immer von ihm verabschiedet. Sie habe heiße Tränen vergossen um der alten Liebe willen und auch ihm selbst sei dieser Abschied sehr nahegegangen. Doch nun sei alles für immer vorbei: Ernestine habe einen neuen Mann gefunden, mit dem sie ihr Leben verbringen wolle. Einen Grafen von Zedtwitz, im Alter gut zu ihr passend, worauf sie Wert lege, temperamentvoll, wie sie nun einmal sei. Auch Vermögen sei ausreichend vorhanden. Nur die Billigung seiner Familie stehe noch aus. Zwar habe man die Eheschließung erlaubt, doch behandle man Ernestine noch immer mit großer Kälte. Nur ihr künftiger Gatte halte zu ihr. Sie sei über diese Situation sehr bekümmert und leide deshalb wieder unter Schmerzen in der Brust.

Clara war über diese Zeilen sehr verärgert. Was hatte eine Frau wie Ernestine von Fricken im zärtlichen Briefwechsel zwischen Hero und Leander zu tun, die um ihre Liebe kämpften? Schon früher hatte sich Clara von Ernestine in die Ecke gedrängt gefühlt. Wie kam diese Frau dazu, sich dem einstigen Verlobten weinend in die Arme zu werfen? Schmerzen in der Brust? Clara konnte sich nur daran erinnern, dass Ernestine zuweilen über Magenbeschwerden geklagt hatte, was ihr aber jetzt wohl nicht mehr edel genug erschien.

»Hier in Wien ist es wunderbar«, antwortete Clara im nächsten Brief trotzig und berichtete von ihren vielen »Courmachern«, über die sich ihr Vater köstlich amüsiere.

Von da an veränderte sich der Ton ihrer Korrespondenz,

als wollten sie sich gegenseitig demonstrieren, dass ihr eigenes Leben auch ohne den anderen erfüllt und erfolgreich war, ja dass sie einander vielleicht gar nicht brauchten. Immer öfter musste Clara an die Briefe denken, die ihr Robert Schumann geschickt hatte, als er sie noch für ein kleines Mädchen hielt, das er beeindrucken wollte: klangvoll in der Sprache, doch irgendwie künstlich und fremd. Briefe zum Herzeigen und zur späteren Veröffentlichung. Nicht der »liebe, liebe Robert« war da zu hören, der sein »Clärchen« mit Worten streichelte, sondern Eusebius, der wortreich der schönen Zilia seine Verehrung zu Füßen legte. Briefe an die ferne, unerreichbare Geliebte, die ihn zu seinem Schaffen inspirierte. »Ich habe achtzig Druckbögen eigener Gedanken an meine Zeitschrift geliefert und habe nebenbei innerhalb von zwei Jahren zehn große Kompositionen fertig gebracht«, rühmte er sich selbst. »Dabei täglich mehrere Stunden strenge Studien in Bach und Beethoven und eine große Korrespondenz.«

Als Clara diesen Brief weglegte, fühlte sie sich müde wie schon lange nicht mehr. Zum ersten Mal wurde ihr bewusst, dass nicht nur Robert Schumann den Kontakt mit ihr brauchte, sondern dass auch sie auf jedes seiner Schreiben wartete, und hoffte, in seinen Worten etwas zu finden, das ihr Frieden brachte und Geborgenheit.

3

Einer der ersten, die in Wien bei Friedrich Wieck und Clara vorsprachen, war ein Nachbar, Fürst Alfred von Schönburg, ein Mann von etwa fünfzig Jahren und genau das, was sich Friedrich Wieck unter einem großen Herrn vorstellte. »Ein Mann von Welt!«, schwärmte er, als der Gast das Haus wieder verlassen hatte. »Ein wahrer Kavalier. Ein Grandseigneur und Gentleman. Ein Aristokrat vom Scheitel bis zur Sohle.« Beim Gedanken an den Gerühmten nahm Friedrich Wieck eine sogar noch aufrechtere Haltung an als gewöhnlich. Fast fühlte er sich selbst als ein Mann von Adel – und war er nicht durch die Erfolge seiner Tochter schon längst über das kleinlich bürgerliche Maß hinausgewachsen? Auf jeden Fall sprach er den Gast von Anfang an mit »Fürst« an, als befände er sich mit ihm rangmäßig auf gleicher Ebene.

Friedrich Wieck wäre nicht er selbst gewesen, hätte er nicht sofort Erkundigungen über seinen Besucher eingeholt. Wirklicher Geheimer Rat sei der Fürst, erfuhr er, dazu Gesandter und – auch die finanzielle Seite sollte nicht außer Acht gelassen werden – Mitbesitzer der sächsischen Residenzen Waldenburg und Hartenstein. Die zahlreichen Stadtresidenzen des Fürsten und seine Waldbesitzungen konnte der Informant gar nicht aufzählen. Auf jeden Fall war Alfred von Schönburg ein Mann von Rang und Einfluss, den zu kennen Friedrich Wieck stolz machte. Außerdem, erfuhr er, sei der Fürst unverheiratet, obwohl er sich über mangelndes Interesse vonseiten der Damen nicht beklagen konnte.

Mit Genugtuung beobachtete Friedrich Wieck, dass der Fürst bei jedem von Claras Konzerten in der ersten Reihe saß und jedes Mal lebhaft applaudierte. Nach den Konzerten schickte er ihr Blumensträuße mit kleinen Billetts, in denen er ihren Vortrag lobte und für den Genuss dankte. Mit der Zeit kam er immer öfter auf einen kurzen Besuch zu Clara, plauderte ein wenig und verabschiedete sich dann bald wieder. Friedrich Wieck sah ihn jedes Mal nur ungern gehen.

Auch Clara fühlte sich in Gegenwart des Fürsten wohl. Er war für sie eine Art väterlicher Freund, der sie weder antrieb noch kritisierte. Mit seiner heiteren Gelassenheit erreichte er, dass sie sich hübsch und charmant fühlte, ein junges Mädchen mit allen Vorzügen, die man sich nur wünschen konnte.

An einem kalten, aber sonnigen Nachmittag traf sie Alfred von Schönburg zufällig auf einem ihrer Spaziergänge. Sie freute sich, als er sich ihr anschloss. Er erklärte ihr die Gebäude, an denen sie vorbeigingen, und erzählte ihr interessante kleine Vorkommnisse aus der Geschichte der großen Stadt. Clara hörte voller Begeisterung zu und stellte viele Fragen, aus denen ihr Begleiter erkennen konnte, wie wenig sie wusste. Trotzdem ließ er sich sein Erstaunen nicht anmerken. Gleichbleibend freundlich und galant führte er sie durch die Straßen zum Sommerpalast des Prinzen Eugen von Savoyen, den er mehr als jeden anderen Menschen verehrte. »Das Obere und das Untere Belvedere«, erklärte er stolz, als wären die beiden Schlösser am oberen und unteren Rand einer Anhöhe sein eigener Besitz. Dann betrat er mit Clara den Park, den sie, so stellte sie fest, gern im Frühling gesehen hätte. Arm in Arm flanierten sie auf den Kieswegen, zu ihren Füßen die große Stadt mit dem Stephansdom. In der Ferne die Hügel des Wienerwaldes. »Ich glaube, ich habe mich noch nie so wohl gefühlt«, gestand Clara. Erst als sie zu frösteln begann, traten sie wieder hinaus auf die Straße.

Erst jetzt bemerkte Clara die Kutsche des Fürsten, die ihnen wohl ständig gefolgt war. Sie fuhren zum Stephansdom, und der Fürst zeigte ihr das Grabmal des Prinzen Eugen. »Was für ein schöner Abschluss für diesen Spaziergang!«, lobte Clara, deren Sinn für Dramaturgie durch die Zusammenstellung ihrer Konzerte geschult war. »Glauben Sie mir, ohne Ihre Erzählungen wäre ich an diesem Grabmal bestimmt vorbeigelaufen. Ich hätte nur ein Gitter gesehen und dahinter eine Gruft.« Sie lächelte sanft. »Danke schön! Es war ein wunderbarer Nachmittag. Ich habe so etwas noch nie erlebt.« Da lächelte auch er und sah sie an, als hätte sie sein Herz gerührt.

Von nun an besuchte er sie fast jeden Nachmittag. Clara wunderte sich, dass sich ihr Vater meist schon nach kurzer Zeit verabschiedete: »Geschäfte, Fürst, Sie verstehen.« Auch Nanni zog sich zurück, wobei in ihrer Schürzentasche ein paar schwere Münzen klimperten, die ihr der Fürst großzügig zugesteckt hatte. Alle schienen zu wissen, worum es ging und was sie zu tun hatten. Nur Clara überließ sich einfach den angenehmen Gesprächen mit ihrem Gast. Manchmal spielte sie ihm etwas vor und sang, doch das alles nur aus Freude an der Musik und nicht als Pflichtübung wie in den Privatzirkeln, in denen sie für ihre Konzerte warb.

Voller Fürsorge bemühte sich der Fürst um sie und versuchte, ihr das Leben zu erleichtern. Als sie in Graz ein Konzert gab, stellte er ihr eine prachtvolle Kutsche zur Verfügung und fuhr selbst in einer anderen nach, was Friedrich Wieck als Gipfelpunkt der Vornehmheit und Eleganz erschien. »Was für ein Mann!«, seufzte er. Dann legte er seine Hand auf Claras Arm und fragte sie, ob der Fürst denn irgendwann etwas gesagt habe. »Etwas Besonderes, Clärchen. Du weißt schon.«

Doch Clara verstand nicht, was er meinte. Noch immer schrieb sie in ihren unbeobachteten Momenten lange Briefe nach Leipzig und wünschte sich, alles möge gut werden. Was immer das auch bedeuten mochte.

Nach Claras sechstem Konzert erzählte der Fürst in lässig-gleichmütigem Ton, er habe neulich ganz zufällig den Minister Graf Kollowrat getroffen und sich mit ihm über Clara unterhalten. »Ich habe ihn daran erinnert, dass die Wiener Ihre Tochter mehr lieben als jede andere Künstlerin. Man würde sich sicher freuen, wenn Seine Majestät sie in die Reihe seiner sieben Kammervirtuosen aufnähme.« Er lachte. »Seine Exzellenz hat sich gewunden wie ein Wurm: Die Künstlerin sei für eine solche Ehre noch viel zu jung, außerdem eine Ausländerin und noch dazu protestantisch!«

Friedrich Wieck erbleichte und errötete danach. Nur Clara begriff, wie er sich fühlte, als er die Hände auf die Wangen legte.

»Auch mit Ihrer Majestät der Kaiserin hatte ich die Ehre eines Gesprächs«, fuhr der Fürst zufrieden fort. »Nun, kurz und gut: Ich darf Ihnen den Rat erteilen, bei Minister Kollowrat ein Gesuch einzureichen. Es könnte sein, dass es positiv beschieden wird und man Ihnen demnächst – gegen eine nicht unbeträchtliche Gebühr, versteht sich – das Kaiserliche Patent ausfertigt, in dem Ihre geniale junge Tochter zur Kaiserlich-Königlichen Kammervirtuosin ernannt wird.« Er blickte Friedrich Wieck lächelnd an. »Der volle Titel lautet übrigens ›Pianiste de la Cour Imperiale et Royale Apostolique‹.«

Friedrich Wieck war noch blasser als je zuvor. »Pianiste de la Cour …«, versuchte er den Titel nachzusprechen, doch vor Ergriffenheit versagte ihm die Stimme. »Ich weiß nicht, wie ich Ihnen danken soll, Fürst!«, flüsterte er heiser. In seinen Augen standen Tränen.

Alfred von Schönburg schüttelte den Kopf. »Erstens, das Gesuch ist noch nicht gebilligt. Und zweitens sollten Sie auf jeden Fall Ihrer Tochter danken und nicht mir.«

Doch Friedrich Wieck hörte ihm gar nicht zu. »Eine Ernennung, unterschrieben von der Hand des Kaisers persönlich!«, murmelte er ungläubig.

Der Fürst stand auf. »Darauf machen Sie sich lieber keine Hoffnung, mein guter Freund!«, sagte er und ging zur Tür. »Für so etwas ist der jeweilige Minister zuständig.« Er verneigte sich, lächelte ein wenig ungeduldig und ging hinaus.

Clara hätte gern noch mit ihrem Vater über den Vorschlag des Fürsten gesprochen, doch Friedrich Wieck war bereits aufgesprungen und in sein Zimmer geeilt, um das Gesuch aufzusetzen.

Friedrich Wieck, der daran gewöhnt war, dass sich der Wiener Amtsschimmel bestenfalls im Schritttempo vorwärtsbewegte, traute seinen Augen kaum, als schon nach wenigen Tagen das kaiserliche Patent vor ihm auf dem Schreibtisch lag. So aufgeregt war er, dass er die amtlich gewundene Sprache des Schreibens erst gar nicht verstand. Auf den zweiten Blick bemerkte er auch, dass die Schrift nicht an ihn selbst gerichtet war, sondern an Clara, obwohl diese doch ihre Volljährigkeit noch gar nicht erreicht hatte.

»Seine Majestät der Kaiser«, stand da, »haben Sich mit Allerhöchstem Kabinettschreiben vom 13. d.M. allergnädigst bewogen gefunden, Ihnen in Berücksichtigung Ihrer ausgezeichneten Kunstfertigkeit und als ein öffentliches Merkmal der allerhöchsten Zufriedenheit mit Ihren Kunstleistungen den Titel einer K.K. Kammervirtuosin zu verleihen, worüber Ihnen zu Ihrer Versicherung das gegenwärtige Dekret ausgefertigt wird.« Beiliegend fand sich auch die Einladung zu einer Audienz des Kaisers.

Friedrich Wieck geriet in Panik. Er fühlte sich verpflichtet, sich auf den Besuch in der Hofburg angemessen vorzubereiten. Doch eigentlich waren alle Voraussetzungen dafür bereits vorhanden. Clara und er besaßen genug elegante Kleidung, um für mehrere Audienzen gerüstet zu sein, und wenn der Kaiser Musik zu hören wünschte, würde Clara schon dafür sorgen, dass die Majestäten auf ihren Kunstgenuss nicht verzichten mussten.

Friedrich Wieck konnte sich nicht vorstellen, wie er die Tage bis zur Audienz überstehen sollte. So schleppte er Clara gegen ihren Willen zum besten Zahnarzt der Stadt, Doktor Carabelli, und ließ ihr die Vorderzähne, die seiner Meinung nach zu eng standen, auseinanderfeilen. Clara ertrug die Schmerzen mit unterdrücktem Stöhnen, während Tränenströme über ihre Wangen flossen und ihre Hände die Armlehnen umklammerten. Danach sah alles zwar aus wie vorher, aber Friedrich Wieck fühlte sich besser. Für alles Gute im Leben musste ein Preis entrichtet werden.

Für den Nachmittag vor der abendlichen Audienz hatte Friedrich Wieck alle Termine abgesagt. Er, der noch nie im Leben einen Mittagsschlaf gehalten hatte, meinte nun, sich damit für das große Ereignis stärken zu müssen. Er zog sogar seine Oberkleider aus. Doch kaum lag er eine Minute im Bett, sprang er schon wieder auf, öffnete das Fenster, atmete tief und legte sich dann wieder zu Bett. Dieses Spiel wiederholte sich mehrere Male, bis er sich entschloss, doch lieber einen Spaziergang zu unternehmen und die Lungen mit frischer Luft vollzupumpen. So eilte er im Laufschritt aus dem Haus, während sich Clara mit Alfred von Schönburg im Salon unterhielt. Der bevorstehende Abend bekümmerte sie nicht. Sie hatte schon viele Persönlichkeiten kennengelernt, vor denen alle Welt buckelte und die ihr dennoch nicht anders vorgekommen waren als die übrige Menschheit.

»Sie sind so ruhig«, bemerkte Alfred von Schönburg anerkennend. »Ganz anders als Ihr Vater.« Er nahm Claras Hand und strich vorsichtig über ihre Finger. »Ich frage mich, warum Sie am Klavier ein ganz anderer Mensch sind.«

Clara runzelte die Stirn. »Anders?«, fragte sie misstrauisch. »Ich bin immer ich selbst.«

Der Fürst ließ ihre Hand los. »Sie wissen, dass ich Ihre Kunst verehre. Darf ich als Freund trotzdem eine Bemerkung darüber machen?«

Clara rückte von ihm ab. »Bitte sehr«, antwortete sie. »Nur zu!«

»Jemand hat einmal gesagt, in der Kunst wie im Leben sei die Ruhe die Goldprobe der Empfindung«, erklärte er behutsam, als hätte er Angst, Clara zu kränken. »Sie sind noch so jung. Wenn Sie am Klavier fantasieren, spürt man, wie innig Ihre Gefühle sind. Trotzdem lassen Sie den Zuhörer nach dem letzten Ton oft nicht vollkommen ruhig zurück. Manchmal kommt es mir vor, als fühlten Sie sich ständig gehetzt.«

Clara war sehr still geworden. »So ist mein Leben«, sagte sie und begriff erst jetzt, dass dies die Wahrheit über Clara Wieck war. »Ich lebe gehetzt, habe immer schon so gelebt. Ich kenne es nicht anders.«

Der Fürst legte den Arm um ihre Schultern und zog sie an sich. »Armes Mädchen«, sagte er zärtlich. »Was hat man nur mit dir gemacht?«

Clara lehnte sich an ihn. Eine Zeit verging. Clara horchte auf das Ticken der Uhr. Draußen auf der Straße fuhr hin und wieder eine Kutsche vorbei. Einmal lachte ein Mann. Ruhe!, dachte Clara. Das hat er wohl damit gemeint. Doch wie soll ich sie auf Dauer finden, wenn ich doch immer nur von einem Klavier zum nächsten hetze?

In diesem Augenblick spürte sie seine Lippen auf ihrem Hals. Sanft, so sanft, dass sie erst meinte, sie hätte sich getäuscht. Dann aber fuhr sie zurück und sprang auf. »Was machen Sie da?«, rief sie ärgerlich.

Der Fürst lehnte sich zurück. Von einem Augenblick zum nächsten veränderte sich seine Miene. »Pardon, Mademoiselle«, sagte er ernüchtert. »Ich fürchte, ich habe da etwas falsch verstanden. Vielleicht sollte ich mich jetzt verabschieden.« Doch noch bevor er aufstehen konnte, klopfte es an der Tür, und Nanni brachte Tee und Gebäck.

Clara bereute ihre Heftigkeit. »Es tut mir leid, dass ich so schroff war«, sagte sie leise. »Ich hatte nur mit so etwas nicht gerechnet.«

»Mit so etwas?«

»Bitte, bleiben Sie noch!«

Da ließ er zu, dass sie ihm den Tee eingoss und ihm die Tasse reichte. Eine Weile schwiegen sie. Sein Blick fiel auf das Kleid, das Clara zur Audienz tragen wollte. Es hing an einem Bügel an der Tür, bereit für das große Ereignis. Ein langes Kleid aus kostbarer weißer Spitze, ganz einfach geschnitten und mit einer breiten roten Atlasschärpe um die Taille.

»Ein sehr schönes Kleid«, sagte der Fürst anerkennend und so beiläufig, als wäre nicht das Geringste vorgefallen. »Welchen Schmuck werden Sie dazu tragen?«

»Meine kleinen Brillantohrringe und als Kette meine Taschenuhr.« Clara war erleichtert, dass er ihr ihr brüskes Verhalten anscheinend nicht nachtrug.

»Diese da?« Er wies mit der Hand auf Robert Schumanns Taschenuhr, die Clara fast immer um den Hals trug. »Sehr hübsch, aber – verzeihen Sie! – sie passt nicht zu diesem Kleid. Er streckte die Hand nach der Uhr aus, und Clara reichte sie ihm. Er stand auf und hielt sie an das Kleid. »Sehen Sie?«, fragte er. »Sie passt nicht. Bei Hofe wird man so etwas sofort bemerken. Die Damen dort haben Zeit, sich mit solchen Fragen ausgiebig zu beschäftigen.« Er griff in die Westentasche und holte seine eigene Taschenuhr hervor. »Brillanten und Rubine«, sagte er. »Weiß und rot wie Ihr schönes Kleid.« Er hielt die Uhr gegen das Kleid und diesmal passte alles. »Sie müssen sie heute Abend tragen. Man wird Sie darum beneiden.« Er ließ die Uhrkette auf seine Handfläche rieseln und hielt Clara dann das Schmuckstück hin.

Clara erschrak. »Das kann ich unmöglich annehmen!«, wehrte sie ab. Von Kindheit an war sie gewohnt, dass man sie beschenkte, auch mit kostbarem Schmuck. Bei Alfred von Schönburg aber empfand sie ein Geschenk ganz anders. Es wäre das Geschenk eines Mannes an eine Frau gewesen, und sie hätte sich ihm danach verpflichtet gefühlt.

Doch er zog seine Hand nicht zurück. »Die Uhr ist ein altes Familienstück«, erklärte er. »Ziemlich kostbar und mit vielen Erinnerungen behaftet. Ich will sie Ihnen gar nicht schenken, sondern nur leihen. Ihnen als lieber Freundin. Das sind wir doch: Freunde, oder?«

Clara nickte. »Aber dann haben Sie selbst keine Taschenuhr!« Sie musste plötzlich lachen. »Sie würden zu spät zur Audienz erscheinen, und der Kaiser würde mit Ihnen schimpfen.«

Auch er lachte nun. Er legte ihr die Uhr in die Hand und umschloss sie mit seinen beiden Händen. »Dann leihen Sie mir bis morgen eben Ihre kleine Uhr«, schlug er vor.

Clara zögerte. Dann nickte sie und überließ ihm das Geschenk Robert Schumanns und der Davidsbündler zu ihrem sechzehnten Geburtstag. Wie glücklich sie damals gewesen war und wie jung! Eine Ewigkeit schien seit damals verstrichen zu sein und dabei war es noch nicht einmal drei Jahre her.

Als der Fürst die Uhr in seine Tasche steckte, erschrak Clara und wurde blass. Sie hatte das Gefühl, ihren heimlichen Verlobten zu hintergehen und auch sich selbst zu verraten. Irgendwie war plötzlich alles zu viel für sie. Am liebsten wäre sie davongelaufen: aus diesem Zimmer, diesem Haus, dieser Stadt und diesem Land. Vielleicht war dies alles doch nicht das Richtige für sie und sie gehörte in Wahrheit in dieses kleine Haus in Zwickau, von dem Robert Schumann so oft schwärmte. Wie friedlich man dort leben könnte: ohne Anfechtungen, ohne Lügen und ohne Selbstzweifel.

»Auch an dieser Uhr hängen anscheinend ein paar Erinnerungen.«

Die Stimme des Fürsten riss Clara aus ihren Gedanken. Sie nickte.

»Zärtliche Erinnerungen?«

Wieder nickte Clara.

Da stand er auf und verneigte sich. »Ein erfolgreicher Abend steht Ihnen bevor«, sagte er und küsste ihre Hand. »Genießen Sie ihn.«

Clara erschrak. »Aber Sie werden doch dabei sein, oder?«, fragte sie besorgt. »Sie haben es versprochen.«

Er lächelte verbindlich und ging zur Tür. »Aber natürlich werde ich kommen, meine Liebe. Nie würde ich mir ein so erfreuliches Ereignis entgehen lassen.«

Als Friedrich Wieck das Schmuckstück um Claras Hals bemerkte, errötete er. Auf den ersten Blick erkannte er den materiellen Wert der Uhr und der dazugehörigen Kette. Der ideelle Wert aber, den er ebenfalls zu begreifen glaubte, benahm ihm den Atem. »Von ihm?«, fragte er, obwohl er meinte, er wüsste schon Bescheid.

Clara nickte. »Vom Fürsten«, antwortete sie und wollte ihrem Vater erklären, dass das kostbare Schmuckstück nur eine Leihgabe für diesen Abend sei. Sie kam aber nicht dazu, etwas zu sagen, denn Friedrich Wieck umarmte sie, wirbelte sie im Kreis und nannte sie sein liebes Clärchen und seine wundervolle Tochter, die schon immer sein höchstes Gut gewesen sei. »Nur für dich habe ich gelebt in all den Jahren und jetzt werde ich belohnt. Wir fahren in die Hofburg zum Kaiser persönlich, und du, mein liebes Kind, steigst in Höhen auf, von denen ich nicht einmal zu träumen gewagt hätte.«

Clara wollte widersprechen, doch da legte er ihr schon das Cape um, band eigenhändig die Schleife und eilte auf die Straße hinaus, wo bereits eine Kutsche wartete. »Meine kleine Fürstin!«, sagte er zu Clara und half ihr beim Einsteigen.

Als sie durch die abendlichen Straßen fuhren, in denen ein

milder Luftzug bereits den Frühling ahnen ließ, sah Clara im Zwielicht, dass ihr Vater weinte. Sie dachte, dass sie ihn jetzt über seinen Irrtum aufklären müsste, aber dann konnte sie es nicht. »Mein lieber Papa!«, murmelte sie und lehnte sich an ihn. Da lachte er leise auf und blickte gerührt auf sie hinunter. »Mein Clärchen!«, flüsterte er und hielt das Mitleid auf ihrem Gesicht wohl für ein Zeichen, dass sie von ihrem eigenen Glück überwältigt war.

Sie erreichten die Hofburg. Man führte sie über breite Treppen und durch lange Korridore. Immer wieder streichelte Friedrich Wieck Claras Hand. Sein Gesicht strahlte vor Stolz und Freude. So unscheinbar war er in seiner Jugend gewesen, der magere kleine Fritze aus Pretzsch, dem keiner etwas zutraute und der so gern im Thomanerchor gesungen hätte, wäre er nicht schon nach einem einzigen Lied heiser geworden. Immer wieder war er abgewiesen worden, wo auch immer er sein Glück versuchte. Nie aber hatte er aufgegeben und jetzt sollte er vor den Kaiser hintreten, dessen Vorfahren ein Reich regiert hatten, in dem die Sonne nie unterging.

Der Kaiser war kleiner, als Friedrich Wieck es erwartet hatte, aber er hatte das Gefühl, die Majestät gebe sich absichtlich bescheiden, weil sie in Wahrheit so unerhört mächtig und imposant war. Nie würde der Vater vergessen, wie seine schöne Tochter in einen tiefen Hofknicks versank und der Kaiser huldvoll auf sie hinunterblickte. »Sie sind ein Wundermädchen, liebes Kind!«, sagte er väterlich in jener melodischen, ein wenig schleppenden Sprechweise, die Friedrich Wieck schon an Alfred von Schönburg immer bewunderte. »Ich hab es gern getan, Sie zur Kammervirtuosin zu machen«, fuhr der Kaiser fort und überhörte Claras Dank. »Nächsten Sonntag sehen wir uns im Bürgerkonzert wieder, nicht wahr?«

Damit wurde Clara an die Kaiserin weitergereicht, die sie ans Klavier verwies. »Dieses schöne Stückl über unsere Wienerstadt, können Sie das noch?«, lächelte sie. Clara verneigte sich und spielte ihr »Souvenir de Vienne«.

Die Anwesenden spendeten freundlichen Applaus, ein wenig zurückhaltender als üblich, befand man sich doch bei Hofe, im Allerheiligsten der mächtigen k.k. Monarchie, der außer dem Parvenu Napoleon noch nie ein Feind ernsthaft etwas anhaben konnte.

Würdevoll und galant, als wäre er bei Hofe geboren, holte Friedrich Wieck seine Tochter vom Klavier ab und suchte nach einem passenden Platz in der Menge der anderen Besucher. »Ich habe den Fürsten noch nicht gesehen«, raunte er Clara befremdet zu. »Er hat doch versprochen, hier zu sein.«

Während der ganzen Veranstaltung hielt er ungeduldig nach dem Erwarteten Ausschau. Dass Alfred von Schönburg fehlte, beunruhigte ihn und beeinträchtigte seine Freude.

Nach zwei Stunden war die Audienz beendet. Schweigend fuhren Clara und Friedrich Wieck zu ihrem Haus zurück. Bevor sie ausstiegen, küsste Friedrich Wieck Claras Hand. »Es war unglaublich!«, sagte er leise. »Nie werde ich diesen Abend vergessen. Ich begreife nur nicht, warum der Fürst nicht erschienen ist.«

Gleich am nächsten Morgen erkundigte er sich nach dessen Verbleib. Der Sekretär geleitete ihn höflich in sein Kontor. Seine Durchlaucht sei gestern Nachmittag ganz plötzlich abgereist, erklärte er. Ausnahmsweise sogar ohne jedes Gepäck. Er sei in Eile gewesen und habe nicht gesagt, wohin er wolle. Nur, dass er frühestens im Herbst wiederkommen werde. Nein, eine Nachricht für Monsieur Wieck habe er nicht hinterlassen. Auch nichts für das gnädige Fräulein … Der Sekretär zuckte bedauernd die Achseln: »Tut mir aufrichtig leid, Herr Wieck. Aber so ist das eben.«

4

Etwas war zerbrochen. Wenn Clara ihrem Vater zusah, wie er beim Frühstück lustlos seinen Bohnenkaffee trank, der ihn bisher jeden Morgen zu Lobeshymnen animiert hatte, tat ihr das

Herz weh. Das war nicht mehr ihr umtriebiger Papa, der schon am Vormittag vor Tatendrang fast explodierte und auch danach bis zum Abend nicht mehr zur Ruhe kam. Eigentlich war er ein Fremder geworden, erschöpft und enttäuscht. Die Ereignisse des bevorstehenden Tages trieben ihn nicht mehr an. Zwar wusste er genau, was zu tun war, und er erfüllte wie gewohnt seine Pflicht. Doch mit seinen Gedanken war er in einer anderen Welt, vielleicht sogar nirgendwo.

»Papa!«, flehte Clara leise und legte ihre Hand auf die seine. Er aber zog seine Hand zurück und wich Claras Blick aus. »Was hast du denn?«, drängte Clara, obwohl sie die Wahrheit längst wusste.

Friedrich Wieck antwortete ihr nicht. Er stand auf und machte sich fertig, um sich zum Büro des Grafen Sedlnitzky zu begeben, der die K.K. Censur- und Polizeihofstelle befehligte, von der jede Veröffentlichung und jede Aufführung genehmigt werden musste. Der mächtigste Mann nach Metternich sei der Graf, hieß es überall. Seine Sicherheitsbehörde kontrolliere alles im Staat. Jedes Druckwerk wurde durchforstet und jede Zeitschrift zensiert, ob sie auch keine »revolutionären« Formulierungen enthielten. Freidenkerische Lehrer jagte man aus dem Schuldienst, und an den Universitäten wurde keine Vorlesung gehalten, ohne dass in der letzten Reihe ein unauffälliger Herr aus dem Amt Sedlnitzkys seine Ohren spitzte und sich Notizen machte. Sogar Goethes »Faust« ließ der Graf zensieren und behördengenehm umformulieren. Hätte Goethe in Sedlnitzkys Machtbereich gewirkt, hätte ihm vielleicht Festungshaft gedroht oder das Exil.

Vor jedem von Claras öffentlichen Konzerten begab sich Friedrich Wieck zu Sedlnitzky, legte Claras Konzertankündigungen vor und wartete auf Genehmigung. Bisher war alles reibungslos abgelaufen. Der Graf erwies sich als charmanter Plauderer, der Friedrich Wieck mit Artigkeiten über das »begabte Fräulein Tochter« schmeichelte. Fast freundschaftlich ging er mit dem Impresario um, sodass sich dieser in Sicherheit wiegte.

Erst mit Claras Ernennung zur K.K. Kammervirtuosin kühlte

sich das Klima schlagartig ab. Es war offensichtlich, dass sich der Graf übergangen fühlte. »Andere Fäden als die üblichen« seien gezogen und Amtswege nicht eingehalten worden, deutete er an. Friedrich Wieck spürte sofort, dass ihm plötzlich ohne eigenes Zutun ein mächtiger Feind erwachsen war.

»Ihr Fräulein Tochter erregt überall Aufsehen«, sagte der Graf und lächelte ohne Freundlichkeit. »Gleich als Sie beide nach Wien kamen, brach der Clara-Krieg aus. Nicht weiter schlimm. Es mag paradox erscheinen, aber ein bisserl Aufregung beruhigt die Gemüter der Masse. Nun aber erwarten wir die Ankunft des nächsten Pianisten: Franz Liszt, der hier zwei Konzerte geben möchte. Eines für die überschwemmte und zerstörte Stadt Pest, das andere zur Abdeckung seiner Reisekosten.«

Sedlnitzky stand auf und trat ans Fenster. Beflissen erhob sich auch Friedrich Wieck und wartete, bis sich der Graf wieder gesetzt hatte. »Zwei Klavierspieler in einer Stadt – das ist immer prekär«, fuhr Sedlnitzky fort. »Wir wollen keinen zweiten ›Clara-Krieg‹ und auch keinen ›Liszt-Krieg‹.« Inzwischen war alle Verbindlichkeit aus seiner Miene verschwunden. »Mit einem Wort, Herr Impresario, ich denke, Sie sehnen sich nach Ihrer schönen Heimatstadt Leipzig zurück. In Wien waren Sie lange genug.« Und dann mit einer Schärfe, die Friedrich Wieck zusammenzucken ließ: »Ich würde Ihnen nicht raten, sich noch einmal durch die Hintertüre vorzudrängen. Protektion an mir vorbei mag einmal funktioniert haben, ein zweites Mal könnten Sie es bereuen. Ihre Majestät hat ein großes Herz für die Kunst, aber ganz bestimmt kein Interesse daran, das Ansehen meines Amtes zu beschädigen.« Damit erhob er sich und trat wieder ans Fenster, ohne sich von Friedrich Wieck zu verabschieden.

Durch sonnenbeschienene Straßen fuhr Friedrich Wieck zu seinem Domizil zurück. Fast über Nacht war der Frühling gekommen. In den Parks fing es an zu blühen, und die Damen kleideten sich auf einmal in wunderbar bunte Roben.

So viel Glück hatte Friedrich Wieck in dieser Stadt erlebt, so viele Hoffnungen hatte er sich gemacht. Doch er war wohl zu lange geblieben. Mochte das Publikum Clara auch immer noch lieben – der nächste Rivale war bereits in Venedig aufgebrochen und näherte sich Wien. Ein neuer Nervenkitzel für die verwöhnten Musikfreunde und vielleicht sogar die Lust, den Stern, den man so hoch steigen ließ, wieder sinken zu sehen. »Das Wiener Publikum kann gnadenlos sein«, hatte Alfred von Schönburg einmal gewarnt. Damals hatte sich Friedrich Wieck nicht vorstellen können, in dieser Stadt jemals unglücklich zu sein. Nun aber hatte sich der Fürst zurückgezogen, und Clara blieben als Erinnerung an seine Aufmerksamkeiten nur noch seine kostbare Uhr und ein klangvoller Titel, mit dem sie sich immerhin ein Leben lang würde schmücken können.

Die Freude war von ihnen gewichen. Nur ein paar letzte Verbindlichkeiten, die sie eingegangen waren, hielten sie noch in Wien zurück. Nie zuvor war Clara so deutlich bewusst geworden, wie sehr ihr eigenes Wohlbefinden von der Stimmung ihres Vaters abhing. Er war es, der sie antrieb und lobte. Er war es, der sie zum Lachen brachte und ihr sagte, was jeweils zu tun sei. Nun, da er so niedergeschlagen und gedemütigt war, sank auch Clara in sich zusammen. Ihre Schultern und ihre Arme schmerzten von der ständigen Belastung. Ihre Fingernägel erholten sich nicht mehr, und manchmal taten ihr die Wangen so weh, dass sie sie mit ihren Händen genau so bedeckte, wie sie es von ihrem Vater kannte.

»Was hast du uns angetan!«, klagte Friedrich Wieck, als sie nur noch darauf warteten, mit Franz Liszt zusammenzutreffen, um nicht den Anschein zu erwecken, als flüchteten sie vor einem Vergleich mit ihm. »Ich dachte immer, der Fürst wolle dich heiraten. Hat er denn nie versucht, dir näherzukommen?«

Clara fing an zu weinen. Sie erzählte ihrem Vater von dem letzten Nachmittag mit Alfred von Schönburg. Am meisten quälte es sie, dass er ihre eigene kleine Uhr mitgenommen hatte. »Könnte es sein, dass er sich damit für die Abweisung rächen wollte?«, fragte sie ihren Vater.

Doch Friedrich Wieck schüttelte ärgerlich den Kopf. »Seine

Uhr ist das Hundertfache wert oder mehr«, widersprach er. »Aber ich würde ihn verachten, wenn er sie dir als eine Art Abfindung aufgedrängt hätte.« Er schwieg lange. »Ich verstehe das alles nicht«, gestand er dann. »Wenn er dich geliebt hat, hätte er doch deutlicher werden können. Aber wahrscheinlich war er zu stolz, um eine Abweisung zu riskieren.« Er strich sich verzweifelt über die Wangen. »Das ist das Schlimmste: dass ich ihn nicht durchschaue. Vielleicht fühlen diese Leute doch anders als wir … Trotzdem hättest du ihm entgegenkommen müssen, Clara. Du hattest eine Chance. Eine einmalige Chance, und du hast sie verpasst. Damit hast du nicht nur dir selbst geschadet, sondern auch mir. Immerhin ist es denkbar, dass er dich geheiratet hätte. Und welche Möglichkeiten hätten sich uns dann eröffnet!«

Clara hatte aufgehört zu weinen. »Aber ich bin doch eine Künstlerin, Papa!«, rief sie. »Du selbst warst es doch, der mich dazu erzogen hat. Soll denn alles umsonst gewesen sein?«

Friedrich Wieck schlug mit der flachen Hand auf den Tisch. »Nichts wäre umsonst gewesen. Die Welt hätte dir gehört, du dummes Ding!«, sagte er kalt und ging hinaus.

Clara blieb allein zurück. Sie legte eine Hand auf die Stelle, wo sie bisher fast ständig ihre Geburtstagsuhr gespürt hatte. Ein geliebter Talisman, obwohl ihr das bisher nicht bewusst gewesen war. Nichts Wertvolles in den Augen der Welt, aber für sie das kostbarste aller Schmuckstücke, weil es aus Liebe und Freundschaft geschenkt worden war – ohne Hintergedanken und ohne Berechnung, allein in dem Wunsch, einem sechzehnjährigen Mädchen eine Freude zu bereiten.

Mit einemmal sehnte sich Clara so heftig wie noch nie nach ihrer Heimatstadt, in der sie jedes Gässchen kannte und jeden Schlupfwinkel, in dem sie sich mit ihrem Liebsten treffen konnte. Leipzig und Robert Schumann: Das war Zuhause. Das war Geborgenheit. Nicht diese große Stadt Wien mit ihrer erdrückenden Vergangenheit und ihren eleganten, übersättigten Konzertbesuchern … Ich will heim!, dachte Clara und fing nun doch wieder an zu weinen.

Wie beglückend würde es sein, wieder nach Leipzig zu kommen und in Robert Schumanns Gesicht zu blicken, das ihr vertrauter war als jedes andere. Ihr lieber, lieber Robert! Ihr heimlicher Verlobter! War es nicht ein Verrat an ihrer Liebe, diese Verbindung immer noch geheim zu halten? Hätte sie sich früher dazu bekannt, wäre ihr viel erspart geblieben. »Warum verstehst du mich nicht, Papa?«, flüsterte sie, obwohl Friedrich Wieck längst das Zimmer verlassen hatte. Warum verstehst du mich nicht? Warum erlaubst du mir nicht, mich offen zu dem Menschen zu bekennen, zu dem ich gehöre?

Langsam erhob sie sich. Sie wischte sich die Tränen von den Wangen und sehnte sich nach Ehrlichkeit und Klarheit.

Unmittelbar nach seiner Ankunft in Wien sprach Franz Liszt bei ihnen vor. Der größte Pianist und die größte Pianistin ihrer Zeit begegneten einander. Nach dem Trübsinn der vorangehenden Woche tat es Friedrich Wieck und Clara wohl, dass Franz Liszts erster Besuch Clara galt. Da sie gerade nicht zu Hause war, warf er seine Visitenkarte durch das angelehnte Fenster und kam gleich am Abend zum zweiten Mal.

Claras Herz klopfte, als sie sich voreinander verneigten. Er war ein gutes Stück größer als sie und von hagerer Gestalt. Wie Paganini, das Vorbild seiner Jugend, war er ganz in Schwarz gekleidet. Seine glatten dunklen Haare reichten beinahe bis auf die Schultern. Immer wieder strich er sie hinter die Ohren, doch immer wieder fielen sie nach vorn, ungezähmt wie er selbst, wenn er am Klavier saß.

Clara erschrak fast, als sie ihn zum ersten Mal spielen hörte. Hörte und sah, denn nicht nur mit seiner Musik zog er die Menschen in seinen Bann, sondern auch mit seinen Bewegungen, am Anfang so gemessen und elegant, wenn er die weißen Handschuhe abgestreift hatte und die Hände niedersinken ließ, um dann plötzlich über die Tasten herzufallen, so wild und ungezügelt, dass das Publikum aufstöhnte und nicht einmal merkte, dass es im Rhythmus mitstampfte.

Bei einem Konzertstück von Weber sprengte er schon zu Beginn drei Messingsaiten. Trotzdem spielte er weiter und nichts schien zu fehlen. Im Gegenteil: Alles war eher zu viel. Neben ihm kam sich Clara vor wie ein feines Dresdner Fräulein: hübsch, gefällig und unbedeutend. Ein großes Talent vielleicht – doch dieser Mann, der sie mehrmals zu Hause besuchte und sie bezaubernd lobte, war ein Genie. Es tröstete sie fast, dass ihr seine Kompositionen nicht gefielen, während er ihre Fantasiestücke vom Blatt spielte und sie »eines der größten Werke, die ich kenne« nannte. Als Clara ihm ihre Interpretation von Robert Schumanns »Carnaval« präsentierte, küsste er ihre Hand und versprach, das Werk in sein Repertoire aufzunehmen.

Die Wiener behandelten Clara noch immer wie eine große Künstlerin. Nach wie vor war sie »ein Liebling«. Doch Franz Liszt trugen sie auf den Schultern zu seiner Kutsche, und jeder wusste Anekdoten, in denen sein Briefstil gerühmt wurde, seine Kenntnisse von Kunst und Literatur, sein Politikverständnis und sein Charme. Ja, vor allem sein Charme, dem kaum jemand – Mann oder Frau – widerstand. Ernsthaftigkeit und ein bezauberndes Wesen – er sei zugleich Don Juan und Franziskaner, sagte man, zugleich Zigeuner und Philosoph. Clara stockte der Atem, wenn sie sich mit ihm verglich.

»Mach dir nicht so viele Gedanken!«, tröstete Friedrich Wieck seine Tochter, obwohl er sich eigentlich vorgenommen hatte, sie noch lange spüren zu lassen, dass er ihr das Verhalten dem Fürsten gegenüber nicht verzeihen konnte. »Liszt ist ein begnadeter Pianist und du bist eine begnadete Pianistin. Frauen sind eben anders als Männer. Niemand möchte eine Frau sehen, die jeden Abend mehrere Klaviere zertrümmert. Deine Stärke liegt anderswo.«

»Aber ich gelte doch auch nicht gerade als sanft und melancholisch«, wandte Clara ein.

»Geht es ums Temperament oder um Kunst?« Friedrich Wieck ärgerte sich, dass er sich auf das Gespräch eingelassen hatte. »Dieser Mann ist zwölf Jahre älter als du. Zwölf Jahre mehr

Leben, zwölf Jahre mehr Erfahrung. In zwölf Jahren wirst auch du nicht mehr die Gleiche sein wie jetzt.«

Clara schwieg. Es tröstete sie, dass man ihr Haus noch immer mit Blumen füllte, dass ihre Courmacher nicht aufhörten, sie zu umschwärmen, und dass man sie zum Abschied sogar zum Ehrenmitglied der Wiener Musikfreunde ernannte – ohne jede Protektion und schon wieder über den Kopf des mächtigen Sedlnitzky hinweg. Friedrich Wieck musste sich für die Rückreise eine größere Geldkassette kaufen, und die Zeitungen rühmten Claras Namen und nannten ihre Wiener Konzerte Sternstunden der Kunst. Der Aufenthalt in Wien war letzten Endes doch ein Triumph gewesen.

Teil Vier

Welt ohne Vater

Scherzo

1

Am 15. Mai 1838 kehrten Clara und ihr Vater nach Leipzig zurück. Sieben Monate waren sie fort gewesen – so gut wie nie voneinander getrennt. Eine drangvolle Nähe, die ihnen aber bei früheren Tourneen nichts ausgemacht hatte. Doch damals hatten sie noch an einem Strang gezogen. Erfolg wollten sie. Gemeinsame Triumphe in einer Symbiose zwischen Vater und Tochter, die keinen Dritten brauchte und auch nicht zuließ. Doch nun gab es ihn, diesen Dritten, und wenn Clara ihre Korrespondenz auch geheimhielt, so spürte ihr Vater doch, dass die junge Frau, für die er lebte, nicht mehr sein Clärchen war, das keinen Einsatz scheute, bereitwillig jeden Verzicht leistete und dem er rückhaltlos vertrauen konnte. Doch Friedrich Wieck war entschlossen, um seine Tochter zu kämpfen und um sein Lebenswerk.

»Du glaubst doch nicht, dass ich alles, wofür ich mich aufgeopfert habe, an diesen Schwächling abtrete?«, fuhr er Clara an, mit der er sonst kaum noch sprach. »Du hast kein Recht, mich einfach zu verlassen. Du bist nicht nur meine Tochter. Auch künstlerisch bist du mein Geschöpf. Ohne mich wärst du nichts. Tausende Stunden habe ich dich unterrichtet. Jahrelang war ich nur für dich da. Und trotzdem willst du einfach davonrennen und alles aufgeben für diesen sogenannten Fantasiemenschen, der mir schon vor Jahren schwor, er werde eine Symphonie komponieren, die eines Beethoven würdig wäre. Wo ist sie denn nun, diese Symphonie? »Kinderszenen« hat er geschrieben, während wir in Wien waren! Niedliche Werkchen, die heute ja recht erfolgreich sein mögen, aber morgen vergessen sind. Und genau wie mit seiner großartigen Symphonie verhält es sich auch mit seinen Finanzen. Als er um deine Hand bat, sagte ich ihm, er dürfe erst wieder vorsprechen, wenn er mir garantieren könne, dass er dir ein Jahreseinkommen von mindestens zweitausend Talern bieten werde. Nun, bis jetzt ist er nicht wieder aufgetaucht. Trotzdem ist nicht zu übersehen, dass du immer noch nach ihm schmachtest.« Und dann, mit einem Blick nicht nur ohne Liebe, sondern fast schon mit Hass: »Nie werde ich dir verzeihen, dass du den Fürsten vertrieben hast, womöglich sogar wegen dieses Versagers, der kein deutliches Wort herausbringt!«

Er bestrafte Clara mit Schweigen, was für ihn wohl leichter zu ertragen war als für sie, denn der Reingewinn der Wiener Tournee war enorm und erlaubte ihm, seine Klavierfabrik weiter auszubauen und den Überschuss gewinnbringend anzulegen. Clara selbst sah nicht viel von all dem Geld. Noch immer war sie die Tochter, die nie gelernt hatte, sich gegen den Vater offen aufzulehnen.

Aber auch Friedrich Wieck selbst litt. Kein Tag verging, ohne dass er meinte, die Nervenschmerzen zerrissen sein Gesicht, und zum Essen musste er sich zwingen. Trotzdem nahm er gleich nach der Rückkehr seine abendlichen Einladungen wieder auf. Auch Clara rief er dazu, legte wie der stolzeste aller Väter den Arm um ihre Schultern und erzählte so begeistert von ihren Wiener Erfolgen, dass sie schon meinte, er wäre versöhnt. Doch wenn die Gäste aus dem Haus waren, wandte er sich wieder von ihr ab oder erinnerte sie sogar daran, dass er ihre Brüder aus der väterlichen Fürsorge verstoßen hatte und dass ihr das Gleiche blühen konnte.

»Immerhin bin ich es, die ans Klavier muss!«, wagte Clara einmal aufzubegehren. Da sah er sie lange an und wartete, dass sie eingeschüchtert wegschaute. Doch diesmal hielt sie seinem Blick trotzig stand. Eine Ewigkeit verging, bis diesmal er aufgab.

Am nächsten Abend aber sagte er ganz nebenbei, er habe Nanni entlassen. Das Maß sei voll. Sie habe ihn hundertmal hintergangen. Trotzdem habe er ihr eine Stellung bei einem Leipziger

Junggesellen vermittelt. Kokett, wie sie sei, werde ihr das wahrscheinlich sogar gefallen.

Erst jetzt fing Clara an zu weinen. Dabei wusste sie schon gar nicht mehr, ob sie aus Mitleid mit Nanni weinte oder weil sie nun niemanden mehr hatte, der ihre heimlichen Treffen mit Robert Schumann vermittelte. Wie oft war Nanni aus dem Haus geschlichen und zu Robert Schumanns Wohnung gelaufen, um ihm auszurichten, wann und wo ihn Clara das nächste Mal treffen könne. In so vielen Städten hatte sie Claras Liebespost aufgegeben oder abgeholt, obwohl sie stets fürchten musste, von Friedrich Wieck überwacht und überführt zu werden. Fast jedes Geheimnis hatte Clara ihr anvertraut. Erst jetzt wurde ihr bewusst, dass Nanni wie eine Freundin für sie gewesen war. Und doch auch immer nur ein Hausmädchen, eine kleine Zofe bestenfalls, die der Sächsischen Gesindeordnung unterworfen war, in der erlaubt wurde, sie ohne Angabe von Gründen einfach fortzuschicken. Ein Mensch zweiter Klasse, obwohl sie aufgeweckt und hübsch war und zu jeder Arbeit bereit.

Clara Wieck und Robert Schumann: beide in Leipzig und doch Welten voneinander entfernt. Hero und Leander, die nicht zueinander kommen konnten. Da Nanni nicht mehr zur Verfügung stand, um die Liebesbotschaften auszutauschen, mussten sie sich darauf verlassen, dass sie einander zufällig über den Weg liefen. Nie ging Clara aus dem Haus ohne ein Zettelchen, auf dem sie einen Treffpunkt vorschlug. Wenn sie sich dann begegneten, steckten sie einander verstohlen ihre Briefchen zu. Es bürgerte sich ein, dass Robert Schumann jeden Morgen kurz vor zehn am Haus in der Grimmaischen Gasse vorbeispazierte und hoffte, dass ihm Clara aus ihrem Fenster eine Nachricht zuwarf. Wenn Clara jedoch mit einem weißen Tuch winkte, bedeutete das, sie könne ihn sofort am Neumarkt treffen. Dort tauchten sie dann in der Menge unter und suchten sich einen dunklen Hauseingang oder einen anderen Schlupfwinkel, wo sie einander in die Arme fallen konnten.

»Es ist demütigend!«, klagte Robert Schumann. Er litt unter der Heimlichkeit, doch zugleich stachelte dieses Unbehagen seine Schaffenskraft an. Nie hätte er sich eingestanden, dass der romantische Verzicht ein künstlerischer Stimulus für ihn war, viel stärker als eine erfüllte Liebe. Hastige Küsse im Halbdunkel, immer in der Sorge, überrascht zu werden, womöglich sogar von Friedrich Wieck selbst. Ungeschickte Umarmungen vor modrigen Hauswänden. Anzügliche Bemerkungen von Passanten: »Los, los, nur nicht so schüchtern, sonst kommt ihr nie ans Himmelstor!« Clara schämte sich und fragte sich, für welche Art von Frau man sie wohl hielt.

»Wir müssen heiraten!«, sagte Robert Schumann mit unterdrückter Stimme, denn kein Fremder sollte ihn hören. »Eineinhalb Jahre, länger werde ich nicht mehr warten. Ostern 1840, bis dahin kann ich die Bedingungen deines Vaters bestimmt erfüllen.« Wie der Bauernbursche aus den Märchen, die in den letzten Jahren so populär geworden waren, kam er sich vor. Der arme Junge, der sich ausgerechnet in die schöne Prinzessin verliebte und dem der königliche Vater unlösbare Aufgaben stellte. Immer noch eine und noch eine, weil gar nicht erwünscht war, dass der kleine Narr sein Ziel erreichte.

»Du musst ihn verstehen«, bat Clara leise. »Eigentlich hat er ja nicht unrecht: Von der Liebe allein kann man nicht leben.«

Da ließ Robert Schumann sie los und wich ernüchtert zurück. Berechnend kam sie ihm auf einmal vor. Eine kleine Spießerin, der Sicherheit wichtiger war als grenzenlose Hingabe. Wo blieb bei einer solchen Einstellung die Romantik, die selbst den Tod gering achtete, solange man sich nur dem Rausch der Gefühle auslieferte?

»Außerdem kann ich ja selbst noch Geld verdienen. Für jedes meiner großen Konzerte habe ich in Wien mehr bekommen als ein Musikdirektor im ganzen Jahr.«

Robert Schumann erstarrte. Dann schob er ihr sein neuestes Werk zu, die »Kreisleriana«, über den Kapellmeister Kreisler, der an sich und an der Welt litt, so wie Robert Schumann selbst. Was war Fantasie und was Wirklichkeit? Wie sollte man leben auf dieser Erde, wenn man doch Angst hatte, alles könnte zerfallen und sich in nichts auflösen? Auch man selbst. »Kreisleriana« – eine Musik voll Raserei und danach, im zweiten Teil, voll Ebenmaß und Schönheit: das Ziel, nach dem sich Robert Schumann sehnte wie nach einer alten Volksweise, die Zufriedenheit verhieß und das Einssein mit sich selbst.

Überrascht drückte Clara die Noten an sich, doch da war Robert Schumann auch schon weggelaufen. Verwirrt und gekränkt schaute sie ihm nach. Es fiel ihr schwer, sich mit seiner Sprunghaftigkeit abzufinden. Den einen Moment große Liebe, gleich darauf Verzweiflung oder gar – was öfter vorkam, als ihr lieb war – die Forderung, man müsse verzichten und liebende Distanz halten um der Kunst willen, der sich alles andere unterzuordnen habe.

Zu Hause spielte sie das neue Werk vom Blatt. Dabei war ihr, als griffe ihr eine eiskalte Hand ans Herz. Gerade hatte sie eine eigene Komposition beendet, ihr »Scherzo«, auf das sie bisher stolz gewesen war. Im Vergleich zur »Kreisleriana« kam es ihr aber nun fast langweilig vor, lau und viel zu milde. »Frauenzimmerarbeit«, hatte Robert Schumann sie einmal geneckt, als sie über die schöpferische Arbeit von Frauen diskutierten. »Das Komponieren ist nun einmal nicht Sache der Damen. Glücklicherweise hat es der liebe Gott so eingerichtet, dass in manchen Dingen die Männer über den Frauen stehen.«

Damals hatte sie scherzhaft auf ihn eingeprügelt, doch nun fragte sie sich, ob er nicht vielleicht sogar recht hatte. Warum nur schien er sie immer wieder verunsichern und traurig stimmen zu wollen? Und warum konnte er es kaum ertragen, sie spielen zu hören und mitzuerleben, wie ihr das Publikum zujubelte? Gönnte er ihr nicht, dass man sie die bedeutendste Pianistin ihrer Zeit nannte? Gönnte er ihr nicht, dass man sie liebte, während man ihn fragte, ob er denn auch etwas mit Musik zu tun habe? »Ach ja? Und was denn? Welches Instrument?«

Und sie selbst, Clara Wieck? Wie kam es, dass es sie solche Überwindung kostete, seine Werke in ihr Repertoire aufzunehmen? Gewiss, in Wien hatte sie sich ein paar Mal erweichen lassen, Schumann zu spielen. Immer aber im privaten Kreis und lange nach Mitternacht, wenn nur noch die eingefleischten Musikliebhaber anwesend waren, während Robert Schumann doch die Aufmerksamkeit des Durchschnittspublikums gebraucht hätte. Erst dieses machte, gemeinsam mit der Presse, einen unbekannten Komponisten endlich populär.

Eine Künstlerehe wünschte sich Robert Schumann. Ein Blütenleben sollte das sein, das die Menschheit beschenkte. Zwei Halbgötter, die einander inspirierten. Ohne Misstrauen und ohne Neid. Doch war eine solche Konstellation überhaupt möglich zwischen zwei Menschen, die den Egoismus brauchten, um ihr Werk zu schaffen und durchzusetzen?

Einen Augenblick lang dachte Clara, sie hätte soeben aufgehört, Robert Schumann zu lieben. Sie nahm die Noten der »Kreisleriana« vom Pult und schob sie weg. Dann aber sah sie ihren heimlichen Verlobten wieder vor sich, wie er über die Waldwege stolperte und wie er sie anlächelte. Sie spürte seine warmen, weichen Hände auf ihren schmerzenden Wangen und schämte sich, dass sie an ihrer Liebe gezweifelt hatte.

Als sie im September im Gewandhaus ein Konzert gab, spielte sie Chopin und ihr eigenes »Scherzo«. Bei einem raschen Blick in den Saal sah sie, dass Robert Schumann versteckt im Publikum saß. Dabei hatte er angekündigt, er werde nicht kommen. Vor Freude und Schreck wurde ihr zugleich heiß und kalt, denn wieder hatte sie kein Stück von ihm im Programm. Es tröstete sie nur, dass das Publikum beim »Scherzo« ganz aus dem Häuschen geriet. Auch Robert Schumann klatschte begeistert und flüsterte ihr danach im Vorbeigehen zu, er habe sich entschlossen, nach Wien zu fahren und dort um eine Lizenz für seine Zeitschrift zu ersuchen. Wenn sich alles so entwickle, wie er es plane, werde er bald die zweitausend Taler Jahreseinkommen bieten können, die man von ihm verlange. »Man«, das hieß Friedrich Wieck, der das Tête-à-Tête bereits bemerkt hatte und drohend näher kam.

Beschämt zog sich Robert Schumann zurück, während Clara Hände schüttelte und sich auf die Wangen küssen ließ.

Ostern 1840, dachte sie, um sich zu trösten, und stellte sich einen strahlenden Frühlingstag vor, voller Glück und Sorglosigkeit. Ein weißes Kleid trug sie da, schöner als jede Konzertrobe. Ihre Augen leuchteten und ihr blauschwarzes Haar, gekrönt von einem Blütenkranz, schimmerte in der Sonne. An ihrer Seite, unbeschwert und jung, so jung: der Bräutigam. Robert Schumann, der Mann, den sie liebte und ein Leben lang lieben wollte ... Zu ihrer Rechten ihr Vater. Auch er sah glücklich aus und nannte Robert Schumann seinen lieben Sohn. Sogar ihre Mutter kam auf sie zu und umarmte sie zärtlich. Auch sie trug ein schönes Kleid, ein kostbares Kleid. Vielleicht war sie auf irgendeine wundersame Weise der ärmlichen Ehe mit Adolph Bargiel entronnen. Auch Felix Mendelssohn küsste Clara die Hand und gratulierte ihr. An seiner Seite seine ausländische Rose, fast so schön wie die Braut.

Alle waren da, die Clara gern hatte: ihre Freundinnen, vor allem Mila. Johanna Strobel, ganz alt, aber nicht schwach, und Nanni, die zufrieden aussah. Welche Überraschung, als plötzlich Alfred von Schönburg vortrat und Clara ein Päckchen überreichte! Als sie es öffnete, lag darin ihre Geburtstagsuhr, schöner, als sie jemals gewesen war. Als sich Clara bedanken wollte, war der Fürst schon wieder verschwunden. Nicht einmal Friedrich Wieck hatte ihn zurückhalten können. Welcher Stil, sich nicht in eine Familienfeier zu drängen!

Clara wunderte sich nicht, als sie weiter hinten Ernestine von Fricken bemerkte und Robena Laidlaw, Robert Schumanns alte Flammen, gelb vor Neid. Nur die eine, die Fremde, die Kellnerin Christel, war wohl nicht gekommen. Clara war froh darüber. Es hätte ihr Angst gemacht, der blassen jungen Frau zu begegnen, die etwas Schicksalhaftes an sich hatte, etwas Unheimliches, obwohl sie doch nur ein einfaches Mädchen aus dem Volk war, das sich in einen jungen Künstler verliebt hatte.

Ostern 1840. Aus Clara Wieck würde Clara Schumann werden. Ein neuer Mensch – hieß es doch, dass die Ehe eine Frau verändere. Auf jeden Fall aber würde sie glücklich sein, unendlich glücklich, dessen war Clara sicher.

2

Paris. Sieben Jahre waren seit Claras erster Reise nach Frankreich vergangen. Ein kleines Mädchen war sie damals noch gewesen, doch bereits hellwach und ehrgeizig. Ein Kind, das seinem Alter weit voraus war, eigentlich sogar alterslos, da es nicht nach den Gewohnheiten der übrigen Welt lebte, sondern allein nach den Gesetzen, die eine künstlerische Karriere voranbringen sollten. Friedrich Wiecks Tochter und sein Geschöpf. Nicht das einzige Wesen ihrer Art. Sie alle, die auf ihrem Gebiet ganz oben standen, hatten eine ähnliche Entwicklung durchlebt: Chopin, Liszt und vielleicht sogar Felix Mendelssohn, den allerdings das Vermögen seiner Familie vor dem Schicksal eines wandernden Wunderkindes bewahrt hatte.

8. Januar 1839, ein Datum, das Clara nie vergessen würde, obwohl kein Kaiser sie empfing und kein triumphales Konzert ihren Ruhm mehrte. Ein einfacher Wochentag war es, mitten im tiefsten Winter. Schon früh am Morgen, als sie mit ihrem Vater das Haus verließ, fielen die Schneeflocken so dicht, dass sie sich in den Kleidern und auf dem Gesicht festsetzten und das Sprechen behinderten.

Doch Clara und ihr Vater hatten gar nicht vor, viel miteinander zu reden. Friedrich Wieck war mürrisch wie schon seit Monaten, und Clara war wie erstarrt, seit er ihr erst beim schnellen Frühstück eröffnet hatte, er habe nicht vor, sie auf dieser Reise zu begleiten. »Du bist doch so tüchtig, weißt alles besser und wünschst dir deine Freiheit«, hatte er gesagt und sein Schmalzbrot auf den Teller zurückgeworfen. »Nun denn, zeig, was du kannst! Ich lasse mich gerne belehren. Meinen Segen hast du allerdings nicht.« Damit war er aufgestanden und hatte seinen Paletot umgehängt, obwohl Clara noch gar nichts gegessen hatte. »Ich begleite dich zur

Poststation. Noch bist du in Leipzig und unter meinem Schutz. Danach magst du selber sehen, wo du bleibst.«

Er überreichte ihr eine Ledertasche mit dem Reiseplan und den Adressen der Ansprechpartner in den einzelnen Städten. Auch eine bescheidene Geldsumme lag bei, Claras Reiseetat, den sie mit ihren Auftritten aufzubessern hatte. »Ich habe dir auf der Basis deiner Rücklagen einen Kredit gewährt, den du mir selbstverständlich später zurückzahlen wirst.«

»Einen Kredit? Wozu brauche ich den? Ich habe bisher wahrlich genug verdient!« Clara war den Tränen nahe.

»Auf dieses Geld hast du keinen Zugriff. Du bist noch nicht volljährig, also auch nicht geschäftsfähig.«

»Aber allein nach Paris zu reisen, dafür bin ich alt genug!«

Er zuckte die Achseln. »Hättest du dich anders benommen, käme ich gerne mit.« Dann eröffnete er ihr, dass er – »selbstverständlich!« – für eine angemessene Reisebegleitung gesorgt habe: eine Französin, die mit ihren Sprachkenntnissen Clara in Paris unterstützen solle und im Übrigen als eine Art Anstandsdame dafür sorgen werde, dass Claras Ruf durch ihre vaterlose Reise keinen Schaden erlitt.

»Eine Anstandsdame?«, rief Clara. »Aufpasserin, meinst du wohl. Spionin. Oder hast du sie etwa nicht beauftragt, dir haarklein alles zu berichten, was ich tue oder lasse?«

Friedrich Wieck antwortete nicht. Clara blieb nichts anderes übrig, als hinter ihm herzulaufen, wobei sie im Schnee fast ausglitt und in der Dunkelheit kaum noch sah, wo sie sich befand.

Als sie die Poststation erreichten, hatte sich Clara beruhigt. Trotzig starrte sie ihre künftige Reisebegleiterin an, die Friedrich Wieck ihr so höflich vorstellte, als hätte es nie eine Meinungsverschiedenheit zwischen ihnen gegeben. »Mademoiselle Claudine Dufourd«, sagte er, während Clara zurückwich, weil die Französin sie temperamentvoll umarmte und auf die Wangen küsste. »Ma cousine!«, rief sie, als gebe es auf der ganzen Welt keinen Menschen, der ihr lieber war als Clara. »Wir haben eine wundervolle Reise vor uns, glauben Sie mir.«

Clara schob sie von sich und gab keine Antwort.

Inzwischen hatte der Postillion das Gepäck aufgeladen und rief zum Einsteigen. Clara warf einen letzten Blick auf ihren Vater. Noch immer konnte sie nicht fassen, dass er nicht mitkommen würde. »Papa!«, sagte sie leise. »Du kannst mich doch nicht einfach fortschicken. Haben wir nicht immer alles gemeinsam unternommen?«

Da verzerrte sich plötzlich sein Gesicht wie im größten Schmerz. Erst jetzt begriff Clara, welche Überwindung ihn seine Härte gekostet hatte. Fassungslos hörte sie, dass er aufschluchzte, und sah, wie er die Arme nach ihr ausstreckte. Doch dann hatte er sich gleich wieder in der Gewalt. Er drehte sich um und stürzte davon, hinein in die Dunkelheit wie in ein finsteres Tor, vor dem die Schneeflocken taumelten.

»Papa!«, rief Clara und wollte ihm nachlaufen. Doch der Postillion packte sie am Arm und schob sie in die Kutsche. »Keine Sentimentalitäten, Mamsellchen«, knurrte er und umhüllte sie mit einer Wolke von Schnapsgeruch.

»Kommen Sie, ma cousine!«, drängte auch die Französin, die bereits Platz genommen hatte. »Vite, vite! La douce France erwartet uns.«

Die Kutsche setzte sich in Bewegung und fuhr an Friedrich Wieck vorbei, der auf dem glatten Bürgersteig dahinstolperte. So einsam. So verlassen. Einen Augenblick lang sah er fast aus wie Robert Schumann. Voller Liebe und Entsetzen starrte Clara ins Dunkel und winkte ihm zu. Doch er heftete den Blick auf den Boden, gehetzt und verzweifelt, als wäre er auf dem Weg in die Hölle.

Die erste Station ihrer Reise war Nürnberg. Bereits die Fahrt dahin glich einer Katastrophe. So dicht fiel der Schnee, dass der Postillion auf der Straße nicht mehr weiterkam und auf die Felder und Wiesen auswich, die der Sturm leer gefegt hatte. Bei jeder Unebenheit wurden die Passagiere hochgeschleudert, dass sie mit dem Kopf an den Plafond der Kutsche stießen. Während sie noch aufkreischten, plumpsten sie bereits wieder auf den Sitz zurück. Es war ein einziges Geschrei und Gejammer. Erst nach etwa zwei Stunden hörte das Schneetreiben auf und die Kutsche fuhr wieder auf die Straße zurück. Nach dem Gerumpel und Gerappel kam den Fahrgästen die übliche Unbequemlichkeit fast schon wie ein Luxus vor und sie waren erleichtert, dass wenigstens kein Rad gebrochen war oder gar die Achse.

Claudine Dufourd war außer sich. Sie habe es ja schon immer gewusst: Dieses Deutschland sei barbarisch. Niemals würde man in Frankreich einer Frau eine derartige Strapaze zumuten. All die großen Damen, die sie während ihrer Tätigkeit als Gesellschafterin begleitet habe, hätten bei einer solchen Witterung niemals einen Fuß aus dem Haus gesetzt, geschweige denn eine schäbige Postkutsche bestiegen ... Dies alles in französischer Sprache, bis Clara sie anfuhr, sie solle endlich den Mund halten, und wenn sie schon etwas zu sagen habe, dann wenigstens auf Deutsch. »Noch sind wir nicht in Frankreich, Mademoiselle. Im Übrigen können Sie bereits in Nürnberg eigener Wege gehen, wenn Ihnen diese Reise nicht passt.«

Damit löste Clara erst recht einen Wortschwall aus. »Ich habe einen Vertrag, ma cousine!«, rief die Französin. »Er gilt von Leipzig bis Paris und danach wieder zurück nach Leipzig. Sie haben kein Recht, mich zu entlassen. Ich könnte Sie verklagen und würde jeden Prozess gewinnen.«

Clara spürte eine Wut in sich aufsteigen, die ihrem Vater alle Ehre gemacht hätte. »Der Vertrag interessiert mich nicht!«, antwortete sie kalt. »Wie Sie vielleicht wissen, bin ich noch nicht geschäftsfähig. Wenn Sie Beschwerden haben, wenden Sie sich an meinen Vater. Den können Sie verklagen, nicht mich.« Danach fragte sie die Französin, die sie bei sich immer nur »die Französin« nannte, wie sie sich ihre Tätigkeit als Reisebegleiterin überhaupt vorstelle.

Die Französin beruhigte sich. »Ganz einfach, ma cousine«, antwortete sie in überlegenem Ton und zupfte an ihren Stirnlocken. »Ich begleite Sie zu Ihren Konzerten und gesellschaftlichen Verpflichtungen – ganz offiziell als eine Verwandte, die auf Ihren Ruf achtet. Als Cousine eben, denke ich.«

»Bisher hatte ich eine Zofe, die sich um meine Kleidung kümmerte und mir Besorgungen abnahm.«

Die Französin schüttelte beleidigt den Kopf. »Ich bin keine Zofe, ma cousine. Ich könnte eher verlangen, dass Sie mir eine Zofe zur Verfügung stellen. Zumindest eine für uns beide gemeinsam.«

Clara dachte an die Methoden ihres Vaters, der in einer solchen Situation »Wehret den Anfängen!« gesagt hätte. So stellte sie – in ihrer Muttersprache – klar, was sie von ihrer Begleiterin erwartete: sämtliche Dienste, die bisher Nanni für sie geleistet hatte und außerdem Diskretion. »Kein Spionieren und Herumschnüffeln. Keine intimen Mitteilungen an meinen Vater. Andernfalls fliegen Sie bei der nächsten Station.«

Die Französin schwieg lange. Sie hatte aufgehört, mit ihren Löckchen zu spielen. »Einverstanden«, lenkte sie dann ein. Das Leben hatte sie gelehrt zu erkennen, wann sie sich fügen musste. »Ich habe nur eine einzige Bedingung, aber die ist mir wirklich ernst.«

»Als da wäre?«

»Die Zofen der Damen, mit denen ich bisher unterwegs war, wurden gewöhnlich in den Dienstbotenkammern einquartiert. Im höchsten Stockwerk, gleich unter dem Dach.« Ihr Gesicht war plötzlich ganz rot und sie blickte Clara fast flehend an. »Ich könnte es nicht ertragen, da oben zu wohnen, Mademoiselle.«

Clara überlegte. Ihr war klar, dass sie mit ihrem Reisebudget nur auskommen würde, wenn sie die eigenen Kosten möglichst niedrig hielt. Friedrich Wieck hatte Nanni nicht einmal unter dem Dach einquartiert, sondern sie in Claras Zimmer untergebracht, und als Clara noch ein Kind gewesen war, hatte er selbst sich mit ihr ein Zimmer geteilt. »Sie werden bei mir im Zimmer schlafen, Mademoiselle«, bestimmte sie deshalb. »Damit wahren Sie Ihr Gesicht. Darum geht es Ihnen ja wohl.«

Die Französin atmete auf. »Und die Abendeinladungen?«, fragte sie dann. »Die Konzerte?«

»Zu denen gehe ich alleine.«

Die Französin nickte resigniert. »Vielleicht überlegen Sie es sich ja noch«, murmelte sie.

»Das glaube ich kaum.«

Der Aufenthalt in Nürnberg verlief so, wie Clara es befürchtet hatte. Alle Aufgaben eines Impresarios, die bisher Friedrich Wieck erledigt hatte, musste sie nun selbst organisieren. Sie machte den Saal für ihr Konzert ausfindig und mietete ihn für einen möglichst nahen Termin. Sie ließ Eintrittskarten drucken, Programmzettel und Plakate. Sie stellte Billetteure ein und engagierte Musiker. Vor allem aber musste sie ein Klavier auftreiben, das sich wenigstens halbwegs für ein Konzert eignete. Als sie es endlich gefunden hatte, sorgte sie dafür, dass es frisch gestimmt und zum Konzertsaal transportiert wurde. Nebenbei erfragte sie noch die Namen und Adressen der örtlichen Honoratioren und lud sie mit persönlichen Billetts ein.

»Konzertbesorgungen«, hatte Friedrich Wieck diese Tätigkeiten genannt, die Clara früher erspart geblieben waren. Nur die »Instrumentennot« hatte sie bisher ertragen müssen, wenn die Tasten eines Leihklaviers kaum zu »erdrücken« waren oder gar während des Spiels stecken blieben. Nun aber lasteten sämtliche Pflichten auf ihr und sie fragte sich, ob sie das alles während der ganzen Tournee würde aushalten können.

Zu allem Überfluss brach nach ein paar Tagen auch noch Tauwetter aus. Binnen weniger Stunden stand die halbe Stadt unter Wasser. Seit vierzig Jahren habe es eine solche Katastrophe hier nicht gegeben, wurde berichtet. Die Bewohner der tiefer liegenden Häuser flohen mit ihrer kostbarsten Habe die Anhöhe hinauf zu ihren Verwandten oder Freunden, während am Fuße der Steigung die jungen Leute in ihren Kähnen herumfuhren und johlten und sangen. Jeden Augenblick fiel einer ins Wasser und schuf sich so eine Erinnerung fürs Leben.

Clara besaß schon keine trockenen Schuhe mehr und ihre Rocksäume kräuselten sich. Dazu kam noch, dass sich die Französin ständig beklagte, wie unerträglich der Aufenthalt hier für sie sei. Dieses ganze Land sei eine einzige Zumutung. Man sei wie gefangen hier, und die Barbaren da unten in ihren Bötchen fänden das auch noch lustig. Übrigens sei sie in dieser finsteren Gaststube unten im feuchten Erdgeschoss gewesen und habe dort zu Abend gegessen. Natürlich gehe das auf Claras Kosten, nicht wahr? Der Mensch könne schließlich nicht ohne Speis und Trank leben.

Da warf Clara ihre Aktenmappe auf einen Stuhl, lief hinunter in die Küche und bestellte für die nächsten Tage ein – ausdrücklich! – einfaches Menu für die Französin. »Nichts à la carte, bitte sehr, und keine alkoholischen Getränke!«

Der Gastwirt blickte Clara zweifelnd an. »Und Sie, gnädiges Fräulein?« Es hatte sich bereits herumgesprochen, dass die geschäftige junge Dame eine berühmte Künstlerin war.

Clara schüttelte den Kopf. »Vielen Dank, ich habe keinen Hunger«, antwortete sie und ging hinauf zur Französin, die – o Wunder! – tatsächlich dabei war, den Saum von Claras Mantel zu säubern und zu bügeln. »Gut so!«, murmelte Clara und ließ sich aufs Bett fallen. Sie dachte, dass sie eigentlich noch einen Brief an Robert Schumann schreiben wollte, doch schon im selben Augenblick schlief sie ein. Sie merkte nicht einmal, dass ihr die Französin die Schuhe und das Kleid auszog und sie kopfschüttelnd zudeckte.

Ein Privatkonzert nach dem anderen, um in der Stadt bekannt zu werden und die wichtigen lokalen Persönlichkeiten davon zu überzeugen, dass es sich lohnte, Claras öffentliches Konzert zu besuchen. »Große Fische im kleinen Teich« hatte Friedrich Wieck sie genannt, die Bürgermeister, Notare, Apotheker und Professoren. Vor allem aber die führenden Damen der feinen Gesellschaft und ganz besonders die Presse. Sie würde dafür sorgen, dass der Erfolg der jungen Künstlerin über das Stadtgebiet hinaus bekannt wurde, und ihr erleichtern, auch auf den weiteren Stationen der

Reise Fuß zu fassen. Eine Beethoven-Sonate spielte Clara dann meistens, Fugen von Scarlatti und Bach und ein oder zwei Mal auch Robert Schumanns »Carnaval« – allein schon, um ihm davon berichten zu können.

Welch eine Freude, als bald schon ein Brief von ihm eintraf, voller Liebe, Verehrung und Mitgefühl. Sein »Heldenmädchen« nannte er sie, seine »kleine Jeanne d'Arc«, die dabei sei, die Welt zu erobern. Was ihn selbst betraf, klang etwas nüchterner. Obwohl er sich schon seit mehreren Wochen in Wien aufhielt, war es ihm bisher nicht gelungen, bei Graf Sedlnitzky vorzusprechen, ohne dessen Zustimmung er nie eine Lizenz für seine geplante Wiener Musikzeitschrift erwirken würde. Clara seufzte, als ihr auffiel, dass ihr heimlicher Verlobter den Namen Sedlnitzky nicht richtig schrieb. »Sedlitzky« stand da immer. Sie konnte nur hoffen, das Robert Schumann dieser Fehler nicht auch bei seinen offiziellen Gesuchen unterlaufen war.

Tage voller Tätigkeit und zum Schluss das große Konzert, das sie für alle Mühen entschädigte. Fast wie in Wien war es, dachte sie, während man ihr Sträuße zuwarf und sie umringte.

Auch die Französin war anwesend und sonnte sich im Erfolg ihrer »Cousine«. Sie scharte eine Reihe älterer Herren um sich und erzählte reizende kleine Geschichten aus Claras Kindheit, die sie selbstverständlich miterlebt hatte. »Wir sind eine große, herzliche Familie!«, berichtete sie. »Claras zärtliche Eltern, ihre bezaubernden Geschwister und natürlich ich selbst.« Dabei hielt sie Ausschau, ob sich unter den lächelnden Nürnberger Kavalieren nicht vielleicht einer befände, der sich dazu eignete, mit ihr selbst – eventuell – eine ebenso harmonische Familie zu gründen.

Clara ließ sie gewähren. Während der letzten Tage hatte sich die Französin eifrig bemüht, es ihr recht zu machen, um dafür zum Konzert mitgenommen zu werden. Nun gut, eine Hand wäscht die andere, dachte Clara … Trotzdem wäre sie Claudine Dufourd gern wieder losgeworden. Zu anstrengend war sie mit ihrem ständigen Geplapper. Außerdem traute ihr Clara nicht.

Immer noch rechnete sie damit, dass die Französin ihre Post durchwühlte und Friedrich Wieck heimlich Bericht erstattete.

»Courmacher« hatte man sie in Wien genannt, die hochgestimmten jungen Männer, die die Künstlerin begleiteten und ihr schmeichelten. In Nürnberg gab man sich etwas handfester. Doch auch hier wurde Clara verehrt und mit kleinen Geschenken verwöhnt. Fast ein wenig traurig war sie, als der Tag näherrückte, an dem sie wieder abreisen würde. Man versuchte, sie zu längerem Bleiben zu überreden, doch die Erfahrung hatte sie längst gelehrt, dass ein frühes Ende besser war als ein langsamer Abschied. Außerdem hatte sie sich entschlossen, einen Abstecher nach Ansbach einzufügen. Der dortige Musikdirektor war von ihrem Nürnberger Konzert so hingerissen gewesen, dass er die Organisation in seiner Stadt für sie übernahm. »Sie brauchen nur zu spielen, Maestra!«, versicherte er und errötete zugleich bis über beide Ohren. »Alles andere können Sie getrost mir überlassen.« Danach verstieg er sich sogar zu einem Handkuss, den allerdings die Wiener Courmacher mit größerer Eleganz beherrscht hatten.

Clara ließ sich nicht zweimal bitten. Friedrich Wiecks tüchtige Tochter wusste nicht nur den Applaus zu schätzen, sondern auch die pekuniären Folgen eines vollen Hauses. Allein in Nürnberg waren ihr, nach Abzug der Kosten von 41 Gulden, Einnahmen von 191 Gulden 21 Kreuzer geblieben. Kein schlechter Schnitt. Wenn es so weiterging, konnte sie ihren Reiseetat bis Paris noch gründlich aufstocken.

Während sie rechnete und kalkulierte, sah ihr die Französin kopfschüttelnd zu. »Ich kann es kaum begreifen, Mademoiselle«, murmelte sie. »Eine romantische Künstlerin habe ich mir immer anders vorgestellt.«

3

Auf das wasserreiche Nürnberg folgte Stuttgart, wo ihr schon vom ersten Tag an ihre Konzertbesorgungen von einem gewissen Dr. Schilling erleichtert wurden. Er war ein flüchtiger Bekannter ihres Vaters und hatte bisher mehrere musikalische Fachbücher veröffentlicht, die mit hochtrabenden Titeln prunkten, zum Teil aber elende Plagiate waren, gegen die bereits mehrere Verlage gerichtlich vorgegangen waren. Bisher vergeblich, denn Schillings Selbstbewusstsein überzeugte sogar die Richter.

Auch Clara ließ sich von ihm blenden. Sie war dankbar, dass er ihr schon nach einer Woche mehrere Engagements bei Hofe vermittelte und sie mit wichtigen Persönlichkeiten der Stadt bekannt machte. »Er hilft mir sehr«, berichtete sie Robert Schumann, der sich bei diesen Worten schlagartig vom liebevoll-sanften Eusebius in den wutschnaubenden Florestan verwandelte.

»Schilling ist ein fleißiger Bücherschreiber, ungefähr wie Czerny ein Komponist«, schrieb er und hätte zum Degen gegriffen, hätte er nur zu fechten gelernt. »Du arme kleine Kammervirtuosin Du, wie kannst Du Dir nur von so einem imponieren lassen? Hast Du nie daran gedacht, dass er Dich nur ködern möchte, um dann mit Deiner Hilfe Geld zu scheffeln?«

Inzwischen hatte sich der feine Dr. Schilling dazu hinreißen lassen, Clara mehrere Liebesbriefe zuzustecken. Zu seinem Bedauern, schrieb er, sei er bereits verheiratet, doch das habe nichts zu bedeuten. Er habe genug Geld, um auch zwei Frauen zu ernähren. Niemand aber würde wie er imstande sein, Claras Karriere zu fördern. Mit seiner Hilfe würde sie die größte Pianistin der Welt werden.

Nun wurde auch Clara hellhörig. Die größte Pianistin der Welt? War sie das nicht bereits auch ohne diesen Dampfplauderer, den sie nun mit anderen Augen zu sehen begann? Als er ihr in tiefer Gekränktheit einen Brief von Robert Schumann zeigte, in dem dieser ihn einen »Halbmenschen von Musiker« nannte, freute sie sich, dass ihr sonst so stiller lieber, lieber Robert so wütend für sie eintrat. »Sollten Sie es wagen, die junge Dame weiter zu bedrängen, werde ich Sie zertreten wie eine Spinne. Ihre Briefe werde ich im Notfall Ihrer bemitleidenswerten Frau Gemahlin zustellen. Robert Schumann.« Clara unterdrückte ein Kichern. Trotzdem sagte ihr ihr nüchterner Wieck'scher Verstand, dass sie in Zukunft wohl vorsichtiger sein sollte. Erst jetzt begriff sie, dass ihr Talent ein Kapital war, an dem sich so mancher Spitzbube gern vergriffen hätte.

Nach ihrem letzten Konzert in Stuttgart lernte Clara eine junge Frau kennen, Henriette Reichmann, die Clara bat, ihr vorspielen zu dürfen. »Ihr Urteil würde mir viel bedeuten«, erklärte sie und fügte dann hinzu, Clara sei ihr großes Vorbild. Schon als Kind habe sie sie beneidet und sich gewünscht, so zu werden wie sie. »Ich übe jeden Tag mindestens vier Stunden«, gestand sie. »Irgendwann möchte ich wie Sie in einem großen Konzertsaal spielen und die Menschen verzaubern. Mit Beethoven vielleicht. Keinen Komponisten verehre ich mehr als ihn. Manchmal kommt es mir vor, als habe er manches eigens für mich geschrieben.«

Clara blickte sie zweifelnd an. »Ausgerechnet Beethoven?«, fragte sie und erinnerte sich daran, dass ihr ihre Gegner in Wien vorgeworfen hatten, sie habe Beethoven nie richtig verstanden.

»Ich habe gehört, wie Sie seine ›Appassionata‹ spielen«, gestand Henriette Reichmann fast ehrfürchtig. »Er ist ein Genie und Sie sind ihm als Pianistin ebenbürtig.«

Clara war zu selbstkritisch, um sich geschmeichelt zu fühlen. Trotzdem ging sie mit der jungen Frau – wohl im gleichen Alter wie sie selbst – zurück in den Konzertsaal und gebot ihr mit einer einladenden Geste, sich ans Klavier zu setzen.

Der Saal hatte sich inzwischen geleert. Die Klavierträger warteten bereits darauf, den Flügel abzutransportieren. Sie murrten, als es eine Verzögerung gab. Nur weil das junge Mädchen am Klavier so braunlockig und hübsch war, harrten sie noch aus. An der Tür stand ein älteres Ehepaar, einfache Leute, doch offensichtlich musikverliebt. »Meine Eltern«, erklärte Henriette Reichmann und begann zu spielen.

Clara horchte auf. Sie merkte gleich, dass die junge Frau keinen guten Musikunterricht genossen hatte, doch ihr Talent war unüberhörbar.

»Ich habe Chopin gewählt, weil ich weiß, dass Sie ihn lieben«, sagte sie, als der letzte Ton verklungen war. »Glauben Sie, dass ich Chancen habe, eine gute Pianistin zu werden?«

Clara überlegte. Die Verantwortung lastete auf ihr. Dann aber nickte sie. »Ich denke schon«, gab sie zögernd zu. »Sie müssen sich nur einen besseren Lehrer suchen.«

Da lachte Henriette beglückt auf. »Den Lehrer habe ich schon!«, rief sie. »Ich ersuche Sie von ganzem Herzen, mich zu unterrichten.«

Auch ihre Eltern eilten nun herbei und baten Clara, ihre Tochter als Schülerin anzunehmen. Seit Jahren hätten sie dafür gespart, dass sich ihr Kind seinen Herzenswunsch erfüllen könne, eine bedeutende Pianistin zu werden. »Ein Talent ist eine Gottesgabe«, sagte Henriettes Vater ernst. »Ein Geschenk, aber auch eine Verpflichtung.«

Clara zuckte zusammen. Ihr war, als hörte sie ihren eigenen Vater. »Ich kann Ihrer Tochter nicht helfen«, antwortete sie mit ruhiger Stimme. Sie kam sich plötzlich reif und erfahren vor und hätte sich gewünscht, es nicht zu sein. »Ich reise morgen ab. Nach Karlsruhe und dann nach Paris.«

Sie traute ihren Ohren kaum, als Henriettes Vater daraufhin bat, sie möge seiner Tochter erlauben, sie zu begleiten. »Sie wird Ihnen nicht zur Last fallen, gnädiges Fräulein. Wir bitten nur, ihr zu gestatten, von Ihnen zu lernen. Die Unterrichtsstunden werden wir bezahlen und die Reisekosten übernimmt sie selbst. Gern wird sie Ihnen auch zur Hand gehen, wo es nötig ist. Ein Wort von Ihnen genügt.«

Clara erschrak. »Ich bin selbst noch nicht einmal volljährig«, wandte sie ein. »Ist Ihnen das bewusst?«

Nun meldete sich auch Henriettes Mutter zu Wort. »Sie sind

eine große Künstlerin«, sagte sie mit einer hellen Kinderstimme, die nicht zu ihrem Alter passte. »Wer redet da von bürgerlichen Gesetzen?«

So kam es, dass sie vom nächsten Morgen an zu dritt unterwegs waren: Clara, die Französin und Henriette Reichmann.

Die Französin platzte fast vor Ärger und Eifersucht. Sie benahm sich, als hätte ihr Henriette das Essen vom Teller genommen. Sie hoffte inständig, dass sich in Paris die Lage wieder umkehrte. Ein ehrgeiziges Mädchen wie diese Henriette – selbst in Gedanken sprach Claudine Dufourd diesen Namen Französisch aus – würde dort auf Dutzende Männer treffen, die versprachen, sie zu protegieren. War nicht sogar Clara auf diesen Blender Schilling hereingefallen? Dabei war sie bisher doch wahrlich in der Welt herumgekommen. Um wie viel gefährdeter war da erst dieses Kind einfacher Leute, die es bestimmt nicht ewig finanzieren konnten! Ambitioniert, wie diese Henriette war, würde sie zugreifen, wenn man ihr Förderung anbot. Ein vermögender Bankier vielleicht, der ihr eine hübsche Wohnung einrichtete und für ihren Unterhalt aufkam, oder ein junger Aristokrat, der ihr die Ehe versprach, bis seine Leidenschaft abgekühlt war …

»Ihre Eltern hätten Ihnen diese Reise verbieten müssen, Henriette«, sagte die Französin, während sie in der Kutsche saßen und sich der Lichterstadt Paris näherten. »Sogar der welterfahrene Monsieur Wieck hat seiner Tochter eine Anstandsdame besorgt. Wer aber soll auf Sie aufpassen, wenn wir erst in Paris sind?«

Henriette wusste nicht, was sie antworten sollte.

Doch Clara hob den Kopf von ihren Abrechnungen. »Das werde ich tun, Mademoiselle«, sagte sie kühl. »Verlassen Sie sich darauf und kümmern Sie sich lieber um Ihre eigenen Angelegenheiten.« Dann schwieg sie und blickte verwirrt vor sich hin. Ich bin neunzehn!, dachte sie und erinnerte sich plötzlich an Alfred von Schönburg, der sie in den Arm genommen hatte. »Armes Mädchen!«, hatte er gesagt. »Was hat man nur mit dir gemacht?«

Wie angenehm es gewesen war, sich beschützt zu fühlen! Was war nur geschehen, dass auf einmal sie selbst für die anderen sorgte? Dass sie mit zwei Frauen, die von ihr abhingen, in einer schäbigen Postkutsche saß und über Abrechnungen brütete. Clara Wieck, das gepanzerte Mädchen. Papas kleiner Russe, den keiner mehr in den Arm nahm und tröstete ... Vielleicht, dachte sie, hätte ich mich damals in Wien doch nicht so heftig wehren sollen, sondern hätte besser abgewartet, wie es weitergehen würde.

»Ich bereue nichts!«, hatte Robert Schumann einmal großspurig erklärt, als sie über ihr Leben sprachen und über das Schicksal im Allgemeinen. Damals hatte sie ihm nicht widersprochen, obwohl sie ihm nicht glaubte. So manches in seinem Leben hätte er wohl geschickter anstellen können, hatte sie gedacht. Mit sich selbst war sie weniger streng ins Gericht gegangen. Ihr Leben war ihre Karriere und die war stetig nach oben verlaufen. Kein Zweifel also, dass sie alles richtig gemacht hatte.

Doch jetzt? Konnte sie immer noch mit sich selbst zufrieden sein? War sie immer noch auf dem richtigen Weg? Gewiss, sie hatte bewiesen, dass sie ihr Leben selbst in die Hand nehmen konnte und dass sie auch ohne ihren Vater zurechtkam. Woher rührte aber dann diese unerklärliche Angst, die sie in letzter Zeit nachts aufwachen und nach Luft ringen ließ? War es die Angst, die falsche Richtung einzuschlagen, da sie doch jeden Tag vor neuen Wegkreuzungen stand? Wen von den vielen Menschen, die sie bedrängten, sollte sie an sich heranlassen und wen mit aller Strenge abweisen? Welches Angebot sollte sie annehmen und welches abschlagen?

Ich bin einsam!, gestand sie sich plötzlich ein, obwohl da die Französin war, jederzeit zum Gespräch bereit, und die junge Henriette, die sich so viel von ihr erhoffte. Ich bin einsam – obwohl dieser seltsame junge Mann bei den Wiener Behörden herumirrte, um seine Zukunft mit ihr vorzubereiten. Fremd erschien er ihr plötzlich in seinem gesellschaftlichen Ungeschick, obwohl sein musikalisches Talent ihr manchmal den Atem raubte. Ich bin einsam. Wo bist du, mein Vater? Wo ist jemand, der mich in den Arm nimmt und mich fragt, was man denn mit mir angestellt habe?

Ein Wunderkind war sie gewesen. Ein kleiner Engel der Musik, der imstande war, sich selbst zu verzaubern und damit auch jene, die ihm zuhörten. Eine Gabe war es, ein Gottesgeschenk. Sollte das denn nun vergeudet werden im Kampf um Gagen und Rezensionen? Ermüdet und erloschen auf endlosen Kutschfahrten und in ungepflegten Herbergen? Paganinis Madamigella Clara war sie gewesen, der nicht nur die Welt offenstand, sondern sogar der Himmel. Das kleine Mädchen, dem der große Goethe ein Kissen gebracht hatte, damit es die Tasten erreichen konnte. Sollte es von jetzt an nur noch Taler zählen und den Reichen schmeicheln?

Und die Musik? Erklang sie immer noch in ihrem Herzen? Oder war der Schlüssel verloren gegangen, der das Paradiestor öffnete? Musik ... Auch während der Reise hatte sie fast jeden Tag geübt und in den Konzerten hatte sie sich dem Zauber von einst ausgeliefert. Doch mehr als einmal hatte sie gespürt, dass sie dabei war, den Anschluss zu verlieren. Würde sie womöglich eines Tages nur noch die Gesten der Kunst ausführen, ohne selbst von ihr erfüllt zu sein?

Oh, wie sie sich auf einmal nach der Unschuld von einst zurücksehnte, als das große Gefühl einfach über sie kam und sie erfasste ... Ich darf mich nicht selbst verlieren!, dachte sie. Ebenso gut könnte ich sterben.

Paris. So nahe schon. Ein paar Stunden noch, dann begann alles wieder von Neuem. Und dennoch: Man durfte nicht schwach werden. Man musste hoffen und vorangehen. Weiter und immer weiter, wie der Bote mit der unerhörten Nachricht. Auch wenn das Herz klopfte und man meinte, ersticken zu müssen. Eine Station, dann die nächste. Eine Stufe nach der anderen. Immer höher hinauf. Die größte Pianistin ihrer Zeit. Ein zweiter Liszt ... Ein junges Mädchen von neunzehn Jahren, das den Weg ersehnte, der es wieder zu sich selbst zurückführte.

Das Glück der Freiheit

1

Seine »denkende Braut« nannte Robert Schumann Clara in seinen Briefen – halb bewundernd, halb scherzhaft, vielleicht sogar ein wenig verdrossen, denn während sich Clara in Paris von Tag zu Tag fester etablierte, wurde ihm in Wien immer deutlicher bewusst, dass sein Vorhaben, sich in der Kaiserstadt eine gesicherte Existenz aufzubauen, zum Scheitern verurteilt war. Dabei war er mit der Überzeugung hergekommen, hier das Glück seines Lebens zu finden. Anders als in Sachsen, wo er sich immer unterschätzt gefühlt hatte, würde man in der Musikmetropole Wien sein Talent erkennen und ihm endlich die Ehre erweisen, die ihm gebührte.

Sein geheimster Traum war eine Professur am Wiener Konservatorium. Damit, so hoffte er, würde er fürs ganze Leben abgesichert sein. Bestimmt würde man ihm dann auch bald die Genehmigung erteilen, seine Zeitschrift in Wien erscheinen zu lassen. Damit würde sich Robert Schumann, der bislang im Hofgebäude der Witwe Devrient – im »Roten Kolleg« neben der Buchhändlerbörse – gewohnt hatte, vielleicht bald ein eigenes Zuhause leisten können, in dem sein Clärchen standesgemäß residieren würde und in dem er seinen strengen Schwiegervater empfangen konnte, um ihm zu beweisen, dass der »somnambule Fantasiemensch Schumann« in Wahrheit doch ein aufrechter Bürger war, der sein Leben einzurichten verstand.

Schon die ersten Menschen, denen er in Wien begegnete, gefielen ihm. Viel höflicher und aufgeschlossener als die Sachsen kamen sie ihm vor. Diese Meinung geriet jedoch schon nach ein paar Tagen ins Wanken, als drei mürrische Vertreter der Zensurbehörde bei ihm auftauchten und seine »Schriften« zu sehen verlangten, was auch immer das sein mochte. Jedenfalls durchwühlten sie seine Korrespondenz, lasen sich in Claras Liebesbriefen fest und konfiszierten schließlich mehrere seiner Bücher – ausgerechnet Jean Paul und Lord Byron.

»Das ist Weltliteratur, meine Herren!«, versicherte ihnen Robert Schumann in seinem breitesten Sächsisch, da ja auch die Eindringlinge auf ihrem Dialekt beharrten. Doch jeder Einspruch blieb vergeblich und keine der Beschwerden, die er bei der Zensurbehörde einreichte, wurde beantwortet. An den mächtigen Sedlnitzky, dessen Namen er nach wie vor falsch schrieb, kam er schon gar nicht heran.

Als einzige Rache für seine Enttäuschung blieb ihm, sein Opus 23 zu komponieren, dem er in seiner aufsässigen Stimmung erst den Titel »Leichenfantasie« gab. Danach entschloss er sich allerdings, es »Nachtstücke« zu nennen. Im darauf folgenden »Faschingsschwank« revanchierte er sich erst recht, indem er stetig wiederkehrend die in Österreich verbotene »Marseillaise« zitierte. Die Davidsbündler in Leipzig würden das sicher zu schätzen wissen, dachte er. Doch in Wien verschloss ihm sein Aufbegehren auch noch die letzte Tür der Amtsstuben. Bald fühlte er sich nur noch beobachtet und verfolgt. Sogar Friedrich Wieck beschuldigte er insgeheim, bei der Zensurbehörde gegen ihn intrigiert zu haben.

In dieser trüben Stimmung korrespondierte er mit Clara, die ihm in Hochstimmung schilderte, wie sie dabei war, sich in Paris einzugewöhnen. Jedes Mal, wenn ein Brief von ihr kam, klopfte sein Herz. »CW«, ihre Initialen auf kostbarem Papier, leuchteten ihm entgegen wie strahlende Signale aus einer anderen Welt, die sich der heimwehkranke sächsische Junge, der zum ersten Mal seine enge Heimat hinter sich gelassen hatte, kaum vorstellen konnte. Wahrscheinlich, so fürchtete er, würde er sich in diesem fremden Universum, in dem sich Clara so wohl fühlte, gar nicht zurechtfinden. Der Kampf gegen die Zensurbehörde hatte sein Selbstbewusstsein schwer angeschlagen.

»Mademoiselle Clara Wieck, Pianiste de S.M. L'Empereur d'Autriche« adressierte er seine Antwortbriefe, in denen er versuchte, seine deprimierte Stimmung zu verbergen. Er erzählte, dass er sich mit Franz Xaver Mozart, Sohn des großen Wolfgang Amadeus, angefreundet habe, fügte aber gleich hinzu, es sei traurig, »aber wir sind doch alle eigentlich nur noch Epigonen«. Dabei dachte er heimlich auch an den kleinen Goethe, der so verliebt in ihn gewesen war, dass er freudig sein Leben für ihn gegeben hätte. Danach verdrängte er hastig den Zweifel, der ihn plötzlich überfiel: ob sich eine Frau wohl ebenso leidenschaftlich aufopfern würde wie dieser unbedeutende Dichterenkel, den seine Abstammung zugleich auszeichnete und bedrückte? Und dann sogar: ob Clara willens wäre, für ihn alles aufzugeben, wie es sich für eine Frau gehörte, die ihren Mann liebte?

Die Reise zurück nach Sachsen war nur noch eine Angelegenheit von Wochen. Ein wenig musste er aber wohl noch bleiben, damit seine Niederlage nicht allzu offenkundig war. Friedrich Wieck würde auch so schon triumphieren und ihn wieder einmal als Versager hinstellen. Welche Demütigung! Am Abend, wenn der Tag wieder einmal nichts eingebracht hatte, weinte Robert Schumann oft allein in seinem Zimmer und schrieb danach fröhliche Briefe an seine kaiserliche Pianistin. Er schämte sich, sein Debakel einzugestehen, nahm sich aber vor, von jetzt an in Leipzig doppelt tätig zu sein. Seine Zeitschrift lief nicht schlecht und versprach noch mehr, wenn er sich erst voll dafür einsetzte. Auch für seine Werke würde er nun energischer eintreten. Claras Beispiel sollte eine Anregung für ihn sein. Ab jetzt wollte er auch viel mehr als bisher unter Menschen gehen. Wie Felix Mendelssohn wollte er sein Publikum bezaubern. Der Erfolg seiner Kompositionen war es wert, über den eigenen Schatten zu springen.

»Spielst Du denn vor dem Pariser Publikum auch hin und

wieder meine Stücke?«, fragte er schüchtern in seinem nächsten Brief an Clara.

Sie antwortete nicht darauf, denn sie hatte es nicht getan.

»Hast du Angst?«, hatte Emilie List gefragt, als sie Clara zum ersten Mal seit fast fünf Jahren wieder in die Arme schloss. Mila, die beste Freundin, die Clara je gehabt hatte, vielleicht sogar die einzige, weil es in ganz Leipzig kein anderes Mädchen gab, das sich in Claras Wanderleben hineindenken konnte. Auch Mila hatte viel von der Welt gesehen und auch sie wusste, was es bedeutete, eigentlich überall fremd zu sein. Zu hören, wie die anderen über Menschen sprachen, die alle kannten außer man selbst. Höflich mitzulachen, wenn über Vorkommnisse aus der Vergangenheit berichtet wurde, an denen man als Einzige nicht teilgenommen hatte. Und dabei immer wieder an eigene Erfahrungen erinnert zu werden, von denen kein Anwesender wusste und die man nicht ins Gespräch brachte, weil man fürchtete, nicht richtig verstanden zu werden.

Über sich selbst zu sprechen, wenn man fremd war, bedeutete, dass alle aufhorchten, höflich nachfragten und doch irgendwie irritiert waren, weil sich da eine Welt auftat, in der die Hiesigen plötzlich selbst fremd waren. Und das Fremde – diese Erkenntnis senkte sich auf einmal über die selbstgewisse Gesellschaft – das Fremde bedrohte auf eine kaum merkliche, aber verstörende Weise das Gewohnte, in dem man sich geborgen fühlen konnte, weil es keine Geheimnisse barg. Wenn neben der eigenen kleinen Welt eine andere kleine Welt existierte oder vielleicht sogar mehrere, fiel man plötzlich aus der Mitte heraus wie ein Stern, der meinte, das Universum zu regieren und sich auf einmal am äußeren Rand wiederfand.

»Hast du Angst?« Angst in Paris, weil die Stadt so riesig war und so unübersichtlich. Angst vor den vielen fremden Menschen, die nicht einmal einander trauten. Angst, betrogen zu werden, oder gar, einfach verloren zu gehen. Angst zu scheitern, weil so viele gescheitert waren in dieser Stadt des Lichts, in der die

Schatten schwärzer zu sein schienen als anderswo. Wer hier Erfolge errang, dem öffnete sich auch die übrige Welt, doch wer hier unterging, der fand vielleicht nie mehr ans Licht.

»Ich habe keine Angst, Mila!«, hatte Clara geantwortet. Feierlich, fast wie ein Schwur hatte es plötzlich geklungen. Dabei war es einfach nur die Wahrheit gewesen. Clara Wieck hatte keine Angst, als sie in Paris ankam, und das änderte sich auch nicht, als die Tage dahingingen, angefüllt mit zahllosen Tätigkeiten vom Aufstehen bis zu dem Augenblick, in dem das Kerzenlicht verlosch.

Ich habe keine Angst. Clara wusste genau, warum es so war, obwohl ihr Reiseetat zusammenschmolz und sie nicht sagen konnte, wie lange sie überhaupt bleiben würde und was genau ihr bevorstand. Sie wusste es, weil sie den größten Teil ihres Lebens mit angesehen hatte, wie ihr Vater mit jeder Unwägbarkeit fertig wurde, die ihm sein Beruf als Impresario auferlegte. Auf jede Kleinigkeit hatte er geachtet, mit jeder Schwierigkeit war er fertig geworden, sodass er jedes Mal am Ende der Tournee ein sattes Plus verbuchen konnte.

Friedrich Wieck wusste, wie man sein Schicksal meisterte, und seine Tochter hatte es von ihm gelernt. Immer öfter dachte sie an den Brief, den er ihr zum vierzehnten Geburtstag in ihr Tagebuch geschrieben hatte. Den genauen Wortlaut hatte sie vergessen. Nur der Anfang war ihr noch präsent: »Meine Tochter, Du sollst nun selbstständig werden, das ist von der höchsten Bedeutung. Ich habe Dir und Deiner Ausbildung fast zehn Jahre meines Lebens gewidmet; bedenke, welche Verpflichtung Du hast.«

Was für ein Lehrer war er für sie gewesen! Das begriff sie erst jetzt. Wie hatte sie manchmal geschmollt, wenn er ihr als Schreibübung die Verträge hinlegte, die er mit den Veranstaltern abgeschlossen hatte. Clara wusste genau, wie unschön und unregelmäßig ihre Schrift war und dass keine kalligrafische Übung das jemals ändern würde. Dass die Texte dann auch noch so unkindlich langweilig waren, erhöhte ihren Widerstand. Nun aber, Jahre später, erinnerte sie sich wieder daran. Ohne nachzudenken, wusste sie, wie ein Vertrag auszusehen hatte und dass jedes Detail akribisch festgelegt werden musste. Meine Tochter, Du sollst nun selbstständig werden. Ja!, dachte sie, während sie durch die Straßen von Paris eilte, mit dem schnellen Schritt, zu dem er sie erzogen hatte. Ja, Papa. Keine Sorge. Ich bin selbstständig geworden, und ich habe keine Angst.

So wie Friedrich Wieck in jeder Stadt zuerst die wichtigsten Kontakte knüpfte, so machte sich auch Clara gleich am ersten Tag auf den Weg. Ihr Besuch galt dem Pianoforte-Fabrikanten Pierre Erard. Schon bei ihrem ersten Parisaufenthalt war sie mit ihrem Vater in das prächtige Stadtpalais der Erards eingeladen worden. Damals wurde von kaum etwas anderem gesprochen als vom kürzlichen Tod des charismatischen Firmengründers Sebastien Erard. Sein Nachfolger Pierre – nicht einmal sein Sohn, sondern nur ein Neffe – hatte es schwer, sich durchzusetzen: ein zierlicher Mensch, noch nicht einmal dreißig, mit lebhaften Zügen und einem enthusiastischen Auftreten, das seine Familie und seine Mitarbeiter lange nicht zu würdigen wussten, da alle noch den brauengewaltigen Sebastien vor sich sahen, der alles immer nur allein entschieden hatte und keinen Widerspruch duldete.

Inzwischen hatte man jedoch gelernt, auch seinen Nachfolger zu schätzen. Unter seiner temperamentvollen Führung war die Firma Erard zur größten Klavierfabrik des Landes aufgestiegen und hatte die Kontrahenten Pleyel und Pape weit hinter sich gelassen. Nur die Engländer Broadwood & Sons konnten Erard noch gefährlich werden. Doch Pierre Erard war bereits kräftig dabei, in ganz Paris zu verbreiten, die Broadwood-Klaviere klängen vergleichsweise fade und machten im Konzertsaal keinen Effekt.

Pierre Erard wusste um die Bedeutung von Reklame. Durch sein mitreißendes Temperament erinnerte er Clara ein wenig an ihren Vater. Von Anfang an fühlte sie sich in Pierres Gegenwart wohl. Sie ließ zu, dass er ihr einen großen Teil ihrer Konzertbesorgungen abnahm und ihr sogar Empfehlungen für die Gestaltung ihres täglichen Lebens erteilte.

Auf seinen Rat hin befreite sie sich als Erstes von ihrer Gesellschafterin, die in letzter Zeit ohnedies immer »maliziöser« geworden war – wie Clara es in ihren Briefen an Robert Schumann ausdrückte. Die Französin gab boshafte Antworten, vernachlässigte ihre Pflichten und kam eigentlich nur noch zum Essen und Schlafen ins Hotel. Erst als ihr Clara mitteilte, von nun an werde sie ganz oben im Dienstbotentrakt untergebracht, verschlug es ihr die Sprache. Sie drohte mit Kündigung, worauf Clara sofort einging. Sie hatte inzwischen Friedrich Wiecks Vertrag genau studiert und ihm entnommen, dass der endgültige Lohn der Gesellschafterin erst nach der Rückkehr in Leipzig – und nur dort! – ausgezahlt werden solle.

Damit hatte sie die Französin in der Hand, denn Claudine Dufourd wollte weder unter dem Dach hausen noch ins finstere Deutschland zurückkehren. Als Clara vorschlug, ihr den Lohn für die bisher geleistete Begleitung sofort auszuzahlen, sich danach aber ohne weitere Verpflichtungen von ihr zu trennen, griff sie erleichtert zu. »Ich werde nie verstehen, dass eine Berühmtheit wie Sie einen derart kleinbürgerlichen Lebensstil ertragen kann«, sagte sie zum Abschied. »Wissen Sie nicht, wie viele reiche Männer es in dieser Stadt gibt? Es ist natürlich eine Frage der Intelligenz, sich sein Leben angenehm zu gestalten.« Damit verließ sie das Hotel und Claras Leben. Vielleicht hatte sie längst einen Gönner gefunden, der ihr mehr zu bieten hatte als nur ein Kämmerchen unter dem Dach.

Auch über ihre eigene Wohnsituation unterhielt sich Clara mit Pierre Erard. Während ihrer Tournee hatte sie gehofft, bei Emilies Familie unterzukommen, doch deren Pariser Heim war kleiner und bescheidener als das Haus in Leipzig. Clara war schon froh, dass sie wenigstens ihren Schmuck und ihre Reisekasse in der Rue des Martyrs 43 unterbringen konnte, während sie selbst mit Henriette Reichmann im vornehmen »Hôtel de Prince« Logis nahm.

So hatte sie es von ihrem Vater gelernt: Der Erfolg einer Künstlerin konnte daran abgelesen werden, welches Hotel sie sich leisten konnte. Dabei graute Clara, als sie den Zimmerpreis erfuhr.

Natürlich würde sie sich mit Henriette ein Zimmer teilen, doch ihre tägliche Kalkulation sagte ihr, dass der Aufenthalt in diesem feinen Haus trotzdem nicht von langer Dauer sein durfte.

Als sie Pierre Erard von ihren Sorgen erzählte, antwortete er, das aufmüpfige Paris könne nicht mit dem überregulierten Wien verglichen werden. In Paris interessiere sich niemand dafür, wo die Künstler wohnten, denen man Kränze flocht. »Einmal ist Geld da, dann auch wieder nicht«, lachte er. »Auf das Talent kommt es an und nicht darauf, ob das Bett auf blanken Holzdielen steht oder auf einem seidenen Teppich.« Danach vermittelte er Clara ein hübsches, preiswertes Hotel in der Rue Michadière und später, als der Sommer nahte, sogar eine gemütliche Wohnung im Haus eines Schiffers in Bougival, wo Clara in Ruhe komponieren und ihre Konzerte vorbereiten konnte und von wo sie mit der Dampfbahn in einer halben Stunde in Paris war.

»Sie sind mein Schutzengel, Monsieur!«, sagte Clara dankbar, als ihr Pierre Erard noch vor der Übersiedlung nach Bougival einen seiner besten Flügel ins Zimmer stellen ließ.

»Purer Eigennutz!«, antwortete er achselzuckend. »Wenn Sie Ihre wunderbaren Konzerte auf einem Erard-Flügel geben, werden sich die Bestellungen bei uns vervielfachen.« Er beugte sich vor. »Ein kleiner Rat fürs Leben«, kündigte er an. »Glauben Sie keinem, der Ihnen aus reiner Menschenliebe Gutes tun will! Die besten Helfer sind immer die, die selbst einen Vorteil aus ihrem Entgegenkommen ziehen. Eine Hand wäscht die andere: Ich erleichtere Ihnen das Leben in Paris und Sie beweisen dem Publikum, wie herrlich man auf unseren Klavieren spielen kann.«

Friedrich Wiecks praktischer Tochter leuchteten diese Argumente ein. Sie erschrak jedoch, als am nächsten Morgen ein Wagen der Firma Pleyel vor dem Hotel auftauchte und drei kräftige Männer einen Pleyel-Flügel in ihr Zimmer schleppten. Sogar das Bett mussten sie verschieben, damit genügend Platz für das Instrument entstand. Dann verschwanden sie einfach, während Clara und Henriette ratlos zurückblieben. Als gegen Mittag dann auch noch starke Männer der Firma Pape auftauchten und sich mit ihrem Instrument die Treppe hinaufquälten, dachte Clara, dass jetzt wohl nur noch ihr neu ernannter Schutzengel helfen könne. Da der dritte Flügel wahrlich nicht mehr ins Zimmer passte, blieb er bei offener Tür halb auf dem Korridor stehen, während die Männer mit der Bemerkung flüchteten, sie hätten nur zu liefern. Alles andere gehe sie nichts an.

Der Hotelier protestierte, während sich Clara der Reihe nach an jeden Flügel setzte und den Anschlag ausprobierte. Zu ihrer Enttäuschung kam sie zu dem Schluss, dass das Erard-Klavier zwar einen wirklich schönen Klang hatte, dafür aber nur sehr schwer zu erdrücken war. Das Pleyel-Instrument beanspruchte die Finger weniger. Vielleicht hatte das einstige Wunderkind Camilla Moke ihren Anteil daran. Sie war inzwischen mit dem Besitzer der Firma Pleyel verheiratet. Allerdings hatte die Künstlerin ihren Gatten bereits nach kurzer Ehe verlassen und tourte derzeit, wie Clara der Presse entnommen hatte, durch Deutschland – eine lebenslustige Frau von achtundzwanzig, die sich benahm, als wäre sie immer noch ledig.

Am leichtesten ließ sich das Pape-Klavier spielen. Der Firmenbesitzer stammte aus Deutschland und hatte sein Handwerk bei Erard gelernt. Nachdem er sich selbstständig gemacht hatte, verbesserte er die herkömmlichen Instrumente, indem er die Hämmer mit Filz überzog und die Saiten über Kreuz anordnete. Clara, ganz Tochter eines Klavierbauers, konnte gar nicht aufhören, die Flügel zu untersuchen und zu vergleichen. Sie blickte erst auf, als Pierre Erard auftauchte und sich sofort bereit erklärte, die beiden Konkurrenzklaviere entfernen zu lassen.

Doch Clara hielt ihn zurück. Sie erklärte ihm alle ihre Einwände, und Pierre Erard war weitblickend genug, auf ihre Kritik einzugehen. »Wir können zusammenarbeiten, Mademoiselle«, schlug er vor. »Sie sagen mir, was Sie sich von meinen Klavieren wünschen, und ich versuche, nach Ihren Vorschlägen ein Traumklavier zu entwickeln.«

Damit war Clara einverstanden. Es dauerte noch mehrere Wochen, bis ihr Klavier so weit verbessert war, dass sie ohne Überanstrengung auch mehrere Stunden am Tag darauf spielen konnte. Mehrere Wochen – gerade so lange, wie sie brauchte, sich in Paris bekannt zu machen, und bis die große Welt zur Kenntnis nahm, dass das einstige Wunderkind Clara Wieck nun erwachsen war und eine Künstlerin, der zuzuhören sich lohnte.

2

Die Pariser Salons öffneten ihre Türen für die junge Frau aus Deutschland, deren Name dem Publikum nun schon so viele Jahre lang vertraut war. Man kannte sie, das merkte Clara erst jetzt, und man respektierte sie als ein neues Mitglied der Pariser Künstlerszene. Kein Abend, an dem sie nicht eingeladen war und an dem sie nicht aufgefordert wurde, sich ans Klavier zu setzen. Informelle Einladungen zumeist, aber auch große, ehrenvolle Konzerte, über die die Presse ausführlich berichtete.

Clara schlug kein Angebot aus, auch wenn sie danach manchmal so erschöpft war, dass sie kaum einschlafen konnte. Einmal spielte sie an einem einzigen Tag auf zwei bedeutenden Veranstaltungen: erst auf einer Matinée im Hause von Moritz Schlesinger, dem einflussreichen Herausgeber der »Revue et gazette musicale«, und abends dann bei Pierre Zimmermann, Professor für Klavier am Conservatoire, dem heimlichen Ziel ihrer Sehnsucht. Wenn es ihr erst gelang, dort zu konzertieren, hatte sie es wohl geschafft. »Paris gehört dir!«, würde ihr Vater dann sagen, und sie wünschte sich nichts sehnlicher, als ihm diesen Erfolg zu Füßen zu legen. »Was sagst du dazu, Papa?«, würde sie ihn fragen. »Bist du nun wieder zufrieden mit deiner Clara und nimmst sie zurück als deine liebe Tochter?«

Sie war überzeugt, dass Friedrich Wieck längst von ihren Erfolgen erfahren hatte. Heinrich Heine, der in derselben Straße wohnte wie Konsul List, hatte für diesen den Kontakt zur »Augsburger Allgemeinen« hergestellt. Clara erinnerte sich noch gut daran, dass ihr Vater bei ihrem ersten Pariser Aufenthalt inbrünstig auf eine wohlwollende Besprechung in ebendieser Zeitung gehofft hatte. Damals hatte ihm Heinrich Heine die kalte Schulter gezeigt. Für Clara aber war er nun zu sprechen. Sie weinte fast vor Freude, als ihr Konsul List mitteilte, er habe den Auftrag, über ihre bevorstehende Soirée bei Erard zu berichten sowie auch über ihre folgenden Konzerte.

Zum ersten Mal in ihrem Leben machte Clara die Erfahrung, was es bedeutete, an Lampenfieber zu leiden. Sie wusste, wie wichtig es für sie war, in dieser Saison mindestens zwei maßgebliche Konzerte vorweisen zu können, die nicht nur Achtungserfolge waren, sondern die das Publikum anrührten und begeisterten. Vorsichtshalber nahm sie deshalb auch keine neuen Stücke in ihr Programm auf. Trotzdem übte sie an den Tagen vor dem Konzert mehr, als für sie gut war. Dadurch wurde ihr zweiter Finger so reizbar, dass sie beim Üben schon nach einer Stunde vor Schmerzen nicht mehr spielen konnte. Sie verzweifelte fast und meinte bereits, das Konzert im Palais Erard müsse abgesagt werden.

Doch Pierre Erard, der immer so gern auf seinen Eigennutz pochte, erwies sich nun als guter Freund. Wortlos nahm er Clara am Arm, geleitete sie hinunter zu seiner Kutsche und fuhr mit ihr zu seinem Palais. Clara wehrte sich, es habe ja doch alles keinen Sinn. Am besten wäre es, gleich zu sterben. Mit ihrer Karriere sei es zu Ende. Ihren Vater würde es wahrscheinlich freuen. Er habe ja immer gesagt, ohne ihn sei sie nichts.

Dann öffnete sich die Tür zum Saal. Noch waren die Kerzen nicht angezündet, doch die Fenster standen weit offen und ließen das strahlende Sonnenlicht ein. Ein sanfter Lufthauch strich über Claras Gesicht. Erst jetzt sah sie, dass der ganze Saal mit Rosen und weißen Bändern geschmückt war.

»Wie bei einer Hochzeit«, sagte sie ergriffen.

»Wie am Beginn eines neuen Lebensabschnitts«, verbesserte sie Pierre Erard. »Hier fängt Ihre Zukunft an. Hier wird man lernen, Sie zu lieben. Von heute Abend an wird jeder wissen, dass es keine größere Pianistin gibt als Clara Wieck.« Dann umarmte er sie plötzlich. »Meine kleine Jeanne d'Arc!«, sagte er zärtlich, ohne zu wissen, dass er nicht der Einzige war, der sie so nannte. »Vergessen Sie Ihre Schmerzen! Kurieren Sie sich aus – doch nicht heute, sondern erst morgen! Heute gilt es zu kämpfen, ob Sie nun Schmerzen leiden oder nicht. Ich weiß, dass Sie das können.«

Als er sie losließ, nickte sie und lächelte unter Tränen. Diese Art der Ermunterung kannte sie. Wenn sie heute Abend stark war, würde es im fernen Leipzig einen Mann geben, der stolz auf sie war, und sie meinte damit nicht Robert Schumann.

Vom Siegeskranz, der Clara zuteilgeworden sei, konnte man am nächsten Morgen in der Presse lesen. Ihr Konzert sei eines der elegantesten gewesen, die es je in Paris gegeben habe. Der große Meyerbeer sagte sogar, Claras Spiel vereine in bewundernswerter Weise männliche Kraft und weibliche Grazie. Eine Flut von Einladungen in die vornehmsten Salons brach über Clara herein.

»Paris gehört Ihnen, meine Liebste!«, rief Pierre Erard in gewohntem Enthusiasmus. Danach konnte er nicht mehr an sich halten und küsste Clara schmatzend auf beide Wangen. »Es gehört Ihnen, zumindest beinahe schon.«

Clara runzelte die Stirn. Sie brauchte nicht zu fragen, worauf Erard anspielte. Ein Solist, der im Pariser Kunstleben wirklich verwurzelt sein wollte, musste sich auch am Conservatoire bewiesen haben. Erst wer dort Erfolg gehabt hatte, wurde selbst von den strengsten Kritikern kaum noch angezweifelt und gehörte zu den wahren Aristokraten der Kunst.

Doch Pierre Erard hatte sein As noch im Ärmel. Er trat ganz nah an Clara heran. »Im Dezember«, raunte er ihr geheimnisvoll ins Ohr. »Das Angebot ist noch nicht offiziell, aber es ist so gut wie sicher: Im Dezember werden Sie im Conservatoire gastieren und an Ihrem Erfolg zweifelt niemand.«

Einen Augenblick lang meinte Clara, der Himmel fiele auf sie herab. Ein Konzert im Conservatoire! »Ist das wahr?«, flüsterte sie und unterdrückte ein Schluchzen. Dabei wusste sie genau, dass sie Pierre Erard vertrauen konnte. Sie ergriff seine Hand und drückte sie, ohne sie danach wieder loszulassen. »Mehr kann man sich nicht wünschen, oder?«

Pierre Erard nickte. Auch er kämpfte um seine Fassung. »Mehr gibt es nicht«, antwortete er mit ungewohnt leiser Stimme.

Es war wie ein Traum. Als Clara nach Hause zurückkam, zog sie sich gleich in ihr Zimmer zurück und verschloss die Tür. Sie konnte sich nicht vorstellen, mit irgendjemandem über ihre Erschütterung zu sprechen, über ihre Freude und über die Genugtuung, dass sie aus eigener Kraft und durch eigenes Können so weit gekommen war.

Ein Konzert im Conservatoire! Bei ihrem ersten Aufenthalt in Paris hatte der Ausbruch der Cholera den Triumph des Wunderkindes Clara Wieck verhindert. Nun schenkte ihr das Schicksal zum zweiten Mal die große Chance. Das begabte kleine Mädchen aus Sachsen war keine Eintagsfliege gewesen, die man nur sehen wollte, weil ihr Auftreten so spektakulär und ihr Können ihrem Alter nicht angemessen war. Clara Wieck war keine Sternschnuppe, die ein flüchtiges Aufsehen erregte und danach für immer verglühte. Nein, Clara Wieck zählte heute nicht weniger als damals. Sie war eine feste Größe im Konzertsaal und bald würde sie den Olymp erreicht haben.

Ein Konzert im Conservatoire! Den ganzen Sommer lang und auch noch im Herbst würde sie Zeit haben, sich darauf vorzubereiten: ihr Programm sorgfältig auswählen, üben und – ja, ja, auch das wollte sie nun wieder! – sogar eine eigene Komposition schaffen, die sie dem Pariser Publikum an ihrem goldenen Abend vorstellen konnte. Ein Geschenk an diese Stadt, in der man sie diesmal so großzügig aufgenommen hatte: das junge Mädchen aus Leipzig, das sich ganz allein in die Welt hinausgewagt hatte und nun im strahlenden Paris seine Anerkennung fand.

Keinen Moment lang zweifelte Clara daran, dass das bevorstehende Konzert das werden würde, was Friedrich Wieck als Triumph zu bezeichnen pflegte. Friedrich Wieck – ihr Vater, der eigentlich dabei sein sollte, wenn sie die oberste Sprosse der Erfolgsleiter erklomm. Friedrich Wieck – ob er ihr nun endlich verzeihen würde? Ganz sicher wusste er Bescheid darüber, dass sich sein kleiner Russe wieder einmal durchgebissen hatte, und es konnte nicht sein, dass er ihr den Erfolg nicht von Herzen gönnte. Es durfte nicht sein!

»Lieber Papa!«, fing sie im Geiste an, einen Brief an ihn zu schreiben, endlich wieder nach der langen Zeit. »Lieber Papa!«, damit er jetzt auch von ihr selbst erfuhr, wie es ihr ging, und dass ihr in diesem Augenblick – ja, gerade jetzt! – wieder Musik durch den Kopf schoss. Ihr neues Klavierstück, nach dem sie so lange gesucht hatte und das ihr bisher nicht einfallen wollte. As-Dur!, dachte sie. Zu Beginn langsam und friedlich wie die Abende an der Seine in Bougival, wo sie mit Emilie und Henriette die Sommermonate verbringen würde. As-Dur … Und danach ein Walzer im Stil von Chopin, f-Moll vielleicht? Eine Idylle, wie das Leben und die Landschaft fern vom Zentrum der Metropole.

Oh, wie es auf einmal wieder in ihr sang! Wie plötzlich alles wieder da war, worauf sie so lange vergeblich gewartet hatte! Nein, sie hatte ihre Musik nicht verloren während dieser rastlosen Tage auf der Jagd nach Anerkennung und nach dem Überleben als Pianistin. Noch immer war sie die Clara Wieck von einst, die mit ihren Improvisationen die Zuhörer zum Träumen bringen konnte.

Lieber Papa!, dachte sie noch immer, während sie spielte. Dann sprang sie auf und lief zum Tisch, um tatsächlich den Brief zu schreiben, der erst jetzt seine Berechtigung hatte. Nur eine Nachricht von Bedeutung konnte das Band wieder knüpfen, das so schmerzlich zerrissen war. »Lieber Papa! Es ist erreicht! Im Dezember werde ich im Conservatoire auftreten…«

Als der Brief beendet war und sie ihn zusammenfaltete, kam ihr ganz flüchtig der Gedanke, sie müsse auch Robert Schumann von ihrem Erfolg berichten. Doch es war schon spät, und morgen wollte sie ganz früh zur Post gehen, um den Brief an ihren Vater aufzugeben.

Bevor sie einschlief, erinnerte sie sich an einen Traum, den ihr Robert Schumann in seinem letzten Brief erzählt hatte. »Du trugst ein schwarzes Kleid und auf dem Kopf eine Art Barett«, hatte er geschrieben. »Du saßest auf einem schönen Ross, das gerade fortspringen wollte, während ich vor Dir auf den Knien lag und Dich anflehte, mich mitzunehmen. Du aber sagtest nichts. Dein Pferd flog mit Dir davon und ich blieb zurück.«

Lieber Papa! Es ist erreicht!

3

Alles um Clara herum schien zu singen und zu klingen. An den ersten warmen Tagen war sie mit Emilie und Henriette nach Bougival übersiedelt. Die Schiffersleute, denen das Häuschen gehörte, in dem die drei wohnten, waren entzückt über die fröhlichen jungen Sommergäste, die den ganzen Tag musizierten, die ihre Miete pünktlich bezahlten und keine Saufgelage veranstalteten oder lüsterne Männer anlockten.

»Unsere Tage hier sind angefüllt vom Morgen bis zum späten Abend«, berichtete Clara ihrem heimlichen Verlobten. »Gleich nach dem Frühstück gehe ich ans Klavier. Ich übe, unterrichte Henriette, die jeden Tag besser wird, empfange auch ein paar Schülerinnen aus der Umgebung und vor allem, mein lieber, lieber Robert: vor allem komponiere ich wieder! Dazu gibt mir Emilie jeden Tag Englischstunden, damit ich gewappnet bin, wenn es eine Tournee nach England geben sollte.«

Wie zufrieden sie war mit sich selbst und mit ihrem Leben! Zum ersten Mal war sie wirklich frei und konnte tun und lassen, was sie wollte. Die Welt gehörte ihr, sie brauchte nur zuzugreifen. Eine Tournee nach England und Russland war keine Anmaßung mehr, wenn der Auftritt im Conservatoire so verlief, wie sie es sich wünschte. Wahrscheinlich würde der Hochzeitstermin zu Ostern 1840, mit dem Robert Schumann sicher rechnete, dann ein wenig zu früh sein. Aber man war ja ein freier Mensch und konnte disponieren, wie es sich als günstig erwies. Robert als Künstler würde verstehen, dass sie ihr Eisen schmieden musste, solange es heiß war. Die hohen Einkünfte, die ihr bevorstanden, würden auch zum Wohle des gemeinsamen Haushalts beitragen.

Ein freies Leben in vieler Hinsicht: Endlich ging es nun wieder jeden Nachmittag für mindestens zwei Stunden ins Freie. Weite, rasche Schritte, dass sich die Lunge füllte und der Kopf klar wurde. Erst jetzt spürte Clara wieder, wie jung sie war und wie gesund.

Die ganze Umgebung erkundeten die drei Mädchen: konzentrische Kreise, die immer weiter wurden. Einmal marschierten sie sogar bis nach Versailles: drei Stunden hin, drei Stunden zurück und dazwischen drei Stunden Besichtigung im Schloss und im Park, der ihnen als der schönste der Welt erschien.

Vorausblickend hatten sie genau jenen Tag gewählt, an dem die Wasserspiele vorgeführt wurden. »Noch nie habe ich etwas so Schönes gesehen«, berichtete Clara nach Leipzig, und ganz Tochter ihres Vaters, vergaß sie auch nicht, ihren romantischen Verlobten über die finanzielle Seite des Spektakels zu informieren. »Dreißigtausend Franc, lieber Robert, und das jeden Monat, zumindest während der warmen Jahreszeit!«

Das Schloss gefiel ihr weniger. »Zu viel Luxus, zu viel Pomp!« Dafür beeindruckte sie ein Porträt von Napoleon als Erstem Konsul. Sein Gesichtsausdruck kam ihr sehr nobel vor und sie überlegte, ob dieser wohl der Wahrheit entsprach.

»Was sagst Du zu unserer Unternehmungslust?«, fragte sie dann. »An mir bekommst Du eine tüchtige Fußgängerin. Nächstens wollen wir nach St. Germain marschieren.«

Sie arbeitete viel, aber sie vergnügte sich auch. Alles, was um sie herum geschah, interessierte sie auf einmal. Sie begann, Zusammenhänge zu erkennen, und dachte, dass Alfred von Schönburg sie jetzt wohl mit ganz anderen Augen sehen würde. Sie begriff, dass die Welt der Kunst und derer, die zu ihren Konzerten kamen, nur eine Facette dieser riesigen, unruhigen Stadt darstellte. Immer wieder schallte der Ruf »Révolution!« durch die Straßen, und das Volk sammelte sich. Lange Diskussionen und Geschrei, bis sich alles wieder auflöste. Bis zum nächsten Mal. Wirklich erloschen war die Flamme aber nie.

Clara spürte die Unzufriedenheit und die Rastlosigkeit um sie her und sie floh nicht davor. Als wieder einmal in Bougival davon geredet wurde, heute Morgen sei es besonders schlimm, fuhr sie mit der Dampfbahn in die Stadt und folgte dem Geschrei und den vereinzelten Schüssen. Als Zuschauerin, ganz nahe am Geschehen, erlebte sie mit, wie die Nationalgarde zusammengetrommelt wurde und wie vom Nachmittag an bis um Mitternacht in einem fort geschossen wurde. Die Tuilerien glichen einem Militärlager. Die ganze Nacht war das Schloss vom Militär umstellt, das im Schlosspark um brennende Feuer kampierte.

Noch immer war keine Ruhe eingekehrt, als Clara bewusst wurde, dass in dieser Nacht kein Dampfwagen mehr nach Bougival fahren würde. Doch sie sorgte sich nicht, sondern suchte sich ein Hotel, um dort – ohne Gepäck – zu übernachten.

Am nächsten Morgen folgte sie wieder dem Lärm des Aufstands. Fasziniert sah sie zu, wie das Volk das Schloss umzingelte und der königlichen Garde zurief, sich auf die Seite der kleinen Leute zu stellen. »Begreift doch endlich, dass ihr zu uns gehört!« Die Soldaten schwiegen verwirrt und erfüllten weiter ihre Pflicht.

Erst gegen Abend kehrte Ruhe ein, als bekannt wurde, dass der König ein Ministerium ernannt hatte, das die Forderungen des Volkes prüfen werde. Die beim Volk beliebten Herzöge von Orleans und Nemours ritten durch die Straßen, um die Menge zu besänftigen. Erschöpft und hungrig gingen die Aufrührer schließlich nach Hause. Unzufrieden wohl auch, da sich ja eigentlich nichts geändert hatte. Auch Clara kehrte wieder nach Bougival zurück, wo Emilie und Henriette schon voller Sorge auf sie warteten.

In einem langen Brief berichtete Clara Robert Schumann von ihrer Begegnung mit der Revolution, die sie zu begreifen versuchte. Als Davidsbündler, der die Freiheit liebte, dachte sie, musste Robert Schumann doch an jeder Einzelheit des Volksaufstands interessiert sein.

Doch noch prompter als sonst traf die Antwort aus Leipzig ein. Robert Schumann war über Claras Leichtsinn nichts als entsetzt. »Wie kannst Du Dich so nahe an die Kämpfe heranwagen!«, schrieb er. »Eine Dame hat bei solchen Vorfällen nichts zu suchen. Wie leicht hätte Dich eine verirrte Kugel treffen können.« Sogar ihre Fahrten mit dem Dampfwagen erweckten seine Sorge. »Ich bitte Dich, Clärchen, sei vorsichtig!«, mahnte er – so aufgeregt, dass seine Schrift kaum noch zu entziffern war. »Sieh nie aus dem Wagen hinaus. Hebe Dich nie in die Höhe und steige nicht eher aus, als bis der Wagen gänzlich still steht.«

Mein lieber, armer Robert!, dachte Clara nachsichtig. Wie schwierig alles für ihn war! Wo sie einfach drauflosmarschierte, hatte er tausend Bedenken. Ihr wurde bewusst, wie oft sie sich verpflichtet gefühlt hatte, ihn zu beschützen. Wahrscheinlich würde es wohl immer so bleiben. Trotzdem sehnte sie sich nach ihm. Jeden Tag hoffte sie auf einen Brief von seiner Hand, auch wenn er gerade geschrieben hatte und eine neue Nachricht noch nicht zu erwarten war. Fast süchtig war sie nach seinen zärtlichen Worten und nach seinem Lob.

Dabei kam es immer öfter vor, dass seine Briefe sie enttäuschten. Voller Begeisterung hatte sie ihm ihre neue Komposition geschickt, und auch wirklich traf umgehend seine Antwort ein. Doch anstatt sie zu ermutigen und zu beglückwünschen, meldete er nur seine Bedenken an. »Für Deine ›Idylle‹ danke ich Dir, meine Herzensclara«, schrieb er, zu Anfang noch halbwegs leserlich. »Dennoch habe ich einiges daran auszusetzen. Vor allem ist ›Idylle‹ nicht der richtige Titel. ›Heimweh‹ würde wohl besser passen oder sogar ›Mädchens Heimweh‹, denn man spürt bei jedem Ton, wie schwer es Dir fällt, fern der Heimat zu leben.«

Clara, die den Brief voller Vorfreude geöffnet hatte, ließ ihn nun zu Boden gleiten. Mädchens Heimweh?, dachte sie gekränkt. So also siehst du mich, du bedeutender Komponist! Was du entwirfst, ist immer großartig; was ich schreibe, ist »Frauenzimmerarbeit«! Mädchens Heimweh! Wie kommst du überhaupt auf den Gedanken, es fiele mir schwer, fern von der Heimat zu leben?

Wenn du dich in der Fremde nicht wohl fühlst, heißt das doch noch lange nicht, dass es mir genauso ergeht.

Trotzdem hatte er ihr den Titel verleidet. Eine Nacht lang konnte sie nicht schlafen. Dann stand ein neuer Name fest: »Romanze« und dabei blieb es auch. Das Publikum im Conservatoire würde ihn zu schätzen wissen. »Mädchens Heimweh« – pah!

Doch sie war zu beschäftigt, um ihm lange zu grollen. Meist hatte sie gar nicht die Zeit, ihm sofort zu antworten. Wenn sie dann endlich Muße zum Schreiben fand, war ihr Ärger schon wieder verflogen, und sie erzählte wie ein Kind von den Ereignissen ihres täglichen Lebens. Es schien ihr aber immer öfter, als korrespondierten sie aneinander vorbei. Er verfasste seine Briefe und sie die ihren, doch nur in wenigen Sätzen verflochten sich ihre Gedanken. Von seiner Sehnsucht berichtete er, die ihn Tag und Nacht quäle, und Clara verstand ihn, denn auch sie sah immer wieder sein Bild vor sich. Manchmal wachte sie nachts auf und war überzeugt, eben noch habe sein Mund auf dem ihren gelegen ... Warum bist du nicht hier, mein Liebster!, dachte sie dann und schrieb es ihm auch immer wieder. In seiner Antwort schilderte er dann seine eigene Sehnsucht, die ihn jedoch – so gestand er – bei seiner Arbeit beflügelte.

»Liebst Du mich oder liebst Du nur die Vorstellung von mir?«, fragte Clara dann. Doch darauf antwortete er nicht.

»Komm doch einfach her zu mir nach Bougival!«, forderte sie ihn danach auf. »Ich lebe hier ganz allein mit meinen beiden Freundinnen. Es gibt keinen strengen Herrn Papa und keine säuerliche Anstandsdame. Versetze Deinem Herzen einen Stoß und besuche mich! Ich hoffe ständig, Du kämst plötzlich, um mich zu überraschen. In jeden Wagen, der vorbeifährt, schaue ich schüchtern hinein und der Gedanke, Dich vielleicht auf einmal zu sehen, macht mich so zittern, dass ich manchmal fast die Besinnung verliere. Doch die Wagen rollen alle an mir vorüber und dann steh ich noch immer allein. Ach Robert, kämst Du doch nur, wie wollt' ich Dich küssen und liebhaben!«

Wieder wartete sie auf Antwort. Doch Robert Schumann ging mit keinem Wort auf ihr Flehen ein, sondern berichtete stattdessen ausführlich, er habe seine frühere Verlobte Ernestine getroffen, die sich in großer Not befinde. Ihr Gatte sei mit nur fünfundzwanzig Jahren ganz plötzlich verstorben und seine Familie, die die Schwiegertochter immer abgelehnt habe, habe sie des Hauses verwiesen. Auch der Adoptivvater sei nicht mehr bereit, für sie zu sorgen. Er finde, er habe bereits mehr als genug für sie getan. »Das Einzige, was ihr noch geblieben ist, ist ihr Adelstitel. Damit könnte sie sich ein Auskommen als Gouvernante schaffen, hätte sie nur Französisch gelernt. Doch das Einzige, was sie kann, ist Klavierspielen. Außerdem haben sich ihre Schmerzen wieder gemeldet. Sie behauptet noch immer, es sei der Magen, aber ich fange an zu glauben, dass sie an der Schwindsucht leidet.«

Auch diesen Brief ließ Clara zu Boden fallen. Um alle sorgte sich Robert Schumann, nur nicht um sie! »Niemandem würde es auffallen, wenn Du nach Frankfurt reistest«, schlug sie dennoch vor. »Länger als zwei Tage dauert das nicht von Leipzig aus. Nach Paris sind es dann nur noch zwei weitere Tage … Und schon wären wir vereint und könnten uns ungestört in die Augen schauen und sagen, dass wir einander lieben!«

Als Antwort kam eine lange Abhandlung über den Tod, der so viele Menschen frühzeitig aus dem Leben reiße. Seine gute Freundin Henriette Voigt sei nun mit nur einunddreißig Jahren gestorben und auch sein eigener Bruder habe nicht mehr lange zu leben. »Jedes Jahrhundert hat seine eigene Krankheit«, dozierte er bedrückt. »Das unsere ist mit der Schwindsucht geschlagen. Keiner weiß, wie lange er noch leben darf.«

»Komm endlich zu mir, mein armer Robert!«, beharrte Clara auf ihrem eigenen Thema, aber irgendwie hatte sie die Hoffnung bereits aufgegeben.

Sie jubelte erst wieder, als ein umfangreiches Schreiben von ihrem Vater eintraf, der stolz auf sie war und versicherte, am liebsten wäre er bei ihr, um mitzuerleben, wie ihr Paris zu Füßen lag. »All die wunderbaren Konzerte in den illustren musikalischen

Privatzirkeln!«, schwärmte er. »All die strahlenden Berühmtheiten unserer Zeit, mit denen Du sprichst! Dumas, Berlioz, Auber, Cherubini, Meyerbeer ... So habe ich es mir für Dich gewünscht. So muss es weitergehen. London, St. Petersburg ... Mein Gott, Clara! Die Welt steht Dir offen.«

Und gleich danach der nächste Brief von Robert Schumann: Sein Bruder Eduard sei nun gestorben und habe anstelle des erhofften Erbes nur Schulden hinterlassen. »Mein einziger Trost bist Du, meine Clara. Du und unsere bevorstehende Hochzeit. Ein Mann in meinem Alter muss eine Familie haben, sonst gilt er nichts. Ostern 1840, ein halbes Jahr noch. Ich kann es kaum erwarten. Gleich morgen werde ich mit Deinem Vater sprechen. Dann wird es Zeit, dass Du endlich zurückkommst.«

Auch dieser Brief fiel zu Boden. Clara kam es vor, als fasste ihr eine beinharte Hand an die Kehle. Sie konnte kaum noch atmen und ihre Wangen zerrissen fast vor Schmerz. In ihren Ohren dröhnte ein einziger Satz: Es wird Zeit, dass Du endlich zurückkommst.

Sie trat ans Fenster und blickte hinaus auf die Seine, die ihr so lieb geworden war, als hätte sie immer nur hier gewohnt. Wenn sie aufmerksam lauschte, drang das Rauschen der Wellen bis zu ihrem Fenster herauf. So viele einzelne Geräusche in der Luft, obwohl alles doch ganz still und friedlich zu sein schien. Eine Amsel, die schöner sang als die berühmten Künstlerinnen in der Pariser Oper. Die Räder einer Kutsche, die über die unebene Straße holperten. Das Rascheln der Blätter im sanften Lufthauch: der Apfelbaum vor ihrem Fenster. Noch war das Obst nicht reif, doch bald würde es sich färben und sein Duft würde den Genuss ankündigen, den die Früchte in sich verschlossen.

Es war Sommer und Clara hatte eigentlich darauf vertraut, auch noch den Frühherbst hier zu erleben, bis die Konzertsaison begann und sie wieder ins Zentrum der Stadt zurückkehrte. Sie und all die anderen, die ihr Leben der Kunst gewidmet hatten und dann wieder in den kerzenbeschienenen Salons zusammentreffen würden, um voller Leidenschaft über das zu diskutieren, was sie bewegte. So vieles hatte Clara noch zu lernen, doch immer mehr konnte auch sie zu den Gesprächen beisteuern. Clara Wieck, die junge Pianistin aus Deutschland, gehörte dazu. Wenn sie etwas sagte, ging man darauf ein. Sie durfte hoffen, dass das anspruchsvolle Paris zu ihrer zweiten Heimat werden konnte: zu ihrer Heimat als Künstlerin.

Ihr Vater würde es verstehen. Der einstige arme Teufel aus Pretzsch wusste, worauf es ankam. Warum wollte Robert Schumann es nicht einsehen, der doch selbst so begabt war, genial vielleicht sogar? Ganz oben sah er sich stehen in seinen Träumen, Seite an Seite mit Mozart und Beethoven. Warum akzeptierte er da nicht, dass auch eine Pianistin ihren eigenen Platz brauchte? Ein Kind der ganzen Welt musste sie sein. Überall daheim, wo Menschen bereit waren, sich für ein paar selige Stunden in der Musik zu verlieren.

Es wird Zeit, dass Du endlich zurückkommst ... Robert Schumann: Clara war überzeugt, dass sie ihn liebte. Dass er, wie seine romantischen Freunde es behaupteten, ihre andere Hälfte war, ohne die keiner von beiden Vollkommenheit erlangen konnte. Eusebius und Zilia, die liebevollen Doppelgänger – wäre da nicht noch der dunkle Florestan gewesen, der auch sein Recht verlangte. Einen kurzen Augenblick lang dachte Clara, dass auch der liebste Mensch auf der Welt der schlimmste Feind sein konnte. Doch schnell drängte Friedrich Wiecks bodenständige Tochter diese Überlegung zurück ins Dunkel ihrer Seele und überlegte, was sie tun konnte, um ihre Lebensaufgabe zu retten.

In der darauffolgenden Nacht hatte sie einen schweren Traum, aus dem sie mit einem Aufschrei erwachte. Sie wagte kaum, sich daran zu erinnern. Sie wusste nur noch, dass sie auf der Flucht vor irgendetwas durch einen dunklen Wald gelaufen war. Niemand war ihr zu Hilfe gekommen. Zuletzt hatte sie sich mit beiden Füßen in einer eisernen Falle verfangen, die sie nicht mehr losließ, sosehr sie auch um ihre Freiheit kämpfte. Erst der eigene Schreckensschrei hatte sie aufgeweckt. Nun starrte sie entsetzt ins Dunkel und wusste sich nicht zu helfen. Sie wusste, dass sie nur geträumt hatte, doch die Angst war geblieben.

Obwohl es noch Nacht war, floh Clara ans Klavier. Sie versuchte, sich mit ihrem Spiel von der Last des Traumes zu befreien. Doch es gelang ihr nicht, sosehr sie auch dagegen anspielte. Töne, so schrecklich wie das Erlebnis dieses Traums. Wie in Trance beugte sie sich über ihr Instrument, hämmerte auf die Tasten ein und spürte noch immer den unerträglichen Druck der Falle, die sie im Traum umklammert hatte.

Emilie und Henriette stürzten ins Zimmer. Sie zerrten Clara vom Klavier weg, umarmten und streichelten sie und redeten beschwörend auf sie ein. Es dauerte lange, bis sich Clara nach und nach beruhigte.

Inzwischen brach der Morgen an und durch das Fenster drangen die ersten Sonnenstrahlen. Clara atmete tief ein.

»Geht es dir besser, meine arme Clara?«, fragte Emilie, noch immer voller Sorge, und küsste sie auf die Wange wie ein kleines Kind, das getröstet werden muss.

Clara nickte und strich sich das Haar aus der Stirn. »Es tut mir leid, dass ich euch aufgeweckt habe«, sagte sie leise. »Ich hatte einen bösen Traum, aber jetzt ist alles wieder in Ordnung.« Doch noch während sie sprach, spürte sie erneut die Erinnerung an ihre Angst und ihre Hilflosigkeit und sie hatte das Empfinden, dass auf einmal nichts mehr in Ordnung war.

Das Gefühl, etwas Schlimmes stehe ihr bevor, gab sie nicht mehr frei. Wenn sie sich unter Menschen aufhielt, vergaß sie darauf. Doch kaum war sie allein, legten sich die Schatten wieder über ihr Gemüt. Dabei kam es ihr immer öfter vor, als hätte sie dieses oder etwas ganz Ähnliches schon früher einmal erlebt. Oft dachte sie darüber nach und durchforschte ihre Erinnerung, besonders vor dem Einschlafen. Das alte Haus in Leipzig fiel ihr dann ein, in dem sie die allerersten Jahre ihrer Kindheit verbracht hatte. Sie wusste nicht mehr viel von dieser Zeit. Nur an immer wiederkehrende Wortgefechte erinnerte sie sich, wenn ihr Vater und ihre Mutter im Streit aufeinander losgingen und einander Vorwürfe machten, die das Kind Clara nicht verstand und die ihm die Sprache raubten. Stumm und starr war sie in ihrem schönen, geschnitzten Bettchen gelegen und hatte sich hilflos ausgeliefert gefühlt. Ein kleines Mädchen, das dem Krieg seiner Eltern zuhörte und nicht wusste, wohin all der Zorn und all die Bosheit führen würden.

Immer wieder verglich sie ihre damalige Situation mit ihrer jetzigen, aber sie war nicht in der Lage, die Gemeinsamkeiten zu begreifen. Nur am Klavier konnte sie sich artikulieren und die Schatten in ihrer Seele auffinden. Dabei dachte sie auch immer wieder an die Angst, die sie und ihr Vater in den Tagen der Pariser Cholera gehabt hatten, ohne es sich eingestehen zu wollen. Zu ungelegen war es ihnen gekommen, dass sie auf das wichtige Konzert verzichten sollten, das das Wundermädchen aus Sachsen im strengen Paris etablieren sollte. Hilflosigkeit und Angst hatten beide verspürt – und Friedrich Wieck dazu vielleicht auch noch ein Schuldgefühl, weil er sein Kind so lange nicht in Sicherheit brachte. Clara aber hatte ihm vertraut und sie wünschte sich auch jetzt, dass er da wäre und sie vor dieser neuen Gefahr schützte, deren Anwesenheit sie spürte und die sie dennoch nicht durchschaute.

»Hast du Angst?«, hatte Emilie gefragt, als Clara nach Paris kam.

»Ich habe keine Angst, Mila«, hatte Clara geantwortet, fest und ohne jeden Zweifel, und es war die Wahrheit gewesen. Clara Wieck aus Leipzig hatte keine Angst vor dem Moloch Paris. Die Angst war erst jetzt aufgetaucht, als ihr Liebster sie aufforderte, die fremde Stadt zu verlassen und zu ihm zurückzukehren, dorthin, wo vielleicht der Verzicht wartete auf alles, wofür sie erzogen worden war und wofür ihre Seele nun brannte. Was war wichtiger für sie: den Wunsch ihres Verlobten zu erfüllen oder den eigenen Weg weiterzugehen, der vielleicht viel schwerer zu bewältigen war, der dafür aber ihrem Wesen entsprach?

Musik!, dachte sie. Wir lieben sie beide und wollen beide für sie leben. Ich weiß nur nicht, ob sein Reich der Musik das gleiche ist wie das meine.

Dann traut uns die Obrigkeit!

I

Voll guten Willens hatte Robert Schumann das Haus in der Grimmaischen Gasse betreten. Gedemütigt und vor Rachsucht bebend verließ er es wieder. Der Diener August ließ es sich nicht nehmen, ihm das Haustor weit zu öffnen und ihn mit einem höhnischen Kratzfuß zu verabschieden. »Auf Nimmerwiedersehen, der Herr!«, rief er ihm nach, wohl wissend, dass ihn Friedrich Wieck für dieses Benehmen nicht rügen würde.

Robert Schumann hastete die Stufen zum Gehsteig hinunter und hielt dann kurz inne. Erst jetzt wurde ihm bewusst, dass er noch immer den Packen Schriftstücke, die ihm Friedrich Wieck aufgenötigt hatte, unter dem Arm trug: Belege, die Robert Schumann fast schon als Hochstapler erscheinen ließen, weil sie zu beweisen schienen, dass er nicht, wie behauptet, der vermögende Mann war, der die Tochter eines Großbürgers angemessen ernähren konnte.

»Sie geben vor, über ein jährliches Einkommen von tausenddreihundertzwanzig Konventionsfuß zu verfügen?«, hatte ihn Friedrich Wieck mit seiner schneidenden Stimme attackiert. »Das mag vielleicht zutreffen, wenn Sie das Vermögen meiner Tochter mitrechnen. Ihre eigenen Mittel reichen aber nicht im Mindesten an diese Summe heran.«

Robert Schumann, der gehofft hatte, behutsam an die Sympathien aus alten Zeiten anknüpfen zu können, war nicht in der Lage, sich zu verteidigen. »Ich versichere Ihnen, Herr Wieck …«, begann er.

Doch Friedrich Wieck unterbrach ihn. »Legen Sie mir positive Beweise über Ihre Vermögensverhältnisse vor, dann können wir weiterreden!«, fuhr er Robert Schumann an. »Solide Beweise, durch Dokumente beglaubigt und von einem hiesigen Advokaten, den ich dazu bestimmen werde, vorgelegt.«

Noch immer stand Robert Schumann mit dem Hut in der Hand vor ihm.

»Sollten Sie mich überzeugen, heißt das aber noch lange nicht, dass ich die Verbindung meiner Tochter mit einem Menschen wie Ihnen gutheiße. Sie haben sich Claras Unerfahrenheit zunutze gemacht, um sie in einer Weise an sich zu binden, die ich schon als krankhaft bezeichnen muss. Da ich mein armes Kind aber über alle Maßen liebe, werde ich dieser Ehe nicht mehr entgegentreten, falls – ja, falls! – Sie Ihre Beweise erbringen können.«

Robert Schumann atmete auf. »Ich danke Ihnen, Herr Wieck«, sagte er mit zitternder Stimme. »Ich verspreche Ihnen …«

Doch Friedrich Wieck gebot ihm mit einer Handbewegung zu schweigen. »Hier meine weiteren Bedingungen«, kündigte er mit noch schärferer Stimme als zuvor an. »Ich gedenke nicht, Ihnen zu gestatten, dass Sie in meiner Nähe wohnen und womöglich versuchen, sich in meine Kreise einzudrängen. Ich verlange daher, dass Sie, solange ich lebe, nicht in Sachsen wohnen bleiben. Meine Tochter darf mich jederzeit hier besuchen. Ihnen aber bleibt der Zugang zu diesem Haus verwehrt. Nehmen Sie weiters zur Kenntnis, dass nach meinem Tode mein gesamtes Vermögen an meine Frau fallen soll und an meine anderen Kinder, deren musikalisches Talent ich nicht ausbilden konnte, weil ich mein ganzes Leben Clara widmete.«

»Sie enterben Ihre Tochter?«

»Das Capital meiner Tochter, das aus ihrem Anteil unserer Konzerteinnahmen besteht, behalte ich vorläufig bei mir und verzinse es mit vier Prozent. Nach fünf Jahren kann sie mich dann um eine eventuelle Auszahlung bitten.«

Robert Schumann zitterte am ganzen Leib. »Finden Sie es gerecht, Herr Wieck, dass …«

Doch Friedrich Wieck hörte ihm nicht einmal zu. »Das wäre alles«, schnitt er ihm das Wort ab. »Die weiteren Schritte liegen bei Ihnen. Wenn Sie meine Bedingungen erfüllen und meine arme Tochter nicht doch noch zur Besinnung kommt, können Sie meinetwegen zu Michaelis vor den Altar treten. Auf meine Anwesenheit werden Sie dabei allerdings verzichten müssen.« Damit beendete er das Gespräch, ohne Robert Schumann weiter zu beachten, und stürmte aus seinem eigenen Salon.

»Herr Wieck!«, rief ihm Robert Schumann nach. »Es kann doch nicht Ihr Ernst sein, dass ...«

Aber es war Friedrich Wiecks Ernst. Robert Schumann hörte noch, wie im oberen Stockwerk eine Tür ins Schloss fiel. Dann war es so still im Hause, als wäre es ausgestorben.

Mit zitternden Händen raffte Robert Schumann die Belege, die ihm Friedrich Wieck unter die Nase gehalten hatte, an sich und stolperte die Treppe hinunter, vorbei am triumphierenden August, der seinen innigsten Herzenswunsch endlich erfüllt sah.

Draußen auf dem Bürgersteig schleuderte Robert Schumann in höchster Wut die verhassten Papiere von sich, als trügen sie die Schuld an allem. Fast heiter flatterten sie im Wind an den Hauswänden entlang und wurden an der nächsten Kreuzung von spielenden Kindern jubelnd aufgesammelt. Die Kinder versuchten zu lesen, was auf den geheimnisvollen Zetteln stand: »Für Redaktion meiner Zeitschrift = 620 cf., an Musikalien für 8000 cf. Ladenpreis – netto 200 cf. ...« Nichts, das Kinder interessieren konnte. Deshalb setzten sie sich auf die Gehsteigkante und falteten aus den Lebensspuren eines Verzweifelnden kleine Schiffe, die sie leider nicht auf die Reise schicken konnten, weil es in den letzten Tagen nicht geregnet hatte.

Clara, in Paris, wusste von alldem nichts. Sie atmete auf, als ein knappes Schreiben ihres Vaters eintraf, in dem er berichtete, ihr »beharrlicher Bewerber Schumann« habe »wieder einmal« um ihre Hand angehalten. »Ich habe ihm einige Bedingungen gestellt, vornehmlich Dein Wohl betreffend, ihm aber Eure Heirat dennoch prinzipiell erlaubt, falls Du, was ich nicht hoffe, immer noch darauf bestehst. Wenn Ihr wollt, bereits zu Michaelis. Glücklich bin ich darüber nicht. Solltest Du diesen Mann trotz meiner Einwände heiraten, wird meine väterliche Fürsorge ein Ende haben und Du hast von da an Dein Schicksal selbst zu verantworten. Allerdings hoffe ich immer noch, dass Du zur Vernunft kommst. Schließlich bist Du meine Tochter, die ich von ganzem Herzen liebe und der ich alles Glück dieser Welt wünsche. Diese Heirat aber würde Dich niemals glücklich machen.«

Langsam ließ Clara das Schreiben sinken. Unbewusst streichelte sie zärtlich darüber. Sie dachte, dass mit dieser Einwilligung ihres Vaters in Erfüllung ging, was sie sich jahrelang sehnsüchtig gewünscht hatte. Mein lieber Papa!, dachte sie. Es schmerzte sie, dass sie ihm so viel Kummer bereitete. Trotzdem konnte sie sich nicht vorstellen, dass er seine Drohung wahr machen und ihr von nun an seine Fürsorge entziehen würde. Ihr ganzes Leben lang war er für sie da gewesen. Er musste einsehen, dass sie auch nach ihrer Heirat seine Tochter blieb.

Eigentlich, so dachte sie, wären nun alle Probleme gelöst – wäre da nicht das Conservatoire-Konzert im Dezember gewesen, auf das sie keinesfalls verzichten wollte. Eine Hochzeit, schon zu Michaelis – Ende September also. Viel zu früh, viel zu früh! Warum hatte ihr Vater einen solchen Termin erlaubt oder sogar vorgeschlagen? Er musste doch wissen, in welche Bedrängnis sie dadurch geriet.

Die Tür öffnete sich. Emilie und Henriette hüpften herein, erhitzt und ausgelassen. Als sie den Brief auf Claras Schoß bemerkten, wurden sie ernst. »Von ihm?«, fragte Emilie besorgt.

Clara schüttelte den Kopf. »Von meinem Vater. Er gibt seine Einwilligung.« Sie reichte Emilie den Brief.

Henriette jauchzte auf und tanzte vor Freude um den Tisch herum. »Endlich!«, rief sie und war kein bisschen weniger begeistert, als sie von dem frühen Termin hörte. »Ach was!«, lachte sie. »Ehrgeiz ist gut. Ich bin auch ehrgeizig. Aber heiraten tut man nur einmal. Du bist doch schon seit Ewigkeiten unsterblich verliebt in diesen Mann. Freue dich, dass du ihn nun endlich bekommst! Denk an meinen Wahlspruch: ›Das Schicksal ist tückisch. Das Leben ist kurz. Deshalb rasch zum Ziel!‹«

2

Am 15. Juni 1839 leistete Clara vor einem französischen Notar eine Unterschrift, die allem widersprach, was sie von ihrem Vater gelernt hatte. Es handelte sich dabei um eine Vollmacht, die sie dem Leipziger Anwalt Dr. Wilhelm Einert erteilte. Er sollte sie selbst und Robert Schumann in einer Rechtssache vertreten, die – wenn alles nach Wunsch verlief – gar nicht erst ins Rollen kommen würde. Für alle Fälle aber erteilte Clara mit ihrer Unterschrift dem Anwalt die Vollmacht, alles Erforderliche zu unternehmen, um für sie selbst und Robert Schumann eine Heiratserlaubnis durchzusetzen – wenn nötig, auch auf dem Gerichtsweg und gegen den Willen des Vaters. »Wenn er es nicht gestattet, dann traut uns eben die Obrigkeit!«, hatte Robert Schumann in dem beiliegenden Schreiben erklärt. Clara war erst erschrocken, dann aber hatte sie sich beruhigt, weil ihr Verlobter auf den folgenden Seiten mit so wunderbaren Worten die Macht der Liebe rühmte, die alle Hindernisse überwand.

»So wie ich es verstehe, geht es darum, meinen Vater ein wenig unter Druck zu setzen«, erklärte Clara Pierre Erard, der entsetzt aufgeschrien hatte, als sie ihm von der Vollmacht erzählte. »Sie kennen meinen Papa nicht gut genug, Monsieur, um zu verstehen, warum mein Verlobter zu solchen Mitteln greift.« Sie zuckte die Achseln und lächelte. »Mein Vater ist ein herzensguter Mensch, der immer nur an mein Wohl denkt. In Bezug auf Herrn Schumann ist er aber völlig verbohrt.« Dann erzählte sie von den Bedingungen, die Friedrich Wieck an Robert Schumann gestellt hatte. »Er meint es bestimmt nicht so ernst«, versicherte sie. »So ist er eben: immer geradewegs drauflos. Aber unversöhnlich ist er nicht. Wir, also Herr Schumann und ich, meinen deswegen, wenn mein Vater erst erkennt, wie ernst es uns mit unserer Liebe ist, wird er nachgeben und auf seine Forderungen verzichten. Dann wird es auch niemals zu einer gerichtlichen Auseinandersetzung kommen.«

Pierre Erard, am Schreibtisch seines eleganten Kontors, schüttelte den Kopf. »Ein herzensguter Mensch, Mademoiselle?«, fragte er zweifelnd. »Sie vergessen, dass ich Ihren Vater vor Jahren selbst kennengelernt habe. Obwohl sein Französisch katastrophal war, gelang es ihm trotzdem, jeden Widerspruch in Grund und Boden zu stampfen.«

Clara musste lachen. Sie merkte, wie gut es ihr tat, über ihren Vater zu sprechen.

Pierre Erard stand auf und führte Clara an seinen Besuchertisch. Er bot ihr Konfekt an und bediente sich auch selbst. »Ich muss Ihnen gestehen, ich bin sehr besorgt, Mademoiselle. Diese ganze Sache gefällt mir nicht. Da sind zwei Männer, die beide behaupten, Sie zu lieben und nur Ihr Bestes zu wollen. Diese beiden aber hassen einander und bekriegen sich gegenseitig bis aufs Blut. Ist Ihnen klar, mein armes Kind, dass Sie genau zwischen den Fronten stehen? Und schlimmer noch: dass Sie selbst die goldene Rose sind, um die diese beiden kämpfen?« Er sah Clara lange schweigend an. »Und was mich am meisten erschreckt: Jeden von beiden scheinen Sie zu lieben, auf welche Weise auch immer.«

Clara nahm ein zweites Bonbon, legte es dann aber auf den Tisch zurück. »Ist das so verwunderlich?«, fragte sie. »Der eine ist mein Vater und der andere mein Verlobter.«

Pierre Erard blickte sie mitleidig an. »Und ich bin Ihr Freund, der es einfach gut mit Ihnen meint und der diese Angelegenheit mit Abstand betrachtet.« Er schlug mit der flachen Hand auf den Tisch. »Allein schon diese Vollmacht ärgert mich. Ich weiß nicht einmal, ob sie vor Gericht standhalten könnte. Wie sollen Sie eine Vollmacht erteilen, wo Sie doch nicht einmal großjährig sind? Ich habe gute Lust, diese Sache prüfen zu lassen.«

Clara fuhr entsetzt auf. »Dazu haben Sie kein Recht, Monsieur!«, rief sie. »Vielleicht kommt mein Vater dadurch zur Besinnung und alles wird gut.«

Pierre Erard lehnte sich zurück. »Alles wird gut?«, fragte er. »Damit meinen Sie, dass Sie als Krönung der Aktion diesen Monsieur Schumann heiraten und ihm als liebevolle Ehefrau sein Nest wärmen wollen. Darf ich fragen, was dann aus der Pianistin Clara Wieck werden soll – Verzeihung: aus Clara Schumann?«

»Mein Verlobter ist ebenfalls Künstler. Er wird verstehen, dass ich meinen Freiraum brauche.« Sie errötete, weil sogar sie selbst an dieser Behauptung zweifelte.

»Und Ihr Konzert im Dezember?«

»Das werde ich nicht versäumen.«

Sie redeten noch lange. Hin und her ging es und Clara wurde immer unsicherer. Zum ersten Mal betrachtete sie ihr eigenes Leben aus dem unvoreingenommenen Blickwinkel eines Außenstehenden.

»Ich will Ihrem Vater nichts Böses unterstellen«, sagte Pierre Erard und versuchte, Clara nicht zu sehr zu verletzen. »Aber in meinem Metier trifft man sie ständig, diese überehrgeizigen Väter oder Mütter, die ihre Kinder von Konzertsaal zu Konzertsaal schleppen, bis sie ausgelaugt und verbraucht sind. Bis dahin aber haben sie pflichtgemäß ihre goldenen Eier gelegt und ihre liebenden Förderer prächtig versorgt. Die genießen dann ein gesichertes Alter, während die einstigen Wunderwesen von einem Partner zum nächsten taumeln, Absinth saufen oder sich aus dem Fenster stürzen.«

Clara zitterte. Sie fror plötzlich. »So ist mein Vater nicht, Monsieur«, widersprach sie. Dabei musste sie gegen ihren Willen daran denken, dass ihr Friedrich Wieck ihr eigenes Capital verweigerte. Er wolle es verzinsen, hatte er zu Robert Schumann gesagt, und es nach fünf Jahren auszahlen – »eventuell«.

Doch Pierre Erard hatte noch nicht zu Ende gesprochen. »Und Ihr sogenannter Verlobter?«, insistierte er. »Dieser junge Komponist, von dem man hin und wieder hört. Ich habe nachgefragt. Er soll begabt sein, hat man mir gesagt, möglicherweise sogar sehr begabt. Doch noch steht er am Anfang. Erlauben Sie deshalb einem französischen Zyniker, ein paar bescheidene Zweifel auszusprechen. Erstens: Wäre es für einen noch wenig bekannten Komponisten nicht recht förderlich, eine berühmte Pianistin zur Frau zu haben? Und zweitens – verzeihen Sie meinen Materialismus! – kämen ihm Ihre fetten Gagen nicht vielleicht doch recht gelegen, zumindest bis er selbst zu Ruhm gelangt ist?«

Clara sprang auf. »Ich kann nicht erlauben, dass Sie so über ihn sprechen, Monsieur!«, rief sie. »Mein Verlobter ist an meinen Gagen nicht interessiert. Im Gegenteil: Am liebsten wäre es ihm, wenn ich nach unserer Hochzeit ganz allein für ihn da wäre.«

Auch Pierre Erard erhob sich nun. »Dann ist es ja noch schlimmer, als ich dachte, meine Liebe«, sagte er mitleidig. »Ein edelmütiger deutscher Romantiker, nicht wahr? Er will eine berühmte Künstlerin und nach der Hochzeit soll sie sein züchtiges Hausweibchen werden. Damit kann er schlagkräftig beweisen, wie sehr er den schnöden Mammon verachtet, ebenso wie den Beifall der Menge!«

Clara lief zur Tür. Bevor sie hinausging, nahm Pierre Erard ihre Hand. »Vielleicht tue ich ihnen unrecht, Ihren beiden wackeren Rittern«, gestand er ein. »Wenn ja, verzeihen Sie mir bitte. Ich sehe nur die Oberfläche und weiß nicht, was darunter vorgeht. Denken Sie trotzdem über meine Worte nach. Machen Sie sich klar, dass Sie in der gleichen Lage sind wie eine reiche Erbin: Sie können nie wissen, ob man Sie um Ihrer selbst willen liebt oder wegen Ihres Talents. Talent ist wie Gold, und Gold erweckt Begierden. Passen Sie auf sich auf, Mademoiselle, und trauen Sie niemandem!«

Clara spürte, wie ihr Tränen in die Augen schossen. *Ich habe keine Angst!,* dachte sie, während sie zugleich begriff, dass sie allen Grund hatte, sich zu fürchten.

»Robert Schumann ist ein anständiger Mensch«, versicherte sie in fast flehendem Ton. Sie wünschte sich so sehr, dass Pierre Erard eine hohe Meinung hatte von dem Mann, den sie liebte.

»Er ist voller Ideale und sehnt sich danach, in jeder Hinsicht einfach nur gut zu sein.«

Pierre Erard hielt noch immer Claras Hand. »In Ihrem Interesse hoffe ich, dass Sie mit Ihrer Einschätzung recht haben.« Seine Stimme klang so sanft wie sonst nie. »Vielleicht ist er wirklich der gutwillige Träumer, für den Sie ihn halten. Deutsch. Durch und durch deutsch, so wie Sie selbst es auch sind. Eine Französin würde sich in Ihrer Lage fragen, ob ihre Liebe auch so unermesslich wäre ohne den Widerstand des Vaters und ohne die räumliche Trennung von ihrem Geliebten.«

Clara befreite ihre Hand. »Lieben die Französinnen denn nicht?«

»Doch. Aber sie denken praktischer als ihr romantischen Germanen.«

Unwillkürlich musste Clara an die Revolte in den Pariser Straßen denken und daran, wie die Aufrührer danach erschöpft und unverrichteter Dinge wieder nach Hause gegangen waren, wohl wissend, dass es ein nächstes Mal geben würde und immer so fort, vielleicht ohne Ende. »Romantisch sind wir wohl alle«, antwortete sie. »Wir sind es nur in verschiedenen Bereichen.«

Pierre Erard blickte sie erstaunt an. »Sie haben sich verändert, Clara«, sagte er. »Ich habe ein junges Mädchen kennengelernt, das wie ein Wirbelsturm in die Welt hinausgefegt ist. Nun merke ich, wie viel Sie dazugelernt haben. Ich freue mich darauf, mich in zehn Jahren mit Ihnen zu unterhalten.«

Da lächelte Clara und atmete ein wenig auf. »Auch in der Zwischenzeit werden wir uns hoffentlich sehen«, antwortete sie und wandte sich um.

Ein Diener eilte herbei und öffnete ihr das Haustor.

Während sich Clara noch voller Eifer auf ihr Konzert im Dezember vorbereitete, musste sie erkennen, dass Pierre Erard recht behielt. Friedrich Wieck und Robert Schumann kämpften um sie und keiner war bereit, nachzugeben.

Ihr Vater ließ sich von Robert Schumanns Aktivitäten nicht im

Geringsten beeindrucken. Als ihm Robert Schumann eine Abschrift von Claras Vollmacht zukommen ließ, zeigte Friedrich Wieck keine Reaktion. Nur Clara merkte, dass er ihren Schritt zur Kenntnis genommen hatte, denn von nun an beantwortete er keinen ihrer Briefe mehr. Immer wieder schrieb sie an ihn, um ihn zum Einlenken zu bewegen. Wie schön wäre es doch, dachte sie, würde er sie in Paris besuchen. Sie sehnte sich danach, ihm vorzuspielen und sein Urteil zu hören. Der beste aller Lehrer war er immer für sie gewesen, unbestechlich und streng, wie sie es brauchte und wollte. »Mir unterlaufen immer wieder ein paar kranke Töne, die ich nicht loswerde«, schrieb sie ihm. »Willst Du nicht doch herkommen und ein Auge auf mich haben?«

Doch sosehr sie auch flehte und wartete, sosehr wurde sie enttäuscht und auch Robert Schumann ging auf ihre Einladungen nicht ein. »Meinem Robert war die Reise hierher schon immer zu beschwerlich«, klagte sie Emilie ihr Leid. »Was habe ich auf ihn gewartet! Und jetzt, wo ich mich offen zu ihm bekenne und seinetwegen meinen Vater brüskiert habe, kommt er trotzdem nicht. Irgendwie bin ich allein auf der Welt und habe von keinem mehr etwas.«

Doch dann, genau einen Monat nach ihrer Vollmachtserklärung, teilte ihr Robert Schumann mit, sein Anwalt habe nun offiziell beim zuständigen Landgericht in Leipzig eine Appellation eingereicht und um Ehekonsens gebeten. Eine Abschrift der Eingabe legte er bei – fein säuberlich geschrieben, ganz bestimmt nicht von seiner Hand. »Akten in Sachen des Komponisten Robert Schumann und der Kammervirtuosin Clara Wieck, Kläger, gegen den Instrumentenhändler Friedrich Wieck in Leipzig, Beklagter, die verweigerte Einwilligung zur Verehelichung der Kläger betr.«

So sachlich, so trocken und ohne Leben! Zwei feindliche Parteien, die das Machtwort der Behörden brauchten, weil sie allein nicht in der Lage waren, ihr Zusammenleben zu meistern. Von zärtlicher Zuneigung war da die Rede und innigster Hochachtung, von freundlichsten Bitten und entschiedener Verweigerung, von gesicherten Vermögensverhältnissen und von persönlichem Widerwillen ohne jede Veranlassung. »Ganz gehorsamst bitten wir, Herrn Friedrich Wieck zu Erteilung seiner väterlichen Zustimmung zu unserem ehelichen Bund wohlwollend zu veranlassen, in deren Entziehung aber diese Einwilligung anstatt seiner uns hochgnädigst zu erteilen.«

Robert Schumann, der einstige Student der Rechtswissenschaft, mochte sich in einer solchen Sprache zu Hause fühlen. Die kleine Volksschülerin Clara Wieck aber – drei Jahre verkürzter Unterricht – kam sich dabei fremd und verloren vor. Sie wollte nicht vor Gericht gehen und sie wollte diesen Schritt auch ihrem Vater nicht zumuten. Eigentlich wäre sie schon zufrieden gewesen, wäre alles so geblieben, wie es jetzt war.

Doch dafür war es bereits zu spät. Die Justizmaschinerie des Hohen Königlichen Appellationsgerichts war angelaufen und würde nicht eher zum Stillstand kommen, bis eine Entscheidung gefallen war, so oder so.

Trotzdem ließ der weise Gesetzgeber noch ein gnädiges Hintertürchen offen. Da es sich ja eigentlich nur um eine Familienangelegenheit handle, die die öffentliche Sicherheit nicht beeinträchtige, forderte das Gericht die Parteien erst noch zu einem »Vereinigungsversuch« auf, einem »Sühnetermin«, bei dem alle Beteiligten ihren Standpunkt vertreten sollten. Danach würden sie vielleicht bereit sein, sich gütlich zu einigen. Die Anhörung sollte in Leipzig vor dem Bezirkspfarrer stattfinden, dem Archidiakon Fischer. Termin war der 31. August 1839.

»Du wirst verstehen, dass Deine Anwesenheit absolut erforderlich ist«, schrieb Robert Schumann lakonisch und mit festerem Schreibdruck als sonst.

Clara hätte ihm gern geantwortet, ihre Vollmachtserklärung müsse doch eigentlich genügen. Doch wie sollte man miteinander diskutieren, wenn man fünf Tagereisen voneinander entfernt war und die Post meistens sogar noch viel länger brauchte?

Voller Unruhe und Sorge lief Clara aus dem Haus, hinunter zur Seine, die ihr manchmal vorkam wie eine Mutter. Geborgen fühlte sie sich hier und zu Hause. An den Franzosen fand sie oft genug etwas auszusetzen, doch deren Land hatte sie zu lieben gelernt.

Sie setzte sich ins Gras und fing an zu rechnen. Irgendwie musste es doch möglich sein, die vielleicht bald bevorstehende Hochzeit mit ihrem Konzerttermin zu vereinbaren und danach womöglich noch mit einer Tournee nach Holland oder England. Dabei kam es wohl vor allem darauf an, dass Robert Schumann sie unterstützte und Rücksicht auf ihre Pläne nahm.

Je länger sie nachdachte, umso mehr sah sie ein, dass sie sich der Reise nach Leipzig nicht entziehen konnte. Außerdem würde danach ja immer noch ein Vierteljahr bis zum Konzert übrig bleiben. »Ich muss nach Hause«, eröffnete sie deshalb ihren Freundinnen beim Abendessen.

Emilie ließ erschrocken ihr Besteck fallen, doch Henriette atmete auf. »Ich komme mit«, antwortete sie erleichtert. »In Stuttgart steige ich dann aus. Es ist sowieso höchste Zeit für mich, wieder heimzufahren. Außerdem geht mein Geld zu Ende.«

Danach saßen sie noch lange beisammen und versuchten, in die Zukunft zu blicken. Zum ersten Mal gestand Henriette, dass sie sich inzwischen als Pianistin gut genug fühle, um eigene kleinere Konzerte zu bestreiten. »Beethoven«, sagte sie und errötete. »Ich möchte, dass man irgendwann einmal wie von selbst an mich denkt, wenn von seinen Interpreten die Rede ist.«

Clara runzelte die Stirn. »Ich weiß nicht, ob du schon so weit bist«, wandte sie ein. Es fiel ihr schwer, in der Schülerin plötzlich eine Kollegin zu sehen oder später womöglich eine Rivalin.

Doch Henriette ließ sich nicht beirren. »Ich bin so weit«, erklärte sie. »Das weiß ich.« Ihre Stimme wurde sanft. »Versteh mich nicht falsch, Clara. Ich weiß, dass ich dir dankbar sein muss. Ich habe so viel von dir gelernt. Nicht nur musikalisch, sondern auch das Praktische: Wie man ein Konzert organisiert. Wie man die Finanzen im Gleichgewicht hält. Wie man mit dem Publikum umgeht und mit Förderern wie Monsieur Erard.« Sie senkte den Kopf. »Ich denke schon länger daran, mich selbstständig zu machen. Ich bin ehrgeizig, das weißt du. Die ganze Zeit über ist es mir schwergefallen, immer nur in deinem Schatten zu stehen. Manchmal habe ich dich beneidet und hin und wieder sogar ein wenig gehasst. Kannst du mir das verzeihen?«

Clara erschrak, doch sie zog es vor, auf dieses Thema nicht einzugehen. Für den Augenblick reichten ihr ihre eigenen Probleme. Nur Emilie, die immer genau wusste, was moralisch vertretbar war, setzte zu einem Vortrag über Freundschaft und Selbstlosigkeit an. Doch als ihr niemand antwortete, schwieg auch sie.

Die Nacht brach herein, eine milde Sommernacht unter einem zunehmenden Mond. Das Konzert der Grillen übertönte das Rauschen der Seine, die man kaum noch sehen konnte. Nur hin und wieder glitzerte ein Wellenkamm auf und verschwand gleich wieder im samtigen Dunkel.

»Ihr braucht euch um nichts zu kümmern«, entschied Emilie leise. »Ihr packt einfach eure Koffer. Den Rest besorge ich. Monsieur Erard wird das Klavier abholen lassen. Danach fahre ich wieder nach Paris zu meinen Eltern.«

»Ich komme bestimmt bald zurück«, versprach Clara. »Vielleicht sollten wir unsere Wohnung hier noch gar nicht aufgeben.«

Emilie umarmte sie. »Der Sommer wird vorbei sein, bis du wieder da bist«, sagte sie traurig und küsste Clara auf die Wange. »Vielleicht bist du auch nicht mehr allein, wenn du dein großes Konzert gibst. Vielleicht haben wir ja eigentlich allen Grund zur Freude.« Sie fing an zu weinen. Ein Lebensabschnitt ging zu Ende. Unwiederbringlich. Was danach kam, mochte besser sein oder schlechter. Auf jeden Fall aber würde es anders sein, mit neuen Aufgaben und neuen Menschen, die ihr Recht einforderten. »Ich möchte dich nicht verlieren, Clara!«, flüsterte Emilie.

Clara drückte sie an sich. »Das wirst du nicht, Mila«, gelobte sie sanft. »Ganz bestimmt nicht. So viele Jahre haben wir einander nur geschrieben und sind doch Freundinnen geblieben. Auch das, was uns jetzt erwartet, wird uns nicht trennen.«

Zwei Tage später saßen Clara und Henriette in der Kutsche,

die sie nach Deutschland zurückbringen sollte. Emilie war auf die Straße herausgetreten und winkte ihnen nach.

Mila!, dachte Clara und winkte zurück, obwohl es dafür inzwischen bereits zu spät war. »Sie war die einzige Freundin, die ich als Kind hatte«, sagte sie zu Henriette.

Henriette senkte den Blick. »Ich hätte dich auch gern als richtige Freundin gehabt«, gestand sie. »Aber ich glaube, wenn man so ist wie wir beide, kann man sich höchstens mit jemandem anfreunden, der ein ganz anderes Leben hat. Verstehst du, was ich meine?«

Clara nickte. Sie dachte an Robert Schumann, den sie seit fast einem Jahr nicht gesehen hatte, und versuchte, sich sein Gesicht vorzustellen. Es gelang ihr nicht.

Wiedersehen mit Robert Schumann

1

So viel Liebe hatte sich Clara erhofft nach den langen Monaten der Trennung und nach den unzähligen Schreiben voller Anbetung und Sehnsucht! Wie hatte sich Robert Schumann in seinen Briefen gewünscht, sie zu umarmen und zu küssen, ihr zärtliche Worte ins Ohr zu flüstern und mit sanften Fingern über ihren Nacken zu streichen und über ihren Hals! Meine süße Zilia, meine Königin, meine Herzensclara!

Immer wieder hatte sie seine Worte gelesen und vor dem Einschlafen leise wiederholt wie ein Versprechen an die Zukunft, das ihr die Gegenwart versüßen sollte. Gar nicht genug konnte sie bekommen von seinen Schwüren. Ihr war, als erlebe sie all das Wundervolle, Bezaubernde schon jetzt, während draußen, nicht weit von ihrem Fenster, der nächtliche Strom vorbeiglitt und mit seiner vielschichtigen Stimme untermalte, was sie fühlte. Noch am nächsten Morgen erinnerte sie sich an ihre Träume und versuchte, nicht an die Enttäuschung zu denken, weil sich die große Liebe immer nur auf dem Papier abspielte und die überwältigende Leidenschaft nur ein Wort war, das in der Realität keine Erfüllung fand.

»Ich sehne mich nach Dir!«, schrieb sie dann und hoffte dabei, dass er nicht nur ihre Worte verstand, sondern genau wusste, was sie damit meinte – welchen Mangel, welchen Schmerz und welchen unerträglichen Drang, endlich zu erleben, was sich ihr Körper wünschte. Ich sehne mich nach Dir! – Ein junges Mädchen von zwanzig Jahren, voller Leben und voll der Leidenschaft, die durch die Hingabe an die Musik längst erweckt und täglich vertieft worden war.

»Ich sehne mich nach Dir!«, schrieb auch er. Sie dachte, wenn er nur halbwegs so fühlte wie sie, müsste er längst vor ihrer Tür stehen und diese notfalls mit Gewalt aufbrechen, wenn sie verschlossen war. »Ich komponiere den ganzen Tag, so sehr beflügelt mich die Sehnsucht«, fügte er hinzu und Clara legte enttäuscht den Brief beiseite.

In Altenburg trafen sie einander wieder – ein magischer Ort für Clara, denn dort hatte ihre Mutter sie einst an Johanna Strobel übergeben und damit für immer an den Vater. Ein kleines Mädchen war gelenkig aus einer Kutsche gehüpft und in die nächste geklettert. Schweigend, weil noch nicht alle wussten, dass es auf einmal sprechen konnte. Ein Abschied von der Mutter, ohne Bedauern oder Schmerz. Clara Wieck mit dem schönen schwarzen Haar wusste bereits, wo ihr Platz war. Als sich die Kutsche in Bewegung setzte, hatte das Kind die weinende Mutter schon vergessen.

Robert Schumann hatte Claras Reise von Paris bis zu ihrem Treffpunkt penibel erfragt und durchdacht. »Wenn Du am Montag, den 12. in Paris abreist, kommst Du am Mittwoch abends oder nachts in Frankfurt an. Am Donnerstag kannst Du Dich dann ausruhen. Vergiss aber nicht, Dich für Donnerstagabend auf der Schnellpost bis Naumburg einschreiben zu lassen. Dort triffst Du am Sonntagabend ein und nimmst Dir am nächsten Tag am besten einen Lohnwagen. Ich habe mich erkundigt, liebe Clara: Du musst unbedingt mit dem Kutscher aushandeln, dass er die Kosten für Futter und Chausseegeld selbst zu übernehmen hat. Denk immer daran, dass er auf jeden Fall versuchen wird, Dich übers Ohr zu hauen. Am frühen Abend kommst Du in Altenburg an. Im Gasthof ›Stadt Gotha‹ ist ein schönes Zimmer für Dich reserviert. Dort findest Du auch meine Nachricht, wie es weitergehen soll.«

Auf der nächsten Seite folgten ausführliche Ratschläge, wie Clara die gefährliche Reise ohne bleibende Schäden überstehen konnte: »Trink Wasser nur mit Wein vermischt. Trink auch kein Bier und keine Milch. Ich habe meinen Arzt Dr. Reuter gründlich befragt. Er sagt, das beste Getränk auf Reisen ist ein Kaffeelöffel Brausepulver in Wasser mit Wein. Das hilft gegen die Erhitzung und gegen das Schütteln beim Fahren.«

Zuletzt stand dann in kaum noch leserlicher Schrift: »Vergiss nicht, mein Clärchen, dass die Stadt Stuttgart Gift für Dich ist, und Gift soll man meiden. Denk an den unseligen Plagiator und Schmieranten Dr. Schilling! Er könnte bestimmt nicht widerstehen, sich wieder an Dich heranzumachen. Deine Schülerin Henriette wird auch ohne Dich nach Stuttgart zurückfinden. Am besten, Ihr trennt Euch bereits in Frankfurt. Du weißt, wie die Eifersucht Deinen Ergebenen packen kann. Mord und Totschlag könnten die Folge sein.«

Immer wieder las Clara diesen Brief, in dem ihr lieber, lieber Robert zum ersten Mal sein praktisches Talent entfaltete. Seine Fürsorge rührte sie und brachte sie gleichzeitig zum Lachen, weil es so wenig zu ihm passte. Doch so wie er in diesem Brief gingen andere Männer wohl meistens mit ihrer Liebsten um, dachte sie, und dieser Aspekt einer Beziehung gefiel ihr.

Drei Tage verbrachten sie gemeinsam in Altenburg. Schöne Tage, friedliche Tage, wenn auch ganz anders, als Clara es erwartet hatte. Als sie in ihrem Gasthof ankam, wartete Robert Schumann bereits seit Stunden auf sie. Sofort eröffnete er ihr aber, dass er selbst nicht in der »Stadt Gotha« wohne, sondern in einem Haus, das sich »Zur Schnecke« nannte.

Clara, die es während der letzten Reisestunden vor Aufregung und Vorfreude kaum noch ausgehalten und sich wie ein stürmisches Kind in seine Arme geworfen hatte, trat ernüchtert einen Schritt zurück. »Du wohnst nicht hier im Haus?«, fragte sie ungläubig und erwartete, dass er laut auflachte und ihr sagte, das sei natürlich nur ein Scherz gewesen. Wenn es ihr recht sei, würde man nicht nur im selben Gasthof logieren, sondern sogar im selben Zimmer. Nach all der Sehnsucht und dem Warten wäre sie nicht nur einverstanden gewesen, sondern geradezu glücklich.

Robert Schumann merkte, wie enttäuscht sie war. »Meine geliebte Clara«, sagte er sanft und zog sie neben sich auf das schmale Sofa. »Du kommst aus Paris, wo die Sitten weniger streng sind als bei uns. Hast du aber bedacht, dass wir in ein Gerichtsverfahren verwickelt sind, das uns angreifbar macht? Wenn dein Vater nicht nachgibt, müssen wir vielleicht vor dem Richter Rede und Antwort stehen, ob wir den Regeln des Anstands auch immer gefolgt sind. Was sollen wir dann sagen, wenn offenkundig ist, dass wir bereits zusammengelebt haben?«

Clara antwortete nicht. Es klopfte an der Tür. Der Hausdiener brachte ihr Gepäck. Robert Schumann steckte ihm ein Trinkgeld zu, ein sehr großzügiges Trinkgeld, wie Clara mit einem verstohlenen Seitenblick bemerkte. Schon als Robert Schumann das erste Mal in die Grimmaische Gasse gekommen war, hatte er damit das Missfallen ihres Vaters erregt. Wie lange das schon her war! Irgendwann einmal in all den Jahren hatte sie sich in ihn verliebt. Ein Kind war sie damals noch gewesen, aber auch Kinder verliebten sich. Und immer noch sollte sie warten!

Draußen schien nach mehreren Regenstunden die Sonne. Die Luft, die durch das halb geöffnete Fenster hereindrang, war mild und rein. Irgendwo vor der Stadt würde es jetzt wohl einen Regenbogen geben, dachte Clara. Sie sehnte sich plötzlich nach Weite und nach einem Blick bis an den Horizont. »Wollen wir nicht spazieren gehen?«, fragte sie.

Robert Schumann lachte. »Ich habe gar nicht mehr daran gedacht, wie gern du ständig herumläufst«, sagte er und küsste sie auf die Wange.

Da nahm Clara sein Gesicht zwischen ihre Hände und fing an, ihn mit ihren Lippen zu liebkosen. Nur widerstrebend ging er darauf ein. »Ist das der Mann mit dem schlimmen Ruf als Frauenheld?«, fragte Clara, ohne ihn freizugeben. »Wie hast du all die hübschen Ehefrauen und die netten Kellnerinnen verführt, wenn du immer nur den Kopf weggedreht hast?«

»Das war etwas anderes«, murmelte er, undeutlich, weil sie ihn so bedrängte. »Dich will ich heiraten.«

»Und deshalb soll ich fasten und büßen?«

Wieder lachte er, diesmal aber ohne Anspannung, einfach nur als ein junger Mann von neunundzwanzig Jahren, der mit seiner Braut allein war und sie liebte. »Eine gewisse Grenze muss es allerdings noch geben«, bestimmte er. »Sonst kannst du mich womöglich im Gefängnis besuchen. Wer weiß, was deinem Vater noch alles einfällt.«

Da nickte Clara. »Da ist dann die ›Schnecke‹ wohl doch besser«, lachte sie. In diesem Augenblick wäre sie mit jeder Bedingung einverstanden gewesen, weil sie glücklich war, endlich bei ihm zu sein, und weil die Hoffnung bestand, dass all das Fasten und Büßen bald ein Ende hatte.

Drei schöne Tage in Altenburg. Zum ersten Mal standen sie einander auf Augenhöhe gegenüber. Clara war nicht mehr das halbe Kind, dem die neun Jahre fehlten, die ihr Robert Schumann an Erfahrung voraushatte. Sie war eine junge Frau, die sich in die Welt hinausgewagt und diese Herausforderung gemeistert hatte. Sie hatte sich Respekt verschafft, Bewunderung erregt, Rivalitäten bestanden und sich damit abgefunden, dass ihr der Erfolg wahrscheinlich eine erkleckliche Anzahl von Neidern und Feinden eingebracht hatte. Sie hatte die Erfahrung gemacht, dass Männer sie begehrten und dass auch sie Wünsche und Begierden hatte, die sie bisher fast nur in ihrem ausufernden Briefwechsel mit Robert Schumann ausgelebt hatte. Kurz gesagt, Clara Wieck war nicht nur kein Kind mehr, sondern hatte auch die Zwischenwelt danach längst durchschritten. Sie war erwachsener als so mancher, der doppelt so alt war wie sie selbst. Sie konnte beurteilen, was das Wort eines Menschen wert war und was sie selbst weiterbrachte oder sie bremste.

Robert Schumann, der sie so lange nicht gesehen hatte, war erstaunt über ihre unbefangene Reife. Er hatte das Gefühl, während der Trennung hinter ihr zurückgeblieben zu sein. Zugleich flößte ihm ihre Stärke Mut ein, als wäre Clara die Mutter, die seine eigene nie gewesen war.

Wie unzufrieden Christiane Schumann durchs Leben gegangen war! Wie kindlich sie sich über alles beklagte, was ihr Mühe bereitete oder in irgendeiner Weise von ihren Idealvorstellungen abwich! Immer hatte sie dabei die Schuld bei anderen gesucht, zumindest bei den Umständen ihres Lebens. Die aber führte sie stets auf ihren Gatten zurück, der sich die meiste Zeit in der Studierstube vergrub, ein Sachbuch nach dem anderen verfasste, über Themen, die Christiane nicht interessierten; der als Verleger zwar angesehen und auch recht erfolgreich war, immer aber noch nicht genug, um seiner Gattin das elegante Leben zu bieten, das sie sich wünschte.

Nur wenn sie sang, war sie glücklich. Nie würde Robert Schumann ihre süße Mädchenstimme vergessen, die nicht alterte, so wenig wie Christiane Schumanns Charakter. Ein ewiges Kind, liebenswürdig und schmollend, äußerlich mitfühlend und innerlich ständig unzufrieden und klagend.

Nie hatte sich Robert Schumann ihr anvertrauen können. Dabei plauderten sie gerne miteinander: über die letzten Konzerte und deren Besprechungen in der Presse, über den neuesten Klatsch aus der Kunstszene oder über einzelne Bücher, die im Gespräch waren. Zu mehr aber reichte das Vertrauen zwischen ihnen nicht, vielleicht auch nicht Christianes Intelligenz.

Dabei hätte er ihre Zuwendung so dringend gebraucht! Nach dem Freitod seiner Schwester dachte er ständig an die eigene Endlichkeit. Fast noch mehr aber fürchtete er sich davor, den Verstand zu verlieren. Es wäre ihm unerträglich gewesen, in der Nähe eines Friedhofs oder einer Irrenanstalt zu wohnen, und wenn er sich länger im Spiegel in die Augen blickte, packte ihn Entsetzen und er wandte sich schnell wieder ab, als sähe er plötzlich einen Doppelgänger, der nach seiner Seele griff.

Über all diese Ängste sprach er zum ersten Mal mit Clara, während sie Arm in Arm, wie es sich für Brautleute gehörte, spazieren gingen, ohne sich zu verstecken. Sie setzten sich auf einsame Parkbänke oder tranken Limonade in kleinen Gastgärten. Einmal mieteten sie sich ein Boot, und Robert Schumann bestand darauf, die Ruder zu übernehmen. Immer und immer aber redeten sie, lernten einander kennen und wunderten sich, dass der Gesprächspartner der gleiche Mensch war, mit dem man jahrelang korrespondiert hatte.

Erst jetzt erkannte Clara, wie tief ihr Verlobter von der Abweisung durch Friedrich Wieck verletzt worden war. »Als ich zu euch kam, dachte ich anfangs, er könnte wie ein Vater für mich sein«, gestand Robert Schumann, und Clara begann zu ahnen, dass es gar nicht immer nur um sie selbst gegangen war. »Ich wollte ihm unbedingt gefallen. Nie hätte ich gedacht, dass er mich einmal so verachten und hassen würde.«

Ja, diese Verachtung spielte wohl eine bedeutendere Rolle, als Clara es bisher vermutet hatte. Friedrich Wieck genoss es offensichtlich, Robert Schumann damit zu demütigen, während jener davon so tief getroffen wurde, dass er noch mehr als bisher an sich zweifelte. Zu vieles gab es, was er an sich selbst tadelte.

»Vor unserer Liebe habe ich nicht immer so gelebt, wie ich es hätte tun sollen«, gestand er.

Clara wusste, wovon er sprach. In manchen Nächten hatte sie nicht aufhören können, über »das Eine« nachzudenken, das so entsetzlich war, dass sie nicht einmal wagte, es sich vorzustellen.

»Aber das ist doch längst vorbei, nicht wahr?«, fragte sie, während Robert Schumann in den Sonnenuntergang blickte und sich entschloss, ein für allemal reinen Tisch zu machen. Schonungslose Offenheit gehörte zu seinem Idealbild einer Ehe. Keine Geheimnisse sollten das verheiratete Paar voneinander trennen. Alles sollte man vom anderen wissen und alles verzeihen. Was danach zurückblieb, war die reine Liebe für ein gemeinsames Leben bis zum Tode.

»Manchmal wird man einfach fortgerissen«, gestand er und wandte den Blick ab. Er wollte nun doch nicht mehr weitersprechen, aber jetzt bestand Clara auf einer Erklärung. So erfuhr sie, dass er an seinem neunundzwanzigsten Geburtstag mit dem »sanften kleinen Schmidt« nach Connewitz gewandert war und sich mit ihm unter einem Baum zum Mittagsschlaf hingelegt hatte. Schon eine Stunde später hatte er es bereut und sich mit einigen Sonnenjünglingen, die gekommen waren, um ihm zu gratulieren, in seiner Wohnung mit Wein und Champagner so heftig betrunken, dass einer von ihnen meinte, er sei ein Vogel und könne fliegen. Mit ausgebreiteten Armen habe er sich aus dem Fenster gestürzt und habe bewusstlos von seinen Freunden wieder ins Haus getragen werden müssen.

»Wer war das denn?«, fragte Clara, die Robert Schumanns Freundeskreis kannte.

»Es war Herrmann«, sagte Robert Schumann mit dumpfer Stimme. »Kannst du mir verzeihen?« Doch noch bevor Clara antwortete, brach es plötzlich aus ihm heraus, als wären alle Dämme des Selbstschutzes gebrochen: Bei der Taufe des Kindes seiner inzwischen verstorbenen Freundin Henriette Voigt sei er Pate gewesen und sei danach seiner Co-Patin Pauline Butter in einer Kutsche recht nahe gekommen, obwohl dabei in seiner Brusttasche ein Brief knisterte, den ihm Clara aus Paris geschrieben hatte. »Ich schäme mich so!«, gestand er. »Ich frage mich immer wieder, warum ich dir solches Unrecht antue. Vielleicht liegt es daran, dass du ständig deinen Vater verteidigst, der mir so weh tut.«

»Und anstatt ihn zur Rede zu stellen, rächst du dich an mir?«, fragte Clara und rückte von ihm ab. »Du kannst mir doch nicht erzählen, dass du an meinen Vater denkst, wenn du dich in einer Kutsche an eine Frau heranmachst.«

Er legte ihr die Hand auf den Mund. »Von Heranmachen kann keine Rede sein. Es entwickelten sich nur ein paar leise Berührungen, sonst nichts. Pauline sagte, sie könne sich vorstellen, aus Liebe zu sterben. Du weißt doch: So reden Mädchen, wenn sie darauf hinweisen wollen, wie gefühlvoll sie sind.«

Clara schob seine Hand weg. »Ich weiß gar nichts!«, widersprach sie ärgerlich. »Nicht im Traum käme ich auf einen solchen

Unsinn. Ist das die Methode, mit der man deine Aufmerksamkeit weckt?«

Sie musste plötzlich an ihre Eltern denken und an deren ständige Auseinandersetzungen. Nichts wollte sie weniger, als diesem Beispiel zu folgen. Außerdem hatten sie und Robert Schumann doch nur so wenig Zeit! Was geschehen war, war geschehen, und er hatte oft genug versichert, dass ihm die Ehe heilig sei. So beschloss sie, ihm einfach zu verzeihen. Es war wie damals, als er auf dem Waldweg strauchelte und sie ihn warnte und auffing, nur dass das Auffangen jetzt darin bestand, dass sie ihm zuhörte und Mitleid mit ihm hatte.

»Eines möchte ich schon noch wissen«, sagte sie dann.

»Alles!«, versprach er. »Ich will nichts vor dir verbergen.«

Aber dann schwieg er doch, als sie ihn nach jener Christel fragte, die so blass gewesen war. Blass und krank, wie auch Robert Schumann damals blass und krank gewesen war.

»Blass und krank?«, fragte er zurück, um Zeit zu gewinnen. »Da musst du etwas falsch verstanden haben, Clara. Du warst damals doch noch ein Kind. Ich war nie blass und krank, und mit dieser Frau hat mich nichts Besonderes verbunden. Glaub mir, ich habe dir alles gestanden, was es zu gestehen gab. Von nun an beginnt ein neues Leben, in dem ich dir nur noch Gutes tun will. Kein Groll mehr wegen deines Vaters. Du hast bewiesen, dass du auf meiner Seite stehst. Von jetzt an kann uns nichts mehr auseinanderbringen.«

Noch lange gingen sie Seite an Seite durch die abendlichen Straßen. Die meiste Zeit schwiegen sie nun. Clara fiel auf, dass Robert Schumann sie nie gefragt hatte, ob sie denn auch etwas zu gestehen habe. Als sie die »Stadt Gotha« erreicht hatten, umarmte Robert Schumann sie kurz und küsste sie der Leute wegen nur freundschaftlich auf die Wange. Eine Weile sahen sie einander noch in die Augen. Dann wandte sich Clara zum Gehen. Sie zuckte jedoch zusammen, als sie plötzlich seine Stimme hörte, ängstlich und voller Sorge: »Glaubst du, dass dein Vater Nachforschungen anstellt, um mich zu vernichten?«, fragte er.

Clara blieb stehen. Selbst im Halbdunkel konnte sie sehen, wie blass er geworden war. Blass und krank!, dachte sie unwillkürlich. »Hast du denn etwas Ernsthaftes zu befürchten?«, fragte sie leise.

Da lächelte er plötzlich. »Aber nein, mein Clärchen!«, versicherte er. »Keine Sorge. Es war nur so ein dummer Gedanke.« Damit winkte er ihr zu und eilte davon.

»Bis morgen«, sagte Clara, obwohl sie wusste, dass er sie nicht mehr hören konnte.

2

Der 31. August 1839 war der Tag des gerichtlich angeordneten »Vereinigungsversuchs«, der unter geistlicher Anleitung ohne die Anwälte der beiden Parteien vorgenommen werden sollte. Auf diese Weise sollte der Konflikt auf eine familiäre Ebene zurückgeführt und so vielleicht entschärft werden.

Eine halbe Stunde zu früh standen Clara und Robert Schumann vor dem Pfarrhaus des Archidiakons Fischer. Beide waren aufgeregt – halb ängstlich, halb hoffnungsvoll. Clara konnte sich nicht vorstellen, dass ihr Vater bis zum Äußersten gehen und es tatsächlich auf ein Gerichtsverfahren ankommen lassen würde. Robert Schumann seinerseits fühlte sich erleichtert und bestärkt, weil ihm die Universität Jena für seine Verdienste als Komponist, Kritiker und Herausgeber die Ehrendoktorwürde verliehen hatte. Schon vor einem Jahr hatte er darum angesucht. Nun, gerade zur rechten Zeit, war ihm die Ernennung mitgeteilt worden.

Clara wusste, wie pünktlich ihr Vater seine Termine einhielt. So hoffte sie, vielleicht schon vor Beginn der Verhandlung mit ihm sprechen zu können und sich bei dieser Gelegenheit mit ihm zu versöhnen. Auch sie zählte auf seine Eitelkeit. Dass sich sein künftiger Schwiegersohn nun mit einem ehrenvollen akademischen Titel schmücken konnte, würde ihm wahrscheinlich gefallen. Außerdem rechnete Clara mit seiner Vaterliebe. So lange waren sie getrennt gewesen. Wenn er sah, wie hübsch sie war und wie sehr sie trotz allem an ihm hing, würde er hoffentlich nachgeben. Danach konnte die Hochzeit noch im September stattfinden und Clara konnte nach Paris zurückkehren, um ihr Dezemberkonzert vorzubereiten. Diesmal würde auch ihr Ehemann dabei sein, um die Aufmerksamkeit des Pariser Publikums auf sich und sein Werk zu lenken.

So viel Hoffnung, während sie den Schatten der mächtigen Kastanie suchten, weil die Mittagssonne so unbarmherzig auf sie niederbrannte. »Alles wird gut«, sagte Clara leise und griff nach der Hand ihres Verlobten. Er nickte, scheinbar zuversichtlich. In Wahrheit aber wurde er immer unruhiger, je näher die Zeiger der Kirchturmuhr aneinanderrückten.

Als die Glocke schlug, war Friedrich Wieck noch immer nicht eingetroffen. Clara und Robert Schumann spähten nach allen Richtungen, dann gaben sie auf und traten ins Haus.

Pfarrer Fischer war ein freundlicher, jovialer Mensch, der offenkundig nicht allzu gut auf Friedrich Wieck zu sprechen war. Nach einigen juristischen Präliminarien eröffnete er dem jungen Paar, der »Beklagte Friedrich Wieck« habe an der Ladung zu diesem Termin einen Formfehler entdeckt und sei deshalb nicht bereit zu erscheinen. Er reiche aber hiermit seine Erklärungen ein sowie auch die sich daraus ergebenden Forderungen beziehungsweise Vorschläge.

Das Schreiben war erst eine Stunde vor Verhandlungsbeginn abgegeben worden, sodass Pfarrer Fischer noch nicht Zeit gehabt hatte, es durchzuarbeiten. Als er es nun verlas, merkten Clara und Robert Schumann, wie seine Missbilligung von Minute zu Minute zunahm. »Da scheint mir eine Art von Besessenheit vorzuliegen«, murmelte er einmal sogar und warf Clara einen mitfühlenden Blick zu.

Als Erstes verlangte Friedrich Wieck, dass Clara auf die rund zweitausend Reichstaler verzichte, die sich in den ersten sieben Jahren ihrer Konzerttätigkeit als Rücklagen angesammelt hatten und die er bisher verwaltet beziehungsweise investiert hatte. Da er sich in dieser Zeit nicht um ihre Brüder Alwin und Gustav gekümmert hatte, solle jenen dieser Gewinn als Entschädigung abgetreten werden … Auch Claras kostbares Instrument und ihren sonstigen Besitz wie Kleider, Schmuck usw. würde sie nur nach einer Pauschalzahlung von tausend Reichstalern zurückerhalten.

Der dritte Punkt befasste sich mit Robert Schumann. Bei der Eheschließung müsse er Clara achttausend Reichstaler, also zwei Drittel seines Erbvermögens, überschreiben. Die Zinsen dürften nur ihr allein zugutekommen. Im Falle einer Trennung solle Robert Schumann nichts davon zurückerhalten. »Außerdem verlange ich, dass Robert Schumann meine Tochter zu seiner Universalerbin einsetzt.«

In der Pfarrbibliothek war es so still, als wäre niemand anwesend. Nur die Uhr tickte und schlug die halbe Stunde.

»Gütiger Gott!«, murmelte Pfarrer Fischer. Dann besann er sich und griff nach dem zweiten Blatt, in dem Friedrich Wieck Clara vorschlug, mit einer Eheschließung doch noch zu warten, bis sie mündig war. »Stattdessen bin ich bereit, Dich für die Dauer eines Vierteljahres zu einer Konzerttournee zu engagieren, für ein Pauschalhonorar von sechstausend Reichstalern.« Pfarrer Fischer räusperte sich. »So viel kann man mit Klavierspielen verdienen?«, fragte er ungläubig. »Ich nehme an, für Ihren Herrn Vater würde nach Abzug Ihres Honorars dann noch immer eine ausreichende Summe übrig bleiben.«

Kopfschüttelnd legte er den Papierbogen beiseite. Erst jetzt merkte er, dass Clara weinte. Sie barg ihr Gesicht an Robert Schumanns Schulter. »Er will, dass ich mich für sechstausend Taler an ihn verkaufe«, flüsterte sie. »Das kann er doch nicht im Ernst von mir verlangen. Er muss verrückt geworden sein.«

Da eine Einigung offenkundig nicht möglich war, setzte Pfarrer Fischer einen neuen Termin fest. »Der 2. Oktober dieses Jahres. Ob es der letzte Termin in dieser Sache ist, kann ich Ihnen nicht versprechen.«

Für das Protokoll und eventuelle weitere Untersuchungen übergab Robert Schumann noch eine Aufstellung seiner finanziellen Mittel, die ausreichen würden, ein angemessenes Hauswesen zu begründen: ein zinsloses Vermögen von zwölftausend Reichstalern und ein jährliches Einkommen von cirka tausend Reichstalern – hauptsächlich aus der Herausgabe seiner Zeitschrift und den Honoraren für seine Kompositionen.

Pfarrer Fischer nickte anerkennend. »Nicht übel«, murmelte er. »Die meisten jungen Paare wären froh über einen solchen Anfang.« Er wandte sich zu Clara. »Darf ich fragen, was vorgefallen ist, dass Ihr Herr Vater sich so vehement gegen diese Heirat sträubt?« Er lächelte. »Finanzielle Mittel sind ausreichend vorhanden und nun hat Herr Schumann auch noch die Würde eines Ehrendoktors vorzuweisen ... Vielleicht sollten Sie Ihren Vater davon in Kenntnis setzen.«

Robert Schumann hob abwehrend die Hand. »Ich habe die Hoffnung verloren«, wandte er ein. »Warten wir lieber auf den nächsten Termin.«

Doch Clara fuhr auf. »Und auf den übernächsten und den danach? Nicht mit mir! Ich will endlich wieder in Ruhe meine Arbeit tun und nicht nur mit ansehen, wie meine Zeit verrinnt.« In den letzten Wochen wurde sie immer häufiger von der Befürchtung gequält, sie vergeude ihre Jugend. Ihre besten Jahre, wie es so hieß.

Pfarrer Fischer erhob sich. »Der nächste Termin wird wahrscheinlich schon vor dem Appellationsgericht stattfinden«, erklärte er sachlich. »Den muss Ihr Vater dann einhalten.« Er reichte Clara die Hand. »Ich wünsche Ihnen jedenfalls alles Gute, Fräulein Wieck. Aber machen Sie sich lieber keine Hoffnung, dass alles so schnell geht, wie Sie es möchten. Nicht nur Gottes Mühlen mahlen langsam.« Er verabschiedete sich noch von Robert Schumann. Dann waren sie entlassen.

Niedergeschlagen und wortlos traten sie hinaus in die Mittagssonne, so blendend hell nach dem Halbdunkel der Pfarrbibliothek, dass sie den Kopf senkten, um ihre Augen zu schützen.

Für einen Romantiker, der das Materielle verachtete, beschäftigte sich Robert Schumann recht zielstrebig mit der finanziellen Absicherung seines Ehestandes. Vor allem Friedrich Wiecks Weigerung, Clara ihr Capital auszuzahlen, versetzte ihn in hellen Zorn. Am liebsten wäre er schnurstracks in die Grimmaische Gasse gestürmt und hätte seinem einstigen Lehrer das Geld mit Gewalt entrissen. Dabei wusste er natürlich, das das umstrittene Capital nicht in irgendwelchen Geldkassetten ruhte, sondern ganz bestimmt geschickt und gewinnbringend angelegt worden war. Die Verfügungsgewalt darüber lag jedoch nicht bei der eigentlichen – unmündigen – Besitzerin, sondern bei ihrem Vater, der das Gesetz auf seiner Seite wusste und sich dafür rächte, dass sein einstiges Wunderkind plötzlich eigener Wege gehen wollte. »Wir müssen dein Capital einklagen!«, rief Robert Schumann und schlug auf den Tisch. »Du hast es verdient. Es gehört dir.«

Clara schwieg. »Natürlich gehört es mir«, antwortete sie dann. »Aber weißt du, was ein solcher Prozess kostet? Am Ende bleibt alles nur bei den Anwälten hängen und beim Gericht. Und kannst du dir vorstellen, wie lange dieser Streit dauern würde? Bis dahin wäre ich längst verhungert.«

Der nahen Zukunft galt ihre größte Sorge. Ganz fest hatte sie mit den Einkünften aus dem Konzert im Conservatoire gerechnet und mit dem Gewinn aus einer nachfolgenden Tournee nach England oder zumindest nach Belgien und Holland. Mit jedem Tag, der verstrich, wurde es aber unwahrscheinlicher, dass sie Deutschland in diesem Jahr noch verlassen konnte. Dabei zehrte sie bereits von ihrer eisernen Reserve. Das Leben in Paris war teuer gewesen. Dazu kamen noch die Kosten für die Reise und für ihren gegenwärtigen Unterhalt. Noch reichten ihre Mittel, doch es war höchste Zeit, dass sie hinzuverdiente.

Auf keinen Fall wollte sie von Robert Schumann abhängig sein. Sie wollte nicht einmal, dass er von ihren Sorgen überhaupt erfuhr. Sie litt bereits genug darunter, dass sie keine Aussteuer vorweisen konnte, wie es für jedes bürgerliche Mädchen doch selbstverständlich war. Allein schon deshalb hätte ihr der Vater ihr Capital zumindest teilweise auszahlen müssen, dachte sie. Doch darum ging es ihm ja wohl: ihr zu beweisen, dass sie ohne ihn kein Leben in Würde führen konnte und dass es Robert Schumann vor allem auf die Früchte ihres Talents abgesehen hatte.

Der Sommer ging zu Ende. In den Nächten war es bereits empfindlich kalt. Die dünnen Jäckchen und Schals, die Clara aus Paris mitgebracht hatte, reichten nicht mehr aus. Wenn sie frierend durch die Straßen ging, dachte sie voll Sehnsucht an ihre warmen Wintersachen, die sie nun bald brauchen würde und die immer noch in ihrem Schrank in der Grimmaischen Gasse hingen. Die Garderobe vom vergangenen Winter hatte sie bei den Lists deponiert, als sie noch meinte, sie würde vor der kalten Jahreszeit nach Frankreich zurückkehren. Doch auch was sich von früher noch in ihrem Elternhaus befand, würde ausreichen, sie ohne zusätzliche Kosten bequem über die Wintermonate zu bringen.

Sie wusste selbst nicht, wie es geschehen war, dass sie plötzlich vor ihrem Elternhaus stand. Noch ganz in Gedanken und ohne auf ihre Umgebung zu achten, war sie um eine Ecke gebogen und merkte erst jetzt, wohin sie geraten war. Wie gebannt blieb sie stehen und starrte auf das schöne, gepflegte Gebäude, das seit ihrer Kindheit Fixpunkt und Anlaufstelle ihres Lebens gewesen war. Nie hatte sie es vermisst, wenn sie fort war. Eigentlich hatte sie es nie wirklich beachtet. Von Anfang an war dieses Haus eine Selbstverständlichkeit für sie gewesen, fast wie ein Teil ihrer selbst. Dass es instand gehalten und in angemessener Weise geschmückt wurde, dafür hatte Clementine immer gesorgt. Niemals war sie dafür gelobt worden. Ihr Dienst war so selbstverständlich wie das Haus und ihre Familie, für die sie ihn leistete.

Erst jetzt, wo das Band zu ihren Angehörigen am Zerreißen war, begriff Clara, wie behütet sie bisher gelebt hatte. Wie viel ihr der Vater auch abverlangt hatte – stets hatte er dabei seine Hand schützend über sie gehalten. Sie mochte überfordert gewesen sein, erschöpft oder zornig – sie konnte dennoch immer sicher sein, dass keine Gefahr zu nahe an sie herankommen würde.

In diesem Augenblick, als sie allein und unbemerkt vor ihrem Elternhaus stand, erinnerte sich Clara plötzlich an ein Aquarell, das in Plauen, im Haus ihrer Großeltern über ihrem Bett gehangen war. In all den Jahren hatte sie das Bild vergessen. Nun fiel es ihr wieder ein, zugleich mit den Worten ihrer Großmutter – Madame Tromlitz, ja, Tromlitz hatte sie geheißen! »Das kleine Mädchen da vor dem Abgrund soll alle guten Kinder darstellen, die in Gefahr sind. Weil das Bild aber in deinem Zimmer hängt, bist du dieses Kind, mein Clärchen.« Clara konnte sich auf einmal sogar an die Stimme der Großmutter erinnern und an das eigene Schweigen, das allen weh getan hatte. »Und siehst du den Engel – so groß und so schön! –, wie er das Kind warnt und zurückhält? Er ist ein Schutzengel. Dein Schutzengel, Clara, der immer bei dir sein wird, um dich zu behüten.«

Mit ernster Miene hatte Clara das Bild betrachtet. Immer wieder, jeden Morgen, wenn sie nach dem Aufwachen nach oben blickte. Erst jetzt begriff sie, wer damals in ihrer Fantasie mit dem Schutzengel auf dem Bild eins geworden war. Es war ihr Vater und als er sie, die kleine, noch nicht einmal Fünfjährige, von der Postkutsche abholte, spürte sie die gleiche Sicherheit wie das Kind auf dem Bild, das keine Angst zu haben brauchte, weil sein Schutzengel ständig wachte. Man musste ihm nur dankbar sein und seinen Wink beachten, dann stand man für immer unter seiner Obhut.

Ganz friedlich war Clara auf einmal zumute. Ohne jeden Zweifel glaubte sie zu wissen, was zu tun war. Noch hatte kein Richter eingegriffen. Noch konnte man mit einem offenen, liebenden Wort vom Abgrund zurücktreten. Kein Zerwürfnis war trennend genug, um einen Vater wie Friedrich Wieck seinem Kind zu entfremden.

Clara atmete auf. Sie merkte, dass sie noch immer vor Kälte zitterte. Trotzdem hatte sie das Gefühl, als wäre ihr plötzlich ganz warm. Erleichtert und zuversichtlich trat sie vor das Haustor und betätigte den Türklopfer. Keinen Augenblick lang zweifelte sie daran, dass ihr Vater zu Hause war. Fast wie ein Kind kam sie sich vor, das vertrauensvoll auf sein Schicksal zugeht.

Von draußen her hörte sie, wie das Klopfen durch den Flur hallte. Wie gut sie dieses Haus kannte und alle seine Geräusche! Auf einmal wünschte sie sich nichts sehnlicher, als dass sie endlich eintreten konnte und das Tor hinter ihr zufiel. Dann würde sie im Halbdunkel stehen, denn tagsüber wurde hier kein Licht angezündet. Wenn die Zimmertüren geschlossen waren, drang nur durch das Treppenfenster im ersten Stock Licht herein. Doch eine Beleuchtung würde ihr nicht fehlen, kannte sie doch jeden Winkel hier, jedes Möbel und jeden einzelnen Gegenstand, sei er noch so klein und unbedeutend. Hier war sie zu Hause, das begriff sie in diesem Moment, und von keinem Ort in der Ferne hatte sie sich je so schmerzlich nach diesen Räumen zurückgesehnt wie jetzt, da nur ein hölzernes Tor sie davon trennte.

Von drinnen her drang kein Laut. Clara trat auf die Straße zurück und blickte hinauf zu den Fenstern, ob dort jemand stünde, der sich erst vergewissern wollte, wer der Besucher war, der da Einlass begehrte. Doch niemand war zu sehen. Erst als sie schon den Blick abwenden wollte, kam es ihr vor, als bewegte sich kaum merklich die weiße Gardine im Salon. Clara meinte schon, sie könnte sich auch getäuscht haben. Vielleicht war es nur ein Lufthauch, dachte sie, aber dann hätte sich die Bewegung wahrscheinlich wiederholt.

Von einem Augenblick zum anderen war ihre Zuversicht verflogen. Sie stellte sich plötzlich vor, dass ihr Vater da oben stand – an der Seite, damit man ihn von unten auch wirklich nicht sehen konnte – und mit kalten Augen auf sie herunterblickte. Abweisend. Verächtlich. Unversöhnlich. Am liebsten hätte sie ihr Vorhaben aufgegeben. Dann aber dachte sie, dass ihre Vermutungen vielleicht nur Hirngespinste waren und Friedrich Wieck ebenso schmerzlich wie sie selbst an dem Zerwürfnis litt und es beenden wollte. Indem er den Sühnetermin verstreichen ließ, hatte er noch einmal seine Macht gezeigt. Nun aber war es genug und schließlich war sie es, die vor seiner Tür stand und ihren Willen zur Versöhnung zeigte. Sie gab nach, wenn auch nicht in der Sache. Trotzdem würde er sein Gesicht nicht verlieren, wenn er sie wieder aufnahm.

So trat sie nochmals an das Tor. Doch noch während sie die Hand hob, wurde es von innen geöffnet. Einen Spaltbreit nur. Vor Clara stand ein sehr junges Mädchen, das sie nicht kannte. Ein neues Dienstmädchen wahrscheinlich, kräftig und mit roten Backen. Das weiße Servierschürzchen hing ein wenig schief und um das Gesicht kringelten sich unbändige Löckchen. Doch Clementine würde schon dafür sorgen, dass diese kleinen Unvollkommenheiten bald ausgemerzt wurden.

»Guten Tag«, grüßte das Mädchen und knickste linkisch. »Die Herrschaften sind nicht zu sprechen, soll ich sagen.«

Clara ging nicht darauf ein, sondern versuchte, das Tor aufzudrücken. Das Mädchen aber hielt dagegen und zeigte dabei erstaunlichen Einsatz. Clara wollte es nicht auf eine Kraftprobe ankommen lassen. »Melde mich bei Herrn Wieck!«, befahl sie mit harter Stimme. »Sag ihm, seine Tochter möchte ihn sprechen.«

Das Mädchen starrte sie verwirrt an.

»Geh!«, beharrte Clara.

Das Mädchen warf das Tor ins Schloss und drehte von innen den Schlüssel um. Clara blieb draußen stehen. Erst jetzt merkte sie wieder, wie kalt ihr war. Ein Windstoß fegte durch die Straße und trieb ein paar Zeitungsblätter vor sich her.

Es dauerte lange, bis das Mädchen zurückkam. Clara hatte bereits überlegt, ob sie ein zweites Mal klopfen oder doch lieber aufgeben sollte. »Der gnädige Herr sagt, er hat nur zwei kleine Töchter, und die sind beide im Haus. Eine dritte Tochter hat er nicht, und er weiß nicht, wer Sie sind.«

Clara dachte, dass das Mädchen ganz sicher vom Land kam und die Verhältnisse im Hause noch nicht kannte. Vielleicht hielt sie Clara sogar für eine Verrückte und hatte Angst vor ihr. Trotzdem wollte Clara nicht zu schnell aufgeben. »Sag Herrn Wieck, seine Tochter Clara ist gekommen, um ihre Winterkleider abzuholen. Wenn er nicht mit mir reden will – auch gut. Aber meine Sachen gehören mir und die brauche ich jetzt.« Wieder versuchte Clara, die Tür aufzudrücken, doch das Mädchen war bereits auf der Hut. Dann fiel die Tür abermals ins Schloss. Clara blieb draußen, vor Kälte zitternd, aber auch vor Zorn. Noch nie hatte sie sich so gedemütigt gefühlt und erst jetzt begriff sie, dass sie ihren Vater verloren hatte.

Trotzdem wartete sie noch lange. Zu lange, als dass man noch ein Zeichen von drinnen erwarten konnte. Für Friedrich Wieck war anscheinend alles geregelt. Schließlich hatte er ihr in seinem Schreiben ja angeboten, ihren Besitz für Geld einzulösen. Geld. Darum ging es jetzt wohl nur noch zwischen ihnen. War es eigentlich jemals anders gewesen?

Sein Clärchen hatte er sie genannt. Sein gepanzertes Mädchen. Seinen kleinen Russen. Das Zimmer hatten sie unterwegs geteilt und eigentlich ihr Leben. Sie hatten sich über das Gleiche gefreut und über das Gleiche geärgert. Irgendwie war jeder von ihnen unperfekt ohne den anderen. Doppelgänger waren sie gewesen, auch wenn Friedrich Wieck diesen Gedanken immer gehasst hatte. Doppelgänger würden ohne einander nicht glücklich, hatte er behauptet, doch wenn sie beieinander seien, raubten sie einander den Atem.

Sie ging fort aus der Grimmaischen Gasse und wanderte erst noch lange durch die Straßen von Leipzig, das ihre Heimatstadt war und das ihr auf einmal fremder vorkam als der fernste Ort. Dann ging sie zu dem Haus, das Robert Schumanns Verleger Friese gehörte und wo sie derzeit wohnte, weil sie keinen einzigen Platz mehr hatte, der ihr selbst gehörte. Nicht einmal bei Robert Schumann konnte sie bleiben, weil sie ja keinen Anstoß erregen durften. Dabei hing ihr Bild in seinem Zimmer, neben den Porträts von Bach und Beethoven. Für Claras Bild war Platz, doch für Clara selbst nicht. Vor dem Gesetz mochte Robert Schumann recht haben, dachte Clara, doch was interessierte sie das Gesetz, wenn sie fror und nicht mehr wusste, wohin sie gehörte? Leander brachte Hero bei einem Freund unter. Der freiheitsdurstige Romantiker Robert Schumann erwies sich als gehorsamer Bürger.

Die Kälte trieb Clara zurück zum Friese'schen Haus, wo man sie fröhlich empfing. Es wurde viel gelacht in dieser Familie. Gelacht, gescherzt und gerne auch amüsant über andere gelästert. Trotzdem fühlte sich Clara fremd hier. Am liebsten hätte sie ihren Koffer gepackt und wäre mit dem spärlichen Rest ihrer Gagen nach Paris zurückgereist. Pierre Erard hätte ihr sicher geholfen und das Konzert im Conservatoire hätte sie wieder saniert.

Es klopfte an der Tür. Madame Friese stand draußen. »Wollen Sie nicht zum Abendessen kommen, liebe Clara?«, fragte sie freundlich und nahm Clara am Arm. »Herr Dr. Schumann wird auch bald da sein. Er war am Nachmittag zweimal hier und hat nach Ihnen gefragt.« Sie lächelte schwärmerisch. »Mein Gott, wie dieser Mensch Sie liebt! Man kann Sie wirklich beneiden. Wenn diese unangenehme Sache erst ausgestanden ist, werden Sie beide die glücklichsten Menschen der Welt sein.«

Berlin

1

Den größten Teil ihres Lebens hatte Clara auf Reisen verbracht. Immer hatte es dabei ein Ziel gegeben, wo sie sich dem Publikum präsentierte. Danach folgte das nächste und das übernächste und immer so weiter. Im Hintergrund aber hatte zu jeder Zeit das Elternhaus in Leipzig auf sie gewartet, in das sie am Ende der Tournee zurückkehrte, um Kraft zu schöpfen, bis sie danach zu einer neuen Fahrt aufbrach. Eine endlos erscheinende Kette von Städten und Konzertauftritten, deren Clara jedoch nie überdrüssig geworden war, weil sie es nicht anders kannte und weil sie wusste, dass diese Lebensweise allen reisenden Musikern gemeinsam war. Ein »Tingelleben« hatte Clementine es einmal ärgerlich genannt, als Friedrich Wieck schon wieder von neuen Zielen schwärmte, obwohl er doch eben erst nach Leipzig zurückgekehrt war.

Diesmal aber war es kein Tingelleben, zu dem Clara aufbrach. Diesmal fuhr sie nach Berlin, weil dort ihre Mutter lebte und Clara nicht wusste, wohin sonst sie gehen sollte. Bei Robert Schumann konnte sie nicht bleiben und bei Familie Friese hielt sie es nicht mehr aus, weil sie sich schämte, ein geduldeter Gast zu sein. Der einzige Bezugspunkt war nun ihre Mutter, auch wenn Clara bei den wenigen Gesprächen mit ihr immer das Gefühl hatte, Marianne gönne ihr ihre Erfolge nicht. »Du hast den Ruhm, der auch mir gebührt hätte«, hatte sie bei Claras erstem Besuch ganz nebenbei gesagt und dann geschildert, wie man ihr zugejubelt hatte, als sie im Gewandhaus auftrat. »Ich war nie so virtuos wie du«, hatte sie hinzugefügt, »aber was die Emotion betrifft und den Ausdruck, konnte mir niemand das Wasser reichen.«

Clara hatte diese Bemerkung nie vergessen, doch bisher hatte sie sich davon nicht verletzt gefühlt. Trotzdem war Marianne immer eine Fremde für sie geblieben, auch wenn sich Clara manchmal danach sehnte, eine Mutter zu haben, mit der sie über alles sprechen konnte. Doch Marianne war nie wie andere Mütter gewesen. Marianne hatte ihren Gatten betrogen und sich eine zweite Familie angeschafft mit Kindern, mit denen Clara nichts zu tun haben wollte. Mit ihnen nicht und auch nicht mit dem Urheber des Übels, mit dem falschen Freund, der nach seinem Schlaganfall nun mühevoll durchs Zimmer schlurfte und über sein Schicksal jammerte.

»Ich will nicht nach Berlin«, hatte Clara zu Robert Schumann gesagt, als der Termin der nächsten Verhandlung auf Oktober anberaumt wurde. »Ich will nach Paris. Nur dort bieten sich mir Chancen, zumindest im Augenblick.«

Doch darauf wollte Robert Schumann keinesfalls eingehen. So unentschlossen er sich sonst oft gebärdete – hier kehrte er plötzlich den Herrn im Hause hervor. Vielleicht fürchtete er, Clara zu verlieren, wenn sie seine Einflusssphäre erst verlassen hatte. Ein Triumph in Paris konnte sie für immer dort festhalten und ihr die Lust auf sein erträumtes »Hüttchen in Zwickau« verleiden.

Clara ließ ihn reden. Die Zurückweisung durch den Vater hatte sie tief getroffen und ihre Widerstandskraft geschwächt. Sie war es müde, ständig zu streiten, und schon gar nicht mit dem einzigen Menschen, der ihr geblieben war. Sie wollte zur Ruhe kommen, musizieren und endlich den heimlichen Plan ausführen, an den sie trotz ihrer Traurigkeit in den letzten Tagen immer öfter denken musste: der »Romanze«, die sie in Paris komponiert hatte, zwei weitere Stücke hinzuzufügen, die das Werk abrundeten und vervollständigten. »Trois Romances pour le Piano« wollte sie das gesamte Werk nennen, ihr Opus 11. Sie hoffte, dass der Wiener Verleger Mechetti, der schon die erste »Romanze« begeistert gelobt hatte, das Werk veröffentlichen würde.

So viel Schaffenskraft wäre in ihr gewesen, hätte sie nur endlich ihren Frieden gefunden! »Liebe ist schön, aber ohne sie lebt man besser«, hatte Robert Schumanns Freund Glock vor langer Zeit einmal gesagt. Damals war Clara noch ein Kind gewesen und hatte ihn für diese Bemerkung bemitleidet und fast schon verachtet. Nun aber dachte sie, dass der junge Arzt auch ein klein wenig recht gehabt haben mochte, damals, als Robert Schumann so krank und blass ausgesehen hatte.

Ja, Clara war müde. Dennoch wollte sie nicht aufgeben. Im nächsten Jahr wird alles anders aussehen!, tröstete sie sich. So viel habe ich schon auf mich genommen. Ein paar Monate noch, dann ist alles überstanden.

Sie ließ zu, dass Robert Schumann sie umarmte und küsste und ihr die gemeinsame Zukunft in den rosigsten Farben schilderte. Es kam ihm wohl nur noch darauf an, Clara von der Reise nach Paris abzuhalten. Von der Reise in die Freiheit, die das Glück, nach dem sie sich doch beide sehnten, in Frage stellen konnte.

»Paris ist ein gefährliches Pflaster«, beharrte Robert Schumann, und Clara verzichtete darauf, ihn daran zu erinnern, dass sie sich auf diesem Pflaster bereits ausgezeichnet bewährt hatte.

Sie befreite sich aus seiner Umarmung. »Meinetwegen, Robert«, murmelte sie resigniert. »Wenn dir so viel daran liegt …«

Seine Augen leuchteten auf. »Also Berlin?«, fragte er hoffnungsvoll.

Clara nickte. »Also Berlin!«, antwortete sie gehorsam und konnte kaum fassen, wie erleichtert ihr Verlobter diesen Entschluss aufnahm, obwohl er doch bedeutete, dass sie wieder einmal auf unabsehbare Zeit voneinander getrennt sein würden.

Berlin zeigte sich ganz anders, als Clara es erwartet hatte. Die ersten beiden Tage verbrachte sie in der Wohnung ihrer Mutter. Es stellte sich jedoch schnell heraus, dass die Räumlichkeiten der Bargiels für einen weiteren Mitbewohner zu beengt waren. Nicht einmal für Claras Gepäck fand sich ein Platz. Ihre Kleider mussten im Koffer bleiben, der auf dem Flur lehnte. Da Marianne fast den ganzen Tag unterrichtete, stand Clara das Klavier nur selten zur Verfügung. Außerdem fühlte sich Adolph Bargiel durch die Anwesenheit seiner Stieftochter bedroht. Aufgeregt erzählte er allen Schülern, er wisse schon, seine Frau habe die Absicht, ihn ins Armenhaus abzuschieben, um Platz für ihre Tochter zu gewinnen. Dann würden sich die beiden ein flottes Leben machen. Dabei könnten sie ihn natürlich nicht gebrauchen.

Marianne, die hoffte, von Clara finanziell unterstützt zu werden, wollte ihre Tochter unbedingt im Hause behalten. Doch Clara packte entschlossen ihren Koffer und machte sich zu Fuß auf den Weg zum »Hôtel de Russie«, wo sie einst mit ihrem Vater abgestiegen war. Sie erinnerte sich noch an das Konzert, das sie dort gegeben hatte, und an die Süßigkeiten, die man ihr abends aufs Kopfkissen legte. Friedrich Wieck hatte zwar meist alles gleich beschlagnahmt, um ihre Zähne zu schonen, doch hin und wieder war sie doch schneller gewesen und hatte die kleine Beute zwischen ihrer Wäsche gehortet.

Nun kam sie wieder zu dem Hotel. Sie war entschlossen, einen günstigen Preis auszuhandeln oder, wenn es sein musste, sogar in ein Dienstbotenzimmer zu ziehen. Auf jeden Fall aber hielt sie sich an die Gewohnheit ihres Vaters, in einem vornehmen Hotel abzusteigen, um zu demonstrieren, dass sie zur ersten Künstlergarde gehörte. Was in Paris überflüssig sein mochte, spielte in Berlin vielleicht eine wichtige Rolle.

Als sie ins Foyer trat, kam ihr durch Zufall der Besitzer entgegen. Zu ihrer Überraschung erkannte er sie sofort. Er begrüßte sie überschwänglich und versprach ihr sein bestes Zimmer. Clara hatte Mühe, ihm ihre bedrängte Lage verständlich zu machen. Doch auch dann blieb er noch freundlich. Es sei ihm eine Ehre, sie in seinem Hause begrüßen zu dürfen. Außerdem werde sich ihre finanzielle Situation bestimmt bald verbessern. »Eine Künstlerin wie Sie, Mademoiselle! Man wird Ihre Konzerte stürmen, dessen bin ich sicher.« Dann begleitete er sie persönlich zu ihrem Zimmer – nicht das beste, wie er anfangs versprochen hatte. Man war schließlich Geschäftsmann. Aber immerhin ein hübscher Raum, in dessen Nebenzimmer ein Klavier stand. »Unser Künstlerrefugium«, erklärte der Hotelier. »Wissen Sie noch? Hier haben Sie früher auch schon gespielt. Derzeit beansprucht es sonst niemand. Ich kann Ihnen deshalb entgegenkommen. Es freut mich, dass ich behilflich sein kann.«

Es sprach sich herum, dass Clara in der Stadt war. Sie hatte damit gerechnet, wie früher tagelang Besuche machen zu müssen, damit sie zu den wichtigen Soireen eingeladen wurde. Diesmal aber war es anders. Ihr Name war nicht allein durch ihre Kunst im Gespräch, sondern vor allem durch den unglücklichen Verlauf ihrer Beziehung zu Robert Schumann. Nicht nur Musikliebhaber kannten sie nun, sondern Leute auf der Straße sprachen sie an und wünschten ihr Glück.

Das Wunderkind von einst spielte keine Rolle mehr. Alle Welt aber kannte Clara Wieck, das schöne Mädchen mit dem blauschwarzen Haar und den dunklen Augen, das Klavier spielen konnte wie eine Göttin und das dennoch so unglücklich war, dass man nur Mitleid haben konnte.

Jahrelang, erzählte man, habe ihr Vater sie durchs Land gezerrt, um mit ihrer genialen Begabung Geld zu verdienen. Stets habe sie ihm gehorcht. Dann aber habe sie sich in einen bezaubernden jungen Mann verliebt: den Komponisten Robert Schumann, von dem die Musikwelt noch viel zu erwarten habe. Scheu und doch mutig hätten sich die beiden zu ihrer Liebe bekannt und den Segen des Vaters erbeten. Jener aber habe die Tochter grausam verstoßen, dass sie allein in die Welt ziehen musste. Bis nach Paris habe es sie verschlagen. Dort aber machte sie ihr Glück. An der Seite der größten Musiker stehe sie nun und sei doch eigentlich nur eine liebende Frau.

Clara konnte kaum glauben, was alles über sie erzählt und geschrieben wurde. Erst jetzt begriff sie, dass vielleicht auch an den Berichten über den wilden Lebenswandel der Camilla Moke, ihrer Vorgängerin als Wunderkind, nicht alles der Wahrheit entsprach.

Erst nach und nach kam Clara zu Bewusstsein, dass sie vielleicht noch Glück im Unglück gehabt hatte. Immerhin war die öffentliche Meinung auf ihrer Seite. Wohin sie auch kam, empfing man sie voller Fürsorge und mit der Bereitschaft, ihr zu helfen. Die Konzertbesorgungen früherer Tage waren nicht mehr erforderlich.

Schon Anfang Oktober konzertierte sie über eine Woche jeden Abend im Schauspielhaus. Sie tat dies gemeinsam mit dem Geiger Carl Müller, der zurzeit äußerst beliebt war. Während des Jahres, in dem sich Clara in Paris aufgehalten hatte, hatte er sich einen guten Ruf als Künstler erworben. Gemeinsam rissen sie nun das Berliner Publikum zu Beifallsstürmen hin: zwei schöne junge Menschen, Kinder der Musik, die es beide verstanden, nicht nur mit ihrer Kunst zu betören, sondern auch mit ihrer hingebungsvollen Präsentation. Man hörte ihnen nicht nur begeistert zu, sondern auch das Auge erfreute sich und die Seele schwang mit.

Binnen kurzer Zeit setzte eine schwärmerische Verklärung ein. »Als ich Clara Wieck zum ersten Mal sah und spielen hörte, meinte ich, ich müsse sie schon einmal vor mehr als tausend Jahren gesehen haben«, notierte der Schriftsteller Becker und rühmte »diesen Blick des seelenvollen Auges, begleitet von den wunderbaren Klängen, die sie dem Instrument entlockte«.

Clara schmunzelte ein wenig, als sie diese Zeilen las, doch sie jubelte auf, als ihr Carl Müller einen Artikel brachte, in dem Robert Schumann in seiner Zeitschrift über sie schrieb: »Zilia hielt vier leise Mondscheinakkorde aus. Alle horchten aufmerksam. Auf dem Flügel lag aber ein Rosenzweig, der von der Erschütterung nach und nach in die Tasten geglitten war. Wie nun Zilia nach dem Basston haschte, berührte sie ihn zu heftig und hielt inne, weil der Finger blutete.«

Der liebe, liebe Robert!, dachte sie. Es tat ihr wohl, dass er auf so romantische Weise über sie schrieb. Andererseits aber machte es sie beklommen, weil sie – wie so oft – das Gefühl hatte, seine schwärmerische Liebe gelte eigentlich gar nicht ihr selbst, sondern einem Idealbild, das er brauchte, um sich zu inspirieren.

Von »Erlen und Trauerweiden« schwärmte er, »die ihre melancholischen Schatten ausstreckten. Mittendrin aber wogte ein strahlendes Mädchenantlitz und suchte sich Blumen zum Kranz.«

Wie schön ist das alles, dachte Clara. Wie erhaben ... Damit legte sie die Zeitschrift beiseite. Ahnte ihr lieber, lieber Robert denn immer noch nicht, dass sie sich – viel mehr als die goldenen Worte – gewünscht hätte, nicht nur angebetet, sondern richtig fest und gesund sächsisch in die Arme genommen zu werden? Gedrückt zu werden, geküsst zu werden und alles das, worüber sie längst Bescheid wusste, aber immer nur vom Hörensagen!

»Männer wollen von der Reinheit ihrer Gattin schwärmen«, hatte Robert Schumann einmal gesagt. Clara aber fragte sich, ob das wohl auf alle Männer zutreffen mochte, und ob wirklich alle Frauen auf diese Art der Schwärmerei Wert legten.

2

Inzwischen unternahm Friedrich Wieck alles, um den Rechtsstreit in die Länge zu ziehen. »Wenn er so weitermacht, wird das Verfahren eingestellt, weil du inzwischen volljährig geworden bist«, schrieb Robert Schumann verbittert, als Friedrich Wieck den Sühnetermin im Oktober eine Woche vorher absagte. Eine Aussöhnung sei ohnedies nicht möglich.

Zugleich erhob er in aller Öffentlichkeit hasserfüllte Anschuldigungen gegen seinen »Möchtegern-Schwiegersohn«. Dabei begnügte er sich nicht damit, im Freundeskreis gegen Robert Schumann zu hetzen, sondern er versandte auch lithografierte Briefe an Musikkenner in ganz Deutschland. Darin prangerte er Robert Schumanns Unzuverlässigkeit an, seine Charakterschwäche und seine mangelhafte musikalische Ausbildung.

Robert Schumann litt unter den ständigen Angriffen. »Er versucht, mich zu ruinieren«, klagte er in seinen Briefen an Clara. »Am liebsten sähe er mich tot.« Mit jedem Brief schien seine Niedergeschlagenheit zuzunehmen. Doch nach Phasen, in denen er sich kaum noch bewegte, folgten andere, in denen er, fast ohne zu schlafen, wie ein Besessener komponierte. »Hundertachtundzwanzig Lieder in wenigen Wochen!«, zählte er auf. »Eine wahre Liederpassion hat mich erfasst!«

Clara war erleichtert, dass er wieder arbeitete. Trotzdem antwortete sie ihm besorgt, er solle sich nicht im Kleinen verzetteln, sondern lieber eine einzelne, wirklich große Komposition schaffen, die ihn berühmt machen werde.

»Die plane ich doch längst«, antwortete er und schwärmte ihr von einem umfassenden, wunderbaren Werk vor, das er »Frühlingssymphonie« nennen wolle. Mit dieser Komposition werde er beweisen, dass ihm ein Platz ganz oben auf dem Olymp der Musik zustehe.

Clara atmete auf. »Nur zu, mein geliebter Robert!«, ermunterte sie ihn. Doch da schrieb er schon wieder zurück, dass ihn Friedrich Wieck auf offener Straße beleidigt habe und dass er seither nicht mehr schlafen könne. Außerdem leide er unter akustischen Täuschungen. »Ich höre ständig Musik«, klagte er. »Ewige, peinigende Musik, so laut, dass mir der Kopf davon zerplatzt.«

So quälend wurde es, dass er am liebsten seinem Leben ein Ende bereitet hätte: »Da kommen die finsteren Stunden, wo man das Leben von sich werfen möchte. Da kommt die Menschenscheu, die Dumpfheit, der Hass. Dagegen hilft nichts. Nicht einmal beten.«

Je öfter solche Briefe eintrafen, umso unruhiger wurde Clara. Keine Stunde verging, in der sie nicht voller Sorge an ihn dachte. Am liebsten wäre sie in die nächste Postkutsche nach Leipzig gestiegen. Doch die Vernunft sagte ihr, dass sie ihm jetzt nicht helfen konnte, weil er ihr verbieten würde, bei ihm zu bleiben.

So harrte sie in Berlin aus und reiste erst im Dezember nach Leipzig, um an der Verhandlung des Appellationsgerichts teilzunehmen.

Wenn je ein Streit einen kaum noch erträglichen Höhepunkt erreichte, dann dieser. Während Clara insgeheim noch immer auf eine Versöhnung hoffte, verschickte Friedrich Wieck eine zweite Runde Hassbriefe gegen Robert Schumann. Als das Gericht zusammentrat, berichtete die Presse bereits landesweit über den Kampf zwischen Vater und Bräutigam. »Wir sind Stadtgespräch«, hatte Robert Schumann noch vor einer Woche geklagt. Inzwischen aber waren sie zum nationalen Gesprächsthema geworden. Sogar in Paris berichtete man über den Zwist der verehrten jungen Pianistin mit ihrem Vater. Emilie List schrieb einen langen Brief an Clara, der verschmiert war von Tränen. Ihr Bruder Oskar sei in Afrika gefallen, berichtete sie. Die Familie sei untröstlich. Trotzdem sei sie selbst in Gedanken bei Clara, ihrer allerallerbesten Freundin. »Wie kommt es, dass wir nun beide so viel Schweres erleiden müssen?«, fragte sie, da ihr der Schmerz um den Verlust des Bruders fast das Herz abdrückte.

Clara beantwortete den Brief nicht. Die Ereignisse hatten sie in einen dumpfen Zustand der Trägheit versetzt, als wolle sie zum Selbstschutz nichts mehr an sich heranlassen. Den Kopf gesenkt, hörte sie den Klagen ihres Verlobten zu und den Angriffen der Eheleute Friese, die Friedrich Wieck abwechselnd einen Wahnsinnigen nannten oder einen Besessenen.

Trotzdem – so entnahm Clara dem Gespräch – war man in Leipzig durchaus nicht nur aufseiten des Liebespaars. Wo käme man hin, sagten sich anscheinend viele, wenn alle Töchter zum Kadi liefen, wenn ihnen eine Entscheidung ihres Vaters nicht in den Kram passte? Darum gab es doch Gesetze, damit Väter ihre verblendeten Töchter vor einer Dummheit bewahren konnten. Denn – einmal ehrlich! – den allerbesten Ruf hatte der unerwünschte Verlobte ja nun auch nicht gerade. So mancher Leipziger Bürger hatte ihn des Abends schon im »Kaffeebaum« am Biertisch beobachten können, wenn seine Augen immer glasiger wurden und er dann zu später Stunde auf unsicheren Beinen nach Hause stolperte. Man konnte es Friedrich Wieck nicht verdenken, dass er sich einen anderen Schwiegersohn wünschte.

Als Clara und Robert Schumann an einem nebligen Dezembermorgen den Gerichtssaal betraten, waren sie froh, dass ihr Anwalt Dr. Einert die Führung übernahm. Er wusste, wohin sie sich zu setzen hatten, und vermittelte ihnen das beruhigende Gefühl, im wahrsten Sinne des Wortes verteidigt zu werden. Vor allem Robert Schumann betrachtete den drahtigen jungen Mann mit der kalten Stimme als eine Art juristischen Arzt. Die Frieses hatten Clara besorgt erzählt, dass er den Verteidiger fast jeden Tag aufsuche und ihn als einen Freund ansehe, während jener sich jede Gesprächsminute bezahlen lasse.

Dann erschien Friedrich Wieck. Schon bevor er eintrat, hörte Clara seine festen, unerbittlichen Schritte, die draußen auf dem Steinboden widerhallten. Clara stockte der Atem. Sie legte die Hand auf ihre Brust, als könnte sie damit ihr Herzklopfen beruhigen. Sie starrte zur Tür, wie auch Robert Schumann, dessen Hände wie verängstigte kleine Tiere auf dem Tisch lagen und immer wieder zuckten.

Friedrich Wieck betrat den Gerichtssaal, sein Blick entschlossen und scharf wie der eines Raubvogels. Nur Clara bemerkte, dass er seine Augenbrauen nicht wie sonst gebürstet und mit Wasser oder Schmalz in Form gebracht hatte. Der Gerichtsdiener wies ihm seinen Platz zu. Friedrich Wieck setzte sich und öffnete seine Aktentasche. Mit einer brüsken Bewegung warf er einen Packen Papiere auf den Tisch. Dann schloss er die Tasche wieder. Clara hörte, wie das Schloss einschnappte. Ihr war, als würde jede Geste ihres Vaters von einem jeweils typischen Geräusch begleitet, das sich auf einem Musikinstrument nachempfinden ließe. Hätte man ihr jetzt ein Klavier hingestellt, hätte sie die ganze Situation in Klängen nachzeichnen können. Noch nie war ihr so bewusst geworden, wie sehr ihre Welt eine Welt des Hörens war.

Das erste Wort hatten die Kläger. Dr. Einert äußerte stellvertretend – wie schon zweimal zuvor –, dass Herr Friedrich Wieck aus bloßem persönlichem Widerwillen die Verbindung seiner Tochter mit Dr. Robert Schumann verbiete. Danach folgte eine lobende Aufzählung der Vorzüge des Klägers und eine detaillierte

Liste seiner Einkünfte, die man als zufriedenstellend bezeichnen könne.

Schon während der Rede des Anwalts tat Friedrich Wieck immer wieder sein Missfallen an dessen Äußerungen kund. Er schüttelte heftig den Kopf und murmelte vor sich hin. Einmal lachte er höhnisch auf und rief dann sogar: »Das glauben Sie doch selbst nicht, Herr Anwalt!«

Clara wagte kaum, ihn anzuschauen. Das Herz tat ihr weh, ihn in einer solchen Verfassung zu sehen. Am liebsten wäre sie zu ihm hingeeilt, um ihn zu beruhigen. Wenn nötig sogar, indem sie ihre Klage zurückzog.

Doch die Verhandlung lief weiter. Friedrich Wieck kam an die Reihe. Er hatte auf einen Anwalt verzichtet, »da sich in diesem Staat die Gerechtigkeit auch ohne einen Advokaten durchsetzen wird«. Dann erläuterte er in einer schier endlosen Rede seine Ansichten über Robert Schumann – doch nicht nur über ihn, sondern auch über Clara, seine »leidenschaftliche und verblendete Tochter«. Sie habe ihre Pflicht gegen ihren Vater vergessen, der ihr seine schönste Lebenszeit und den größten Teil seines Vermögens zum Opfer gebracht habe – dies unter Zurücksetzung seiner übrigen Familie. Übrigens sei seine Tochter schon immer schwer zu erziehen gewesen.

Clara traute ihren Ohren kaum, als ihr Vater Carl Banck erwähnte, den er ihr auch habe verbieten müssen, weil sie damals fast noch ein Kind war und doch schon frühreif. Danach setzte er zu weiteren Erläuterungen an. Sein Tonfall wurde immer schärfer. Der Richter mahnte ihn zur Mäßigung, erreichte damit aber nur das Gegenteil. Blaurot im Gesicht und immer wieder nach Atem ringend, berichtete Friedrich Wieck über Robert Schumanns Affäre mit Ernestine von Fricken, die er schmählich verlassen habe, als sich herausstellte, dass sie nichts erben würde. Er erzählte, dass sich Robert Schumann »aus Dummheit, Trotz und unsinnigem Widerspruch« einen Finger gelähmt habe und dass er seine »Neue Zeitschrift für Musik« mit so viel Trägheit und Eigendünkel führe, dass eine Pleite nur noch eine Frage der Zeit sei. Robert Schumann sei ein Trinker ohne jede höhere Erziehung und werde deshalb von der menschlichen Gesellschaft gemieden. Er habe eine mystisch träumerische Wesensart, die man nur fürchten könne.

Der Richter versuchte mehrmals, Friedrich Wieck zu unterbrechen. Doch weder ein Hämmern auf den Tisch noch laute Zurufe nahm dieser wahr. Mit jedem Wort steigerte er sich mehr in seine Wut hinein, dass sich Dr. Einert schließlich zufrieden lächelnd zurücklehnte und Robert Schumann siegesgewiss zunickte.

Doch Robert Schumann bemerkte nicht, was ihm sein Anwalt sagen wollte. Er hörte nur die Worte seines früheren Lehrers, den er einst bewundert hatte, und konnte so viel Verachtung kaum ertragen: »Kunstreisen zu unternehmen ist für eine Frau überhaupt schon sehr bedenklich. Aber in Begleitung dieses Mannes mit Erfolg Konzerte zu geben ist für meine Tochter geradezu unmöglich. Dieser Mann ist in höchstem Grade träge, unzuverlässig, unfügsam, trotzig, widerspenstig, eigensinnig, kindisch und unmännlich. Er ist – mit einem Wort – für das soziale Leben verloren. Er kann nicht verständlich sprechen und nicht leserlich schreiben. Er kann sich in kein Verhältnis fügen und nichts zur rechten Zeit tun. Er hält seine Zusagen und Versprechungen nicht und ist der musikalischen Virtuosität abhold. Wie soll ein solcher Mann Clara auf Kunstreisen begleiten? Er würde ihr nur schaden und ihr auf jede Weise im Wege stehen.«

Erst jetzt hielt Friedrich Wieck inne. Für kurze Zeit war sein Gesicht noch so rot wie während der ganzen Rede. Danach aber erbleichte er plötzlich und schwankte. Schnell setzte er sich und stützte sich auf den Tisch. Dann aber erhob er sich noch einmal, als hätte er das Wichtigste vergessen. »Ich muss es noch einmal bekräftigen«, fügte er mit einer Stimme hinzu, die auf einmal so leise und schwach war, dass sich der Gerichtsdiener schon darauf vorbereitete, ihn aufzufangen. »Ich muss hinzufügen, dass eine Verbindung dieses Menschen mit meiner Tochter Clara die sichere Quelle namenlosen Familienunglücks wäre.«

Von nun an schwieg er, den Kopf gesenkt. Kein einziges Mal blickte er zu Clara hinüber, die gegen ihr Schuldgefühl ankämpfte.

Dr. Einert behielt recht. Mit seinem uneinsichtigen Auftreten bei der Verhandlung hatte Friedrich Wieck seiner Sache nur geschadet. Schon Mitte Januar 1840 wies das Gericht seine Einwände gegen die Eheschließung ab. Nur der Vorwurf der Trunksucht blieb vorläufig noch bestehen. Den beiden Parteien wurde eine zweiwöchige Frist eingeräumt, in der sie ihre Beweise beziehungsweise Gegenbeweise vorlegen sollten.

Mit Hilfe seines Anwalts sammelte Robert Schumann eine Reihe von Zeugen, die ihm zur Seite stehen wollten. Friedrich Wieck selbst habe regelmäßig an den abendlichen Zusammenkünften im »Kaffeebaum« und in anderen Weinhäusern teilgenommen, erklärten sie. Bei diesen Gelegenheiten habe sich Robert Schumanns Verhalten in keiner Weise von dem der übrigen Anwesenden unterschieden. Neben einzelnen Leipziger Bürgern erklärten sich vor allem die Davidsbündler solidarisch und auf dessen eigenen Wunsch auch Felix Mendelssohn.

Auch Friedrich Wieck bemühte sich um Zeugen. Doch niemand war bereit, gegen Robert Schumann auszusagen. Außer sich vor Enttäuschung reichte Friedrich Wieck noch im selben Monat eine »Deduktionsschrift« ein, in der er erklärte, in den Kreisen, denen seine Tochter entstamme, sei es nicht üblich, dass eine Ehefrau erwerbstätig sei. Robert Schumann kalkuliere jedoch Claras Gagen in sein Familienbudget mit ein. Das sei nicht zulässig und daher ein Ehehindernis. Ein Mann vom zweifelhaften Ruf eines Robert Schumann sei gar nicht in der Lage, eine großbürgerliche Ehe zu finanzieren.

So wurde das Verfahren noch weiter in die Länge gezogen. Auf Friedrich Wiecks »Deduktionsschrift« folgte Robert Schumanns »Refutationsschrift«, in der er erneut seine Vermögensverhältnisse darlegte, diesmal mit Dr. Einerts Hilfe auf den Taler genau. Gesamtvermögen: 12 688 Reichstaler, jährliche Festeinnahmen: 1500 Reichstaler. Außerdem fügte Robert Schumann ausführliche Dokumente über seine Ehrenmitgliedschaften hinzu, weiters seine Promotionsurkunde und Urteile von Musikkennern über seine Kompositionen. Gleichzeitig ging er nun auch selbst zum Angriff über, indem er Friedrich Wieck wegen Ehrenbeleidigung verklagte und die sofortige Herausgabe des von Clara verdienten Capitals verlangte.

Der Krieg war in vollem Gange. Friedrich Wieck musste erkennen, dass er dabei war, den Prozess zu verlieren. Die einzige Chance, die er noch sah, war das Zeugnis eines absolut untadeligen, hoch angesehenen Bürgers, der das schwammige Argument der Trunksucht mit dem ganzen Gewicht seiner Persönlichkeit bekräftigte.

Der Einzige, der ihm als möglicher Zeuge einfiel, war Felix Mendelssohn. Er musste dazu gebracht werden, gegen Robert Schumann auszusagen. Dann bestand vielleicht noch Hoffnung, die treulose Tochter und ihren Galan in die Schranken zu weisen.

So ließ sich Friedrich Wieck an einem sonnigen Januarmorgen bei Felix Mendelssohn melden. Viele Passanten auf der belebten Straße sahen ihn eintreten und viele sahen ihn schon nach kurzer Zeit mit hochrotem Kopf wieder herausstürmen. In wilder Eile hastete er nach Hause, rempelte Entgegenkommende an und zersprengte Gesprächsgrüppchen. In der Grimmaischen Gasse angekommen, sperrte er sich im Salon ein und war bis zum Abend nicht zu sprechen. Nur durch die Indiskretion des Dieners August wurde bekannt, dass er in seiner Wut offenbar Gegenstände zu Boden warf, laut vor sich hin schimpfte und schließlich in ein verzweifeltes Schluchzen ausbrach, dem eine lange Stille folgte, dass der Diener schon meinte, sein Herr habe sich etwas angetan.

Schöne Wiege meiner Leiden

1

Drei Menschen, die nur noch aneinander litten. Die Leipziger Gesellschaft erlebte mit, wie der tüchtige, machtgewohnte Friedrich Wieck von Tag zu Tag fahriger und unsicherer wurde. Seine Geschäfte interessierten ihn nicht mehr und seine auswärtigen Kunden bestellten ihre Klaviere bald anderswo. Auch die Gäste seiner musikalischen Abende blieben aus, weil jedes Gespräch im Streit endete. Nicht einmal seine Ehefrau wollte mehr mit ihm zu tun haben. Unter dem Vorwand, ein hartnäckiger Husten quäle sie und sie wolle deshalb lieber allein schlafen, übersiedelte Clementine in Claras Zimmer – natürlich nur vorübergehend, wie sie versicherte. In Wahrheit konnte sie sich nicht vorstellen, jemals wieder ins eheliche Schlafzimmer zurückzukehren, wo sich ihr Gatte Nacht für Nacht stöhnend hin und her wälzte, im Schlaf laut aufschluchzte und um sich schlug.

Manchmal versuchte Clementine, ihn zu beruhigen. »Wir müssen miteinander reden«, sagte sie dann. Doch bevor sie noch besänftigend auf ihn einwirken konnte, war er schon wieder in voller Fahrt, wetterte gegen das Gericht, gegen Robert Schumanns Anwalt und vor allem gegen »dieses unglückselige Paar, das einander wert ist«.

Clara war nun die Verräterin, die Undankbare, die ihn im Stich gelassen und betrogen hatte, so wie einst ihre Mutter, die Ehebrecherin, die Sünderin, die aber – es gab noch eine Gerechtigkeit! – dafür bestraft worden sei. Auch Clara würde ihren Preis entrichten müssen. Sie meine wohl, sie sei ein Genie, das auf seine Hilfe verzichten könne. In Wahrheit aber sei sie ohne ihren Vater ein Nichts. Ohne seine Beratung als Lehrer und ohne seine Tüchtigkeit als Impresario sei sie zum Scheitern verurteilt. Vor allem mit diesem Versager an ihrer Seite, der sie vom Weg abgebracht habe und nur ausnützen wolle.

»Wir müssen reden!«, drängte Clementine noch einmal und versuchte ihren Gatten zu überzeugen, dass er sich endlich von diesem Kampf gegen seine Tochter lösen müsse, um wieder ein eigenes Leben führen zu können. »Denk an unsere Ehe, Friedrich!«, flüsterte sie. »Wir sprechen schon gar nicht mehr miteinander. So kann es nicht weitergehen. So will ich nicht mehr leben.«

Da schwieg er für kurze Zeit und bemerkte eigentlich erst jetzt, dass Clementine da war. Zugleich arbeiteten seine Gedanken aber schon wieder weiter, und er beschloss, nach einem neuen Wunderkind zu suchen, das die Stelle der abtrünnigen Tochter einnehmen konnte.

Doch die kleinen Mädchen, die er prüfte und zu fördern versuchte, wurden seinen Ansprüchen nicht gerecht. Sie waren ja auch schon einige Jahre älter und deshalb weniger formbar als Clara in jener glücklichen Zeit, als er sie auf den Schoß genommen und ihre gespreizten Fingerchen auf die Tasten gedrückt hatte. Sogar mit seinen beiden eigenen kleinen Töchtern versuchte er es, doch die gerieten musikalisch nach ihrer Mutter und spielten lieber mit Puppen als auf dem Klavier.

Zur gleichen Zeit trafen Nachrichten ein, Clara werde in Berlin auf Händen getragen. Sie habe ihr Repertoire geändert und beschäftige sich immer mehr mit Bach und Beethoven. Immer weniger spiele sie die kurzen Bravourstücke, auf deren Erfolg sich Friedrich Wieck stets verlassen hatte. Stattdessen trete sie häufig mit einem vollen Orchester auf und jedes dieser Konzerte sei ein musikalischer Genuss.

Friedrich Wieck raufte sich die Haare. Er hatte große Klavierkonzerte immer vernachlässigt – vor allem, weil er die Kosten für ein Orchester scheute. Es war billiger und organisatorisch bequemer gewesen, Clara solo spielen zu lassen. Auch dann waren die Säle stets voll gewesen und die Einnahmen blieben allein in Wieck'scher Hand.

Nun aber las er auf einmal, Clara spiele die großen Klavierkonzerte von Mozart, Beethoven und Mendelssohn. Dabei kam ihr sicher entgegen, dass sich die Konzertlandschaft in den Metropolen verändert hatte. Noch vor wenigen Jahren hatten Solisten wie Clara aus eigener Initiative die Orchestermusiker engagiert. Inzwischen aber hatten sich viele dieser Musiker zu festen Ensembles zusammengeschlossen, die von Vereinen oder Gemeinden unterstützt wurden und nun ihrerseits die Solisten verpflichteten. Dadurch sicherten sie sich ab und erleichterten zugleich auch das Leben der Solisten, die nun darauf zählen konnten, mit einem geübten, aufeinander eingespielten Klangkörper aufzutreten, den sie nicht erst selbst mühevoll zusammenstellen mussten.

Friedrich Wieck war gezeichnet von Eifersucht, Neid und Schmerz. Seine Lebensaufgabe war ihm gestohlen worden. Er hatte ein Kunstwerk geschaffen und nun wurde er nicht mehr gebraucht. Der Mohr hatte seine Schuldigkeit getan und konnte gehen. Die Musikwelt liebte Clara Wieck und vergaß ihren Schöpfer. Friedrich Wieck spürte selbst, dass die tiefe Wunde in seinem Innern in Wahrheit nicht allein daher rührte, dass seine Tochter einen Mann heiraten wollte, der dem Vater nicht gut genug erschien. Die wahre Qual war entstanden, weil ein Band zerrissen war, das Friedrich Wieck für unzerstörbar und ewig gehalten hatte. Ein Doppelgänger hatte dem anderen den Zusammenhalt aufgekündigt und damit dessen Lebenskraft bedroht. Robert Schumann? – Pah! – Was bedeutete er schon im Vergleich dazu, dass Clara nun allein auf der Bühne stand und der Applaus sie umtoste, während sich ihr Vater daheim in Leipzig die Wangen hielt vor lauter Schmerzen des Verlassenseins.

Trauer, Verzweiflung und Durst nach Rache. Friedrich Wieck und Clara hatten immer schon mit leiser Sorge auf die Pianistin

Camilla Moke geblickt, das einstige Wunderkind, das den Komponisten Berlioz fast vernichtet hatte und das von der Mutter in eine lukrative Ehe getrieben worden war. Inzwischen hatte sich »die Moke« befreit. Sie zog von Stadt zu Stadt, feierte rauschende Erfolge und scherte sich weder um bürgerliche Moral noch um das Gerede, das sie wie ein vielstimmiger Chor umbrauste. Sie nahm sich vom Leben, was ihr gefiel, ohne Scham oder Gewissensbisse. Sie verführte und verließ, lächelnd und achselzuckend, und das Publikum vergötterte sie dafür, weil sie bei aller Rücksichtslosigkeit liebenswürdig und ohne Bosheit war.

Camilla Moke war acht Jahre älter als Clara, die inzwischen ebenfalls erwachsen geworden war und nun auf derselben Ebene agierte. Friedrich Wieck wusste, dass Clara die bedeutendere Pianistin war, virtuoser und perfekter vor allem. Ebenso wusste er aber noch von früher, dass Clara »die Moke« fürchtete. Er selbst hatte sie immer wieder auf ihre Rivalinnen hingewiesen, um ihren Fleiß und ihren Ehrgeiz anzustacheln.

Wie tief Friedrich Wieck seiner Tochter grollte! Als Camilla Moke in Leipzig konzertierte, besuchte er sie und legte ihr seine Verehrung zu Füßen. Charmant wie schon lange nicht mehr plauderte er mit ihr und am Abend, beim Konzert, stand er wie ein verschämter Bewunderer an ihrem Klavier und blätterte ihre Noten um. Das Publikum konnte kaum fassen, was es sah. Die meisten aber verstanden, dass es hier nicht um die Huldigung eines Verehrers ging, sondern um die Rache eines Verlassenen.

Schon am nächsten Tag erfuhr Clara in Berlin, was geschehen war. Sie zitterte vor Demütigung und Entsetzen – so sehr, dass man ihr vor ihrem eigenen Konzert Champagner einflößte, um sie zu kräftigen.

Ein unbedeutender Prozess vor einem Appellationsgericht in der Provinz. Ein triviales Ansuchen um eine Heiratsgenehmigung. Noch immer war der Fall nicht abgeschlossen, doch die Beteiligten lagen längst in Ketten.

Drei Menschen, die nur noch aneinander litten. Auch Clara und Robert Schumann merkten kaum noch, dass sie ein Liebespaar waren, wenngleich sie in ihren Briefen unentwegt die Gesten der Liebe zelebrierten. Clara wusste nicht, was sie davon halten sollte, als ihr Robert Schumann nach seitenlangen Sehnsuchtserklärungen berichtete, er habe Camilla Moke während ihres Aufenthalts in Leipzig besucht. An sich war eine solche Kontaktaufnahme nichts Ungewöhnliches: Eine berühmte Pianistin kam in eine Stadt und ein aufstrebender junger Komponist ließ sich bei ihr melden. Auch Clara hätte sich darüber nicht gewundert, hätte sich nicht auch ihr Vater soeben demonstrativ mit Camilla Moke gezeigt: Seht her, das ist die Rivalin meiner Tochter! Ihr wisst nun, wem ich den Vorzug gebe.

Es kam Clara vor, als hätte ihr Verlobter sie mit seinem Besuch bei Camilla Moke verraten, zumal er auch noch in einem so launigen Ton davon erzählte, als sei das alles für ihn ein großer Spaß gewesen. »Zwischen vier und fünf am Nachmittag«, schrieb er in seinem Brief, »führte mich die Kammerfrau in ein finsteres Gemach. Ich ging einige Augenblicke auf und ab und blieb harrend an einem Bett stehen, bis sich etwas darauf regte und rakelte und mir eine freundliche Stimme zurief: ›Guten Abend!‹ Es hätte sich nun lächerlich gemacht, wenn ich hätte ausreißen wollen. So sah ich sie mir recht ordentlich im Bett an. Endlich stand sie auf (gar nicht eilig) und obschon ich gleich wieder fort wollte, blieb ich noch zwei Stunden bei ihr.«

Clara konnte kaum glauben, was sie las. Sie begriff, dass Robert Schumann sie verletzen wollte. Zugleich erkannte sie auch, warum. Wir sind alle nicht mehr wir selbst, dachte sie, während ihr ein unterdrücktes Weinen fast die Kehle zerriss. Stundenlang brütete sie vor sich hin, abwechselnd wütend und verzagt. Dann beschloss sie, auf den Bericht nicht einzugehen und Robert Schumann keine Vorwürfe zu machen. Sie hatten gemeinsam einen langen Weg eingeschlagen und konnten nun nicht mehr zurück. Irgendwann, in nicht allzu langer Zeit, würde das Gericht entscheiden und die Straße in die gemeinsame Zukunft war frei. Versicherte Dr. Einert nicht immer wieder, man könne nicht wissen, wie lange es noch dauern würde, aber die Erlösung könne jeden Tag bevorstehen?

»Bei meinem nächsten Konzert werde ich Deine g-Moll-Sonate spielen«, teilte Clara Robert Schumann versöhnlich mit, als wäre nichts geschehen. Im nächsten Brief berichtete sie dann, alles sei gut gegangen, obwohl sie vergeblich gehofft habe, er käme auch selbst zu diesem Konzert.

Alles gut gegangen – Robert Schumann atmete auf und machte sich Hoffnungen auf baldigen Ruhm. An den nächsten Tagen aber entnahm er der Presse, das Publikum habe sein Werk nicht verstanden. Dieses so außerordentlich moderne Musikstück sei wohl zu seriös und stellenweise zu temporeich gewesen. Deshalb habe man auch nur sehr verhalten Beifall gespendet. Dieser Zuspruch habe aber eigentlich nur der Pianistin gegolten, die wahrlich Übermenschliches geleistet habe.

Auch Clara las diese Kritiken und bedauerte sie. Bestimmt würde Robert Schumann tief gekränkt sein. Dabei hatte sie ihm bloß beweisen wollen, dass sie bereit war, für seine Werke einzutreten.

Nur Friedrich Wieck freute sich. Der Anfang vom Ende!, dachte er hoffnungsvoll. Wie gerne wäre auch er wieder zur Ruhe gekommen! Er, wie sie alle drei, die vergeblich versuchten, ihr Glück einzufangen oder festzuhalten.

2

Es hatte nicht den Anschein, als ob Friedrich Wieck in nächster Zeit Claras Capital herausgeben würde. Trotzdem befand sich Clara nicht in akuter Geldnot. Die laufenden Konzerte sorgten für ein komfortables Auskommen. Dennoch machte sie sich Sorgen. Mit jedem Tag, der verging, wuchs die Wahrscheinlichkeit, dass das Gericht seine Entscheidung veröffentlichte. Bei aller Anspannung rechneten Clara und Robert Schumann damit, dass das Urteil in ihrem Sinne fallen würde. Dass sie mit der Hochzeit danach nicht länger warten würden, war beschlossen, obwohl Clara nichts dagegen gehabt hätte, vorher noch einmal auf Tournee zu gehen: nach England sogar und dann nach St. Petersburg. »Als unverheiratetes Mädchen bin ich für das Publikum interessanter als als verheiratete Frau«, gab sie zu bedenken. Doch Robert Schumann wollte davon nichts hören. »Heiratsbewilligung – Hochzeit!«, so lautete seine Entscheidung, von der ihn nichts abbringen konnte.

So verbohrte sich Clara immer tiefer in die Sorge, dass sie voraussichtlich ohne finanzielle Mittel in die Ehe gehen würde. »Du kannst unmöglich ohne eine Aussteuer heiraten«, hetzte auch Marianne, obwohl sie Claras Schwierigkeiten kannte. Es half wenig, dass sie vom stolzen Umfang ihrer eigenen Aussteuer schwärmte, die ihr »der alte Wieck« allerdings gestohlen habe: »Silberbesteck für zwölf Personen, Porzellan, Tischwäsche, Bettzeug. Dazu noch eine Schlafzimmereinrichtung und einen geräumigen Dielenschrank mit Intarsien.« Welche Großzügigkeit für einen einfachen Kantor! Doch auch seine Gemahlin hatte schon ein kleines Vermögen in die Ehe mitgebracht, sodass sie mit erhobenem Haupt in die neue Familie eintreten konnte. »Dass dein Vater dir so im Wege steht, zeigt schon, was für ein Mensch er ist«, hieb Marianne in die gleiche Kerbe wie stets.

Ich muss Geld verdienen!, dachte Clara jeden Morgen, wenn sie aufwachte. Ich muss Geld verdienen!, dachte sie tagsüber und selbst in der Nacht. Wie beschämend wäre es, ihren künftigen Ehemann um jede kleine Anschaffung bitten zu müssen! Jedes Bürgermädchen ging mit einer Aussteuer und Nadelgeld in die Ehe. Nadelgeld für die einfachen, persönlichen Ausgaben, die das Leben angenehmer machten und für die man sich nicht rechtfertigen wollte: für den Schal, der so gut zum Wintermantel passen würde; für die kurzen, nachmittäglichen Besuche im Kaffeehaus; die Blumen, deren wahren Preis man lieber nicht ins Haushaltsbuch eintrug; das Töpfchen Rouge, von dem niemand zu wissen brauchte; die Pralinen, die die Enttäuschungen des

Alltags versüßten. Nadelgeld eben, der Schlüssel zur kleinen Freiheit.

Wichtiger jedoch war die eigentliche Aussteuer, die Clara noch viel weniger vorweisen konnte. Robert Schumann behauptete zwar, das sei ein Thema, das ihn nicht einmal am Rande interessiere. Clara aber wollte nicht mit leeren Händen daherkommen, noch dazu, da sie doch bereits mehr Geld erspielt hatte als so mancher Konzertmeister in seinem ganzen Leben. Sie hatte Geld verdient, in vornehmen Hotels logiert und schöne Kleider getragen – ein Luxus, den man von einer berühmten Künstlerin erwartete. Sollte sie nun ihren Ehemann bitten, ihretwegen sein eigenes Capital anzugreifen, obwohl die bürgerliche Moral genau das streng verwarf?

Welch eine Erleichterung bedeutete es daher, als ganz überraschend ein Angebot aus Hamburg eintraf: ein Doppelkonzert in der Philharmonie! Anschließend sei es möglich, teilte man Clara mit, mehrere Termine in Bremen für sie zu arrangieren, falls sie damit einverstanden sei.

Und ob sie einverstanden war! Noch in derselben Stunde begann sie mit der Planung. Was sollte sie vorbereiten? Brillantes oder mehr Klassisches? Wie froh wäre sie jetzt um Rat gewesen. Nur auf ihre Mutter wollte sie nicht hören, die alles immer nur von ihrem eigenen Vorteil aus beurteilte und Claras Auftritte am liebsten persönlich übernommen hätte. »Nimm mich mit!«, bat sie dann sogar und packte Clara am Arm. »Ich bin deine Mutter. Du hast die Pflicht, auch einmal etwas für mich zu tun.«

Clara erschrak. Sie hätte gern geantwortet, dass auch Marianne bisher nicht allzu viel für sie geleistet habe. Doch so energisch Clara mit Fremden verhandelte, so hilflos war sie bei den Menschen, die ihr nahestanden. So flüchtete sie sich nur in ein paar nichtssagende Ausreden, die von Marianne sofort abgeschmettert wurden, und gab schließlich nach.

Marianne lächelte zufrieden. »Du wirst es nicht bereuen«, versicherte sie und bat Clara dann »um einen kleinen Vorschuss«, da die »Garderobe einer Klavierlehrerin« für eine elegante Tournee nicht angemessen sei.

Clara zögerte. »Aber ich muss sparen, Mama«, wandte sie leise ein. »Du weißt ja, warum.«

Marianne aber war nicht mehr zu bremsen. Als sie drei Wochen später abreisten, starrten bei der Poststation alle auf die mondäne Dame, die da von ihrer nicht ganz so auffallenden Tochter begleitet wurde.

Vierhundertneunzig Taler Reingewinn brachte Clara von Hamburg mit nach Hause. Von ihrem Vater hatte sie gelernt, Vergleiche anzustellen: »Ein städtischer Musikdirektor in einer größeren Stadt verdient im Jahr etwa siebenhundert Taler«, hatte ihr Friedrich Wieck einmal erklärt. Vierhundertneunzig Taler für eine einmonatige Konzertreise waren demnach kein schlechter Schnitt. Clara würde nicht mit leeren Händen nach Leipzig zurückkehren. Trotzdem hatte sie vor, auch noch bei weiteren Gelegenheiten hinzuzuverdienen. Eine kleine Tournee durch Thüringen beispielsweise würde sie nicht allzu weit von Leipzig entfernen, sodass sie im Notfall schnell zurückreisen konnte.

Vierhundertneunzig Taler Reingewinn. Es wäre noch mehr gewesen, hätte Marianne bescheidener gelebt und nicht am Ende auf einer Entschädigung für ihre ausgefallenen Musikstunden bestanden sowie auf einem »kleinen Zubrot für das arme Mütterchen«. Nie würde Clara vergessen, wie Marianne mit spitzen Fingern einfach in Claras Reisekassette gegriffen und sich lächelnd ein Bündel Scheine herausgefischt hatte. »Du hast so viel und ich habe so wenig«, rechtfertigte sie sich ein paar Stunden später, als Clara immer noch nicht mit ihr sprechen wollte. »Sei nicht so mürrisch, Clärchen! Wir hatten doch eine großartige Reise.«

Ja, dachte Clara, es war schön in Hamburg ... Die Stadt gefiel ihr tatsächlich sehr mit ihren großbürgerlichen Fassaden, dem Geruch von Salzwasser, den Schiffen, die weiß Gott woher kamen und weiß Gott wohin fahren würden, und den Schwänen und den Möwen, deren Schreie Clara zusammenzucken ließen. »Es ist schön hier, mein lieber, lieber Robert«, schrieb Clara nach Leipzig. »Könntest Du doch bei mir sein anstelle meiner Mutter, die ständig das halbe Hotel in Aufregung versetzt.«

Danach verfasste sie einen Brief an Emilie in Paris. Erst jetzt, da sie ein wenig zur Ruhe kam, fiel ihr ein, dass Emilie sie vom Tode ihres Bruders Oskar verständigt hatte. Inzwischen waren viele Wochen vergangen. Hoffentlich vermutete Emilie, Clara habe den Brief verspätet erhalten. Wie sollte sie der Freundin sonst verzeihen, dass sie sich nicht gemeldet hatte? Erst durch diese Nachlässigkeit kam Clara zu Bewusstsein, wie sehr sie sich in den vergangenen Monaten aus der Hand verloren hatte.

»Allerallerliebste Freundin!«, schrieb sie dann, erfüllt von schlechtem Gewissen. »Erst jetzt hat mich Dein Brief erreicht.« Im übertragenen Sinn traf dies ja auch zu und war somit nur teilweise eine Lüge. Zugleich wusste Clara, dass sie sich nie wieder in einer so verworrenen Lage befinden würde wie in letzter Zeit. Niemals wieder würde sie daher ihre Freundin in einer so traurigen Angelegenheit so lange auf eine Antwort warten lassen. »Liebe, liebe Mila! Ich weine mit Dir und den Deinen um unseren guten Oskar, den ich so gern gehabt habe. Er war wie ein Bruder für mich.«

Sie weinte wirklich und hatte dabei das Gefühl, dass sie sich damit auch aus ihrem eigenen Chaos befreite. Endlich war sie wieder offen für das Leid anderer. Irgendwann, in vielleicht nicht allzu ferner Zeit, würde sie gänzlich zur Ruhe kommen und wieder so sein wie früher. Vor allem Musik würde dann noch ihr Leben bestimmen. Musik und – hoffentlich, hoffentlich! – auch Liebe.

Die hanseatische Weite der Stadt befreite sie von ihren Beklemmungen. Leipzig war fern, präsent nur in Robert Schumanns Briefen, die ebenfalls aufzuatmen schienen. »Seit gestern früh habe ich gegen siebenundzwanzig Seiten Musik niedergeschrieben«, berichtete er. »Ach Clara, was ist das für eine Seligkeit, für Gesang zu schreiben! Ich schicke Dir hiermit ein kleines Liedchen zu Deiner Freude. Sing Dir's leise und denk an mich. Es heißt ›Schöne Wiege meiner Leiden‹. Das mag in Deinen Ohren traurig klingen, ist aber auch voller Zuneigung. Es passt auf uns, denn Deinem Ergebenen geht ebenfalls das Herz über vor lauter Zuneigung und Liebe, wenn er an sein energisches braunäugiges Mädchen denkt.«

Da war sie wieder, die Zärtlichkeit von einst, die Clara schon verloren gegeben hatte. »Man hat endlich den Vorwurf der Trunksucht zurückgezogen«, berichtete Robert Schumann danach in etwas sachlicherem Tonfall. »Man«, damit meinte er wohl Friedrich Wieck, dessen Namen er nicht erwähnen wollte. »Das Gericht kann nun ohne Einschränkung entscheiden. Bald sind wir frei, frei, frei! Oh, meine Clara! Mein Clärchen! Meine wunderbare Zilia! Meine Geliebte! Meine Braut!«

Als Clara diese Worte las, war sie so glücklich, dass sie den Brief in ihr Handtäschchen schob und beim Konzert wie einen Talisman vor sich hin legte.

Claras Besuch in Hamburg trug auch zur amüsanten Unterhaltung des Publikums bei. Vor wenigen Wochen hatte Camilla Moke mit großem Erfolg hier gastiert. Noch während sie ihre Konzerte gab, war Robena Laidlaw, Robert Schumanns heimliche Verflossene, eingetroffen und im selben Hotel, dem »Stadt Petersburg«, abgestiegen. Sofort hatte Mrs. Laidlaw, Robenas geschäftstüchtige Mutter, einen Pianistinnen-Wettstreit eröffnet, an dem sich das Publikum erfreut beteiligte. Wie es schien, hatte »die Moke« knapp gesiegt.

Kurz nachdem Camilla Moke abgereist war, traf Clara nichtsahnend im Hotel am Jungfernstieg ein und wurde unverzüglich in eine Fortsetzung dieses Wettstreits verwickelt. Mrs. Laidlaw fing Marianne im Foyer ab und schilderte ihr so laut, dass es alle Anwesenden hören konnten, wie leidenschaftlich Robert Schumann in »meine wunderbare Robena« verliebt gewesen sei. Nach einer solchen Leidenschaft könne jede Nachfolgerin ihrer Tochter nur noch zweite Wahl für ihn sein. »Stimmt Sie das nicht schrecklich traurig, meine Liebe?«

Marianne bewahrte Haltung. »Herr Schumann hat meine Clara – und auch sie ist wunderbar! – schon lange vor Ihrer kleinen Robena geliebt und er liebt sie jetzt mehr denn je«, erklärte sie mit hochmütigem Achselzucken. »Den unbedeutenden Ausrutscher bezüglich Ihrer Tochter können wir ihm gerne verzeihen. Auch er selbst hat ihn längst vergessen.«

Der weitere Pianistinnen-Wettstreit spielte sich im Konzertsaal ab und verlief eindeutig zu Claras Gunsten. »Das Haus war voll«, schrieb sie an Robert Schumann. »Das Publikum empfing mich gleich mit dem lebhaftesten, anhaltendsten Beifall und wurde bis zum Schluss immer wärmer und wärmer. Zum Schluss sprengte ich noch eine Basssaite. Ich musste selbst lachen und das Publikum noch mehr. Am Ende eines Konzerts habe ich so etwas sehr gern. Es erhöht den Total-Effekt.«

Zum ersten Mal seit langem war Clara wieder sie selbst. »Das Publikum klatschte und schrie«, berichtete sie weiter. »Nur in Bremen schauten sie mich bloß mit leuchtenden Augen an. Man hatte mir schon gesagt, dass hier nicht geklatscht werden dürfe, warum auch immer. Da habe ich sie aber dann mit der ›Appassionata‹ so richtig ins Feuer gejagt, dass sie gar nicht mehr anders konnten und jubelnd aufsprangen. Beim nächsten Mal klatschten sie dann ganz von selbst. Ich glaube, die feinen Hanseaten haben es genossen, einmal so richtig aus sich herauszugehen.« Und dann, mit einem Augenzwinkern, das er zwar nicht sehen konnte, aber fühlen: »Wie steht es übrigens bei Dir mit dem Aus-sich-Herausgehen, mein lieber Robert? Vielleicht erhalten wir ja bald eine gute Nachricht. Dann wird sich zeigen, was Dich ins Feuer jagt.« Sie lächelte, während sie das Schreiben versiegelte. Einen Augenblick lang fühlte sie sich wieder wie das mutwillige kleine Mädchen, das den tiefsinnigen jungen Studenten durch den Wald trieb und zu schweißtreibenden Kniebeugen zwang.

Träume vom Glück

Der Tag aller Tage kam. Er kam wirklich, obwohl Clara und Robert Schumann die Hoffnung manchmal fast aufgegeben hatten.

Schon im Februar befanden sie sich in ständiger Bereitschaft. Dann begann das Frühjahr und noch immer war nichts geschehen. Schon wieder hatten sie einander sechs Monate lang nicht gesehen, dachte Clara und durchforschte im Spiegel ihr Gesicht nach Spuren der Zeit. Doch wovon sollte sie altern? Von den Folgen ausschweifender Leidenschaft gewiss nicht. Vielleicht aber vom Warten, von der Enttäuschung, von den endlosen Reisen in unbequemen Postkutschen und von den unbefriedigenden Konzerten in unbedeutenden Orten, wo man sich wenig für Musik interessierte und Claras Abende nur besuchte, weil es sonst keine Abwechslung gab. Wo war Paris mit seinen Lichtern und seinen eleganten, spöttischen Menschen, die Gutes zu schätzen und zu genießen wussten? Ihr einziger Trost war, dass Ende August drei wichtige Konzerte bevorstanden, die sie für die Ochsentour durch die Provinz entschädigen würden: ein Auftritt in Gotha vor über tausend Menschen und zwei Konzerte in Weimar vor der Großherzogin und der russischen Zarin.

Hin und wieder kam es vor, dass man sie auf den Prozess gegen ihren Vater ansprach, und das nicht nur freundlich. Einmal spuckte ein älterer Herr, der sie aus der Ferne sogar an Friedrich Wieck erinnert hatte, vor ihr aus und nannte sie eine »verkommene Tochter«.

Die Bemerkung traf sie tiefer, als sie im ersten Augenblick

dachte. Bei dem Konzert, das darauf folgte, ließ sie – zum ersten und letzten Mal in ihrem Leben – ihr Gedächtnis im Stich. Sie hatte vorgehabt, Felix Mendelssohns »Capriccio« zu spielen, doch dann sah sie vorne in der ersten Reihe den Mann von vorhin, der sie durchdringend anstarrte. Eine lange Zeit hielt sie seinem Blick stand. Doch er gab nicht nach. Es war, als wolle er die junge Frau, die sich gegen seine gefestigte Welt aufgelehnt hatte, mit der Kraft seines Willens in die Schranken weisen.

Clara merkte, wie ihre Kraft nachließ. Noch wusste sie genau, welches Musikstück auf ihrem Programm stand. Doch die Musik selbst fiel ihr plötzlich nicht mehr ein. Auch auf mitgebrachte Noten konnte sie nicht zurückgreifen. Sämtliche Unterlagen ihres Repertoires lagen im Hotel in Berlin.

Bisher hatte sich Clara immer darauf verlassen können, dass ihr Gedächtnis getreu alles bereithielt, was es sich einmal eingeprägt hatte. Nun aber spürte sie mit Entsetzen nichts als eine unfassbare Leere und eine Angst vor dem Publikum, die sie bisher noch nie empfunden hatte.

Die Zuhörer wurden unruhig und reckten die Hälse. Noch immer wartete Clara, dass ihre Blockade sich löste. Dann aber ergab sie sich in ihr Schicksal. Wie in Demut beugte sie sich über ihr Instrument und fing an zu spielen. Leise, so leise, dass man es anfangs kaum vernahm.

Wie oft hatte sie als Kind am Klavier fantasiert und ihre Zuhörer damit gefangen genommen! Auch heute spielte sie einfach nur vor sich hin, für sich selbst und für jeden, der ihr folgen wollte. Ihren ganzen Kummer spielte sie sich von der Seele. Wer zu hören verstand, musste ahnen, wie es in ihr aussah. Keine lauten Töne, keine wilden Passagen, für die sie so berühmt war. Eher ein stilles Weinen um ihre Kindheit, die durch den Streit mit dem Vater auf einmal entwertet schien, und um ihre Jugend, die vorüberzog und ihr vorenthielt, was sie sich wünschte. Als Entschädigung für die vergessene Komposition öffnete sie den Zuhörern ihre Seele

Das Publikum in dem engen, schmucklosen Theatersaal starrte

zu ihr hinauf. Noch nie hatte sich ein bedeutender Künstler hierher verirrt. Aber so wie heute war es dann wohl, dachten alle. So war es, das ganz Besondere. Das Große. Tiefe. Der Schmerz und die Sehnsucht nach Erlösung und Freude. Indem Clara ihre Seele darbot, ergriff sie die Seelen derer, die ihr lauschten.

Clara hatte den Sinn für Zeit verloren. Es mochte jetzt genug sein, dachte sie schließlich. Sie richtete sich auf und hob ihre Hände langsam von den Tasten. Ihr Blick wanderte hinunter in die erste Reihe. Doch der Platz, nach dem sie gesucht hatte, war leer.

Sie stand auf und verneigte sich. Erst jetzt löste sich langsam der Zauber, in den sie ihre Zuhörer versetzt hatte. Ein erstes, vorsichtiges Klatschen ließ sich vernehmen. Dann stimmten nach und nach auch die anderen ein. Es klang wie ein sanfter Regen. Keine Bravorufe und keine Bitten um eine Zugabe. Auch keine Sträuße, die auf die Bühne geworfen wurden. Aufmerksamkeiten dieser Art waren hier nicht üblich.

Noch einmal verneigte sie sich. Dann ging sie hinaus, ohne sich ein weiteres Mal zu zeigen. Hinter der Bühne wartete der Theaterdirektor und griff nach ihrer Hand. Doch ehe er etwas sagen konnte, hatte sich Clara schon wieder befreit und verschwand in der Garderobe. Erst vor dem Spiegel bemerkte sie, dass ihre Wangen nass waren von Tränen.

Am nächsten Morgen fuhr Clara zurück nach Berlin, ohne ihre kleine Tournee fortzusetzen. Sie wollte nicht mehr von einem Städtchen ins nächste ziehen, nur um Geld einzusammeln für eine eheliche Wohnung, die man ihr noch nicht einmal rechtlich zugestanden hatte. Sie wollte sich nicht verkaufen für ein paar Teller und einen Kleiderschrank. Erst jetzt begriff sie, dass Robert Schumann die Wahrheit gesprochen hatte, als er sagte, die sogenannte Aussteuer interessiere ihn nicht einmal am Rande.

Damals war ihr seine Bemerkung weltfremd vorgekommen und hoffnungslos naiv, wie Friedrich Wieck es vielleicht genannt hätte. Nun aber verstand sie, dass nicht nur ihr Vater recht hatte, dem Sicherheit über alles ging, sondern dass auch Robert Schumanns Standpunkt für sie galt. Konzerte geben: ja. Geld damit verdienen: ja. Aber nicht: sich selbst auslaugen, sich auffressen lassen von einem Moloch mit Hunderten Augen und Ohren. »Ihr dürft mein Bestes verlangen, meine größte Leistung!«, sagte Clara mit deutlicher Stimme, als sie auf der Poststation wartete. Es interessierte sie nicht, ob jemand sie belauschte. »Mich selbst aber bekommt ihr nicht. Keiner hat das Recht, vor mir auszuspucken, weil ihm nicht passt, wie ich lebe, und keiner soll über mich urteilen.« Keine weiteren Aussteuer-Konzerte mehr! Stattdessen würde sie sich endlich um das kümmern, was sie wirklich wollte: ihre drei »Romances« fertig komponieren, den Kontrapunkt noch besser verstehen lernen, um sich in die Werke von Bach weiter einzuarbeiten, und endlich, endlich ihren Liebsten wiedersehen!

Ein älteres Ehepaar, das ebenfalls auf die Kutsche wartete, drehte sich zu Clara um und schaute sie befremdet an. Doch Clara blickte an ihnen vorbei und beachtete sie nicht.

Es war, als hätte sie eine Zauberformel ausgesprochen, die plötzlich den Bann löste, der sie so lange gelähmt hatte. Sie war auf einmal ganz sicher, dass das Schicksal auf ihrer Seite war. Lange genug hatte sie gewartet und gehofft. Irgendwann einmal musste auch sie ihre Zuteilung an Glück bekommen und dieses Irgendwann war ganz nahe, dessen war sie sicher.

Als sie in Berlin ausstieg, fühlte sie sich leicht und unbeschwert. Sie übergab ihr Gepäck einem Träger, der es auf seiner Karre zum Hotel transportieren würde. Danach breitete sie die Arme aus, als wollte sie die ganze Welt umarmen. Eine Erleichterung war in ihr, wie sie sie schon lange nicht mehr empfunden hatte. Eine Gewissheit, dass bald alles gut werden würde, auf welche Weise auch immer.

Ein Regen hatte die Luft gereinigt. Clara kam es vor, als wäre alles um sie herum frischer und klarer als sonst und die Sonne heller und strahlender. Auf dem Gehsteig hielten sich noch ein paar kleine Pfützen und glänzten im Licht. Die ganze Stadt schien sauber und befreit von allem, was nicht vollkommen war.

Zögernd machte sich Clara auf den Weg. Doch bald verfiel sie wieder in ihre eigene Gangart. Schnell und immer schneller bewegte sie sich, atmete tief und frei und hätte am liebsten einen Jubelruf ausgestoßen, obwohl doch nur ein Tag vergangen war, seit sie an ihrem Glück gezweifelt hatte. Sie lief an dem Haus vorbei, in dem ihre Mutter wohnte. Doch sie blieb nicht stehen und trat nicht ein. Sie wusste selbst nicht, warum, aber sie wollte nur schnell zurück in ihr Hotel, zu dem einfachen Klavier im Nebenzimmer und zu den unzähligen Notenblättern, auf denen geschrieben stand, was ihr Leben ausmachte.

Wie eilig sie es hatte, endlich wieder an ihrem vorübergehenden Heimatplatz zu sein! Sie wollte sich auf das Sofa fallen lassen und ihr Schicksal erwarten. Sie fühlte sich geborgen wie nie zuvor. Marianne hatte einmal von Gottvertrauen gesprochen, doch Friedrich Wiecks praktische Tochter hatte nie gelernt, an etwas anderes zu glauben als an das, was ihre Sinne aufnehmen konnten. Heute aber war sie auf einmal bereit, sich auszuliefern, zu hoffen und zu glauben, dass alles gut werden konnte.

Der Kofferträger war bereits angelangt. Clara bezahlte ihn und er trug ihr Gepäck nach oben. Auf ihre Anweisung hin stellte er es vor der Tür ab, während Clara den schweren Messingschlüssel für ihr Zimmer holte und eilig die Treppe hinaufstieg. Oben aber vergaß sie, aufzusperren. Sie drückte einfach die Klinke nieder und wunderte sich nicht, dass die Türe aufging.

Im Zimmer war es sonnenhell. Das Erste, was sie sah, war ein fremdes Köfferchen mitten im Raum. Fremd – und doch wieder nicht fremd ... Noch ehe Clara die Tür hinter sich geschlossen hatte, erhob sich jemand aus dem Sessel, der mit dem Rücken zum Eingang stand. Jemand, der Clara erst tiefernst anblickte, als hätte er eine schlimme Nachricht zu überbringen, der sein Spiel aber nicht lange durchhielt, sondern plötzlich lächelte – und es war, als ginge die Sonne an diesem Tag ein zweites Mal auf –, so glücklich lächelte, dass es nur eines bedeuten konnte.

Drei Jahre war es her, dass sie sich verlobt hatten, doch erst jetzt fühlten sie sich als Brautleute. Als Robert Schumann Clara anlächelte, wurde sein Lächeln zu dem ihren. Sie lächelten und lachten, stürzten einander in die Arme, hielten einander fest, ließen sich aufs Bett fallen und lachten noch immer, bis Clara die übergroße Freude plötzlich nicht mehr ertragen konnte. Sie hielt inne und spürte, wie sich auf einmal der Schmerz, den sie so lange unterdrückt hatte, aus ihrer Seele befreite und sie ein letztes Mal überwältigte. »Robert, mein Gott, Robert!«, flüsterte sie und Tränen brachen aus ihren Augen.

Robert Schumann begriff ihren Schmerz. Er hielt sie fest, streichelte und küsste sie, während sie gar nicht mehr aufhören konnte zu weinen. Sie weinte über die Einsamkeit, die sie erlitten hatte; über die Sehnsucht und das vergebliche Warten; über die Scham nach den Demütigungen durch ihren Vater; über ihr Mitleid mit Robert Schumann, der so schmählich beleidigt worden war, und über die versteckten Bosheiten, mit denen er sich dafür an ihr gerächt hatte. Vor allem aber weinte sie über all die Liebe, die keine Erfüllung gefunden hatte. Sie weinte und klagte und Robert Schumann weinte und klagte mit ihr. Nie zuvor waren sie einander so nahe gewesen wie jetzt, als sie endlich einen Schlussstrich unter die vergeudeten Jahre ziehen konnten und auf eine gemeinsame Zukunft hoffen durften. So viel Hoffnung auf einmal, und so nah schien die Erfüllung.

Noch am selben Abend setzten sie den Termin für ihre Hochzeit fest: Am 12. September 1840 sollte sie stattfinden, genau einen Tag vor Claras einundzwanzigstem Geburtstag.

»Um einen Tag haben wir den Kampf gewonnen«, sagte Robert Schumann leise, während Clara neben ihm lag, den Kopf auf seinem Arm. »Vom nächsten Tag an hätte man uns auch ohne Gerichtsurteil nichts mehr verbieten können.«

Clara nickte beklommen. »Ein hoher Preis für einen einzigen Tag. Eigentlich wäre das alles gar nicht nötig gewesen.«

»Wir konnten doch nicht wissen, dass es so lange dauern würde.«

Wie ein Schatten stand plötzlich er im Raum, jener, der nicht losgelassen hatte. Doch sie nannten nicht einmal seinen Namen und da war er auch schon wieder verschwunden.

Clara blickte ihren Verlobten von der Seite her an. So schön und nobel erschien er ihr im abendlichen Dämmerlicht! Ein junger Mann, der mehr als andere vom Leben erwartete, dem das Schicksal aber auch mehr mitgegeben hatte als den meisten. »Wir werden ein gutes Leben haben«, versprach er. »Ich habe so viele Ideen, die ich verwirklichen will. Du weißt ja schon: Mein nächstes Werk soll eine Symphonie werden.« Er lächelte Clara an. »Das hast du dir doch immer gewünscht: dass ich ein großes Orchesterwerk komponiere. Jetzt bin ich dazu bereit.« Und er erzählte von seinen Plänen und davon, wie er sich die gemeinsame Ehe vorstellte. »Eine Einigkeit, so liebevoll und innig, wie man es sich nur wünschen kann.«

Clara hörte ihm zu. Doch je länger er sprach, desto stiller wurde sie. Das Leben, das er schilderte, war ihr fremd. Sie sah sich nicht mit einem weißen Spitzenhäubchen auf dem Kopf und einem Schlüsselbund am Gürtel. Sie sah sich nicht als Mutter einer großen Kinderschar und auch nicht als Gehilfin, die die Werke ihres Ehemannes ins Reine schrieb.

Trotzdem schwieg sie. Von einem Augenblick zum nächsten verlor sie das Glück einer vollkommenen Illusion. Sie begriff, wie sehr ihr Robert, ihr lieber, lieber Robert, ein Kind seiner Zeit war, ein wohlanständiger, braver Bürger, auch wenn er sich für einen rebellischen Romantiker hielt. Deshalb sollte auch die Frau, die er vor den Altar führen wollte, eine wohlanständige, brave Bürgerin sein, die alle Anforderungen erfüllte, die an eine Dame des gehobenen Mittelstandes gestellt wurden.

Ernüchtert und enttäuscht wandte sich Clara ab. Wie wenig Robert Schumann, der sie liebte, sie doch kannte! Begriff er eigentlich, wie sie bisher gelebt hatte und auch weiterhin leben wollte? Konnte er sich die wunderbaren Konzerte vorstellen, die zu ihrem Leben gehörten? Die vielen Menschen, die nur ihretwegen gekommen waren? So viele Lichter und so viel Glanz! Die große Welt des Reichtums, der Macht und der Schönheit.

Vor allem aber auch die Welt der Kunst. Die Welt der Musik. Ihre Welt, Claras Welt, in die sie gehörte und auf die sie nicht verzichten konnte und wollte. Sie hatte sich wohl gefühlt in dem Schifferhäuschen an der Seine, doch es sollte nie eine Endstation für sie sein, so wenig wie Robert Schumanns trauliches Hüttchen in Zwickau, von dem er träumte.

Einen Augenblick lang hatte sie den Wunsch, sich aufzulehnen, ihn zu überzeugen und ihn notfalls zu zwingen, dass er sie verstand. Doch dann schwieg sie weiterhin. Sie wollte ihm das Glück nicht verderben, das seine Augen endlich wieder strahlen ließ und das auch sie selbst erwärmte. Eine Symphonie wollte er komponieren? Nur zu! Vielleicht wurde ihm dann auch der Erfolg zuteil, den er sich so sehr wünschte. Auch er würde dann vor dem Publikum stehen und die Liebe spüren, die ihm entgegenströmte. Eine vergängliche Liebe und ein Minutenglück, das hatte Clara längst gelernt und auch er würde es lernen müssen. Aber eben doch eine Liebe, die für eine kurze Zeit so glücklich machte, dass man die Arme ausbreitete und das Paradies atmete.

Sie brauchte ihn jetzt nicht zu überzeugen, dachte sie. Er würde sie von selbst verstehen, wenn erst seine eigenen Werke von den besten Musikern in prächtigen Sälen aufgeführt wurden. Auch wenn er es sich jetzt noch nicht eingestand, war er doch längst bereit für ein solches Leben.

»Nur noch sechs Wochen!«, sagte Robert Schumann leise. »Danach wird unser Leben nur noch einfach sein und schön. Wir werden unendlich glücklich sein, mein Clärchen, das verspreche ich dir.«

Noch nie hatte ihn Clara so froh gesehen. Das war nicht mehr der unsichere Student, der im Zimmer seines Freundes blass und erschöpft auf eine junge Frau blickte, die ihm Unglück gebracht hatte, und der verzweifelt um die Zuneigung eines Mannes kämpfte, der ihn nur verachtete und demütigte. Viel mehr glich er jetzt dem heiteren, freundlichen Hausgenossen, der Friedrich Wiecks Kindern Märchen erzählt hatte und bewundernd und mit leisem Neid dem Wundermädchen Clara zuhörte, dessen kindliche Finger so viel beweglicher und ausdrucksfähiger waren als die seinen.

Clara streichelte seine Wange. »Ja, wir werden glücklich sein«, wiederholte sie seine Worte. »Ganz bestimmt!« Und während sie ihm zulächelte, hoffte sie, er möge recht behalten.

Nachwort

Die schwierige Ehe von Robert und Clara Schumann währte sechzehn Jahre. Ihr entsprangen acht Kinder, die »kleinen Schumännchen«, um die sich ihr Vater liebevoll kümmerte, wenn Clara auf ihren Konzertreisen unterwegs war.

Am 29. Juli 1856 starb Robert Schumann mit 46 Jahren nach einem zweijährigen Martyrium in geistiger Umnachtung. Er hinterließ ein musikalisches Werk, das ihn unsterblich machte.

Marianne Bargiels Lebensumstände besserten sich nach dem Tod ihres Mannes (1842). Wohlhabende Musikfreunde unterstützten sie und stellten ihr ein Haus im Grünen zur Verfügung, wo sie bis zu ihrem Tod Musikunterricht erteilte und kleine Konzerte gab.

Friedrich Wieck versuchte, sein musikpädagogisches Talent zu beweisen, indem er weitere Wunderkinder ausbildete. Er musste jedoch erkennen, dass der Erfolg seiner Tochter Clara vor allem auf deren angeborener Begabung beruhte.

Vater und Tochter versöhnten sich, nachdem Robert Schumanns Kompositionen weithin Anerkennung gefunden hatten. Trotzdem konnten Friedrich Wieck und Clara einander nie mehr wirklich vertrauen.

Als Friedrich Wieck 1873 im hohen Alter von 88 Jahren starb, zog sich Clara mehrere Tage aus der Öffentlichkeit zurück. Danach sagte sie, Friedrich Wieck sei ihr in ihrer Kindheit und Jugend zugleich Vater und Mutter gewesen. Kein anderer Mensch habe ihr je so nahegestanden wie er.

Clara Schumann, geborene Wieck starb nach einem erfüllten Leben am 20. Mai 1896 im Alter von 76 Jahren. Sie ist bis heute unvergessen.